【长篇小说】

一个刑警的日子②

蓝衣 著

江苏凤凰文艺出版社
JIANGSU PHOENIX LITERATURE AND ART PUBLISHING

图书在版编目（CIP）数据

一个刑警的日子. 2 / 蓝衣著. — 南京：江苏凤凰文艺出版社，2020.11

ISBN 978-7-5594-4783-8

Ⅰ. ①一… Ⅱ. ①蓝… Ⅲ. ①长篇小说–中国–当代 Ⅳ. ①I247.5

中国版本图书馆CIP数据核字（2020）第058305号

一个刑警的日子. 2

蓝衣　著

责任编辑　孙金荣
特约编辑　郑嘉期
责任校对　孔智敏
出版统筹　孙小野
出版发行　江苏凤凰文艺出版社
　　　　　南京市中央路165号，邮编：210009
网　　址　http://www.jswenyi.com
印　　刷　河北鹏润印刷有限公司
开　　本　700毫米×1000毫米　1/16
印　　张　27.5
字　　数　412千字
版　　次　2020年11月第1版
印　　次　2020年11月第1次印刷
书　　号　ISBN 978-7-5594-4783-8
定　　价　59.00元

不从小处着手，哪来的重大突破？

世上藏不住月亮、太阳以及真相。

正义或许会迟到，但绝不会缺席。

我叫刘子承，一个平凡的男人。

当穿上那身蓝衣，成为一名北京刑警，我的人生从此不平凡。

《一个刑警的日子》出版后受到了读者的欢迎，我收获了很多的关怀和爱，非常感动。《一个刑警的日子 2》，继续讲述我的青春与热血，揭露更真实的人性。

国际乌龙贩毒案、21 年追凶、套路贷、南湖杀人案等，真案要案奇案，扑朔迷离，无不揭示是非善恶，现实人心；鲜有披露的“特情”故事让人温暖又揪心；而我与同门师弟戴天的恩怨也随着故事推进层层剥开……

哪怕迷茫，哪怕无助，哪怕不公，初心仍在，我仍会无畏，披荆斩棘。

世界之所以繁华，只因有人守护荒凉。

岁月之所以静好，只因有人负重前行。

目录

归队

“师父，我这边已经黑进去了。”

从耳麦里，我清晰地听见了徒弟李昱刚的声音。我知道这事找他准没问题。

我朝着老杨比画了一个“OK”的手势，他跟我点了点头，我们俩借着这珍贵的五分钟，潜伏进了 1212 房间。从楼梯间到 1212 房间也就是二十几米，我却事先在脑袋里模拟走了无数次。那一闪一闪的摄像头就在我们的必经之路上，但它这会儿没用了，传递出去的图像是李昱刚准备好的。

“你这小徒弟还真行啊。”老杨在沙发上坐下，压着嗓子说。

我心想：“这算什么啊，这神通广大的小子，国家电网他都黑进去过，新浪微博他也给人换过南瓜头。我谢天谢地他没一闪念当坏蛋去，要不我还真不一定能抓着他小子。”

“他行！他能！他可以。”我也压着嗓子说。听前期踩过点的同事说，这破房子隔音巨差，还涉外级别的公寓呢，我瞧着就一豆腐渣。

“这能人你怎么没带咱队上来啊？”

“我肠子也悔青了。”

这是真心话。我要是知道他现如今在图侦科的处境，我当初还真就带他走了。想想也逗，就他，穿着一身蓝衣，往办公室一坐，真挺魔幻现实主义的。更别提每天在那盯视频了，他一多动症，坐都坐不住。英雄毫无用武之地。

“再有半个钟头吧，‘骡子’就来了。”

我猫腰走向窗口，外面一片平静。任谁也想不到国际刑警、H国警方，以及中方的特警、防暴警、武警、消防，来了将近四百人，全在附近变装猫着。虽然重兵压阵，但我的心依然怦怦直跳——我和老杨，还是身处孤岛。没有办法，环境不允许。地方就这么大，还有监控器探头，只要有陌生人路过，那些东西一冲就没了。抓捕时一定要迅速，几秒钟之内就得完成。他们之间都有配合，可卡因这东西一旦成型之后，有一个人就在厕所，一听到声音和响动，一松手这东西就没了，这次部署就全白费了。

“毕涛能行吧？”

看老杨也摸到了我身边，我悄声问。

“肯定行。”

半小时后，走廊里传来了脚步声。

有人来了，听得很是真切，不一会儿，叽里呱啦的说话声也有了。我们啥也听不懂，是H国语、是墨西哥话？不知道。他们也不怎么说话，反倒是厕所里排货的“骡子”在数数，“一个、两个……”我听得倍儿清楚。他歇歇停停，拉了三个多钟头，我数了数，一共二十七个。看来这真的是个大案啊！

我和老杨就这么埋伏着，偶尔轻声细语地在那儿聊天，饿着肚子等了很长时间。我们进去之后才发现自己没有提前吃东西，现在也不能动了，就只好饿着等毕涛来。

11点23分，信号终于来了，门开了。

毕涛按约定的那样站在门口，但是他那是什么动作啊，怎么那么不自然地抬胳膊呢？

然而，时间不等人。门已经开了，机不可失，时不再来。我跟老杨风驰电掣地冲进门，按照最初的方案行动，一个奔厕所、一个奔前方，我直接就奔厕所去了。

我余光一扫，坏了，这屋里七个人，个个人高马大的！不是说好就三人嘛！一个“技师”、一个“骡子”、一个“老板”。这谁给的情报啊？可现在啥也顾不上了，眼瞧着厕所这“骡子”一撒手，我手疾眼快直接把东西就抓到了，反过来一腿，跟着搂腰，往下这么一坐，标准的摔跤抱杀，紧跟着一锁脖，把他勒晕了！

我把他放倒在地的同时往外一看，我们五十六岁的老杨不愧是打黑拳出身的，已经放倒了四人，就这么厉害。我提着东西赶紧就窜出来了，必须得帮他！明显地可以看出来干掉四人之后的老杨体力不支。另外两人一个往桌子上跑，还有一个被打电话的毕涛堵在门口。

毕涛朝着电话大喊：“赶紧全上来！”紧跟着就扔开手机，拿手刀劈上去。

我也没迟疑，朝着桌子上那快一米九的大高个去了，我一拳他一挡，只能硬着头皮干！打斗的过程中，他一直朝我嚷嚷道：“play,play,play。”我哪儿知道他说的啥，心里就只有一个信念：干倒再说！

挨了他好几拳，整个脑袋都是蒙的，感觉过了好久才能听见周围的嘈杂声，支援到了。

大部队一来，我跟老杨就算完成任务了，剩下的就是他们的活了。我们搀扶着跑回先前蹲点的那个房间去了。

往沙发上一躺，老杨气喘如牛，声音不用压着了，倍儿洪亮，还是底气足：“警察干事真他妈不靠谱！干完这把我准备退休了。子承啊，跟你这是最后一战了，然后我就结束了这个生涯吧。他妈的不干了，干不动了！九条命也不带这么玩儿的啊！”

老杨——杨国帆，缉毒队的队长，我的顶头上司，这么跟我说，看得出来他还真的没有半点儿开玩笑的意思。

“你大爷的！你们俩是不是傻！是不是傻！”

毕涛也进来了，他也完成任务了，他的任务就是扮演买主。

“没想到今儿来了场械斗是吧，毕老师。”我擦了擦嘴角的血，给自己点了支烟，反手把烟盒扔给了老杨。

老杨没接，倒是毕涛走过来拿了过去：“我给你们摆手让你们别进去，跟情报不一样，人太多！好家伙，一眨眼的工夫你俩跟闪电似的比雷还快！幸亏我临危不惧赶紧叫了支援，要不今儿非死这儿不可！”

“哈哈，哈哈哈哈……”老杨在沙发上“葛优躺”，此时发出一阵爆笑。

“哈哈，哈哈哈哈……”我呼应他。

“你俩真傻了啊！”毕涛一脸茫然。

后来我们才知道，情报无误，实际上这里面有三个是敌方人员，剩下的四人里，有两人是跟着毕涛来的，是特情，另外两人是H国警察的卧底。这四人让我们干得够呛。

这个以乌龙结尾的国际贩毒案，影响倒是还不错。H国警察虽然都被我们干倒了，走的时候只记得中国警察太厉害了。

这个案子的起源，就是H国警方。他们通过国际刑警组织给到中国公安部线索，公安部找的我们。

墨西哥要往中国开辟一条可卡因运输通道。因为中国的可卡因是卖得最贵的，需求量是最大的，但同时中国也是禁毒力度最强的国家。世界上有四大高危行为——在俄罗斯禁酒、在墨西哥缉毒、在美国逃税、在中国贩毒，且在中国贩毒的危险性明显高于前三者，毕竟我们深受“毒”害过，所以才有了虎门销烟。那墨西哥人就特别希望把这条通道给打开。他们设计的这条通道是从墨西哥坐飞机起飞，在H国中转，在H国待一天之后再起飞，落地中国，主要的方式就是人体带毒。他们研发了一个办法，可卡因本身是固体，他们在墨西哥把可卡因溶解了变成液体再用避孕套装起来然后吞服。这个方法很危险，因为一旦破裂，带货的人必死无疑，但是它利益巨大，所以从来不乏以身犯险的人。

这些带货的人，我们中国管他们叫“骡子”。“骡子”从墨西哥起飞，到H国转机。因为飞行时长对“骡子”来说很关键，飞行时间太长，超过十小时可卡因就会自动排出来，所以他们必须到H国停一下，先排出来，之后再吞进去再飞。

我们跟H国警方一块部署。北京这边的交易，设计的接头人是我们。我们有个特情，他在这个圈子里头一直卧着。他后来跟墨西哥那边连上了，然后找了一个借口说最近身体不好，但他的二把手会替他进行交易，墨西哥人就相信了，而这个交易就被我们揽过来了。

负责接头的人最后定了毕涛。毕涛当过几年老师，最起码能跟他们说两句英语。毕涛也不是一个人，有两个 H 国的人跟他在一起。一方面他们三人来买东西比较安全；另一方面墨西哥人也不相信中国人，但比较相信 H 国人。他们的心里对北京还是没有底，而 H 国人只是想赚中转的钱，对墨西哥人没啥威胁。可这俩 H 国人不是我们警方的人，是特情给安排的，我们一方面对接着，一方面也提防着。

对于特情，我们不得不提防的，因为其中不乏反水的，甚至拉我方人员下水的人，这都不在少数。老杨手底下原来有个特情，跟了老杨多年，也立下过汗马功劳。可有一次，在接触一份十公斤的毒品时，他跟老杨说："我拿十克我自己玩儿，绝对不会卖，这也是为了接触嫌疑人把体貌特征什么的弄下来。"但是在拿的过程中，我们发现不对，老杨脑子动了一下："我不信十公斤的东西你就拿十克。"出于怀疑，我们就给他上了一个技侦，通过监听发现他不是拿了十克，他拿了六百克。

他在我们的掩护下拿这个东西特别安全，并且一旦出了事，他可以说是警察让他拿的，这样就把我们全给害了。所以我们对特情永远是留一手的，如果出现问题，我们整个队就完蛋了。

不只是反水，还有拉我们下水的，而且常常会成功，一方面是因为我们有感情，出生入死哪能没感情？另一方面是因为有信任在，都是刀口舔血的交情，许多人带特情带了很多年，已经成为哥们儿了，如果丧失原则什么都由着特情，万一他们干了出格的事，那不就是被他们给拉下水了吗？

忠诚的也有，少。有个传奇就是鹰哥，鹰哥给我们干了许多年，最后真是哭着给我们打电话："不行你们这赶紧抄底吧，再卧下去我就是老大了，你们就得抓我收工了。"特别逗。

这个"骡子"从墨西哥飞到 H 国之后，由 H 国警方跟着飞到北京，外线再跟他到北京。下飞机之后我们还不能立即抓他，第一，因为可卡因还是液体，还没成为真正的毒品，我们检测不出纯可卡因，这就不算犯罪。他如果带过来 1 公斤，还得加一些东西，加工完应该是 1.6 ~ 1.7 公斤。第二，抓不到真正的老板，抓个运毒的解决不了问题。

只能等，等"骡子"到了北京的固定公寓之后把可卡因排出来，他排出来之后，

“技师”用东西把液体变成固体。“技师”是这条人体带毒通道上的另一个重要人物。他是从墨西哥直接飞到北京，不途经H国。到北京之后，他第一件事就是买各种器材，比如蒸馏锅。用完一次就扔，不可能随身带，会引起怀疑。

这个人我们也给盯住了，必须盯住，因为他行踪不定，不可能说每次来都在同一个地方，所以他在哪儿，实际上最后交易的场所就在哪儿。我们这回待的这个“凹”字形的涉外公寓就是他订的。这人很狡猾，一是在涉外公寓，外国人进出不扎眼，人员流动性高，谁跟谁都不认识；另外，公寓格局对他们来说特别好。这是个板塔结合的建筑，两部电梯在中间，出来往左一个防火门，往右一个防火门，进去都是“凹”字形结构，一边三套房。虽然只用一间，但左边这三套房他都租下来了，等于整个左边全是他们的了，他们在这个防火门上头架了个摄像头，这就成“碉堡”了。我找李昱刚黑进去就因为这个摄像头能帮他们掌握全局，我们还不能拉闸停电，那就打草惊蛇了。人家不傻。

有了这么一个地方，活儿就可以干起来了。这个加工不是太复杂，没什么动静，也没什么特别大的味道，除了“技师”购买的器材，有天然气就行，另外就是保障安全，得不被人发现。对他本人来说整个过程风险不大，他飞过来做，做完走人，只要不是在加工过程中被抓，他就脱身了。就跟麻黄碱和冰毒的关系类似，冰毒在麻黄碱阶段不是毒品，通过化学反应，左旋或者右旋之后，才变成冰毒。可卡因也是，需要“技师”加工完了才是毒品。这个真的超级烦人，我们中国所有的外来毒品控制得非常好，包括海洛因、可卡因等，唯一难解决的问题就是内制毒品，譬如冰毒，害了太多中国人。

“骡子”“技师”，相当于第一先遣部队和第二行动小组，第三个就是关键人物了——“老板”，等“骡子”排完，“技师”加工即将完成的时候，他就来了，负责跟我们这边的买方交流。

我们最后弄明白了，造成这个乌龙结尾的原因，问题出在毕涛身上。我们以为毕涛应该能讲英语，其实他的英语水平只停留在“OK，OK”上面。

当“技师”将毒品提纯为粉末状的时候，“老板”就过来了，我们这边的人来和他进行买卖，买主毕涛进入这个房间后要做两件事，第一，确定毒品已经做完了；

第二，他在门口比画我们之前定的信号，一确认，我们就冲进去，只有一次机会。当时设定的是里面有三人，一个“技师”、一个“骡子”、一个“老板”，做完东西之后，“老板”负责最后的交易。但是他们旁边有H国跟着的两人，这倒是我们意料之外的。然而我们都没见过H国警方的人，这就导致一进屋的时候，大家都蒙了。毕涛也没搞明白，让他试可卡因，他假模假式地试完说“OK，OK”，别的他也不会说，哪个是H国警方的人他也判断不了。

一开门，毕涛就冲我们俩摆手，原来他的意思是别进去，人太多他也分辨不出来敌友。但是我们不知道，他也不是明着摆手，我们瞧着不自然是因为他那纯属瞎比画，在此之前我们都没有设过这个暗号。这么大的布局，就这一次机会，说实话哪怕真看懂了也不可能停下来，这就是缉毒，实质上它带有搏命的性质，说壮烈就壮烈了，变个红本本躺家里。

毕涛虽然英语不灵光，但他很聪明，他连比画带上“Chinglish”跟对方说纯度有点不够，价格再商量，不然他明天来买，想让我们再充分准备来着。毕涛首先是想着保全同志，但是他给我们的手势，我们分辨不出来，还以为是让我们直接冲进去呢。让我从桌子上薅下来的那哥们儿其实是警察，我当时一抓腿直接就给他薅下来了，他跟我说“play，play”，其实是在说“不对，不对”。

所幸结局还是好的，最后毕涛代表北京市公安局送H国和墨西哥的警方人员离开的时候，被逮捕的人表示再也不来北京了。毕涛让翻译对他说：“不来就对了，北京的可卡因为什么一直是世界上最贵的啊？因为没有。现在没有，以后也不会有。”

这件事情过后，我问毕涛：“你不会英语，你怎么不说呢？”

他道：“我没法说啊，我说我不会你们也不信啊，回头显得我贪生怕死的，那能行吗？其实这事我本来想说你们为啥不找你徒弟夏新亮啊，人家是真会说英语，他给公安大学翻译了好多国外的经典案件，还经常义务去给讲公开课。”

这起案子顺利移交之后，杨国帆真的打了辞职报告，功名利禄全不贪恋，离职了。我想了想他对我说的那些话，坚定不移地支持他。就算是条真汉子，也没有九条命。

这算是缉毒队一个很大的变动了，就在大家都猜测会提谁还是空降谁的当口，我师父给我打了一个电话，让我清明节陪他去给杨师伯扫墓。这时候我还不知道他把我安排了个明明白白。

明晃晃的太阳把我的影子扯得很长很长，还离着老远，就跟大楼的阴影纠缠在了一起。不知怎的，我觉得它像一个血盆大口，而走进其中的我好似被它整个吞了。

“光明队长。”

我在大领导办公室门口站得笔管条直，规规矩矩敬了个礼。

“子承来了。等我一下啊。”

在沙发上坐下，我看向聚精会神的大领导，顿时觉得刚才那句“队长”叫得不太合适，可这会儿再改口也晚了。

老实说，光明队长、我师父和我徒弟夏新亮，都是一种类型的人，放武侠小说里都是白衣翩翩公子型。而我就是个使打狗棍的。我跟他们肯定不是一锅里的馒头，这是一眼就能分辨出来的。

“政委。”

我向门口望去，又一个“白馒头”来了。那是戴天。

我这个师弟戴天，瞧着人五人六的，实则净不干人事。这是大家对他普遍的评价。别人都是白衣翩翩的公子，他斯文倒也斯文，然而还有一个后缀——败类，尤其他那金丝边眼镜，特别说明问题。

“师兄最近挺好的？”

“不好。刚捡回来一条命。”

“嗯哼。”光明队长鸣“腔”示警，我在心中拿针把自己的嘴缝上了。

眼见着光明队长起身，踱步过来，戴天十分有眼力见儿地先于他把门关上了。

“子承呢，我从缉毒队把他要回来了，以后就还安排在咱们重案队这边。”光明队长说。

“我早就想请师兄出山了，奈何我没这面子啊，缉毒队那边我说不上话，要不来人。”戴天说。此时戴天已经给光明队长续好茶端到手边了。

“嗯嗯，好好。以后啊，你们俩一起，把重案这边抓起来。现在跟从前不一样了，大案、要案，不仅上面盯得紧，群众也盯得紧，尤其那些媒体，本来警民关系就紧张，所以一定要落实得快、稳、准！”

“政委指示一定照办。我师兄我知道啊，办案子那是舍他其谁！师兄，师弟我就靠你支应啦！”

戴天口若悬河，我只点头附和，只言片语我都懒得跟他说。“无头”——大家都爱这么叫他，这外号也真没冤枉了他，办起案子来无头苍蝇乱撞，丝毫没有逻辑可言，可偏偏就是这么一主儿，现在当起了刑警队一把手，想来都觉得讽刺。亏他人前人后摆足了谱儿，要是没有师父给他保驾护航，他什么也不是。

我师父有句名言：“一人一个脑袋，一心不可二用，你搞案子想搞出名堂，就没精力削尖脑袋走仕途，反之亦然。”

这正反两个例子，刚好就是我跟戴天。

光明队长还打趣过我师父：“老隗啊，还是你行，你看你这俩大徒弟，一个案子办得漂漂亮亮，一个人际关系弄得妥妥帖帖，你这是真会教。”

我挺替我师父喊冤的。我师父那是冲锋陷阵第一人，搞案子废寝忘食，腰椎间盘都那德行了，还趴不住要起来搞案子呢！师父一生从未想过走仕途，但被推上了这么一条路，是走也得走，不走也得走。戴天上面活动得好，下面人见人恨，我师父能不知道吗？可知道又能怎样？

“子承，你说我不扶持戴天，我扶谁？我让你上，你就给我跑！你就这么有出息！好在小天儿啊，人还是很正的，思想觉悟至少没毛病，他的缺点我也是看在眼里的，要不我怎么主张把你调回来呢？你们俩都是我看着长起来的，刚好又很互补。有你帮衬他，给他托个底，我也放心。”

我师父在光明队长之前就找过我，至今他老人家的话还犹在耳旁。

清明节时，我陪师父去给杨师伯扫墓，小雨那么一下、小风那么一吹，师父触景生情，语重心长道：“子承啊，我这心里难过啊，你说老杨要是没离开队上，我们俩还是肩并肩背靠背一起战斗，我是说什么也不会调离一线，老杨也不会内心纠结郁郁而终。这都是命数吧。”

师父前面一铺垫好，后面紧跟着跟我张嘴下调令，我能拒绝吗？虽然我五大三粗，但我也不是没心没肺的人！师父都把杨师伯搬出来博惨了，我得有欺师灭祖的勇气才可能拒绝吧？杨师伯是师父迈不过去的一个坎儿，想当年两人搭档，当真称得上是警队双雄，师父冲锋在前、杨师伯谋略过人，多少奇案在他们面前云开雾散？奈何世事无常，杨师伯阴沟里翻了船，看押的嫌犯竟在他面前跳了楼。杨师伯被开除了公职，师父也丢了半条命。虽说后来师伯下海经商也干得相当不错，但大前年突发直肠癌离世，师父伤心得不得了。“直肠癌啊！他还是没把那事放下，要不是这么大的压力，你说他怎么会得这病。”师父的话今时今日我还记得。杨师伯的葬礼不少人都出席了，但老刑警这边除了师父跟我，就光明队长来了，毕竟杨师伯跟我师父都曾是光明队长手下的大将。

“子承？这下调回来，生活上有什么难处没有？”光明队长看了我一眼。

戴天抢着答道：“政委，这方面您就别操心了，有什么难处我给我师兄解决，就别麻烦您了。”

“我还真有难处，师弟你能给我解决？”

我就是爱怼他。不说晚辈，同辈里敢怼他的，用我师父的话说，就我一人，毕竟他现在大小也是个人物了。等于说我前脚离开刑警队，后脚戴天就走马上任了。实际上他对这次调动并不满意。职称没提，属于平调。他心里不满又没法跟师父说，毕竟师父的用意他不是不懂，虽然看上去是平调，但在这么一个实干的位置，他只要干出成绩来，那就是下一步高升的最佳踏板。事情坏就坏在他缺的正是能力，没能力必然干不出成绩。师父这回不由分说把我弄回来也正是为这个，自打戴天这个“无头”走马上任，不仅他自己焦头烂额，底下也怨声载道，再这么下去，上面非得拿他是问不可。

“能啊，师兄你尽管开口，以咱俩这关系，上天下海我也得给你办啊！”

“我差套房。”

我说完这四个字，他前所未有地安静了下来。

“哎，你不是能说会道嘛，你不是爱大包大揽嘛，来来来，你给我来一个。广大舞台任你表演。”我在心里讽刺道。

我这是怼他，但也不算故意为难。我说的真是大实话。离了一场婚，我那前妻把能卷的都卷了，儿子点点未来的婚房也叫她弄走了，我确实一无所有。点点才上小学，以后还有很多花钱的地方。现如今北京的房价，我靠做刑警这个工作再给他买套房，无异于痴人说梦。而且说实话，调回来非我所愿，在缉毒队那边我再撑两年也该从一线退下来了，到时候陪伴点点长大、辅导他功课，也算生活工作两不误了，我也是有自己的打算。

还是光明队长给戴天解了围："行了，这事还是我来管吧，子承的情况我跟你们师父都清楚，应该给解决，他孩子又还小。子承啊，你放心，组织上能给你解决一定给你解决。"

“那政委，这回我师兄回来，职称这方面？这我可得替我师兄问问。”戴天说。

“这个职称啊，都是有定数的，子承还是正科级，跟你一样是平调。你虽然职称比他高，是他的领导，但你们俩也都是我看着成长起来的，要互相取长补短，都好好儿干，干出成绩来。你们正是堪当中流砥柱的时候，最要稳扎稳打，知道吗？”光明队长说。

“是是是。政委，我们明白。”

“明白。既然回来了，我定当全心全意投身一线。”说完我看向戴天："师弟，还有件小事得托你办。”他叫我师兄装大度，我就得叫他师弟恶心他，“我这也回来了，大春儿跟我那俩徒弟还给我调回来吧，我们一起办案子也习惯了，老班子嘛配合得好，换新人再磨合效率也不高。”

戴天的眉头皱了一下。这件事我还就得当着光明队长的面提出来，我很了解戴天，此刻他的的确确需要我的帮助，但是他也绝对不会让我如鱼得水。他恨我已经不是一天半天了，要不是他恨我恨得牙根痒痒，也不会我前脚走他后脚就遣散我的队伍——把李昱刚发去了令小伙子头皮发麻的图侦科；刘明春是老人了，给安排在了他属下宫立国门下；“警队活动宣传板”夏新亮最惨，他不仅是我得意大弟子，还是小辈里最得上面赏识的。戴天明捧暗贬给了他一个虚职“旧案专办”，队里那些经年堆积的没破的案子都有老刑警跟着，人家用不着他，活生生给夏新亮闲置了。

我是不屑于跟戴天这种小人较劲的，我要真跟他杠，肯定头一个把他拉下马，我之所以没有这么做都是看师父的面子。我让他三分，他却喜欢得寸进尺再压我三头。我知道他一向提防着我，害怕我哪一天超过他了，可是我都这把年纪了，再“上进”也是晚了点。戴天这扶不上墙的阿斗，对上逢迎拍马，对下苛待踩人，师父对他说过无数次“兄弟们才是你立足的根本”，恐怕他这辈子也学不会或者说参不透了。抑或，根本就是不屑吧。

这一回来，深渊就开始向我招手了。

8字结

夜里 11 点，我刚洗漱完，趴床上检查儿子的暑假作业，手机响了。正敷面膜的英子把手机扔给了我。

队上打来的，说是孙河地区有人抛尸。

都不用想电话怎么打到我这儿来了，戴天分派的呗。他就是爱给我找事情，我都跟他说了我女朋友下礼拜回美国，他就故意叫我提前上岗。损人不利己，干得特别棒。

跟我前丈母娘如出一辙，戴天的爱好也不外乎是——与天斗与地斗与人斗，其乐无穷。我和他刚好相反，从来不是钩心斗角那类人。我俩熟知彼此的脾气和痛点，就特别知道怎么恶心对方。

“你去吧。俩孩子都睡了，明天我带他们上颐和园。”

“你一人儿行吗？”

“哪是我一人儿啊，姐姐她们也一块儿啊。”

这一说我更内疚了，这就等于英子一个人带仨孩子跟一病人。要说我姐的病情这些年倒是稳定了，用药物控制得不错，但她年纪也上来了，精力毕竟有限。

囫囵套上衣服，又轻手轻脚摸到玄关取上车钥匙，临出门，我看着卧室门缝里露出的那一丝光，心里特别过意不去。

跟英子谈恋爱的这两年，我们隔着太平洋本就聚少离多，赶上大小假期她带着闺女回来，我也是忙案子、搞案子，手机就是个手雷，随时爆炸。去年有回还把她气够呛，鸡毛蒜皮的小事吵了几句，当时手里的案子也胶着，我就找了个庙一躲，就图个清静图个能集中精神，手机卡一直接飞行模式走起。后来英子还是通过刘明春，刘明春又通过缉毒队的小兄弟才找见了我，我挨了她三拳倒也勉强接得住，可给人气哭了我就慌了。刘明春都跟我急眼了："子承你怎么这德行呢？我看你就活该没人要！"

天地良心，我真没想把英子气哭，我就是胆怯。我跟我前妻，种种是非，最后她冷血无情这是事实，可把一个原也还算温婉的姑娘活生生逼成个母夜叉，怎么跟我也脱不了干系。我干刑警这工作，确实难以当好一个丈夫、一个父亲，我真怕又重蹈覆辙。英子还不是别人，是我失而复得的初恋，我太怕失去她了，而失去又离我近在咫尺。我们就此事也不是没讨论过，然而讨论来讨论去，我既不能也不该让她放弃现有的生活回国，我也做不到潇洒辞职远走他乡重新开始。问题就在这儿摆着，除了逃避，我还能怎样？人到这个年纪，面对爱情，需要考虑的早不可能像年轻时代那样简单，而这份复杂真有如千斤压身。

把车停在两辆警车后面，我快步向拉着警戒线的案发现场走去。李昱刚正在给目击者做笔录，身上还穿着蓝衣，看得出来，是从图侦科那边直接给叫出来的。

"怎么着？"

"不太妙。大妈描述得不太清楚，体貌特征比较模糊，一会儿我联系画个像试试吧。太背了，这条路新修的，摄像头全都没投入使用。走了几辆警车往出摸排了，但估计希望不大。"

夏新亮跟法医在不远处正说着什么，我走过去，掀开了白布。

这是一具十分诡异的女尸。

尸体全身上下只穿了一双黑丝袜，用尼龙绳捆着，或者应该说捆绑。怎么捆绑的呢？由后颈，双臂倒弯，就是倒背过去，绳子螺旋状捆绑，并在身体每个关节的部位进行打结，然后至大腿根部再反勒回来，双手部活扣，没有出现尸僵。

"师父，我跟着一起去法医中心吧。"

夏新亮的声音让我将视线从尸体上挪开来，我重新给尸体盖上了白布。

“我跟你一起。”我说完把车钥匙扔给了李昱刚，“你快带人开车回队上。”

我和夏新亮跟法医中心的车走，路上我问他怎么穿这么厚，夏新亮说档案室跟因纽特人的冰窖似的。我还真有点吃惊，这都几点了，还泡在档案室里？从这点上说，我还真挺佩服这拨年轻人，发配边疆也不忘搞四化建设。明明被敷衍安排至此，也能找出事来干得津津有味。比我强，我当年蹲机房是当放假过的。

说来，我这俩徒弟，包括我老搭档刘明春，都是吃了我的挂落儿。

到了地方，法医在加班加点给我们忙活，拍照、录影，采集证据，我和夏新亮全程随同，这期间，夏新亮着手查阅失踪人员报告，以期尽快确定死者身份，除了丝袜，抛尸地点没发现任何关于死者身份的东西。我很费解尸体被捆绑的状态，捆成这个样子倒捆得十分有条理，可我又想不出来为啥要把女尸捆成这么个样子，就仅仅是为了方便运输吗？那整个行李箱岂不是更保险？也不至于叫半夜遛狗的人目击了。

经过法医鉴定，女子的死亡时间在距此刻 12 ～ 18 小时，死亡原因是机械性窒息，身体有被猥亵痕迹，阴道有撕裂伤，但无性交痕迹。捆绑绳索非致死工具，尸体表面附着沙土、草叶等物质。浅表伤口系生前所致，指甲缝里的泥土深入指甲缝隙，说明也是生前嵌入的。她都经历过什么呀？

我把从尸体身上采集到的一系列物证第一时间送往了检验科，这会儿李昱刚也过来了，这小子在图侦部门虽然总被人打，但在技术部倒是混得哪儿哪儿全熟，这大半夜的他竟把人拎起来使唤得跟孙子似的。

我问：“你怎么这么有面儿？”

他回：“咳，这不游戏上分儿指着本大爷呢嘛。”我也是瞠目结舌。

我跟李昱刚回了队上，他也对捆绑绳索产生了极大兴趣，根据拍摄的照片，试图还原凶手的捆绑方式。虽然法医拆卸时剪断了绳索，但绳索本身无接头，是一条完完整整的绳索。这手法可就十分娴熟了。破解掉这个手法之谜，无疑有利于确定案件的调查方向。

这时，夏新亮那边传来了消息，无名女尸的身份确认了。死者名为赵红霞，时年三十九岁，安徽籍，系某歌舞团一名舞蹈家，居住在香江花园。这个花园离抛尸地非常近。但比这更让我意外的是，真瞧不出来死者是这个年纪，看着真不显老。

我开车奔夏新亮那边去的路上，夏新亮打电话给我简单说了一下事情的来龙去脉。

前天晚上 10 点钟的时候，有个小女孩儿到香江花园的保卫部报案，说自己的姑姑被一名男子突然扑倒，她给吓傻了，愣了一会儿才回神，之后就跑到保卫部来了。一帮保安出去找，没有找到女子，香江保卫部随后就拨打 110 报案了。片警接警之后第一时间赶赴现场，开始对周边案件进行串并，拦路抢劫的、尾随妇女的，包括盗窃案，所有都串并了一遍，然而经过四十多个小时，还是一无所获。到案发将近四十七八个小时的时候，也就是昨天深夜，我们这边接了一起抛尸案，夏新亮去调查失踪人口，这么一查，跟那边就对上了。原来躺我们这儿的女尸，就是他们要找的被劫持的失踪女子。

赶到孙河派出所，夏新亮跟我表示说是一无所获也不为过。小女孩儿今年才九岁，是跟她妈妈出差过来看她姑的，当夜她妈有应酬，孩子就跟死者留在家里，当夜 9 点多死者出门去便利店买零食，小姑娘没跟着去，后来出门想去迎迎姑姑，却看见远远走过来的死者被突然从树丛里窜出来的一男子扑倒了。而至于死者的嫂子，即小女孩儿的妈妈，她对死者的生活状况也不清楚，包括她先生也就是死者的哥哥也基本属于一问三不知，就知道她在歌舞团跳舞。

死者当时遗落的塑料袋内是一些儿童零食，门卫表示平时该女子也多是自己开车进出，从前倒是有一位老先生偶尔跟她一起，看年龄六十岁上下，普通话说得不好，听上去是广东口音。

没线索得捋线索啊，我们开始对这个赵红霞展开调查。也算不失所望，赵红霞一人住这么大一套别墅，以她在歌舞团的收入，那肯定是负担不起，她家里兄妹两个，母亲没有正式工作，父亲是普通工人，去年刚退休。那这套大别墅怎么来的呢？顺藤摸瓜，我们摸出了门卫口中那个广东口音的老先生。

已近破晓时分，我让夏新亮和李昱刚都先休息一下，等天亮了，我们再以辨认尸体为名，把这位老先生请过来。于是我回家挨沙发上眯瞪了会儿，起来给英子和孩子们做了早饭，吃完接上我姐跟我侄女，高高兴兴给他们送去了颐和园。看得出来，英子对我的现身很满意，我姐反倒不高兴，我堵在路上时，收着她微信了，上面写着："刘子承你可长点儿心吧，早早说好今天一起带孩子们游园，你就这么一个表现！我看把英子气跑了你怎么办！"

我能说什么？我躲吧。微信也别回了，回了也听不着好话。我的工作就"特别惯于"把我塑造成一个言而无信的人。

我姐替我着急不是没道理，就我这个情况，再找对象确实不容易。挣钱不多，家里又是老弱病残全齐，关键还忙，一个电话叫走是常事，要没我姐搭把手，日子都不见得能过下去。我们家都看好英子，长得好看，家里情况又简单，还是书香门第。她父母对我们的事也不反对，就是提出俩人老这么隔着一太平洋怕不妥。可这事还真不好办。英子的绿卡总不能说不要就不要，更何况她在那边过得挺好。我呢？公职人员，不退休出国都出不成的主儿，美利坚那土地甭想往上迈。可要说辞职吧，也不是没考虑过，但摸着良心说，就我这英语只会"Hello、OK"的水平，除了搞刑侦啥也不会，我到那儿干吗去呢？英子倒是说可以和她一起开个武馆，可什么叫一起啊？有钱投资也行，没钱不就成了混到人家那儿添双筷子吗，寒碜、不妥、不像样子。

早高峰期间，车走走停停，我磨蹭到队上都 10 点了，跟老绅士基本前后脚。

我们顺藤摸瓜找见的这位，真是个老绅士，香港人，衣着得体，还非常有派头。夏新亮说老先生手腕上那块表就得大几十万。老先生叫赖洪川。我们打电话联系上他是早上 7 点多，当时他已经起床了，声音非常清晰，一听说赵红霞出了事，二话不说就赶来了，认尸的时候眼眶湿润，眼圈发红，后来他从衬衫里掏出手帕摁了摁眼睛，良久才声音哽咽地说："是……是小霞。"那悲伤程度，肉眼可见肯定不是演的。我们阅人无数，一瞧就知道。

干我们这行，接触最多的就是人。三百六十行、三教九流，各种职业都会接触。我们也不像传说中的戴有色眼镜看人，确切来说，我们是剥离滤镜去看人。这二者区别大了。有色眼镜什么意思？比喻看待人或事物所抱的成见，这对我们的工作来说最要不得。滤镜就不一样了，所谓滤镜是一种美化，美颜相机有滤镜，一用，美了。生活中很多人也自带滤镜，这个滤镜指的是他拿出最好的一面示人，他不是跟你说假话，是有选择地跟你说话。想要知道真相，就要剥离掉滤镜。所以一个人演不演，我们全知道，一看一个准儿。

赖洪川说他已经快半年没见过赵红霞了，最后一次见面两人很不愉快，因为赵红霞滥赌，反复说戒了，却反复都在欺骗他，嘴里根本没实话。

这么往根上一捯，这个死者的人际关系比起我们最初了解的一片空白，那真是复杂得没边儿。

夏新亮问赖洪川："您比赵红霞大这么多，又非亲非故的，怎么就给她买了香江花园这套别墅呢？"

赖洪川喝了口水，开始跟我们说。他很配合，说得很细致、很有条理。我听着听着觉得他应该跟案件全无关系。毕竟最开始他就毫无隐瞒地说了最后一次见面跟死者闹得不愉快了，不避嫌。人都躺这里了，还是被害的，他除了流露出伤心，就是非常配合我们的询问工作，想尽一份力的样子溢于言表。

赖洪川开始跟赵红霞接触，是在一家名为"歌・颂"的会所里，赵红霞在里面跳舞，那都是 20 世纪末的事了。她为什么在会所里跳舞呢？跳舞也没啥收入，她又是专业的舞蹈家，按理说一不应该缺钱，二不能够违反规定，真要找个兼职赚点零花钱，怎么不找个更体面的工作？毕竟会所里跳舞都是幌子，真能挣钱的是那些"公主"，那都不是明码标价地卖，她们不谈价格，可想而知，是怎样的大价格。

赖洪川说："我当时也问她呀，她就跟我说啊，她急需用钱，会所老板出钱大方，平时傍晚过来还能练练舞。"

急需用钱干吗？这时赖洪川就提到了一个人，赵红霞的老乡，也是她的初恋男友，叫刘俊。赵红霞当时就是跟着他北上的。俩人都是安徽人，刘俊考上了北邮，赵红霞随后报考了歌舞团，等于随着他一道来了。这个男的上完大学之后想出国留学，但家境贫寒支撑不了他，所以赵红霞就去了"歌・颂"做舞女给他存钱。

赵红霞缺钱，赖洪川惜美人，一来二去俩人就交往上了。

说到这份感情，赖洪川脸上浮现出了温暖的神色，他说："我特别喜欢这个女孩子，她跳舞时候那个灵动的眼神，我一下子就被她吸引了。"他说这话的时候，脸上不带一点色情，因为喜欢，因为一种爱。赵红霞把自己的情况和盘托出后，赖洪川还是义无反顾地选择了资助她，出钱出力。随后，刘俊出国了。

刘俊在国外学的是编程，和原先跟赵红霞约定的不一样，他学成后想留在那边，就必须要拿绿卡，因此，他给赵红霞来了个先斩后奏，他选择走捷径，跟当地一个黑人女人结了婚。赵红霞知道之后非常痛苦，但也无可挽回，纠结了一番，最后跟了赖洪川。赖洪川说："我特别疼惜小霞，她说了'我愿意'，我喜出望外，自此之后，我更是倾我所有来帮助她的事业、生活和家庭。"

然而，好景不长。赖洪川跟赵红霞一起生活了有七八年，刘俊回国发展来了。据赖洪川说，刘俊回国发展以后，赵红霞又跟他在一起了。刘俊所谓的回国发展，要自己创业。那时候 IT 行业也热，赵红霞就把房产做了抵押，又从赖洪川那儿借了钱，大概拿了有一千万给了刘俊。赖洪川也劝赵红霞来着："这个男的当初就辜负你，我不是拦着你回头找他，是觉得你还会在他身上吃大亏。"赵红霞不听，一意孤行。刘俊拿了赵红霞的钱，办起了自己的公司，赖洪川听赵红霞说，他以公司名义在北京买了两套房子，又买了两个底商，还买了一个平层办公楼，买了之后开始创业，做得挺大。但是在这个过程中，刘俊虽然拿着赵红霞的钱，却完全没打算娶她，让赵红霞十分苦闷。

这时候赵红霞跟赖洪川的关系就已经岌岌可危了，加之赵红霞又情场失意，就开始出入酒吧、夜店，撒钱、买醉，赖洪川找过她好几次，但根本拉不出来。以至于最后发展到她开始吃违禁药、赌博，俩人彻底掰了。

赖洪川一五一十把他跟赵红霞相识、相恋再到分手的经历说了一遍。我们再也问不出什么，至于后期赵红霞这些乱七八糟的事情他都不清楚，我就让夏新亮送他走了。

夏新亮一出一进打了个来回，我到院里抽烟，他见我也出来了，回办公室拿了两瓶矿泉水，我俩一人一瓶咕咚咚往下灌。

“师父，我看现在是两条线，一个是找刘俊了解情况；一个就是查一查赵红霞在社会上走动的损友。她单位那边……应该没什么线索，但可以排除一下。”

“嗯。歌舞团那边……我看找谁去吧，这种机关单位一个不好相与，一个也是赵红霞生活上这么复杂，恐怕……”

“大刘儿！”

我循着声音看过去，是许鹏。

“我说怎么办公室又塞了两张桌子呢！敢情你小子杀回来啦！”

“就跟你不知道似的。”我把烟盒抛给了许鹏。

“知道，但不知道这么快啊。”

“那这不赖你，我自己都不知道。”

“许队。”夏新亮规规整整给许鹏敬了个礼。

“你不累啊？”许鹏给夏新亮胳膊摆了回去，“放出来就好，回头跟戴队跟前儿比画去吧，就他喜欢这一套。”

“哎哎，别跟孩子跟前儿说这些个，不教点儿好，人家戴天现在是咱领导，差不多得了啊。”

“就你丫爱维护他，我可跟你说啊，现在跟以前不一样了，他丫是头号公敌，你再站他，你小心给你丫也划进敌营。”许鹏说着，把烟盒抛回给了我。

“我说你至于嘛。”

“我这儿忙着呢，不忙时候约大酒吧。刚接了个绑架案。”

“得，那快请，不耽误了。”

“你们俩手机咋都不接啊？叫我这一通好找！”

李昱刚走过来我都没注意，夏新亮朝他撇嘴：“我手机充电呢。”

“你这边有进展了？”

李昱刚毫不客气地抢过了夏新亮的矿泉水，也是一通猛灌，力争点滴不剩的架势，夏新亮有洁癖，他喝完夏新亮肯定不喝了。

“那要看怎么说了。”

“你就甭卖关子了。”耿直的夏新亮式拆台。

李昱刚翻了个白眼："痕迹科那边鉴定结果出来了，尸体表面附着的沙土、草叶就是咱们当地普通的土壤、植物。其中还混有微量建筑用河沙，但鉴于咱帝都到处都是工地，扬沙又防范不到位，也没什么参考价值。简而言之，死路一条。捆绑尸体的绳索就是一般的尼龙绳，从晾衣绳到捆绑货物，哪儿都在用，也没什么特别之处。"

"那我请问你，'要看怎么说'，它是打哪儿来的？"

夏新亮的眉毛拧在一起，李昱刚倒是乐了："你不是没选择让我怎么说嘛，我就顺着说啊。"

"直给行吗？"

"你看你，急什么。正片不看完就要彩蛋。"

"赶紧说。"我用脚碾灭烟蒂，谁有闲工夫听他抖包袱儿！

"痕迹物证这边走不通，我就研究了一下绳索打结的方式。它是 8 字结。这个 8 字结是建立在反手结的基础之上。反手结你们知道吧？"李昱刚说着开始比画，"就最简单的结节，首先将绳索曲成环装，将活端从后面穿过拉紧。反手结除了用来在绳端处打一结点，很少有其他用场。8 字结呢，跟反手结一样，在绳端系一个结点，但比反手结更为有效，也是先将绳子弯曲成一环，然后将活端放至绳索固定部分的后面，绕过固定部分，再将活端穿过前面的环。"

我听得似懂非懂，平时谁也不研究这个呀！大约是我的面部表情出卖了我，李昱刚看了看我，又看了看夏新亮，说："你们没听懂是吧？"

"你接着说，"我抓重点，"意思就是这种结用场不大，一般人不用是吧？"

"对。咱们生活里最常用的是平结。8 字结倒是有个地方特别常用。钓鱼！"

"哦？"

"我觉得这是个方向。"

我眼看着夏新亮扶额了，李昱刚也不是瞎子，赶忙补充道："是个方向。方向而已。但是最关键的也不是这。我查了死者的动账。这个钱啊，大进大出。有个叫刘俊的，先是给了女死者七百八十万，接着没两周，又是二百万。然而这钱呢，又分别被转给了一些账户。"

"还是刘俊。"夏新亮看向我说。

"还是？"李昱刚瞪大了眼睛，"你们也查到他身上了？"

兵分两路，李昱刚顺着死者赵红霞往下查，她常出入的地点、常来往的人，包括财务往来的对象等，要事无巨细地查，勾勒出一个她的生活轨迹来。夏新亮跟着我，我们现在确定的头号嫌疑人那就是刘俊无疑了，毕竟钱上、动机上他都有嫌疑，也是时候会一会他了。

为了不打草惊蛇，我们没把他叫来队上，而是去他的公司走访。

要见刘俊真不太简单。去到他公司，人没在。通过他的助理联系他，答应了我们说下午到，可我们喝了四轮免费咖啡，他才姗姗来迟。这期间我跟夏新亮装着没事人似的借着上卫生间、找不见路了之类的借口，全方位地摸了摸。其实这样不对，但也不算违规，反正又不是切实采集证据，落不下什么口舌。不能光让犯罪分子跟我们斗智斗勇，我们也得暗度陈仓。但是看着前台接待我们的态度，感觉刘俊对我们也没设防，我们跟前台说找刘俊了解点事情，她也是这么跟刘俊原封不动地转达的，挂了电话，前台也没看着我们。是他真无辜，还是稳中求胜仍不得而知。但是通过我们的走动，了解到刘俊的公司目前正在进行PE(Private Equity)融资。我是不懂什么叫PE融资，想说问问搞经侦的高博，夏新亮倒是给我解释了——当企业进入快速扩张阶段的时候，介入的融资就是PE，私募股权了。PE比较注重短期盈利能力，更关注处于成熟阶段的企业，而这些企业往往有着经过市场肯定和验证的商业模式。

我问："那就是说他公司经营得还挺顺利喽？"

夏新亮回："那也不见得。"

见到刘俊已经是傍晚6点多了，他本人跟他的身份证照片出入挺大，胖瘦倒还是那个胖瘦，但精神面貌远不如那张身份证照片显得精神，不仅是疲态尽显，还有点显老了。

"对不起，对不起，让你们久等了。真是不好意思，确实是生意上的事，走不开。"

刘俊的办公室不大，但有一整面的窗户，所以显得更开阔些。

“我们来呢，是想跟你了解一下赵红霞的情况。”

此时刘俊正烧水煮茶，他抬头看向我们，随即又低下了头：“她怎么了，是赌博被抓了，还是被追债的绑架了？”问得轻描淡写，语气中透出了不屑。

“她遇害了。”我说。

我看着刘俊，夏新亮也在打量他。

刘俊的手停下了，他摸了摸茶台上的茶宠，长出了一口气：“是吗？”

“听上去你也不太意外呀？”我说着，摸出了烟盒，“您这儿能抽烟吗？”

“能能能，”刘俊说着，起身过去开了两扇窗，“我是不意外。红霞啊，我也是一言难尽。”

我靠在沙发背上，表示愿闻其详。

和赖洪川说的不大一样，刘俊表示他跟赵红霞虽然从前谈过恋爱，但是和平分手后，两人再度联系，是赵红霞投资他的项目，也就是说，刘俊表示，他跟赵红霞只是投资关系。所谓“和平分手”，刘俊说得有模有样——“我大学毕业之后就出国了，距离远，再加上日子久了，红霞就跟一个香港富商走到了一起，我也结婚了，在美国。”

反正赵红霞也是死了，死人没法儿说话，她跟赖洪川、刘俊到底是怎么一个关系，都是这俩男人说了算，都会有真真假假的成分。中心思想倒是都一样——剪不断，理还乱。

据刘俊说，他回国之后，出于礼貌见了“故友”赵红霞，赵红霞听说他要创业，表示很感兴趣，也很信任他，正好她手里有闲钱，便拿出来投资，想分一杯羹。

一开始挺好的，但是后来赵红霞就变了，刘俊的原话是“可能内心空虚”，赵红霞开始出入夜店，喝酒、嗑药，还跟好些个小白脸勾勾搭搭。刘俊提到一个男人，赵红霞管他叫晨晨，赵红霞说这个男人给了她无微不至的关怀。但是在刘俊看来，正是这个“少爷”给赵红霞带跑偏了，一开始是吸毒、嗑药，后来又带她上澳门去赌。第一次、第二次赵红霞全赢钱了，随后再去便是输到倾家荡产。

赵红霞输得坚持不住了，就掉头管刘俊要钱，刘俊说他让赵红霞逼得不行——“不瞒您说，赵红霞三天两头往我公司跑，别看我这公司看着规模可以，但养这么多人，您说开支能少得了吗？再加上经济下行，行业收紧，我今天为什么没能按时回来见你们啊？我就是去融资了。我说我没这么多钱给你堵窟窿，你也不能这么瞎混着过日子，她就跟我掰扯，说这些年你的房产翻了多少倍？要不是我当初拿钱给你，你能买上房？你能办起公司？甭跟我说你没钱。一个是我架不住她来我公司闹，再一个我一想，红霞都这样儿了，我不帮她谁帮她？我帮她一把，拉她上岸吧。我就卖了一处底商，卖了七百八十万，就把这钱全拿给红霞了，跟她说下不为例，再不能去赌博了。"

以为出了这一道血，赵红霞就能放过他。刘俊说："大错特错，这是噩梦才开始。"钱拿给了赵红霞，赵红霞有没有拿去还账他不知道，没出仨月，她又来找刘俊了，说："当初我给了你一千万，你上回给了我七百八十万，利息我也不给你算高了，这样吧，你再给我三百万。"刘俊不干了，说："当初说好是投资，我上次拿钱给你是给你救急，公司这边该给你分红给你分红，一分也没少过你的，你怎么能说让我再给你三百万清账呢？"

刘俊说，赵红霞八成是赌性上来了，不干，就让刘俊一定把这个钱还给她。刘俊合计了一下，赵红霞变成了这德行，他帮也帮不了了，就又给她凑了两百万，对赵红霞说："房产我不能再卖了，剩下的你再等一等，行不行？"

"不行，因为你买的所有房产都有我的一半，是我给你投资的，至少有我的一半，你至少再卖一个房子给我！"刘俊说什么也不干，跟赵红霞打起了游击战。然后就没有然后了，再然后就是我们上门来找他了。刘俊坚称最后一次见赵红霞就是给她两百万那天。也就是两个月前的 19 号。

"那你 14 号晚上 9 点到 10 点的时候在哪儿？"夏新亮问刘俊。这是赵红霞的侄女报案的时间。

"14 号啊？你等我看看日程表，"刘俊说着拿出了手机，"14 号，我上午在公司开会，下午去见了几个投资人，晚上……"

夏新亮的小刀眼儿扫过去，刘俊有点紧张，做回忆状思索。那神态是明显不对了。奇怪，他刚刚一直都挺镇定的。

"这样吧，您跟我们回队上吧，到那儿再慢慢儿想。"察言观色如夏新亮，也觉出刘俊异常了。

“哦。行吧。”

刘俊比我跟夏新亮起身还要快，说时迟那时快，他一个箭步儿就窜了出去。诚然，他离着门比我跟夏新亮要近，但我们完全没料到他会逃跑，真是一怔。这说着说着一直好好儿的，问他不在场证明他答不上来才起了点儿疑，这就……跑了？

只见我们这小白竹竿儿夏新亮也窜了出去，不服老不行，人家小伙子就是比我反应快。但他身手还是不如李昱刚，这要是李昱刚，就不用翻沙发、越桌子，一路紧追了，保准三下五除二就给他摁地上。

离着公司大门还二十来米，夏新亮就把刘俊给铐上了。

“跑啊！还跑！你跑得了吗？”

夏新亮这倒有点凶神恶煞的样子，看来他这几年没少出外勤吧！身手没退步倒是有进步啊！我一想，他给发配去查那些经年老案子，除了档案室，也得出外勤。出外勤主要干什么？不是蹲点儿就是跟踪相关人员，赶上嫌疑人露头，那就是一个字——追。人在逃那么些年，见了警察不跑才奇怪。

把刘俊拉回队上，直接把他塞进了审讯室，往椅子上一铐。

在审他的过程中，刘俊始终就是不说案发时间干什么了，他各种时间都能说清，就案发那段时间说不清。作案时间是固定他犯罪的一个核心要素，他什么都认，我眼瞧着他给吓得都快承认杀人了，但就是作案时间不认。

是时候祭出撒手锏了。我递了个眼神给夏新亮，夏新亮起身出去了，回来时候手上拿着文件袋，啪，往桌上一摔，赵红霞死亡的模样尽入刘俊的眼。

刘俊嗷了一嗓子，声似野兽，受惊的野兽。那个状态是演不出来的，是真害怕。这不是恐怖片，却比满屏血浆的B级片还吓人，因为死人是真的。我们干刑警，虽然跟尸体的交道打得多了，但每每进入犯罪现场，心理也还是得经受考验。

真见了死亡惨状了，刘俊扛不住了，这会儿开始高喊：“我没杀人、我没杀人！我说，我说！”

夏新亮把照片收起来，刘俊还在打哆嗦，与之前的高声叫喊不同，他蚊子声似的对我说：“我……我去嫖娼了。”

啥玩意儿？我嘴肯定都气歪了。

他招了些啥呢？他说当天晚上他去昆仑那条街了。昆仑一条街我们清楚得很，“鸡窝”嘛！他去嫖娼为啥不一开始就说？

皮裤套棉裤，必定有缘故。他为什么不说？是因为他去昆仑一条街找人体验特殊玩法了，一起去人家里了，刘俊说他想尝试一下，寻求新鲜感、刺激感。

“你玩儿得挺野的。”

夏新亮的崩溃跟我如出一辙。

我俩从审讯室出来，一个眼神的对视，就看出了彼此的挫败感，刘俊八成没在扯谎。然而，为了证实他说的是真的，我俩可真犯难了。昆仑那么多人，那么多女性、男性，我们上哪儿找这个人去啊？找不见就无法确认他说的是真的。

“师父，咱俩开拔吗？”

肯定得开拔啊。问题是，昆仑那地方那么些“鸡头”，这是谁家的货啊？贸然过去查万万不妥，你直不愣登一去，昆仑一条街都认识你了，人都跑了，你找谁去？那儿根本就是流动人口大本营，峰值时候一千多个小姐不在话下。

“先别拔，我找外援吧。指着咱俩，一是人手不够，二是狗屁不通。”

“我记得师父您懂这方面啊……”

“我？也就糊弄糊弄你还行。”

时间不等人，也顾不上这都 11 点多了，我一个电话给我师父打过去了。这白花花的时间全叫刘俊给耽误了，且显而易见，接下来这一宿还得耗在他身上。

师父听了我这边的情况，给指了条道——“这事啊，你找政委，他原先手底下有个特情队，他们肯定能帮上你。”

三更半夜我不仅把我师父挖起来，扭脸儿又骚扰上了光明队长。光明队长给了我一号码，说对方叫文君，现在在档案室。我认真搜寻了一下记忆，文君？有这么个人吗？长什么样子？

一片空白。

但想不出来也不奇怪，一是他是光明队长的手下，岁数肯定不小；二是特情科因为工作需要，本来就神神秘秘的。我从前搞缉毒工作的时候，接触过几个特情科的人，他们只是给我牵线搭桥，主要还是跟他们手里的特情人员合作。后来不让搞特情了，特情机构就解散了。这局里老人儿都知道。

“哎，夏新亮，你老混档案室，他们那儿有个叫文君的男的吗？”

“那儿就没人。”

“哈？”

“我就没见过什么人，除了后勤一小姑娘。”

我挠了挠头，给文君把电话打了过去。起先没人接，后来又占线，再打过去还占线，等了一会儿再拨，倒是接了，先是传来一阵“妈妈妈妈……”，然后是一把清亮的女声：“喂？”

我一愣，有那么三秒钟吧，我试探着问：“我找……文君？”

“咳，刘队是吧？我是文君，刚才老大给我打电话了，我往回给你打，占线了。”

我把情况这么一说，问：“这个案子您能给帮帮忙吗？”

半小时之后，她就来了，直接来的队上，给我惊讶坏了。

我本以为这个文君同志是个上岁数的男领导，结果她是个女的不说，打眼儿一瞧我感觉她连三十岁都没有。这不科学啊！光明队长手底下哪儿有这么年轻的人？那都是跟我师父同辈的才对，头衔没有低于正处的。

文君这打扮也十分“洒脱”，里面穿一个简单的睡衣，一看就是睡衣，分体式那种，背心短裤，外面披了个长衬衫。

“您……您不先换个衣服吗？”夏新亮试探着问文君。这孩子，瞎说什么大实话！多尴尬啊！我经常想把夏新亮那嘴缝起来。

“您什么您哪！”文君兜头给了夏新亮脑袋一下，“我啊！你大姐大！”她说着，白皙修长的手指把长发从两边儿拨弄开，一手抓一边把头发往上那么一攥，弄成“哪吒头”的样子，“你小子跟这儿干吗？”

“啊啊啊啊！”

我还很少见夏新亮这么不淡定，吼了他一句：“别叫唤，有话说话！”

“这是档案室那后勤小姑娘啊！”

我瞧瞧文君，再瞧瞧一脸懵懂的夏新亮，我也是信的。尤其刚才她比画的“哪吒头”，那都是幼儿园小朋友扎的发型。

一路开车往昆仑一条街走，夏新亮给文君说具体情况——我们要抓一个人，没有电话，什么信息都没有，就知道是叫彤彤。

这说得也算是言简意赅，就是这么一说，怎么显得我俩这么窝囊废呢？我都想照着夏新亮那小脑袋壳儿来一下儿了。刚才她怎么挥巴掌来着？挺有气势挺带劲的。要说这一点上还是女同志好，我心想，她一个女同志挥拳抡巴掌就不显得像欺负人了。现在队上有严格规定：不能随便跟小同志动手，自己徒弟也不行。想当年我师父打我打得多带劲。我倒是不想打夏新亮，欠打的是李昱刚。

我正脑内欢乐着，听见文君给我们普及专业知识了：“昆仑一条街啊，首先要确定的不是人，是位置。树坑与树坑之间，每个人都有数儿的，都是鸡头在罩着。一到三之间是谁的，四到五之间是谁的，谁来这儿找了人之后，鸡头要收钱的。同时鸡头还负责人走了之后把车牌号记下来，要把钱核对上。”

“夏新亮，你给昱刚打个电话，让他问问刘俊。文队，见谅啊，我这草台班子才组起来，手底下没仨人儿。”

“没事，不急，这会儿那些人也才出来干。哎，你风挡前面那一次性筷子递我一下儿呗。”

我有点不明所以，但还是回手递给了她。这还是上回给孩子们打包吃的落在车上的。我的车现在用乱七八糟形容那是一点不为过，啥都有，筷子算啥？从零食到书包一应俱全。

从中视镜里我看见文君拆了筷子包装，啪那么一掰，然后手持一根三下五除二就把长头发给盘起来了。你还别说，这会儿五官面貌都露出来，我发现她是个美女。脸上半点儿不施胭脂，纯素颜都瞧得出来是美女。

“文队，你是特情方面专业搞卖淫这条线的？”

“我们从前叫‘组对’，组织犯罪对策科，‘反黑’下头的，我一直负责这方面。

我听你叫我文队十分难受，你几几年的？”

“我啊，我三十八了。”

“几月的？”

“九月。”

“那叫君姐。我比你大一个月。”

“哎哟喂，真看不出来！”

“你看不出来的多了，”文君笑得爽朗，“文队哪儿成啊，文处。”

“这我倒是猜着了，你们特情部门解散之后，好像衔儿都提了，好些还都分去了大部门任职。”

“那是表面儿，其实就是闲置了，给个职称安抚安抚。像我在档案室，这夏新亮知道啊，荒无人烟。”

“不被重用倒没啥，你怎么去了档案室啊？”

“早前先是分去了你们重案，就还是我们老大手底下，他坚持留我，后来隗队重组重案，他那徒弟叫什么来着？我记不住了，那小子说女同志，尤其我那么一个年纪，就意思我到生育年龄了呗，就给我‘照顾’进档案室了。”

这“照顾”二字“黑”得真是不留情面，我嘬了下牙花子，这是戴天的行事风格。纸里包不住火，我争取个宽大吧：“那是我师弟，叫戴天，现在是我们一把手。你甭搭理他，八成他就是觉得你从前跟着光明队长，跟我师父属于平起平坐，他才瞎说一气。这事跟我师父肯定没关系。”

“噢！你是隗队的徒弟啊？哦哦哦哦！刘、刘……”

我们正闲聊，李昱刚的电话打进来了。

认定了树坑的大概位置之后，文君打起了手机。要说真是术业有专攻，来去俩电话，我们当下就知道这人是谁了。给情报的人跟文君约了夜里3点见。这会儿时间还早，文君说：“干脆我回家换套衣服吧，我这也是放下孩子糊里糊涂就跑出来了，不像个样子。”夏新亮那眼珠子都快努出来了，然而文君紧跟着那句“老二太小，我也得回去看看”真的是惊呆了我们师徒二人。

“天山童姥。”

文君上了出租车，我点了支烟回到车上，跟夏新亮说。

夏新亮没吭声，我刚要回头，他把手机屏幕举到我眼前。

好家伙！真天山童姥。她是怎么做到把自己捯饬成一古怪少女跟小伙子合影的？一点不夸张，不是夏新亮眼瞎，这模样我也瞧不出来她的年纪不光比夏新亮大，而且比我还大！这不科学。

更不科学的是文君杀回来时的容貌。只见从出租车上下来一女的，好家伙，那叫一个花枝招展！毫不夸张，我敢说她就是这条街上最靓的女人。当当当，靓女来敲车窗，我放下来，听见她说："你们别下车，下车就认出来了，我先去晃晃。"

我跟夏新亮睁眼看着靓女踩着高跟鞋挪着猫步走远了。她绝对是搞特情出身的无疑，这玩意儿会画皮啊！打眼儿我都没敢认她！

"咱跟着呗。"我发动了车。跟这儿溜车一点不奇怪，全是干这个的，完美隐藏。

不一会儿，文君停下了脚步，我看着她从挽手袋里掏出了一瓶迷你的瓶装矿泉水，说实话，我还以为她会掏出一盒烟呢。

她就这么站了一会儿，从另一个方向走过来一个男的，跟我印象里那种"鸡头"截然不同，挺有绅士风度的一翩翩公子，身后倒是跟着个猥琐的小弟。只见他张开双臂抱了抱文君，两人说了会儿什么，就开始走动起来。

夏新亮的微信这时候响了，言简意赅："见我点头就动手。"

目标人物随后出现，我跟夏新亮火速行动，得把彤彤请上车。妓女见警察的本能反应就是想跑，铺垫啥都没用。本来这个彤彤跟文君他们站一块挺放松，但约莫彤彤雷达时刻在线，一见着我跟夏新亮，拔腿就跑了。

追呗！今儿主旋律大约就是追。追还不敢闹出大动静，否则更麻烦。

终于拉住了彤彤，控制着他往车那边走，我一看："哟，君姐怎么没了？"按着彤彤的头把他塞进车里，我正踅摸着文君，只见文君从不远处停着的一辆奔驰里下来了，也说不上她是走还是跑，那双恨天高她算驾驭得灵便了，她拉开副驾驶的车门就上来了："赶紧走。赶紧。"

"这是怎么了？"我刚张嘴，就见奔驰里下来一小孩儿，二十岁有没有都不好说，往我这边来了。

一脚油门踩下去，从敞开的车窗里我听见了络绎不绝的——“×你妈！”

“介绍介绍情况呗。”我乐着问。

文君一边喝水一边说:“嗐,我站路边儿等你们,这孩子从车里伸出一只手抓我,硬给我拽上了车。我说你找我？那边那么多呢。他说我就找你了。我说我刚生完孩子漏奶,他说正好喝点儿败败火。我劈手就抽了丫俩嘴巴。可能是力道没掌握好,瞧，这是牙冠吧？”

夏新亮都乐叉劈了，原本紧绷着弦儿的彤彤也乐得直抽抽。

他放松是好事，彤彤跟着我们回了队上，让他隔着审讯室玻璃看刘俊，因为日子近，他还真记得:“没错，14号晚上是他给我拉走的，草包一个。”

就这么着，刘俊的嫌疑彻底排除了。

我们也不是扫黄打非，说到底还是请人家来协助办案，认完人就让夏新亮送彤彤出去了。

“线索断了？”大约是见我面露难色，文君问我。

“再梳理吧。就是这鳖孙儿太耽误我们时间，直说不就完了，还跑！”我看向审讯室里蔫头耷脑的刘俊,谁坐那椅子上都灰头土脸。我审讯过太多人了,有钱的、没钱的；有社会地位的、没社会地位的；高才生、无业游民；等等。剥离掉各式各样的外皮，裸露出来的只剩人性。人性很复杂，但坐在那张椅子上，趋利避害却是每个人共同的选择。哪有什么实话假话之分，只有真相恒定不变。

“压力大呗，特殊癖好怎么跟你们开口。”文君说道。

“找都找了。更何况这事不撂，难道杀人他能背啊？”

“你看他那德行，㞞字儿都快刻脸上了，”文君的视线透过玻璃扫视着审讯室，“这种人啊，脸比命还金贵。”

“呵。”

“要只是嫖娼，他也就吐了。这多敏感啊，这类边缘群体太敏感了。谁也不敢轻易勇敢，勇敢跟就义基本可以画等号。这几年还算可以了，你看你逼一逼他，他到底跟你交了实底儿，搁十年二十年前，冤案也吓不住他。”

“活下来比什么不强！”

“那你得看对‘活’的定义。活着像死了一样，还不如真死了。抛开你们这嫌疑人不说啊，跟你聊聊群体意识。什么是群体意识？排他性。绝大多数人都喜欢异性，喜欢同性的就会被排他。这种排他性的可怕之处在于，你身上一切的身份粉饰都不作数儿了，只剩下异端的标签。这种攻击是激进的、无脑的、不假思索的。举个尽人皆知的例子。这两年一到愚人节，好多人首先想到的不是愚人，而是缅怀张国荣。而张国荣恰恰是群体意识的受害人。要说他，事业有成、万众瞩目、不缺钱、不缺名声地位，一代巨星嘛。我们现在说他死于抑郁症，但是他那么积极乐观的一个人，包括现在你看那些自媒体给你推荐养生秘诀什么的，好多还是张国荣怎么怎么养生，明显人家曾经也是奔着长生不老去的，怎么就抑郁了？他其实没有抑郁的理由，我觉得还是他的性取向这个事被人诋毁导致他抑郁。然后他跳了楼，他跳了之后两三年吧，舆论导向又变了，当初那些刽子手媒体掉过头来带头怀念。这就是我为什么说，活着像死了一样，还不如真死了。真死了，死亡本身的力量就能战胜一切，包括群体意识。”文君刚说完，另一个声音又接上了。

“再譬如图灵，计算机之父。再有像近期上的《波西米亚狂想曲》，弗雷迪也是受害者。当然你可以把他们都归结于时代错误。但时代错误这事就像万金油，群体意识嘛，时代错误来背锅，”夏新亮不知道几时回来的，“跳出小格局，就说群体意识，还有布鲁诺啊，他说地球是圆的，让人架火上给烧死了。说他精神病，说他被女巫附体，这么说起来，2000 年中国才把同性恋从精神病目录中删除，实现了同性恋去病化。”

“百科全书啊你。”文君敲了敲夏新亮的脑袋。

“回来还挺快。那你再受累送送君姐吧，你直接把她送回去，自己也回去休息休息，明天准时来队上，咱们碰一碰，接着往下走。”

“我不用送。”

“送，得送。就您这恨天高，我得搀着您。师父我送完君姐就回来吧，昱刚不也还跟这儿呢嘛。”

“你甭管他了，他就一夜猫子，白天睡。咱明天这样吧，去趟赵红霞家里。咱们过去看看。”

山重水复疑无路，柳暗花明又一村。我办案子这些年，最常经历的就是这种情况。再微小的线索也不放过，再不合理的情况也要紧跟，功夫下到了，老天爷总会赏饭吃。

赵红霞忽然遇害，事发时她的嫂子带着女儿住在赵红霞位于香江花园的独栋别墅里，事发后娘俩很支持我们的工作，我们这回过来，正赶上她们要回安徽，一是本来也是出差顺便来探亲，二是现下赵红霞遇害也要着手为她办理后事。尸体还停在法医中心，但后事不能不办。钥匙留给我们，说好保持联系后，人就带孩子走了。

虽说上门来看看，可其实我心里也不知道到底要看什么。这儿既不是案发现场，也不是抛尸地，要说跟案件有关，也就是捋一捋赵红霞的生活轨迹。

对一个人来说，这么一套别墅住着显得有点过大了，我正溜达着看一层的保姆间，就听见夏新亮在二楼喊我。

赵红霞的衣柜里，几乎没有丝袜，仅有的两双还都是肉色的。而她遇害的时候，全身上下只穿着一双黑丝袜。现在问题来了，赵红霞脚上的黑丝袜是哪儿来的？她平时不穿黑丝袜，那就是凶手给她穿上的？为什么要给她穿，搬运她的人是不是凶手本人？

我和夏新亮正合计这事，李昱刚把电话打过来了。

有人试图领赵红霞的商业保险。

鉴于李昱刚那边捋出了一些线索，我跟夏新亮索性赶回了队上。

现在我们有两个疑点，一是黑丝袜的来历，二是商业险的受益人。这两方面，李昱刚都有所进展。

首先黑丝袜这边，李昱刚通过互联网辅助摸排发现，我们最早接触的那位香港老先生，是个恋足癖，这就让我们将调查视线挪回到了他身上。老实说，我们接触过这位老先生之后，还没有对他持怀疑态度。但现在这个线索上来，就要推翻之前的认知重来。再次把他请来，他还是风度翩翩，有问必答，我们很快又把他给排除了，很简单，事发时他正在跟人谈生意呢。人证俱全，清晰无误。

接着是保险受益人。李昱刚查到了赵红霞有一份商业险，受益人既不是她的家人，也不是社会公益机构，这个人叫费彬。当时李昱刚心里就存了个疑影，马上就接洽了保险公司，叮嘱他们，如果有人来办理赵红霞的保险，暂且找理由推搪掉，并且要第一时间联系我们警方。

不查不要紧，一查吓一跳。我们前往保险公司，一起看了监控，监控里到这儿来办理保险的，不是别人，正是昨天夜里跟文君见面的那位“贵公子”！夜里帮我们找那个人，一早就来保险公司办业务，这什么骚操作？他是双面间谍吗？

我本来想让保险公司把这个费彬叫来，我们带走，但转念一想，又怕这个费彬狡猾，闻见可疑的味道，就决定干脆还是让文君给他约出来。显然他曾经是文君手底下的特情人员，文君叫他比我们用保险公司诓他，见着他的可能性更大。

我就给文君去了个电话，她听我把这个情况一说，电话里我都能感觉她皮笑肉不笑的神态：“这小子，就爱跟我来这套。瞧我收拾他。”

7 点多，文君带着费彬和一个男孩儿一块过来了。除了李昱刚留下来再度梳理案件，我们都去了审讯室。文君搬了几张椅子过来，营造出了开小会的气氛，就完全不是审讯气氛。茶都准备了，跟费彬说话的感觉也像是自家小孩儿犯了错她去训斥的那个架势。后来我才知道，这个费彬跟文君交情很深，可以说文君看着他从狡猾的小狐狸成长为狡猾的老狐狸。

“你把你刚跟我说的，原原本本跟刘队说清楚，有半句不实，我准保治你。”

费彬确实做到了开门见山，把事情给我们交代了一遍。

他带来的这个男孩儿，叫许晨，在他手底下干“少爷”，或者叫“牛郎”。他都负责干什么呢？把客人哄好、陪好，贩卖快乐的同时也卖高价酒收台位费。他把这个客人围住了，吃定了，拿捏稳了，就可以再深入地“发展”她。

这个“发展”怎么讲？不用他说我也明白。黄赌毒，从来不分家。只要沾上了一样，另外两样就不远了。我前前后后干过很长时间的缉毒工作，太懂这里面的联系了。毒品的泛滥，跟它驱动人的力量有很大的关系。它是一个控制人的工具。你吸毒了，你只单纯爱嗨，那就走嗨路；你爱嫖，那就走黄路；你爱赌，那就走赌路。

谁带你走上哪条路你就走上哪条路。

费彬的主要工作是发展一帮“小姐”“少爷”，帮赌场带人去赌博。中国内地赌博犯法，但澳门那儿合法。怎么招揽顾客呢？不光是跟毛片前头放广告，也有很多像费彬这样给他们带人的。带人当然不白带，那都是跟利益挂钩的，挣的就是人头儿钱。但显然这个费彬更有脑子，他两头儿捞，一边赌场这儿获利，一边他还给这些“顾客”放贷。赌博需要钱，一开始赢钱那是人家让这些人赢，后面没有不大把大把输的，输了赌瘾依然在，就还得赌，拿什么赌？抵押、借贷，到最后就是人寿保险，人死了也得还钱。失手的有没有？的确有，但多数还是大赚。明面儿上还做得滴水不漏，专门钻法律空子——赌场不是他开的、毒品不是他给的、借贷手续永远符合法律法规。

许晨交代，赵红霞欠着他钱，因为是他带她去澳门、给她放款。赵红霞从许晨也就是费彬这边借了不少钱，可在这个过程中，赵红霞又深陷嗑药旋涡，时不时总会产生幻觉，经常闹着要跳楼自杀，许晨怕赵红霞欠着他们那三四百万还不上，保险起见就给赵红霞上了一份商业保险。

全是套路，但是跟赵红霞被杀毫无关系。对他们来说，人活着一定比死了值钱，保险那点钱只能勉强算托底，行话叫砸了。更何况，他们把自己的不在场证明提供了一个清清楚楚、明明白白。

费彬敢带着小弟这么大摇大摆来喝茶，心里那是有底的，他们不干杀人这勾当。他也很清楚法律不能拿他怎么样，我们也没法拿他怎么样。办案留根，以人找案，文君给他发展了，顺着他也破获过很多大案。功过相抵这个说法太恶心，只能说恶性案件需要这样的知情人。他手上的牌多得很，心眼儿也不少，前脚从文君这儿听说我们侦办案件，后脚就能挖出与赵红霞有关，跟着就来办理保险兑现，如同水蛭见了血。

“东杀”

我干缉毒的时候，形形色色、三教九流的特情人员也见了不少，他们也在我打毒的许许多多工作中，提供过大量的消息。譬如北京刚有德州扑克的时候，那会儿流行一个叫“天黑请闭眼”，分“东杀”“西杀”，“西杀”在海淀，“东杀”在朝阳。“东杀”里边有一堆归国的华侨，每个局多的时候七八十人，公开地玩儿。但那时候我们不知道他们打的是什么东西，还是特情人员给我们透的底。就是在打“东杀”的时候，我们发现里面百分之七八十的人都“溜冰”。黄赌毒就是这么连在一起的。然后我们就把这个点儿给抄了，那里面的人，非富即贵，还有很多演艺界人士。提供情报的特情小伙儿更是在以后的工作中做出了很多突出的贡献，好多线索都来源于他。

在这之前，我早期侦办毒品案件时，是我师父带我认识的特情。就那起“张琦李虎贩毒案”，这是首都北京发现的第一起冰毒案。就现在的贩毒模式，我们在那么些年以前就已经摸索出了，通过特情的线索，我们把他们给打掉了。在打掉的过程中，发现了许多社会问题。

冰毒在那个年代怎么来的？李虎的冰毒来源是刘昭林，这个人年产量三十吨，是世界冰毒的总和，五年的产量让我们几乎一网打尽。

刘昭林这小子学历不高，却是个化学天才，有个台湾人一怂恿，他就干起来了，他真的比那美剧《绝命毒师》的主角还厉害。台湾人告诉他："你生产出冰毒来，你都给我，我不祸害中国人，我全世界卖去。"话是这么说，可之后台湾人拍拍屁股走了，他没办法，只好出口转内销。

在那个年代，冰毒市场就已经向全国打开了。但是当时大家还不知道冰毒是什么东西，那会儿还正流行吃摇头丸。可这东西一旦传播起来很快就泛滥了。我们对冰毒开始沿着线打击，在不断打击的过程中，发现一个问题——冰毒联系的是赌博。赌博联系的又是色情产业。

它是一个圈，一个闭合的圆。所以费彬这类人，对我来说早已司空见惯，就是会有这么一批人，参与到这个圈子里来。就像当初台湾人组织一帮人，攒一个大嗨局，弄一个大别墅，里边儿有DJ、有"公主"、有"少爷"，还有一帮玩儿的。吃摇头丸，每人发四分之一片，那会儿大家都不会吃，只能吃四分之一片，吃一片的人很少，吃完就晕了。吃完之后大家都非常开心，气氛热烈至极，大哥一乐："真他妈开心，来来来，每人发你们五百！"一圈儿钱就这么发下去了。这钱多好挣啊，这帮男孩女孩开始一传十十传百："跟大哥玩一玩就能挣钱。"于是就主动开始跟更多人忽悠。有奔着钱的、有奔着乐儿的，大家伙儿都炸了。你爱玩儿？这里有最顶尖的DJ，就跳吧；想尝鲜？有专门发药的小男孩儿，这个小男孩儿发药还要监督每个人吃了。为啥还得监督啊？有鬼的小孩儿，不吃药只奔着钱来的。当然奔着钱来的也热烈欢迎，发钱就拿着，不仅发，还要带你挣钱！这里的DJ喊麦都是："兄弟姐妹们，别光傻玩儿，趁着年轻咱挣钱啊！大哥为什么这么有钱？咱们有生意！带着你们的客人去澳门哪！"

这些"公主""少爷"接触的都是钱多人傻速来的主儿。一去澳门，个个全被"杀"死。等这个圈子发展到一定程度，大哥就隐身下线了，还假惺惺地"劝"这帮年轻人："你们要少玩这些东西啦，对身体不好啦！""你们不要去赌啦，你们一赌也会倾家荡产，让客人赌，你们挣钱就好啦。"但是去了有几个不赌的，有几个染上毒能戒掉的？都是他的工具，跟保险套一样，用完就扔。

那十几年，中国资产流失最为严重。这些社会问题也是令我们警察受不了的。

"大刘儿，你脸上可写了个'丧'了。"

文君的声音领着我回过了神儿。

“我应该丧。”

“不是叫费彬气的吧？”

“那还远不至于，这号儿人咱也没少见。”

“但像他这么传奇的，我职业生涯都不多见。”

“走啊，斗胆请您陪我抽个烟，我听听他的传奇故事。”

“走，我也去透透风儿。”

下楼来到院儿里，我抬头望向夜空，真挺难得，那黑里清澈得透出靛蓝，明天一定是个好天气。

费彬是挺传奇的。吃屎和吃苦他全都行，他成功绝不是偶然。他不是狐狸，他是狐狸精。文君说，他是头一批带女客人去澳门豪赌的，用他的话说，这帮女人去澳门之后比男人赌得还狠。女人钱挣得差不多，喜欢玩男人的大佬他也削尖了脑袋去接触，又开始往这方面拓展。他不是gay，也不是双性恋，甚至对异性也没什么兴趣，他就是爱钱。为了钱，他能演好各种角色，演得尽心尽力。等资本积累得差不多了，他又靠着人脉里面有头有脸的几位，姿态一换，摇身就占了地盘抢了资源，给道上来了一个大洗牌。文君说：“这丫聪明绝顶，幸亏他野心也就在钱上，要不然反黑组都不够跟他斗的。”

文君给我讲了个传奇故事，我要不还她一个，那就不够意思了。我这儿没啥传奇，但故事总归还是有的。我就给她讲了讲我的“小坏”——怎么治这帮吸毒的。

“哎，一定要往痛点治他们！我琢磨出来的招儿。比如这孙子‘溜冰’之后就喜欢找女人，那好办，就‘溜冰’时候抓他，抓完给他铐在树上，不搭理他，给丫放毛片，这招儿治他好使。再有就是利用‘溜冰’之后他们产生的幻觉，行话讲‘溜着溜着就岔道了’。比如有一回，一帮人，五六个，‘溜冰’之后遍地找探头，怀疑警察满世界在抓他们。这是因为我先前给其中一个惯犯编了个故事，讲警察怎么抓他们，怎么围逮他们。等下次‘溜冰’的时候，哪句话说不对了，这人就容易往岔道上走，他们叫‘上头岔道’。他‘上头岔道’了，就开始跟另外五个人讲，这五个人也就岔道了，确实起到作用了。还有溜完冰之后要跳楼的，为什么要跳楼？

觉得警察追他了。当时我使这种招儿治了好多人。”

“你这是人工植入被害妄想症啊，确实有点坏。”

“夸我呢？”

“我犯不着骂你啊。你又没跟我犯坏。”文君的嬉皮笑脸里，总透出一股子少女气息。“倒是你们总队长应该骂你，”她说着，立了个正，敬了个礼，开始模仿戴天，“报告媳妇儿，队上急 call，欠你的回来加倍奉还！”

我大约是一瞬间垮了脸的，但文君笑得腰都直不起来了。

“你怎么知道的！”

“你也不问问我干什么的，有什么我不知道的。只要我想知道。”

我的心一下子被扎了，这真是我心头的一根刺。

“好了好了，言归正传吧。别丧了，走，带我看看尸体、讲讲整个案情，我看看能不能给你挖点儿啥线索出来。”

又是大夜里，文君抛家舍业，把时间耗在了我们的案子上。

法医那边都解剖完了，也没什么可看的，我就让李昱刚把法医的录像放给文君看，吓唬刘俊的那叠照片也拿出来，让她看看我们有什么错漏没有。

还真帮了我们大忙。文君仔细看过之后，给我们确认了一个方向。

赵红霞被发现的时候呈捆绑状态，由于是在抛尸当口被发现，嫌疑人扔下她就跑了。尸体给捆得结结实实，捆绑手法很有条理，一个人被捆得跟件货物似的，各个关节都捆住了，就用一根绳子，中间没有断点。可以说是捆成了个三角形。我们直观感觉就是利于搬运，但也不是没生疑心：譬如为什么不直接塞进行李箱里，譬如捆绑手法、结扣方式。李昱刚还往下挖了，说是什么 8 字结，还说钓鱼的人爱打 8 字结。他还试图去还原尸体的捆绑手法，而且也真办了，在电脑上弄了一个 3D 的模型，这会儿也拿出来给文君看了。

文君看得很认真，说：“你这小徒弟也是个人才。”

“现在的年轻人都有两把刷子。”我这说的是实话，不像当初我们是先进队上再培养刑侦技能，现在都是自带技能博取准入门票。

“还是我师父老给我机会亮刷子。我去图侦那边，他们不仅不给刷子，还没收我油漆桶。”李昱刚说着朝我挤眉弄眼。

文君咯咯地笑：“好了，说正经的。”她说这话的时候，笑意还没收敛回来，“这个系法儿起源于反手结，反手结又是SM里最常见的。”终于切入正题了，“捆绑术有多种，落在这个案子上，这个系法是男人自己的系法。你们看这里。”文君说着，拖动鼠标，屏幕上的3D人体模型转到了正面，“颈部有一个活扣，反手结是死扣，是打结。这是男人的系法，不是女人的系法。不是为了在这个女人身上发泄，是给自己系的，系的是活扣。如果是单纯地固定尸体，这里应该是死扣才对。这是嫌疑人习惯成自然，他应该经常这么迫使自己达到窒息状态，这个状态下，男人会很自然地射精。然后再看这里，包括这儿、这儿，还有这儿，都是静脉窦捆绑术。静脉窦很脆弱，但是抑制人的效果特别好。所谓SM，也就是主人和奴隶，在我们旁观者看来是主人控制一切，奴隶任他羞辱。而其实，在SM当中，M也就是奴隶，占的是主要地位。你以为是主人在调教奴隶，其实正好相反，是奴隶在调教主人，并不存在主人抛弃奴隶，只有奴隶抛弃主人。而所谓调教，也就是互动，这个互动是通过虐待与被虐待，静脉窦捆绑，时间不宜太久，奴隶感觉不适，便要马上停止。这是他们游戏的一个过程。”

我的头点得像小鸡啄米，但我也没听懂多少，这方面触及我的知识盲区了。

“言简意赅，想要成为好的主人，先要当好一个奴隶。你们的受害人有被猥亵的痕迹，但没有性侵痕迹，我寻思应该是有什么打断了他，我怀疑很可能是他习惯性地去掐她的脖子，力道没有掌握好，人在被折磨的过程中死了。这个死者是被人掳走的，也就不是主动参与到嫌疑人的游戏中，剧烈地反抗太容易招致死亡了。绑走她的人，性格应该大有问题，或者说环境对他的局限性非常大。他不去找同好，而要通过绑架实现他的欲望，也就是说他没有对手，可这个年代，互联网化，人是很容易寻找到群体的。他不能还是他不想？无论是不能还是不想，都反映了他的性格问题。刚才李昱刚模拟了他的捆绑手法，一条绳索、没有断点，捆绑和缠绕的方式复杂，但是你们有没有注意到它的独立完成性？说明他常常自己一人行乐。”

这时夏新亮发声了："我猜，为此他还会穿女士的衣服，比如穿女士的内裤、高跟鞋或者戴假头套，给自己营造出娱乐氛围。既然最后这个活扣，颈部的活扣，可以帮助他完成射精，那再看这个类似三角形的捆绑形态，像不像人被吊起来时候的样子？"

"不是，就算他自己能给自己捆起来，谁给他松绑啊？"李昱刚打断了他们。

"可以自制定时装置，采用蜡烛、酒精灯之类，烧断绳索，这个都是可控的。时间可控、手法可控。"文君看向李昱刚。

"关键他是怎么锁定被害人的呢？这么看这人不是性格孤僻就是离群索居……"

"我 ×！我 ×！"李昱刚腾一下站了起来，把我们吓一跳。

"别诈尸！怎么了？"

李昱刚看着我答道："师父……那我觉得我们现在又有嫌疑人了。"

密搜，顾名思义也叫秘密侦查。每一次，我都有种头顶悬刀的感觉，这种紧张刺激我一点都不迷恋。我兄弟 750（何杰）曾经抓过一个惯偷，也算一业界传奇了，据这个人说，他偷窃的时候莫名兴奋，偷盗这一行为本身比他偷到的东西还有价值，我也不是很理解。就像我不理解我儿子怎么那么喜欢排队坐过山车，真是排长队，这说明也不是光我儿子一个人喜欢。

与我相比，我旁边的李昱刚就来劲得很。要不是我拦住了，他还想让他妈给他砸一套夜行服呢。我说："咱们不夜里去，你穿哪门子夜行服？"他说："那也应该砸一套什么，这不仅是仪式感，还很实用呢！你看死侍还给自己砸了一套红色战服呢，又能隐藏他的脸，又不怕染血。"我说："没人叫你见血！"

我现在真挺后悔没叫夏新亮而是带上了他！也是没辙。李昱刚提供了这个叫田利的嫌疑人的线索，我一听还挺着调。初步调查发现他是大刑放回来的，还是强奸罪。跟踪技能上夏新亮这几年甚有收获，再加上有文君跟着，我比较放心。其实我没想再麻烦文君，是她自己自告奋勇，瘾上来那劲儿，拦都拦不住，她也是个看热闹不嫌事大的。就这样，我们四个兵分两路，要彻底把这个田利摸清楚。

夏新亮跟着田利几天了，摸清了他的行动规律；我和李昱刚，搞清楚了田利的背景。这人是干什么的呢？他偷沙子，带着一拨人偷沙子，一宿偷一百多万很容易，财富积累是非常快的，很有钱，要不买得起香江花园呢。他跟死者赵红霞同住一个别墅区，而从赵红霞的尸体上采集到的沙土中就有建筑用河沙，这也是我们决定开启密搜的原因。

李昱刚起先没注意过这号人，我们对付费彬的时候，他被留下来重新梳理案件，当时所有的路几乎都锁死了，他就另辟蹊径。已经掌握和走访过的人、物都被他放下，倒带重来，他又去重新筛查围绕着死者的一切细枝末节，是人也好、是事也罢，凡此种种。

这期间，香江花园的保卫部作为最早报案的，李昱刚又找他们谈了谈，说到死者的生活情况，他们原来不曾接触所以答不上来，就说让李昱刚问问物业公司。倒也没什么新情况，只是他们那儿的一个小伙子反映，这个赵红霞生前有时候会收到一大束一大束的花儿，就那种几百朵一束的。李昱刚当时没觉得有什么，赵红霞虽然年岁不小了，但是个美人，又是舞蹈艺术家，有人送花很正常。可听完文君的“性侵害动机说”，他忽然想起这事了。会不会这个凶手是赵红霞的追求者？谁送花，而且还是几百朵一束的花儿不是为了追姑娘啊？更何况还不是送一次。那种花束可不便宜！然而赵红霞身边儿的人根本无人提及赵红霞有这么一号追求者，这才是最奇怪的。

我们肯定了李昱刚的想法，他就查了起来，见了物业提供情报的小伙子，让他把这事细说说，物业小伙子说他之所以注意到这件事，还是先听一个小区的保洁大姐说的闲话：“有钱人就是不一样，那么一大束精美的花，也不多摆两天，还新鲜着呢就给扔了，真败家。”听了这么个音儿，有天他路过瞧见一户人家的院子里就立了那么大一束花儿，就多看了两眼。他这么瞅见还不止一回，他很确定就是赵红霞家。赵红霞出事了他才想起来这档子事。李昱刚也见着了物业小伙子口中的保洁大姐，确定了确有其事。

那既然确有其事，花儿是谁送的？查呗。

查东西属于李昱刚的强项，跟传统摸排方式不同，借助计算机，李昱刚查个啥总能事半功倍。送花这人还真叫他找出来了，就是田利。

“师父师父！你看这绳子眼熟吗？”

一阵脚步声之后，李昱刚出现在我的视野里。跟赵红霞的别墅格局稍有不同，田利这套别墅稍微小了点，但也还是上下两层，赵红霞那个是平顶，田利这个是尖顶，这个尖顶被他弄了个阁楼，没窗户，黑压压一片。

“我 ×，师父，你上去了？”

这小子还行不行啊？我拉梯子的动静都没听见？

爬梯上一阵响动，我赶紧出声：“你慢着点儿，我这手机还没掏出来呢。”我是刚发现这儿有个阁楼的，天花板上垂下来那截儿绳子不仅细，还几近透明。我那么一拽，下来一折叠爬梯。

“我来吧。”

“你小子这耳朵回头上医院瞧瞧去，怎么混进刑警队伍的。”

“我这不是专心致志嘛。”

“没发现你这毛病啊，别说密搜了，就你这状态，赶上犯罪分子重回犯罪现场，把你宰了都白玩儿。坏了，我这手电筒功能失灵了？”

我正嘟囔，光来了。

“您还是带着我吧！老年人。”

我真想兜头给这死孩子一巴掌。

阁楼不大，挺空旷，放了点儿纸箱，倒是挺干净，不见啥尘土。看得出来，应该老上来人。

我手机那手电筒也让李昱刚鼓捣开了，他扒拉着纸箱，我用手机照着四下打量。墙上有一处像是被什么挠过，一道儿一道儿的，也可能是被什么家具蹭过。凑过去细看，裸露的地方露出了隔音棉。那八成下面也有，怨不得李昱刚听不见我动静呢。

有没有灯啊？开关跟哪儿？

我这么想着，把手机往顶子上照，眼前的一幕吓我一跳。一铁钩，就那种像卖牛羊肉的挂肉用的铁钩子。要说我算胆儿挺大的，可猛不丁照见这个，还是黑黢黢的屋儿里、用手电照见的，真给我吓着了。

“师父，我这儿找见几个账本，这厮沙子是偷的，账倒是记得明明白……”跟着嗷一嗓子，那凄厉。钩子没把我吓尿了，李昱刚这一嗓子快了。

最后我在阁楼下头房间里的一排开关处找见了阁楼灯的开关，又敲了敲墙，果然做过隔音。除了铁钩、绳子，我和李昱刚陆续又在田利的别墅里发现了几双女士鞋，码很大，估摸是他自己拿来穿的，包括黑丝袜，以及一些情趣用品，还有一缕长发，用一条红色缎带绑着。

“尸检的时候，发现赵红霞缺头发了吗？”我问李昱刚。

“……没有。”

“那这头发是谁的？”

真是细思恐极。

这时我手机忽然亮了，夏新亮来电。他那边传来的消息更是爆炸惊人。

夏新亮他们跟踪发现了大线索——田利在顺义租了个农场，监禁了个姑娘。文君飞檐走壁掌握的情况。

飞檐走壁比圈了个姑娘还让我吃惊。真的飞檐走壁。夏新亮说，那是个谷仓改造的简易房，所以窗户开得特别高。他们听见了“哐哐哐”的声音，说有规律也不规律，就想一探究竟。彼时田利进了另一处谷仓，不知道什么时候会出来。夏新亮还在犹豫，文君已经开始了部署——她在简易房的西北角发现了一处相对低矮的私搭乱建处，看样子是个储藏室，夏新亮不容拒绝就被她踩了肩膀，文君身轻如燕就翻上去了，上去之后她攀着排水管就往上爬，一直爬上了房顶。夏新亮当时是相当紧张，一怕那个年久失修的排水管出现断裂，二怕田利随时会现身。就在他四下张望放风的过程中，文君再次出现在他的视线里时已经是倒挂金钩状，真是倒挂，倒挂在房檐上，脚勾着房檐，头垂在半空中。夏新亮说：“师父真不是我说，我核心力量都不见得有那么强，挂那儿不简单，你还得叠起来下来呢！”

他们就是这么发现被囚禁的女子的，那个“哐哐哐”声是她在拿头撞简易房的墙壁，那墙有一部分是彩钢结构，所以哐哐哐的。在她手边，是一摞餐盒。

啥也不用说了，当下我们就决定对田利进行围捕。

犯罪嫌疑人田利十分难缠，委实是蹲过大牢的，也算是身经百战。我们对他实施抓捕的时候，他以为我们抓他是因为他组织偷沙子的罪行败露了，反抗得十分激烈，大喊自己冤枉。铐上手铐押回队上，把他往审讯室那么一锁，渐渐地，他开始坐立不安。

我们把他一人撂那儿了，隔着玻璃观察他，他那个仓皇的神色一览无遗。

夏新亮说：“瞅他这个六神无主的德行，准保是着急被他囚禁那姑娘。”

我回夏新亮：“可不是嘛，他这儿被抓了，没人给姑娘送饭了，怕给人饿死呗。”

被我们解救的姑娘目前正在医院里，文君陪着，身体检查后发现除了有点营养不良，倒没别的问题。精神上受的刺激可就大了，一开始说话都语无伦次的，给关傻了。文君作为女警对女受害人来说更有亲和力，我们撤出，文君陪着，又是关怀又是安慰，这才让姑娘渐渐平复了下来，开始缓慢地聚拢思绪、讲事情的来龙去脉，也不是很有条理，但文君还是推出了原委。

这个姑娘跟田利本来是男女朋友的关系，感情特别好，都该谈婚论嫁了，但无意间田利自渎的行为被姑娘撞破了。姑娘要给田利找心理医生，这一下儿惹恼了田利，就把姑娘给囚禁了。一开始是囚禁在阁楼里，但他怕被人发现，就把她又转移去了顺义那农场。那地方本来是他为了储备沙子租的。给姑娘关那儿之后，田利开始两头跑。原先阁楼是他自渎的地方，后来索性也挪去了农场。等于姑娘关在一间简易房里，他在另一个房间里自己还弄自己。那墙皮薄，姑娘都听得一清二楚。他大约也知道姑娘听得见，夏新亮和文君甚至怀疑这种情形更刺激了田利的“欲望”，像是实现了他的性幻想。

那屋子，完全可以用触目惊心来形容。面具、口塞、皮鞭、捆绑架之类的，乱七八糟一堆一堆的SM道具。那真是他的乐园，我们的噩梦。

在顺义的农场，这个姑娘被田利关了八个月，好吃的好喝的都给，唯独不给自由。我们联系上姑娘的家里人，他们完全不知道自己闺女被囚禁了。为什么呢？田利对姑娘的家人特别好。他有钱，每月给姑娘的家人打钱，这月十万、下月二十万。钱不少给，但是女儿老不回家也没一个半个电话，家里人也产生怀疑了，可是因为田利跟姑娘俩人感情向来投契，二老又不好意思问，直到被警方请到医院，都傻眼了。

晾了田利这么久，他惊弓之鸟的状态全面爆发，我跟夏新亮进去审他的时候到了。得让他吐，不是偷沙子，不是非法拘禁女朋友，是赵红霞被杀一案他得给我一说法儿！如今证据确凿，我这案子他得给我结了！

费劲，真是费劲。田利巨能扛。

杀人？不认。

我们跟他纠缠来纠缠去，认了偷沙子。

再说杀人？还不认。

逼到深处，非法拘禁，认了。

中间英子带女儿回美国，我送她们去机场的路上脑子里都在构架审讯的事。分别的时刻临近，我顾不上相思苦离别泪，我只觉得累，累得我抱着英子，头埋在她的头发里，像个孩子似的对英子说："好累。不想你走，就想这么抱着你。"英子温润的手掌绕到我的后脖颈，轻轻地拍着，那一刻我真的后悔我为啥要回重案。这根本就是来自人性深渊的呼唤，是魔王的血盆大口。你直面它，它也直面你。

回来之后，我们继续深挖，跟田利又干了三天，最后他终于认了："这个女的是我杀的。"但是他甚至都不知道赵红霞的名字。

田利一眼就看中了赵红霞，他说："她身上有种肉欲，又美丽，又肮脏。"

我们之前分析过田利的性格，他也确实符合侧写——孤僻、内向，不善与人交流。大刑出来之后，他找不见什么正经工作，就想起了号里的一个同伴，这个人就是偷建材进去的。田利很聪明，想到了偷沙子，北京哪儿哪儿都是工地，这儿搬点儿、那儿搬点儿，雇上一帮进京打工的给他干。工地上值钱的东西太多了，沙子量大、价值又低，他偷得得心应手。后来认识了女朋友，他也想安定下来，结婚生子，钱也有了，寻思再干点儿正经买卖彻底洗白。

脱轨的源头就在于他自渎被女友发现。他这人又孤僻，平时除了偷沙子不怎么跟人接触，他自己也深觉这个癖好见不得光，也曾在网上搜寻过这类事，不是没想过找同好，可他这人疑心重，怕被人套路了节外生枝，也就迟迟没敢下手约，就连私密网站上他也不跟人互动，总是窥屏视奸，阴暗又孤僻。这么一个人，东窗事发，用夏新亮的话说，那是相当躁郁的。就在这么一种状态下，田利盯上了赵红霞。这会儿他就已经失控了。

送花示好求爱不成，田利恶向胆边生。为什么香江花园保卫部报案之后第一天没发现尸体？因为当时田利把赵红霞扑倒后，把她背着跑，跑去了别墅区后面三百多米的一个小树林里。那个小树林很荒僻，虽然挨着别墅区，但归市政管理，可又不挨着公路，平素压根儿没人去。田利为什么知道这儿呢？因为他干偷沙子的勾当的需要，他老得半夜进出香江花园，但这个行为反常容易暴露，他就摸索出这么一条道儿来。除了他没别人知道。

就跟这儿，他把赵红霞掐休克了，然后开始猥亵，之所以没有进行强奸，让文君说着了——是他猥亵之后才发现赵红霞没有了气息。他就赶紧挖了一个坑，给尸体埋那儿了。但当时他又慌又怕，土铺得特别薄，第二天再去的时候，田利说赵红霞中间可能是缓过来过，这“尸体”爬出来了，胳膊从那土里出来了，可也没活成，还是给闷死了。这时候已经超过十二小时了，尸僵已经缓解了。那显然不能就这么放着啊，他给尸体刨了出来。这个过程中，田利对尸体产生了浓厚的兴趣，给弄回家去了，又是给她穿丝袜，又是捆绑打结，亵渎了一番之后，才又在夜里进行抛尸，然后就被目击了，他就丢下尸体跑了。

整个的供述过程就是这样。李昱刚给吓得不轻，田利的别墅阁楼顶上那个铁钩子在手电筒诡异的灯光下吓了我们一跳，他一想到那铁钩子曾挂着赵红霞给捆成那样的尸体……那情形确实挺恐怖片“标配”的。

头发的事他也交代了，是从他女朋友头上铰下来的，睹物思人，再没有其他受害人了，我们算是松了一口气。就怕连环案件。

这么想来，赵红霞还真是摊上了倒霉事，但是文君跟我的看法有些出入。我的偶然，在她看来是个必然。别瞧她没事老笑不唧儿的，但是这张脸背后也未必全是阳光。她说：“当偶然频发，就不能用巧合来说明问题了。她的傍家儿赖洪川，是个恋足癖；初恋男友刘俊，出去嫖娼选了特殊玩法；而袭击了她的田利，是个

SM 爱好者。赵红霞就是一朵绽放得鲜艳欲滴的玫瑰。玫瑰是骄傲的，她任性、带刺、渴望被照顾，但从来什么也不说。可你能忽略玫瑰的渴望吗？”

我想了想：“我只能说，她的死，是偶然。”

之后我们带着田利指认现场、固定证据，又忙了一天半，都给累得跟狗似的。我在李昱刚宿舍眯瞪了一觉，准备赶下学点儿去接我儿子，又好几天没见着他活蹦乱跳的模样了，挺想他的。李昱刚对此十分不满，因为我占了他的床，他还被我发配去写结案报告。他说他不用这么狠练了，我说他得再熟悉熟悉业务。我是师父他是徒弟，怎么都是我赢。

起来之后精神抖擞了许多，我洗了把脸，手指头转着车钥匙下楼去。许鹏跟我迎面而来，我想起来他接了起绑架案，随口问了一句办得怎么样了，他一脸黑。倒不是戴天给他找了啥麻烦，是说这起案子给他来了个竹篮打水一场空——以为是人车走失，结果是短暂失联又撞上了电信诈骗，白忙活。

说了会儿话，我上了车，太阳偏西了，天空透出淡淡的橙粉色。英子说：“今年的流行色就是这个橙粉，我们那儿铺天盖地满大街的老外都在穿。”我说：“那你也别穿，大黄皮穿身上，不是满世界告诉你黄嘛，你还是黄给我一人儿看吧。”当时她憋着笑疯狂捶我的样子还历历在目。

这生活，就好像脚下这无限延伸的公路，时而畅快、时而堵车，不同的是，不似公路的明确性，你永远不会提前知道，生活最终会带你前往何方。这倒是这世界规则里少有的公平。

怕啥来啥。我前脚刚把我儿子的手机没收强迫他拉灯睡觉，后脚就来了出警任务。已经是夜里 12 点多了，把我姐叫起来吧，不合适；把我儿子叫起来吧，更不行。这就是我的工作，一年 365 天，一天 24 小时，全天候待机，洗澡都得把手机放旁边。

悄咪咪把他卧室门儿推开一道缝，一丁点动静没有，睡没睡着，我确定不了。左思右想，我把手机给他撂床头柜上了。装睡就装睡吧，我这没法儿盯着他，敢给我玩阳奉阴违那一套，就等着我回来打断他的腿！父与子，前世八成都是冤家。

开车赶到南湖，俩徒弟比我先到，已经初步掌握了案情。

夜里11点10分，宋新华报案，称妻子冯爱丽失踪，消失在自家楼下的车位上。这两口子有个习惯，妻子到家前总要给丈夫去个电话，丈夫接了电话就给妻子做饭或者热饭。为什么呢？冯爱丽这个车位很小，她开一辆特斯拉，连倒车带充电，没十分钟上不去楼。

今天也是一如往常，冯爱丽10点半给宋新华打了电话，宋新华就开始热饭，他们家厨房窗户斜对着自家的停车位，宋新华眼看着冯爱丽倒车来着，可是半个钟头过去了，冯爱丽还没进门。宋新华就奇怪了，趿拉上鞋就下楼了，下楼这么一看，坏了，人没了，车也没了，车位上却有冯爱丽的一只鞋和包。

李昱刚检查了冯爱丽的包，里面除了一些化妆品，还有她的钱包，包里有现金，但是不多，没有手机。打她的手机，关机。关机了李昱刚就没法追踪信号。他也去物业调了监控，可照着这片停车位的两个摄像头一个坏了，一个刚好在这个时间段偏离了冯爱丽车位的方向，就那种三百六十度旋转的，那时候摄像头刚好转去了另外的方向。民警都已经出动了，也联动了交警，目前还没有任何有用的反馈。

失踪的冯爱丽现年四十二岁，是太和中医医院的骨科主任，据她丈夫宋新华回忆，她平素里也没有过医患矛盾，不存在有人寻衅滋事或者伺机报复的情况。但虽然社会上没有仇敌，可宋新华说，冯爱丽的失踪可能是跟财产继承有关系。

我来的时候先跟在现场采集证据的技术部打了招呼，他们这边还没什么发现，上来后李昱刚跟夏新亮都在，他们正好进行到这儿。

给我交代完前情，宋新华给我们说了冯爱丽的财产继承问题。原来他的妻子冯爱丽的父亲是著名画家，家里姐妹四个，她是老幺。父亲去世将近一年了，在财产的分配问题上，姐妹几个至今还纠缠不清。因为父亲大部分的财产都留给了小女儿冯爱丽，为这件事，大姐的儿子打上门过，三姐的先生也来撕咬过，都放过狠话。

我让宋新华具体说说，宋新华说春节时候老大的儿子来了，来了也不说拜年，上来就闹，说要起诉他们两口子，说：“你们欺负我妈，我告你们！”也说了三月份三姐夫带了几个“小弟”来“砸场子”。听宋新华的意思，这个三姐夫是个社会人，平素游手好闲，片儿汤话连篇。

宋新华还说，家里接到过恐吓电话，好几回，他们为这还报过警，后来查出来是老大儿子打的，民警给他们调停来着。

这会儿离着冯爱丽失踪已经过去两个多小时了，没人打电话来谈判、要赎金，偌大个房子除了我们问询的对话声，如同死一般寂静。散出去的人也全然没有回音儿，冯爱丽就如同石沉大海，没有一丁点儿消息。

又等了一个多小时，我有种凶多吉少的感觉了。姐妹几个为钱撕，且不说会不会闹出这么大动静，就算闹了，也得闹出个结果来吧，怎么也得摊牌不是？

也不像是绑架的路数，这么等下去也是白耽误时间，我们起身告辞，跟玄关的过道里，我看着狗食盆问宋新华："家里养狗了？"

宋新华摆摆手说："爱丽捡的。哎，你这么一说……大黄怎么到现在都没回来？我开了门，它去接爱丽……后来我下楼见着它了吗？"

"哦？它有接人的习惯？"

"就接爱丽一人儿。爱丽回来我就把门打开，它就往下跑去接她。"

合着人没了，狗也不见了。

这条叫大黄的狗原本是条流浪狗，冯爱丽很善良，见着就会喂它。这小狗还特别有意思，每次冯爱丽给它鸡块，小狗拿到了但不吃，饿极了也不吃，叼着那个鸡块跑到很远的一个地方，挖一个坑埋下，然后又跑过来要，给它最后一块的时候它才吃掉，特别聪明。有一天，大黄腿瘸了，冯爱丽是骨科医生，就给这小狗抱回来治好了，自此之后，大黄跟冯爱丽建立起了深厚的感情，冯爱丽一看，干脆就跟我们家过吧，就这样把大黄养了起来。和忠犬八公类似，大黄唯冯爱丽马首是瞻，每次冯爱丽要回家的时候，只要给宋新华打电话，大黄就在门那儿挠，宋新华一开门，它就跑下去迎接。今天可倒好，冯爱丽没让它迎回来，它也不见了。到底什么时候不见的，宋新华有点说不上来。也是，狗的事能比人的事急吗？

但现在问题来了，大黄去了哪儿？它到底见没见着失踪前的冯爱丽？

宋新华抓耳挠腮想不出来，因为大黄不爱叫，就特别有流浪狗的那种谦卑，所以宋新华不会特别留意它，今天哪怕是冯爱丽莫名失踪了，宋新华也没听见它叫。

人的事没整明白，狗的事也整不明白，夏新亮跟李昱刚上了我的车，我们仨合计了一下，初步制定了一个方案。我跟夏新亮明天去走访冯爱丽的三个姐姐；李昱刚配合交警那边，排查特斯拉的去向，争取以车找人。那么大又显眼的车，总不能人间蒸发了。

我跟夏新亮一早就直奔冯爱丽的大姐冯爱丰家去了，本来我们计划是一家一家走访，没想到门一开，给我们来了一出——人全在。

宋新华到底没沉住气，我们前脚走，后脚他就给老二冯爱姿去了电话。

丰姿冶丽，依次排开就是冯家四姐妹的名字。

老大冯爱丰说："警察同志啊，我建议你们好好儿查查那个宋新华，那狗东西，指定是惦记着我们家的钱！"

老二冯爱姿强行打断了她："你别含血喷人，人家小宋堂堂的电视台主任，能跟你们似的见钱眼开啊？"

冯爱丰反击："谁见钱眼开？谁见钱眼开！什么主任啊，不就是个破制片嘛！你赶紧闭嘴吧，别觉得你自己有俩臭钱儿，你就能跟我们家颐指气使。"

老大儿子也来帮腔："妈！你都多余跟她说话！我就说不该放这货进门儿！"劝完自己妈，他跟着朝冯爱姿开炮："全家除了冯爱丽就数你不孝！姥爷都那样儿了，你除了给钱来过几回？哦，现在到我们家主持局面来了？你算老几！"

"哎你这孩子，你有没有教养？冯爱丽是你叫的吗？你拿手指谁呢！还除了给钱！钱花了也被你们指着鼻子骂啊！我好歹还有钱呢，你们有什么啊？要啥啥没有，穷得裤子都提不上了，你们还想不出力了？逢年过节上爸那儿，除了带香蕉就是提猪肉，临走可倒好，那红包厚的！"

"冯爱姿你别臭来劲！"老三冯爱冶也加入了战斗，"这儿说老四失踪的事呢，你少扯有的没的！他宋新华能含沙射影说我们弄老四，我们还不兴说他了？就他嫌疑最大！屎盆子还想往谁身上扣啊！我们就掐了，可都是一个爹一个妈，我跟老大能怎么她！真想怎么她，还拖到现在啊！画全叫她弄去了，跟她讨要多长时间了！裱画的绸都没见着半尺！她可倒好，豪车都开上了！她钱哪儿来的？甭以为我们不知道！她肯定卖画了！这个不孝女！"

“谁跟这儿扯有的没的？说老四失踪呢，你扯什么画不画的！”

“扯？我这叫扯？就这个画是始作俑者！她不把那些画据为己有，她能弄那么些钱吗？她不弄那么些钱，宋新华能弄她吗？”

“这跟宋新华有半毛钱关系啊！”哐啷一声，冯爱姿把手里的杯子摔在了餐桌上。

“你是不是傻啊！”冯爱冶也站了起来，“爱丽生不出孩子，还天天杵他跟前儿当公主，这下儿又有了那么些钱，不定怎么作威作福呢！”

“你才傻呢！天天打你的你当真爱！人家恩爱夫妻你倒编排开了故事！”

“哎你个臭娘们儿！”老三女婿大喝一声抄起了椅子，“活腻歪了吧！”

我没动，夏新亮也没动，这号人我们见多了，借他俩胆儿也不敢在警察面前抡家伙，更别提是刑警了。

“你这猪脑子跟着起什么哄！”冯爱姿自己也控制住了场面，“宋新华当时正跟家给爱丽做饭呢，他有分身术啊？一边弄饭一边弄爱丽？”

“还骂我猪脑子，分……分什么术啊，就他那手无缚鸡之力的小鸡子，鬼主意贼多，爱丽敢把画全抱走就他出的主意，他肯定是雇凶杀人！蔫儿人出豹子！”

家族大戏，看会儿也就够了。我被他们吵吵得脑仁疼，这也没法儿问话，必须得隔开。

可逐一谈话，这聒噪也躲不过去，女人多碎话多，尤其是有矛盾纠纷的姐妹，与其说是回答问询，不如说是相互扎针吐槽，全都没好话。我也算瞧出来了，这几位打小儿就掐，性格上就不对付，这再加上巨额遗产，更是狗咬狗一嘴毛。

姐妹，我原以为应该比姐弟、兄妹或兄弟更亲一些，现下看来完全不是那么回事。我有点明白啥叫“塑料姐妹花儿”了，都暗戳戳地比着呢。

这一家四姐妹，分成了两派，老大跟老三亲，老二跟老四亲。这是怎么分的呢？原来就连家庭、血脉这么亲的事，都躲不开阶层。大姐是家庭主妇，没工作，老三是个小科员，挣得也不多，这几年政策一动，连福利待遇都不剩啥了，自然就抱团取暖。老二开公司，属于女强人，老四是骨科主任，还是副院长的候选人，她俩共同语言就特别多。矛盾的总爆发就在老爷子住院期间，他即将去世的这几年是谁伺候的呢？是老大和老三伺候的，老二出钱，老四是老幺，就有点要赖，看是去看的，嘴甜，伺候可谈不上，钱给得还不如老二多。这是老大原话。在整个伺候的过程当中，爹最疼老幺，把所有的好画名画都给了老幺。这是老二说的，搁老大、老三嘴里，就满不是这么回事了，老大坚称是老幺强行拿走的，老三说是老爷子最后糊涂了，老幺连蒙带骗把画卷走的。反正中心思想就是她们两姐妹不认，坚持认为老爷子的财产不可能全归老幺，她现在拿走了，但它们不属于老幺，她们应该得到一些经济上的补偿，因为她们家庭条件不好。

虽然各说各话，但是这一众人等全提到了冯爱丽拿走六幅画。而且他们确定这六幅画已经被冯爱丽至少卖掉了一幅，要不她不可能给自己换辆特斯拉。

我们这问询工作做得特别费劲，因为这些姐妹、连襟、儿女，他们压根儿没人关心冯爱丽去了哪儿、遇上了什么事、人是死是活，他们关心的只有冯爱丽手里的六幅画。跟他们问冯爱丽的社会关系，他们要扯到画上；跟他们问冯爱丽的性格特征，他们要扯到画上；跟他们问冯爱丽的经济情况，他们还要扯到画上。问什么，最后都要跟我们说那六幅画。弄得好像我们不是来调查冯爱丽失踪案的，倒像是来给他们找画的。

我说："你们彻底说说这六幅画。"他们又说不出一个所以然，就是一口咬定宋新华肯定知道这些画在哪儿。这一点上，站在所有人对立面的老二也给予了肯定，说宋新华肯定清楚这些画的去向。她是唯一不在意这笔遗产的人，也是一开始坚信宋新华跟冯爱丽失踪无关的人，可最后她也有点动摇了，跟我们说了夫妇俩的事。这个别人不知道，就她知道，因为老幺跟她亲，无话不说。

据冯爱姿反映，冯爱丽跟宋新华经常起口角。因为什么呢？孩子。两人始终没有孩子。宋新华特别想要一个孩子，但冯爱丽在跟他结婚之前流产过，卵巢功能出了问题，看过好久，都没能解决不孕的问题，他俩就发生了很多矛盾。吵，三天两头、鸡毛蒜皮，一句话不对就吵。但冯爱丽这个人要强，过得不顺心也不说，还愿意表现出恩爱夫妻的模样。我问冯爱姿这个画在什么地方，宋新华知道不知道？冯爱姿说知道。而且她说冯爱丽确实卖掉了其中一幅，剩下的她也想出手。卖给谁了呢？一个收藏家。这个收藏家还是宋新华给联系的。

冯爱姿一方面开始怀疑宋新华，另一方面也怀疑老大的儿子以及老三的丈夫。这俩人比较相似，都算无业游民。老大儿子去年失业了，他不去找工作，反而紧盯着姥爷的遗产，他坚称他母亲应该拿大部分，因为他母亲照顾姥爷最多，而且身体还不好。老三丈夫是个混混儿，净干些不上台面的勾当，这回老丈人去世，留下价值连城的画，他眼热得不得了。实际上老大跟老三关系虽然不错，但老大儿子跟老三丈夫一直在背地里较劲。

戏看完了，案子得办。这会儿距离冯爱丽人车走失已经超过十二个钟头了，没有绑架勒索的迹象，以车找人也不见成效，李昱刚串并了盗抢、劫车的案件，也压根儿没有任何联系。我们都有一种不好的预感，冯爱丽八成遭遇了不测。而且从她人车走失就在自家楼下来看，下手的肯定是熟人。

由于赵大力他们队占着办公室在研究案情，我们钻进档案室开了个小会。夏新亮带头，他说："这儿清静，常年不来人。"我还挺犹豫，说："君姐不是跟这儿办公吗！"夏新亮回我："她向来神出鬼没。"我脑子转了一下儿，觉着这词儿跟她特别搭，神龙见首不见尾的。那么一美女我愣是没一丁点印象，足可见其神秘。

我们初步确定了一下方向，从熟人这边入手，查！兵分三路，三个嫌疑人逐个击破。李昱刚去调查老三冯爱冶的混混儿丈夫，夏新亮往下深摸老大冯爱丰的儿子，我的目标就是冯爱丽的丈夫宋新华，这个唯一知道画在哪儿，知晓它们价值连城，却绝口不提的主儿。他倒也说了争遗产，但这遗产的核心是六幅画他怎么只字不提呢？这画怎么进的冯爱丽手里现在还真叫人怀疑了。

李昱刚这时候模仿起赵大力的神态语气："丈夫，总归是丈夫！"

夏新亮的手机响了，他去一边接电话，李昱刚说："那我上个厕所吧。"

我说："你们都抓紧，我这就走，到时候打电话约着碰。"

刚猫腰从手扣箱里够出软中华，肩上压下有力的一掌，我回头一看，是750。

"嘿！你胡汉三杀回来也不请客啊！"

我拿了一支烟给他，虽然是铁兄弟，但我跟他有两年多没见过面儿了，我忙他也忙。曾经在非官方竞选"我是警队一条狗"活动中，750以一票险胜我摘得桂冠。

在办案上比我还轴的主儿，非他莫属。

“怎么着，缉毒队真把你踢出来了？”

“你有空儿嚼我这点儿八卦，不如紧跟大盘走势，要不啥时候才能云游四方去啊。”

原本朝我挤眉弄眼的750这时收起了嬉笑，绷着劲儿给了我肩头一拳：“有劲没劲啊，这么点儿事说不完了吧！”

我嘿嘿一乐，换来了他第二拳。

750姓何名杰，跟我基本同期进的刑警队，脑子很活络，业务能力超强，尤其这人有股子轴劲，只要是他认准了的，十头牛也拉不住。他这股子轴劲儿，好也不好。好在于他能往下挖，不见真相不停手；不好在于容易浪费队上资源，毕竟谁都有走眼的时候。所以干了这么些年，跟我衰得差不离，到底也没给提拔上去。750这个外号儿跟他这个“轴”也大有关系。那些年牛市，恰逢何杰职场失意，他喊着“看破红尘心已死，佛语惊醒梦中人”的口号，一猛子就扎进了炒股大军。得承认他确有心得，玩儿得也算如鱼得水，张嘴闭嘴便是——“等老子弄它一千个，立马辞职，谁爱伺候谁伺候，老子是伺候够了！”他还真快够上一千万的边儿了，为了这，房子也卖了，七百五十万豪掷。没想到熊市来了。何杰赔了个底儿朝天。那会儿我们哥儿几个见天儿不露声色地拿眼睛盯着他，生怕他一个想不开从哪儿跳下去。他很是消沉了一阵子，现在又撸胳膊挽袖子搞起了案子。起先我们都觉得何杰这把也算挺过去了，不料屋漏偏逢连夜雨，先是老婆跟他离婚，紧跟着手上的案子又砸了，人生荡到谷底，亏他还能笑嘻嘻地说：“这都不叫事，知道啥叫触底反弹不？”这乐观叫我们叹服，换谁也不见得挺得住。底是触了，弹倒没见弹起来，“老子迟早飞黄腾达再他妈不干刑警”仍旧是何杰的口头禅，人却依旧结结实实扎在刑警队里。这就是梦想跟现实的距离。说来也可笑，你老能看见一道光，却总照不进你眼前的黑暗里。

“臭来劲！你回来好，回来跟咱哥儿几个一起遭难呗，我瞅你还乐得出来不？”

“乐啊，你是大家伙儿的好榜样！至今我们都向你学习笑对生活。”

“刘子承，你还真是欠练了，你别膨胀，仗着摔跤出身就拿豆包不当干粮是吧？”

“甭跟我瞎比画了，我这儿有个人车走失，忙完我请你喝酒。”

“哟嗬，给鹏子擦屁股呢？”

“你行行好，多帮帮他。”

“我就是帮他呢！”

“你那纯属摸鱼！走了走了，算我求你，杰哥，大发慈悲吧。”

市里来了指导精神，目前队上大部分人都在办套路贷的大小案子，许鹏也给抽调过去了。这类案子该不该办？该！社会影响太恶劣，成年人深受其害不说，未成年受害者紧随其后，为这跳楼的、吸碳的，媒体报道四五个后面就藏着四五百个。也不该！太浪费资源。钻空子的太多！我们抓再多，送检大部分就给驳回了，法律支持不到，法官也判不了。完全是无用功，矛盾极了。警察这碗饭是真的不好吃，我们就是一块砖，哪里需要往哪儿搬，真要能垒起高楼大厦也行，可多数儿都是瞎放，这时再来一阵媒体风，倒了砸下来还是自己压自己。

许鹏这边忙得脚打后脑勺，人车走失是他强项，也给分我们队上来了。按理说何杰应该给许鹏断后，可这小子干什么去了？许鹏那天跟我说的时候，手里攥着食堂那窝头都搓成渣渣了——这浑球儿，跟夏克明杠上了！

夏克明是何许人也？大企业家、慈善家，纳税大户。他之所以跟我们产生交集，还是我办赵红霞案时许鹏接了起人车走失案，当时疑似被绑架的就是这位先生，报警的是他女儿。后来销案是人回来了，属于短暂失联。为此许鹏还挺懊丧的，竹篮打水一场空。可何杰不知怎的一嘴咬住了这案子，别人忙得人仰马翻，他倒好，甩手大掌柜当了起来，一心琢磨这富商。

宋新华着实让人起疑。我们昨天出警过来，照他所说是他眼瞧着妻子失踪的。都这样儿了，能说的全得跟我们说啊，更何况冯爱丽手里的六幅画相当有价值，最可能跟她的失踪有关系，结果他只字未提。

这次再登门，我跟他单刀直入，干脆就从这六幅画下手。一刀劈下去宋新华倒也接住了，他说冯爱丽从父亲那儿是继承了六幅画，这是老爷子自己决定的。除了画，别的诸如房产之类冯爱丽什么也不打算要，他说：“不信你们可以去问、去调查，我们身正不怕影子斜。爱丽为什么保管这六幅画？还不是因为要留住她父亲的作品。这画落到别人手里，都不用想，肯定就给变卖了。你们肯定也见着爱丽的亲戚们了，除了老二，他们个个儿红了眼。为什么啊？还不是为了钱！他们都想把画变现。”

“你等一下儿，”我感觉这事越来越不对头，“你妻子最近刚刚购置了一辆特斯拉，对吧？”

“是啊。怎么了？”

“以你们这个收入来看，全款支付……”

“我们办的贷款。我也没想让她换这么贵的，主要是之前那辆丰田太旧了，修车都配不上件儿了，原本是想换个二十万左右的，可她偏就喜欢特斯拉，又赶上我俩去年年终奖发得都还可以，就依了她。月供是高了点儿，但我们没要孩子，也没有住房压力，我心说就依她吧，她都快提副院长了，抬抬身份应该的。”

“没孩子是好，没那么大压力不说，自己也自由。”我进一步试探他。

“咳，不怕您见笑，想要。但是爱丽身体原因要不了。挺缺憾的，我其实喜欢孩子。爱丽也喜欢。大黄她跟儿子似的养。”

他是个老实本分的男人，我看着宋新华想，而且人确实挺正的，无论是面貌还是谈吐，虽然冯爱丽的姐妹们出首举报他，但他现在自己把嫌疑洗清了。我都有点不忍心拆穿真相：“这车是全款买的。”

疑惑与诧异瞬间叫这个男人收紧了眉头：“您说什么？”

“因为是人车走失，我们要固定车辆，所以关于车辆的事情都摸得很清楚。”

“这……这怎么可能……我还见过贷款合同呢。”

“是你陪着去办的手续吗？”

宋新华忽而安静了。

沉默了几分钟，我开口问他：“画存在哪儿你清楚吗？”

人的世界观需要漫长的时间被建立起来，坍塌却往往只在一瞬间。同床共枕的夫妻，有多少人敢保证自己知道枕边人的一切？现实是，可能你知道的还没有十分之一。

到冯爱丽委托保管六幅画的银行，宋新华眼前一黑，晴天霹雳——六幅画全部不翼而飞。

人真不能干坏事，就如同天上的太阳与月亮，真相这东西是藏不住的。

好言安抚了宋新华几句，我让银行找个业务员坐他身边儿，我说："你也不用陪他说话，就坐他旁边儿就行。"不承想宋新华却朝我过来了说他想回家静静。我说："那也行，咱们随时保持联系，想起任何事，或者有什么话想说，你就打我电话。"一个一米八多的汉子消失在我视线中的背影像是缩小了一倍。真是人手不够，刘明春要是在，我就让刘明春跟着他了。

随银行的工作人员到他们的监控室，监控录像显示冯爱丽于昨晚失踪前的四个小时来过银行，取走了五幅画。她头一次来取走六幅画之后，再带回来的就是五幅。而那个时间刚好就在她购车之前。她全款买车的钱，肯定是来源于被她卖掉的那幅画。

我让他们把监控内容给我拷贝了一份，还用了人家一个U盘，挺不好意思的，但人家特别配合我们工作，说是应该的。我也跟银行的工作人员接触了接触，他们都表示冯爱丽除了最初来办理托管有宋新华陪同，之后来去都是自己单独一人。

回到车上，我拿出我的小笔记本，涂涂写写试图整理一下案情。虽然用李昱刚的话说都9012年了，我却还是习惯手写。只有手写，我感觉我的脑子才能产生联动。而且至少我是唯一那个不会提笔忘字的，别看文化不高，真没出过这种洋相。不是我说，太过依赖于电脑不是好事，停个电就瘫痪。诚然，计算机、互联网是良好的辅助工具，但不能被它操控。现代人就是太被这些操控了，从活在朋友圈里的虚假生活，到隔着屏幕的情感互动，再到联机游戏里的团队辉煌，没有一样是真的，而人人却以为那就是真的，不可怕吗？

喝了口水，我开始梳理案件的前后逻辑。

某著名画家去世，小女儿冯爱丽拿走了他的六幅画。其中一幅被她变卖买了车，然后她又取走了托管的另外五幅画，紧跟着，她失踪了，连人带车，还有她的狗。

在此期间，冯爱丽的丈夫宋新华始终被蒙在鼓里，首先冯爱丽欺骗他说自己保管这六幅画是为了保证父亲的作品不流失，然后她背着他卖掉了一幅画给自己换了辆豪车，还欺骗他说是贷款买的，又跟她二姐说画是宋新华联系收藏家卖的，现在更是人间蒸发。

再加上冯爱丽一直身陷跟姐妹们的遗产纠纷，等于宋新华像一块肥肉被留给了那群红了眼的狼……

难道这起人车走失，是冯爱丽自导自演的？

我仔细想了想冯爱丽的失踪现场，一只鞋，一个包，包里有钱包，钱不多，也没有证件。而且至今交通队那边也没能掌握住车辆走向。

合上笔记本，我开车往冯爱丽购车的门店去了。宋新华说他见过贷款合同，他确实不知道冯爱丽是全款买车，这是他的一面之词，但事实是不是这样呢？得核实。另外，他们家的财政大权掌握在冯爱丽手里，这也是他说的，也需要调查清楚。要想完全把宋新华择出来，这些都得落实清楚。在真相水落石出之前，所有人、事都值得怀疑。他也有可能是共谋，冯爱丽人车走失是他报的，等于他是第一发现人。六幅揪扯不清的画，四姐妹理不清的遗产纠纷，大量的财物会使人的性格发生变化，这不奇怪。至于这六幅画犯不犯得上叫人抛家舍业，这还得问问业内人士，八成是有可能，不然也不会打成热窑儿似的。这夫妻俩也有抛家舍业的资本——没孩子。但我打心里觉得宋新华不像演戏。

回队上之前我上我姐家点了个卯，我儿子还算老实，坐书桌前跟着他姐写作业。见我来了，喊一声爸就算打过招呼了。我姐正做饭，问我吃吗，我说不了，我就来看看点点，说话就走。我姐一把拉住了我："你先别走，我想了想，你那套房还是别出租了。"

"啊？"跟冰箱里翻出点点的可乐，我拧开一瓶咕咚咚往下灌。凉。舒服。

"英子带着妞妞有假期就回来，你还是得有个家。"

"所以才短租的呀！她不回来，我跟点点住你这儿，那儿空着也是空着。"

"老让别人住，你不别扭啊？你不别扭，人家英子还别扭呢。"

"有啥可别扭的啊？房子可不就是人来人去嘛，我们去住也就是吃饭睡觉，这套家伙事又不给别人用。咋的，英子跟你说啥了？"

“人就是啥都不说我才在意！”

“哎，你怎么这么杞人忧天啊？”

“你知好歹不？知好歹不！”

“哎哟喂！姐！”怎么还上手了。别看她眼神儿不好，逮我那是一逮一个准儿。

“拧他拧他！”

看我遭难，我儿子拍巴掌。是我亲生的吗？

“姐姐姐，别掐了，别掐了！这事我回来咱们再商量，我赶紧，赶紧着得往队上走！”

“你什么时候回来？啊？你自己说说你着家吗？鹰撒出去还知道回来呢，你撒出去连影儿都没！”

“去，回去写你作业去，看热闹不嫌事大的！”我伸脚踹上了点点的屁股。

“你能耐是吧！你能耐！”

“姐！”自打有了点点，我仿佛也不是我姐亲弟了，他们都一个阵线联盟的，“我真走了，真走了。”

从家落荒而逃，开出去一段路我的胳膊还疼着，我姐还真有劲儿。别看我被掐得不轻，可我心里喜滋滋的。这几年我姐身体维持得特别好，虽然眼神儿不行了，但其他指标都特好。我儿子，虽然没了妈，但他有姑！他跟他姑比跟我亲。

有一阵子我特别担心点点，他挺沉郁的，原因就在于我前妻，她再婚生了个女儿，自此之后就像没了这儿子。她从来不来看点点，点点给她打电话，她十次里九次不接，接那么一次也不说啥话。妈不要儿子，孩子接受不了。点点也这个岁数了，他有爱恨，他恨他妈，也恨我。要不是我姐是资深幼师，又贴心贴肺地疼他，我真不知道怎么处理。男人没有女人细腻，更没女人聪明，幼子恋母是本性，这个缺位实难弥补，好在他有这么个姑。

老实说我现在跟点点相处有点儿小心翼翼的，我是他亲爹，他是我亲儿子，他出生时候就像一道光照亮了我，但他不是我的。是的。你的孩子不是你的。他是独立的个体，有独立的思考、独立的情感，他越长大，你越无法掌控他。我不是控制狂，更不是独裁者，我是愿意尊重他、以平行的视角看待他的，但我们沟通不似母子那般多，点点不是那么愿意向我敞开心扉。而与此同时，我又能感觉到他也在顾及我，就像我凡事为他殚精竭虑，他小小年纪竟也在为我考虑。就譬如英子，我看不透点点对英子的态度。对比英子的女儿妞妞，妞妞现在称呼我为爸爸，小丫头是真接纳我、把我当作家人。而点点对英子毫无冒犯、乖巧听话，但他流露的感情里总有着一种疏离感。他在保持一个恰到好处的距离，我能感觉到在点点眼里英子是一个标签——“她是爸爸的女朋友”。

“我觉得点点很懂事。”英子这样说。这个懂事里，我感觉英子是察觉到了他的冷漠。

这孩子有点冷漠。别说英子了，我这个当爹的体会更深。就像是物极必反，既然情感不够坚实不能依靠，那么便要以逻辑合理性来看待世界。他才多大呀，他原本不该经历这样的成长。可投胎是个技术活儿，他偏巧就成了我和我前妻的儿子，继而经历了我们狗血似的婚姻，并因此太快地涉足了人性，涉足了世事。

我该怎么引导他，可以任由他这样野蛮生长吗，可以认同他的个性这样发展吗？

手机的振动声将我从乱如麻的思考中剥离，夏新亮打来的，问用不用帮我从食堂打饭。我说打，我马上到。他说：“那您下来档案室找我们吧，大姐大焖了绿豆汤，给你留一碗。”我问他怎么又钻地底下去了，他没回我，因为我听见食堂大师傅喊他了。

每回钻进档案室我都能感觉到一股凉意，由于要保管档案、随案物证，它也不潮湿，就是单纯的凉。整个地下二层全是干这个使的，陈年旧案堆积如山，破了的、没破的各有各待的地方。管理室在尽头的把角处，浅灰色的门被节能灯照得透出一种特有的白。还没进去我就听见他们几个说话了。

“对，就他那个脸吧，特别像鞋拔子，有那么一个勾儿。就下巴，下巴往上翘。每次跟他说话，我都忍不住想往上挂点儿啥。”

这是李昱刚的声音。紧跟着一阵大笑，一听就是文君。

我推门而入，就看见三人围圈而坐，屁股底下啥都有，有摞着杂志的，有垫着纸箱的，文君最神，跟有轻功似的。

“你这坐的啥啊？”我问。

“瑜伽砖。”她答。

所谓“桌子”正经倒是把椅子。一旁立着个暖水壶，还是老式水银胆那种。这会儿文君拿起它，往透明的一次性杯子里倒了绿豆汤。

“你这可太暴露年龄了。”

我接过绿豆汤，喝了一大口。

“那我总不能跟这儿支口锅吧。”

“你们俩忒不像话了啊，有办公室不待，往人家这儿来添乱。”

真不是我说他们，这是啥情况，李昱刚连笔记本那套家伙事都杵人桌子上了。

“就好像中午不是你领他们来我这儿开会似的，”文君抬眼皮斜我，“这谁字儿啊？”

角落里的白板无辜地注视着我。走急了，忘擦了。但是我真冤哪，是夏新亮给我们领来的！我把夹报纸的报夹子拿过来一个，往地上一扔，坐下了：“你怎么知道是我写的？”

“除非你手扣箱里的记事本不是你自己写的。”

她什么时候看的啊？真是一个女特务。

夏新亮咳嗽了一声开始发言，完全没有给我洗白的意思：“师父，我下午把冯爱丰的儿子秦峰找来跟他磨了好几回，没问下来。他不在场证明就是他妈他爸，但是我觉得可以排除掉他。虽然他这个年纪正是冲动的时候，也有图财的动机，可从性格上来说，他作案的可能性不大。这孩子挺轴的，认死理儿，但是他讲道理，他始终想在法律上解决问题。找了律师，这我都确定过了。”

夏新亮说着撂下了他手里的不锈钢小碗。他讲究，使的是一套便当盒，整体是个盒儿，拆开是一个一个的碗、盆。我们打饭就一饭盒，大师傅给打上米饭，然后这菜那菜往上一浇，齐活儿。要是不带走在那儿吃，人家有不锈钢托盘。我们鲜少在食堂吃饭，都是打了带走，坐那儿吃的都是搞行政工作的，我们不行，吃饭要算办案中间搂草打兔子，都是打了带走，一边吃一边说案子。

“他还说他三姨夫也不可能这么干，说他也就是咋呼咋呼行。就像咱那天去，抄凳子他敢，到底也没扔。”喝了口绿豆汤，他补充道。那折叠杯子也是他便当盒的一部分。就这么神奇。

“嗯，他还真没说错，”李昱刚拧开可乐喝了一大口，继而说道，“都这把年纪了,还给人当马仔收保护费呢。他身上确实有好多不规矩的东西,但也没犯过大事。有寻衅滋事的案底，被拘留过两回，还搞顺手牵羊，爱占小便宜。有俩钱儿就往按摩房花，没钱也去，扎着。这我都调查了。不是干大事的料儿。”

“嗯嗯。”我听他俩说完，掀开了我的饭盒。

“这他妈谁给我打的红烧鸡块！”

“啊？”李昱刚蒙了，“你不吃鸡啊？”

“他吃啊，”夏新亮一愣，随后说，“咱一块麦当劳不是还点炸鸡呢。”

李昱刚嘿嘿一乐:“那师父您吃我的吧，我吃您的。”

这个小鬼头，他递给我那饭盒里除了米饭就剩点儿圆白菜了。

“您也来点儿我的，我吃饱了。这些我没动，”夏新亮把他的便当盒推了过来，“我真不知道您不吃。”

“我吃鸡。蒸的煮的烹的炸的我全吃。我就是不吃红烧的。”

“为什么啊？”李昱刚一边啃鸡腿一边问。

“这得说十来年前，我们办案子，遇上一碎尸案。最后找见那头，让人给炖了，搁花椒、大料、桂皮、酱油，全放齐了，那味儿，就红烧鸡块味儿。”

吧嗒，鸡腿从李昱刚嘴里掉到了饭盒盖上。

“这是什么道理……”夏新亮的眉头拧在了一起，“人头、鸡块，这能是一个味儿？”

“我 ×，别说了，别说了，再说我得找垃圾桶吐了！”

文君又捡了一回乐儿。

我把我调查的情况给李昱刚跟夏新亮说了说。事实确如宋新华所说，冯爱丽背着他全款买了那辆特斯拉，门店的销售人员还记得这事，原本说好办贷款，都准备去办理手续了，冯爱丽又说算了，还是全款吧，为这他们还起了口角。因为实际上所有售车的地方都爱给客户办分期贷款，还是免息的。这个免息正是猫腻儿，这边说免息，那边收金融服务费，要是懂行的人，算下来服务费比利息还高。这事从头到尾都是冯爱丽在办，宋新华不知道。那宋新华在干什么呢？老老实实跟那儿研究合同呢。我看了店内的监控录像，这都能相互佐证。

"怪不得您让我查查这两口子的动账呢。"李昱刚也不吃了，反胃了，抱着可乐喝。

李昱刚查了宋新华跟冯爱丽的财务情况，这车款确实是由冯爱丽的一张借记卡支付的，这张借记卡才办了没多久，动账记录不多，确切说，就是一笔开户时候的大额存储，没多久就是支付特斯拉的费用，还有保险费什么的。宋新华说的也没错，他自己就两张银行卡，一个是工资卡，一个是信用卡，家里的支出、信用卡还款，平时都是冯爱丽在办，李昱刚都给我摸清楚了。

我们研讨了一下，分析了目前三个嫌疑人的性格特征、心理状态，等于一水儿全排除了。那么冯爱丽失踪是不是自导自演？她这个画是怎么卖的、卖给谁了，都由谁经手，后来这五幅画跟她一起失踪，是不是也被卖了，卖了钱又在哪儿？这个马上成了我们新的侦查方向。

这时候原本已经要回家的文君停下了收拾的动作："你们说的这个画，是什么画？"

"这不会你也有熟人吧？那我这可又能开挂了。"

"别高兴太早，不见得。"

"水墨画。"

"那悬了，我们家小老爷们儿画油画。"

"啊？"

文君嘴里的小老爷们儿不是说她儿子，说的是她先生。我们仨瞠目结舌，小老爷们儿，是名副其实的小老爷们儿，文君是显小，他是真小，英雄出少年，听说他的一幅画委实难求。人长得很清淡，跟他浓烈的画风相比，像是清汤挂面，白白净净、斯斯文文，五官也很浅淡，说话声音很低，像是一汪深潭。为我们引荐了收藏家白先生之后，他就离开了。

我是不清楚收藏家到底算个啥职业，反正就是有钱，有钱还雅致，完全不似暴发户。看他的宅子，坐落在半山腰，群山环抱，庭院修剪得一丝不苟，陈列的画作在我一个不懂画的人看来都觉得赏心悦目。

我们喝了会茶，白先生取出了他从冯爱丽手中购买的作品《青山绿水图》。我不懂水墨画，但是那意境真棒。

欣赏了一会儿，白先生跟我讲了他入手这幅画的始末。这幅画是通过一个经纪购置的，当时他办了个茶会，除了白先生，还有好几个收藏家去了。茶会上品鉴的画一共有六幅，都是冯爱丽父亲的作品。这一幅《青山绿水图》并不是其中最贵的，但是很入白先生的眼，他就收过来了。其他人对别的作品感兴趣，但是价格太高，都挺犹豫，茶会散了，等于就白先生有收获。

白先生有个同好许先生，很垂涎冯爱丽手中的一幅《苍山图》，但是价格他们没谈拢，可他很在意这个事，就跟这个经纪又商谈了几次，价格还是没谈拢。画这个东西，包括很多我们喜欢、价值又在可承受范围内但又确实偏高的东西，很容易造成一个“不买想三年”的局面。许先生不死心，最后下定决心还是要收了它，却被经纪告知画已经出手了。谁买了呢？是拍卖行的老总给介绍的一位老先生。这个老总介绍的几个人想把这些画都收了，结果他发现当时手里的现金不够，就只有老先生收了其中一幅，也就是许先生惦记的这幅《苍山图》，另外四幅画没收。而这个时间是什么时候呢？正是冯爱丽人车走失的当晚。

我们让白先生跟许先生联系了一下，电话里许先生跟我们证实了白先生跟我们讲的这些情况。就这么着，我们从白先生这里拿到了这个经纪的联系方式，顺藤摸瓜，接着往下走。

这个经纪其实就是个中间人。他是怎么跟冯爱丽产生联系的呢？通过冯爱丽的父亲的一个搞收藏的老朋友，冯爱丽拿了这些画，想出手，就找了这个男的，这个男的就给她牵线搭桥，带着她认识了这个中间人。中间人路子很广，就开始帮着冯爱丽卖画，他从事这个行业也有十来年了，打过交道的人特别多，也很了解这一行里面很黑暗的一些东西。但是他保证，他带着冯爱丽见的都是业内有头有脸的正经人，不存在说发生什么意外的可能性。他还很认真地给我们还原了当晚见面的情形。

当晚他带着冯爱丽去的拍卖行，拍卖行的张总约了几个跟他相熟的、对国画感兴趣的收藏家，大家一起品画、洽谈。冯爱丽带了五幅画，市值都很高，她有点急着出手的意思，但不愿意落价。所以最后就只有一个老先生买了其中一幅，其他四幅画另外的人也想要，但是那四幅画转账还不够，说："我们给你现金吧，算是订金。"那天她把这幅画卖完，拿了三十五万的订金，带着四幅画，开着特斯拉就走了。

走了去哪儿了呢？按时间分析，她确实是回家了，跟宋新华报警说她人车走失的时间对得上，可最后却是连车带人全没了。

这案子越来越扑朔迷离。

说实话我真有点蒙圈。起先我们被困在这个"遗产纠纷"里，接着又走进"亲夫杀妻"，现在又浮现出"自主失踪"的可能性。现在可倒好，她要是真想"被失踪"，为什么选在这个时间地点？就说要回去接狗吧，可她还有四幅画没卖，还收了别人的订金，怎么就这会儿要失踪？要不是我们去，恐怕现在要买画那帮人还不知道冯爱丽失踪了呢。我倒也嘱咐那个经纪了，我说："你先别跟他们说冯爱丽失踪的事，谁来问你、到你这儿摸来，你告诉我。"

这一天折腾下来已经是10点多了，我们找了家24小时营业的西北面馆吃饭，一边吃一边琢磨这案子。

李昱刚说："会不会是买画的？买画的对她进行尾随了，尾随之后对她进行抢劫，把画弄走了。"

"那车呢？"我问。

"随机的尾随抢劫呢？这个也不是不可能。毕竟她开辆特斯拉，"夏新亮说，"我们是不是把事情搞复杂了？如果是专门干这个的，他们肯定有辙处理掉车。"

"不是没可能。但是吧……你干这个肯定不可能是初犯，你得有经验。抢劫就抢劫，拿了钱，当时冯爱丽身上有钱，再把车给弄了，人呢？就算是抢劫杀人一条龙吧，他得抛尸。而且李昱刚串并了这类案件，没有任何联系。"

"夏新亮，我还真细查了，我不看好这条线。冯爱丽从卖了画到回家，路不短，谁要劫车，机会多的是，手法那太多了，为什么非要跟到她楼下以身犯险？随机的没必要，蹲点儿的更不可能啊。”

“可是我觉得她就算要抛家舍业带钱走人吧，这节骨眼儿太离谱儿。还剩四幅画，订金收了买主儿也有了，全交易完，再接上狗走才对呀。而且她为什么非走不可？画，都她拿着；姐妹几个就算不依不饶，她把画一卖，变现了，扯皮去呗。她老公她不要了，也未见得吧？她就是背着他卖画，也没背着他干别的啊。”

“查吧。查买主儿，往下挖，这人总不能凭空消失。”

就在一直僵局的时候，冯爱丽的尸体被发现了。过了两个多星期，打捞水上垃圾的给捞上来了。经过辨认是她，但是车和东西都没有。法医的尸检出来之后，印证了宋新华报案的时间，等于冯爱丽失踪当晚就遇害了。死因是机械性窒息。

我们就更加坚定了对图财的认定，那肯定是奔财去的了。可是在此期间，我们对老大、老大儿子、老三、她老公，包括买画的人，只要接触过画的人，全都进行了调查，没有一个人有嫌疑，一个一个都给排除掉了。

这才是最大的谜。

一切都得推倒重来，然而我们却根本没有方向。意想不到的是，就在案情迷离就要陷入冷案的绝境中，宋新华给我打来了电话——他们家的狗回来了。

他蒙，我们也蒙，就上门看看呗。

我叮嘱宋新华说:“你别给它洗澡,多脏都别洗,我带着技术科的同事一块过去，看看能不能从它身上采集到什么，也许对破案有帮助。”

宋新华说：“没问题，就是因为想到狗身上万一有线索呢，我才第一时间给你打电话。”

我从技术科借了俩调查员，带着李昱刚跟夏新亮，我们一行人就往南湖去了。

再见宋新华，我觉得他看上去身形更佝偻了些，先前上我们那块儿认尸的时候,他的背就驼了。我没干刑警之前,在书上读到“一夜白头”一直以为是个比喻，直到我干了这一行，接触了那些受害者家属，才知道这不是什么比喻修辞，而是真实的面貌变化。在巨大的打击面前，人的崩溃和萎靡来得势不可当。不仅是人，就连动物面对生离死别，都无法抗击那种悲伤。前阵子看纪录片，说的是狒狒，母子俩相依为命，母亲意外去世，小狒狒就守在母亲身旁，一守就是三个月，直到它自己最后也闭上了眼睛，这就是情感。

大黄看上去不是太有精神，但是见着我们进门，还是围着我们转了转，跑了跑，欢迎那个意思。技术科的调查员从它身上采集样本时它也不怎么挣扎，仿佛知道我们是来帮助它的女主人的。

灵性。

狗这个动物真的有灵性。它是人类忠实的朋友，它很通人性。就比如我们队里的警犬，哪怕我从没见过这条警犬，我穿着便服也好、穿着制服也好，这狗一定不朝我“汪汪”叫。它就能知道我是干什么的。

“哎，哎哎哎！”

我们正跟宋新华说话，就听见那边技术员儿喊开了。

“跑了，大黄跑了。”

“哟，门没关严吧，你们进来，我就轻轻一带，”宋新华说着就往门厅跑，趿拉上鞋就往下追，“等着啊，我给抱回来。”

“师父，我跟着去吧。”李昱刚说着也下去了。

等了有一会儿，夏新亮手机响了，他说李昱刚说大黄就跟楼底下转悠，抓也抓不住，走它也不走。楼下哪儿呢？冯爱丽的车位上。

就这么着，我跟夏新亮还有技术员也跟着下楼了。

傍晚这个时间段小区里来来回回有人走，这只狗看到谁都跑，看到我们就围着现场跑，不跑远了。技术员继续采集毛发、梳理皮屑、清理指缝什么的，它绝对服从。采集完了他们就带样本回去了，大黄还去送了，一直送到小区门口才回来。回来也不上楼，就围着车位这块儿溜达。

我们分析这条狗肯定是目击了案发现场。它明显有“话”想跟我们说。但它不会说话，就只能这么围着跑。大黄应该是接冯爱丽的时候，她一开门狗上车了，在车里的时候，嫌疑人出现了，嫌疑人把冯爱丽害了之后开着车走了，到什么地方把狗弃了，这狗最后自己寻回来了。

当然这都是我们猜的。

就这事我们跟宋新华一直说着，渐渐地天就黑了，是一阵剧烈的犬吠打断我们的。大黄的情况我们知道，流浪狗出身，很会看人眉眼高低，很乖，不爱叫，扒人闹人但是不“汪汪”叫。

我们往大黄那儿一看，走过来一男的，大黄就是对这个男的狂吠不止，表情也完全不一样，它那个腿趴在地上，屁股撅着，这是典型的进攻信号，然后俩后腿不断地挠地，那感觉爪子就像挠出血那种挠。

这男的给吼傻了，一回神看见我们拔腿就跑。

“别跑！”

我们越喊他越跑，他跟我们比赛跑这不是等着被摁呢？主要大黄也撵着他，狗比人快，我们摁住他之前，大黄飞身一跃，直接就咬上了他的左小腿。接着就是我们飞扑，直接给他摁那儿了。

“跑啊，你跟谁赛跑呢！”

“你能比狗跑得快啊？太膨胀了！”

李昱刚把他铐上的同时，宋新华也喘着气儿跑到了，一看这人的脸，宋新华认出了他：“翔子？”

我们来时候五人，回去也是五人。走了俩技术员，来了宋新华和这个李明翔。

一路上李明翔都在号，腿上见血了，被大黄的犬齿咬了俩窟窿，汩汩往外冒血。也没带他上医院，我问我们医务室了，说这都不是事，带过来我们给打破伤风就行。宋新华也说了，大黄有狗证，年年打狂犬疫苗。

给他捆医务室里包扎完，我们就给他塞审讯室里了。先前他还挺精神，这会儿呵欠眼泪连连。我一看就知道他吸毒，让李昱刚联系管片民警一问，没错儿，就是有吸毒前科。我说甭审他，晾着，一会儿他就得吐干净。

宋新华跟我们在外面儿，他给我们说了说这个李明翔的情况。他是宣传部的一个公子，宋新华是某电视台体育部的一个制片，他爸妈都是这个口的，他们从前都一块住广电大院。两家父辈交好，所以宋新华也挺照顾李明翔。给他一些衣服、电视台分的一些东西,还给点儿钱什么的。李明翔因为吸毒给关进去好几次了,一次出来比一次落魄,家里都没钱了。宋新华心善,看在小时候的情谊和两家父辈的情谊上,就这么能帮一把是一把。但是冯爱丽讨厌他。冯爱丽说:“你一个大老爷们了,四处老他妈借钱去,没出息。”她不愿意丈夫跟这么一个社会败类往一块凑。

最后李明翔吐了一个干干净净。

案发当晚,李明翔来找宋新华,还是求接济。他先遇到的却是卖画回来的冯爱丽。冯爱丽那会儿倒好了车,正跟车后头塞钱——那三十五万订金。钱是一万一捆扎着的,她是背着老公卖的画,这钱就不能往家拿,所以她就往车后备箱里塞。李明翔见着她的时候,她手里正拿着钱,她打开了一捆往钱包里装,正好就叫李明翔给看见了。他上去之后就说:“哎姐,借五百块呗。”冯爱丽知道他是毒虫,张嘴就骂开了:“你他妈不要脸啊?”冯爱丽本来脾气就暴,性格也厉害。她这么一骂,李明翔又见钱眼开,他当时就上去给她掐住了,掐的脖子,五分钟就给掐死了。掐死之后往车里一推,开车就走了。

后面就是逃亡、抛尸。抛尸我们已经知道了,扔湖里了。车去哪儿了呢?怎么我们以车找人没找见这个车呢?

原来李明翔老来找宋新华,对这片地区很熟悉,他避开了小区的监控,就只有大门口那个监控照见这车出去了,出去就没影儿了,他把车开进了尚未竣工的罗马花园。也是跟这儿,他一开车门,大黄出来了。他特别紧张,一直都没发现车上有条狗。据他所说,这狗一点儿动静都没出。

大夜里头,也没有工人,李明翔火速拆了一个装着建筑废料的蛇皮袋,把冯爱丽就给塞进去了,然后他就给从前蹲看守所时候认识的一个狱友打了电话,这人就在专业偷车团伙里干的。等着人到的时间,李明翔发现了后备箱里冯爱丽藏的钱,把现金拿走了,把车给卖了。

画去哪儿了?

李明翔不懂画,他确实见着卷轴了,可打开都没打开,等于随着车都叫人弄走了。

偷车这帮人来了，也不知道李明翔杀了人，他们就把这车给弄走了。他们开了一辆专门运汽车的那种挂车，挂车上满满两排汽车，一家伙就给偷梁换柱了。那些车都蒙着车罩，换了一辆谁也看不出来。等于挂车拉走了特斯拉，换下来那辆轿车他们开着走了。

他们一走，李明翔就背着蛇皮口袋没事人似的也走了。后来几经倒腾，骑共享单车、打车、再骑车，最后李明翔给冯爱丽就抛尸了，蛇皮口袋也给烧了。

“我今天就不该来。”李明翔最后反反复复说这句话。

审了大半宿，人车走失这案子就算落实了。

宋新华一直在等我们，我们出来就把原委大致给他说了。队上不叫抽烟，他一连抽了半包，我也没拦着。他最后跟我说的那话挺触动我的。

“这是露富了，还是死在钱上了。当初我叫她别买这车，太招摇。刘队，我跟您说啊，我真是反复劝她来着。我不是怕她炫富，关键是她炫给谁看了？还不是身边这些人。其实一开始我给您说她们姐妹几个有矛盾，我就是把知道的都跟您说了，我觉得他们不会对爱丽下手。他们确实具备杀人的条件了，但没有那杀人的素质，都是普通老百姓。可再往下演变，矛盾不断升级，那就不好说了啊。兴许秦峰真就给她弄死了，因为给大姐逼得无路可走了。都是兄弟姐妹，为什么爱丽过得好，她们这几个姐妹就水深火热？她们一个小房子恨不得住四口人，我们家大房子还买豪车，还把所有东西全独吞了，至少在她们看来就是全独吞了。当时要不是爱丽骗我说要保管老爷子的画，我一定不会让她这么办的。”

“我问问你啊，你想说就说，不想说就不说。”

“您问。”

“当时冯爱丽的父亲过世，没留下什么话吗？这财产怎么分？这画怎么论？就全给老四了？”

宋新华摇了摇头：“老爷子没说全都给爱丽，他一个当爹的，肯定哪个都疼。无非是爱丽太霸道，就一归置全拿走了。老大、老二、老三都不敢干这事，因为爸爸还在呢，谁也不敢说没死就把东西给分了。老大跟老三也商量过怎么分这东西，说听爸爸的，可最后老头糊涂了，爱丽就说全是她的。”

我叹了口气。

“爱丽，就是栽在她这个霸道上了，对我霸道，对姐姐们霸道，跟她爹也霸道。她骨子当中就是霸道。你说她跟翔子……到底也还是因为她这个霸道。你弄了这么多钱了，你让他碰见，你软弱一下给他五百，不管他吸不吸毒，给他五百不就不会这么被人掐死了吗？她非但不给钱，还骂他、侮辱他，你说……你说……”

后期我们去起赃，也是几经周折。李明翔交代了这个盗车团伙，提供的信息也算有效，何杰被我拉来搞这个案子，他挂帅，我把李昱刚都“借”他了。的确是“借”，何杰原话：“把你那小潮男借我用用。”我说：“有你这么说话的吗？人家是人，不是东西。”他听了还挺生气，说：“刘子承，你什么毛病啊，跟谁学得上纲上线的，你别活半天活回去了，到头来跟‘无头’穿一条裤子。”

他的话说得我挺冤的，我之所以不爱当别人面拆戴天的台，那是给我师父的面子。我怎么看戴天的他们全忘了？

我发现所有的体制内都是这个通病，一方面看不起职称，一方面又暗暗羡慕着职称所带来的名声、利益，吃不着葡萄说葡萄酸。老百姓老说反特权，实际上他们恨的不是特权，而是特权给某人带来的荣耀、利益，要说把这特权给他，他乐不思蜀。这就是人性。

戴天稳坐一把手的交椅，看不惯他的人多了，他没那个能力，德不配位，这是事实。但我们也不能酸他，他溜须拍马那一套一般人真的练不来，吃屎、吃苦，方能成功。吃苦难不难？难。吃屎呢？那都不是难了，一般人根本做不到！

我瞧不上戴天，因为我跟他当真不是一路人。别看我俩师兄师弟的，但也就是因为跟同一个师父。虎父无犬子，我随我师父埋头苦干，戴天心思却根本就不在办案上，但到底也没叫师父折了面子。仕途这条苦路，他也在披荆斩棘攀爬着，虽然大家伙儿都叫他“屁精”吧。

血气方刚的时候我也是极不待见戴天的，那时候也浑蛋，说起话来没遮没拦，没少让他出洋相。这我都不后悔，谁还没年轻过啊？他戴天也活该，他业务不行，我一个当师兄的不说他，让谁说他呢？让师父？快别给师父找事了。可唯独有一件事，我特别后悔，办得真挺缺德。文君那回提那么一嘴，那扎心是真扎心，我没有一刻忘记过这档事。

其实我本意真没存坏心，就是皮，就是犯个小坏。那还是十来年前，我才结婚没两年。戴天有个女朋友，也是公检法系统的，用现在的话来说，那女的“黑化”了，是进入我们视线的涉案人员之一。我也好心“提醒”戴天了，虽然话说得弯酸，但我真是为他好，毕竟这也不能明说，怕打草惊蛇。他不仅不理我，还怼我，我都这么暗示他了，他还犯傻，那可别怪我无情了，也得承认有那么点儿“报复”的意思，我其实明知戴天跟这女的不在一条船上，我还是了解他的，当得了小人当不了坏人，可我还是打着办案的旗号给他上了监听。他不是老想不靠业务吃饭嘛，师兄就教教他做人！跟犯罪嫌疑人扯上关系，我再给他这么一“取证”，我看他还能怎样偷奸耍滑！就是在监听的过程中，我听到“报告媳妇儿，队上急call，欠你的回来加倍奉还！”这句话，滑稽得不像他，他平时不苟言笑，一副斯文败类的模样。因为太逗了，我就把这录音截下来放给兄弟们听了，然后这事不胫而走，之后戴天的脸就这么砸在了地上，至今都没拾起来。他“无头”归他“无头”，但他的脸皮又让我给扯下来了，他得多难受啊？

这事影响特别坏。师父还为此把我训了一顿，说：“刘子承，你缺德不缺德？”

我回嘴说：“我没恶意。”

师父反问：“怎么才叫有恶意？不仅跟嫌疑人扯上男女关系，还给广播得尽人皆知，谁都笑他笑得理直气壮，好像他也是涉案人员似的！你这是泼粪啊！毁人清誉这四个字儿，你给我写一百遍，我看你字典里能不能装进这个词儿！”

我知道错了，但天底下没有卖后悔药的，我再怎么后悔也于事无补。幸亏戴天具备吃苦和吃屎的能力，硬是顶着一口气扛下来了。自此之后，我再没当别人面儿撕过他脸皮，因为在那些年前，我就把他的脸皮撕干净了。私底下我俩该怎么掐还怎么掐，但台面上我永远认㞞，算我欠他的。这跟师父都没关系了，是我欠他的。

何杰这边接手了盗车案，我跟夏新亮同步跟着起赃。为这事宋新华找过我好几趟，一次次求我找回车、找回画，他想把这些都交给冯爱丽的姐妹，他说：“就算我帮着爱丽赎罪吧，让爱丽走了别再让人恨，让人戳脊梁骨。”他不说我也会办，这是我本职工作，但他真挺打动我的。他这个人很善良，善良是现下这个社会，在面对利益的时候，很难找出来的一种特质。

我经常思考这个“善”字。关于“善”的描述，古今中外太多人写，但是从事刑警这个行业，直面善恶，善恶的界限却很模糊。它都是相对存在的。就譬如在这个案子里，相对于宋新华的“善”，冯爱丽就是“恶”。可是如果换作大黄的视角呢？救助它、收养它，给它一个家的冯爱丽，能说她恶吗？

狗比人强。不仅是说它先于我们破了案，更在于它能透过种种表象看到一个人心底的善，哪怕是一丝丝的善，它也愿意为此付出自己全部的信任、忠诚。都照狗这样子，恐怕这世界才可能达成人们梦寐以求的“和谐友善”。

车找回来了，在河南找到的，给改了颜色，但没有其他变动，画却凭空消失了。问买车的、修理部的都不知道，包括买车的主儿，我们追了半天也没追回来。

我把这个情况通知到宋新华，出乎我意料的是宋新华居然笑了。他说：“让老爷子带走了吧，他舍不得，老爷子不爱钱，就爱画画。这画没了也好，再不用争再不用抢了，这才是老爷子的意思吧，一家人和和睦睦的，互相帮衬。等你们都取证完，我把这车拖走，给它卖了，连同爱丽卖另外一幅画的钱，我全给她们家里。”

案子结了，被“借”的李昱刚也归队了，我说：“来吧，咱们庆祝庆祝搓个饭。”饭是在我们家吃的，因为要喝酒嘛，现在不让我们跟外面儿喝酒了，喝就得避人耳目。叫了点儿吃的喝的，抬了两箱啤酒，文君也给请来了，她没少给我们帮忙。

席间，李昱刚给我们说了说他的生死三十六小时。

敢情他跟何杰出任务还遇上事了。

他们追查盗车团伙，抓捕惊险刺激。其中一个首脑人物非常谨慎，有了风吹草动，就开始外逃，几个人往合肥方向逃跑，何杰领着李昱刚他们就跟着追捕。结果走高速出北京没多远，何杰的车被撞翻了。前面是个大卡车，他们开车的速度快，快到 200 迈了，在超车过程中直接钻卡车里边了。钻里边之后快速反应，但车不灵了，就停路边了。这三个人从车里钻了出来，打一电话来一出租车继续往前走，然后坐着出租车一边往安徽赶，一边给队上打电话：“我这车坏了，你现在赶紧给我送车来。”这三人迷迷瞪瞪往那边走，然后他们队里又调辆车追他们，又把车给他们，他们开着车到合肥了。

“这都不是重点啊，赶不上好莱坞电影儿！”李昱刚仰脖撅了手里那瓶啤酒，“真正他妈给我吓傻了的是，我们从那车里爬出来，何队，何队开的车啊，气囊都爆出来了！他魂儿八成都散了！爬出来，没走两步！他点了根儿烟！他说抽一根压压惊！离着车那会儿还没有五米呢！车漏油了！我当时就疯了，这要是爆炸可就太好莱坞了！我赶紧给他拽跑了！这哥哥！这祖宗！我都疯了！”

我说：“这很何杰。”

三三两两聊天的时候，我跟文君客气了客气，我说：“本来我还想让你带上你先生呢，我得谢谢他，我们火急火燎找人，没你先生给牵线搭桥，我们还不定得跟哪儿乱转呢！”

“那你怎么没叫呢？”

“咳！我转念一想，你先生那么一大画家，恐怕跟我们这帮粗人没话说。”

文君白了我一眼：“你这假客套，真假。你嫌我们不合群才是真吧？”

“哎，你这个思想很阴暗啊。我瞧出来了，觉得我不真诚是吧？来来来，你现在就给他打电话，咱真是实在人！”

“省省吧。没我他才不管你们的破事，你谢我就行啦。”

这噎得我不知道该说什么了，我又起开了一瓶啤酒：“我敬你。”

文君咯咯笑：“别吹了，都喝多少了。一会儿我也得回去了，不然那俩小魔头得把小爷们儿折磨疯了。”

“平时都你带孩子？”

“其实还是他更多一些。”

“模范好父亲啊！”

“还可以吧，他比较有耐心。”

“我还挺好奇的，你们俩怎么认识的？”

“觉得我老牛吃嫩草？”

“我就说你阴暗吧，咱是那意思吗？我是觉得咱这行业一般不是找同行就是找机关单位的，人际圈子窄嘛！你这跨度比较大。”

“他呀，怎么说呢……”文君转了转眼珠，“我给他当过保镖。”

“啊？”

文君往下这么一说，听得我瞠目结舌。

就我们这行当，确实有保镖的业务。打个比方，老百姓遇上关乎生命财产安全的事了，报警了，警方受理但不一定会处理，警力资源毕竟有限，我们也会有一个考量。但如果他们强烈要求，也可以付费聘请警员保护。这个一般人不知道，但我们其实有这业务。当然这种业务一年也碰不上一起，而且也不会抽调精锐力量给他们，就是提供一个基本安全保障，譬如送人去机场、上下班路上护送，说实话比保安公司便宜。

文君老公遇上了什么事需要借助警力呢？为他爹离婚。真是哭笑不得。文君说她公公这个人文质彬彬，搞文艺工作的，也算业内有头有脸的人物。她婆婆是经商的，脾气很暴躁。俩人情感破裂，可是女方不愿意离婚，拉锯了有几年，男方坚持要离，女方就威胁他了。彼时他跟着他父亲生活，常年的拉锯战打下来，那是遥遥无期看不见希望，他爹就决定破釜沉舟找他妈对质，可是他不敢“深入虎穴”。正好他有个认识的朋友在公安部任职，就给他推荐了这么一条路。

这事还是光明队长给文君安排的，文君一琢磨，她都闲得长草了，不如去看看。她就去了。去了我们有规定，不能上楼，提供保护可以，到门不到户。他爹很“面”，听说得他自己上去，犯怵了。他们陪着去了一趟、两趟、三趟，回回打退堂鼓。文君烦了，说：“这么着吧，你把你爱人请下来，我给你们做做工作。”

听到这儿我都乐抽了，我说：“你还搞妇联的业务啊？”文君回：“我还复联呢！长得像黑寡妇吗？”

等于是文君帮着给调停了这场旷日持久的离婚大战，帮着未来的公公和婆婆和平友好地离了婚，她自己倒收割了一“迷弟”，最神的是，打了半辈子的老夫妻倒是同时相中了这儿媳妇，喜宴上还坐了同一桌。

这一家子什么人啊？我问：“文君你不是编故事唬我呢吧？”

文君一撇嘴：“随你信不信。”

“不是，就这么一家子，你还真敢嫁？”

她回道:“不入虎穴，焉得虎子。其实我一见他就觉得，这男孩儿气质超脱呀，又是个画家，我们家祖上八代都没艺术细胞，我老羡慕了。我还最恨那些个晒娃就晒娃，还动不动晒娃的艺术细胞的，我心想我也得给我们老文家改改基因。其实就他们家那点儿破事,我去一次就能给摆平,但是我一次就摆平,鸭子不就飞了?所以我才跟他们耗呀耗，耗到我把热锅烧好了，我再铲。”

“你这么说我就知道这是真事了，这是你没错儿了。”

文君给了我一肘:“就是故事的结尾不喜人，我们家老大拿老二当画笔，那不是画作，那是人体拓片。”她说着开始翻手机:“你看看，艺术吗？”

“哈哈哈哈哈哈……”

起赃

“刘子承，有美女找。”

随着两声叩击桌面的声音，我抬头看见了赵大力的那张大脸。

我嗯了一声，说了句谢了，继续跟李昱刚、夏新亮讨论眼前这个疑点。夏新亮看了李昱刚的结案报告，心细的他发现了这个离奇之处。

“李明翔被捕时，身上的个人物品怎么会有一块百达翡丽？他，一个长期吸毒人员，为要五百块钱把冯爱丽给杀了的主儿，手腕上戴一块七八十万的百达翡丽？”

我是有点蒙的，李昱刚赶紧给我科普，百达翡丽——瑞士日内瓦的家族独立经营制表商，历史悠久，工艺精湛。

一个年代和一个年代的人真的就不一样。现下这些年轻人对奢侈品门儿清，我们这代人却是一头雾水。我们觉着这都不是老百姓的东西，他们却是借钱也得给自己装扮上。那天许鹏跟我聊天时候还说：“这套路贷闹不住，人的欲望有多大，市场就有多大。管得住吸血鬼，你管得住高消费吗？”

“能是真的吗？”我也是将信将疑。

“看图我觉得不像假的。”

“我觉得也不是假的。”

“你还敢说！”我勺了李昱刚脑袋一把，“你写的结案报告，你整理的物证，你眼瞎啊？”

李昱刚瘪嘴：“我不是老跟您说嘛，这事还得夏新亮来，他干这个比我合适多了。我就这么一人啊，粗枝大叶，而且我最不会写东西了。”

夏新亮翻白眼：“我这不是人在家中坐，锅从天上来嘛。”

“物证呢，没送检吧？”我问。

“没啊，还在物证处，这不是等您看完，我再进行下一步嘛。”

“这么着，去看看，不行借出来，找人鉴定一下。”

“师父，你是觉着李明翔还是把那几幅画给卖了是吗？”夏新亮问我。

我不置可否。其实内心深处，我知道我有点钻牛角尖了。没能给宋新华把冯爱丽遇害时手里持有的四幅画追回来，我特别内疚。办案子总归会有遗憾，但这起案件我就是格外挂心，也不是说我跟宋新华建立了多深厚的感情，是他身上那种中年男人特有的窝囊与被动叫我无法视而不见。在这窝囊与被动后面隐藏的人性之善，更叫人觉得难能可贵。哪怕是枕边人欺骗了他，哪怕是枕边人一贯对他颐指气使，哪怕是枕边人始终将他蒙在鼓里，也没能给他一个心心念念的孩子，他仍旧义无反顾地替她处理着身后事，甚至企图帮她修复她与家人之间的裂痕，这太难叫我无动于衷了。这样的胸怀，真不是一般人能达到的。

“你怎么还跟这儿坐着呢！有人找你啊！”赵大力端着茶杯，一脸诧异地瞅着我。

我一拍脑门儿，彻底给忘了个干净。到门口哪儿还有人啊？

谁找我啊？

这么想着，我摸出手机一看，有条微信：“我这边有点情况，你不忙时候来趟档案室吧。”

美女？想必那就是文君无疑了。

我们去物证处把表给拿出来了，俩孩子反复地看，都说是真的，保险起见，我拉着夏新亮，我们俩去了趟典当行。

李昱刚哭丧着脸说：“师父，你带我去不行吗？”

我说："不行，你闭门思过吧。"然后我想起来文君找我，我说："知道你也闲不住，你下楼去趟档案室，君姐说她有情况，你去看看怎么回事。"

李昱刚问："啥情况？"

我说："我哪儿知道啊，就是让你去了解的。"

就这么着，我把李昱刚打发走了。不让他出外勤其实是照顾他，就像我为什么非让他写这个结案报告。他之前跟着何杰去查盗车团伙，路上撞了车，虽然他像没事人似的还跟我们白话呢，其实肋骨骨裂了，他也咬牙不说，这还是何杰告诉我的。身体是革命的本钱，这不是闹着玩儿的，气囊都撞出来了，何杰说："我好几天都觉得自己浑身氮气味儿。"

张老板是行家里手，从前办案时候我们有过来往，我托他给我看看，他一摆手说小意思。一看，确保是真的无疑。

李明翔的嫌疑这就上升了。

估价七十万的表，李明翔打哪儿弄的？什么时候弄的？这明显不符合他身份。一个瘾君子，就算家里条件好，什么玩意儿在他手上也剩不下，全都得给挥霍了。所以绝对不存在这表属于他的可能性。偷的，抢的？那怎么不拿去卖，而是又找老好人宋新华去借钱花呢，还把他媳妇儿弄死了？所以我主观上就认为案发当时，这表肯定不在李明翔身上。那这表怎么来的？跟那些人间蒸发的画是不是就产生联系了？看来他没说实话。

李明翔已经转移到看守所了，我跟夏新亮前脚从典当行出来，后脚直奔看守所而去。

李明翔状态非常不好，戒断反应大，我们提审他，他也是蔫头耷脑，四目空空。问他表怎么来的，他就像一具行尸，完全听不懂的样子。倒不是说是想蒙混过关，是真的六神无主。

我就引导他，努力将他从神游太虚当中往回拉，夏新亮配合我，小刀眼儿瞪起来，凶巴巴的劲儿端起来，对他采取两面夹击。

虽然我觉着夏新亮那个"凶"太浮夸，太流于表面，效果也还是有的。李明翔说，这表是他一个朋友给他的。

我还没说话，夏新亮先急了："给你的？你哄谁呢！跟你什么关系啊，百达翡丽随便送！"

李明翔呵呵乐："把你们也蒙了啊？假的！那小子三天两头换表，逼都装不像！一个号里出来的，还是盗窃，上哪儿弄钱买真的去，还一会儿换一块一会儿换一块。"

"那给你表这人是谁啊？"我示意夏新亮收收，继续往下问李明翔。

"竹竿儿。"

"大名儿。"

"那可不知道，都这么叫他，姓……姓什么来着？金？可能是姓金。"

李明翔的状态不太好，正因如此，我反倒觉着他不像在撒谎。顺着他说的问，他也是说说想想，各种不确定的样子，不像是编瞎话儿。我又反过来按着我的思路问他，也就是往他卖画那方面走，走不通，死路一条。威逼利诱，李明翔打死不承认他知道那四幅画的下落。还嬉皮笑脸跟我说："我要知道那些卷轴儿才真值钱，我早给弄走了。我卖什么车啊，我开着车跑！我把那些画全卖了，这辈子拿下！"

"师父，这案子咱还真得查查，百达翡丽可不是你要我就给的东西。但是它跟那画……"出来之后，夏新亮征求我意见。

"先查。"

我也是不到黄河心不死，我就跟它杠上了。毕竟这是最后一点跟那些画粘连的线索了。排除我也要把它给排除掉，要不然我心不安。哪怕有一丝可能呢？就算全无可能，我也得撞了南墙才回头！

金钟旋，三十三岁，本地人，有盗窃前科。进去那年二十六岁，偷了邻居一套有古董价值的碧玺首饰。这就是李明翔嘴里的"竹竿儿"。在里面蹲了三年，这还是狱中表现良好，提前给放了。

以上是我们跟管片民警了解到的初步情况。片警很重视，问他是不是老毛病又犯了。这无凭无据不能瞎说，我就简断截说："他牵涉我们一人车走失案，案子破了，但是嫌疑人手里有一块表，这引起了我们的注意，据嫌疑人交代，这表是金钟旋给的。七八十万的名表随便给人，你说它能是好来的吗？"

知道了前因后果，片警非常负责，把金钟旋的居住地址提供给了我们，还表示他们可以陪同前往。谁工作都挺忙的，我这儿也还什么都不确定，我就婉拒了，我跟夏新亮就往金钟旋的居住地去了。

然而，当我们想找这个金钟旋的时候才发现，他压根儿不在他应在的居住地生活。邻居反映，得有好几个月没见这家回来过人了。

这种情况也很常见，片警虽然会注意跟这些前科人员保持联系，但肯定做不到时时捆绑，一是不能限制人家人身自由；二是这些人定期去报道，没可疑情况、特殊情况也不会去查证真伪，基本他们说啥是啥。

没办法，找呗。

找人是我们最头疼的项目，工作量太大。城市就像一片森林，密度大、变数高、流动性强。在森林里找片叶子，确实是一件头疼的事。

我需要求助外援。

一个电话给李昱刚打过去，是时候让他给我祭出人脸追踪技术了。李昱刚说："没问题，就是得等我回去。"

"回去？你干什么去了？"

他回道："跟君姐见一个小姐。"

不容我多说，他直接把我电话给挂了。

"这臭小子跟君姐出去了。"

我看着夏新亮，夏新亮看着我，面面相觑也不解决问题，我说："这样吧，咱俩先回队上，没外挂就先本本分分查查这个金钟旋。"

本本分分地查，效率确实不高，到李昱刚回来，我们刚把金钟旋身边的人捋出点儿眉目来。他的家庭条件不错，父母经商，收入上来说要高于绝大部分家庭，很有钱。不差钱还偷东西，夏新亮说："八成是有偷窃癖，严格来说属于心理疾病的范畴了。尤其他根本不在意盗窃物品的价值，百达翡丽随便给，这就很说明问题了。"

我还没想好怎么见一见这个金钟旋。让李明翔联系他，不妥，他折进去的消息恐怕早已在江湖不胫而走。直接让他上队里来协助调查，他肯定不相信，毕竟他有盗窃前科并且还在干着偷盗的勾当。找他父母，一样是容易打草惊蛇。跟他来往的人倒是可以通过李明翔摸摸，但鉴于他们是看守所里认识的，一块混的恐怕也没有省油的灯，能说实话的怕寥寥无几。

进行到这里，我稍微冷静了一些，这表跟失踪的四幅画，没有联系。但这案子也得查，都注意到异样了，该查还得查，干的就是这份工作。他还在盗窃，必须得抓，数额巨大，又是累犯。

李昱刚回来，三下五除二就采集了金钟旋的五官信息，开启了人脸追踪。布置完之后，他把我跟夏新亮“请”去了档案室。

文君的“情况”，着实引起了我的注意。

文君从前一直从事特情科的工作，手底下特情人员很多，这些人干什么的都有。昨天有个叫梁子的“鸡头”来找她，说他手底下有个小姐的姐妹被人绑架勒索了，情况很恶性，身上青一块紫一块，让刀割得深深浅浅。梁子听说之后，想起来三个月前，跟他手底下的一个姑娘，干得好好儿的，忽然就不见了。起先他觉得是不是回老家了，有人突然离开他们这行倒也是常事。但是梁子属于心比较细的那类人，他左右打听了打听，没听说这个姑娘家里有什么变故、自身有什么变化譬如谈恋爱了之类，他就存了个疑影儿。这下听说有人出了事，寻思不对了，就找文君去了。他也不是文君手底下的耳目，是认识文君的一个耳目，等于托这个关系找见的文君。

这种情况是很可疑的，这种绑架性工作者的案子我们搞过不下七八十起。各个年代都很多，但是能够破获的九牛一毛。为什么？不报案啊。受害者不报案，她们干的就是违法的勾当，就自己认栽。像我们那会儿搞掉了一个团伙，十六七个人的团伙，就专门入室抢小姐。案子虽然破了，但找到的事主却寥寥无几。赶上这种事，能来报案的我们都跟她们讲：“一码归一码，你从事这个工作违法，但是别人伤害你，也是违法，你就应该来报案，你不报案，受害人只会更多，犯罪分子只会更猖狂。”我们也不会真处理她们，都摊上这么大事了，说服教育、劝着从良为主，也希望她们能把保护自己的观念传达出去，就当普法宣传了。效果有没有？有，但是微小。

就连这个案子，小姐被绑，差点儿被人弄死都不报案，还是通过特情反映上来的。

它是什么案子呢？这个叫张翠萍的小姐被两个人绑架了，有人通过互联网招嫖，她就接了单子上门去，在东星宾馆。一去就被俩男的给摁住了，捂着口鼻推上了车，勒索她，结果她在取钱的过程中逃脱了。事后她说给她姐妹听，姐妹又告诉了她的“鸡头”，也就是梁子，梁子通过文君的耳目最后把案子报了上来。

李昱刚跟文君出去一趟干什么去了？给张翠萍做思想工作。李昱刚说：“君姐可真行，要说什么是话术，今儿我算开了眼界了，硬是把一脸拒绝的张翠萍劝到哭着要求立案。绝不仅仅是晓之以理动之以情，她就像钻进她心里去了。也算没白走一趟，这个姑娘同意做本案的事主了，伤都验完了。没苦主不立案的话我们没法进行侦查。”

“也就是说，你已经把事办妥了，对吧？”我看着李昱刚问。

“妥了。”李昱刚笑呵呵答。

“那李探长，你准备怎么安排部署呢？”

笑容从他脸上剥离的瞬间，取而代之的是一脸惊恐：“哎，师父，我没有越俎代庖的意思啊，真没有，我就是……我就是……”

“您快别逗他了，”夏新亮解围道，“现在咱有三个案子了，人手又不足，分一下吧。”

“仨？”李昱刚一脸迷糊。

文君这时插嘴道：“一个名表案，一个张翠萍被绑架抢劫案，还有一个梁子手底下的小姐失踪案。”

“呃……”

“李昱刚，你就负责人脸追踪这一块，找出金钟旋的行踪。夏新亮你接过绑架抢劫这一摊，顺着线索往下摸，我去看看这个失踪的女孩儿是个什么情形。”

“我跟夏新亮一起吧。”文君一边扎发髻一边说。

“别啊，多给你添麻烦。你这孩子还小，准点上下班时间都不够用。”我赶紧制止。

“有她爹呢，我都吸好奶了。再说了，我跟这些人接触她们更放心，本身我搞这方面的工作许多年了，再者我也是女性。”

“哎，你是不是真特手痒啊？”我看着文君，我也算看出来了，她对破案是真有瘾。

“要不我打个报告把你要过来得了，我们真缺人。”

跟梁子约好了8点集合去失踪的姜明明的暂住地看看，梁子来得很准时，文君先前的铺垫看来不错，梁子有什么跟我说什么。

据梁子介绍，姜明明是黑龙江人，在他手底下干了两年多了，北方人的性格特征明显——豪爽、耿直，没什么虚的。家里有个父亲，有两个弟弟。她基本有活儿就接，不滑头，也不矫情。梁子是连续两回没联系到姜明明才觉得不对的，这会儿距离她失踪已经三个月了。

到了姜明明的暂住地，我之前联系好的房东已经等着了，他给我们开了门，把钥匙给梁子也没有离开的意思。我说:“您先回去吧，她哥拿着钥匙，我们看看，没什么情况到时候联系你归还钥匙。”

房东看看梁子，又看看我，接着又越过我们往室内张望了一会儿，最后憋出一句:“那行吧。我也是担心……警察同志您知道的,要是出了命案,那可就麻烦了。别说出租了，卖也得落大价钱的。”

“命案？你怎么会有这种想法？”我呛声他。

因为什么都不确定,也避免给房东造成他所担心的大影响,我联系房东的时候，说的是姜明明离家出走，她哥找见她住处，她又跑了，所以想上家里来看看有什么线索没有。这老滑头，准保知道姜明明在这儿干吗，不然说什么命案啊!

“没没没，我就是随口一说……”

“这种事还有随口说的？不然我找你了解了解情况吧。身份证先拿出来给我看看。”

“哎哟喂，您这说的哪儿话啊……我……”

“身份证。”

“我……我没带。”

“这女孩儿住这儿都干吗啊？你跟她有没有来往走动？”

“我不知道啊，她就是租我房子啊。”

“租赁合同呢？写没写租赁合同。”

“写了，那必须写了，跟家里呢。”

“回去拿去吧。”

我这话一说，他脸色煞白，看来还是有什么事情。一通敲打他，竹筒倒豆子全招了——占过人家姑娘便宜，知道姜明明干这行当，勒索占过便宜。为什么不敢回家取合同给我啊？房子租五千就给老婆四千，怕露馅。

这不够揍儿的玩意儿。

他赌天发誓保证再没别的事了，也主动交代了最后一次见姜明明是收季度房租的时候，那会儿姜明明确实还在。我吓唬了他一通，给他撵走了。

“来，什么都别动，把这鞋套穿上。地上如果有痕迹，别踩，看着点儿。”我一边嘱咐梁子，一边戴上了手套。

“哎，哥，没问题。您往前走，我跟着您。”

“你也看看有什么东西扎眼，比如一看就不是姜明明的。”

“成，我留心，留心。”

“别紧张。放轻松啊，你这也是协助我们办案，说到底还是你帮我们。”

“那不能够，不能够。说实话，我真挺感谢您的，这事我一直憋在心里，老想起来。明明这女孩儿不错，我是真……”

我打断了梁子：“行了，不说了。案子该查咱们必须查，你的问题，你自己注意，别哪天让我撞上，该逮你到时候就逮你。”

“是是是，我知道。我知道。”

“我劝你一句。年纪不大，干点儿正经的，你这组织能力往正道儿上用用，不说出息不出息，你睡觉也踏实吧？”

梁子垂下了头。他不接我话，倒让我觉得他挺老实，比那些阳奉阴违的老油条强，很值得帮扶帮扶。有些人，推他一把，其实他就能走上正途。堕落这件事，时运不济、出身不好，很多都是这样，一歪，就走岔道儿了。这工作回头我准备交代给文君，她适合知心大姐的角色。

姜明明的房间打眼儿一看毫无破绽，规规矩矩的，东西码放整齐。但就是这毫无破绽让我心里一沉。

一个小姐，无故失踪，房子没退租，家里齐齐整整，该在的东西全在，明显不是跑路了，更不可能是匆忙回老家。

夜晚的风拂过脸庞，我深呼吸了一口，而后一愣。往窗户那里一看，有一扇窗平开着在通风。

整个房间就像是主人马上就会回来的样子。

走进洗手间，里面也干干净净的，这更不对了。

看梁子给的照片，姜明明是长头发，大波浪。烫染过的头发很容易脱落，可是卫生间的洗浴处半根头发也没有。谁家卫生间还没点儿大长头发了？女生洗个头，那断发多的是才对。

打开镜柜，里面的洗漱用品一应俱全，我拿过梳子，上面还缠绕着栗色的卷发。把梳子放进口袋，我寻思明天有必要叫现场勘查人员来一趟。

很不妙——这个房间给我的信息就是这仨字儿。

凶多吉少。

“姜明明就是跟这个出租房接客的对吧？”

“是。民房相对安全，这个您比我懂。”

我当然懂。年代不一样了，现在都是“楼凤”的时代了，只卖身不卖艺，直给。不像从前，从前都是歌厅，小姐得唱歌好听要么会跳舞也行，那才可能从一众从业者当中脱颖而出，也就是说还挺有竞争性的。现在不是了，现在没有歌厅了，取缔是一方面，也早不兴这个了，少数那种高端会所走的是另外的路子，跟她们这些根本不是一码事，就哪怕是，这些都不好干了，限高令下来了。

啥叫“楼凤”呢？字面意思就是一楼一凤。

先说“凤”。其实就是“野鸡”改形式了，现在她们通过网络平台接客，包括还有一些拔尖的把自己包装成网红。“楼凤”也分等级，像姜明明这种就是最弱小的，依靠梁子这种“鸡头”，“鸡头”的平台由“鸡头”操作，管着几个小姐。

“楼”，就是办事地点。在自己的家里面，居民楼、公寓这种地方。相对安全，不容易被发觉。

“那她客人多不多？这个你安排你最清楚。”

“还可以。她不挑，所以……”

“平时你来她这儿吗？”

“偶尔吧。也就是偶尔。”

“屋里老这么整齐吗？”

“我刚才就想跟您说，异样我没看出来，但是这么整齐……就……不对头。明明平时虽然不邋遢，但是这个屋子从来没这么……我不是说她乱啊，是她比较随意，您明白我意思吧？”

把带回来的梳子交给鉴定科，我直接回家了。如果赶得及，我还想给我儿子读个睡前故事，虽然他早已过了那个年纪。他现在这脑子转得快得让我瞠目结舌。

就譬如上礼拜，我招呼他去跳绳。我被请家长了，不为别的，他体育课逃课。真不像我儿子，我，四肢那是相当发达；他，八百米都跑不下来。他学习是真挺好，拔尖儿那种，我学习特别烂，要不是烂到一定程度，我爸也不会扭送我搞体育去，也不知道这都是怎么遗传的。

他一脸无辜地走过来对我说：“爸，我反省了一下，体育老师说我是对的，我是应该加强身体素质锻炼。您给我安排跳绳，我发自内心地接受了。以后除了周末休息，我都跟您一起跳绳，决不食言。您就是不在，我也自己去跳。”

我还挺高兴地说：“成啊！那走吧，今天爸爸在，咱俩下楼跳绳去！”

他嘿嘿一乐：“爸，今天礼拜几啊？”

我一寻思，礼拜六！这小浑蛋怎么说的——除了周末休息。

就这么着，我又让他给耍了，他这就可以名正言顺不去跳绳了。

到家，我姐给我留了饭，我洗了个手就开始扒拉，边吃边往我儿子屋里走，又让我逮个正着，他正在玩《王者荣耀》！

“藏！你还藏！”

“爸！打完这把，就打完这把，李昱刚叔叔带我呢！我不能掉队！”

我听到这话，都快七窍生烟！现在都几点了，李昱刚还带着我儿子打游戏！都是冤孽！虽然多几个人疼孩子本来是好事，可是疼也不是这么个疼法！

我摸出手机，直接给李昱刚拨了过去。

“哎，师父，怎么着？”

“你现在给我下线！省得我明天还得废把子力气把你打到生活不能自理！”

“爸！你干吗呀！”

“嘛！”

“你个小兔崽子，回家了没有？”

“我跟宿舍就行。”

“赶紧滚蛋回家！最好明天也别让我瞧见你！小浑蛋，不跟家养病，干什么呢！”

世界立马安静下来了。我儿子瘪着嘴，一脸委屈道：“你怎么这么不讲理啊！这才10点半！今天好不容易李昱刚叔叔有空！你说我就说我，你骂叔叔干吗！法西斯！大魔王！”

“别号，好好儿说话。”

“我不说！我讨厌你！你走，你去吃你的饭！跟猪似的，呼噜呼噜！”

我儿子把被子抡起来，把自己脑袋包了个严实。

“你听我说，首先你这个年龄，正是觉多的年龄；其次呢，你晚睡，早起就困难，你早上困，姑姑来叫你，你又发脾气，一发脾气，一天都心浮气躁，不利于你学习、生活。而且，姑姑被你吼，姑姑也会生气，那姑姑 天的好心情也没了。你这是双向伤害啊，儿子！”

他一动不动一声不吭。

我叹了口气，把饭碗撂下，伸手推了推他：“那咱们不说这些老生常谈。爸承认今天冲动了，说话不客气了，但这也是事出有因。”

他仍旧不为所动。

"你知道吗，你李昱刚叔叔受伤了，但是他怕耽误工作，坚持还要带伤上阵。他轻伤不下火线就够可以了，你也知道你爸我们抓坏人，那不是轻松活儿。你可倒好，还拉上他陪你打游戏，你说他能拒绝你吗？他不拒绝你，他更没时间休息了，那他什么时候才能痊愈呀？"

点点转过了身，从被子里露出一双小眼睛："他怎么受伤的？"

"他去抓坏人啊，坏人飞车逃跑，他跟其他叔叔就开着车奋力追，结果在高速公路上跟大挂车撞一起了。"

"啊？大挂车？就那种好长好长的车？"

"是啊。当时李昱刚叔叔他们开着小汽车追逃跑的坏蛋，坏蛋就躲避呀，他们就像蛇似的钻来钻去追赶……"

我怎么也没想到，何杰这个干案子不要命的敢死队队长成了我儿子今夜入睡的晚安故事的主角，也不知道娃会不会做噩梦。但他从小到大也没少听我们队上的奇人奇事，大抵也习惯了吧。

"爸爸，以后我也要当警察。"我儿子这么说的时候才五岁，我真挺哭笑不得。一方面我觉得我儿子以我为豪、以我做榜样我高兴，另一方面我又深知这真的不是啥好职业，就像老杨说的——警察干事真不靠谱！我冲锋陷阵，我勇往直前，正是我想我儿子活在一个安全的世界里，可我真没伟大到祭出他去维护世界安全。我是个警察，但我更是个父亲。他好好学习就够了，四肢也不用太发达，能使就行，我私心里就是这么想的。

早上到单位我跟夏新亮、文君碰了碰。我这边应该可以排除姜明明被绑架抢劫的可能性，看过她暂住地的情况，我更倾向于熟人作案。他们呢？他们昨天没查下去。线索断了。

怎么回事呢？

张翠萍说自己被叫去了东星宾馆，在那儿被绑架的，绑上车，一路上被虐打、恐吓，威胁她让她交出身上所有的钱。那东星宾馆就是案发现场，他们俩就奔那儿去了，去了就蒙了。房间号是402，张翠萍出示了对话记录，不可能有误，可是当晚东星宾馆402房间根本无人入住！监控也调了，案发才不久，酒店还有记录，挨视频里反反复复地看，案发时间每个进出的人都能跟登记住宿的人对上号。换言之，绑架张翠萍的两个男人，好似幽灵。保险起见，他们还截图了每个进出人员给张翠萍辨认，张翠萍说这些都不是绑架她的人。

我问："她怎么能确定？她不是没看见那两人的脸吗？"

文君说："这你就不懂了，小姐这个行业，跟人都是肢体接触，这就培养了她们对人的第一印象是体格而不是人脸，这两个男人把她掳走，这期间又拽又抱又捂嘴，包括后来打她，肢体接触特别多。"这俩男人据张翠萍描述，一个矮壮一个瘦高，可是进出的人员当中，全然没有这两种体型的。

我想了想，是有点邪。

案发时间，402房间无人入住。酒店前台没有采集到可疑人员的影像。来无影去无踪了？必然不可能。既然张翠萍当晚确实被绑架了，那么就一定有绑匪潜伏在402房间。

"张翠萍是从哪儿被拖走的？楼梯间吧？那儿有没有摄像头？"

"没有，"文君起身，在白板上画了起来，"你看啊，它是这么一个结构。这儿，大门，进去就一个前台，然后就是电梯。很小。摄像头就在前台，正对着大门。"

"嗯。"

"就那种小宾馆，客人出入就只能乘坐电梯。但是在建筑物的后方，我简单画啊，这个位置，它有个户外的楼梯，作为消防疏散。这个地方平时别说客人，保洁都不会走。为什么呢？它锁着呢。说白了，是为了应付消防弄的这么一个摆设。"

"你们去看了吗？"我问夏新亮。

"去了，但是它在户外，案发又已经一周多了，这期间还下过雨，没什么有效的证据能够采集。我跟文君六层楼都走到了，锁也没有被破坏的痕迹。但是那个锁就是最简单的那种撞锁，开它不需要什么技术含量。"

我点了点头。

文君这时补充道："他们肯定是从户外楼梯把人弄走的，张翠萍记得走楼梯的声音和发颤的感觉，那个楼梯是铁艺的，踩着它会响而且还有回弹感，跟她说的基本吻合。等于绑匪在室内把她控制住之后，用胶布贴了嘴，脑袋上套了布袋子给她带下去，她什么都看不见，但是走楼梯她得自己走，那种震颤跟混凝土那种楼梯不一样，她能明显感觉到。”

“接下来我想去张翠萍逃脱的那个自助银行找找线索。”夏新亮说。

“嗯嗯。行。你就自己去吧，别给文君找麻烦了。”

“我约了张翠萍今天再见见，我过去找她，看看会不会有什么遗漏的，帮她再回忆回忆。”文君说道。

“行吗？”我问文君，“你这叫离岗吧？”

“有什么不行的。这年头你在哪儿别人也能找见你。再说了，档案室你还不知道嘛，十天半个月没人来。”

我回到办公室，李昱刚的位子空着，刚想着他可算听人劝吃饱饭了，喝了半杯茶的工夫，正琢磨联系一下梁子，跟他再收集收集姜明明的信息，还得联系技术员去姜明明的公寓勘探一下，他又“隆重”登场了。

“我不是跟你说今天别让我见着你嘛！”

我把手边的废纸揉成团，砍向了他脑袋。

“得见得见，”李昱刚跟我嘻嘻哈哈，“神探如我，甚有发现。”他说着，拉开椅子，示意我坐过去。

我不动：“说结果。”

“师父，我觉得您这点特别不好，老是盯着结果忽略过程。”

“我关心不了你的过程，你一说我就蒙圈。”他一说起来就忘乎所以，这术语那术语我听都没听过，更别提理解了。

“没意思，不求甚解。”李昱刚跟我眼前就演。

“赶紧着，我这还一堆事呢。”

“昨天夜里，友谊宾馆附近的一个摄像头采集到金钟旋了，虽然就是一闪而过吧，就那么一下儿。”

“哦？”

“今儿个一大早，我就联系了辖区派出所，我问他们友谊宾馆是不是报案说丢东西了。对方都蒙圈了，问我因何这么问，弄得我跟神经病似的。”

“那丢了吗？”

“他们不容我说完就把我电话给挂了。”

我捂脸。

“您别也拿我当神经病啊！我之所以这么问，是我昨儿连夜串并了近一年全市范围内的盗窃案。筛查之后，有了发现。这里面有一批都是一个路数，只丢东西不丢钱！多家宾馆发案多起，丢表的、丢笔记本电脑的、丢首饰的，全有。人都没抓着。因为发生的辖区不同，又都是些说大不大的盗窃案，至今也都跟那儿搁着。我捋了捋，作案特征比较明显，都是没有破坏性的入侵，丢失的全是物品，价值不一，但是没有现金失窃。”

“这年头也没人随身带现金了吧。”

“不不不，有两起都很离奇。一个是出纳携带了工程款，十六万，十六万一分没少，可是她金项链丢了。一个是旅游的人带着美金，美金没丢，可是她那香奈儿墨镜丢了。”

我皱眉。

“听着是不是特别不像盗窃案？我相信受害者更多，但是没报案。为啥呢？好些人可能都不会以为自己被盗了，就觉得是自己丢了。”

“那你把这些案子跟金钟旋联系起来……”

我想起来了，夏新亮说过的，“偷窃癖？”

“对！”

不是没道理。

“师父走不走？咱俩友谊宾馆玩儿一趟去？”

我看了看时间，那就走一趟吧。晚点儿我再联系梁子。姜明明的DNA交给技术部门去检测了，一时半会儿也不会有结果，就是想比对各地有没有无名尸能跟姜明明匹配上。她八成是遭遇不测了，我有这种预感，那现在活不见人死不见尸肯定不是办法，先排除排除。

到友谊宾馆我们亮了警官证跟接待处的小姐询问是否发生盗窃案，小姐瞪大了眼睛："还是报警了吗？"

还真让李昱刚猜对了。此时事主正跟大堂经理一起在会议室"解决问题"。入住的事主丢了一根金笔，别的什么都没丢，就丢了一根金笔。他起先没觉得是被盗了，怎么找也找不见，就怀疑是保洁人员之类干的，就找酒店去交涉了。我们进去，两方正争执不下。

详细问了事主之后，我也挺佩服这个金钟旋的，失主住六楼，他小子是怎么"随风潜入夜"的？

这回真得把这个金钟旋找出来了。我让李昱刚打了个车回队上，我奔看守所去了，还得找李明翔。

隔天，通过李明翔提供的几个关系人，我们筛选了一下，联系了一个他们共同的朋友，绰号叫马脸，有计算机犯罪前科。李昱刚一听就乐了，说要会会他，他还就把事办成了。

马脸是个黑瘦的小伙子，从前干码农的，见了我跟李昱刚很拘谨，岁数也不大，着实不像个坏孩子。听说我们在打听金钟旋，他很配合，马上就跟我们说了曾经跟金钟旋约在他小区附近的星巴克。金钟旋找他说是计算机忘了密码，他就帮着给办了。没过多久，金钟旋又约他，还是这事。马脸寻思着这人怎么回事呢，密码怎么老记不住，却发现根本不是同一台笔记本。马脸说："我当时就觉得不对，可是我又不好意思当面问，就帮他了，但是跟他说以后不能管了，毕竟现在片警经常去'帮扶'他，让人知道就麻烦了。我怀疑'竹竿儿'的电脑是偷的。"

李昱刚问他为什么折进去的，马脸打开了话匣子，说："我冤死了。"原来他曾经在一家直播公司上班，做了个 API 接口，然后真正的犯罪分子使用了他的 API 接口，他完全不知道这帮人是谁、对公司干了什么惊天动地的大事，就被抓了。虽然后来给取保候审了，但留了案底。更惨的是，他给抓进去之后，家里人急得还被诈骗了，非常狗血。他现在无业。他之所以去跟李明翔、金钟旋这些前科人员聚会联系，也是为着能跟他们互通有无，看能不能谁有路子找个什么工作。但去了几回他就发觉不靠谱了，他们那些"工作"，全不是正经工作。

李昱刚这孩子也是热心，说："不然我给你找找工作吧，你有技术，只要老老实实，我还真能帮上你。"我不赞同他这个热心，不是咱不能帮前科人员，但我们得充分了解他再说，可还没等我救场，马脸拨浪鼓似的摇脑袋："别了别了，我谢谢您了，我跟我妈保证了，这辈子再不吃这行饭。"

真是给吓破胆了。

他继续说道："我妈也不让我离开她视线范围了，我不是老没找着工作吗，我姐夫也帮着，给我盘了楼下一个小卖店，我平时就跟我妈卖货，我自己学了配钥匙，再加上配门禁卡，日子也过得去。"

李昱刚说："那也挺好的，反正你也有我电话了，一搜就是我微信号。真需要找工作，从阴影里走出来了，你随时找我。"

我什么也没说，当"家长"的，还是得给"孩子"相对自由的成长空间。什么该做什么不该做，我相信他有自己的见解。

顺着马脸的线索，我们锁定了金钟旋的暂住地，让物业找来门卫一问，金钟旋就住在这个小区的3号楼2单元201房间。物业也派了一个姑娘跟我们一同前往，她敲门，我跟李昱刚贴墙站在门两侧。

金钟旋明显是还在睡觉，开门时候睡眼惺忪的，看见我俩，他倒是一下醒了，刚想开拔，李昱刚反应极快，一搂就控制住了他，就是我看李昱刚那脸，疼得一阵扭曲。我赶紧把金钟旋控制住，就说不让他出外勤嘛。

进去一看，我跟李昱刚都蒙了，直接上手铐吧。

金钟旋租的是一个三居室，里面有表、金笔、首饰、笔记本等，硬是把三居室给放满了！

没想到我跟李昱刚愣破获了一起特大盗窃案。

把金钟旋押解回队上，他也不说话，我说："你老实交代吧，说不说赃物全在呢，零口供一样办你，不如你积极配合，争取宽大。"

跟我们僵持了一个来钟头，这"竹竿儿"终于撂了。他不仅精通各类开锁技术，攀爬能力也特别强，就去各大宾馆偷，各种窗户锁都拦不住他，也是个神人。

他常年偷，也不卖，就是有这个瘾。

问讯完了之后，还得上他们家去搜，包括他父母家，这都要取证。我就问金钟旋的家庭情况。爸爸、妈妈，他都说了，然后特别嘱咐我们道："我爷爷跟我父母住呢，平时他们不在，老是爷爷在。他年纪大了，求你们别惊着他。他这辈子真挺辛苦的，退休之前是个中将。"

中将？我一听，严肃了起来："什么时候的中将啊？"

他回我："开国以前的。"

这不仅是年纪大不大的问题了，年纪肯定大，主要人家带头衔儿，还是开国之前的大功臣！这小子，爷爷、爹妈都那么出息，到他这儿基因怎么突变了？

从队上出来往金钟旋家里去，我也没敢再多叫人，还特别嘱咐了李昱刚到时候注意点，尤其说话要注意方式方法。就这样，我们俩怀着崇敬之心就奔他家去了。

把门一敲，老头儿出来了，我一看，花白的头发，是爷爷本人无疑了。穿一个长袖大背心，上面全是窟窿，我不由得更敬佩了几分——革命老前辈就是简朴！

我们把情况跟他一说，尽量温和委婉，老头儿气性大："这小兔崽子！丢人！"

就赶紧劝呗，别让老前辈太激动。我们就和他聊天："听说您是开国前的中将，什么时候授的啊？"

"1945年。提这干啥啊，都多少年前的事了。"

我一想不对，这年岁对不上："闲聊嘛。您是海军、陆军啊，哪个战区的？"

老头子一脸看精神病的神情："亨得利表行的！"

崩溃。

中将？钟匠！修钟的匠。

这一通走完，李昱刚撸胳膊挽袖子说："回去我就揍金钟旋一顿，这不是耍人嘛！"

我说："你别激动，也是咱们自己误会了。"确实，这个真得严肃对待。

上车，我习惯性看了眼手机，一看，梁子给我来过三通电话。这是有情况啊！我忙得就没顾上找他！我赶紧回拨，没想到，没听见梁子的声音，倒是听见了另一把低沉的男声："刘子承啊？在哪儿呢？"

"你谁啊？"

"我，重案宫立国。"

我一下就蒙了。

"你来趟队上行吗？我这儿这个犯罪嫌疑人坚持声称你能证明他清白。"

啥情况啊？我挂了电话还蒙着。宫立国把梁子抓了？他还成嫌疑人了？

"咋了师父？"

"干了！"我赶紧回看通话记录。

我们驱车出来那会儿，我接了个骚扰电话，李昱刚还给抢过去了，对方问："是刘先生吗？"

李昱刚说："我是你李大爷。"

那应该是宫立国手底下的人吧？

干吗不直称刘警官！梁子不知道我全名，就知道我姓刘，这事闹的。

除了梁子给我来过电话，检验科也给我打过电话，我拨回去，就听见小杨清脆的声音："喂？"

"小杨儿，我，老刘。"

"哎，大刘儿啊，我跟你说，你送检的DNA跟一个无名女尸，或者说无名尸块对上了！"

“兄弟情”

赶回队上，我布置李昱刚处理盗窃案的后续，特别叮嘱他一定要早办完早休息，我说：“你再没轻重往出跑外勤，我就给你强制休假了。”孩子也算懂事，赌天发誓绝不乱来，我才奔宫立国那儿去了。

我和宫立国应该算一点都不熟，就没一块办过案子。但是从严格意义上来说，他跟我是一脉人。他是戴天的属下，且与戴天交好，而戴天是我师弟。戴天把刘明春安排去宫立国手底下，就为了方便他们管束，而且外人还嚼不上舌根，刘明春过得挺苦。

宫立国在队上，现下尽人皆知他是戴天的“走狗”。我这几年不在重案，具体情形我也没经历，从前这个宫立国不怎么“著名”，但是戴天走马上任以后重用他，破了不少大案，听闻性格很剽悍。

气氛有点凝重，我还不知道该怎么打招呼，是刘明春给我铺的路：“子承。”

我还没张嘴，一个精壮的汉子向我投来了不善的目光：“那这就是我李大爷了呗。”

看岁数也就是不到三十，明显是个愣头青。我这人一向不输阵：“你李大爷没来，他处理盗窃案呢，改天我介绍你们认识啊。”

刘明春的脸色由青变白。

“我早就听说总队的师兄嘴皮子耍得溜嗖，今儿也见识了。”

宫立国跟我印象中的模样几乎没变，胡子拉碴，平头方脸，大耳朵，颇有点江湖大哥气。

“您快别抬举我了，我嘴笨着呢。而且戴队是咱领导，师兄师弟的，那都是小时候的事了。我见他现在得点头哈腰的，跟你一样。”

我感觉刘明春快扑上来捂我嘴了。

“刘子承，你怎么说话呢！”愣头青拍案而起。说拍案而起算恭维他，坐都没个坐相儿。

“你这孩子，不是我说你，叫声哥不行吗？非得连名带姓！多生分啊。要不你再生分点儿，叫刘队长吧。”

宫立国按住了他小兄弟，直接摁进了椅子里：“刘队，我找你来，不是跟你抬杠。你可能是挺清闲的，我这儿忙得很。我这个嫌疑人，我是费了九牛二虎之力才把他挖出来。结果怎么着？人家有保护伞。”

“哎哟喂，宫队，话不能这么说。他一犯罪嫌疑人，我是他保护伞，那我不成坏警察了。这锅可不能乱扣。”

“你不要敏感，”宫立国皮笑肉不笑，“我是实事求是。梁哲交代说，他找你报了案，你还受理了，并带着他去了案发现场，这确有其事吧。”

我感觉他在给我挖坑，我还是别说话的好。

“请问刘队，你是怎么想的呢？带着嫌疑人重回案发现场，是想给他掩饰痕迹的机会？”

“梁哲来报案，说他手底下的小姐姜明明失踪，作为知情人，我请他带我去了姜明明的暂住地。其次，进入现场咱们都有程序，鞋套、手套，都有佩戴，而且他就在我视线范围内，不存在污染破坏现场的可能性。”

“哦。那么然后呢？然后你在姜明明的暂住地有什么发现？”

“你问到重点了。经过我的勘查，我感觉室内很异样。首先，窗户敞开，保持一个通风状态；其次，房间收拾得格外整齐，不太自然；再次，洗手间被彻底清扫过，连毛发都没有残留。最后，通过以上情况，我采集了姜明明所使用的梳子上的头发，送去了检验科，并且想安排现场勘查人员进行勘探。”

“那么你的勘查人员勘查到了什么？”

“真不好意思，我没有进行推进，因为上来了个特大连环盗窃案。”

“那么你带着犯罪嫌疑人梁哲进入被害人姜明明的暂住地，有第二个人跟随吗？你的搭档呢？”

“宫队，前面都可以，但这话要问，也应该戴队来问。而且你问我搭档呢？他不就站你身后呢嘛。这回头我赶紧给戴队打报告吧，你看同志们都表示我没搭档不合规则了。”

“子承！”刘明春绷不住朝我喊。

“而且宫队，你不用跟我嫌疑人、受害人的，那是你的定义……”

啪！档案袋拍在桌上，截断了我的话头，这分明是对嫌疑人才会有的态度。但是从档案袋里滑出的照片，把我满嘴的话都噎回了嗓子眼儿里。

一个拉杆箱，里面盛着女尸，不该说是女尸，说尸块更合适。躯干穿着内裤、断肢穿着鞋，栗色的大波浪说明那是一个女性头颅。

太惨了。

“你现在重新定义给我看看吧。我也听听刘队的见解，取取经。”

言语的利剑架在我脖子上，这时候我听见刘明春说：“宫队，您别生气，子承一贯嘴没把门儿的，这么大个人也还是吊儿郎当，他跟您不一样，您别跟他一般见识，这样，我给他梳理梳理案情，他这是还在状况外。”

“消消气儿，宫队，我没跟你过不去的意思，我这人就这样儿，绝对不是针对你。正好儿，我这烟瘾上来了。走吧！老搭档，咱抽一根儿去。”

在我背后，我听见那愣头青嘟囔：“什么玩意儿啊。重案找他回来没毛病吧？”

我回身飞了一根儿烟给他：“要不一块走啊，聊聊。我瞧你挺多话想跟我说的。”

刘明春一把给我拽跑了。

“你丫怎么回事啊！”

“我替你出出火啊。”

“你犯得上吗你！这是耍狠的事吗！”

“我还没耍呢，我给他一个抱杀那叫耍狠。”

“你真他妈不靠谱儿，几岁了，比愣头青还像愣头青！”

“我说你给他们管傻了吧！”

“你以为哪个领导能像你啊？”

“谁是你领导啊，咱俩是‘铁磁’，搭档！”

“真拿你没辙。你给嘴装把锁吧，算我求你，得罪他们真没必要。”

“谁们啊？戴天都是个这……”我说着，拇指往下，“他心腹，比他还无头！跟我谈案子，逗我呢！”

这个拉杆箱碎尸案，刘明春跟着宫立国早前查了将近一个月，然后因为线索断了，队上又忙着搞套路贷，就停了，最近有了新想法才又启动。

事还得从头说起。

8 月 12 日，有人报案说，在大郊亭发现一个新秀丽品牌的大型拉杆箱，里面有一具尸体，尸体已被分割。女性，躯干部分穿着内裤、断足穿着鞋，手上涂着指甲油，基本都给碎得差不多了。之后法医对尸体进行解剖，确认被害人的年龄在三十岁上下，死亡时间在一周左右，体内有一个避孕环。

这个女人身上带的任何一件东西都是线索，他们队就开始一件一件往下查。先查的就是避孕环，这是个 Y 形塑料节育器，使用寿命在三到五年间，他们就把近五年每个省市、每个地区发放的避孕环都做了一个统一的梳理，想从避孕环查出尸源，但是这个环里没有记号也没有编号，任何特征都没有，也就最终没能提供任何有效线索。

这条路堵死了，接下来他们又从内裤入手。内裤上有商标，为此刘明春特意跑了趟广州，对内裤厂家进行查验。刘明春说：“宫立国特别不是东西就在这儿了——凡是出差跑腿，准指派到我这儿，说什么我没孩子，跑跑心里没牵挂。”刘明春跟心里骂：“我还没个媳妇啦？”刘明春夫妇是丁克，两口子感情特好，这几乎尽人皆知。再者跑都跑了，宫立国还老找由头扣刘明春辛辛苦苦的奖金，这就真说不过去了，整人不带这么全方位的。

厂家倒是如实反映了内裤发往哪些地方，他们根据刘明春的线索把在北京卖这种内裤的几个点儿给找到了。可是由于这个内裤档次不高，发往的又都是个人摊档、小批发点儿，它就不像商场那么有规则。五块钱一条，很便宜很低档，谁都可以买，不是现金交易就是微信、支付宝个人收款。查不出来个所以然，线索等于就又断了。

一大堆工作做完一圈之后，尸体的来源还是没有找到。于是他们就掉头回来查这个新秀丽拉杆箱。但特别不好查，因为不知道它是凶手分尸之后买的，还是死者生前就持有的。但是好在跟节育环、内裤不同，拉杆箱上有编号，有编号就意味着来自正规渠道，那么无论是谁在哪儿购买的，就应该能固定住，一旦固定了，那就有望捋出尸源的线索来。

宫立国带着大家就把新秀丽的拉杆箱在几个地区、在哪儿有卖的全分析了一遍，之后还是刘明春拿着新秀丽的拉杆箱编号去了新秀丽厂家。厂家非常规范，他们根据拉杆箱上面的编号给查询出来了，这个号段的拉杆箱发往了北京的一个经销商处。这个消息还是挺让人振奋的，尸体就是在大郊亭发现的，那么无论是嫌疑人还是被害人，哪一个购买了，都能很好地固定到个人，他们是这么分析的——这个大型拉杆箱市面价格八百八十元，这种大金额的物品，一般人付费都会刷卡或者说使用支付软件，那线索不就有了吗？

找到北京的经销商，一队人又吃了定心丸，这个编号在哪儿呢？在家乐福超市！经销商底下有个经营者在家乐福超市租了柜台，专卖新秀丽品牌的拉杆箱！这个编号的拉杆箱，就是他们提货拿走的。一行人就奔家乐福去了。到柜台上，柜员承认是她们卖的，但时间太久了，卖给谁了、男的女的已经不记得了。这还不是难题，真正崩溃的是小票也没法找，只能通过家乐福的后台找，那家乐福的后台两三个月的小票统一集中搁在家乐福的楼顶上，全是小票。说到这儿刘明春都快哭了："你知道我有多想念我昱刚弟弟吗？我心想要是他小子在，他准有办法给筛查出来，我虽然不懂这系统那系统，但我知道无论什么系统、只要是系统，他小子都有辙！我还不知死活地跟宫队提了提，你猜宫队怎么说？他让我注意自己的身份立场，说我已经调动过来了，就不要老惦记着原来的同事，还说我干了这么多年刑警，到头来竟想着依靠后辈，也不嫌丢人！他还警告我，说李昱刚弄那些‘歪门邪道’就没人给他许可，严格来说真要较真，以计算机犯罪逮捕他都不为过。

“我也只能翻白眼。我也没有立场说他，起先我也觉得李昱刚那些玩意儿不着调，要不是一起这么些年，真的接受了年轻人的现代化，也受益过，我可能也跟这辈人似的，冷眼瞧不上人家的‘歪门邪道’。当然，他办事也经常玩儿悬的，动辄就‘黑’进哪儿哪儿哪儿，外部也就算了，内部也畅通无阻就没人拦得住他。而且这虽然有效吧，但是没法取证，只能是通过审讯或者别的物证人证来最终固定证据。他立不住脚，其实也不是没道理。只是我们熟了，彼此信任，就像左手右手能相互配合，所以事半功倍。”

就这样,拒绝了高科技的宫立国,领着一众人等在那儿翻小票。翻了一个星期，功夫不负有心人，愣给它翻出来了。三伏天儿，那汗都出透了不知道多少次，一个星期、24 小时全天候工作。但是翻出来之后，大家从一开始的倍儿兴奋，到瞬间全坐地下，也不过就是十秒钟的事。拉杆箱是现金买的，亡羊补牢说要调监控，结果家乐福一摆手：“不用看，录像没有，都过去这么久了，全推光了。”一帮人忙活一通下来，就知道拉杆箱是 8 月 5 号从家乐福被买走的，这倒是跟法医推断的死亡时间基本吻合，也就是说拉杆箱大致可以判断是犯罪嫌疑人买走的。可他是谁，完全没有头绪。

死者身份一直确定不下来，嫌疑人这块也陷入了僵局，这基本就是死局了。资源有限，拉杆箱女尸案就被迫搁置了。加上没多久就开始了整治套路贷的专项行动，人都被抽调了过去。然而，后来也恰恰是在侦办套路贷的一起案件中，宫立国找到了突破点。

在接触一个套路贷受害人的过程中,宫立国注意到了小姑娘的指甲。刘明春说：“那指甲你想不注意都难，花里胡哨，上面还镶着水钻，一闪一闪的。”

我问：“做这么一个不便宜吧？”

刘明春说：“闹着玩儿呢？一千多块！”

我撇嘴：“光一个指甲就一千块，她能不被套路贷嘛。钱来得容易，那就不是钱了，是数字。”

顺着“指甲”这一线索，宫立国带队就展开了摸排。确定了美甲师的独创性，她们能根据指甲的颜色、图案认出是不是自己做的，跟着就是广撒网钓大鱼。这不是件容易事，全市范围内美甲店多如牛毛，而且现在还有上门美甲服务，没办法，硬着头皮查。不仅拍了照片发给所有提供上门美甲服务的门店，各个地区所有的美甲店不管有没有执照的，他们统一走了一遍。终于，在一家美甲店里找到了。美甲师认出了照片上的指甲，确认是她画的，说这个女的就在临街的小区里住，经常过来做指甲，是她们的会员。虽然没明说过，但她知道她从事“特殊”行业。而且做这个指甲的时候，有个男的陪她来的，但是很可惜，死者使用自己的会员卡付费，没有关于这位男士更多的情报了。

然而这也是极好的，由于是美甲店会员，女尸的身份迅速就确定下来了。死者正是姜明明，跟着他们队就跟我“撞车”了——都在查姜明明。

让还是不让，这是个问题。搁别人肯定想法更复杂，不说争抢功劳，还有破案率管着呢，但我不是这样的人，一方面我不关心功名利禄，另一方面谁管得了我啊？不是我霸道，是我能力挨这儿摆着，不需要拿什么督促。谁能谁行谁上，我师父也一贯是这么个方针——“甭管你是谁，破不了案你给我滚蛋”。

我是不放心宫立国。

按理说，这案子我应该移交给宫立国，拉杆箱碎尸案是他带队在查，我们这边主要查的是抢劫楼凤的绑架勒索案，根据已知情况，姜明明显然不牵涉其中，我进她房间就知道了，那是熟人犯案的现场。但是宫立国被这案子折磨了良久，现在鹰见了兔子——梁子，他轻易不会撒嘴，然而他又要跑偏了，梁子不是杀害姜明明的嫌疑人，我虽然手头上没有证据，但是跟他接触下来，我直觉上就能知道。我反而觉得梁子也许能提供出什么线索，能进出姜明明房间的人，不是她的客人就是她的熟人，这个梁子是个破案的关键人物，但不是嫌疑人。

“子承。”

刘明春推了推我，把手机递到了我眼前。

我没来得及派人去勘查现场，宫立国派了，现在情况都回来了，干净整洁的卫生间在鲁米诺反应下呈现出的是人间炼狱。他把这情况发给刘明春，摆明了就是想让我看。

“走，上去呗，这最新情况人家都发来了。”

人不可貌相，海水不可斗量。

我上去之后把我这边的情况一五一十跟宫立国说了一下，从梁子怎么通过特情这条线找到我，给我提供了怎样的情报，到我分配小同志去跟绑架勒索这条线，我自己如何跟进了姜明明这条线，基于这些我做出了怎样的判断，等等。

说实话，我都没以为他能听完。而事实上，他不仅听我说完了，还在我叙述的过程中提出了几个问题，他真的是很认真地在听。

斟酌之后他跟我说会参考我的意见，但他要把他的工作先做好，言外之意就是现在不允许我跟梁子接触。礼貌而不失体面的拒绝，竟然还很真诚。

开车往家走的路上，我还在琢磨宫立国这个人。瞧着挺鲁莽的，可实则有心细的点，尤其还挺认真的，办起案子来四处抓线索，再小都不会漏掉。他还执着，明明都已经快成冷案子了,却还在心里记挂着,一旦有了一丁点线索他就全力以赴。这可跟“无头苍蝇”戴天太不像了，不是他不肯干是他干不动，但宫立国不一样，他是不惜力气大力干，表面上看他像没逻辑，其实他很有逻辑。包括什么时候进，什么时候放，这节奏把握得相当好，比我强，我是很轴的那个类型，毕竟跟何杰并列“二狗”。这么看来，这案子挪给他还是靠谱的。就当让他欠我个人情儿了，换别人是不可能让给他的。

正出神，电话响了，是夏新亮。

“喂？”

我这忙得都忘了跟他碰碰了，事全扎一起了，死活没掰出工夫。

“师父，你现在跟哪儿呢？咱们能碰碰吗？”

我下意识看了眼时间：“你不会还在……”

夏新亮打断了我：“我刚送了大姐大回家，现在情况十分不乐观。”

“你刚把她送回去？这都几点啦！”

“我们这两天摸排下来，发现有好几个楼凤在不同时间失踪了。”不容我拒绝，他单刀直入。

约了在档案室碰头，我掉头往回开，等着我的不仅有夏新亮，李昱刚也在。

“你为何还在这儿？”我是真上火了。

“工作需要。”李昱刚“躺”在沙发里，圆凳当了他的脚凳。

“需要个屁！你这沙发哪儿搬来的？”

“师父，我搬的。”夏新亮推过转椅示意我坐，跟着他朝白板走去，“我跟后勤打过招呼了，这些旧沙发他们一直没处理，我就给李昱刚搬了一张，让他能躺着。您别说他，他本来要走被我揪住了，我实在需要他帮忙。”

“他贿赂我的，甚得朕心。”李昱刚拍着沙发扶手一脸乐不可支。

“你就别起哄架秧子了。”

眨眼间白板被擦了一个干净，跟着啪啪啪一个吸铁石一张照片，三张女人脸齐刷刷凝视着我。

“这是最近一年间无故失踪的三个小姐。我找李昱刚就是让他帮我筛查，这个行业流动性特别大，这是三十来个人里筛出来的，都是人没了，账户也被清空了的。”

我看向李昱刚：“你又是怎么查的？”

“就正常查啊……”

我瞪他。

“真是正常查。我不是光会偷着钻漏洞，我也会跟人打交道。现在这几家支付公司、大的社交网站，我都跟他们联系上了，不用偷，人家真帮忙。就是银行不好打交道，他们多一事不如少一事，但是一来二去有了熟人，相对好办多了。”

“反正你自己注意点儿。”我得敲打敲打他，宫立国也算给我提了醒，别瞎找事。

“遵命！”他还躺着给我敬了个礼。

“连环事件？”我问夏新亮。

“很可能是。这两天大姐大带着我，我们走动起来，发现这事可能真不简单。”

“针对性工作者的犯罪从来不简单，”我指了指地上扔着的塑料袋，李昱刚从里面掏出一罐红牛扔给了我，“职业特殊，流动性大，受害不敢报警。”

我想了想说:“往下查吧。从这三个人入手，查。张翠萍那边有什么进展吗？”

“没什么新情况，自助银行里面的探头拍到了张翠萍，她其实说不清到底是哪个银行，慌了嘛，但是我们摸到了，探头拍到了她取款，随后进来一对情侣，属于突发状况，张翠萍缠住那对情侣才脱身的。就这，当时她都没报警。”

“等一下，我有点乱，”我抬眼皮盯着天花板梳理思绪，“张翠萍在东星宾馆402房间被俩男的挟持了，跟着把她绑上车拷问，最后带去自助银行取钱。是这么一个过程吧？”

“对啊。”

“这期间她被布袋子蒙头，没看见这俩绑匪的模样。”

“嗯。”

“她自己下车取钱，没人跟着？”

夏新亮转了转眼珠:“没有。因为车就停在路边，那地方也挺荒的，算是能掌握全局。但是那对情侣是个变数。”

“这样，”我截断了夏新亮的话头，“现在咱俩就开拔，去那个自助银行。”

“啊？”

不仅夏新亮蒙了，李昱刚也蒙了:“什么情况？”

“你，回宿舍睡觉。跟你没关系。”

夏新亮开车，我看他梳理的笔记。我的好习惯他继承了，或者说高才生本来就有记笔记的习惯，字儿也写得好，工工整整，更难能可贵的是还有配图，足可见十分用心。

文君带着他还真走访了不少人，两人这两天工作量真不小。

失踪的三个小姐除了从事的职业，没有什么其他共性，彼此也不相识，年龄从二十六岁到三十八岁都有，籍贯不一，很符合绑架抢劫的特性——随机、易下手。

三个存在受害可能性的女性情况被整理得明明白白，我看得一目了然，然而在这背后，我更能窥见文君的办事能力，这等人才给关档案室，浪费了。

到了后沙峪的这家24小时自助银行，夏新亮要下车，我说别动。我们坐在车里往外看，由于是一片新兴商业区，深夜时分异常安静，连灯光都很稀疏，也就是自助银行里透出的光最为明亮。在这儿放下张翠萍，确实比较放心。

张翠萍很慌张，周围环境又十分昏暗，她没敢回头照直进了银行取钱，然后在取钱的过程中，一对情侣走了进来……

一边推论着，我一边打开车门下了车。抬头看了看四周，别说摄像头了，树都还只能称之为树苗。来的路上我也观察了，一路上能看见的探头不多，且并不在启用状态。不仅这个商业区是新兴的，附近的住宅，包括道路设施都是新建的。

走不了几步，也就是三十来米的距离，就来到自助银行的门前了。我回头看了看我们停那儿的车，又看了看银行两边："夏新亮，你站这儿别动，我回去拿趟烟。"

拉车门上去，我给自己点了支烟。坐车上我就看着夏新亮，看了会儿我往前开了点儿，跟着又倒车往后开。

不一会儿夏新亮走了过来，我放下车窗听见他说："大姐大也这么干来着，来回走，好让张翠萍确定她下车的地点。"

"嗯。我主要是想知道那对情侣是从哪儿过来银行的。"

"我是准备查查那两个目击者，还没抽出工夫来。"

"不用查，咱们这就找他们去。"

我带着夏新亮往银行右边走，我刚确定过了，从左边过来的话，他们停车等在路边是可以提前注意到的，而右边是个在这条路上停车不可见的相对盲区。文君跟夏新亮是白天来的，白天跟夜里的视角其实大有不同。

路一开始还平整，走了没一会儿就坑坑洼洼起来，接着又是草坪，拿手电照照，这草坪有一道被来回践踏的痕迹，但还不是特别明显。就这么漫无目的地走，最终在我们眼前出现一个缺口。那是一道用蓝色施工隔板阻隔起来的屏障，缺口还挺明显，因为它是被硬掰出来的。可能是一开始就露了一小块，但后来发现这条近路的人多了，久而久之就被撬开了。

从这个缺口钻出去，我跟夏新亮进了一个小区。

夏新亮看着我，我也看着他。

"师父，您真是料事如神！"

看来他懂了。

大半夜的，小情侣两个人一起摸黑走一条小路上自助银行。他们很有可能是去银行买电，只有这事才能把人逼出门！这种新式小区，全部都是预付费模式，说没电就没电。年轻人又粗心，从来不会注意电量还剩多少。

奔物业去，一问张翠萍遭遇绑架那天谁给物业打电话问是不是停电了，物业值班的小伙子马上想起了这事，C座1701。那天晚上可巧也是他值班，他还挺有印象的，是个女的打的电话，气急败坏的，说她工作到半截儿忽然全屋都黑了，质问他们是不是又半夜检修电路。由于对方很生气，小伙子赶忙解释没有，并让她开门看看，楼道声控灯是不是正常亮，如果正常，检查一下自己的电表，应该是没电了。

我跟夏新亮从物业出来就往C座去了。

这里作为新小区，物业的小伙子说入住率还可以，主打小户型，所以业主多为年轻人，我看也是，这都很晚了，还零零星星有好多户亮着灯。

“1701的窗户是朝北的对吧？”我问夏新亮。

“嗯。”

“从上往下数，1、2、3……”

“得看下电梯，”夏新亮说，“一般这种商业楼盘，没有4没有14，可能也没有13跟18。”

“提醒得甚好。”

“但不好的是，咱们没门禁卡。摁门铃试试看吧。”

“等我再数数啊，我觉得高层亮灯那户是1701。”

夏新亮已经摁了门禁。他急，我瞧出来了。

才响了两声，我就听见对话口里传出了一声：“谁啊？”

“警察。想跟您和您爱人询问一点情况，请问现在方便吗？”

单刀直入，这很夏新亮。

“噢噢噢，您上来吧。”

“我说你是不是急了点儿？万一人睡了呢？”踱步走到电梯间，我说。

“我就猜他们没睡，能半夜出来买电，说明有用电需求，保准是夜猫子。”

“武断了吧？万一就是那晚有事必须得快办呢。”

“我确实有点急。”

我一看是监控里那俩年轻人，的确是夜猫子，都倍儿精神。夏新亮一脸胜利地看向我，我白了他一眼，瞎猫撞上死耗子。把我们让进屋里的同时，女孩儿还在给我们拿拖鞋，男孩儿就迫不及待开口了：“你们是不是想问上上礼拜四夜里跟自助银行有人抢劫？”

夏新亮的小刀眼儿瞪了起来：“具体情况你们知道多少？怎么没及时向警方反映？”

“看吧，我就说应该报警，监控肯定给咱俩拍下来了。”女孩儿嘟囔道。

我扫了两眼室内，靠窗是一个大的工作台，上面三个显示器，脚底下俩机箱，全开着呢，屏幕上是花花绿绿的图形。

“别提了，”女孩儿这时候在沙发上坐下，“当时可惊险了，我们俩去买电，刚一进银行就被一个女的拽住了，她说她被人挟持了，让我们一定别走。”

男孩儿把话接了过来：“我就特别慌，您看我，瘦得跟片纸似的，我也没心理准备啊，我往外那么一看，就看见一黑影儿蹿上了一辆灰色面包车，一溜烟儿就没了。”

“我当时就要报警，可是那个女的立马攥住了我的手腕，说千万别报警。她就拦着我不让我报警，还拉着我也不让我走，得有十分钟吧。我说还是报警吧，她说让我给她叫辆出租车，还塞给我两百块钱。她当时手上拿着一摞钱，说话都语无伦次的。”女孩儿说。

“我让小敏给她叫了出租车，挺快就有车来了，因为我们这儿远嘛，好多人从市里加班拼车过来，能抢着回城的活儿，那简直幸福啊！还是我把她送上车的，她一直跟我说谢谢，我要把钱还给她，她死活不要，就是说谢谢。”

男孩儿说完，女孩儿又接着说：“我还是觉得应该报警，但是我老公说人家不让报是一方面；另一方面现在人也走了，抢劫的我们也没瞧见，到时候跟 110 说也说不清，我图也还没画完，我做设计的，半夜出来买电就是因为赶工，我们俩就走了。其实我俩为这事合计过几次了，还没去派出所，你们就先找来了。”

“你看见一个黑影儿蹿上车，人没看清是吧？”夏新亮问。

“没有。特别快，等于我一抬眼皮，他腿都上去了。男的女的我都没瞅出来，就是一影儿。事后我还问小敏呢，她说她就没来得及看外面。”

“我一直被那个女的拉着，等我抬头，外面啥也没了。”

“灰色面包车是什么车型你看清了吗？”

“哎哟，这个我不确定，实在太快了，而且我当时挺蒙的。”

“看图的话，你能认出来吗？”

“这个嘛……只能说试试。不敢保证。”

“当时这个女性受害人除了语无伦次，还有什么其他的状态吗？”我加入了问话。

“状态指的是？”女孩儿看向我。

“譬如说受伤啊，流血啊，面部、身体上。”

“有吗？”女孩儿看向男孩儿。

“我没太注意，她一直抓着你啊。你看见什么了吗？”

“没有，我还真没发现。不过要这么说……她衣服穿得乱七八糟的。”

“哦？”

“就是那大衣扣子，扣得都拧巴了。”

我点了点头。张翠萍身上有刀伤，她提及过他们脱她衣服，看来这不仅是为了羞辱、胁迫，还有掩盖血迹这一层考虑在里头，她得去取钱，还是独自去，不能引人注目。

我们又跟他们了解了一会儿情况，约了他们明天去队上认认车，就告辞离开了。俩年轻人挺热心的，还一个劲儿说早知道当时还是应该坚持报警，我说这都正常，已经挺感谢他们了。

“师父，我想了想，我觉得咱们应该再掉头回去跟那些小姐接触接触，我一直把精力放在失踪人员身上，我就在想吧，会不会还有其他受害人，就是只被抢劫了，但是没受到人身伤害，或者说伤害不大。”

“嗯，我跟你想的一样。张翠萍这边还是以恐吓勒索为主，朝她动手了，但是全程蒙头，要是打算拿了钱就做掉她，就没必要蒙头了。这伙人还是以抢劫为主要目的，人身伤害是附加的，又是随机作案，受害人范围可能远比我们以为的广。”

我跟夏新亮约了睡醒后队上碰头，但队上没去成，我们俩是在名流花园互道的早安。一大早，十万火急，夏新亮见我第一句是：“师父，你把毛衣穿反了。”

名流花园别墅区死了一个女业主。现场勘查人员比我们先到，已经开始采集证据了。

套上鞋套，戴好手套，我跟夏新亮拉高警戒线就钻了进去。

浓重的血腥味，地上有血脚印，乱糟糟一堆一堆的。来的路上我就听说社会上所谓的保安公司比我们先行开到，但不知道他们把现场踩得乱七八糟。死者横尸卧室，法医小张正在工作。

“什么情况？满床的血。”

“多器官损伤，大出血致死。”

“这是扎了多少刀啊……”我感慨。

“等我拉回去给你慢慢儿数。”

“我这是抒情。”

“我是陈述。”

把天儿聊死是小张的特色。

我们在不影响勘查人员工作的情况下，跟别墅内转了转。没什么特别大的翻动痕迹，书房的保险柜敞开着，无撬压痕迹，也检查了大门的门锁，很高级的那种密码锁，全无破坏痕迹。

室内走了一圈，我跟夏新亮分别记着笔记。出来才头疼，两辆依维柯上塞了一队保安，现场勘测人员采集完了鞋印、指纹，换我们跟他们询问情况了。哪儿的人都有，各地口音，还都争先恐后跟我们描述情况。

跟他们就周旋了一个钟头，也没啥有效信息。死者是他们的客户，他们的平台清晨 4 点 52 分报警了，他们一队人就出动了，到地方发现房门大敞，在卧室里发现了死者，紧接着他们就报了警。跟着他们一起过来的，还有名流花园的保安小队，但是保安小队没有进入现场，因为这时候保安公司已经有人跑出来了，说死人了。

让我没想到的是，我们正记录，远远传来了警笛声，待车停稳，下来一平头大哥——宫立国。

我第一反应是他来跟我抢案子，可他比我还蒙：“你怎么跟这儿呢？”

“就……死人了啊。”

“戴队叫你来的？”

“对啊。”

“不是……这什么情况？”

我俩一对，他蒙我也蒙，蒙着蒙着倒把事捋顺了。我们队出警是110通报恶性杀人案件，他们队出警是当下网络热议的网红事件。有个女网红，直播时候突然被人捂嘴，跟着就从平台下线了，然后这事开始在社交网络发酵，多地网友同时报警。女网红就是保安公司通报的死者。

俩案子是一个案子。宫立国刚摸出女网红的真实身份、过来查验情况，我这儿法医跟现场勘探人员都要撤了。

我刚想给我那“猪头”师弟打电话，他倒给我打过来了。他一张嘴，我一头雾水。

“你马上回队里一趟，马上！我让何杰去接替你，他已经在路上了。”

“你先别了，宫队在呢。”

“他在？他跟你那儿干吗呢？”

“你等我回去说吧，或者你给他打个电话，更快。”

我挂了电话，让夏新亮在现场留一下，开车往队上去了。从倒后镜里，我看着宫立国接了电话。

见着戴天的同时，我还见着了另一个“猪头345”。我不是鄙视谁，是这类型的长相我习惯用“猪头345”指代。戴天是“无头”，但是他长得还挺精神的，“猪头”是用来形容他无脑，这位就不一样了，脸又圆又方，连着脖子，再加上他脸上那方块眼镜，以及出卖他年龄的大肚腩，组成了一个完整的“猪头345”形象。

“师兄来啦。”

太阳打西边儿出来啦？怎么上演起“兄弟情”了？一般来说，只有师父或者政委他们这些老熟人在场，戴天才会拉开奥斯卡的帷幕。我不在外人面前撕他，他可未见得不整我。

“戴队。”

“坐坐坐，我给你介绍一下啊，王勤。勤勉的勤，人如其名，做事特别勤勉，刚从机关抽调过来的。以后就在你们队了啊。知道你缺人手儿，特意给你调来了稳当的老同事。”

“总队您过奖了，过奖。”

“猪头 345”一笑，脸上鱼尾纹满天飞。他的年龄少说也奔五十了，我这儿是重案，戴天给我从机关弄来一位老干部，我就知道他没安好心！

“王勤，这就是我师兄刘队长了，特别能干，出业绩我全靠他了，都自己人。”

“刘队长！以后还请您多指教了。”

“别别别，”我赶紧回绝，“戴队，我这边物色好人选了，就档案……”

“王勤，你先去重案那边报个到吧，都是兄弟，打打招呼。以后工作中都得相互配合。”

“是！”王勤又是板正的一个敬礼。

王勤从外面把门给我们带上了，我刚要开腔狂怼他，戴天一把给我摁进了沙发里，他脸离我脸就差 0.01 厘米那么近：“哥，你必须得帮我！”

我有点被他弄蒙了，怎么叫我哥了？我们什么时候走这么近了？

“我知道咱俩之间埋了无数雷，但炸也炸得差不多了，谁也没得着好，以后继续炸再说以后，当下师父让你回来，该说的他跟咱俩也都说了，咱得拧成一股绳。”

下一秒地球不会爆炸吧？

“你说重点，怎么了？”

“你带队，现在开始搞专案。”

我看着他。

“今年开始是旧案执行年，队上这些经年没破的案子都得搞起来，这事必须你来，你是老人儿了，很多案子你没经手过也多少知道点儿，我这边有任务量的，必须完成。”

“不是你等下，你这没头没脑的……”

“文件一会儿我都发你，你看了就能领会上头的精神。这还都不重要，你有时间再看。当务之急，你去见一个人，这个人刚从里头出来没多久，他有任军的情报。任军你还记得吧？”

我瞪圆了眼睛。怎么可能不记得？他从师父手底下逃跑有……我在心里掰手指头，满打满算得二十年了。不对，二十一年！那会儿我刚到刑警队不久，我师父搭档杨师伯，他从这对黄金搭档手底下跑了。

难怪戴天这么紧张呢。

“行。”

“我就知道这事你能办！”

“不过咱先说清楚啊，这案子归这案子，其他冷案子的事办完这件咱俩再论，而且！这什么王勤，你别给我闹事，我想把档案室的文君调动过来，以及我现在手上有俩案子，一个是小姐连续被绑架勒索并且可能有重大伤害乃至死亡的案件，一个就是今天接警跟宫队撞一起的那个女网红案。后面这个宫队肯定能接过去，但前面这个……”

“师兄，”戴天打断了我，“你先听我说。”

很意外，一向守规矩的他扔了烟盒给我。我接住，发现他刀刻一般的侧脸透露出丝丝寒意。

打火机的脆响在安静的室内格外刺耳，他点燃一支烟，随后又把打火机凑向我。

“我知道我说什么你基本就是左耳进右耳出，但是这事，你得往心里去。”

“什么事啊？”他还是很有自知之明的。

“你了解文君吗？”

“了解什么？她被你关进档案室的心酸血泪史？”

“她跟你说的？”

“得了吧。你什么路子谁不知道啊。”

“师兄不是我说你，你背地里叫我无头，是，我搞案子是不行，不如你，我豁出去干也干不过你，但你也不是哪儿都不缺弦儿，你还挺缺弦儿的。”

“你他妈……”

“你知道文君的底细吗？你知道她是部队开除吗？明着是被开除了，其实是被光明队长特招了。她外号女特务不是瞎叫。从前跟特情，她就特能干，好些大案子她都参与了，起了决定性作用。当时也是光明队长想把她弄重案来，为的是压制师父。这事我出面扛的。我名声臭啊，都说我坏人嘛，这角色我掌握得特别好。你倒好，还想把她弄进重案来？你怎么不想想人巴巴儿帮你是为啥啊？”

我看着戴天，戴天也看着我。

“不信自己查去，你查点儿这那的你都擅长。”

“你骂谁呢？”

“我不跟你抬杠。我也没时间。赶紧，见人、办案。你手上现在的俩案子，宫立国接一个，何杰接一个。”

领了逐客令出来，我浑浑噩噩跟楼道里走。好多以前的事跟脑子里转。走到队上，就看见憨胖的王勤正四处打招呼、赔笑脸儿，才察觉他的问题我忘解决了！

冷案

开车往黄村去的路上,我一直在埋首苦读卷宗。一字一句都那么熟悉,透过它,我回想起了许多年前,我师父是怎样摁着我脑袋让我写周记的,是怎样教导我好记性不如烂笔头子。他工整中透着力道的字迹,叫人见字如面。

先前去档案室调档,我跟文君打了个照面儿。原本她跟夏新亮在跟张翠萍的绑架抢劫案,这案子被戴天挪给了何杰,她就没事干了。我没让夏新亮撤出来,一是不忍心浇灭他的工作热情,二是我这边暂时不需要人手。何杰很理解,还打趣道:“这好事啊,交接工作都省了,我就喜欢你这种无偿分享的楷模。早听说过你这大徒弟响当当的名号,我也感受一把如有神助!”

文君被挪出来,她没表现出一点惊讶,对于我去调档,她也一副意料之中会见到我的模样。

我心里是有点介怀的。戴天搞案子是不行,但我也得承认,人际关系他比我行,还是行太多的那个行。再者来说,戴天这人次归次,对师父却还算忠心耿耿,这是底线。不能说我全信他,但我确实因此对文君有了不一样的看法。至少有一点戴天说得没错,文君是光明队长“介绍”给我的。他手底下特情无数,哪怕是特情科没了,老部下里大多数还在要位任职,他随便找个谁给我提供支持不行,偏要找这个刚生了二胎没多久的文君?就因为文君从前干“组对”吗?又不是就她一人干“组对”。再者来说，打一开始我确实也有种感觉，文君真“热心”，她不仅全情投入到我们的案件中，一路帮我们直到破案，且，她完全没有停下来的意思，接下来一起又一起的案件她都“自然而然”地参与到其中，甚至现下我们全力侦破的绑架抢劫案就是她“带来”的案件。戴天的意思很直白——我被这个女人牵着鼻子走了，我还真否认不出来，毕竟是我亲口对戴天说想把文君调动过来的。她什么都没说，甚至连暗示也没有过，但我的嘴已经被她捏住了，像个表演的道具木偶，嘴一张一翕，说话的却是使用腹语术的木偶师。

我俩没多说话，我取了档案就走了。走到院儿里取车，我左边腋下夹着档案袋，右手刚想去摸车钥匙，却赫然发现手里还捏着圆珠笔。档案室的圆珠笔，我刚刚用它签过字的那根，顺笔这毛病，这辈子可能都改不了了。“狗改不了吃屎”——这话光明队长骂我们一伙儿人一点儿没骂错。

一瞬间，我就像穿越一般回到了过去。

遥想当年刚进警队，不仅是我，我们同一批的孩子，包括何杰、许鹏，各个都是愣头青。冷不丁就当上警察了，多少有那么点儿牛气的姿态。摸着良心说，就我们这帮人，换现在这个年纪的我来带，怕也是想各个给他们掐死。那都不是累心，是糟心。

好多事至今还历历在目。譬如这个“偷笔”，也不是说想占公家便宜，谁稀罕一根破圆珠笔啊！就因为不稀罕，所以笔是走到哪儿顺到哪儿。开会，没笔，要笔；签字，没笔，要笔；写案情记录，没笔，要笔；码结案报告，没笔，要笔。我们这伙儿小青年颇像蝗虫，走过之处寸笔不剩。单位的笔、群众的笔、机关的笔，全玩“三光政策”。用完就扔，反正普天之下皆我笔，拿扔笔当播种，就好像扔哪儿哪儿能长出一片笔似的，没人当回事。

身体力行治我们的就是光明队长了。

那时候他刚调动过来不久，发现我们这费天下之笔的苗头，直接拿皮管子给我们浇灭在当场——不带笔是吧？管谁借笔给谁十块钱做抵押。那时候十块钱还是钱呢，我们一月工资才多少钱啊？不还笔，十块钱就打水漂，奖惩分明、劫富济贫，这政策一经推行，立马受到了全体的拥戴。

罚是真罚，谁敢不给一个试试，立马再交十块钱。借笔的马大哈，借出的人可都惦记着他，还没到月底，我们就都吃不上饭了。吃不上也不能干饿着，何杰也是胆子大，说："咱偷光明队长的饭票去。"

傻帽儿行为是特别具有传染性的，我们还制定了行动主旋律，何杰唱："说走咱就走哇，你有我有全都有哇。"我们合唱："嘿嘿，全都有哇，水里火里不回头哇！"

我们开始了"扒窃"行为，开始还觉得自己天衣无缝，偷了一回又一回，因为老特容易得手，我们那是十分飘。后来还是许鹏觉出不对来了，他说："不对吧，怎么咱们老偷，饭票老有呢。"

我们刚学到的这点儿侦查技能全用在这事上了，说是技能，皮毛也不够格，说到底还是光明队长故意让我们"侦查"到的，这是我们后来才想明白的。我们就发现他默默去食堂"补充"饭票，不是那摞饭票不会少，是他一直在"充值"。说白了，故意给我们"偷"的。

真挺丢脸的，打这儿之后，我们真规矩了，不好意思再瞎扔笔了。

这就是光明队长——儒将。他这个儒将跟我师父还不太一样，我师父是儒雅下头埋着坚毅，他是儒雅下头藏着细腻。他们都关心我们这帮孩子，但是表现方式截然不同。光明队长刚走马上任时，他怎么不动声色地关心我们呢？我们发现休息室内多了一台冰箱和一台电视，虽然是二手的，但这是光明队长自掏腰包给我们置办的，他说："你们出勤回来，冰箱里能有口吃的；你们值班枯燥无聊，能看看电视解闷儿。"

他是个好队长，也是我们的好老师。皮孩儿在他手里，慢慢都成长了，皮是那个年纪的少年自带的属性，他却能在潜移默化中教会我们守规则。

我都承认小时候的自己要多讨厌有多讨厌，简直就是皮无止境。我不仅糊弄光明队长，我还带头儿作弄徐队长。

我这个瞎说八道的技能可能是出场设定，瞎话儿张嘴就来。还记得当年我头一次参与特大杀人案，那叫一个激动，觉得终于熬出头了，终于有可以出去吹牛的资本了。结果没想到，光明队长说我不用跟杀人案了，他对我另有安排。盯一个毒贩！我一听也行，也是大案子啊！就跃跃欲试要求加入！不料光明队长布置下来，是让我蹲点儿。雷声大雨点小，所谓制毒贩毒就是有群众反映他们家隔壁总有噪声。

大三伏天儿的，纯属整人啊！肯定是他那天叫我过去问我作弄徐队长的事，我赌天发誓肯定是我叫他不爽了，他就暗地给我从大案里抽调出来发配“边疆”。

谁去谁是大傻子。

阳奉阴违也是我的拿手好戏，我领了任务，便放飞自我，扎游戏厅打街机去了。一连三天，天天如此。之后光明队长叫我过去汇报情况，问有什么发现，周边都是什么环境，观察到室内有什么动向？我就“吃铁丝拉笊篱”——编呗！哪个小区，小区里什么布局，房间挂着个蓝窗帘，里面有个身影是个老头子，等等，说得跟真事似的，其实我根本就没去，那小区我是知道的，就在我们辖区里头，我曾去过，凭着这点儿印象再加上胡编乱造，就张嘴跟光明队长叭叭。

啪！光明队长把他桌上的茶杯拽在了我脚边儿，茶水与瓷片齐飞，茶叶都贴我脚面上了。

这阵仗我没见过，他没发过这么大火儿。

只见光明队长指着我鼻子开始发飙：“刘子承你可以啊！瞎话儿张嘴就来！你还画人家徐队长偷懒不干事，你就是贼喊抓贼！你心眼儿脏，你就觉得人人都跟你一样脏是吧？你敢在干工作的时候偷奸耍滑，你就怀疑别人也跟你一样是吧！”

我被他吼傻了。

“你觉着徐队长存心刁难你们对不？你觉得你们几个大日头底下去外头蹲点儿，又是蚊子咬、又是上蒸笼，内心万般委屈是吧！你觉得我让你去小区里摸情况是借机整你对吧！”

我也不敢吭声儿，就低头听骂。自己拿火柴堆的火山，哭着也得看它爆发完。

但我心里是不服的。我是作弄徐队长了，是我带头干的没错。但不是我要生事，真的就是官逼民反呀！我是看不惯他是队长就老对我们颐指气使，他是队长就能在宿舍睡觉派我们出勤，自己不身体力行。我就是看不惯他，不仅我看不惯，大家都看不惯！就看我师父吧，他什么时候不是冲在第一线啊？还有杨师伯，从来没说跷脚当大爷啊！凭什么就徐队长端着架子欺负我们这些小警察。

那天真是来气，都高温预警了，徐队长摇胳膊晃膀子进了休息室，赶鸭子似的给我们撵上了街，说："都别偷懒儿，蔫黄瓜似的像话嘛！去去去，都出去给我走访摸排去！"

多大个案子啊！只是丢车而已，俩轱辘的、不烧油的自行车。谁家没丢过自行车？他就是见不得人清闲。等我们热得跟三孙子似的回来，天都黑透了。这时候瞧见徐队长跟宿舍里睡大头觉，换谁谁不来气？何杰想起了停在大院儿里的警车，说："咱拿车灯晃丫挺的吧！"我们一拍大腿，必须的！说干就干。给徐队长晃起来，我们听见一声暴怒的吼叫，立马脚底抹油逃跑。他找不见谁干的，气哄哄咆哮了一顿又回去睡了，我们偷偷直乐，乐完之后，这也不解气，我又拿纸拿笔给他画了一幅肖像，讽刺漫画那种风格的，他本来就头大，我给他画一硕大的脑袋，上头再来个恶魔角。小身子来了个歪着光屁股蛋儿睡大觉的"婀娜"形象，并题字——"大头大头下雨不愁，你有雨伞，我有大头。"画完就贴他门上了。

后面的事就是光明队长找我问话，他指着笔迹说："一看就知道是你小子。"我瞪眼否认，他也拿我没辙，打死我也不说。

"哑巴了？不说话了？我告诉你，刘子承，这工作你能干干，不能干趁早给我滚蛋！你以为当刑警是干吗的？是给人民当爷爷吗？人民不差官老爷，人民差公仆！你还睁眼说瞎话告诉我去蹲点了、去摸排了！姥姥！"

我特别震惊，这是我头一回听见文雅的光明队长骂脏话。不震撼不可能。

"你还蓝色窗帘儿！你还老头儿！我告诉你，那是我姑姑家！"

我那个嘴张的，下巴都快掉了。

"明告诉你，我就是钓鱼执法，可你还真有出息，你真咬钩啊！但我这不是整你，我这是磨炼你！你们这帮屁孩子，成天削尖了脑袋想往大案要案里钻！干了这就能出门儿吹牛了是吧！有一口吃成个胖子的吗？你见过吗？你吃一个给我看看！你坐这儿，我现在就让食堂拿二十个馒头来，你就坐这儿给我吃！"

"队长……我错了……您别生气了……"

"你错哪儿了？"

"我不应该偷奸耍滑，还睁眼说瞎话……"

“你别给我避重就轻！你这叫玩忽职守，你知道吗？让你去盯梢儿，你给我打街机！多恶劣啊！瞧不起盯梢是吧？”

啪！这回飞过来的是卷宗。

我赶紧给捡起来，捡起来就往光明队长桌上放。

“谁让你给我拿回来了！看！就在我眼皮底下，一个字一个字地看！”

这卷宗使我受到了深刻教育。一起特大制毒贩毒案，就是群众反映上来他家隔壁总有动静，频繁有人出入。要不是这个线索上来，藏在居民区里的毒贩就不可能被揪出来。

这脸打得我心服口服。

“别给我瞧不起工作！反映噪声也好，报失自行车也罢，再小的事都不能区别以待！蚊子咬怎么了？天气热怎么了？没有基础工作，就没有你要的重大突破！”

我写了两份检查，一份写给光明队长端正态度，一份写给徐队长承认错误。更打脸的就是这第二份检查，我是送到医院里去的。徐队长住院了，倒不是叫我给气的，是他昏倒在岗位上被迫去下了支架，还下不来床。虽然我瞧不上他的地方有很多，虽然我以后也没瞧上他，但这回确实是我误会他了，他不是躲懒，是真的生病了不舒服。

这件事教会了我两件事，一是别恶意揣度别人，有色眼镜万万要不得，它会蒙蔽真相；二是再小的案子也要严阵以待，就像深埋在土地里的肉苁蓉，看上去仅有花序露出地面，你却不知道它埋在地下的部分有多深。

师父也曾是光明队长的手下，对他来说，光明队长是好战友、好领导，但随着师父的升迁，有些问题就露出了端倪，不是说光明队长变了，用师父原话说：“他这个人比较敏感。”确实心思细腻的人容易敏感。我师父节节攀升，他有所忌惮并不奇怪。他是心胸略狭窄，但是他也并非不豁达；他是畏惧师父的能力，但同时他也清楚师父绝没有踩他的念头，不敬重都不可能。那么戴天所说的，他当年想用文君压制师父，甚至他现在也想把文君安插进来牢牢把控住重案，这可信吗？会不会是戴天无中生有啊？他这人向来都是惊弓之鸟，极看重自己的权势……

到底谁想拿我当枪使？

不想了不想了，疑心生暗鬼，还是专注于眼前的案子最重要。

到地方我下车，身边跟上来一个白胖的身影，我这才想起来自己当上了babysitter。这词儿还是英子教我的，指的是看小孩儿的保姆。他们那边人工贵，家长但凡有个应酬、有个聚会什么的，不方便带孩子，就找个大孩子来帮忙管看几个小时，然后给点儿钱。

我现在就是王勤的babysitter，我真没想带他出来，是许鹏给我薅住了，说："这尊神你打哪儿请来的麻烦送哪儿去行吗？他这没事老往我们这儿凑，我们还干不干活儿了，你再不领走，他还想跟我们出任务呢，没事吧他！"

这"神"不是我请的，我也送不回去，干撂着眼瞧也没戏了，不带走怎么办？

王勤也是真够逗的，这都多大岁数了，从机关往我们这儿调动，发挥余热这地方也不适合啊！

我去见的人绰号老四，他家里排行老四，出来跑江湖就沿用了老四的称呼。当过混混，干过夜店，违法乱纪的擦边球没少打，打着打着就把自己打进去了，俗话说得好，常在河边走哪有不湿鞋？八年前因为倒腾"小药儿"又折进去了。

搞特情工作的，手底下不仅有线人，也有狱情，这监狱里的情报工作就依托于这些人展开。不能小看，好多重要线索都是从这儿来的。

老四是光明队长那一脉的人摸到的。他们有个狱情跟老四一个号里蹲，在互动的过程中，从老四这里挖到了一个情报——正在服刑，即将刑满释放的张庆辉有可能是在逃的任军。

这可不是闹着玩儿的，走过检方、走过审判，包括服刑，这人身份都不对？这不成天人的笑话儿了嘛！而且这个张庆辉由于武装贩毒被判了十五年，已经服刑十四年了，本来是2020年准备释放的，这个消息一上来，戴天紧张成那个德行也就不奇怪了。

我跟老四了解情况，王勤被我支派开去外头盯梢儿。其实不需要盯梢儿，我只是找个由头给他打发了。没想到我这个猴儿耍的，倒叫老四合了心意。他一把拉住我的手，声音很低，但难掩激动："谢谢您，太谢谢您了！上回找我来了解情况那女的就不像您这么严谨,我一直跟她说我害怕打击报复,跟她说事情的严重性,她就不拿我当回事。”

我心里有种不祥的预感:“哪个女同志?”

“就……戴个黑框眼镜,挺白的,有点胖,她也不告诉我她叫什么……坏了,她该不会是……”

我赶紧打断他:“是我们这边的同志,你放心,这个你不用怕。”虽然老四描述的形象根本在局里找不出来,但我相信并有预感,那应该就是文君。

“来吧,咱们聊聊正事。”

跟老四接触下来,他不属于那种油滑的,本身还比较有北方人的实在性格,据他自己说,他也是一步错、步步错。他现在最担心的就是女儿。女儿今年二十八了,孩子妈前年乳腺癌去世,他刑满释放出来,跟女儿相依为命,关系不是太好,但他也是尽力在修补,现在他准备开个修理部,打算给人修修车。

反映张庆辉的情况并非他本意,原本也是话赶话传八卦,但是狱情抓住了这一线索,报了上来,上面高度重视。老四本人没想蹚这趟浑水,跟我见面他也颇多顾虑,他说:“这你惹不起啊,他武装贩毒进去的,你们又穷追猛打,你们也不说他身上背着多少事,我能不害怕吗?你们我惹不起,他我也惹不起啊!我不怕他打击报复我,但是万一殃及我闺女怎么办?我闺女本来就恨我,我出来时她没去接,我找见她,她开始都不让我进门,说没我这种爹!她真是吃了太多苦了,我的情况你们也清楚,她小时候我就因为打架折进去过,后来聚众赌博,家都让人给抄了,她妈就恨我,给我撵出了门,后面我去了南方谋生计,再后来,又折了。从前血气方刚,我觉得家不家的就那么回事,可是现在这把年纪了,干也干不动了,就想有个家,就想听个响动。咱也知道挣钱是挣不了多少了,可是说什么不能再给闺女添麻烦了。她现在愿意试着接纳我,已经很不容易了。”

我耐心地给老四做了思想工作,并且打包票说会派人暗中保护他们父女安全,老四这才放下思想包袱,把他知道的、之前跟文君说过没说过的,全原原本本跟我说了一下。

张庆辉在云南从事武装贩毒,持枪,带一帮小弟,贩海洛因也贩冰毒。折进来之后他很快在大牢里建立起了威信，蹲监狱蹲得还算比较滋润。但是他每每喝了酒，就特别思乡。由于老四也是北方人，而且为人老实厚道，与世无争，张庆辉喝酒就愿意跟老四一块。一来二去，慢慢地俩人就熟了，熟了之后就聊得多了。老四是大兴人，张庆辉是河北固安的，说起来也算近邻。老四临出狱，他们又在一块喝酒，说到乡愁，张庆辉喝醉了，又跟老四说想家了，说："不知道老任现在怎么样了？小时候他最疼我。"老四问："是你们村儿的亲戚？多大岁数了，人还在吗？"张庆辉说："是我老子。"老四就蒙了，寻思着他姓张，怎么他爸爸却姓任呢？

这事老四并没有当回事，他也快出去了，满脑子都想着见闺女的事。跟他同一号房的人也都挺待见老四，他要走了，大家也都祝贺他，一块弄点儿好吃的好喝的，最后再唠唠嗑，这中间话赶话，老四跟这个狱情谈及了张庆辉醉酒的这件事。说者无心，听者有意，不是老四嘴巴不严实，是狱情比较机警。他机警也是必须的，他得给自己争取利益。就这样，最后这线索就上来了。

详详细细地谈了好一会儿，我也跟老四做通了工作，告诉他要踏踏实实的，他给我们反映情况，我们肯定会保护他周全，末了我把王勤给"留下"了，装样子得装到底。我跟王勤说："你远远跟着这个同志，护送他回家。他到家你也别上去，车你开着，就在他附近守着。"王勤挺高兴地说："哎哟喂真好，我刚来就有任务了，我一定好好儿表现。"

我拿了情报，甩了包袱，给李昱刚打了个电话。在家待机的臭小子一听有活儿干了，高兴得窜天猴儿似的。我说："你也甭激动，我先发你一份档案，你看完再去队上等我，咱跟那儿碰头，也甭去太早，我先回家点个卯。"

到家陪着儿子吃了饭，接着是陪写作业。早前有回跟文君闲聊，说着说着就说到了教育上。她给我科普了一个名词"顺义妈妈"，说"海淀家长"也比不过她们。听得我不仅云里雾里还瞠目结舌。文君斜眼看我道："我都怀疑你是不是真有儿子。"一帮顶厉害的女的，原先不是世界500强公司的尖子，就是"海龟"留学博士这样的高学历，她们齐刷刷不要自己的人生，一心扑在孩子身上。之所以"顺义妈妈"，是因为那地方清一色的私立学校，双语教育都不算什么，好些多语种培养、授课，听说她们的规划都是给自己的儿女送出国，常春藤都不在她们的重点考虑范围内，首选是什么查尔斯王子的母校、什么法国贵族必读的学校之类，只要有夏令营就去，有活动就参加，还隔三岔五带着孩子飞这儿那儿的，不是各种比赛那就是各种面试。文君说得热火朝天，我跟听天书似的。我一想她也住顺义那边，就问她女儿是不是也都是此等高级规划，她倒是摇了摇头，她散养，感觉她养孩子比我还像养鸡。

点点的事我还真没多想过，屁大点儿孩子，总觉得学会写字儿，玩玩闹闹过个童年比较重要。至于以后，英子也问过我，有没有考虑过让点点去美国读书。我外甥女倒是有此意向，还说圣诞节时她带着我姐、带着点点，去那边转转、感受感受环境。去看看也挺好的，我出不去，她们去长长眼界也是好事。但是长远的规划，老实说，我啥也没有。

我到底是不是一个称职的父亲？这个问题我也问过自己好多次。答案倒是整齐划一：不咋的。陪伴吧，不是太能做到。给儿子攒上一大笔钱能保他日后衣食无忧吧，也不太可能做到。为儿子铺设坚实的人生轨迹吧，也仍旧是做不到。如果说投胎是个技术活儿，我儿子这把技术应该是不及格。我爱他，但我能为他做什么？除了带给他生命，我是不是付出的太少了？

一想到这些我就头疼，引出这些问题的过程中又带出了文君，更让我头疼。我觉得先期跟老四接触的人，应该就是文君。她把情报线索整理明白，光明队长把这件旧案摊派给了戴天，戴天再找到我，应该是这么个轮转过程。一宗搁置了二十一年的旧案，以一个离奇的面貌出现，又会撼动多少人的利益？细思恐极。任军假若真的摇身一变成了因武装贩毒正在服刑的张庆辉，这里面的故事怕是会把不少人卷进去。这是一场惊涛骇浪呀！

早早让我儿子爬上床，我打了个车直奔队上。这期间李昱刚向我报告他已抵达，并吐槽看手写字简直怀疑自己是文盲。但这些都并非重点，李昱刚问我：“师父，这事咱们要查多深？”我没回他，因为我也拿不定主意。这事还得跟戴天商榷。先干是一定的，这里面的来龙去脉一定要搞清楚。

从第一起杀人案发至今，已经过去了二十一年。

1998 年 8 月，任军退伍转业回乡，当时在军队他是侦察连的班长，手底下带几个士兵。这也注定了后来接二连三的悲剧，以及他不平凡的逃亡之旅。因为任军性格比较暴躁，那些士兵对他一直有意见。大家转业之后，几个战友聚会，本来没想叫任军，但是又觉得不叫显得不合适，所以还是通知了他。倘若他们要是知道这一次聚会将导致一场血案的发生，我想他们万万不会因这一时的面子而逞强。当然，哪怕没有这次聚会，我感觉以任军多疑又深具毁灭性的性格，他还是难逃崩毁的命运。

这场战友聚会最终被安排在了士兵张德顺家里。张德顺的家彼时在大屯，三间平房一个小院儿，用他们的话说比较宽绰。这期间，任军跟另外一个士兵王小杨发生了口角，就在张德顺去倒炉灰的时候，任军不顾众人劝阻，拿锤子把王小杨砸死了，之后畏罪潜逃。当时报警的人就是张德顺，因为在我们辖区内，接警的是我师父跟杨师伯。

专案组马上成立，经过研判，我师父他们第一时间去了河北固安，也就是任军的老家。到那儿之后通过任军女朋友的弟弟，摸上来一条线索——任军要潜逃，需要从家里拿衣服包括一些细软，任军女朋友的弟弟跟他约好了到玉米地给他送。所以他们就尾随弟弟，把弟弟截住后，通过做工作，弟弟愿意配合警方，可是到玉米地里的时候，这小子给了任军一个眼神，太快了、太突然了，没来得及制止，结果任军发现不对，扭头就跑。当时我师父他们反应也不算慢，果断开了枪，开了八枪，连打，硬是打不着他。他“之”字形逃跑，紧跟着匍匐，玉米地的地形他又十分熟悉，大夜里头，就这么跑了。我师父原话是：“真追不上，从身体素质、军事素质到心理素质，他相当出色。我们知道他是侦察连班长出身，但没想到他职业素养这么强。还是办急了，可是时间不等人啊。”那种懊恼我极少在我师父身上看见。

然而，这其实仅仅是“小荷才露尖尖角”。

这一下没逮着，等于就丧失了最佳抓捕时机。好在我师父有韧性，杨师伯又足智多谋，当时的指挥官光明队长情报网也广泛，经过一系列的工作，又固定了任军已潜逃至大连的线索。糟糕的是，一伙人赶到大连时他已经逃往了鞍山。慢了一步。他也确实是机警，善于掩盖自己的踪迹，再者他这个人又生性多疑，逃亡期间不仅有计划、有部署且绝不在一地久留。

专案组马不停蹄立马向鞍山推进，然而又没抓到任军。不仅没抓住任军，还导致了第二场命案的发生。

在鞍山，任军跟宾馆开房间，跟他同行的还有一个叫李宇的人，是他一个朋友。李宇不知道他犯事了，那会儿通缉令不像现在，没有全网传播。李宇开了两间房，一人一间，任军狡猾到跟外面朋友说自己住 201 房间，实际上住在 202 房间。专案组进到 201 房间，他跳窗户跑了。从二楼越窗而逃还不算完，专案组正研究他的逃跑方向时，胆大心细的他，竟然跑回了大连。他认为是大连的朋友刘长江出卖了他，用斧子把人砍死了。

案件一发生，大部队火速赶往大连，但是在大连没能对他进行围捕，因为他人间蒸发了，自此之后销声匿迹、音信全无。这一蒸发就是二十一年。

这个案子在当时影响非常恶劣，一方面，任军的几个战友，尤其是报警的张德顺忧心忡忡，害怕报复，因为知道他男女关系、知道他家庭情况的只有张德顺；另一方面，恶性杀人案，成立了专案组，非但第一时间没把嫌疑人抓获，在追捕过程中还间接制造了第二起恶性杀人案，紧跟着嫌疑人还人间蒸发了。

说到第二起杀人案，就是大连市内发生的这一起，被害人刘长江真挺冤。这个人警方确实是接触了，但他十分维护任军，拒不交代他的下落，专案组最后是通过各种关系摸到的。刘长江委实没出卖他，却被他用斧子砍死了。

这样多疑的人像极了黑手党，热情款待久未谋面的兄弟，饭局一散，回去的路上就把人宰了——怀疑这个兄弟已叛变。心狠手辣，疑心极重。

进办公室我没看见李昱刚，他的桌子空了，他那堆设备连同电脑都不翼而飞了。既然已知条件是他没被开除，那么他连同这堆东西去了哪儿就显而易见啊！

直奔地下档案室，本来就不算大的房间塞进去李昱刚和他那堆家伙事就更拥挤了，只见李昱刚大爷似的横在他的沙发上，一边啃苹果一边专注于眼前的显示器们。而在他身边，是挽着发髻披着运动服的文君。

“大刘儿你可够晚的。”

一旁立着的运动包说明她应该刚练完瑜伽。

我一时语塞，不知道该说啥才好。李昱刚怎么回事，谁批准他把自己塞进档案室了？

“师父，您瞧着忧心忡忡的，”李昱刚见我来了，弯腰从地上的塑料袋里捞出一块巧克力隔空扔给了我，“快补充一下快乐之源。”

我真想给他脑袋拧下来，我能不忧心忡忡嘛！他自己钻潘多拉怀里去了！

“不吃。”我把巧克力扔到了文君桌上。

“快快快，君姐，施展魔法的时刻到了！锵锵锵……美丽智慧活泼开朗的大姐大现已加入特工队豪华套餐！”

“早上我就看你愁眉不展的，”文君给我倒了杯水，端到我手边，“本来想跟你说下好消息，看你急，就说等你回来再说。”

“光明……不对，政委给你编进来的？”

“也不是正式加入啦，就是帮你弄这起冷案子。尝尝，武夷山岩茶。”

“先前去见老四的人是你吧？”我寻了张椅子坐下。

“没错！”

“去就去吧，你怎么还带乔装打扮的？”我尽量以轻松的口吻说，“他跟我一描述，我都愣了，给人吓够呛，还以为怎么了呢？”

“职业习惯，”文君笑眯眯地说，“保障自己隐蔽，也保障对方安全。”

“大姐大,不是我说,要是在漫威世界里,你肯定是神盾局的！”李昱刚插嘴道。

“咱说说正经的吧，”我喝了口茶说道，“嗯，这茶好喝。”

既然是光明队长的安排，那文君进这个案子谁也不可能阻拦。其实在工作上我对文君还是非常肯定的，不然也不会萌生出请她出山的想法。至于戴天跟我提点的事，我不是不信也不能全信，现下姑且就走着看吧，不然也没什么更好的办法。这事其实给我架住了，一方面我对文君很有好感，不是说男女那种好感，是搭档那种好感。另一方面，我师父跟光明队长这些年来并未有龃龉，虽说光明队长心胸窄了点儿，可我师父心大，他们这么一路走下来，就案子，矛盾有；就性格，矛盾有；但据我所知，仇恨肯定是没有。两方势力不就是这个样儿嘛，此消彼长，求同存异，方得平衡。而且对于戴天，先放下我跟他的个人恩怨，他对师父忠心耿耿是真，对自己的利益得失更真，我师父惯来对权力这东西不感冒，现下究竟是谁敏感，始终在我心里存了个疑影儿。尤其打私心里来说，我师父是我敬重的存在，光明队长又何尝不是？就事论事，这事当年他俩都牵涉其中，不存在谁要踩谁的机会。至少这个案子不会。天雷滚滚都得挨，谁也跑不了，正常人势必彼此帮扶填坑。

“我正着手进行人脸比对，”李昱刚终于嚼完了他的苹果核，扔进垃圾桶的同时，他看向我，“但是由于我手上的照片都太老，尤其是这个身份证照片，要先进行像素还原，再进行点位比对。这得花点儿时间。”

“怎么一个还原法儿？”我问。

“这我怎么跟您说呢？”李昱刚转眼珠，“哎，这么说吧！”他一拍大腿，“就您相册里，譬如年轻时候，您那时候的照片现在拿出来看，就不如您手机里刚拍的照片清楚，对吧？”

我一想，那肯定是。

“就好比拿我这手机壳来说，用的热转印技术，很低端，我给它再清楚的原图，它做出来也不精细，就像声音会失真，图像也会有噪点，噪点越多，图像越模糊。那进行人脸比对，它是个精密的计算，越清晰越好。”

“这样啊。这都能还原啊？”

“能啊，您家里要是有什么特有纪念意义的老照片，您拿来，我都给您搞成高清的。”

“现下的主要问题还不仅是确定这个张庆辉是任军，更主要的是，咱们得搞清楚他怎么就变成了张庆辉。”文君插嘴道。

“这里面事儿挺大的吧？”我看向文君。

“现在还什么都不知道，需要咱们深入去调查。任军，侦察连出身，他的反侦查意识强，反侦查手段也高超，但这样去给自己改头换面，怕也不是太可能。那么在这个过程中，谁向他提供了帮助，是固安方面，还是云南方面？如果不是提供帮助，究竟他又是怎样瞒天过海的？这都得一一去查。”

“师父，我还想问呢，侦察连到底是什么一个情况啊？我没当过兵，这属于我的知识盲区，算特种兵吧？我读完卷宗觉得这人真挺神的。”

“来来来，姐给你科普，”文君把话接了过去，“咱们先区分一下侦察兵和特种兵。从两个方面来说，首先，他们执行的军事任务不同。侦察兵的主要任务是深入敌后，侦察敌军目标的位置，捕捉敌方俘虏，为本方火炮包括空中打击、远程兵力投送、抢滩登陆等，提供翔实的地理坐标和破坏情况。特种兵主要担负破袭敌方重要的政治、经济、军事目标和执行其他特殊任务的工作，单兵作战能力极强，适合在各种恶劣条件下，完成作战任务。其次，他们的作战方法和技巧不同。特种兵具备特种作战技能和技巧，肩负特种作战任务，而侦察兵需要具备侦察技巧和技能。当然这都是现在的编制，你搞不清侦察兵和特种兵一点不奇怪，因为‘二战’时候才首次出现特种兵，在此之前，一直是侦察兵在一定程度上肩负着现代特种部队的使命。就拿任军来说，他具有过人的军事素质、身体素质、心理素质。这都是侦察兵不可或缺的，也是特种兵不可或缺的。他们的行动都更为迅速、灵活，也都对单兵的体能、综合作战意识有较高的要求。”

我吹了声口哨：“这都不需要我补充说明啥了啊，君姐不会也是部队出身吧？”

“我还真是。可惜没干下去，”文君拿过了桌上的巧克力，撕开了包装，“这不是到咱们这儿来搞特情工作了。结果搞半天还是没搞下去，就沦落到这儿了。”她说着，乐呵呵地环顾四周。

李昱刚嘴快：“这么牛啊！大姐大以前该不会就是侦察兵吧？”

“说出来你又得拍大腿，”文君嚼着巧克力说：“我是特务连的编制，也真够背啊，我可能有点不祥，特务连没了，特情科也没了。”

“别别别，可别这么说，”我喝了口茶，“机构没了，工作还在。”

我脸上云淡风轻，心里却波涛翻涌。戴天说的或者说知道的也太笼统了，文君不是部队开除的，她八成是一直搞情报侦察工作的。特务连，那得是师一级的编制。

“你管这叫工作？”文君努嘴指向外面的档案室。

“这就不聊了吧。”

这话我懂她也懂，我们谁也没再往下说。特情科是没了，可特情工作从来也没停止过，不然我们现在干的案子怎么来的？依我看，管理档案根本就是她的保护色，这女人深得很，是得提防。别看她好似对我们开诚布公，那也是她想让我们知道的，我相信她不会说假话，可这也不代表她说的就是全部，谁说全是真话就能还原真相了？不简单，我越想越觉得这女人不简单，“档案管理员”的身份还真把我迷惑了！二胎也是她的保护色！她到底在公安部里干啥的，恐怕只有光明队长清楚……一定是个狠角色。别看是个女人，这还是个障眼法。

“靠，大姐大，”李昱刚瞪大眼睛，“你说这个任军改头换面，跟他从前干侦察连时候的人有没有关系？”

“这一点我也想到了，但我觉得可能性不大，这一块你就甭操心了，我会去查。”

我们等待人脸比对结果的过程中一直也在聊这个案子，各种可能性想到就说出来，白板画了一轮又一轮，比对结果出来了，我们仨都瞠目结舌——张庆辉入狱时候的照片，跟张庆辉身份证的照片相符！不存在冒用的可能性。比对结果告诉我们，被关在狱中的男人，他就是张庆辉。那他为什么会说自己是任军？

“师父，我再处理一下任军的身份证照片，看看它跟这俩是不是相符。咱把这一摞人头都搞清楚。”

“对对对。给它搞清楚！”

“特情这边儿应该不会有问题，”文君散开了头发重新梳理，“咱们来看看到底怎么回事。”

三个人头两个人，三个人头一个人，三个人头……

人家睡觉数绵羊，我数人头吊精神。

三个人头一个人。

张庆辉入狱的档案照片、张庆辉的身份证照片、任军的身份证照片，经过人脸比对，确定为同一人。

彼时夜已深，档案室里除了计算机设备的运转声，只剩下我们仨的呼吸声。

现在的问题是——张庆辉这个人究竟是捏造的，还是真实存在的？

李昱刚在数据库里搜索着，我跟文君把茶喝得都没味儿了。

时间一点一滴地流逝，李昱刚拿出了结果——张庆辉，查无此人。

“还是应该有这么个人。”文君说。

“我也是倾向于有。任军入狱的时候是2005年，二代身份证换发是2004年，所以他所持的身份证是一代的很正常。而且他所持的这个一代身份证是20世纪80年代发行的，受当时的条件限制，制证材料、制证技术、防伪性能、核查手段等方面都不成熟，也就是说伪造的成本很低。防伪性能是1995年开始提上去的，从那之后去剥离身份证就会破坏全息图像，这时候开始身份证才算安全可靠。任军完全有可能盗用别人的身份，他搞侦察出身，他肯定懂得盗用比凭空捏造更有效，盗用就像说话真假掺着，更为可信，比编故事靠谱多了。尤其他拿着张庆辉的身份，过了公安机关、过了看守所、过了法院、过了监狱，他这个身份信息一定是有效的。要是凭空编造，他过不了这么多程序。就算有人给他开口子，也不见得过得去。”

“嗯，咱们可以追查，”文君点头，“虽然一代身份证现在已经失效了，不过在原籍肯定还是有登记的，因为一代身份证跟二代身份证的个人信息都是一样的，所以根据身份证号码一定能查到个人信息的。”

“唉，我不是很乐观，”李昱刚加入了我们的对话，“就算查出来这个人，咱们又上哪儿找他去？这人二代身份证根本没换领。现如今这个社会，没有有效的身份证，根本寸步难行。他就是原来存在过，现在应该也不存在了。你总不能说他又盗用了别的什么人的身份吧。”

“那也得查。只要是线索，哪怕给咱们领进死胡同，你也至少能排除它。”

“那您怎么查啊？大摇大摆去河北固安派出所，告诉他们咱查任军呢？没事吧？”

“这就是需要你的时候了。”

李昱刚斜眼看我：“我怎么感觉您要坑我呢？”

“哎，你这个孩子，为师是那样的人吗？”

“那您想让我干吗呢？”

“你看啊，咱们查不到张庆辉的身份信息，那这个人也许不存在，也许信息被什么人隐藏了，也许人死注销了，也许……”

“您就别跟我绕圈子了。”

“那我单刀直入。怎么才能不惊动别人，咱们能掌握这个人的情况。”

“您不是才劝我注意影响吗？”

“是注意影响，但是，你得分情况对不对？”

“咱们现在兵分两路吧，”文君敲了敲白板，“我负责排除一下特殊保护这个可能性，部队这边交给我。你们落实一下真实的张庆辉的情况，有没有这么一个人，有的话他是谁，然后咱们再碰。”

“是这个意思。”我附和道。

“然后大刘儿，夏新亮什么时候归队啊？咱这案子来得急，人手不够啊。”

一说人手，我一拍脑门儿：“干了！我把王勤给忘了！嘿，你瞧我这个记性吧，我来队上之前还想着给他打电话呢，一上车一想事，全扔脑后头去了。”

没顾得上回答他们问“谁啊”，我火速掏出手机给王勤打了过去。

那边接起来乐呵呵地说：“队长，目前没有任何情况，父女俩都在家。就是先前老四女儿跟我发飙来着，让我别打扰他们的生活。”

他巴拉巴拉说了一堆，这电话打过去我真没想到会挂不上。我想打断他，却找不到切入点，就只能硬着头皮听他说。他说得慷慨激昂，主要就是汇报情况，怎么护送老四回家，怎么在他楼下蹲守，在此期间怎么观察周围有没有可疑人员等等。让我没想到的是，老四的闺女下楼跟王勤吵架了。当时那姑娘应该是情绪崩溃的，用王勤的话说：“她直眉瞪眼就朝我来了，一把拉开车门，砰一下就坐到了副驾驶上。”姑娘对王勤说：“你们能不能不来骚扰我的生活？”王勤对姑娘说：“这怎么是骚扰呢？我是受命来保护你们的。”

“炸了。”这是王勤的原话。姑娘当时就炸了。

“保护？你还跟我提保护？我这辈子最没有的就是安全感！我七岁时候我爸就把人打残了，让人给关进去了！我小学毕业公安局把我们家给抄了，因为他聚众赌博！我妈得了癌症，我连丧葬费都承担不起！你跟我提保护？你要是真能保护我，你现在就把我爸拉走啊，拉走关起来！你保护我什么啊你保护！”

炸完之后姑娘崩溃爆哭，人生的不如意桩桩件件说了个底儿朝天，怎么四处筹措学费、怎么一边上班一边还要去便利店值夜班、怎么把母亲给发送走、怎么被男朋友的妈嫌弃继而又成了单身……

我都能想见胖乎乎的、一脸慈祥貌若观音的王勤，面对一个手足无措尝尽世间心酸的姑娘不停递纸巾、拍肩安慰的知心大哥模样，他还真适合干这事。

后来是老四下来给姑娘拽走的，姑娘起先不走，直到抓着王勤把苦水吐完才走。王勤说，临走姑娘给他鞠了个躬。

我说："挺好的，辛苦你了，回家休息吧，明天我联系派出所的同志在他们周围巡逻。"本来我是想要王勤，现在我却有点惭愧，正因为愧疚，才坚持着把谎撒完。王勤听了很高兴，说："谢谢队长肯定，我不累，第一天来工作就出了外勤，还帮助到了别人，我高兴。"

挂了电话面对文君跟李昱刚不明所以的眼神，我咳嗽了一声说："咱队来了个新同志。说是新同志，岁数却比较大，从前在机关干。人虽然有点聒噪，也有点笨，但挺稳当的。回头我给你们介绍。"我决定留下他了。

"戴队给你安排的？"文君发问。

"啊，是。"

"看来这石头没砸上你的脚啊。"

"也未见得。"

第二天我去队上取了车，安排王勤跟着夏新亮也就是跟着何队，然后我带上李昱刚，我俩往河北固安去了。路上他还跟我说："师父，还是你开车稳。"看来何杰是真给他留下阴影了。

到了固安，李昱刚干起了"窃取资料"的勾当，拿了个手机，把事就给办了。真是说打脸就打脸，我前脚劝人孩子别越界，后脚又让人孩子去玩儿悬的。李昱刚还安慰我："师父不要紧，保证神不知鬼不觉。"

张庆辉一代身份证的信息包括户籍信息都查到了，跟任军使用的身份信息相符，1969 年生，固安本地人。李昱刚据此开始查询张庆辉，情况不太乐观，父母都不在了，有个姐姐远嫁福建，前年也去世了。

人，是有这么个人。现在这个人什么情况、还在不在，这都不清楚。他跟任军是一个村儿里的，平素是什么样的关系，有没有交集，是现下我们需要查明的事。然而这个工作很难展开，考虑到这么多年过去了，当年的村民走的走、死的死，恐怕不是那么容易走访出来。

倒是有一点是非常肯定的，张庆辉本人的身份证照片跟任军不相符，这都不用进行人脸比对，一张身份证，发证时间都一样，不可能使用两张不同的照片。任军用的身份证，肯定是私自更换过照片的。

究竟是任军私自伪造证件漂白了身份，还是有人帮助他？这个不能确定，案件的性质就不能定性，接下来怎么展开工作也会比较迷茫。

我正踌躇的当下，手机响了，竟然是戴天打来的。接起来，我就听见他那惹人厌的声音："政委让文君加入这个案子你怎么没跟我说？"

"我也是昨儿晚上才知道。而且这是光明队长的意思，我能说不吗？你也忒看得起我了。"

"你在哪儿呢？赶紧到我办公室来一趟。"

"你谢谢我记得你这十年如一日的讨厌声音吧，不然我就得当电信诈骗给你挂了。"

"你能不气我吗？师兄！非得我亲自去请你？"

"你有跟斗云吗？"

我点了支烟，稍稍放下了车窗。廊坊这地界儿，怎么看怎么像北京，或者不夸张地说就是北京，老说划进来也没错，太近了，都不是说卫星城不卫星城了，都粘连了。变化也是大，任军 1998 年逃亡的玉米地，现在连个影儿也瞧不见，都改城市领土了。该街道的街道，该高楼的高楼，俩字儿——繁华。

"你到底跟哪儿呢？"

"廊坊呀。"

"哎！刘子承，你！"

"放心放心，我没行动，就过来看看。寻找当年的枪战现场，带年轻人了解了解咱们曾经辉煌的历史。”

戴天打断了我：“你甭跟我耍嘴皮子了，既然你过不来，如实跟我汇报一下眼下的情况！”

我就照实说了，我负责什么、文君负责什么，我进行到哪一步了，文君进行到哪一步了，当然她还没跟我接头我也不知道。说完戴天更上火了：“你不是蠢就是胳膊肘朝外拐。”这是他给我的结论。他不满于我让文君侦查“保护主义”这一方向，他的阴谋论振振有词。

“刘子承，你脑袋里是不是塞了糨糊啊？你还不明白这个案子的重要性吗？不是我说你，你除了爱办案子就是两耳不闻窗外事吧？这案子，师父办砸了，你横竖是清楚的，对吧？”

我跟他犟了一句嘴：“你可别这么说，这不是师父办砸了，他要是没给关监狱里头，兴许师父早给他绳之以法了，你质疑师父能力是怎么的？”

戴天很恼火，朝我吼：“你能拿假设说事吗？你也甭跟我绕来绕去了，咱们开门见山！事已至此，如果是任军自己伪造了身份、用着这个假身份去蹲了监狱，那未能将他逮捕归案的咱们就要承担责任！你没逮住他这是事实，他在没有被逮捕的情况下从事武装贩毒，这也是事实！这还不算说这个真的张庆辉是不是被任军给做了，要是给他做了，这就等于发生了第三起命案，这事就更大了！我让你去侦办这个案子，一是落实张庆辉是不是在逃的任军，二就是让你查清楚他如何盗用了身份！”

我又打断了他：“我不是查呢嘛，戴队！”

“屁！”他难得地骂了句脏话，他总觉得说脏话有损他形象，“你查的什么狗屁方向！我是让你查有没有司法腐败，固安方面、云南方面，你朝着这个方向查，可你查哪儿去了！如果这里面存在内部问题，那这口黑锅咱们就甩了，你是真不懂还是假不懂啊？我让你办这案子，重视这案子为了什么啊？我说你到底是谁的徒弟啊！”

“你别搞人民内部矛盾啊。我查这事，肯定要查清楚，真的假不了，假的真不了！丁是丁，卯是卯，是什么就是什么，你总得承认事实吧？”

“事实是吧？文君朝着什么方向查呀？她站谁的立场啊？师父为了失踪的关世杰，干了这么多年刑警，没拿过一次奖章，你是还想再往他脑袋上扣屎盆子吗？师父难看，你能好看是怎么的？”

“你意思那光明队长能好看？当年的指挥官是谁啊？”

“我就说你糊涂。师父现在干吗、政委现在干吗？谁会受影响你不清楚是吗？”

“有病啊！伤敌一千自损八百？”

“我跟你说，这里面的水深着呢，你就是拎不清，你就是……”

“咱先别说了。咱俩吵不明白。现在你是官儿我是兵，你让我怎么查我怎么查行吗？这么没营养的对话我就不奉陪了。”

咔嚓。我给他电话挂了。

坐我旁边儿的李昱刚脸都绿了：“威武。您怼完总队还把他电话给挂了？”

“我给他留着面子呢，不挂我就该骂丫挺的了，满脑袋全是仕途，破案子全是糨糊。”

“噗。”

“别给我嬉皮笑脸，就你坐我旁边儿，太影响我发挥了。”

“哈哈哈哈哈哈。”

“乐个鸡毛！饿了，找地方吃饭去，吃完咱回去。”

“您这是有计划了？”

“肯定啊！”

必须要承认，找人这事李昱刚干起来得心应手。我假意顺从戴天，做着表面工作，李昱刚就给我找张德顺。用了两天时间，就给他摸出来了，一接我电话，他都是蒙的，不容他拒绝，我当下就杀过去找他了。

这就是我的计划。当年任军出逃，给我们提供了方向的就是报警人张德顺，他们关系是不错的，所以他清楚任军的社会关系，我想通过他摸一摸张庆辉。

我们约见的地点是梨园，张德顺开了家犬舍就在这附近。他说他这几年心里才踏实些，之前老是提心吊胆的。从他这儿我才知道任军给他打过电话，就在发案后不久，我推测应该是任军刚逃出河北地界的时候。

任军说他恨张德顺，他认为张德顺把他出卖了，知道他男女关系、知道他家庭情况的只有张德顺，他认为张德顺不应该把这些全告诉警方，他也扬言要报复。

张德顺说:“你这是为难我啊，警察来审我，我不说也不可能，出人命了啊！”

任军狂吼他:“就是你操蛋！我小舅子还被警察控制了呢，他怎么能曲意逢迎打眼神让我逃跑？你不用跟我说这个那个的，你等着，老子一定扒了你的皮！那帮废物来那么一大帮子逮我，还不是让老子给甩了！灭你那是轻而易举，你知道我这人最痛恨别人背叛我！”

张德顺学的就好像这事就发生在昨天似的。

我问:“那你怎么没跟警方反映呢？”

“我哪儿敢啊！你们去抓他都没抓着,他本来就恨我出卖他,我再跟你们反映？我也没那时间啊，我就赶紧跑吧。说真的，同志，你是不知道啊，我被任军给吓得接了电话我就上火车站买票去了，我连我爹妈都顾不得了，到了青岛我才跟他们联系，跟他们说了情况，让他们也别回去住了，让回去也别回去，让他们也到亲戚家躲躲难。那几年，我先上了青岛，又从青岛去了烟台，出过海，种过苹果，后来又去了韩国几年，感觉风头过去了，我才回来，回来也没敢成家，说出来不怕你笑话，我这个年纪，儿子才三岁，结婚晚啊！我好不容易把这事翻篇儿了，你们又来了！还行不行啦！”

“你也挺行的，我也瞧出来你也干侦察出身的了。要不是现在的小同志给我当技术支持，我也找不见你。”

“快别恶心我了您！别怪我没出息,任军的业务能力太强。要不是他那个脾气，说真的，我觉得他能留部队。你们这是终于抓着他了？”张德顺话锋一转。

我想了想说:“他啊，监狱里关着呢。你踏实放心，绝对不会出来跟你寻仇了。”

“什么时候抓起来的？”

“2005 年。”

“啊？那怎么现在才通知我啊！完全没消息啊！亏得我还老看法制节目！”张德顺捶胸顿足、好一通感慨，而后又忽然看向我，黑漆漆的小眼睛闪烁着疑惑的光芒，“那你们现在为什么找我？他执行死刑了？”

"我想问问你，从前任军有没有提起过一个叫张庆辉的人。"

"啥？"张德顺明显反应不过来。

"他们村儿，他有没有一个朋友叫张庆辉。"

"张庆辉……我还真没印象。"

"比任军大几岁，"李昱刚这时描述起来，"瘦高，黑黑的。"他说着，把手机推向了张德顺。

张德顺凝神看了看："有点眼熟。"他歪头又想了会儿："我可能是跟他喝过酒。我想想啊……"

根据张德顺回忆，张庆辉小名叫狗娃或者狗蛋，刚从部队退役的时候，张德顺跟任军回过一趟老家，那天任军他们家摆了两桌，当时去了一些人，有张庆辉，他父母都没了，长年在外务工。

这都跟张庆辉对得上，更有价值的是，张德顺提供了一条线索，张庆辉在席间说过自己跟内蒙古挖煤的经历。

这个线索就是一个方向，但我们还没解答张德顺的疑惑："问这个人干吗？"

李昱刚跟我也没学好，张嘴答道："这个村子不得了啊，有杀人的，还有贩毒的，幸亏现在都夷为平地了。"

"是吗？他贩毒去了？啧啧，人不可貌相，这都什么事啊。"

我补了一句："你踏踏实实的啊，自自在在地过生活。"

回到队上我们跟文君会合，大夜里头都有点饿了，王勤给我们煮了一锅方便面，里面有玉米肠、鸡蛋，还有文君提供的冻干蔬菜干。没想到，大冬天儿吃这么一锅还挺香的！

他怎么会在呢？让夏新亮"扭送"回来的。

这个王勤，老乐乐呵呵的，好跟人盘道，给点儿阳光就灿烂，说美了还会给人讲《圣经》。

夏新亮被他闹腾得头都要炸了："要不这样儿吧，老王，你去档案室查查那些未破获的案件，给我们找找有没有跟这些抢劫绑架妓女案相关的，这种连环案件，一般来说时间跨度不会短。"

王勤不知道夏新亮这是撵他走，啪一个立正：“遵命，偶像！”

王勤现在视夏新亮为偶像了，一个四十多岁的大哥，拜二十多岁的小伙子为偶像，就因为夏新亮博学多识，而且英俊潇洒。夏新亮都快哭了，跟我说：“师父，你不知道啊，他一见我就咧嘴乐了，说在宣传片上见过我，说他要向我学习。”

王勤离谱归离谱，能力没有归能力没有，但他特别认真，尤其一心就想干出点儿成绩来，所以他极其卖命肯干。文君说：“我多会儿回档案室，他多会儿在，就跟那儿看卷宗写笔记。他还特别温柔，又心细，一会儿给我们弄个吃的，一会儿给我们倒个水。我们叫他白胖胖，他就嘿嘿傻乐——哎，来了！”

明明是被塞进来充数儿且捎带脚恶心我们的废物，可现在我们一致认为他是废物点心。点心俩字儿是重点——点心可爱。

“胖哥，你老跟队上待着，你老婆没意见啊？”

李昱刚吸溜着面条，还不忘跟王勤闲聊。这么凑一起吃饭，是我们难得的休闲时光。

“我没老婆。”王勤吃得很慢，他也不呼噜，而是把面条细致地卷到筷子上再喂进嘴里，吃得特别优雅，一点声音也没有。

“离婚了？”文君问。这女人的嘴真的是一把刀子！

“没有没有，没结过婚。”说这话的时候，王勤不好意思地低下了头。

“哎哎哎，别八卦了。咱碰个头也不容易，说说正事吧，”我吃得快，碗已经见底儿了，放下碗，我擦了擦嘴，“我是这么想的，君姐你听听啊。你受累跑一趟内蒙古，摸摸有没有张庆辉的线索。我给焊这儿了，接着给‘无头’演戏。”

“那我跟大姐大去吧。”李昱刚自告奋勇。

“你别了，你这半拉全乎人……”

他急了：“我没问题，师父！”

“伤筋动骨一百天，别废话。你就队上待着，有你干的。”

“行，我去一趟。”

“我能陪着！”王勤表态。

“你也别动了，目标越小越好。而且你这不是帮你偶像做后勤工作呢嘛。”

“也对哦。”

“娘炮。”李昱刚向王勤开炮。

我给了他一句：“你爷们儿。小爷们儿，你通过大数据，摸摸云南这条线上，接触过张庆辉武装贩毒案的这些相关人员。我侧面了解一下廊坊这边。懂吧？”

“明白。秒懂！”

文君去了一趟内蒙古，人没回来又奔云南去了，我把夏新亮从何杰那儿抽调了出来，让他直奔云南支援文君。这个必须得支援，案子急不说，家里也急。文君说：“我们家小老爷们儿朋友圈都画风突变了。”她还把照片转发给我了，这确实属于告急的程度，也让我知道了敢情女孩儿不比男孩儿好带。文君是俩闺女，老二刚两岁多点儿，正是头上长角扮恶魔的年纪，又黏人又捣蛋。瞧那照片上，番茄酱抹了一脑袋。这倒腾娃真的是俩人的事，虽说平时也是文君的丈夫带娃多，但文君是他稳固的后备力量，用她话说——我镇得住。现在这镇纸飞了，可不是纸就飘了嘛。我没怎么带过孩子，孩子他妈在的时候孩子他妈带，后来我姐又续上了，少数的独自带娃的几天，堪称我人生中的噩梦。后来谁再跟我说媳妇儿带娃容易，我就建议他们休两天年假让媳妇儿回娘家去，自个儿体验体验，敢跟我吹牛并且付诸行动的，无一不是哭着告饶的。就这一点来说，带大孩子这一点，我感谢我前妻，她真没少付出，纵使最后我俩撕成那样儿，每每念及这一点，我都劝自己宽容。

在此期间，发生了两件让我意外的事。

第一件，刘明春跑来告诉我拉杆箱碎尸案告破了。他跟我说不奇怪，奇怪的是他来告诉我是宫立国授意，我就知道宫立国属于外冷内热的那种人。

通过梁子配合工作，嫌疑人浮出了水面，跟我推测得不差毫厘，是被害人姜明明的一个熟客。虽然美甲店没能提供出这个男的太多信息，但是关于外貌的描述让梁子想到了一个跑快车的男人。姜明明是做买卖，他却当她正经八百跟他谈恋爱。怕就怕在这男的都准备抛家舍业跟她过了，姜明明说：“我一个当小姐的，我们俩互相帮个忙就行了，你别跟我过日子啊。”这男的急了：“我把家都不要了跟你过日子，你这不是坑人嘛！”一冲动把人给干了，冲动犯罪，直接给掐死的。

姜明明被掐死了，这男的也冷静了，心想："这不行，我家我都给搭进去了，我人不能再给搭进去。"于是，他去买了拉杆箱，把尸体拖进浴室给碎了，碎完装好，又把房间仔仔细细给清理了一遍，光浴室就刷了三遍，这期间下水道还堵了，碎骨头渣、碎肉渣、头发……他也给全清理了，最后开着车，给行李箱扔了。细思恐极的是，他抛尸期间，车后备箱里装着尸块，他还接单拉人。

"这心理素质也挺可以的。"刘明春说。

"认真你就输了。"我给他们这案子做了个结语。

说完我一寻思不对，梁子没跟我联系。我一问，叫宫立国给拘了，他还挺老派的。我说："差不多得了，那小子也不是什么坏种儿，别进去再学更坏，教育教育，十五天给放了得了，出来我找他，劝人向善可比劝妓从良简单。"

刘明春乐了："我就最喜欢你有人味儿。"

我说："宫队也有。"

透着有工夫能闲聊，我又问了问雇了保安公司还让自己死于非命的那女网红的案子怎么样了。不问还好，一问刘明春头大，说："糟透了，社会影响特别恶劣，上头督办不说，全国人民的眼睛全盯着，通告却发不出去，还没锁定嫌疑人。查了也这些天了，这女的社会关系特别复杂，人前风风光光一女神，背地里拿自己当高级商品贩卖。"

"卖淫啊？"我问。

"可不是嘛！那收费，杠杠的！"刘明春的烟一根接着一根抽。

通过直播兜售自己，互联网里得网进去多少嫖客啊。听刘明春说，她直播时候经常打擦边球，什么误操作拍到了自己换衣服，什么不小心甩出半拉胸脯。她还炫富，包、首饰，甚至还撒钞票雨。这一家伙，把自己给玩儿进去了。

刘明春说目前线索特别杂乱，他们扎猛子似的往各处使劲。有个事引起了我的注意，女网红家的门锁有侵入痕迹。锁没被撬，是技侦那边勘查说她的密码锁被恶意访问过。我马上就想起了张翠萍被绑架抢劫那案子，原本无人入住的东星宾馆402房间里窜出来俩壮汉给张翠萍绑了。张翠萍是个楼凤，这个女网红说到底不也是个楼凤吗？一个是装密码锁的别墅被入侵了，一个是装密码锁的房间被入侵了。

我把这事跟刘明春一说，他马上机警了起来，我说："你找何杰，他办这案子呢，你们碰碰。"

第二件，我师父给我来了个电话。我们平时不怎么联系，工作都忙，从前我还老恬不知耻求助外援，后来也终于自立了。所以通个电话，不是有事，就是想拉家常了。一日为师终身为父，"父子"之间就是这个样子。

师父打电话过来乐呵呵的，说："子承是真稳当了，是个独当一面的汉子了，从前有体力，现在有脑子。"

我一听这话锋不对，师父这是在骂人呢。

好在骂的不是我，是戴天。

从打接手任军这案子，我没给师父打过一个电话，但是师父说戴天给他打了数个电话。

我说："您甭搭理他，他您还不知道啊，心里装着个火眼跳蛙。"

老爷子就乐，他乐我也乐。乐完师父便操着铿锵有力的声音对我说："查，往底儿掉了查，查就查它个明明白白。这是我跟你杨师伯的工作失误，也是政委的工作失误，由于我们的失误，已经给社会、给很多相关部门带去了巨大的不良影响，这个错误要纠正过来，谁也不能挡路。绝对不能为了保全所谓的脸面，去粉饰太平，更不能为了它，去拉无关的人员下水！这是我的意思，也是政委的意思，我们都全力支持你的工作，你就算是为了我们这两把老骨头，也得把这案子给办明白了！"

我师父就是我师父，光明队长就是光明队长。这就是我一个电话没打过，一个指导精神没求证过的原因。我就是跟着这样的师父、队长成长起来的。刑警的工作，不仅是一份工作，更教会了我做人。我的能力一定是有限的，但我的信仰在不断地给我充电。

三天后我跟李昱刚启程赶赴云南，去之前就已经开始联络相关部门，案子至今已查了个明明白白，我的搭档、队员，都是值得竖大拇指的。大多数人都支持我们的工作，也有质疑的，但这也不能阻止我去完成这起历时二十一年的冷案子，它必须要结案。

我还是第一次与任军面对面。我更多面对的还是档案里二十一年前的他，那个精壮、眼睛里透出野心的青年。而今他的头发都有些斑白了，人也胖了，黑倒还是黑。

文君把他1998年时的照片以iPad展示出来，推到了他眼皮底下。

“这是你吗？”我看着他问。

任军很淡定：“这是我村儿任军呀，听说杀两个人跑了。”

“哦，”我点点头，“你是张庆辉？”

“我必须是张庆辉。我这都蹲了十四年监狱了，还能有假？”

“你爸爸叫什么啊？”

“张树发。我妈叫王桂香。我还有一个姐姐，叫张雪梅。跑监狱查户口来了？”

文君这时候拨动屏幕，王小杨倒在血泊中的样子顿时跃入眼帘，继续拨动，是他行凶时所用的铁锤。

任军不为所动，一脸平静，无动于衷。

照片继续滚动，第二具尸体出现，更血腥一些，紧跟着是他行凶时用的斧子。

面无表情还在持续。

我伸手拨动了一下，真实的张庆辉的身份证照片登上了屏幕。

任军的嘴角抖了一下，仅仅一下。

接下来重磅炸弹要登场了，它是一则矿难事故的新闻报道。

远赴内蒙古的文君顺着真实的张庆辉曾讲过他挖煤的事往下调查，多年过去，难度很大，但还是摸出了线索。张庆辉曾在内蒙古挖煤，后跟随一些矿工去了云南。云南一浮现，就跟任军在云南一带武装贩毒的经历产生了联系。夏新亮过去之后，两人往下深挖，围绕着采矿业，注意到了一起1999年由于违法违规生产导致的重大责任事故。那是一个溃坝事故，造成一百六十七人死亡、四人失踪、三十三人受伤。由于是违规生产，雇用的矿工很多不能确定身份，他们俩推测张庆辉应该就是死于这场事故，而至于任军有没有被卷入这场事故还不得而知。他很可能在逃亡期间最终投奔了张庆辉，否则不可能拿到张庆辉的身份证。

一直悠闲抖腿的任军此刻下意识地抹撒了两把身上的长裤。

“是烧伤啊，还是外伤？”我问。

照片继续滚动，文君说：“这是矿难之后无人认领的四十七具尸体，哪个才是狗娃呀？你要不有点人情味儿，给认认，虽然狗娃也没亲人在世上了，但是你们朋友一场，是不是应该送人家骨灰归乡啊？”

“你这样说没用，”我跟文君唱对台戏，“你跟他谈人情味儿？他有人情味儿他能砸死自己带的兵？他有人情味儿他能砍死帮他逃亡的兄弟？依我看，直接带走。任军，你知道这是2019年了吧？外面儿早不是你当初进来时候的样儿了，科技知道吗？”我说着继续翻图片，“这叫人脸比对。这是你的脸，这是张庆辉的脸，不相符。这是你的脸，这是入狱的张庆辉的脸，相符。懂吧？不用跟他废话，直接带走。”

“你知道个屁！”任军狠狠拍了一把桌子，“老子这条腿！”他说着去撸裤腿，砰一声，这条腿砸在了桌面上。力道之大，叫桌面震颤。

“这条腿差点儿废了！”那是一条变形严重的右腿，皮肤大面积烧伤，关节也变形了。

“要不是为了把狗娃拖出来！我这条腿不会这德行！我一步没放下过狗娃！支架倒塌、处处起火、全是浓烟，我没扔下过他！他爹妈早死，生活困顿，但是他对我们这些娃娃特别好！我走投无路是他带我去挖矿，我一路给他拖出来，我知道他咽气了我也把他拖出来了！你说我没人情味儿？王小杨该死！做个小买卖就把他牛不行，数落这个挖苦那个，张嘴闭嘴日这个日那个，王国成他娘中风，问他借钱他躲躲闪闪，从前在部队上他就不是东西，打小报告一套一套的！刘长江也该死，我那么信任他，怕连累他，我连我出事都没告诉他，怕他包庇我要被抓，他可倒好，一转脸就把我卖了！还有那个张德顺！”

文君打断了他：“没有一个人该死。你这个扭曲的性格才该死！结果你没死，倒是害死了这么多人！要不是带着你，在内蒙古正正经经挖煤的狗娃能去黑煤窑吗？王小杨再嘴贱，他会留下孤儿寡母吗？刘长江对你的行踪只字不提，他宁可吃官司也没说你半个字，结果呢？让你几板斧剁得，脑浆子都流干了！张德顺逃亡了半辈子，风餐露宿讨生活！还有那些因你贩毒而破碎的家庭！你也是部队出身，部队都教你什么了？教你本事，你用来危害社会！教你做人，你背道而驰！”

“大姐大威武。”我俩徒弟在押解任军回京后对文君说道。

文君像拍俩大儿子似的拍着他们的肩说：“你俩也别谦虚，一个梳理工作做得那么好，一个技术支持干得漂亮。”

这次解回再审，两起杀人，肯定是毙了。这就是任军最后的结局。

重新审讯、整理案件，不仅光明队长亲自压阵，师父也来了。二十一年的逃亡路到底也走到了尽头。

夏新亮挺感慨的，说：“这种事其实真要归类整理，也不算新鲜，国外有些连环杀手一直没逮着，就有好多因为交通肇事之类关监狱里头的，你说上哪儿逮去。那时候刑侦手段、刑侦科技都没有现在这样发达。”

我说：“可不是嘛，20 世纪 80 年代那堆身份证实在没有技术含量，否则也不会让任军这样轻易盗用企图瞒天过海。任军的算盘本来打得不错，蹲了场大狱洗个白，不冤。”

夏新亮说：“师父，你这么说可挺讨厌的。”

我说：“这是大实话啊，你想，咱如果没摁住他，他明年就出狱了，一出狱，二代身份证这么一领，哎，你说白不白吧！”

案子结了是天大的好事，但是遗留问题有很多，就譬如没有识别出假身份的检方，追不追究责任？追究是应该，但当年技术就那个德行，但要说玩忽职守恐怕也不合适。

本来紧张兮兮的戴天现下也放松了下来，我听说他还跟电视台的法制频道接洽了。他又不是那胸中揣着火眼跳蛙的了，又开始给自己张罗功绩了，这很戴天。然而他也不忘提醒我——“离女特务远点儿。”

文君是任军最后坚持要见的人，文君去了，回来我问她：“这老小子吵吵着要见你为个嘛呀？”文君说：“他托我去认领张庆辉的骨灰。”我俩对视之后，谁也没再说什么。

人难免会走上歧途，但走了再走回来的人着实不多。

梁子从拘留所出来，我找他吃了个饭，不知道是他真把我的话听进去了，还是拘留所吓唬住了他，抑或是姜明明被碎尸也算是给他敲响了警钟，他决定回老家开超市，不在北京待了。我说：“挺好的，北京也没劲，哪儿哪儿都是人，竞争大、生存难。”我们约在西二旗，我说：“你看对面儿那便利店里，那些排队买盒饭的，个个都是月薪五万的，你瞧得出来吗？”他摇了摇头。

这些中青年看起来身心疲惫，男的女的都穿着羽绒服，颜色不同而已，相同的是挂在胸前的胸卡。

我继续说道：“这里面既有斗志昂扬企图说服上司采取新技术的小年轻，也有上有老下有小、车贷房贷全齐的中层管理者。明天也许那个小年轻就被开了，后天可能那个中层就被淘汰了。他们都能挣钱，却被困在一个看不见的罩子里，这个罩子叫资本。他们挣着资本的钱，却没时间或者说没精力把这些钱花出去。还是回老家吧，老家有什么不好的，回去踏实干，干好了照顾好父母，再娶个媳妇，和和美美平平凡凡就是一生。”

我们正说着掏心窝子的话，我的手机不合时宜地响了，掏出来一看，是何杰。我跟梁子打了个招呼，出来到外头接起了电话。

“大刘儿，你跟哪儿呢？”

“外头呢，吃饭。”

“回来吧，案子需要你。那些个失踪的小姐我查了一通，查出大事来了！并且！高丽营那边修路，挖出来了尸块，往检验科一送，跟咱们这边失踪的一个小姐DNA对上了！”

我有点蒙：“杰哥，我现在让‘无头’弄出来了，让专办旧案。这样，你给夏新亮打电话吧，那孩子没问题，你带着他，他能……”

我还没说完，何杰给我打断了：“就是你办旧案我才找你啊！你们队那‘阅读熊猫’，戴黑框眼镜那个，小夏不是给他撵出去让他去旧案里找找线索吗，他真把线索给找出来了，这回事大了！太魔幻了！”

“啊？”

“别啊了，我三言两语也说不清楚，我们跟会议室呢，你快来，火速、马上，救火！”

清流

1996年1月6日，时年二十八岁的黑龙江籍女子李淑云被报失踪，前来报案的是她的亲妹妹李淑霞。两人于1994年来京，在金山门歌舞厅从事贩卖酒水的工作。李淑霞反映，姐姐于元旦当日夜里随同小姐盼盼出台，后失去联络，传呼不回。同年1月13日，环卫工人报案，他们在清理排污管道时发现两袋尸块。经法医鉴定与刑事侦查，确定受害人系失踪的李淑云。

1998年10月21日，安定镇徐柏村村民报案，于高粱地里发现尸块，民警到案后勘查发现，左手一只，右足（断足）一只，均有被野狗啃食的痕迹。距离断肢发现地两公里外，有一只黑色塑料袋，内有小拇指一只，左上臂（有文身）与器官组织若干，后经侦查、调研，确定受害人为美美歌厅小姐杨俊宁。

2004年5月13日，安徽籍女子徐媛真与河北籍女子李明爱前来报案，两人于5月10日夜里在太阳宫地区遭遇抢劫，嫌疑人采用蒙头的方式将她们掳上车，殴打、胁迫受害人取得赃款二十二万余元后，将两人推弃至路边（近喇叭沟门自然保护区）。

这样的案子可以罗列出好多起，但它们被筛查出来的原因是，无论是被发现的尸块还是受害人，均有刀伤以及被不规则物体击打过的痕迹。这与张翠萍侵害案的情况高度相仿，她被绑架抢劫时也受到了这样的侵害。这也不算完，我饭都没吃完就被喊回队上，不仅是何杰的意思，宫立国带着他们队此刻也驻扎在会议室里，现在他开始发言了。投影仪上，遇害女网红的尸体解剖图片出现，除了致命刀伤，还有九处浅表刀伤，另有四处皮下瘀血痕迹呈不规则形。

除了我，李昱刚也被叫来了，坐了一屋子的人，戴天呢，稳坐 C 位。

于这一刻，专案组正式成立，阵容十分庞大。

我一边补课一边思考问题，戴天进行着主持工作，一贯是那些假大空的口号，且多次强调要火速破案，打闪电战。核心关键也不是小姐连续被害，而是女网红直播遇害。专案组总负责人由他挂帅，实际执行人就是宫立国。我挺迷惑地对夏新亮说："这年头卖淫还分花魁、青衣了吗？"

夏新亮压低声音对我说："师父，你对总队的攻击有点过了，你明知道是现在网络上对女网红直播强制下线这个案子盯得特别紧，还说这种话弯酸他。"

我斜眼看向夏新亮："我就这么一说，你就那么一听，当什么真哪。"

"我是怕您把情绪带进案子里。"

他的担心我倒也不难想通，我之前还骂过戴天，说他拿我当枪使，不是当砖是当枪。我的话也没错啊，旧案执行年来了，他为了出业绩不由分说就把我从手头的案子里抽调出来给他搬砖，眼下案子陷入胶着，又眼都不眨一下给我弄回来。还有任军的案子，这两天我琢磨明白了，他干吗找了我办又给师父打电话请示汇报啊？甩锅呗！办成就是他指挥有功，办不好就是师兄无能。再加上给我说文君的事，文君就是一步登天也切不了师父的蛋糕，切他的倒是没问题。他这个兄弟情、师徒情演得又让我钻进去了。我也是生我自己的气，怎么就上当了。起先我还真着了他"士别三日，当刮目相看"的道了，我怎么就忘了他是一戏精呢。人家是戏越演越好了，规格从天桥改国家大剧院了啊！剧本也能往圆了编了，看这架构，连光明队长心胸略窄都抬出来了，连他跟师父面和心不和都作为背景铺陈了！他不是拿我当枪使他是干吗呢？我都想介绍他去看看心理医生了，他的焦虑症明显是升级了——从前就我一个假想敌，现在还给文君安排进去了。虽然文君肯定是不简单，但跟我这种埋头办案的傻老粗有半毛钱关系啊？没关系，不要紧，他会制造冲突了，拿师父说事！我也是瞧出来了，这些年他的智商直线上升，我却直线下降。我发现人上了岁数之后有一点特别不好，那就是心胸越来越宽广。从前我烦他就直接招呼，现在我烦他，我先要反省一下自身。这不是有病嘛！

“你还是盼着我别把情绪转化为案件吧。”

我真想把戴天的头拧下来，当球儿踢。

“师父……”

“我这么说话欠妥，他那话说得更欠妥。女网红成了社会热点，他紧张重视，咱们串并案件发现连环犯案嫌疑更应该重视，你晚一天破案就多一个潜在受害者。认真开会，别说话了。”

这个又臭又长的会打我进门后还坚持开了一个多钟头，最后定的方向是：以宫立国目前的侦办进度为主，以何杰小队目前的侦办情况为辅，我们队被划为后备力量，主要研判一下被挖出来的这些旧案，发现情况向宫立国报告——没有实质执行权。

宫立国手底下那个愣头青一如既往地嚣张，出门时候还撞了我一下，哪个年代都不缺傻帽儿青年。曾经，刑警队缺人太厉害，大力扩招，从职能部门抽调过一批人，那时候我们还说这帮垃圾是时代产物，现在看来这话说窄了，现在广招英才的这批青年里头也出产垃圾。反倒是戴天从机关里“借调”用来“恶心”我的王勤给了我一抹心灵的安慰，他起码认真、起码对这份工作充满热情，真难为他得看了多少卷宗才能筛查出投影仪上的那些案件啊？我们那数据索引也就是能初步筛查一下相关案件，具体资料、具体排查，还是得靠人脑。王勤的脑袋还不错，以后不叫他“猪头 345”了。

“公鸡队”趾高气扬地走了，我跟何杰面面相觑，很有默契地，我俩都起了身往一处团结。

“大春儿找我来着，”何杰说，“他们那边那密码锁被人入侵过，这边东星宾馆的房间锁我也调查了，没查出所以然。那个酒店锁的系统是封闭系统。我还以为这俩案子不会有联系呢，结果你看今儿这会。”

“你别这么想。哎，昱刚，来来来。”我招招手把李昱刚叫了过来。

“哎，师父，咋的？”

“门锁这块儿你懂多少？”

“门锁？”

“密码锁。”

“我还真没啥研究。这是遇到什么问题了？”

何杰把话接了过去：“遇害这个女网红，她家门锁不是有被侵入的痕迹嘛。”

“你说这个啊？技侦没给你们解释？”

“没，那不是宫立国那边的案子嘛。咱这边东星宾馆的密码锁人说根本不是一回事，说是封闭系统。反正那边三言两语就给咱打发了。”

李昱刚拉开椅子坐下：“基本原理我是知道的。联网和封闭是怎么回事呢？拿计算机打个比方，你只要接入互联网，你就是一个 open 的状态，你可以访问互联网，相对的互联网也可以访问你。”

“这个我懂。要不怎么需要杀毒软件呢。”

“嗯，你杀毒时候杀毒软件会给你自动断网对吧？”李昱刚笑，“病毒就是代码的恶意访问，你联网，病毒就有了进来的途径，所以你杀毒会给你强制断网。哎，这个密码锁……师父，你还记得‘马脸’吗？就咱们逮金钟旋时候见过的那个计算机犯罪的小伙子。”

“记得。”我一想就想起来了。

“他应该懂密码锁。你还记得他说现在自己开小卖部带着给人配钥匙、配门禁卡吗？”

“对对对，他说过。”

“我俩加微信了，我问问他。头几天我俩还聊过编程呢，这小子挺天才的，我俩热聊了俩钟头。”

我都不知道该说他啥好。

李昱刚确认对方方便，把语音电话拨了过去，摁了外放。

“哎，超儿，说吧，我开了外放。”

“电子密码锁啊，其实设计上都是大同小异的，没有绝对安全，只有相对安全。不联网，就是让密码安全升级的手段。我不知道你们有没有过这种经历，李昱刚你不算啊，就是曾经注册过的某个账号密码被盗，被盗通常都是莫名其妙的，至少咱们能确定不是有人来到家里，通过你的电脑获取了你的密码。”

“大量的密码盗取都是通过网络实现的。”李昱刚补充说。

“没错。现在常见的密码破解，分别是暴力破解和字典破解。原理很简单，暴力破解顾名思义就是不断地尝试，直到试出来正确的密码为止。字典破解就是有一个密码字典，里面包含了所有常用的或者正在使用的密码，挨个尝试。”

何杰提出了疑问：“这也太笨了吧，得试到猴年马月去啊？”

马脸说：“不是，它是用专门的电脑系统自动执行的，所以效率其实还是很高的。当然还有更多的手段，例如直接攻击服务器、劫持，等等。”

“那要是不联网呢？专家，我就是想问你这个。互联网那个我基本能猜到。你复制那个门禁卡，你怎么做到的？”李昱刚问。

“那个就没有技术含量，就是复制。基本所有小区的门禁卡都不加密，你复制它就行，有专门的机器。”

“那酒店的门禁卡也能复制吗？”

“那个不能。你看我复制门禁卡，一排绿的蹦，就行了。加密的不行。酒店的门卡都是加密的。那可不是闹着玩儿的，好家伙全能复制随便进，还有人敢住酒店啊？”

“就是说酒店的门锁突破不了是吧，封闭系统的情况下？”

“应该不可能，那是一整套的系统授权，权限要求很严格的，主要它有时钟卡管着呢。门卡由五个部分构成，包括前台的管理电脑、卡、读卡器、门锁，还有控制器。只要客人解锁房门，前台管理电脑就会显示入住记录。而且为了防止有入住者会使用之前的房卡继续开门，所以每张卡可以解锁房门的有效期限是设定好的，过期自动失效。前台的管理系统还可以随时查看房门敞开情况。”

“那会有万能卡吗？”李昱刚问。

“万能……你意思是高级权限卡吗？”

“对对对，那个能复制吗？”

“高手能解密的话，原则上来说是可以的，但应该挺费劲的。”

"也不是没可能，对吧。"

"嗯，还是有可能的。"

结束了通话，何杰想了想说："我想再上东星宾馆查一查。"

"让李昱刚跟你一块吧。"

跟档案室扎堆儿似乎成了我们队的习惯，但今天我们有正当理由了。

此刻，我、王勤和夏新亮，我们仨窝在档案室里，人手一份卷宗，翻过来调过去地看，你看完传给我，我看完传给你。还别说，夏新亮搬来这张沙发非常适合"葛优躺"。

文君一进门，看见我们仨一个萝卜一个坑地扎在她地盘上，难得地吃了一惊："够早的啊！"

她惊讶的是我们的早，而不是我们在。我们出现在档案室，她都习以为常了。

"早起的鸟儿有食儿吃。"

文君皮笑肉不笑："你们就没回家吧。"

让她说对了，我们都跟宿舍凑合的。

对于住宿舍，王勤也显示出了极大的兴奋，他说："自打毕业之后我再没住过宿舍了！真让人怀念！"摸摸这儿、看看那儿，我跟夏新亮都困蒙了，他还叨叨叨呢。

今儿我睁眼，看着睡得二五八万的王勤，想起他昨天那股子兴奋劲儿，不禁回忆起我初到刑警大队。

至今我都记得门口两侧的黑色大理石门柱，左侧门柱的铜板上"工体南门甲1号"几个字又脏又破。进入院内，是三排小平房，老侦查员带我到宿舍，一间平房十二平方米，四张上下铺，住六个人，他介绍说工作、生活、审讯都在这里，顺手递过来一个蚊帐："去找四根细木棍，把蚊帐支起来，这里就是你的家了。"

工作起来忙忙碌碌，叫喊声、加油声此起彼伏，破案后的欢呼声高潮迭起。接到案子的探组为研究案情争得面红耳赤、气急败坏，没接到案子的探组急得抓耳挠腮、相互挤对。年轻的我不知所以，问自己干刑警到底为了啥？有一天早晨，工体小院车库旁边挂了一条横幅——严厉打击犯罪，保一方百姓平安。我注目凝视它好久，心想，这就是我的初心。

时光飞逝。欲望、经济、科技迅猛发展，高楼大厦拔地而起，办案中心成立并快速运行，大数据时代扑面而来。我们这些老刑警在顷刻之间就被新时代裹挟，也不是没有过迷茫，不是没有过惶恐。但是问问自己，初心还在。我头两年还写过发言稿——作为现代刑侦人要心中长眼，而不是心眼儿，用心中那双眼凝视变化，告诉自己向前、向前、一直向前，使命前行。何杰说:“我本来想挫挫你这酸劲儿，可是转念一想，这也还真是咱的心声，文绉绉了点儿，可也是大实话。”

无论从事什么行业，其实人都怕被时代抛弃。但我觉得，只要不忘初心，肯于向前，再快的节奏也能追上去，不掉队。

“警队是我家。”我挪开卷宗看向她。

“下次再搞宣传活动，我看甭让夏新亮上了，你来吧。”

“那可不行，我一糟老头子骗不来人，还得帅小伙儿上。”

“知道的是你们说警队宣传，不知道的还以为搞洗脑传销呢。”夏新亮看向我们。

“我还是投我偶像一票，”王勤也参与了发言，“我就是被他感召来的！”

“你歇菜吧，”我忍不住怼他，“你还真以为我不知道呢，你这叫下沉，等回去衔儿就能再拔一级。”

王勤坚决反击:“人家才没那么功利呢！”

“我好奇地问问，”文君撂下包，拉开了她的椅子，“你们吃着什么食儿了？”

我坐正了身体:“虽然眼下还没吃上，但怎么吃、吃什么，我已胸有成竹。”

这时我视线余光捕捉到了夏新亮的表情，他那个表情分明是在说不吹牛会死呀。看来随着孩子们日益成熟，我都处于鄙视链之中了。“哼哼，小伙子们，我能教你们的东西还多得很呢。你们的师父虽然这么多年还混在一线行列，但我刑侦经验丰富啊，这可不是书本上能教你们的！”我心里默默想道。

刚膨胀了一秒钟，下一秒我就丧气地想起了何杰曾经的调侃——“咱俩也是警界清流了，从入职到现在，工资随物价变化。”言外之意，倍儿没出息的俩人。这话的后半句更气人——“我是老赶不上风口，你呢，站风口中心不起飞。”骂我占着资源还清高呗。当然我也不是吃素的，我回他说:“你倒是踩上股票的风口了，也乘风翱翔过，结果怎么着？千万别再说哪怕是猪站上风口都能起飞这种话了。”

“我打算从这几个没破的老案子下手，联系一下案件的相关人员，重新捋一捋线索，并案侦查，”这时夏新亮开口了，“毕竟这些十几年前的案子发案较早，嫌疑人的手法应该相对还稚嫩，更可能留下痕迹，对吧？当时这些案子没有被参透其间的联系，才导致犯罪嫌疑人持续犯罪。现在我们捋出线来了，就可以彻底去梳理它。”

我就讨厌夏新亮他们这些搞研究的，他们这个喜欢做总结发言的习惯特别不好，显得在他们之前发言的人好似傻子。

方向一旦确定，干起来就有条理了，被挖出来的这三个案子，由我跟夏新亮以及王勤三个人均分，分头联系当时负责侦办的老警探以及受害人家属等相关人员。

我负责的是李淑云碎尸案。当时侦办这起案件的马警官早已因病过世，他的组员一个调动去了内勤，一个已离职。考虑到卷宗详细明确，我就转而先联系了李淑云的妹妹李淑霞。户籍记录显示，李淑霞处于离异状态，独自抚养一个女儿，常住地是她们老家。

我打电话联系上她，她的声音听上去很有朝气，不像是五十来岁的年纪。听闻我是来询问关于李淑云的案件，那声音里裹挟上了喑哑。

未能破获的案件，始终都是相关人员心上的一根刺。而去回忆死不瞑目的受害者，亲人更是会重回当年的低气压当中。

李淑霞在姐姐李淑云遇害后，回到了老家黑龙江，之后开了一家理发店。随着时代的发展，理发店扩大经营，理发不再叫理发而是改叫美发，美发也要紧随潮流，美容又开始加入进来，一直到后来的半永久之类的微整形项目，生意做得风风火火。这期间她结婚又离婚，自己带着闺女，还一直帮着抚养姐姐留下的一个儿子。据说儿子的爹不务正业，整天不是打架闹事就是赌博，2004 年的时候就从孩子的生活里消失了。

家常拉到这里，李淑霞说：“当初要不是为了躲这个男的，姐姐也不会拉着我逃也似的上京。如果没有这场逃亡，我姐也不会落得那么个下场。”

当初两姐妹到北京，并未像其他受害人那般从事卖淫的行业，而是在当时风头正火、钱相对好挣的歌舞厅里卖酒。卖酒不靠底薪靠提成，所以她们姐妹俩不可避免地就要跟小姐们打成一片，谁有顾客、谁的顾客大方肯花钱、谁的顾客喜欢呼朋唤友组嗨局。在她们盯着小姐的时候,小姐也盯着她们,哪个卖酒的会聊天、哪个卖酒的有姿色、哪个卖酒的懂规矩。什么叫懂规矩？推销了酒水之后会拿自己的利润给返点。

李淑云就是这样跟小姐盼盼走近的。用李淑霞的话说，俩人都很飒。爽快、不斤斤计较，主动给对方帮衬，一来二去就成“铁磁”了。李淑云失踪当晚就是跟盼盼走的,最后变成了尸块出现在排水沟里。而盼盼至今下落不明,当时也查了,肯定得查，她也算是头号嫌疑人。然而，活不见人死不见尸。

李淑霞很尽力地帮我回忆了一下当初的情形，跟她先前的口供大致相仿，没什么新东西浮现，倒是一句闲聊的话引起了我的注意。她说:“现如今孩子也大了,我没跟他说过他妈妈惨死的事，只知道遇害的事。但是这事瞒不住，不说小地方就这么点儿人，从前每年社会福利机构给我们汇款他也看得见，但他不问，他不问我才害怕，哪怕他问问我关于他妈妈的事呢？这些嚼舌根儿的也浑蛋，我跟我姐没干什么见不得人的事，他们就瞎传，那话说得不堪入耳！”

我说:“你等一下，社会福利机构具体是哪个机构？”

李淑霞说:“中华慈善基金会。”

她说得有鼻子有眼儿，从他们的救助范围到他们的救助举措，要不是她真收到了钱而不是把钱给出去，我都觉得她遭遇诈骗了——就不存在这回事啊！没有慈善机构干这个的。

我让她把这套事原原本本给我说了一遍，又让她上银行给我打了流水单。

李淑云的儿子从打她遇害后三年直到他长大成人年满十八岁，这期间一直收到不明人士给予的“社会”抚养费。

跟我通了这通电话，李淑云也开始打鼓了，有关这个社会福利机构，我不问还好，我一细问，她方知这事不靠谱，可钱却如数收了那么些年，一时间不好的猜测全来了。我说:“你别操这个心，我来。”

挂了电话我就跟李昱刚联系了，他正随何杰办案，我说：“你空下来给我查一个汇款情况，等我收着银行流水单，我整理好转发给你。”他说：“行，我们这边也有了点儿进展，我正跟杰哥一起查呢。”

我忙完这套活儿，王勤跟夏新亮都出外勤去了，文君一个人跟档案室里刷淘宝。

“还是你清闲。”

“你别流露出羡慕嫉妒恨的神情，要实在气不过，不然你也给我安排点儿任务。”

我嘿嘿一乐：“那我还真有点事想请教你。”

文君翻了个白眼：“说你胖你就喘。”

我管她是谁的人呢？我管她实际工作是啥呢？光脚不怕穿鞋的，跟她搞好关系不吃亏，我真缺人手儿，尤其是业务骨干！再者，戴天越是提防她，我觉得她越可靠，他务虚，文君务实。我才不关心顶头上司换不换人呢，换掉最好。不是我想拆师父的台，是戴天真叫我恶心。

我找文君想跟她了解了解现如今从事特殊行业的妇女都是一个什么生存现状。譬如她们怎么营销自己，跟同行之间有没有交流之类的。

然后文君就给我讲了讲。

时代不同了，不像从前有歌舞厅、夜总会这类灯红酒绿的娱乐场所，且随着城市的发展建设，路边的洗头房、按摩屋也都失去了经营场地，越来越多的从业者开始跟随“鸡头”进行网络招嫖，也就是做“楼凤”。还有一些散兵游勇自己包装自己，当网红、做外围，混好了捞个金主，或者挂靠去经纪公司。所谓经纪公司，也不是真的经纪公司，其实还是“鸡头”，给这些姑娘买水军刷流量，提供包装手段、包装成本，最后接大客户。更高级点儿的，一个是办会所，那都是会员性质的，普通老百姓够不着；另一个是招揽年轻层次高的姑娘，做伴游，做商务伴侣，性服务排在功能性后面。

她们之间的交流跟从前比层次更深了。从前就是大家伙儿坐在一块，有客接客，没客闲聊。现在不一样了，她们互通有无——我手里有哪几个顾客，我介绍给你，你挣钱了给我点儿好处费或者说介绍费，相应地，你的也介绍给我，我也给你好处费。她们之间认识有的是在经纪群里，有的是在社交平台，还有的是在饭局上、轰趴（home party）上，总之途径也是多样化的，你认识我、我认识她，一来二去就都打上了。

我跟文君说："那么重点来了，她们之间，谁受到了侵害，互相通不通气？"

文君皮笑肉不笑，"这才是你要问的重点吧？还'请教生存现状'。"

我赶紧赔笑。

"通，哪个顾客抠门，哪个顾客有怪癖，哪个'鸡头'操蛋，她们都会交流。但是这种交流群，你不是熟人你进不去。哪怕你进去了，你说话不恰当，或者说你潜水不吭声，只要你可疑，或者说没有在圈子里的价值，你马上就会被踢出去。"

我乐了："那这种群你有几个啊？"

文君看着我："你想干吗？"

"你给我打捞点儿有用信息呗。"

文君摇头："别想。这年头练俩号儿不容易，我要是给踢了，不因小失大了嘛。而且我卧在里面，也一直关注着呢，没有人反映遭遇了绑架抢劫。"

我搬过椅子坐到了她身边："你给我拉进去呗。"

"你们队不是负责挖旧案嘛。"

"我这不是等银行流水单闲着也是闲着嘛，摸着线索我可以给杰哥啊，给宫队也行。"

"真的假的啊？你不是跟你们总队不对付嘛，那宫立国是他的人吧？"

"还有你不知道的吗？"

"这还需要我特意知道呀？闲话传遍地。"

"我倒是不反感宫立国，从前没接触过他，这次我回来我们产生过点儿交集，我直觉上他人应该还行，至少也是个干实事的。再说了，你还不了解我，破案我爱干，邀功我才不去，没那个精力。人际关系就更简单了，大家一块办案，不分你我。"

"哼，看在你如此心系案件的面子上，帮你这一回。别给我搞砸了！真是欠了你的！"

"啧！我办事你放心。"

卧进交流群我打了个招呼，群成员不少，但说话的人不多，有仨姑娘正在讨论整形，照片、表情包，哗哗刷屏。为了融入氛围，我也跟着有一句没一句地瞎聊，接不上话就发表情包。用了个小号儿，进去之前文君还给我布置了一番，头像整了个也不知道是谁的美女头，朋友圈来不及伪装索性就不可见，培训也是要有的，一些行话什么的都给科普了一下。

中间我去处理银行流水单、跟夏新亮通电话、给李昱刚布置任务，但凡有事，就文君顶上帮我应对。

一直都没有什么有用的只言片语浮现。

下午的时候王勤回来了，没什么收获，他负责的是杨俊宁的案子，跟办案的老刑警谈了，杨俊宁的家人没有联系上。我说："不要气馁，你接我手上的活儿，当会儿陪聊。"

把王勤安排上没多会儿，我就迎回了李昱刚，他气儿都没喘匀乎就开始给我查我的"查无此人"。

这些年给李淑霞汇款的所谓社会福利机构虽然不存在，但款项总是按时汇达。头些年汇款人有五六个，后面基本就固定住了一个人，汇款所在地也是固定的，在山东日照，这个汇款人叫孙梦婷。

李昱刚上岗开查，这一查不要紧，查出邪的来了。有人骂人讲：祝你死一户口本。今儿就叫我们赶上死一户口本的了。孙梦婷是 2015 年销的户，死于胃癌。她还是他们家户口本上最后一个人。

孙梦婷的丈夫叫陈征，死亡证明显示他 1997 年死于交通事故。更邪性的是，开着拖拉机撞了他的，是他的儿子陈好。这起交通肇事案特别离谱。1997 年夏天，凌晨 4 点多、天蒙蒙亮的时候，陈征离开家去赶大集。结果刚出村口，就被一辆拖拉机给撞了。5 点多路过的村民发现了已身亡的陈征，立马报了警。交警赶到现场，经过勘查定性为一起交通肇事逃逸案。就在警方展开调查的同时，陈征的儿子陈好回了家，一听说父亲叫人撞死了，肇事者还逃跑了，当时就号啕大哭起来，母亲孙梦婷带他去东屋整理情绪，前脚安抚完儿子出来，后脚就赶到堂屋继续跟交警队的同志说道自己男人被撞死的事，谁也没想到，在东屋的陈好喝了农药。破晓时分，陈好打完牌开着拖拉机回家，醉酒的状态下，撞了"东西"。农村没路灯，天又才蒙蒙亮，陈好拖拉机都没下，往下一瞧就慌了，是个人。一慌他就跑了，跑到山脚下时天光大亮，他就开始擦他那拖拉机。擦干净还不算，也不敢开了，就想着摸回家跟他妈跟他爹商量，不承想这一回来才知道叫他撞上的不是别人，正是自己的爹。他喝的百草枯，在医院挺了五天，死之前把情况都交代了。

这个户口本上原先是四个人，三个都没了，还有一个主动销户的，是陈征和孙梦婷的闺女，叫陈静。销户的原因是她移民韩国了，放弃中国国籍了。李昱刚再一调这个孙梦婷生前的财务往来记录，发现她有很多笔来自韩国的汇款，金额与时间基本跟李淑霞收到的“社会福利机构”的汇款相符。陈静的出入境记录呢，早些年基本没有，但是 2013 ～ 2015 年频繁入境，这跟孙梦婷因病亡故的时间基本对上了。而陈静头一次离境是 1998 年 3 月，去的就是韩国。

“这个陈静，会不会是失踪的盼盼？”

夏新亮回来之后也加入了我们，一起研究神秘汇款人这个事。

我看向夏新亮：“哦？”

“毕竟只找到了李淑云的尸块，跟她一起失踪的盼盼行踪不明，当时她还被列为主要嫌疑人追踪过。”

“1996 年发案……”我转着眼珠，“1997 年香港回归，1996 年是高度重视社会案件的一年，那时候也不存在全国联网，如果这个盼盼躲到了 1997 年，这一年举国上下的大事就是香港回归，这个案子久未有线索应该就被搁置了，那她父亲又在 1997 年身故，外逃的她回家奔丧也是说得通的。之后 1998 年离境……”

“那现在的问题是，盼盼与李淑云的案件有着怎样的关联？她究竟是这起案件的受害人，还是参与者？”

“不好说，”李昱刚伸了个懒腰，“她是参与者吧，她肯定要逃亡；她是受害人吧，朋友死了自己被绑架抢劫还是从事卖淫这种非法勾当，也肯定要逃亡。”

我想了想说：“假设陈静就是失踪的小姐盼盼，那现在还能查询到她当年的财务情况吗？”

“没戏，师父。”李昱刚一边扭脖子一边说，“银行的规定是自交易记账当年计起，至少保存五年。有些银行超过五年以上就不再保留了，极限也就是保存个十五年。

李淑霞能弄到银行流水已经很不容易了。”

“总之这个人得找，”夏新亮去给自己接水，“但恐怕不容易找。”

“难找也得找，”我说，“想想办法吧。哎，你出去弄着什么情况了？”

“我走访了当年办案的同志，没什么新情况。联系上了李明爱，就是河北那个卖淫女。她倒是改邪归正了，嫁了人，都当姥姥了。跟她通电话不是太顺利，她不愿意跟咱们合作，有顾虑、怕打搅她现在的生活。我给她做了好一通工作，她才答应帮我回忆回忆。没什么线索上来，但是她提到一点我有点在意。”

“说说。”

“她和徐媛真不是叫人绑上了车吗，车上被逼问银行卡密码，又是打骂又是刀割，各种恐吓，最后俩人被抢了二十二万。”

“2004 年，二十二万还真是钱。干这个真挣钱，怪不得皮肉买卖屡禁不止呢。”李昱刚感慨道。

“听着你挺嫉妒的嘛，那你当‘少爷’去？”

“那我得先把你脸撕下来贴我脸上。”

“说正题。”我赶紧阻止这俩斗嘴。

“在这个打骂的过程中，”夏新亮喝了口水说，“李明爱回忆，劫持她们的三个歹徒中的一个，老拿东西抡她们。”

“抡？”我不自觉地皱了皱眉。

“抡。”夏新亮伸手比画。

“车内空间那么狭窄，用抡的？”

“所以她印象特别深刻。但什么东西能在狭窄的空间里抡起来，我也十分费解。但她特别确定是抡。”

“触感呢？”

“疼，特别疼。很硬，非常坚硬。”

“这应该就有击打痕迹了吧。”李昱刚说。

“就受害人身上都留了瘀青，不规则形的。”夏新亮说。

“又硬，又能抡，击打完了还是不规则形。”我喃喃自语道。

“而且抡她们的这个人，就是最后推她们下车的，李明爱说听声音年纪不大。而且她跟我说，她们被推下来的时候车已经开动了，她们还被蒙着头，猛地往下掉，她下意识就伸手去抓，那时候天都亮了，她头上那个布袋子叫风一吹也歪了，她瞧见那人手上有文身。”

“这情况笔录里没有啊。”

“对，她是很多年以后才想起来的，当时都已经处于应激状态中了，她完全是蒙的，就知道害怕。她 2012 年去贵阳看打工的儿子，跟她儿子同一个工棚的一个小伙子从胳膊到手有个大文身，她一看见，猛地想起来了。那个推她下车的男的，应该也是有那么个文身，从手臂延伸到手上那种。她想来想去文身图案像是蛇，一个尖尖的尾巴。”

我们正处于迷惑的沉默中，忽而听见了王勤的声音：“队长，你们说抡的那个玩意儿，会不会是袜子啊？”

“啥玩意儿？”我也是惊了，我还琢磨文身那事呢。

“您看这个卷宗，距离这两个妇女描述的她们被抛下车的地点四公里处，发现了一只白袜子。”

“挺诡异啊，”李昱刚凑过去看了看说，“一个自然风景区，谁会扔袜子啊。还是一只。”

“袜子里搁上东西，”王勤说着，开始脱鞋脱袜子，然后又拿了桌上文君的订书器塞进了袜子里，紧跟着他抡了起来，那带着订书器的袜子结结实实“啷”一声击打在了文君的桌子上，“这不就抡了吗？”

“我 ×！”李昱刚瞪大了眼睛，“可以啊大哥！”

我们第一时间把这个发现汇报给了专案组的负责人宫立国，他的声音还是冷冷的，一句“我知道了”，不带任何感情色彩。

晚些时候何杰来找我们了，或者说主要是找李昱刚。他们今天在宾馆有点发现，更确切说，是有了点进展。“马脸”给我们科普了密码锁的构造后，他们俩又去了一趟东星宾馆，发现这个宾馆的管理特别松懈，本应该由专人保管的高级权限卡就跟前台放着，为了方便前台值班的工作人员——万一刷房卡这边出了什么问题、有什么操作不当，马上就能使用这个卡纠正过来。而前台是一个很开放的状态，只要是来住店的，都要先去前台，包括访客来访，也要先去前台，更别提送外卖的、送快递的，可以说，无论是谁都可以接触到前台。这个万能卡不是不能被复制，虽然费劲，但是能。宾馆没有妥善保管，就放在一个人多手杂的前台了。

那么这个卡有没有被复制呢？监控是无法提供答案的，硬盘小，只能保存两周的。李昱刚在那儿待了好长时间，就是检查前台的管理电脑。这套系统他不熟悉，摸索着来，却摸出了线索。张翠萍被绑架的那一天，402 号房间有过开房卡的记录，只是被删了而已，被高级权限卡删了。这就说明，确实有人复制了这个很难被解锁的高级权限卡，并把它用于了犯罪。

谁复制了，谁就是我们的追查对象。何杰让李昱刚查，也不知道该怎么查，就说回来跟网上摸摸，看看这类能解密码锁的高人都怎么把自己的技能变现。李昱刚也不是胡乱推测，他还给夏新亮打过电话，俩人分析，一般这种掌握特殊技术的人群实施犯罪，不太可能是暴力犯罪，极大的可能性是被暴力犯罪分子雇用。什么是雇用犯罪的温床？除了熟人介绍，那便是互联网。现下只能死马当成活马医。

通过一系列的调查，我们找出了陈静的照片，难度堪比挖坟。她申办护照是在 1997 年底，虽然由于更改国籍原护照已注销，但是资料还在，里面有她当时的照片。我把照片发给李淑霞，她一眼就认出这是失踪的小姐盼盼。听闻一直给她们提供经济援助的“社会福利机构”其实是这个盼盼，李淑霞生出了跟我们一样的疑惑——她是不是参与到了李淑云的碎尸案里？

在我们联系寻找远在韩国的陈静时，又有一条线索浮现了出来。王勤卧了几天的微信群里出现了一个绑架抢劫案的受害者——网名“天使 66”。王勤卧了这些天，文君都夸他：“还真像那么回事，你可以呀！”王勤憨笑着客气，但难掩文君的肯定给他带来的喜悦感、成就感。

当时群里正在讨论一个女孩儿接了个 SM 的活儿，钱没拿多少，人被折磨得不善。一片唏嘘声中天使 66 冒头了，上来就是一句：“好歹活着回来了，下回长点心吧，我有回接了个活，被抢了八万多，差点被弄死。”王勤马上把话跟了上去，先是安慰，再是求她把经历分享出来，以防更多姐妹遭遇不测。他一鼓动，其他姑娘也跟着附和，天使66就把事给说了。

她通过“搜索附近的人”被一个男的约上了，当晚她刚刚参加完一个姐妹的生日派对，时间有些晚了，她就在附近找了家酒店住下。本来没想接客，但是找上她这个男的说话招人爱听，她又看了看对方的朋友圈，挺有钱的样子，就约了，谈好价格她发了房号给对方。结果“恩客”没等来，倒是迎来了“仇家”。两个蒙面人破门而入，把她制服之后拖出酒店塞进了车里，之后就是威逼要钱。天使66说了：“以后住酒店一定要挂门链，要不就拿椅子抵上门把手，那个锁根本没用。”

这情况跟我们的系列案件十分相像。案发时间是2017年6月，我一看那得见见这个天使66。毕竟细节方面她说得很模糊，王勤也不好问太细。文君就出主意了，她把她们约出来。她的破案瘾到底拖她下水了。

文君用我那小号，以介绍大老板为由，在群里发起了邀请。由于大家正讨论得热闹，几个人就应邀了。

谁去饰演大老板呢？看来看去还是王勤合适，他有老板肚儿嘛。可一听见我们的决定，王勤那大头摇得跟拨浪鼓似的：“要不得、要不得，这我可干不了，太紧张了！”夏新亮给他打气：“要得、要得。谁还没个第一次啊，别怕，锻炼起来！再说还有我们接应你呢！你不是一个人！”

考虑到这是王勤头一次出任务，虽然文君会陪同，但我还是不放心，就让夏新亮跟着他，扮演他司机，力求稳妥。这任务说难也不难，说不难也难。它简单在王勤只要去赴约就行，把局面稳住别暴露，等局一散，我们自会去接触目标人物。它又难在得把局面稳住别露馅儿，毕竟文君不能暴露，我们就是破个案，她是卧长线儿的。

这些都安排明白，还有个难题等着我们——攒了局得有地方施展啊，找地方得花钱，档次低的地方还不行，档次低还是大老板吗？人还来吗？但是我们经费有限，而且这是临时决定也来不及报批，弄不好就得自掏腰包。那也没辙，硬着头皮也得上，就订了一个酒店的西餐厅，齁贵齁贵，但正是由于贵，现在还能订得上位置，谁让我们急呢。

行动之前我又反复跟王勤交代："很简单的一个事，你作为大老板见这帮姑娘，确定了哪个是天使 66，就着重跟她互动，取得她的信任，然后把局散了，给她带出来就行。"

计划付诸行动，我们估计这件事经过两三个小时就应该出来了，而且就怕王勤一个人不着调，我还另外派了夏新亮一起去的，结果过了四个小时，人还没出来！我给他发微信他也不回。没辙，我就给夏新亮发微信问："你俩怎么还不出来？"

夏新亮回道："师父，这厮跟人讲上《圣经》了。"

我说："太扯淡了，你让他接电话。"

夏新亮说："接不了。现在谁也不敢打断他。"

结果五个小时过去了，我让他俩赶紧出来，时间太长了消费不起了。

夜里 11 点多，我终于瞧见文君出来了，身边还跟着几个姑娘，她正张罗着给大家叫车。

又等了好一会儿，王勤终于出现了，可我一瞧，身边没姑娘啊！

我赶紧就问："人呢？"

王勤说："她觉得我奇怪，坚决不跟我走……"

我这个捂脸啊！

幸亏有夏新亮力挽狂澜！他本来就长得斯文，气质又高级，再加上他情商也优秀，最后是夏新亮提出送送天使 66，这才把人领来！

去结账的时候我又捂了一遍脸，连饭费带服务费，一帮人干了八千多元。

我们确实是黄鼠狼给鸡拜年——没安好心，但这帮大姑娘也是真没吃亏。亏得文君带了一瓶路易十三，不然这账单更得吓人！

天使 66 被我们拉上车时人都是蒙的，起先各种泼辣，以为我们是抓她的，后来我把情况跟她一说，她首先想到的是——组局的"我是好姑娘"是你们的人？就这么狡猾。但再狡猾的狐狸也斗不过好猎手，等她回去一散播，我那小号被一踢，这事也就完了。明着是文君被踢了，但文君压根儿也不是那个号儿，她还是江湖上那传说。

之后我们跟天使 66 详询了她被绑架抢劫的事，由于发案时间已久，她也不太记得什么细节了，只有三点很肯定，一是酒店的房门锁没有起效，二是对方约她的时候能通过定位知道她所在的酒店，三是对方在胁迫的过程中使用了刀具，并且有击打拷问的行为。而关于侵害她的匪徒，天使 66 含含糊糊地说，一个矮壮，一个瘦高。跟张翠萍的案件对上了！

虽然没能收集到什么更有用的信息，但案子还得往下办。可惜那八千多元打了水漂。我们一伙人回了队上，案情研讨会还没开起来，批斗大会倒是先登场了。王勤垂头丧气被挤对，我说都收收吧，谁还没有个头一回啊。戴着黑框眼镜的王勤缩成一团更像只熊猫了。我不怪他，机关出来的强项是文书工作，出任务咱也不是说他不行，就是不适应吧，不适应就紧张，紧张可不是就办不好嘛。幸亏夏新亮给他兜住了，是我大意了。就因为他进来队上表现得还不错，我就大意了，不该一上来就给他安排这种“大场面”，让这么多漂亮姑娘围着，单身男同志确实容易飘。

“来来来，回到正题上来。”

夏新亮这时候已经把白板写好了。他写得很有意思，左边是一排三个旧案，右边是一排六个新案。他看向我，我也看向他，点点头示意他发言。

“我是这么想的。1996 年、1998 年、2004 年，这是咱们整理出来的旧案。昱刚筛出来的三个失踪案，再加上女网红、张翠萍和天使 66，这是咱们掌握的六个新案，这里面最早的是 2017 年。看出来了吧？它有一个断层。我不敢说 2004 ～ 2017 年中间就没有案子啊，可能我们还不知道，但是，我说它是个断层不仅是年代，还有作案手法。新发的案件中，只要是咱们掌握了情况的，都牵涉了密码锁。从前的案件里受害人都是被直接挟持。而且考虑到案件的时间跨度，从 1996 年至今，二十三个年头过去了，假设 1996 年时嫌疑人处于青壮年，那么到今天他迈入中老年行列了，体力下降是一定的，还能不能从事这种暴力犯罪，这是个问题。另一方面，破译密码锁，无论是雇人还是亲自上阵，他都要有科技概念，一个中老年人，他对科技能认可到什么程度呢？更别提时代变化下，他再度犯案要躲避摄像头、要面对更强大的警力了。”

“会是父子吗？”

王勤发出了微弱的声音。

“这都子承父业啊……”李昱刚挠头，“我要说是情侣呢，也可能是他又找了个小情人嘛。”他还要抬杠。

夏新亮给王勤兜了一把：“亲缘关系比亲密关系更可靠。而且女性犯罪的话，鲜少采用暴力的方式，并会因此给人留下深刻印象。”

我点了点头：“尤其李明爱提到爱抡人的那个年岁不大，身上还有文身，文身这个东西，除了你混黑社会，也就是年轻人少不更事喜欢。”

“对，尤其击打恐吓受害人这是多年来始终未变的作案手段，”夏新亮说，“如果说这个年龄小的一直参与到案件中，案件的断层又是怎么形成的？”

“根据咱们已经摸出的情况判断，这个案件是以绑架抢劫为主，杀人碎尸为辅，”王勤受到鼓励稍稍伸展开了，试探性地发言，“受害人，活着的，都有大量的财产损失；相对地，被分尸、被杀害的，都是没能提供出财产的。那是不是说，这个嫌疑人通过最开始的一系列案件富裕了，之后这几年又经历了经济低谷，所以重操旧业？毕竟这几年经济大趋势就特别差。”

你一言、我一语，大家讨论得聚精会神，只要谁有什么想法就提出来，大家一起分析研判，最后做出了一个基本的侧写。我们把这个侧写转给了何杰以及宫立国，何杰暂时没啥可跟我们分享的，宫立国那边大约是不想跟我们分享，但是没关系，我们乐意跟人分享，越多线索越好、越多理性分析越好，因为越早破案受害人就能少几个，这不是闹着玩儿的。

三天后我们终于联系上了身在韩国的陈静。她并不吃惊于我们找见她，甚至说她一直知道会有这么一天。在我们的斡旋下，相关部门尽可能快地帮她处理了回国的事宜，但那最快也要再等一周的时间，于是我们先行安排了视频通话。

透过镜头，我们终于见到了陈静。跟她当年离开的时候相比，陈静苍老了许多，不仅是年月留下的痕迹，那张脸上也写满了艰辛生活的风霜。1996 年的元旦，彻底改变了她的一生。

1992 年 7 月，技校毕业的陈静随同邻村的同学曲颖来到北京闯荡，发过传单、干过接待、学过打字、搞过美发，但生活状况不见什么大起色。而家里比起关心她，更关心她挣了多少钱，能不能负担起弟弟的学费、能不能帮忙购置务农用品。然而此时的陈静，除去吃穿用度，基本攒不下来什么钱。一方面家里催得紧，一方面北漂生涯是真的苦，恰逢此时，跟她们合租的姑娘回老家了，新搬来的姑娘是个时髦女郎，穿当季最新潮的服装、戴金银首饰，好不风光。陈静对她格外留意，暗暗地羡慕。这个姑娘也是北方人，东北的，性格爽朗也健谈。一来二去两人就熟络了起来，陈静见她经常睡到日上三竿傍晚才出门上班，但钱却是大把大把地挣，就忍不住问她："你做什么工作呀？"东北姑娘说："我在歌厅干。""干什么呢？"她问。"你跟我去看看呗。"就这样，二十出头的陈静开始了她的夜场生活。起先她就是跟着东北姑娘，用她们的话说，陪着热闹，挣点儿小费。但欲望的闸门一旦打开，钱来得容易花得也快，那就是一步下滑、步步下滑。终于陈静还是破釜沉舟出来卖了，和东北姑娘跟一个"鸡头"。干了一段时日，年轻的陈静被另一个"鸡头"挖走了。跟着这个"鸡头"，她去了金山门歌舞厅，在那儿就扎下来了。1994 年李氏姐妹来到金山门歌舞厅卖酒，姐姐李淑云跟陈静一拍即合，两人姐妹相称经常在一块挣钱，私底下关系更是要好。

1996 年元旦，歌舞厅里热闹非凡，大家都在庆祝新年。当晚有个熟客张哥来了，找陈静，叫她出去耍，说："咱放鞭炮去吧，你要是有小姐妹一块叫上，咱们热闹热闹。"陈静就叫上了李淑云。李淑云本来想跟妹妹打声招呼，陈静没让，说："别跟你妹说了，回头她又那么多话。"李淑霞不喜欢陈静，她们姐妹俩是卖酒的，陈静是卖身的，李淑霞瞧不上陈静。陈静还为此跟她起过冲突，说："你卖酒怎么了，没我帮衬你卖谁去，假清高什么呀。"

当夜，陈静带着李淑云，跟张哥就去放鞭炮了。三人打了一辆车到三元桥，之后等了会儿，来了辆面包车，除了司机车上还有俩男的，张哥说都是他"铁磁"。一帮人一路上还聊得挺好，就是这车开了老半天也不到地方，李淑云就问："咱们去多远啊，回头我们怎么回去？"车上一个叫龙哥的就说："去我们厂房那儿，宽敞，放炮仗痛快，回来你们甭管，我们给你们送回来。"

可到地方就不是那么回事了，是个大院儿，里头瞧着也像是厂房，鞭炮却是没有的。放炮也不存在了，一帮人管她们俩要钱。陈静跟李淑云一下就蒙了，叫天天不灵，叫地地不应，四个男的围着她们俩，马上她们就被控制住了。

殴打、恐吓、要钱。除了一路上同车的四个男的，院里还有个小孩儿，十六七岁，很是凶悍，脱了袜子塞进去石头就抡着打她们俩，他管这个龙哥叫叔。这个龙哥也不是善茬儿，舞刀，不说实话就割猪肉一样拿刀割她们。

俩姑娘给吓坏了不说，也给摧残得不善。当时陈静手里存了一笔钱，除去贴补家里的，她一直存着钱，因为她知道干这行不是长久之计，想存笔钱作为日后做点儿小买卖的启动资金。但是李淑云不一样，她有个儿子在老家，丈夫又极其不靠谱，所以她挣了钱就给老家的父母寄回去，手里不留钱。

陈静叫人押着去取钱，取了钱他们就把她放了，他们一点不害怕，跟她说："你钱怎么来的你知道，你敢报警你就去。"

陈静经历了这么一场劫难，连夜就打了车票逃也似的回了老家日照。跟火车上她还哆嗦呢，车到了站，她才冷静下来。冷静下来没敢回家，她觉得这事不妙了，她给了钱她被放了，李淑云没钱会怎么样？她要是出了事，警察找上门怎么办？她立马又打了张车票，奔威海了。

在威海蛰伏了两个多礼拜，陈静身上没钱了，因为走得急，换洗衣服都没拿，走投无路，她就开始务工，跟着人去了烟台给果树打药。这期间她妈妈打传呼给她，要钱，听话音儿什么事也没发生似的，但是陈静没钱了，就随便找了个托词对付过去了。

事发已经一个多月了，陈静开始盘算这事。接客用的呼机被那伙人拿走了，她平时从不跟人透露自己的真实姓名，就怕自己干这事让家里面知道，房子刚给了一年的租金，房东也不会找她继而发现她失踪。思来想去，她人间蒸发了谁也不会知道。再说了，事情也许不会发展得那么坏，也许他们要不着钱就给李淑云也放了，也许一切都过去了。虽然这么想，陈静也不敢回北京了，小姐这行万万干不得了。

1996 年 5 月，陈静攒上了路费，从烟台走了，去了深圳。到深圳她很快在工厂里找了份临时工，自己省吃俭用，家里要钱就给寄回去，一切就像没发生过似的，但是陈静觉得这不是长远之计，这么讨生活太难了。

过了大半年，家里要钱要得紧，说要购置拖拉机。机缘巧合之下，陈静知道了跨国婚介，其实跟买卖妇女差不多，就是有人给牵线搭桥，把这边的妇女介绍给国外的老光棍。陈静动了心。因为一下就能拿到十万块，这不是一笔小数目。加上家里钱催得也紧，她就一头扎了进去。最后挑了个韩国男人，四十多岁，自己开家小食店。谈妥之后对方很快通过中介付了钱给她，俩人匆匆见了一面，约好尽快办理手续结婚。这时候是 1997 年的 3 月。

不料，就在陈静准备前往韩国的时候，也就是 1997 年的 7 月，家里出事了，弟弟开着拖拉机给自己亲爹撞死了。这俩一直啃食她的男人，一天之内，全死了。她妈当时就崩溃了。陈静放下一切回去奔丧，出国的事一度就停滞了，好在对方很理解，表示可以等她。

儿子撞死了老子，陈静越想这个事越不对头，出身农村的她迷信，觉得这里头肯定不简单。一打听，坏了，李淑云死了，还被人砍成一块一块的。这是索命，她心想，越想越怕。

1998 年 3 月陈静如约出国结婚去了，婚后丈夫对她不错，虽然语言不怎么通，年纪又比她大很多，但是待她还是极好的，夫妻俩一起经营小食店，日子也算过得有滋味。李淑云的死、父亲和弟弟的亡故，开始在异国的繁忙生活中被忘却。

然而，好景不长，平静的日子过了一年多，陈静的丈夫遭遇车祸瘫痪了。陈静一下子更操劳了，一边要照顾丈夫，一边要经营小食店。而且这灾祸一件跟着一件，全是发生在她家人身上，让她又想起了李淑云。这是索命，她坚信。

怎么办？赎罪吧。这就有了李淑云的儿子受到所谓“社会福利机构”救助这么一出儿。

陈静把过程原原本本给我们说了一遍，这个远比同龄人呈现老状的女人一滴泪也没流，但声音始终低哑。她最后对我们说：“都是报应。”

结束了视频通话，我们这边也呈现出低气压状态。

王勤问：“你们相信报应吗？”

夏新亮说：“哪有什么报应。还是那个重男轻女的家害了她。多少姑娘被这种叫作亲缘的东西吸着血吃着肉。”

李淑云碎尸案发生在1996年，也是我们现下掌握的发案最早的案件。这是不是这伙人的第一起案件，我们不能确定，但即便不是第一起，也是早期案件无疑，那会儿他们还对认识的小姐下手，非常大意。而且李淑云的供述也肯定了我们先前的推论——有中、青两代人，虽不是父子却是叔侄，这俩人就是案件的核心人物。

从陈静这里摸上来一个张哥，1996年时候他约莫四十岁的年纪，我掐指一算，现在得叫叔了，人还在不在都成了一个问题。大致的外貌特征陈静也讲了，最有用的是，陈静说这个张哥是社会上混的一号。当时她第一时间收拾东西跑路也是因为这个原因。

那就顺线摸吧。文君带着我，我开着车，我俩就跑起来了。她从前搞“组对”，找社会人属于她专长。摸出这个张哥，就能摸出当晚行凶的另外四个人，包括那个当年十六七岁的孩子，我们严重怀疑他就是近几年这些起案件的主谋。

我们在这边摸着，夏新亮跟王勤朝着“厂房”这一线索下手，当年那个荒僻院落究竟在哪儿陈静说不出，但是她明确记得开车在路上时间特别长。长不能说明任何问题，尤其这种绑架性质的，长往往就是故意绕路以混淆视听。但是陈静对一个路牌印象深刻——狼垡。我们一看地图，它可以通往房山或者大兴方向。那个院子到底什么样儿陈静说不太清楚，因为是夜里去的，就说有个两层高的自建楼，院子特别大，当时天黑，她们给捆在铁柱子上，四周空旷，有个木架子，架子上有一个一个的板子，看不出来是什么。这也是个重要线索，鉴于1996年的案件应该属于连环案件的早期状态，那么这个现场就很可能跟这几个嫌疑人中的某一个有关。

我们队有所进展的同时，李昱刚跟着杰哥，他们那边也终于有了发现。在“马脸”的帮助下，李昱刚摸进了一个QQ群，极不靠谱的一个群，里面净是找黑活儿干的。譬如我想抢劫，现在需要一个帮手，招募一下。譬如我想盗窃，寻求一个会开保险柜的。这个群里有个人，接活儿开密码锁。一路跟进，李昱刚和这个接活儿的搭上了线儿，这个人收取了“中介费”，又把他介绍给了另外一个人，这个人还是个桥梁，主要工作是负责判断“买主”是否可靠。

他考察李昱刚："开什么锁，为什么开？"

李昱刚张嘴就来："智能锁，我前女友给我戴了绿帽子不说还骗了我钱，我现在得找她算账。"同时，李昱刚也考察他，问他："你们这个开锁的到底行不行？我想找个可靠的。"

对方问："你怎么算可靠？"

李昱刚说："你们有没有成功的先例？别回头我钱也给了，事给我办不成。"

对方发来一个哈哈哈的表情："你这屁大点儿事，我们酒店房门、高级别墅都随便开。"

李昱刚一下精神了。对方发来了收款二维码,李昱刚付款的同时,把所谓的"前女友"家的地址发给了对方，他发的不是文字，是一个链接，说里面有地址、有公寓外观，包括一系列详细资料。其实这是他早就做好的一个带木马程序的链接，就是所谓的"病毒"。谁打开这个链接,谁就等于对李昱刚打开了"房门",还是"裸体接待"。顺着这条线,接洽的、黑锁的,整个一链条上的人就都现了,他们就去抓了。

李昱刚跟我说："师父，我回头想给'马脸'申报个群众表彰，他真是过得太糟心了，明明也不是他的责任，又是给抓进去蹲看守所，又是家人为此遭遇诈骗，他跟家里总是抬不起头来，我想让他振作振作。"

我说："行吧，谁让咱师徒都爱日行一善呢。"这是文君挤对我们的原话。头几天我帮着给提供任军情报的老四找了个店面，他岁数也大了，跟闺女又生分了这么些年，他想改头换面让闺女刮目相看，我们没有道理不帮忙。

张哥不姓张，其实他叫徐炳章。

我必须要实名点赞文君的情报网,，到底把"张哥"给摸上来了。她呵呵笑着说："瘦死的骆驼比马大。"

我说："你快别自谦了，您压根儿也没瘦过。"她白了我一眼。

徐炳章此刻躺在医院的病床上，人倒是瘦得像风中残烛，肺癌，晚期。大夫说能再坚持两个月都算奇迹。他精神还不错,说："这叫什么事嘛,我喝了一辈子酒，肝好好儿的，肺倒是坏透了，找谁说理去。"

我说："你啊，找阎王爷说理之前，先把你绑架抢劫杀人这一套给我说说吧。"

起先他还给我打哈哈，跟我否认，好在夏新亮给力，这时他发了现场照片给文君——在大兴一个院子里，警犬搜出来一个骷髅头，这还仅仅是个开始，接下来大腿骨、髌骨陆续显现，挖掘工作还在继续。夏新亮跟文君说："你们肯定想不到，这儿从前是个印刷厂，那木板子是用来晒片子的。"相较于夏新亮的振奋，王勤惨了，听说吐了一气儿又一气儿。我说："那你作为他偶像，一定要帮助他渡过难关啊。"夏新亮把电话给挂了。

再回来，把现场照片给徐炳章一看，这老家伙傻眼了。我劝他："临走给自己洗洗罪孽，别回头去报到了，直接让小鬼摁进油锅，话都不让你说一句。"文君补充道："兴许要先跟抻油饼儿似的把胳膊腿都拉断呢，哎，你这个癌症挺疼的吧，靠止疼药扛着呢？"

我最喜欢她呼应我恶趣味这一点，神配合。

根据徐炳章的交代，叫作谢天麟的三十九岁男子浮出了水面。他是谢向东的侄子，而谢向东就是一系列老案件的主谋。2010 年死于斗殴，也是个社会老流氓。那家印刷厂原先就是他开的。他们的犯罪活动始于 1995 年，是年谢向东经营的印刷厂由于印制盗版书籍被勒令停业整顿，虽然托了关系逃避了被关停，但是短期内不能营业了，且由于他的过错，几个在印的正规书籍都受了影响，一时间赔款风波不断。不营业就没有钱挣，不挣钱就没有钱花，没钱花还倒赔钱，一向花钱大方的谢向东连打点小弟的钱也拿不出了，他觉得这么着不行。怎么来钱成了他苦思冥想的难题，最后恶向胆边生，决定朝卖淫女下手——她们来钱容易来钱快。谢向东叫上了他的俩小弟，再加上一直跟他混社会的侄儿谢天麟，一伙人就大着胆子干了起来。干了几票，收获不错，在这个过程中，他还掌握这些女性的弱点了——她们的钱来路不正，她们不敢报警。所以他胆子越来越大，又叫了徐炳章入伙，一帮人专打卖淫女的主意，有姑娘玩儿，有钱拿，好事。越干他们越嗜血，反正她们也不报案，取出钱来的他们就放人，没取出钱的一怒之下全给杀了。至于受害人究竟有多少，徐炳章只交代了他知道的几个，这里面除了有一个遇害的李淑云，还有一个惨遭分尸的，后续还需要我们进一步调查。

徐炳章关心自己将要面临的司法程序，我们更关心的是眼下的罪案必须要终结。我第一时间联系了宫立国，向他说明了现下我们掌握的情况。他没说个谢字，反倒是指挥起了我："你带队去一趟我等下发你的地址，这是谢天麟的暂住地，我们这边正要对他进行抓捕，不多说了，取证工作要做好，你联系现场勘查吧。"

呱嗒，他给我电话挂了。

原来宫立国已经锁定谢天麟了。但他也不言语一声，难不成他想指挥我们跑线索，自己摘头等功吗？

"看你这脸色，让人撅回来了？"文君又摁了几下电梯的按钮。

"走楼梯吧。还能快点。"

见我不想说，文君也没再问。我俩找见楼梯间奔下走，我想了想说："人不是撅我，人都已经布好阵准备对谢天麟进行抓捕了。"

"挺雷厉风行嘛。"

我没吭声。

"我是说抢功劳方面。"

我的微信这时候响了，刘明春给我发来了谢天麟的暂住地。

"不说这个了。咱俩奔通州去一趟，给谢天麟老巢起底！"

谢天麟的暂住地在通州一幢老式楼房内，时间紧急，我们破门而入。

确定了安全性，现场勘查人员开始进入。我们在阳台上发现了几大袋东西，蛇皮袋里面套着编织袋，还有塑料袋，手、腿、脑袋，全给碎了，看来是准备去抛还没抛。

法医也跟着来了，经过初步检验，推测受害人已遇害二三十天。我稍稍松了口气，那是网红事件之前死的，看来由于我们成立了专案组打闪电战、极速破案，谢天麟没能继续嚣张作案。但这些尸块是不是属于同一个受害人，法医暂不能得出结论，还要拉回去再进行查验。

在主持对谢天麟暂住地进行勘查的工作中，我几次看手机，都没有来电，一直到现场勘查完毕，工作人员陆续撤离，宫立国也没吭个一声半声，我寻思他大约是不想搭理我了，就等着我把报告整理好交给他呢。

心里骂着这老小子不地道，我跟文君也收队往回走，这时已是夜里 11 点多了，到队上我才知道宫立国进了医院，就是我给他打电话之后没多久的事。

怎么回事呢？

宫立国根据图侦提供的线索，锁定了嫌疑人所驾驶的银灰色面包车，经过追踪，这辆车被遗弃在西山山脉一隅，系失窃车辆，就此他们展开了反查，最后一路顺藤摸瓜，把嫌疑圈定在了谢天麟身上。彼时谢天麟藏在另一个犯罪嫌疑人高辰光家中，那是一幢三层高的老式居民楼，地处人口密集区域。由于网红事件持续发酵，谢天麟料感到事态不妙，做了两手准备：一是等风头落落进行外逃；二是自制了燃烧瓶、土枪等爆破性武器，必要时候鱼死网破，暴力抗法。

做了细致周密的研究部署之后，由宫立国带队，配备了特警队，一行人对谢天麟与高辰光进行围捕。爆破性武器在他们的意料之外，且谢天麟威胁说将要引爆天然气，一时间围捕工作陷入了僵局。在僵持期间，谢天麟向警方投掷燃烧弹、开枪击伤特警，再拖延下去无疑将给社会带来更大的危害。考虑到案情重大，上方下令将嫌疑人就地击杀，但是宫立国在这个当口果断冲进了嫌疑人房内，控制住持枪的谢天麟时，一旁持刀的高辰光向他发动了攻击。

刘明春说："要不是特警果断开枪制服了高辰光，后果不堪设想。你瞧着吧，宫立国的检讨报告不知道得写多少页。"

但结果是好的，高辰光腿部中枪经过抢救已经脱离了危险，谢天麟已被收押审讯。

我开车赶到医院，刘明春跟愣头青正要撤离归队，愣头青理也没理我，径直从我身边走了过去，刘明春问我怎么来了，我说看看宫队。

宫立国躺在病床上，我瞧他精神还挺好，还张嘴朝我开炮："你还真是上赶着来看热闹啊。"

"这算什么热闹，你这也伤得不重。"我拉过椅子坐下，瞧见床头柜上有袋子苹果，就拿了一个削起皮来。

"你是盼着给我送花圈呢嘛。"

"算了吧，现如今花圈价儿涨得离谱。"

宫立国斜了我一眼："你这张嘴啊……"

“我嘴臭可是我心善啊，这大半夜的还赶来给你削苹果。”

“你别削了，我不吃。”

“吃吧，补充补充维生素，你这也是走运，多悬啊，这要是给你扎死，你找谁评理去。这个‘无头’也是薄情寡义啊，都不来看看你。”

“你挺吵的知道吗？”

“不是我吵，是你这病房太冷清。谁出任务受了伤不得N个领导围着接见慰问啊，到你这儿可倒好，我猜这苹果还是那愣头青现给你买的吧。”

宫立国不说话了，索性扭开脸不看我了。

“瞧不出来你还挺爱生气的。”

“那你从外头给我带上门儿让我顺顺气行吗？体谅体谅伤者。”

“来，把苹果吃了，吃了我就撤。”

“不吃，拿走。”

“不吃啊？那我先吃，吃完再给你削一个。”

迅雷不及掩耳之势，苹果从我手上消失了，这说明他真想我赶紧闭嘴滚蛋。

宫立国一边啃着苹果一边对我说：“算我谢谢你，赶紧走。你不去搞审讯工作，你跟我这儿捣什么乱来！”

“吃水不忘挖井人。没有您奋勇扑敌，哪儿来的审讯工作？没有您谢绝我进入一线，保不齐现在咱俩正一病房排排躺呢。”

“你少鸡婆，”宫立国嚼着苹果说，“起先我还纳闷儿，你这手底下怎么不是文文弱弱的、就是娘们兮兮的，敢情还是人以群分，物以类聚。我请你出门右转，有空在我这儿鸡婆，不如做出成绩让我少写两页检查。”

“收到。我争取让您不写检查，再给您配备上慰问队伍。”

我出门的同时，苹果核也跟着我飞出来了。

大哥就是大哥，硬气。

赶回队上，讯问工作正进行得如火如荼，何杰带着李昱刚，再加上刘明春跟愣头青，全力向谢天麟开炮。

敢情这网红遇害也是在劫难逃的，女网红很富有，经常在直播时炫富，就这么被谢天麟一伙儿盯上了。他们下足了功夫，又是花大价钱破译她的密码锁，又是踩点观察她的生活作息，一通编排下来，终于破门而入对她实施了抢劫，不承想这“富婆儿”远不像她展示出来的那么富有。直播时撒钱、浴缸里堆满粉红票子、鸽子蛋大钻戒，全是道具。被胁迫打开的保险箱里，除了一万多块现金是真的，其他尽是道具。费了九牛二虎之力，抢劫到手才一万多块，谢天麟当时就炸了，再逼问她索要其他钱款，网红坦白道：“除了欠的贷款，我什么也没有。”钱都用于在线赌博了，就连现下所住的别墅都已经抵押出去了。那满柜子的奢侈品包、鞋，也被她变卖得差不多了，除了一些超 A 货，正品所剩无几。她还语气轻浮地说：“你们以为我为什么做直播啊，我就是为了挣钱保命，钱我是没有，你们弄死我也无所谓，反正这种猪狗不如的生活也毫无意义。”正是这话刺激了谢天麟，他抄刀就捅她，一刀接一刀。在那一刻，他捅的已经不再是女网红了，而是同样深陷绝望的他自己，他跟这个女网红一样，身陷赌博危机。

谢天麟，年少时就跟着他叔叔谢向东不务正业，一直发展到抢劫碎尸，后谢向东死于打架斗殴，谢天麟就没了依靠，开始了东家混混、西家混混的落魄生活。越是落魄，他就越想翻身，可靠什么翻身呢？他既没本事人还又懒。而这样的人，刚好就是容易参与赌博的对象。没钱？没钱就去借，没钱就去贷，赌博再加上借贷，那就是妥妥一张催命符。后来谢天麟逃无可逃，又听信一个同样好赌博的朋友的劝说，跑到缅甸去滥赌。人家那儿是：“来吧，欢迎，没钱啊？我给你筹码，你就赌吧，赌赢了都是你的。”可天底下哪有这样的好事，谢天麟输得一穷二白，等着他的只有被人像猪一样剥光衣服毒打、被人像狗一样锁在锁链上逼债。跟他的家人、朋友联系，随便什么人，能给他送钱赎他的都去联系了。可谢天麟哪有什么家人朋友，他眼瞧着有一同被锁着的投机分子遭人毒打致死，再听那些缅甸佬儿喊着送他去死，他是真慌了，寻着一个机会，捅了两个看守的，像困兽一般发狂地冲出牢笼，夺回自己的护照，九死一生才逃回来。这次的经历彻底唤醒了他体内蛰伏的野兽，痛定思痛，一不做二不休，干起了绑架抢劫的老路。他招募的帮手也全是走投无路的赌徒，听说有钱赚，各个都红了眼，案子越干越疯狂，越干越大胆。

我听了一会儿，出来时夏新亮跟王勤也收队了。我看了看他们跟现场拍的照片，那些尸骨未寒的受害人像是用尽最后一丝气力向我们控诉着凶手的暴行。审问的事我们队这边还不着急，组织物证、确定受害人数等一系列工作还在等着我们。到底多少人遇害，又有多少人遭遇了绑架抢劫，年代已久远，都需要再核实。

夏新亮对谢向东的死表现出了极大的遗憾，他说他还想再深入研究研究他。研究他的行为模式。他对此很感兴趣，一个人为钱去抢劫去杀人，却也总停不下来他的嗜血虐待。

夏新亮说："他痴迷于刀割受害人，就像谢天麟痴迷于击打受害人，这不仅是为达到目的，他们也享受这个过程。甚至这一模式在他死后都不曾改变，这个高辰光相当于接替了他的角色，继续刀割受害人，妥妥的模仿犯，不知道这是不是谢天麟授意，如果是，那他们这个模式对他们来说应该有更深层次的意义。"

我说："你也甭遗憾了，死都死了，只能等有机会你跟这俩暴徒聊聊吧，赶在死刑之前。"犯下这样恶性的连环罪行的谢天麟和高辰光，必死无疑。

推进工作进行得不是太顺利，虽然根据徐炳章的供述，我们已将当时谢向东的两个小弟缉拿归案，他们跟谢天麟也都老实交代了他们参与的众多起绑架抢劫案，但是其中有十几起事主都找不到。虽说根据现下掌握的这些去给这伙儿人定罪不成问题，但是究竟有多少人受害，还有没有含冤而死的姑娘，我心里始终在打鼓。我们挖出来的，他们认了；我们不知道的，他们也供了，挤牙膏似的，异常费劲，这就导致我总觉得还有一些案件就这样石沉大海了。

加大了审讯力度，没日没夜地突审，逐个击破，使用了很多策略，最后我们一共定了二十六起案件。

在此期间，我接了检验科一个电话，给我吓出一身冷汗，说又找见尸块了。我说："你不能一找见尸块就让我认领啊！"对方说："还真得联系你。"尸块属于成年男性的，是我接触过的受害人，也是我采集的他的DNA信息。这个人是刘俊，香江花园案里受害者赵红霞的初恋男友。

这什么情况啊？

记事本

不仗义。

“宫立国这个老小子不仗义！”

我这儿上蹿下跳帮他把不服从安排生生扭转为超纲圆满完成任务，他竟然都不能帮我游说戴天给我报了那八千多元的餐费——西餐厅见天使66那回产生的巨额餐费，不给报销就得我们队自己承担。一二三四，拢共四号人，一人两千元。收吧，不合适。不收吧，就得我自己承担。

这可愁坏了我。

灰头土脸的当口，肩上压下来一股子力量，我斜眼一看，是何杰。他那脸色难看的呀，虽然没有镜子，但肯定灰度比我还高三度。

“晚上咱哥儿俩喝点儿。”

声音听着也萎靡不振的。

“杰哥这是遇上啥事了？”

“抽支去呗。”

“走起。”

我跟何杰勾肩搭背去了院儿里。他是挺背的，今年他又没能评下职称，还是一直卡着他的那只拦路虎——学历低。

“又没破格成？”我弹了弹烟灰看向何杰，去年我师父还说帮着给想想办法看怎么从工作成绩突出这点入手给调剂调剂呢。

“你还别说，现在我还挺羡慕你小子当初给弄机房去的。安安静静那么一待，解解闷儿读个成人教育，不仅滋润，学历也拿上了。”

“又不是你嘲讽我的时候啦。”

“风水轮流转哪！”

“别丧了。今年不行再等明年呗，兴许就来个惊天大案叫你小子给破了，弄个个人二等功，咔嚓，职称就落你怀里了。”

“那你上街干两起去吧。”

我斜眼看他。

“别说这丧事了，丧事得留着就酒说。听鹏子说，你儿子去美国了？”

“去什么美国啊，是陪着他姐，去英子那儿过个圣诞节。”

“没想着给他送出去啊？”

“他才多大点儿，中国话还没闹明白呢。”

“都得趁早打算，你别不当回事。”

“你闺女呢？该上高中了吧？”

何杰冷笑：“那不是我闺女，那是我祖宗！好家伙，我这白头发都是叫她给气的！我看她这初中都不想念了，成天跟那些小太妹混在一起，坐着那突突突的锯了排气管子的摩托车四处招摇！”

我还真有点惊了：“我记得她特文静啊，学习还特别好。”

“现在也文静啊，学习也好，要不这小兔崽子无法无天呢！”

“咳，叛逆期。我儿子是还小，等他再大点儿，也要浑蛋。这就是荷尔蒙作祟，你也别太较劲，主要你也得多陪陪人家，你这关爱到位了，她也就不出去找存在感了。”

“她爸爸我没出息啊，混了这么些年，也就是从小警察混成了老警察。光长岁数不涨级别。说炒个股吧，赔得裤衩儿也不剩。”

“晚上喝点儿，可别想不开。来日方长，不就是个破职称嘛。”

“想不开，我现在就气你有笑我无了。”

“钝刀破竹那才是响、不开。你这活脱脱一刀锋战士，振作点儿。”

何杰也是背，炒个股都快炒到身家千万了，说再凑一个整数就不干警察了，结果最后全赔了。干工作他也是我们这里边搞案子非常好的，一声“杰哥”不是瞎叫的，真当得起杰出的“杰”。他细致、果敢、顽强，一直坚持，也是曲曲折折，婚都离了两次。坎坎坷坷一路走到现在，竟然还在为个职称挠头。

遥想当年也是警队一枚警草，他年轻时候的模样不比夏新亮差。早早结了婚，又草草离了婚，他闺女跟着奶奶也是不容易。当小太妹？不奇怪。图什么呢？不就图个大家庭吗？年轻人混小帮派，电影《艋舺》里面怎么说的来着？我混的不是黑道，是友情。

干我们这个行当，工作有多称职，当丈夫当爹就有多不称职。

还记得那年有起劝降的案子。

嫌疑人一家的工作是从首钢拉出炉渣，把没烧透的炉渣拣出来卖给用煤的单位或者个人。有一个住朝阳的个体户要了煤不给结账，嫌疑人用刀将其刺死，失血性休克死亡，腹部三刀，心脏两刀，致命伤为左胸部乳头右上方刺入。

我们几个人在首钢煤炭厂旁边一出租房内、嫌疑人的家里，蹲守了七天七夜，始终没有抓获嫌疑人。但我们这些侦查员的一举一动感化了嫌疑人的父母。父母决定劝孩子自首，我们退出房间，在周边车里继续蹲守。车内空调不好用，衣服湿透了又干，干了又湿透，反反复复。刚做完腰椎间盘手术的师父来给我们送火腿肠、方便面的时候，已经认不出人了，首钢煤炭烟大呀！兄弟们没有一个叫苦说累的，大家相视一笑，案子还要继续。在车里又蹲守了一周依然没有结果，其他案子又陆续上来了，我们只能到别的案子现场去。过了半个多月，孩子父母带着孩子投案，约好地点我们到那儿，父母在大街上给我们跪下了，场面至今难忘，主办人就是何杰。

紧接着何杰出差抓碎尸案，奶奶带着孙女到队里让何杰带着孩子去看病，问他：“孩子是不是你的，小升初不能耽误，孩子上中学人家都找好的中学，你却不管不问，现在孩子生病你也无动于衷是吗？”何杰只是给了几千块钱，拿着行李开车上路，在路上车翻了，何杰翻车也是很有历史的。

“只要有案子，一直死磕到底。”这大约就是刑警的情怀。问我们到底图什么，我们也回答不出来，但是我们可以放弃权或者利，追逐我们自己想要的。我们活得很傻，却还会义无反顾将这种“傻”坚持到底。

聊了会儿天，我和何杰各回各“家”，人人手里都有案子，因为案子共同聚集起来的伙伴，就是我们的家人，一个个会议室、办公室就是我们的“家”。

除了夏新亮被我留在“楼凤”连续杀人事件里做后续工作，李昱刚跟王勤都跟着我在查刘俊的案子。

我现在无事一身轻，我姐带着我外甥女跟我儿子去了英子那儿，我又混回了一人吃饱全家不饿的状态，所以干劲儿十足。有时候我也会想，是不是我真走错了路，是不是我就该单身并孤独地投入到我的工作中去？答案是否定的，因为我会遗憾，遗憾自己不能拥有身为一个父亲的故事。这是一个无可取代、充满惊喜与惊险，又深具意义的故事，它可以媲美任何一部史诗，因为它独一无二。我人生当中不乏后悔，后悔许多事，但唯独不后悔我有了他。他让我见证了生命的诞生与成长，让我更了解生命的意义与价值。他让我更懂得什么是人味儿。一个人如果活得没有人味儿，那他与机器何异？我们办案也一样，机器代替不了我们，因为它没有人味儿，它无法理解并处理人与人之间的羁绊。

这也是我讨厌戴天的原因，他这个人没人味儿。在他眼里，人与人之间的交往完全与利益挂钩，对上逢迎拍马、对下提防冷漠。这就是多年来我对他的看法。但是在争取刘俊这案子的过程中，我无意间在他桌上看到了一份材料，让我的内心漾起了波澜。

本来戴天没想让我接手这起案件，但是我努力争取道：“我曾经跟刘俊打过交道，况且现下咱们这儿人手紧张，旧案方面又没有哪个案件浮现出新线索，我闲着也是闲着，你就让我查呗，真说再有需要我全力投入的旧案上来，我保准二话不说就投入战斗。”

可能也是我不怎么主动跟他交流，更别提争取什么了，他挺犹豫，问我：“你这么紧锣密鼓，家里能行吗？”

我真是有点惊讶："你啥时候会关心我了？我刚好无事一身轻，孩子跟他姑旅行去了。"这期间有人来找他，我俩正僵持不下，他让我等一下，就离开了办公室。这时，我百无聊赖，还有点烦躁，闲得没事干，眼睛就随便溜达。他桌上堆着大量的文书，什么传达这精神那指示的、这报告那材料的。我焦躁，手掌啪那么往他办公桌上一拍，好家伙，"塌方"了。不情不愿往起拾掇，我看见了一份材料。我做梦也想不到，他会为何杰的职称打报告。要说他打报告阻拦，那我不奇怪，他跟何杰关系一向不佳，何杰轴，何杰比我还认死理儿，他认定啥八头牛拉不住那种，非常不好"管理"。可戴天打报告，既不是横加阻拦也不是落井下石，他竟然在为他争取？这也太离谱儿了，这事他全无半点好处不说，已经决定了的事他再打报告，这不是质疑上面的决定吗？八成不落好儿啊！他哪是那种为兄弟两肋插刀的好领导？他向来多一事不如少一事，尤其他还跟我们这帮老人不对付……

我正琢磨戴天葫芦里卖的什么药，他回来了。我倒是把"塌方"现场还原了，可心里却在突突突打鼓。这时他回到办公桌前对我说："那你先查着吧，争取尽快拿出成绩来。"

我其实想质问他，但他显然急着忙于自己的工作，把我打发出去了。我领了军令状，活儿也得开始干了，就姑且把这事放下了，心想："不怕，老子眼睛盯着你呢，你要想作妖，先过我这一关！何杰是我兄弟，谁敢给他下熊夹子，我头一个干他。"

刘俊被人碎尸了，迄今为止只发现了半只左手。左手从中指处断开，有中指、食指、大拇指这三个手指头，连带着半拉手掌。发现残肢的是一对开车自驾游的年轻夫妇，俩人带着自家狗开往丰宁方向，途中，他们下来遛狗，走到一个野池塘边，这只狗叼来了半拉残肢。

我们接触刘俊是在调查赵红霞遇害案时，当时赵红霞被抛尸，我们循着她的周边人等开始调查，刘俊作为赵红霞的初恋男友进入了我们的视线。案发当晚，他去找人玩儿SM，所以不愿透露自己的行踪。就那回是我请了文君出山，由此开始了我们的"搭档"情谊。

当时刘俊的公司处于寻求融资的状态，他一直在跑融资的事。

经过我们调查，融资这事他解决了，公司正常运营，且开始有了良性的收益。刘俊遇害这事，到我们去调查，公司里的人都不知晓。他最后一次出现，据员工回忆，是 11 月初。

我纳闷："那这么长时间过去，俩多月了啊，你们老总不来，你们都不带起疑的吗？"

他助理对我们说："刘总就是这样，有时候吃住都在公司，有时候一两个月也不露面，有事他会跟我联系。"

我想起来刘俊有个记事本，他有写日程的习惯，当时我们跟他确认不在场证明的时候，他就看这个记事本来着。但是无论是在他的办公室还是居住地，我们都没找到。

调查了一下刘俊的人际关系，他不是北京人，父母、妹妹都在安徽老家。他在北京的人际关系又十分简单，除了公司里这些员工，就是一些业务往来的客户、厂商。该走访的我们都走访了，没什么线索。

没仇人、没欠债，唯一的纠葛就数赵红霞了，赵红霞还过身了。我们推论不出熟人里有谁有什么理由对他动手。且他的生活正蒸蒸日上——唯一的麻烦，死了；公司的融资，到手了；本来负运转的事业，扭亏为盈了。

凡是有关系的人，我们都挖地三尺给他找出来，再一个一个从白板上划掉。白板被我们划拉成了黑板，也没有任何线索具有可持续性。

就在我们一筹莫展的时候，李昱刚从计算机前面抬头，语气中夹杂着兴奋对我说："师父，我找见刘俊的车了！"

"哦？"

我跟王勤齐刷刷看向他，包括在瑜伽垫上正练着的文君。

自打我们专营旧案，就整队搬到了档案室，戴天不情不愿给我们批的，毕竟确实方便。虽说是有了自己的办公室，其实也就是打了个隔断，挨空场圈了个地方，再多一分钱也不给了。而这地方从前就被文君用来练瑜伽，她表示要沿用。

"跟博雅大厦的地下车库里停着呢。"

“那走吧。”

我们仨取了车，一路就奔博雅大厦去了。北京市约有六百二十万辆机动车在行驶，在这个“海洋”里找一辆车，着实不容易。人没了，公司、家里又全都没有线索，我们就说要试着找找他的车。人没了车也跟着没了吗，还是说人没了车还在？车里会不会有什么线索？李昱刚就给交通队发了协查，包括各大停车场，只要是正规登记在册的，全发。就这样，愣叫我们给摸上来了。

赶到博雅大厦的地下车库，我们见到了刘俊那辆宝马，都落灰了。它停进来的时间是11月9号下午3点10分，探头拍到了刘俊驾车驶入。只有驶入，没有驶出。从外面看车里没有任何异常。保险起见我们叫来了现场勘查人员，他们对车外部进行了各种采样之后，下一步是打开车门。我们没钥匙，寻思是暴力破窗还是叫个开车锁的。暴力破窗吧，这车可能属于物证，不妥。叫个开锁的吧，又得花钱，我那八千多元还没追讨回来呢！这时候王勤说让他试试。他说着，晃了晃手上的一卷细铁丝，敢情他刚才莫名消失是去买这个了。

王勤把铁丝的前面给掰弯了，弯成像钩子一样的形状。然后从主驾驶车窗交界的黑胶处插进去，用铁丝小心地试探。这车是自动锁，在车窗旁有一个按钮，王勤鼓捣了好一会儿，终于用铁丝挤压上了那个按钮，车窗落下来了。

我说：“你行啊，还会这手儿？”

王勤白胖的脸上露出憨厚的笑：“都是给逼的，叫开锁的太贵了。”

在手扣箱里，我们找到了刘俊的记事本。

他停车的这一天，也就是11月9日，他的安排是上午跟通力集团的曲总打高尔夫，下午见灵灵，晚上飞深圳。紧跟着11月的其他日程也都有规划，一直到29日，还有一场同学会要参加。

李昱刚心领神会，马上去查了11月9日当晚刘俊有没有值机，答案是没有。接下来的行程安排，容易去查探确定的，李昱刚也马上就去核对了，刘俊全都没能实现。那是不是可以推测，把车停在博雅大厦的停车场，是刘俊生前干的最后一件事？这件事跟记事本上的“见灵灵”时间对得上，那么，最后见到活着的刘俊的，是不是就是这个灵灵？灵灵又是谁？刘俊是为了见这个灵灵，才来到博雅大厦的吗？那这个灵灵跟博雅大厦又有着怎样的联系？

抱持着若干疑问，我们奔大厦的监控室去了。刘俊没驾车出来，可他人总得出来吧？没听说过谁在写字楼杀人还碎尸的。一查，绝了，所有摄像头都没采集到刘俊离开的影像。是没拍到，还是刘俊没能离开？直觉上，我更倾向于前者。那他到底是怎么走的？

此时现场勘查人员已经完成了工作。他们在刘俊的车上没有发现血迹抑或人体组织，其他一些采集到的纤维、毛发，还要带回去检验。

他们收队了，我们的工作才刚刚开始。起先我还觉得没必要三人一起来，现在看来人手是还不够。一幢博雅大厦，里面有很多个公司，很可能会有这么个灵灵。

盲目地查不是个事，工作量太大，那怎么缩小范围？

我们去了楼下的星巴克，坐下来想辙。

灵灵，按常理来说应该是个女性昵称，从这个称呼推测，她跟刘俊的关系应该很亲近。但是，根据我们的调查，刘俊的员工、朋友，都没有提及过他有女友，反倒是他跟赵红霞往来还有人知道。下午见灵灵，刘俊是3点多在博雅大厦停的车，假设他这个时间来这里就是找灵灵，那9号是个工作日的下午，这个灵灵女士约在这么一座写字楼跟刘俊见面，或者是她这个时间段下班，也就是说工作比较弹性；或者是她居住在这附近，当日有空，就近约了刘俊见面。

我们决定兵分两路，我跟王勤从这些底商查起，分头拿着刘俊的照片走访。李昱刚去大厦物业，看看他们的门禁系统内有没有名字里带“灵”字的员工持卡出入。但无论是咖啡店还是饭馆，凡是适合聚会的场所都问了一圈，没人见过刘俊。李昱刚调了物业的门禁数据，里头有六个人名字里都带有“灵”字，但是排除掉男性、排除掉年纪过大的女性，没剩下一个符合条件的嫌疑人。

没辙啊，保险起见李昱刚拷贝了数据，我们仨晃荡回了队上。

赶上晚饭时间，王勤去打饭，我跟李昱刚一人一把沙发椅“葛优躺”。这要感谢夏新亮，他魅力无穷，去后勤要个这那的人全给。

夏新亮进门就看见我们俩跟两条癞皮狗似的瘫着，眉眼间露出了鄙夷。

“你快给‘王母娘娘’打个电话，让他再给你打份儿饭。”李昱刚说。

“我有手有脚，就不给人添麻烦了。”

“哎，你骂我不带捎上师父的啊！”

“我劝你们俩给人家饭卡充充值，好意思嘛。”

“你那边忙活得如何了？”我坐正起身。

“差不多了，材料写得我一个脑袋两个大。”

“赶紧收尾归队吧，咱这是跟碎尸干上了。”

“你们遇上什么瓶颈了？”

“看白板。”李昱刚也起来了，过去给夏新亮介绍进展。

“灵灵。不是知情人就是嫌疑人，”夏新亮念叨，“他写的是灵活的灵……如果是个网名或者说小名呢？跟 ling 这个发音相同的字你查没查？”

“那倒是没有。没往这方面联想。叫灵灵，按说都很熟了，不可能是网名，小名倒是有可能。但是小名一般来说叠词不也是名字里的某个字嘛。”

“你查查费劲吗？”

“这种事对我来说有难度吗？”

“那你查查去，行吗？”

“我就讨厌你抬杠。”

“我单方面迷恋你，可以吗？”

“偶像！我心碎了！你为什么不迷恋我！”

王勤一声大吼给我吓一跳。他啥时候回来的？也没个动静儿。

“耶！谁让我帅！”李昱刚兔子一样跳到了他的计算机前，美滋滋地开始查数据。刚还跟夏新亮抬杠呢，转瞬间就被收拾得服服帖帖。就这么单细胞。

“快吃饭吧。我打饭去。”夏新亮拍了拍王勤的肩膀，取上饭盒走了。

抗议大叫的王勤瞬间安静了，脸上流露出幸福。我也挺替夏新亮头疼的，一个单细胞的李昱刚，再加上一个迷弟王勤，我都觉得闹腾。当然夏新亮也不是个善茬儿，怼天怼天是他的出厂设定。

我们吃饭的工夫，李昱刚做好了他的筛查小程序，所以数他吃得慢，但成果是极好的。不一会儿，一串名单出来了。这玲那铃，全都是 ling。范围更广了，筛出来六十来号人。看来中国人起名字特别喜欢 ling 这个发音。

一长串的名单需要再筛查，我们仨就围一堆儿干这个。一个一个过，其中有一个叫龙美玲的引起了我们的注意，别的全不说，单凭这位女士最后的通行记录就停留在 11 月 9 号，就很说明问题了。她在信科医疗器械有限公司工作，而且她还是这家公司的负责人。更离谱的是，在系统内我们还找见她了——人车走失，立案时间是 11 月 16 日，负责人是许鹏，人车走失是他们组专业。

“昱刚，你马上联系博雅大厦停车场，看他们的监控！刘俊当日很可能是搭乘龙美玲的车离开的博雅大厦！”

这就对了。停车场的监控记录还在，可我们只盯着刘俊的车看来着，虽然电梯的监控已经推没了，但是各个出口的监控记录还在，都没他出去的影像，最好的解释就是他是搭“灵灵”的车走的！

李昱刚闪电行动，前方发来捷报——“师父，你还真说对了，下午 4 点 3 分，刘俊驾驶着龙美玲的沃尔沃载着她驶出了地库。”

情况不太妙！这俩人现下一个失踪，一个被分尸……

八百里加急，我给许鹏打了个电话，听他正往队上走，我就直接去恭候他大驾。

龙美玲人车走失，从立案至今许鹏那边也没有什么线索。听我说刘俊的事，他比我还要蒙。我们的两起案子很可能产生了联系，人车走失与杀人碎尸。

这个情况得上报。一上报，戴天又把我的案子发给了别人。许鹏给接了，我们队就只能听从安排交接工作，事无巨细把现有的线索全部移交。

许鹏办事我放心，这比跟宫立国对接舒服多了，都是自己人。我从来也不是争功劳的主儿，但是我办案喜欢有始有终，最硌硬干一半儿让人给抹下去。虽然戴天一早答应的也是“你先查着”，但我就是不爽。不愧是我师弟，他是最知道怎么给我添堵，尤其他心里始终绷着根弦儿——让谁立功也不能让我立功，我一直是他假想敌，虽然“胜负”早已见分晓，但他就是怕我“绝地反击”。别看这是师父让我回来帮他，帮，他是接受的，可帮在他这儿就是打开案件局面，只要局面打开了，换谁继续查不是查？好在许鹏跟我说了：“你该咋查还咋查，咱俩随时通气，甭管丫挺的那一套。”

然而，道高一尺，魔高一丈，戴天没给我留继续参与案件的机会，他督促我大力梳理旧案，全力以赴创造业绩。拿着鸡毛当令箭，搬出红头文件，提醒我的本职工作现在是这。恰逢这时来了一个案子，旧案，有知情人说要提供新线索。我也只能作罢。

在接待处，我见到了前来提供情况的许艳红。她很瘦、看起来十分憔悴，面颊凹陷，脸上的皱纹跟她的一头黑发格格不入，显得那头发假得厉害。

把她带到我们的办公室，我请她坐下，王勤很有眼力见儿地给她倒了杯热水。

许艳红现今处于乳腺癌晚期,已经没有继续化疗的必要了,医院给宣判了死刑，叫回家吃着止疼药，痛痛快快过所剩无几的日子。

她给我们提供了一个什么情况呢?

牙医贾洪洲跟 1997 年 7 月 1 日遇害的汪燕系男女朋友关系。

当时她没有如实做证，因为她单方面喜欢着贾洪洲，她是他当时的护士。我们警方到诊所走访情况的时候，贾洪洲已经走了，一听说是找贾洪洲的，再听闻是打听他跟汪燕是否有私人关系，她立马觉得不对了。但是她没有说，因为她信任贾洪洲的为人，贾洪洲为人很善良温柔，好多妈妈都喜欢带着孩子找他看牙，他对待女性、对待孩子都特别亲切。再来汪燕不是个好女人，她曾目睹汪燕跟别的男人约会吃饭，看那个举止神态就知道不是普通朋友。但是贾洪洲走得匆忙,许艳红心里存了个疑影儿。然后就是突然辞职了,说要去日本进修，但是他从来没跟她说过这个打算，要说俩人平时也是愿意聊天的，至少许艳红觉得贾洪洲很拿她当朋友，他跟汪燕交往也是他自己告诉许艳红的。好在随后这案子告破了，说是大明眼镜的老总邓志光杀了人。许艳红松了一口气，这事也就过去了。她后来联系过贾洪洲几次，都没联系上。但现如今眼看就要撒手人寰，许艳红不死心，还想再见见这个年轻时倾慕的对象，可她动用了好多手段，包括还聘请了私家侦探，一查，不对了，2002 年他们家里人上报了人口失踪。贾洪洲 1997 年并未出国，而是失踪了、人间蒸发了。左思右想许艳红觉得不对，所以上我们这儿来了。

这桩案子我不曾参与，尤其许艳红提供的“新情况”事关重大，案子判都判了，不是说板上钉钉的事不能质疑，但总要让我们了解了解情况吧？可我还没开口，给她做笔录的夏新亮耿直得叫人扎心，他对许艳红说："你知不知道，如果情况属实，你的一念之差，不仅放任了凶手逍遥法外，还害得一个清白之人摊上了牢狱之灾。有人享受着不该享受的自由，有人却被生生剥夺了自由的权利。"

许艳红露出了一个惨淡的笑："我只是选择了相信我愿意去相信的人。我不是替自己辩解，活到我这种有今天没明天的境地，我就算把秘密带进坟墓又怎样？可我放不下他，更不愿他一错再错。以我对贾大夫的了解，倘若这真是他犯下的罪，他内心一定备受煎熬。我死都要死了，我最后能帮他的，也就是给他一个解脱。我始终坚信他是个善良的人。"

我送了许艳红出去，承诺一定会梳理清楚这个案件，翻回头来我就把夏新亮训了一顿。这孩子轴，也耿直，做我们这份工作，我赞赏他轴、鼓励他耿直，但这是对案件，不是对人。我们无权去置评别人，哪怕是法官，也只能判决案件，他也无权去置评一个人的为人。夏新亮顶了我一句，问我那谁有权置评别人。我回答他：他自己的良知。

我们争论的当口，王勤已经找出了老卷宗，李昱刚见我俩都有些激动，没有出来调停，而是转移斗争方向："现在争论人性问题有点跑偏。谁也不是圣人，人性本善还是人性本恶，也都没结论呢。当务之急，是研究研究这个案件。不能说跑来一个知情人，咱就推翻原来的侦办结果、就推翻法院的判决是吧？"

王勤影印着卷宗，这时抬起头来插嘴道："要真给推翻了，才是大问题。杀了人的跑了，没杀人的怎么就认了？检方是根据咱们的材料起诉的，那当时的调查是什么情况？有没有刑讯逼供？队长，这事我劝你慎重。"

"先来梳理一下卷宗。"我何尝不知道得慎重？但是还得查，我们公安部门必须接受人民群众的监督是一方面，另一方面，真相不容有误。

汪燕，安徽籍，1997 年 7 月 1 日死于出租屋内，这个出租屋位于大屯"男孩女孩酒楼"后面，老式楼房六层独居室。死时状态是穿着一条黑色内裤，上肢赤裸，且法医从阴道内提取出了精液，确认她死前发生过性行为，死因是机械性窒息，被人掐死的。

报案人系汪燕的朋友秦澜。秦澜反映，6 月 30 日那天，她约了汪燕与汪燕的男友邓志光一起观看电视转播香港回归，结果两人一直没有消息，打电话过去汪燕也不接。一直到转播结束，秦澜都没联系上汪燕，她觉着不对了，就说上她家看看去,可怎么敲门也不开。然后她又找了很多人问,都说不知道。秦澜随后报警，警方进屋之后发现人已经死了。现场没有翻动痕迹,门也锁着,很干净的一个现场。

鉴于死者生前发生过性关系，衣着不完整，家里也没有被入侵的痕迹，警方初步判断应为熟人作案。于是邓志光的嫌疑上来了。围绕着他，警方展开了工作。

邓志光是大明眼镜店的总经理，并且有家庭。而汪燕是大学毕业以后来北京打工的,就职的单位正是大明眼镜店。一开始就是个普通的店员,但是干了没两年，就被提拔成了副总。

秦澜是汪燕的老乡，也是大学同学，等于是相携一起来北京闯荡，所以汪燕的事情秦澜比较清楚。据秦澜反映，汪燕之所以迅速实现了职场三级跳，跟这个邓志光密不可分。邓志光有一次酒后跟汪燕表白了，继而半强迫式跟汪燕发生了关系。什么叫半强迫式？就是强奸。汪燕借着这个事，踩上了邓志光这块跳板，一下儿就上去了。从此之后，两人发展成了婚外情的关系。

汪燕，大眼睛、大高个儿，长得很好看，身材也火辣。秦澜说，汪燕很善于交际，除了邓志光，她还处了其他几个对象。因为汪燕觉得邓志光就是块跳板——这人年岁不小了，当时五十出头，而且他有家庭。这是汪燕跟秦澜明确表达过的。

那邓志光的嫌疑又上升了，他不仅有作案时间，还有作案动机。明着看是他占了汪燕的便宜，实际上汪燕把他拿得死死的。他可能对汪燕有感情，但是汪燕对他就是利用。而且除他之外，汪燕还在另寻佳偶。

卷宗显示,侦办的探员在侦查邓志光的同时,也对汪燕的其他男友进行了调查，整个过程并不武断。凡是跟汪燕相关的，都进入了侦查视线。但是很快，其他人全部排除了,在杀人的时间点上,大家都能说出来干吗去了,不在场证明全部成立。通过秦澜提供的线索，凡是已知的、跟汪燕有来往的，统统被排除掉了。

与此同时，精液的鉴定结果也出来了，确定了汪燕阴道内发现的精液是邓志光的。可是时间上难以确认是多久了，肯定是跟邓志光发生关系了，只能确定是当天，几点确定不了。也就是说，6 月 30 日，邓志光肯定跟汪燕见过面，这跟秦澜提供的信息吻合，他们一早约下晚上一起看电视转播，结果转播结束了，已经到 7 月 1 日了，汪燕被发现死亡了。

根据这些，警方把邓志光列为头号嫌疑人，传唤了他。

邓志光在接受警方讯问的时候,很混乱。法医推定的死亡时间在晚 8 ～ 12 点，秦澜赶到汪燕的住处是 1 点 30 分，从她报警后发现尸体是在凌晨 2 点 10 分。所以需要确定的就是邓志光 30 号晚 8 点到 1 号凌晨的这 4 个钟头的时间线。

邓志光先是说他跟汪燕吃饭去了，一会儿又说俩人在汪燕家观看了电视转播，扭脸又说他去了燕莎商城买鞋。可是吃饭没有人证，看电视转播他也没说对电视上到底演了什么，买鞋这事也没有拿出发票来，整个全都不对。把他说的这些全部推翻后，他对杀害汪燕一事供认不讳。理由是起了口角——汪燕一直借婚外情一事对他进行职务勒索。

整个卷宗梳理下来就是这样一个结果。

贾洪洲是在哪里出现的呢?

在汪燕的一个小记事本里夹了一张和平里一家牙科诊所的挂号单，6 月 30 日的下午号。前辈们特意查了这件事，白纸黑字写得很清楚，他们去这个诊所，查询了这个挂号单，还真是汪燕本人挂的号，接诊的大夫就是贾洪洲。他们本想找这个贾洪洲了解一下情况，但是院长说贾大夫前天递交了辞职报告，也就是 7 月 6 号的时候，辞职了，理由是想要出国去进修。除了院长，他们当时也跟贾洪洲的护士许艳红问过笔录，主要就是了解贾洪洲与汪燕是否相识，许艳红表示这个女患者她有点印象，但是当时贾洪洲就是给她治牙，因为是治牙，大夫与患者基本全程无交流，看不出他们相识。与此同时，法医也确认了汪燕刚刚看过牙，汪燕的朋友秦澜也确定汪燕确实生了龋齿。紧跟着邓志光就招供了，所以贾洪洲这边就没再往下查。

但现在已知许艳红当初撒了谎，汪燕跟贾洪洲是男女朋友的关系。她还曾在饭店见过汪燕跟别的男性有很亲昵的互动。也就是说，贾洪洲也具备杀害汪燕的动机，他还在案发后失踪了。这也是许艳红现在来访的原因。

我们把整个案子捋了一遍，夏新亮跟白板上罗列着要素，清清楚楚、明明白白。带着疑点审视，一份份笔录看下来，一摞一摞证据梳理下来，有三个细节被我们给锁定了。

第一，袋鼠牌皮鞋。当时邓志光被传唤，穿的就是一双袋鼠牌皮鞋，到后来他被收押，始终穿的都是这一双，直到进了看守所，这双皮鞋被收缴。这是有照片的，从照片来看，这双鞋不太像新鞋。如果像邓志光说的，当晚他去燕莎商城买了这双鞋，没留发票，为什么没有前辈们去燕莎走访调查的后续？去还是没去？去了哪怕是印证了邓志光说谎，也应该反映在卷宗里吧？

第二，死者身穿黑色内裤，上肢赤裸。这也是有照片的，清晰无误。但是根据邓志光的供述，内裤不对。邓志光坚称他和汪燕发生性关系的时候，她穿的是一条前边带一个小桃心的、桃粉色半透明内裤。这颜色完全对不上，区别太大。而且邓志光说汪燕的每条内裤他都很清楚，更不应该记错。他既然承认杀人了，不可能这一条内裤的情况随便扯谎吧，是真记错了吗？那会儿倒是都已经发案一周了。

第三，消失的可口可乐。邓志光供述，当晚他跟汪燕一起喝了饮料，1.25 升的可口可乐，两人拿杯子倒着喝的，汪燕喝完了一杯，他只喝了半杯。但是在现场，既没有半杯可乐，也没有可乐瓶子，倒是水杯跟邓志光描述得一模一样。水杯在哪儿呢？在厨房的柜子里。这不是邪门嘛，要说邓志光杀了汪燕之后走了，总不能死了的汪燕起来又把杯子洗了把瓶子扔了吧？那不成《聊斋》啦？

大家畅所欲言，你一言、我一语，数第三点最让人困惑。

走访工作可能做了，但是邓志光谎话连篇，前辈们可能就没有记录，没意义。

内裤这事因为距离案发时间过了一周，邓志光处于杀人后的麻木期，记忆出现问题，不是不可能。因为他长期跟汪燕交往、有性关系，甚至能坚称知道她每条内裤，说明两人的性行为十分频繁，这个记混了也说得通。

但是喝可乐的说法，李昱刚原话：“无厘头啊。喝可乐这事有什么可说的呢？跟案情毫无关系，他却要虚构一个喝可乐的桥段。”

夏新亮说：“他会不会有精神类疾病？就是他看到的、跟现实所发生的，完全是两码事。这也能解释他交代不在场证明时候怎么那么信口开河、天马行空，明知会被拆穿，还是接受警方讯问，就是编也得斟酌着点儿吧。”

王勤说：“加上内裤那档子事，他是不是把6月30日跟从前的某天搞混了？会不会也有这么一个晚上，他跟汪燕喝了可乐、看了电视，然后上了床？就当时精神压力太大了？我比较倾向于我偶像的推论。”

我说：“哪怕就是《聊斋志异》，咱也得把鬼捉了。这案子确实有点邪性。”

重查

要把旧案重开，有新线索浮现就可以。但要把已盖棺论定、经过司法审判的结案案件再启动调查，就不是一个拍脑门就能干的事。像上回任军的案件，那首先是个悬案，我方一直未能破获的悬案，新线索上来了，那我们克服重重阻力也要去侦办。

汪燕被害案不一样，不属于旧案重开的范畴。

我慎重斟酌了一下，这里面的利害关系不容草率。但是“严厉打击犯罪，保一方百姓平安”的信念又不允许我轻易放下，咱要在心里长眼睛，而不是长心眼儿呀。所以我决定我们队全力去侦查这起案件，把缺失的环节找到，把不合理之处理清，如果得出的结论不变，那自然是好的；但如果它会全盘推翻从前的审理结果，那我要越过戴天，直接向师父报告。

我最信任的人，就是我师父。刚直不阿也是他对我的谆谆教诲。

针对“汪燕被害案”，眼下我们有两个方向。一个是彻查案件脉络，一个是找到这个人间蒸发的贾洪洲，死也要见尸。

显然，两个都不容易。时间太久了。

把任务一分，我跟夏新亮负责梳理案件，李昱刚带着王勤寻找贾洪洲。

听到这个分配安排，李昱刚打心里拒绝，我说：“你小子不要膨胀，你以为你自己刚来时候好带啊？旧人带新人，咱们刑侦工作就是这样一代代传承。”李昱刚犟嘴道：“有这么大的新人吗？”

我还没说话，夏新亮呛声了：“你是被带的那个，待人接物，包括思考格局，你还得加紧学习。”

在他俩互怼之前，我把夏新亮装上车拉走了。

贸然接触原先侦办的探员不是明智之举，人家又不傻，我们过来问这问那，让人心里怎么想？而且我们初步摸了一下，当时主办这起案件的警官早已经离开了公安系统，参与案件的警官，最小的现在都比我大，有调职的，有升职的，也有离职的。找谁了解情况也不如我们先摸点儿什么上来更靠谱。

往哪儿摸呢？

我们决定从邓志光下手。不是邓志光本人，邓志光二审判决终身监禁，服刑九年后保外就医，随后不到半年就医治无效死亡了。他妻子也已于 2013 年离世，但两人育有一子一女。儿子已移居国外，女儿还生活在北京。

当时办理保外就医等事宜，都是女儿出的面。

他的判决在当时来说还算理想了，一审是死刑，后来他们家属积极赔偿受害人家属，取得了谅解，二审才改判的无期。

邓志光的女儿邓雅丽今年四十八岁，已婚无子女，目前在经营一所非营利性质的美术馆。这个美术馆在草场地艺术区内，夏新亮上网看了看，反响风评都挺好的。简介里头也有邓雅丽的照片，面目很柔和，人挺纤细，一看就特有文艺气息。

我们也没打招呼，直接就摸过去了。此时是周三上午 10 点半，美术馆正常开放没有闭馆。当时只有前台两个小姑娘在，邓雅丽没在，她们帮我们登记了一下，邓雅丽下午回来会转告。我问了下她大概下午什么时候到，她们说要下午两三点以后，她为了策展的事出去洽谈业务了。我要了一个邓雅丽的电话，但是没打，还是当面见比较妥当，这电话一打过去，人家啪叽挂了，那不就白瞎了。我们总不能强迫人接受调查吧？我们本来就师出无名，不如见上面，给我们一个周旋的余地。

出来我跟夏新亮说那我们干脆转转找个地方吃饭吧，他说行，兴致不高。我最近发现他气儿不太顺。倒不是说他歇斯底里还是消极怠工，都没有，工作该做做，做得还是一如既往的细致认真，但是他心里肯定有事，从他怼李昱刚的频率跟力度来说，就能知道。这俩人先后进的刑警队，他先李昱刚后，平时李昱刚话多夏新亮话少，他俩也互怼互镲，但总体来说这俩师兄弟还是非常友爱的，夏新亮直归直，说话不好听是家常便饭，但是他很少带情绪，可最近他是有点情绪化的。李昱刚心大，不跟他计较，但不是不计较就能当没事啊，大家一起工作，他弄得跟活炸弹似的。王勤也让着他，他说王勤更过。

溜溜达达，我们找了家做简餐的餐吧，时间尚早，店里基本没人。寻了张靠窗的桌子，我俩坐下了。点了餐，夏新亮也不说话，托着下巴看窗外。

手机的通知栏有提示，我一看是社会新闻，标题是这么写的——“只过科目一竟偷开共享汽车拉活”。一是觉得可乐，二是想打开话题，我把这个新闻给夏新亮读了一遍，绘声绘色的。

这小子既没笑，也没表态。

他怼我：“稀奇吗？头两天还有个女的控诉警方不作为，放任性骚扰呢。结果这事一发酵，前因后果全给扒出来了，是她卖假项链给一男的，男的收到后找她理论，她不仅给人拉黑，还报假警说遭遇性骚扰。这不比你那个操作骚？”

“你是吃枪药了吗？”我看向夏新亮。

“没啊，这不是聊天儿呢嘛。”

“有你这么聊天儿的吗。”

“我不是一贯这么聊天儿吗？”

“说说吧，你最近这是遇上什么事了？”我决定开门见山。

“哈？”

“跟个炸药桶似的。”

“我……有吗？”

“还没有哪！刚我要是不把你装车里，你还得怼昱刚呢。”

“我没怼他，我就是让他别老挤对王勤。一会儿娘炮，一会儿弱鸡，一会儿就老咔哧……”

我截断了他："又不是你嫌弃王勤的时候啦？"

"我……我这是有个过程嘛，冷不丁塞进来这么一位，你总得让我有个接受的过程吧？那现在一起合作了这些日子，咱也得肯定人家的优点，他也不全是缺点啊。"

"那昱刚比你反射弧长点儿，比你认生点儿就不行啦？你不能……哎，你们那话怎么说的来着？"我使劲想了一下，"双标狗！"他们这些年轻人，嘴里净蹦这些新词儿。

夏新亮撇嘴。

"来，跟师父说说，遇上什么烦心事了？工作上咱深度交流，生活问题咱也可以相互切磋呀。一日为师终身为父。父子之间咱得抵达灵魂深处吧。"

夏新亮的情况我还是比较了解的，他是单亲家庭，跟李昱刚那个掌上明"猪"被可劲儿疼爱的成长环境不同，夏新亮是跟着他妈妈长大的，他很小时父母就离异了，可以说成长过程中十分欠缺父爱。他跟他妈也不亲，从打大学开始就独立生活了，现在也是跟他师兄一块住。

这时候服务员把饭端上来了，一人一份那种简餐。夏新亮拿着叉子往嘴里塞沙拉，我心想他这是真不想跟我说啥了。不承想，这小子吃了几口，大眼珠子瞪着我说："糟心。这事说着都糟心。"话匣子打开了。

夏新亮这孩子真是耿直，他如果不是这个耿直的性格，那他身体里就不会有这么强的正义感。但正义感爆棚对我们来说不见得是好事，尤其对从事刑警这个职业，经常会让你怀疑人生。他就是这么钻的。

"我觉得三岁看老这话一点不可信。"

"哦？"

"您说，怎么好好儿一个人，说变就变了？当初有理想、有抱负的好青年，上社会没几年，在利益面前就信仰、理想皆可抛了？"夏新亮拿叉子泄愤一般叉着碗里的生菜叶子。

"这说的谁啊？"

"我另外一个师兄。"

“警察啊？”

“哼，”这声儿十分轻蔑，“学心理学时候的。也是和我师兄能称兄道弟的一号。他那时候意气风发，业务水平超群，早早就拿到了博士学位。后来从事科研工作的时候，还发表了好几篇不得了的论文。”

“那真是人才。”我这是实话。我就佩服有文化的，这就是传说中的博士后了吧？

“可不是人才嘛，给我骗一个团团转，跟我打听这个那个，真是气死个人！这浑蛋跟人一块弄非法集资，他牵头，他们做了一个App，弄面膜，拢共就十几副，但他向社会公开的生产力是十亿，吸引投资人来投资，其实就是非法集资。他捞了很多钱，但他不是法人，所以他去东南亚躲了几个月，回来没事了，该干吗干吗。”

“这种太多了，”我说，“只能处理这个法人。这一骗，社会有多少老百姓倾家荡产，但是咱们没有办法。高博那边这种案子太多了。真正能给追回来资产的少，真的少。不是不尽力……”

夏新亮打断了我：“把我气冒烟儿的还不是他跟我抖机灵，不是他干这个事丧良心。一个人坏到骨子里，师父您懂吗？坏到骨子里。这王八蛋回来以后，他认为自己干了一件什么事呢？他认为那些人都是韭菜，‘割韭菜’，收的是‘智商税’，他们被他骗是因为脑子不够用。太可恶！我分分钟想把他绳之以法，可我又干瞪眼拿他束手无策！他把一切都想清楚了、撇干净了！我师兄把他联系方式删了，让我也把他联系方式删了，除了删了他，我没别的可做的了！我师兄删了他没毛病，他一精神科主治大夫，他拿他没辙，可我是警察！我也拿他没辙？”

我摆了摆手，让他平复情绪。他是真激动了。

“咱们干刑警，从前面对的无非就是暴力、色情、毒品。但是随着时代的发展，经济犯罪上来了，不是说从前没有，是现在太泛滥，非法集资、黑贷款。鹏子现在就专项搞套路贷，这也是这段时间以来，队上最为重要的任务。它造成的社会影响太恶劣了。扭曲的财富欲望击溃了老百姓原本朴素的价值观，让他们忘了脚踏实地去生活这件事，全情投入到投资的旋涡。可是当浪潮退去，谁也不可能从灾难中脱身。骗人的可恶，被骗的也没那么无辜。咱们现在办这种案子，可能还没有击碎他们的铁拳，但迟早会有。说实话，这种事啊，北京还稍微好点儿，你要是去一个人口特别多的地方，像河南、四川、重庆，受害人多了，基本上家家户户都有被骗的，至少有一半儿。其实他扮演了一个中间人的角色，警察去抓大头，钱他拿走了。是吧？”

“我真是气不过。学以致用，这四个字是导师对我们最大的期望。我干了刑警，师兄致力于对精神类疾病的研究与探索，他却用他学到的这些宝贵的知识，搞诈骗去了！”

“我觉得你啊，不要灰心，不要自责。你也可以搞搞论文，就说说犯罪意识这个问题。就像大夫真厉害，治未病。咱们怎么能从犯罪意识形成的时候，就把它掐住，这个你好好儿研究研究。早发现，早治疗。最好搞出一个什么仪器，咔嚓，给脑电波一分析，就知道他是不是要犯罪。”

我把夏新亮逗乐了，他说：“师父你也是爱鬼扯。”

“这不是让你别老关门闭户生闷气嘛。不解决问题。咱要实干，要摸索出成熟的模式来打击各类犯罪。在我看来，杀人案，是很容易破的一种案件，是你看得见摸得着的。这案子就是死了，搁置了，譬如咱们很多旧案，但只要有线索上来，咱就能继续跟进，对不对？”

夏新亮点了点头。

“甭管多久，咱们把它破了就完了，找着线索就完了。横竖它就是一起杀人案，我跟你有仇、你跟我有仇，它对社会的危害性就局限于你死、我死。”

“小圈子的。”夏新亮附和道。

“对，”我铲了铲我的比萨，“那么，对社会危害性比较大的案件，我认为，一是毒品，我前前后后搞了好些年这类案件。别看毒品小，但它危害性大，它涉及一个家庭、一个社会。还有一些盗窃案、抢劫案，包括系列犯罪，它对整个社会的生态破坏都是大的。再有就是像高博搞的金融犯罪，诈骗、小额贷，你遇上的这种非法集资啊，哎，说到这儿，我想起来早些年，你跟昱刚都没来呢，我跟着高博搞过一个‘民族资产解冻’案，那局大的呀，你听着都不像真事。”

“民族资产解冻？”夏新亮一脸狐疑，“我发现您也够不安分的，什么案子都掺和一脚。”

“有意思啊！咱搞刑侦工作的，你首先得对它感兴趣。你感兴趣，你才会往进钻，你也只有钻进去，才可能顺着蛛丝马迹去把真相挖出来、给犯罪打掉。”

“那您给我说说这个‘民族资产解冻’呗。犯罪预测仪我一时半会儿是给您搞不出来了，但我还真想深入了解了解诈骗这回事，考虑写个论文，从心理学的角度。”

“行。咱边吃边说。这个‘民族资产解冻’，就跟演电影似的，因它被骗的人，光北京就得将近三百万了。被骗的都是什么人？这事我说你都不会信的，但是他们说能给自己说信了，真有这种人。被骗的都是一帮高级知识分子。”

“哦？”

“你这个师兄你就觉得挺高智商了是吧？我跟你说，有时候这高智商，打不过编故事的。他不见得多有文化，但他会讲故事。这个‘民族资产解冻’是怎么回事呢？就是说他有几十万个亿，注意啊，是几十万个‘亿’，是李氏也好、谁的家族也好留下来的，需要兑换成人民币资助国家，完了国家给你几个点，那几个点就让你花一辈子也花不完，他们虚构一个假的东西出来。这个我光说，说不明白，是真热闹，应该给你找卷宗。回头给你找，我就简单说说。”

“等等，我先百度百度。”夏新亮掏出手机，叭啦叭啦跟那儿摁，不一会儿他抬起头看着我说：“还真查到了，这就是挂着各种噱头骗钱，冒充军人、政府。”

“对，各种噱头。这个是冒充李桂花的，有‘中华民国潜伏证’，她自己都相信自己是真的，我们抓她的时候自己乐着呢，喜笑颜开的，这是皇家给她的诏书，孙中山给她的‘黑梅令’，一水儿国家大公章。这是做的假的银行流水，一万亿是一兆，这是 993 兆。他们编很多东西，有时候网上一查还有。”

“那这女的真实身份是干吗的呀？”夏新亮问。

“她两口子是警察。”

“啊？”

“比你那狠吧？她老公是广西的警察，她是搞文职的，后来当了十几年不干了。哎哟喂，广西干这个的特别多。”

“我就知道广西有很多做传销的，很善于编故事。”

“他们怎么编故事呢？拣一个老头儿，因为这个老头儿死了，我们才去的现场。

他们给老头儿弄一人设，设计老头儿是孙中山转世，给老头儿租一个别墅，租下来一年也一百多万，在里面弄得跟跳大神似的，把他看成是孙中山。他们没文化，但是会讲故事。说‘八一’怎么形成的？八大家族合而为一。这八家都是谁啊？李家、罗家、程家、赵家，李家是谁家啊？李世民他们家啊。罗家是谁家啊？罗斯柴尔德啊。我说罗斯柴尔德是谁我不知道。她说你不知道？美联储最有钱那家啊，姓罗。”

夏新亮捂脸。

“你看她本人的委任状，各仙山洞府宗亲，麒麟已睡醒，燕子要登城，杨柳枝头甘露水，莲花朵朵救万民，为了走好二七路，办好三五事，完成国家一二三任务，实现阴阳梅花和对九九九，为了完成红砖铺地，碧血千秋之历史使命，为了实现天下为公，世界大同，人间变天堂，沙漠变绿洲之伟大理想，恭请各仙山洞府，仙道神佛，宗教家亲，英雄豪杰鼎力相助，家和万事兴。”

“妈呀，一套一套的，听不明白也给绕晕了。”

“谁说不是。她说她是李家的，李家是这些家族里面最厉害的，李家是发起人，然后下面是罗家、赵家之类的。国防军费全由李家负责。她说得有头有脸的，让你在银行查。那围绕这种案子，咱们怎么打？只有特情能够贴靠她，把犯罪反映出来。但这种犯罪还处于犯罪意识阶段和犯罪准备阶段，它对社会还没有形成危害，但是它一旦犯罪了我们掌握不了，对社会危害就是巨大的。特情工作在这里面解决什么问题？就是犯罪意识问题，潜入犯罪准备期，君姐从前搞‘组对’是一个道理。那我们就给它打掉了。但是犯罪准备期和犯罪意识阶段是一个虚无缥缈的东西。为什么需要特情？跟治未病一个道理。就比如一个特情反映张三贩毒，我跟领导说张三贩毒，领导说他怎么贩毒了，咱们确实还没有抓到他贩毒。看似虚无缥缈的，但实际上有的会发生，又因为咱们实际的控制，他知道咱们在找他，兴许就不贩毒了，咱们虽然没抓到他，但控制住犯罪了。同理，你这个师兄让你愤懑、困惑。他‘割韭菜’，这是一个结果。这个结果让你无奈。那假设他在谋划阶段，咱们就知道了，这个犯罪就被预防了。这件事你现在无能为力，但是还有很多事你能去做。咱们去破案、咱们去捕风捉影防患于未然，咱都没有三头六臂，但是夏新亮，咱们能做一点是一点，能去将影响降到多低就降到多低，你的工作、我的工作，远比你以为的有意义。懂吗？”

“师父，谢谢您。”

“甭说虚的啦，多吃饭少较劲，吃完咱还得找邓雅丽去呢！”

“嗯嗯。”

“尤其别钻牛角尖儿，年纪轻轻，吃饱了撑，老怀疑人生。”

我们见到邓雅丽，是在她的美术馆，本人比照片上气质还要好。人的气质一好，就能打破岁月对肉体的摧残。她说话慢条斯理的，但是中气足，就呈现出浓厚的文化气息，不愧是干这个行当的。

我没有直接切入正题，也不能直接切入，这案子到底怎么着我们还不知道，话也不好说满了，就说想跟她了解了解邓志光。来之前我就跟夏新亮商量好了，由他主办。为什么呢？因为要打着他搞研究的旗号。我是这么介绍的：“这是我们搞犯罪心理学研究的同志，他对各种恶性案件正在进行深入的心理成因分析，我呢，就是带他过来，您愿不愿意接受他的采访，由您决定。”为了配合演出，我不仅拿出一脸无聊的姿态，还要玩儿手机传达出我的不以为然。

邓雅丽笑笑对夏新亮说：“那可能要让你失望了。我父亲没有什么精彩的生平能给你讲。他就是个再普通不过的人。他不是什么杀人魔，没什么苦痛的生活经历。就算你要拍个电影，都没法给他改编得多精彩。”

“您介意我开个录音吗？”夏新亮演得也挺像那么回事，掏出手机设置上了。

“我是无所谓。就是我给你讲，也是讲一些乏味的东西，不见得能帮到你。”

“咱们聊着看吧。”

俩人就这么开始了。不知道是夏新亮入戏太深，还是邓雅丽很适合接受采访，她说话挺有层次的，俩人还真就像模像样地聊了起来。

我一边玩手机小游戏一边听他们说。夏新亮还真像个搞研究的，这么说也不对，他就是个搞研究的。他以研究为外衣，不断地向核心问题挺进着。

邓雅丽对父亲邓志光，以我的感受来说是挺依恋的。她讲这个人，讲了许多细节，这些细节组成了一个好父亲的形象。听不出她对他有什么怨恨之意。哪怕是邓志光出轨了汪燕并最终杀害了她，似乎也没能抹黑父亲在女儿心目当中的形象。

案件细节她知道得不多，或者说从来也没想知道过，所以就这部分来说，我们没有任何收获。但是她提到了一点让我有点在意，那就是她去看守所看望邓志光的时候，描述邓志光的状态，她用到了一个词——形容枯槁。我一下就能想出一个人的那种状态。精神垮了、身体垮了，油尽灯枯。但是为什么呢？就因为罪行败露了？我接触过太多犯罪分子了，凶杀尤其多。他们的情况实际上跟邓志光截然不同——败露之前，他们“形容枯槁”，担忧、恐惧；但是认罪伏法后，反而能踏实睡觉了，它“尘埃落定”了，不用再躲藏、不用再绞尽脑汁编织谎言，人就松快了。

最后夏新亮问了邓雅丽那个核心问题：“那您父亲这么一个平凡普通的男人，忽然犯下了杀人重罪，在您心里，有没有怀疑过这里面存在别的可能性？譬如您父亲是被冤枉的？”

邓雅丽很坚定地说：“没有。这事你们公安机关也都调查清楚了，事实就是事实。”

回到车上，我跟夏新亮都没说话，我倒车驶离车位，夏新亮又把邓雅丽的录音播放了起来。他应该跟我有相同的感觉——越是理智的邓雅丽，越是有所隐瞒。

邓志光杀害汪燕的动机是结束她对他的勒索，资源勒索。汪燕是踩着邓志光爬上去的，在职场上也是野心勃勃，但是按理来说，她基本处于榨干邓志光的状态了。副总当上了，业绩攥住了，邓志光也不能再给她什么了。她自己是清楚这一点的，所以她也开始寻觅别的男性了。在这个当口，邓志光忽然发怒把汪燕掐死了？这个动机我现在都觉得站不住脚了。这案子越琢磨越漏洞百出。

为什么要在这个时机下手？

从邓雅丽的描述来看，邓志光是个好父亲，与她母亲也是相敬如宾，且案发后他们才知道邓志光有汪燕这么一个第三者。邓志光个人形象维护得相当好了，他为什么要节外生枝给汪燕杀了，这不仅不能收回他对汪燕的“投资”，还要赔进去他平静如水的生活，图啥呢？就一下冲动了吗？

但是邓志光被定罪,倒也不是因为动机,而是他谎话连篇无法自圆其说的证词。假使他真没杀人,汪燕被害当晚,他到底在干什么?就算那时候警队管理比较松散,存在刑讯逼供的可能性,他被屈打成招。但如果他真的没干,他把事情全交代清楚,谁打他啊?尤其当时的调查至少从程序上来说是很细致的,记事本里夹着个挂号单前辈们都去走访了,就说明并没有钉死邓志光,他们是有在调查其他可能性的,然后这时候邓志光突然招了?这事真的有点诡异。

“他干了什么,能让他情愿认下杀人?”

听了一路的采访,我跟夏新亮回到了队上,大眼瞪小眼地琢磨。

“莫不是他是个连环杀手,那天夜里他去杀别人了?”我打镲。

“那采访你也听了两遍了,能不鬼扯吗?”夏新亮翻白眼儿。

“我这不是琢磨有什么比杀人更重的罪吗?他也不像会贩毒的。有这嫌疑我早掌握了。不然就是他杀了汪燕?我现在也挺困惑的。”

“不,跟邓雅丽接触下来,我更坚信邓志光不是会杀人的主儿了。性格就不符合侧写,尤其他当时处于一个非常平稳的生活状态里,事业有成、儿女双全、家庭美满,还有个情妇。要一开始他强暴汪燕、然后被汪燕勒索,咔嚓,把汪燕杀了,这我还信。后来他给汪燕抹撒顺了,这段关系里他是掌握着全局的。汪燕要的,他全给了,哪怕汪燕后来再以不伦这事威胁他,他也可以采取给予利益的方式抹平,给钱也好,给她更多关系也罢,为这起口角就不像他性格,也不是汪燕性格。汪燕是个聪明的、善于交际,直白说能跟男人周旋的女人,她也不会傻到放着利益不要非要跟谁鱼死网破吧。”

我想了想说:“邓志光人也没了,咱也不会通灵术,问不到了。邓雅丽只能跟咱们说下邓志光的为人、生平,她作为子女,角度不见得客观。好些杀人犯对子女都很好啊,不稀奇。咱看来绕不开这个案件的侦查员了,还是得找一个突破口,搏一把。有疑点咱们就继续,没疑点,过。”

最后我俩认真分析了一通,把目标人物锁定在了杨志国身上。他是当时参与这起案件的侦查员中年纪最小的一个,2012 年由刑警队调动去了派出所,大前年离职了去陪读，他儿子 2017 年前往美国就读语言学校，他们是单亲家庭，他不放心儿子，辞职跟去了。去年才从美国回来，回来之后跟朋友合伙儿开了个饭店。这饭店现在还挺火，夏新亮说叫网红餐厅，做改良京味儿菜的。

我们锁定他的理由有三点：一是他辞职了，离开咱们公安系统了；二是他干了这么些年警察，最高职位就混到一个派出所副所长，可见不是钻营之人，也没有什么大树可栖；三是为儿子说走就走，说明他性格干脆利索，还很有魄力。

见着杨志国是个半下午，这是他一天里最空闲的时候。就约在了他餐厅，环境确实好，我瞄了眼推荐菜也不贵，怪不得受欢迎呢。他给我们沏了壶铁观音，又端来了好几盘北京小吃，豌豆黄、芸豆卷，说："别拘着，咱们喝茶、吃茶点，慢慢儿聊。"见我手机旁放着烟盒，他推开窗跟我说想抽就抽，不碍事。

我俩这么一盘道，还真有几个共同都认识的人，一聊起来就挺投契的。先把话题转到重点的，不是我而是他。

"你一给我打电话啊，我就想起来这案子了，还真是太久了，我就回去翻箱倒柜找我的那摞子笔记本。嘿，全没扔，没舍得。搬家三回了，美国都跑一趟了，没扔。"

"都一样，落下病了。我也好几大箱子，家里人那个嫌弃。"我点了支烟。

"对对对。我儿子也嫌，说占地方。哎，孩子，"杨志国叫夏新亮，"你尝尝我这儿的吃的啊，回头带女朋友来，咱公安干警全有折扣。"

夏新亮难得地笑了："您真亲切，不像搞咱们这行当的。"

"这是长开了、上岁数啦。脸一方，都瞧着慈祥，"杨志国呵呵笑，"尤其长久地不干刑警了。我 2012 年就去了派出所，锐气也没了。你天天就面对老百姓，你能板着脸啊？那不招人待见。"

"应该是要提你吧？"我知道这种系统内的平调，一般来说是让锻炼锻炼，准备提拔。

"提什么啊，我打的申请报告。媳妇没了，孩子得有人管啊，再没日没夜地追案子，儿子也不要啦？"

夏新亮斜眼看我，我跟桌子底下踹了他一脚。

"这个大屯被杀的女的啊，现场就是我出的，"杨志国说着，把一个褐色的小本子翻到了其中一页，“门是给撞开的。一进去我就知道是个熟人作案。”

“对，我看了卷宗了。可是有三个疑点。第一个，这个袋鼠牌皮鞋，”我说着把照片推了过去，“它是不是新买的？是案发当天买的吗？邓志光称这双皮鞋是他当天在燕莎商城买的。笔录里后来再没有提及了。可是你瞧这双鞋，看着真不新，磨损很严重。”

“是他新买的，有人就是穿鞋废。笔录里没写吗？我们查了，他是去过燕莎买鞋。但是那个时间不是案发时间，是下午的时候，而且就是汪燕跟他一起去的。要不他怎么是头号嫌疑人呢，那天就是他跟汪燕在一块，俩人还一起吃饭了。笔录里应该有啊！这事我记得特清楚。袋鼠皮鞋嘛，一千二百元。陈哥当时使那个袋鼠皮鞋就抽他嘛，我们一个月挣不到一千块钱，你买一双鞋就一千二百元，记得倍儿清楚。”

“你们打他了？”夏新亮插嘴道。

“那谈不上啊，是整他来着。咱不能刑讯逼供啊！但这帮孙子，好多特别狡猾，你不吓唬吓唬他，他真不跟你说实话。打人咱们不会。老刘这个你应该知道吧？老刑警整人那一套。”

我点了点头。

“当时邓志光就让我们通过各种方式整得是真不善，但最后他承认杀人，确实不是我们逼迫他，他是自己供的。我们摸出了他一天的行踪，从买鞋，到吃饭，到晚上跟死者发生关系，这都是一条线下来的。卷宗里不应该没有，”杨志国说着哗啦哗啦翻本子，“你看嘛，我这笔记里写着呢。下午 4 点 50，他跟汪燕去的燕莎，先买了鞋，后来去燕莎后头那家海鲜火锅店吃的饭，这都有人证。”

“您让我拍一下。”夏新亮起身，拿手机照相。

“咱说下第二个疑点。汪燕死亡后身着一条黑色内裤，但是这里，”我拿出手机，找出了我给卷宗内的笔录拍的照片，“邓志光称他和汪燕发生性关系的时候，她穿的是一条前边带一个小桃心的、桃粉色半透明内裤。这对不上啊。”

“嗯，是没对上。当时我们也奇怪来着。包括邓志光还提到他跟汪燕喝了可乐，这个现场也完全没有反映出来。这是你们的第三个疑点吧？”杨志国合上了他的笔记本。

“对。”我弹了弹烟灰。

“所以我们当时又去寻找其他的线索来着，可后来邓志光认罪了。”

“你们去调查过一个牙医，叫贾洪洲，就是根据当时汪燕那里有张挂号单。”

“对，查过。你给我打电话，说这个案件你们在整理卷宗的时候发现了几个疑点，其实是有新的线索上来了是吧？怀疑我们抓错了人，对吗？”

我从杨志国脸上读不到防备，也读不出此时他的所思所想。我们来跟他接触，并没有透露我们在重新调查这起案件，就说了我们负责梳理旧案，但大家都是老刑侦，他答应得爽快不代表他没过脑子。

索性，开门见山吧，人家是个敞亮人，我们也别当地沟里的老鼠："我们队上，来了一个女同志反映情况。她是贾洪洲当时合作的护士，她跟我们说，死者汪燕跟贾洪洲那时候在搞对象。这个贾洪洲呢，你们去走访的时候，人已经走了。他走得特别突然，包括这个知情人在内，大家都没准备。并且，至今这人还处于失踪状态。”

杨志国也点了支烟，缓缓吐出一口烟雾，他说道："当时我们传唤邓志光来了解情况，他说得乱七八糟，挤牙膏似的，前后经常没有逻辑，人处于一个很慌张的状态。但是他的嫌疑最大，我们就在审问上下足了功夫，他面对事实也没啥可狡辩。但是就像你们提出来的，有些细节不合扣。这时候我们也寻思案件是不是还有别的可能性。这个挂号单就是一个方向。我们到这个牙科诊所，贾洪洲已经不在了。我记得当时他们院长是个六十来岁的老先生，他跟我们说贾洪洲刚刚辞职了，说是去日本进修，走得很匆忙。你们说到的这个护士我们也接触了，包括贾洪洲的母亲、妹妹，都反映说他出国进修去了。我们准备再往下查的时候，邓志光认罪了。”

“也就是说，贾洪洲到底有没有出国，他是一个什么情况，你们都还没开始摸？”

“开始了，但是很快就被叫停了。当时虽然没有任何线索显示贾洪洲跟汪燕有联系，但是他走得匆忙，就比较可疑。我们就去查他了。所谓出国这个根本不存在，他连护照都没有。然后他经济上也出现问题了，他炒股，但是赔了。我们去的股票交易所，他六万块钱赔到一万多。”

“哦？”

“就是这么一个情况。我们分析他辞职跟他股票赔钱有很大关系。跟汪燕有没有关系不知道，但是跟他这个亏损肯定有关系。在那时候六万块钱真不是小数儿，他一个牙医，哪儿来的这么多钱去炒股？这里面肯定有事啊！钱赔了，他这六万是借的也好，是凑的也好，他跟人没法交代了。我们就怀疑他是不是为这个跑路了？正想往下查，哎，叫停了。现在这护士跟你们说贾洪洲跟汪燕是男女朋友的关系，那这个钱会不会是汪燕给他的？汪燕在当时来说是很有钱的。她不仅是大明眼镜的副总，她还背靠着邓志光这棵大树。真是奇了怪了，邓志光要没干他认哪门子罪啊！”

破案就像拼图，它是个复杂的线索相互交织的旋涡，这一块是红的不规则形，那一块是灰的不规则形，看起来毫无联系，但是通过另外几块颜色、形状各异的拼图，它们就严丝合缝地黏合到了一起。

这个动机不仅是有了，而且是十分立得住脚的。贾洪洲跟汪燕处对象，汪燕除了他还有其他的男性情人，且，他很可能欠着她一笔巨款。

谢了杨志国出来，我跟夏新亮回了车上，眼下还剩一个疑问，邓志光为什么要认罪？

我们这边初步取得了一些进展，李昱刚他们那边还寸步难行。贾洪洲失踪至今，全无任何行踪浮现。他家人于 2002 年主动上报了他的失踪。依据就是 1997 年杨志国他们去找贾洪洲，经调查发现自称出国进修的贾洪洲没有取得留学签证，甚至没有申办护照。后来也上网了，但是始终没有消息。我跟李昱刚说：“你着重查一查他的家人。他们很可能包庇他。从最开始不跟警方说实话就很可疑了。儿子交了女朋友，他们一问三不知？说去海外进修，实则并没有去，拖到 2002 年才上报人口失踪？尤其现在又快过年了，这是抓逃犯的黄金时间。”我嘱咐李昱刚一定给我盯紧了。

邓志光到底怎么想的呢？死人不会说话，活着的家属显然也不想跟我们说实话。邓雅丽肯定有所隐瞒。我跟夏新亮翻来覆去听她这个录音，说来也逗，录音这事本来是我们一个障眼法，现在我们却真用上了它。一遍一遍地听，照着烂了听。越听越不对，邓雅丽是有意多谈她父亲的为人处世、谈过往，对案件她却是能回避就回避，而且以他们这个父女情深，竟然在夏新亮暗示她也许案件有其他可能性的时候，一口回绝掉了。

邓雅丽这条路走不通，邓志光还有一个儿子邓靳新，他早年间就出国了，但我们还是尝试去联系他。结果发现有点不对头，这个邓靳新也跟人间蒸发了似的。他确实是出国了，1998 年初就走了，也就是说他爹还身陷人命官司里的时候，这儿子不管不顾就走了。走了就走了吧，他一次没回来过！早先没有取得永久居留权的时候，他都是靠往返香港对付签证到期。更离谱的是，这兄妹俩，也断了联系。尤其，就连 2013 年他母亲去世，他也缺席了。

明显不对啊，越查越不对。要说贾洪洲是躲事呢，这邓靳新什么情况？

案子办到这儿，陷入了僵局。

那怎么办？深挖呗。从邓志光开始向下挖。倘若这人没罪又认罪，总得有缘故。包括他担任大明眼镜店总经理期间的账目我们都查了，也不存在说挪用公款之类的可能性。最大的以权谋私，大约就是给汪燕弄上去做副总。

关于这个案件的卷宗、包括当时的庭审记录、新闻报道什么的，只要是能找出来的，我们全找全看，毫无蛛丝马迹。

贾洪洲找不见，邓志光闹不清，真挺绝望的。我们被这案子给架在这儿了。

“你俩都要生虫了吧？”

听见声音，我抬眼皮，是文君。最近她就没怎么来档案室，休年假在“忙年”。

“你怎么来了？”

“给你们带点儿吃喝啊。我看你们这年也打算跟档案室过了吧？好家伙，这报纸你们都刨出来啦？我说你们用完都给我哪儿拿的放哪儿去啊！要了命了。早知道不给你们留钥匙了！”

夏新亮也不跟文君客气，伸手过去到她带来的塑料袋里找吃的。

“毫无进展？”

我颓丧地点头。

“不行就先放放吧。欲速则不达，总得过年吧。”文君刨了个坑坐下，拿过夏新亮手上端着的报夹子，方便他吃东西。

“这灯影牛肉还挺好吃的。”

“嚯，这是当时的报道？”文君把报夹子撂在腿上，三下两下盘起了头发，“要说这案子在当年可也挺轰动的。”

夏新亮又掏了瓶咖啡出来：“搁现在就得是微博热搜那个级别。”

“那时候媒体就够讨厌的，瞧瞧，这母女俩去旁听都给拍着了。”

“是啊。”

“这老小子是有钱，20 世纪 90 年代就开上宝马了。”

我猛地坐正了身体：“宝马？”

“对，宝马，你现如今也没开上。”文君打趣。

“我看看，”夏新亮伸脑袋过去，他也觉出来不对了，“邓志光是有辆奔驰来着吧？”

“一奔驰一宝马呗。”

“不对，”我起来开始翻资料，“我记得他们家就一辆奔驰。那年代豪车的价格特别贵，还真不是你想买就能买的。”

跟车管所那边一查，更奇怪的事情来了。邓志光前脚出了事，后脚他儿子就换了辆宝马。爹都给逮起来了，这是换车的时候吗？这节骨眼儿换车没毛病吧？邓志光从打被传唤走就没再回过家，最后直接转的看守所，袋鼠牌皮鞋都跟着他呢。不存在说家里不知道他出事了的可能性。而且他儿子 1998 年初就出国了，换车干吗？这车后来也卖了，他们为了积极赔偿汪燕家属当时卖了不少东西。

我跟夏新亮从中闻出了异样的味道，生出了这么一个猜想——邓志光的儿子是不是交通肇事逃逸了？如果真是这样，那很多事就能说得通了。邓志光被传唤过去，起先一直慌里慌张胡说八道，就是不交代案发时间他到底在干什么。没杀人就是没杀人，没杀人他老实交代不在场证明不就完了吗？但是他不。我们起先还琢磨有什么事比杀人还大呢，倘若是他儿子交通肇事逃逸了，那这事确实比洗清自己的嫌疑更重要。

以为找见了方向，可惜查来查去，没有案件能吻合，时间根本对不上。案发时间内，我们没查到有人肇事逃逸。有交通事故，但是没人死亡、没人逃逸。再把时间往前推，还是没有能挂钩的。

难道是我们脑补了？我还是不死心，为这还找了许鹏，他常年负责人车走失，跟交通队那边关系铁。我把我们这推测跟他一说，他秒懂，没麻烦交通队，他给我们提出了一个方向——“你们可以查查咱们自己系统内有没有死于交通肇事逃逸的。不是说简单的肇事逃逸，这种交通队就接了，是很久之后才发现尸体，最后判定是死于交通事故的。”

这么一查，还真叫我们摸上来一个案子。2000年门头沟山区挖出来一具男尸，经法医鉴定其死亡原因系车祸。明明是遭遇了车祸，可尸体却被埋在山里，围绕着这具尸体，警方展开了调查，最后跟一起上报失踪的案件挂上了钩。失踪的男人叫郑晓光，失踪时身着蓝上衣黑短裤，他在6月30号晚上出门找同事聚会的路上失踪了。但这也是件冷案子，因为当时只确定了尸体身份，调查没推进下去，没线索！只能说初步排除了蓄意杀人的可能性，因为熟人都走访摸排到了，不存在杀人动机不说，连作案工具——汽车，也不具备。一九九几年，汽车可还不是老百姓的代步工具。所以最后留下了一个交通肇事毁尸灭迹的方向，但也只到这儿了，至今这案子还跟无数冷案子里堆着呢。1997年，既没有天网工程也没有大数据，连联网都还没做到呢。这种案子早年间多数破不掉，特别正常。

这卷我们也给调出来了，认真研究，最后搁地图上，给了我们曙光。

郑晓光家住丰台，30号晚上吃过晚饭，8点多从家走奔同事家里去，他们也是一伙人约了要看午夜的香港回归交接仪式，但是直到电视转播完毕，郑晓光也没有出现。同事们以为他有事不来了，家里人以为上同事那儿去了，直到1号晚上郑晓光没回家，家里人一打听，不对了，这才去报案的。郑晓光要去的同事家在立水桥，1997年的立水桥可不像现在这般繁华，那会儿就是个大农村。

而邓志光的儿子邓靳新出国前在计量检测科学院工作，他回家的路线跟郑晓光向立水桥进发的路线是重叠的。邓志光当时跟汪燕在一起，汪燕住在大屯，也都在一条线上。

我们大胆推测，应是邓靳新开着邓志光的奔驰撞上了往同事家去的郑晓光，人应该当时就不行了，他一慌，赶紧打电话找他爸爸，他爸爸一听说这事，麻利儿从汪燕那儿走了，赶去给儿子善后，肯定是去善后的，要不怎么后来郑晓光给埋山里了呢？要不怎么那袋鼠牌皮鞋磨损那么严重呢？

这就都说得通了，邓志光前言不搭后语的证词、死也不提供不在场证明，他这前脚因为杀人折了，后脚儿子换车，老子都进了看守所，儿子还急急出了国。

但推测只能是推测，具体它是不是这样，现在当爹当妈的全死了，儿子在美国失联，就剩一个女儿邓雅丽能给我们真相了。

明知山有虎，偏向虎山行。但这回我们再去找邓雅丽，那是做足了功课。啪啪啪，准备齐全的资料往她面前那么一拍，心里很有底。从被变卖的奔驰到郑晓光被挖出来时候拍的照片，一应俱全。

邓雅丽是聪明人："不用给我看这些，你们这一次又来，我就知道瞒不住了。"

事情跟我们推测的十分接近，但时间顺序不同。邓靳新出国这事是一早定下来的，那会儿也是一个出国小高峰，邓靳新也想趁着这股热潮出去，所以考GRE，申请学院，一直在筹备。然后，车祸来了，他爸爸就急了，肇事就肇事吧，还逃逸；逃逸就逃逸，人死了还拉着尸体，这就非常被动了。可是当爹的疼儿子，这事再荒唐也不能说把儿子搁进去。车祸现场邓靳新自己已经处理了，邓志光就带着他连夜把人给埋了。当下就决定把这车修了然后卖掉。损毁不严重，那时候进口车质量是真好，修也不敢找正规的地方，就找了一个体修车的，多给了钱，叫快办。一直忙活到破晓，爷俩才回家。家里妻子、女儿都在等着，半夜谁都不回家，娘俩非常着急，一打电话，雷来了。一家人到齐就开始合计，一个是儿子得抓紧走，一个是车必须要尽快处理掉，处理掉还不能叫人起疑心，就说那卖了这奔驰再买个宝马，就当换车了。

不承想，一波未平一波又起，四个人一宿没合眼，都跟打了鸡血似的，结果1号下午警方传唤邓志光了。邓志光一听汪燕死了，深知大事不妙，临走跟家里把汪燕的事全给交代了，一家人又来了一个晴天霹雳。他这一走，再没回来。但是肇事车辆还得往下处理，这才有了老子蹲看守所，儿子换车。

邓雅丽说：“不是我不跟我哥联系，是我哥到了美国，最开始还行，后来精神就不太好了。这精神也好不了，自己开车撞了人，叫老爸去给擦屁股，结果老爸情人死了拿不出不在场证明又怕多行不义必自毙，一下就给自己领了个死罪。”久而久之，邓靳新心里承受不住，崩溃了。后来他休了学，开始看病，再后来就不跟家里头联系了，说大夫不叫联系，对他的病情无益。

我相信邓雅丽说的，她没必要在这上面跟我们扯谎，我们跟美国没有引渡协议，她就是有她哥的联系方式，她哥不回来，我们也拿他没辙。

但是郑晓光这个案子得结。邓雅丽跟我们回了队上，做笔录，说明情况。至于她会不会因为包庇罪被起诉，这个我们也不知道，不归我们判。

我这儿查着汪燕被杀案，结果破了郑晓光遇害案。这案子结了不要紧，戴天拍桌子跟我急了：“你都查了些啥！这眼看要过年了，你给杀人犯找见不在场证明了！”

这通歇斯底里啊，要不是上头还好些层压着，天花板非起飞不可。

在戴天咆哮着威胁要停我职之前，李昱刚给我来了电话，他们锁定贾洪洲了，问我抓还是不抓。开的免提，我还没说话，戴天朝我电话喊：“现在就动手！”

我看向他，震惊的同时多少有点心虚。贾洪洲的事我一直没向他汇报，就知道他得跟我拼命，我本是寻思越过他直接向师父取令牌的。这种讨不着彩头还会惹一身骚的破事，戴天向来敬而远之。敬而远之还算好的，横加阻拦都不奇怪。可这不是才破获了郑晓光的案子，我对他也隐瞒不了。他一句“现在就动手”真把我惊着了，按理说以他的性格，应该火速把李昱刚召回来才是。

“只许成功，不许失败。”戴天撑着桌子，两眼直视我。

我语塞，半天才挤出来一句：“我这一翻案，天雷可就下来了。”

“你瞧我像避雷针吗？”

我无语。

“办你的事！雷劈我不劈你！”

我从他办公室出来都是蒙的。这还是我认识的那个戴天吗，我师弟“无头”？

他什么时候能给兄弟们顶雷了？这可不是加官晋爵的事，这是扛责任顶高压的事，搞不好会影响他“前途”的。我是那种疯起来自己都“打”的主儿不假，戴天可不是，他理智极了，尤其是面对自身利益时。

李昱刚跟王勤是从河北滦平给贾洪洲押解回京的。抓捕他是在他家里，当着他母亲的面儿。他在河北成了个家，这时他早已不叫贾洪洲了，他叫贾亮，娶了妻生了子。怎么逮住他的？要过年了，老太太看大孙子去，螳螂捕蝉黄雀在后，李昱刚和王勤跟着老太太就过去了。

这次能找到贾洪洲并成功进行抓捕，李昱刚没少使劲。他使这个劲不为别的，就为我们之间对彼此的信任。既然我们在原有案件中发现了疑点，锁定了贾洪洲的作案嫌疑，他就必须全力以赴。

找人多难啊，尤其是在13亿的茫茫人海里，李昱刚的工作依托于数据，那更是一片汪洋大海。往常有夏新亮帮着他一起掌舵，这回换作王勤，也终于让李昱刚扭转了对他的看法，人总有自己擅长的事。仅凭他们两人肯定没法把工作干好，与当地民警协作，从前期去确定“贾亮”的身份，到后期调动当地警力组织围捕，王勤功不可没。

突破口是一条微信。

李昱刚跟王勤紧盯贾洪洲家人的动态，这个盯梢不仅对人，也要针对他们的通信联络。从电话、短信到微信等社交平台，新的旧的一股脑都要查。但一个人就像一个点，看起来像是一个单元，但这个单元是跟其他单元间有信号脉冲的，这许许多多的点，就形成了一个面，而多个面就组成了一张网。

巨大的信息量让李昱刚心力交瘁，总不能没有针对性地去查，既没有效率，又没有意义。王勤就暗暗地观察这家人的行为模式。女儿、女婿，还有孙女都住在老太太家里。老头儿走得早，老太太拉拔儿女长大，女婿找的都是一个上门的，就足可见这个老太太的掌控欲是很强大的。实际上在生活中她也是处处都要拿主意，这个他们盯梢、走访的时候就感受到了，小到买菜大到理财，必须要听她的意见，一家人里的大拿。

王勤就跟李昱刚提出着重查这个“控制狂”。

电话、短信，包括微信，都没什么异常。本来老年人就不是很依赖这种通信交流，能查到的也就是少数几个亲戚朋友发的无关痛痒的问候。

但是王勤对她非常警惕，因为是老太太牵头给儿子贾洪洲上报的人口走失。这是2002年的时候，距离汪燕被害已经过去了五年，邓志光都蹲监狱了。王勤想了好半天老太太这么干的理由，五年后去报这个人口走失是什么用意。他思来想去，觉得她是为了最后给贾洪洲销户做准备。为什么要销户？彻底抹杀这个人。贾洪洲从打1997年人间蒸发之后，再没有使用过他的身份证，是不敢用还是不需要？不需要再跟销户联系到一起，王勤觉得结论只有一个——贾洪洲很可能有了新的身份。

我问王勤：“你就没想过贾洪洲很可能已经死了吗？一个人人间蒸发，除了他不想被找到，还有一个可能性就是他真没了。这也不是没可能，你杀了人，你走投无路，你心里崩溃，你自杀。”

王勤说：“我想过，但是我看到李昱刚那么全神投入，看到队长你跟我偶像那么一心扑在案子上，看到所有人都团结一心要攻克真相，我就也想豁出去查查看。哪怕最后竹篮打水一场空，哪怕这个贾洪洲就是活不见人死不见尸，但是咱们一起把案子给彻查明白了，就不愧对这场付出。”

这话听着让我挺感动的。虽然没啥逻辑，但是非常忠心啊！起先我还挺不信任王勤的，因为他是戴天发配来的，我也不知道戴天是纯为恶心我的，还是别有用心安插奸细。但是跟王勤这些日子接触下来，他这古道热肠真不像假的，眼下他又拿出了一颗红心，我能不感动吗？

王勤这个走心的坚持，还真给他带来了回报。

一段时间后，他们在老太太的出行记录里发现了端倪。这个看来跟旁人基本没啥交际的老太太，去过河北滦平两趟。滦平在承德市，俩人琢磨她是去避暑吗？时间说不通，还有一次在冬季。再一查，不对了，就她自己，家里人没有同行记录，查他们家的车有好些次走高速奔承德的记录，可是他们家在那儿根本就没置地也没有亲戚。

她反复去那儿干吗呢？

就在这时，老太太的微信有了异动。她发出了一个加好友的申请。别人加好友都写个我是谁谁谁，说明自己身份。她的好友申请写的什么呢？ 21号下午到，大巴勿接。

这不对啊。

一查对方的微信号，贾亮这个人浮出了水面。也姓贾，而且搞这么神秘，这里面必有文章。

俩人就朝着贾亮查下去了。这个人的户口就落在滦平县，但是它不对，这个人不是土生土长的当地人，他户口是结婚之后随着妻子过去的。他的妻子叫王畅红，是土生土长的滦平人，家里亲戚朋友全在滦平。贾亮跟着妻子王畅红从事畜禽养殖，还带着做机加工这一块，就简单地给人家加工点东西、修一点设备，在农村有一个小作坊。技术活儿，跟修牙差不多，都是细活。

去到滦平，王勤带着李昱刚去了当地派出所，把情况一说，滦平方面也是高度重视，这一查就查出事来了，贾亮这个户口迁移存在违规情况。再把这个贾亮跟贾洪洲的照片进行人脸比对，一下就确定他是失踪的贾洪洲无疑了。

得到抓捕指示，李昱刚跟王勤在滦平警方的配合下，当场将贾洪洲抓获。贾洪洲完全没有抵抗，

李昱刚问他："知道为什么抓你吗？"

他声音低哑地说："知道知道，我1997年时候杀了人。"

"你是贾洪洲对吧？"王勤问。

"我是，我是。"贾洪洲连连点头。

现场除了老太太撕心裂肺地哭，贾洪洲的妻子也号啕大哭，他年仅八岁的儿子一直叫喊："你们放开我爸爸！"

把现场人员都稳住，老太太也被带上了警车，包庇罪无疑了。至于她为什么能把情况隐瞒得这么好，让贾洪洲这一外逃就是二十来年，除了她的控制型人格，另一方面她一直在看《法治进行时》，每集必看，这些年坚持在看，刑侦上这点东西她太明白了——警察怎么跟踪、怎么反间，都是后期学的。包括刑法书，各方

面都很清楚。她也思想斗争过，想过带着儿子投案自首，贾洪洲这十九年里也很受折磨，一直想投案自首，他受不了了。可是有了家庭之后他有牵绊了，舍不得离开自己的老婆孩子。

贾洪洲的妻子王畅红也被滦平警方带走了，需要她交代贾洪洲落户的问题，这里面存不存在行贿，等等。问她知道她老公杀了人吗，王畅红的脑袋摇得像拨浪鼓，连说不知道。但是她说她有感觉，虽然不知道杀人，但知道他肯定背着事呢。就是后期在整个生活状态中，她就老觉得不对。她老公是北京人为什么来这儿？她问过她婆婆，也问过老公，她老公就说年轻的时候打过架，事还没平跑到这边来，但这个事早晚会过去，没说杀人。然而王畅红觉得不对，一直在怀疑事可能比较大，太神秘了，跟他妈见面都单独的。

就这样，贾洪洲杀人外逃，最后坑了自己的亲妈不说，还坑了他老婆，更坑了他儿子，爹、妈、奶奶全给带走了。一个海市蜃楼的家，轰然倒塌。

贾洪洲对罪行供认不讳，我们马上组织了审讯工作。他把这个案子原原本本给我们交代了一遍。

他自己也没法解释自己的杀人动机。究竟是图财，还是仇恨？大约都有。

贾洪洲当时确实是在跟汪燕处男女朋友，汪燕去看牙时候，俩人认识的。男未婚、女未嫁，男的潇洒，女的漂亮，打了几次电话，约着出来吃饭、看电影、听音乐会，一来二去，就情投意合了。汪燕还借给贾洪洲六万块钱炒股，说是为共同的未来投资。

汪燕到底是怎么看待贾洪洲的，现在人死了谁也不知道了，但是从汪燕这个复杂的人际关系来说，大约也不是那么认真。但是她有钱，她痛快地拿出钱来，更让贾洪洲觉得汪燕对他青睐有加。

然而投资失败了，贾洪洲炒股赔了，从六万赔到一万多。他把情况跟汪燕一说，汪燕火儿了，俩人大吵了一架，汪燕还叫贾洪洲还钱。

6 月 30 号，汪燕又去看牙，贾洪洲借机想缓和缓和俩人的关系，就提出等他下班之后，俩人去吃饭，或者去玩儿，但是汪燕给推辞掉了，说时间说不定，工作上有安排，让他等电话。贾洪洲寻思汪燕这还是跟他置气呢，就想给汪燕一个惊喜，也给她道个歉，再怎么说，也是他拿了人家的钱炒股失败了。下班之后，他去买了花，还买了东西，去她家里，可是在门外把该听不该听的都听到了。当时邓志光在汪燕家里，他没吱声就走了。到晚上 11 点多，汪燕给他打电话，说："我也挺寂寞的，没事干，你过来陪陪我吧。"她是寂寞，因为邓志光被他儿子突然叫走了，她就喊贾洪洲过去填空，贾洪洲妥妥当了个备胎。那他去她家了，把人掐死，掐完就跑了。

这到底是不是激情犯罪？我个人觉得不是。贾洪洲 7 点多听了墙根儿走了，11 点多回来把人杀了，这也筹备了很长时间。他 7 点多时候破门而入去杀人，那叫激情犯罪。可是他回去了，他琢磨这个事，在 11 点过去给人掐死了。他镇静地去，镇静地给她干掉，他也是心思很缜密的。他上门拿着花儿倍儿激动，一开始 7 点多想给一个惊喜，结果上门一听，所有的情况都听到了，在门那儿全听得倍儿明白，然后就走了，拿着花在那儿等着，等汪燕电话。那边来电话说"你陪陪我"，他说行，然后又去了，这花儿都没扔，拿着花儿又去了，干完从现场走的时候任何东西都没留下，全给擦得一干二净。冷静极了。他下手非常干脆，下手就掐死了，也没有和汪燕起口角。现场有饮料杯，他把这饮料都倒了，刷得干干净净，还擦干放回了橱柜里头，给可乐瓶子也带走了。现场的痕迹全被人为地消灭掉了。

可以说，贾洪洲是抱着杀心回去的。汪燕还换了新的内裤等他，上头穿个大背心，下头穿个黑内裤，等这个备胎来填空，他上去就把人给干倒了。汪燕挣扎间把大背心给甩脱了，贾洪洲把背心也带走了。他为什么带走？让人一看就是亲密关系杀人呀，他听墙根知道汪燕跟邓志光上床了，他连背锅的都筹谋好了。

"是故意的，没犹豫。"这是贾洪洲原话。

我问他："为什么要把饮料杯子洗了、可乐瓶子扔了，是这对男女喝的呀，这个对你有利呀。"

贾洪洲说："我掐死她之后特别渴，当时脑子也是一片空白，糊里糊涂就把那半杯可乐给喝了，喝完想到不行，唇纹留上面了。我是拿布擦来着，但是擦完越想越不对，我虽然戴着医用手套，可我这么一擦，肯定这杯子就不自然了，有擦拭痕迹了，你们就该知道现场还有第三个人了。而且我当时不能判断这俩杯子谁的是谁的，如果是汪燕的，那我还能补救，去拿她手握，去拿她嘴贴，但如果不是她的，出来有俩她指纹、唇纹的杯子，那更是节外生枝。”

他这个人杀的，真是善后时候头脑风暴来着。

贾洪洲说他这些年来一刻也没忘记过这一天，至今都清楚地记得 6 月 30 号当晚的情况。很受折磨，不是他要想，是他闭上眼，那一幕幕画面自然就浮现出来。

他说：“我真的想自首来着，但一开始存在侥幸心理，而且我怕死，尤其逃亡，也没那么多劲儿去深思，光活下来就很难了，我扒过运输车、沿着铁路找过方向，去过建筑工地、要过饭，最开始那两三年，就活得不像人。”

后来机缘巧合，贾洪洲一个工友叫他去种地，他就跟工友去了。一开始他还不想去，滦平离北京太近，但是他思乡，想他妈，而且这个工程一会儿就结束了，结束了他也没方向，浑浑噩噩就跟去了，去滦平种红景天。也就是在这个过程中，他认识了妻子王畅红。王畅红家里搞养殖的，跟种红景天的叶家沾亲带故，他们有了接触机会，一来二去爱情就萌芽了。

贾洪洲说：“我一开始真没想跟她结婚，咱没那个脸，可是情感这个东西啊，不受控制。那时候，我太需要有人爱我了。”

结婚，遇到的最大难题就是办手续，贾洪洲不可能拿出身份证去登记，但是他们又要结婚，贾洪洲就说：“我身份证早丢了，也不可能回家开吧，我从前打架给人打伤了，所以跑了。”王畅红一听，没犹豫，没说这婚不结了，而是去给他重新弄户口了。爱情这东西就是让人盲目。她们家在当地关系很多，确实行贿来着，通过她爹找人给办的。婚一结，两口子劲儿往一处使，养殖业干得风风火火不说，贾洪洲还干起了机加工，眼瞧着日子风生水起感情也越来越深厚。一年多以后，贾洪洲觉得自己现在也稳当了，就联系他妈了，当妈的一听儿子跟河北扎根了，赶紧跑去探望。

贾洪洲说：“你们千万别为难我妈，她也思想斗争来着，她是持续地关注这个案子，一开始邓志光判的死刑，给她吓坏了，这要是又死一个，凶手还是我啊，后来改判了无期，她才把提到嗓子眼儿的心放下去。”

但是儿子外逃，还是杀人外逃，这肯定不对，老太太就问贾洪洲怎么想的。贾洪洲说是他自己坚持不自首的，因为他那会儿感觉自己像新生了一样，浑身充满干劲儿。这才有了母亲包庇儿子。但是这个干劲儿，没两年又被噩梦淹没了。贾洪洲说："你没看我儿子才八岁嘛，起先一直不敢要孩子，心里真的不踏实。"

我在心里一声叹息。最后他不仅结了婚、有了娃，母亲还不定期过来探望，这让他怎么自首呢？这虚假的曙光致使他一次又一次错过了赎罪的机会。毕竟，这世上有三样东西藏不住，月亮、太阳，以及真相。

这是一条没法回头的路。

贾洪洲说这话的时候声音很轻，但是这话背后的那条路，当真沉重——撒一个谎，要用一千个谎言去圆；走一条路，明知是死路，却早已身不由己不能回头。

审讯工作完成，我们把案子再度移交了检察院，接下来就是走司法程序。这中间戴天给我们做了大量的疏通工作，虽然上面对这事看法挺多，但是师父对我们提出了表扬——"顶着巨大压力，寻求司法公正，是我徒弟！"

我还私下里问了师父，戴天这回干得这么硬，是不是对他影响很不好？

师父看着我笑道："你俩还真是凑一块共同进步了，当初把你调回来就对了，小天儿也没那么尿了，你也没那么刚了。放心吧，身正不怕影子斜！"

我说了句那就好，师父一脸慈祥地看着我说："这才像个师兄的样子嘛，知道关心师弟了。"

"谁关心他啊！"我撇嘴，"我是有事求他。"

"其实你俩小时候，拌嘴吵架归拌嘴吵架，他跟你屁股后头颠颠儿的，你走他前头雄赳赳气昂昂，挺好的。后来怎么就水火不容了？"

我答不出这问题。是那样吗？我都已经忘记了。什么时候开始，一个有血有肉的人，在我心里活成了一张脸谱？真就是一张脸谱，一个符号——坏人。他具体哪儿坏呢？他投机、他钻营。这就是坏了吗？在我看来的投机与钻营，似乎又是别人眼中的"上进心"。

想不出，可能也是不愿想，我还是借着东风办点儿实事吧！

听说电视台又要来采访了，我趁机赶紧又跟戴天提了提那八千多元的报销，他正在兴头上，大手一挥，给我们特批了，没想到我也学会投机了。批完他就把我请了出去，他后头还有会，会后头还有采访，大人物嘛。我谢谢他对我们工作的支持，我也不觉亏欠——看，我也送他上青云了。

出来时候我遇上了宫立国，他还不算好全乎儿了，但已经带伤开始工作了。我俩擦肩而过，我视线的余光捕捉到他竖起了大拇指。

“你也好样儿的。”我说。

快过年了，我们队结伴去杨志国那餐厅撮了一顿，把文君也叫上了。

老杨跟我们一块，跟他那包间儿里，开了瓶茅台，一起喝。他挺感慨的，既感慨这案子里的案中案，又感慨现在科技强警让我们的刑侦工作更上一层楼。我听出了他话语中的伤感。

我说：“你不要多想，谁还没遇上过坑人的案子啊。”我就给他讲了讲我因为大望京杀人案被停职的事。

文君倒是听得津津有味，说：“那大刘儿你是真够背的，也够强，这都没让你怀疑自己的工作。”

我说：“怎么不怀疑啊，我当时生活里也难，家里人生病、孩子又小，干个警察真是抛头颅洒热血，为了真相马蜂窝都不知道捅了多少回，结果栽在这儿了。我去开一天快车都比干刑警挣得多，我去当私家侦探可能发家致富，还没危险！我真犹豫来着。可是结果怎么着？警队朝我招招手，我摇摇尾巴就贴上去了。”

“二狗真不是浪得虚名。”文君弯酸我道。

“必须啊，我跟杰哥，我们绝对是警队双煞。”

“走哪儿把事惹到哪儿。”

“搞事情，”李昱刚加入损我的队伍里来，“我师父绝活儿啊。”

“还是喜欢，爱干刑侦工作，”老杨给大家倒酒，“这工作，真不是谁都能干的。我不就阵亡了嘛，还是放不下自己那个小家。孩子苦啊，在他成长过程里，有爹跟没爹一样，进了青春期，妈妈又病倒了，这一病就是阴阳两隔。我后来去了派出所，退下来之后我这么一想，我也没多留恋刑侦工作，给老百姓解决解决生活难题，我也挺高兴的。后来儿子出国，我跟着去陪读，在国外，视野更大了，我就想我这辈子还有什么想干的没有。儿子老说我做饭好吃，得，干吧。我也喜欢做饭。”

“老杨，你这不叫阵亡，你这是圆满结业！”我嘬了一口酒，“有些工作，能让有些人持续一生；也有些工作，让有些人走过一段。但是，都会让人有收获。咱们干刑警，切记不要去比较谁更高尚，咱还是比较比较谁脱离了功名利禄，还能心平气和面对自己的生活。就这一点，你没输。”

“每天清晨，有多少双眼睛睁开，有多少人的意识苏醒过来，便有多少个世界。”夏新亮说。

“偶像就是偶像，咱俩走一个！”王勤起身，跟夏新亮碰杯。

“胖儿，”李昱刚夹菜，“我特想知道，你机关坐得好好儿的，你上一线来干吗啊？真是为了升升？你今儿也给大家一句实话！”

“我要说出来，你可别笑。”王勤胖胖的脸上挤出了一丝羞涩。

“说说，”夏新亮也帮腔，“你来了也挺有些日子了，是咱团队一分子了，得让我们全面了解了解你啊。”

“他从机关调过来的？我说怎么看着文绉绉的呢。”杨志国笑。

“我妈老说我这个警察当得毫无说服力，既不抓坏人，也不搞研究。就她可嫌弃我了！我不服气啊，凭啥拿豆包不当干粮？我是服从组织安排，不是我干不了外勤工作！不行我必须扬眉吐气！得，那我拍个报告吧，我到一线来！咱也能立功！说实话我当时就是赌气，谁承想还真给我批了……”

哈哈哈哈……全体哄笑。

“顺便……顺便涨涨职称……”

又是一阵集体爆笑：“这才是真实目的吧！”

哄也哄完了，我看向王勤问：“来了之后你感觉还是你想的那样儿吗？”

“必须不是啊。哎哟，可把我愁坏了。我抢着干这，抢着干那，什么都是第一回，心想万事开头难。结果呢？开了头，你就会发现，后面更难！”

他再次把我们逗笑了之后，恢复了一脸正色：“办案，真不是你想办就能把它办掉的，没有团队，没有相互之间的了解、信赖，你真孤掌难鸣。还个人立功呢，咱团队立功都没那么容易，就是上头的打头兵啊！”

我问：“那你后悔了吗？不行我再把你送回去。”

王勤看着我，一字一顿地说：“不、后、悔！我在咱们队，找着家的感觉了。我很多事不会做，还有很多事做不好，但我哪怕晚上给你们煮个面，哪怕你们奔忙在一线我给你们送个饭，你们需要我！不像跟机关里，在那儿，我就是个透明人。这么看，我妈挤对我也没错！”

啪啪啪……老杨鼓起了掌。跟着这个节奏，我们都鼓起掌来。

哪怕是为一个“家人”，也真让人暖和。

“话说……这个贾洪洲他妈，天天看《法治进行时》，还真能跟着学着东西？”杨志国八卦了起来。

夏新亮把话接上了：“不新鲜。自打美剧《CSI》播出，美国杀人犯都知道要回避留下作案痕迹了。《强奸案侦查手段》购买最多的不是警察而是强奸犯。”

“咦！扫兴！”

大家一起哄他。这孩子，他的耿直就是扫兴没商量。

“跳房子”

电话打进来，我接得漫不经心，还在执着地跟我姐讨论猪肉的通脊与里脊要买哪个部位。一听说是有孩子被掳走了，我先蒙了一下，继而捂住话筒跟我姐说：“咱撤吧，我送你回去，我这儿来事了。”

我姐看向我，摆摆手，意思是我可以滚了。

“我给你叫个车吧，买完你告诉我，我给你叫。”

“我宁可相信它能上树，”我姐说着，拍着油腻腻的猪腹肉，“也不相信你那张嘴。你前脚走，后脚准失忆。”

我姐不愧是我姐，就这么了解我。

小跑出市场，取上车我就走了。

自打我们队被挪去专职负责梳理旧案，就没再让接过其他案子，但儿童走失这事不一样，首先它被高度重视，其次这是必须要打闪电战的。越快破案越好，尤其是要把握住二十四小时黄金期，只有在这个时间里，我们最有可能解救孩子。

这事戴天找我是对的。在我的职业生涯里，经手的儿童走失、绑架案不计其数，除了有两个未成功解救，其他都办得很迅猛。

这俩案子呢，头一个我做过深刻的反思与检讨，当时解救的时候，时间耽误了。这就是我们工作失职，是一开始没有足够重视也好，是临场围捕出现错漏也罢，就是我们办案不力，就得检讨，就得从中挖掘出更深层次的问题，自此之后警钟长鸣；而第二个案子，让我对体制宣战了——它就是被媒体给耽误了！当时我们想解救这个孩子，嫌疑人抓到了，媒体拿着大录像机就照：“我们要看看你们最厉害的审讯人，怎么办这个人，怎么把人问下来。”我胳膊拗不过大腿，这是上面布置的任务，硬着头皮我就问，问了两个小时，什么也不说就是负隅抵抗，摄像机给了嫌疑人莫大的底气，他拿审讯室当舞台了，拿我的审讯当作是跟他交锋了！我翻脸了，说：“你把录像机收起来立刻就问下来。”之后录像机收起来了，问了将近半个小时把人给问下来了，问把小孩给搁哪儿了，说给搁水泥管子里了，我们去解救的时候孩子已经死了，刚死，他们不架摄影机的话我们半个小时就给问出来了。也正是因为有过失败的案例，我在事关儿童的案子里是绝对不会松劲的。

到小关北里我就瞧见路边停着的那辆依维柯了，李昱刚跟夏新亮都已就位，王勤还在赶来的路上。他俩在看监控，屏幕上的画面十分清晰。我坐下四下打量着车内，这阵仗我先前只跟电影里见过。各种设备仪器，我也不知道都是个啥。路上俩人跟我说位置的时候我还没当回事，心想戴天能批啥，最多就是给我们批辆车，现下我这么一瞧，他也终于开始干“人事”了，能给兄弟们后援力量了。

我最近也经常反省，是不是真应该以发展的眼光看问题了。宫立国，从前接触不多或者说就没啥接触，可这一接触下来，也是一条硬汉，杀人案战功赫赫真不是浪得虚名。谁再跟我说他是戴天门下一条狗，我就怼死谁！另一方面，我和戴天相交多年，也是积怨不浅，他对上曲意奉承，对下压榨强权，可是这次我回来发现他也能算个领导了，还是能担点儿事的，还是能知人间疾苦的。

“这儿这儿这儿！”

夏新亮的声音打破了我沉思的状态。

11:09:55，在通道摄像头里近距离看到嫌疑人了，他抱起女童走出了监控范围。监控很清晰，嫌疑人的体貌特征看得很清楚——男，年纪在四十岁上下，身高大概一米七，体态偏瘦，长头发，瘦长脸，上穿一个灰色大衣、下着卡其色长裤。

照片出来夏新亮就拿着去找受害人夫妇了。

机器设备给力，俩人卡时间做得很精准。我拿过一旁的那摞打印照片认真翻阅起来。

9:10，嫌疑人进入市场内西南角五号楼，由南向北行走。

9:13，二号楼西北角监控显示嫌疑人由南走向西北角停车场。

10:17，嫌疑人带着孩子在停车场玩“跳房子”。

再加上眼下这个 11:09 嫌疑人从停车场抱走儿童向东侧服装厅进发，11:21 他从五号楼经过离开。

这个时间基本就卡得差不多了。

但是我们很疑惑，真的疑惑。

这是个无比奇怪的时间线。嫌疑人 9 点多来到市场，10 点多拐走了孩子，11 点半才离开市场？

路线也诡异，他带着孩子没从停车场直接离开，而是又折返回了楼内，最终由他来时的方向走了。

而且“跳房子”是怎么回事？这是有多大的胆量能耗费将近一个钟头跟孩子玩游戏建立信任啊？以拐卖儿童来说，这完全没道理。要不是受害人夫妇坚决表示不认识这个男的，我真觉得这嫌疑人是他们熟人，只是带孩子出来玩玩儿。这状态也太轻松了吧？

可它就是一起拐卖案或者绑架案。报警的是孩子的母亲田女士，她跟她老公在燕村市场租了摊位卖豆腐。由于这是个全体人民都在“忙年”的时候，豆腐摊儿生意火爆，忙完一阵儿她老公发现原本在摊位附近玩耍的女儿不见了，这会儿夫妻俩就开始找，但怎么都找不到。当爹的去找市场部要监控，当妈的一路问人一路找，后来在服装厅西门卖电器的门口，有个摊主姓王，他说 10 点左右，看见一名男子出现在服装厅，身后跟着一个小女孩儿，他们走到厅南侧过道时，这名男子东张西望了一会儿，接着抱起小孩儿就往西门出口去了，这小孩儿没哭也没闹。问孩子啥模样、穿着啥衣服，摊主就给描述，孩子妈一听这就是自己女儿，赶紧就报了案。报案警方就介入了，李昱刚跟夏新亮开始倒腾监控。

这情况太让人迷瞪了。10 点多摊主目击嫌疑人的时候，应该是他带着孩子要去玩儿“跳房子”，根据证人这个描述，他确实很悠闲，根本不慌张。那个东张西望更像是找方向，很多人在这种综合市场里都会这样，大，而且乱，不容易知道出口在哪儿，指示牌也不怎么明确。

一时半会儿我们也琢磨不出来这是个啥情况，但是根据目前掌握的信息，我们把它列为儿童不明失踪是完全没问题的，且既要考虑拐卖的可能性，又要考虑绑架的可能性。

家属不能慌，越是处于这种扑朔迷离的情况中，越是不能慌。夏新亮极力地安抚着他们，别炒作，一炒起来事态就容易失控。我们每发生一起案件第一个想法就是避免媒体的介入。毕竟媒体为了博眼球经常偏离事实地带节奏，于案件无益甚至有害。

李昱刚跟家属们建立起密切的通信联系，手机进行监控监听，如果打电话绑架要钱的话，能确保我们技侦工作有条不紊地进行。

王勤这时候才赶到，也不怪他，他其实休假，在天津见朋友，接了电话就往回赶，马不停蹄。搞刑侦工作就是超长待机，一年365天，一天24小时，别说睡觉，洗澡都得“静候佳音”。我跟他交代了目前的进程，包括接下来我们要对监控录像的追踪范围无限扩大，尽可能打开搜索渠道，刻画逃逸方向。然后他被我安排发协查通报，这个他在行，包括对旅店业、运输业、洗浴业等重点单位，都要发协查通报。如果发现类似嫌疑人的人，第一时间通知我们。

我也联系了交管部门，要求对我们周边呈放射状进行边检拦截，如果有发现及时上报，确保万无一失。交管部门特别给力，不仅投入大量警力支持，还通过110数据进行排查，这个数据能显示出所有通过此地的出租车。嫌疑人带走小女孩儿之后使用了什么交通工具？有没有坐出租车的可能？交警对所有经过这附近的出租车进行了访问。只限出租车，因为出租车是受他们监管的。网约车也没有必要，谁也不可能说掳走个孩子叫网约车，那不成实名制犯罪了？

一帮人干得如火如荼的时候，我步话机响了，交警联系我说有一辆出租车闯卡！

我跟夏新亮百米冲刺上了我的车，他开，我坐副驾，这我也不跟他争抢，车技决定位置，他赢我输。步话机响个不停，我俩朝着锁定的方位冲刺，在此期间夏新亮灵巧避让社会车辆全速超车。跟安贞门我们协同交警队给这辆车截下来了，真是生生截下来的，夏新亮玩了一把漂移，我那后车门子都给撞变形了。

“还是你们野。”这是交警队的同志给我们的评价。

我说：“咳，主要是我们没你们顾虑多，你们要来把漂移得打一厚摞报告，我们不用。这实话嘛，就像刑警不敢轻易开枪，交警也不敢轻易把人逼停，条例规矩都能烦死人。”

在我们的呵斥声中，车里下来两个人。五十来岁的是司机，后座坐着的是个小青年。

小青年见我们呼啦抄一帮人给他们团团围住，吓得腿直哆嗦。

这一问，给我鼻子都气歪了。敢情这出租车司机用的套牌，见交警队设卡拦车，他登时就慌了，以为查车的，一慌他就踩油门闯了关卡全速逃离。

人让交警带走，我跟夏新亮翻着白眼回车里奔回走。

回去李昱刚和王勤俩人正以案发现场为中心，继续调取四周的监控。因为出了市场就没有探头了，我们就得把路口所有有探头的地方全都统一看一遍——不知道他往哪个方向走的啊！必须找出一个方向来，然后以它作为中继点，继续往下找。

时间就是生命，容不得半点错漏。我也加入了他们的队伍，多个人多点儿力量。

就在我们死盯着各个监控录像的时候，夏新亮坐在另一边，反复地看着之前案发现场的照片。我视线的余光总是不自觉地扫过他，几次我都想叫他过来，一起加入我们争分夺秒，可是下意识地我又没这么干。夏新亮不是没轻重缓急的孩子，他那么投入地研究那些照片，肯定有他的理由。

过了好一会儿，我听见夏新亮喊李昱刚，让他调出当前这块位置的地图，李昱刚也挺蒙。地图被局部放大，夏新亮盯着屏幕看来看去，最后指着一条紧挨着一个三角地小花园的道路问：“这条路有探头没有？”

真是神了！监控这么一调，嫌疑人给找见了！ 11 点 52 分，嫌疑人带着小女孩儿从这儿走过了！

我们视线相对，又是神默契地朝车去了，这期间李昱刚薅住我塞来一 iPad。我说我也不会用啊，他说夏新亮会。

赶到这个小公园是非常快的，这会儿是下午 1 点 40 分，嫌疑人跟小女孩儿肯定是不在了，但我们可以进行走访。公园也不大，说是公园，其实就是一片比较大的绿地。这会儿跟这儿活动的全是老太太，在访问的老太太当中，其中有两个人反映在公园内看见这俩人了。一个说瞧见他们在这儿休息，像是玩耍累了，两个人坐在长椅上，小孩儿穿得单薄，没穿外套，这个男的还用自己的大衣把小孩儿包起来了。另一个说一名男子站在公园门口示意小孩儿不许动，小女孩儿当时非常乖，没哭没闹就坐在那儿乖巧地等男人，之后男人横穿马路向北跑，大约一刻钟的时间，他骑着一辆女士自行车回来了，将小女孩儿放在后座上，就带着孩子走了。

往哪个方向走的呢？由安定路向南走的。

得到这个消息，我马上反馈给李昱刚，让他把探头跟上，嫌疑人骑车带孩子，应该不难找。

我很焦虑，时间一分一秒流逝，我们跟在嫌疑人后面跑让我很窒息。虽然眼下孩子还没出事，但保不齐下一分钟她就会出事。

我吐出一口烟说：“这父母也是心大，带孩子上市场干吗？人多又闹，关键还没心力看着她！尤其长期在这种环境里长大的孩子特别不认生。这个人过来给个糖吃，那个人抱着逗逗，她就养成习惯无所谓了，叫坏人抱走她也不会哭闹，不哭闹任谁见着都以为是父女俩呢！”

“不，不是。她不是习惯了跟陌生人互动，这个互动其实都是短暂的，就算她长期被人逗弄、被冷落在旁自己野着玩儿，她也无法长时间地跟陌生人交流。毕竟她只有两岁半，她跟父母之外的成年人之间很难建立起交流。”

我听出了夏新亮话里有话：“你有什么发现？快说说。”刚我就想问他呢，他怎么知道往这个公园找的？时间紧，任务重，我还没顾上问。现在我们在等李昱刚的下一步情报，暂时也无处可去，肯定得顺着往下追，回去不如原地待命。

“咱们先上车，边开边说吧。”

"去哪儿啊？"

"您看地图，看这附近还有什么公园，就是顺着安定路向南的方向。来，我把 iPad 打开，您给我看看。"

"跟公园干上了啊！"

"俩孩子不去公园去哪儿玩儿啊？"

"啥玩意儿？"我愣住了，不是一个孩子吗？咋又俩孩子了？

"您回想一下嫌疑人在地上画'跳房子'时的姿态。"

我闭上眼，让监控画面里的情形在脑海中浮现。那是一个很破旧的停车场，停了好几辆货车，厢货和皮卡都有，也有私家车，但停得不是很满当，好多个车位都是空的。在停车场的西北角，是嫌疑人和小女孩儿。小女孩儿没穿外套，就是身上的花毛衣和下头的短裙，短裙里面有红色的棉裤。她吮吸着手指看着嫌疑人在地上画格子，嫌疑人趴在地上，灰色的中长大衣都扫了地，他画得用力，石头的碎渣不断地从他笔下飞溅，小女孩儿很高兴的样子，蹦蹦跳跳比画着应该是在拍手。

"他为什么趴着画啊？而且还画得歪七扭八的。"我喃喃道。

"因为跳房子那个框子要画得比较大，人是要往里跳的嘛。对孩子来说，画这个房子还挺费力气的，不像成年人，弯腰几笔就是一格。孩子首先在绘画的力道和全局协调性上远不如成年人，所以他们会画得更认真，更需要斟酌；其次他们更追求完美，因为他们比成年人更重视游戏规则。尤其你看他趴下时候那个笨拙的模样，包括他认真到歪斜又往回找补的动作，那个线是很粗的，为了找平是很粗的。"

"你的意思是……"

"嫌疑人很反常。拐了个孩子，不着急离开现场，而是带孩子去停车场玩游戏，玩儿了大概得小一个钟头，这才将孩子带离。目击证人说这个嫌疑人拉着小女孩儿东张西望来着，包括他离开时候的路线，他没从停车场直接带走孩子，而是又返回了服装厅，最后从来时候的路走的。他在干吗呢？找路。这是典型的儿童化的思维，变通能力差，听家长的话，记路，怎么来的怎么走。甚至你回想一下嫌疑人带着孩子跳房子途中，两个人都有坐在格子里也就是画的房子里休息的时候，体力不佳，累。我们看到的他是一个四十岁上下的成年人，看他玩这个跳房子，还真是四十岁上下，八零后最风靡这个游戏，但实际上，当时主宰这个身体的，应该就是个六七岁的孩子。”

“他是智障？”

“不，他在智力方面没有问题，他还能请小女孩儿坐在那儿等他，自己去拿自行车呢。那个自行车绝对不是他偷的，应该是他自己骑来的，他去取车用的时间很短，说明目标明确，来回才十分钟多一点，如果是偷的，从物色目标再到开锁是来不及的。那自行车，女式自行车就是他自己的。他应该是先来过这个公园玩，然后走去的市场，最后又从市场带了小女孩儿回来，在公园歇一歇，最后取上车走的。”

“精神病啊？”

“这个叫作‘解离性人格疾患’，或者是‘分离性身份障碍’，最通俗地说，多重人格。”

我瞪大了眼睛：“你意思是……这个嫌疑人现在只有六七岁？”

“我只能说，带走小女孩儿的时候，他的人格是个六七岁的孩子，但是这事可怕在，我们不知道他有几个人格，也不知道他的主人格是什么，更不知道他何时会实现人格转换，而接下来登场的人格，又会如何对待小女孩儿。所以师父，咱们争分夺秒是必须的，这比她遭遇绑架、遭遇拐卖，更可怕。”

“我 ×……”

“我已经把嫌疑人的照片，包括我整理出来的他的行为模式都发给我师兄了，让他帮我问问看哪所医院接待过这个病患，如果病人去就医过，咱们至少能掌握他的身份，包括他的病状，这个对咱们会很有帮助。但是一时半会儿恐怕不会有消息，只能等。”

“北土城！北土城公园！”我在地图上有了发现。

“快给昱刚打电话！”

我们奔北土城公园，李昱刚调监控追，我说你试着举一反三吧，很可能我们到了他们又走掉了，你以北土城公园为轴心，往下追。

果不其然，我们赶到公园，这俩人已经不在了，目击群众反映见过他们，说看着像父女俩，玩儿捉迷藏来着，当爹的有股孩子般的稚气，显得不像他那个年纪。俩人玩了得有半个多小时。

李昱刚那边也给力，把监控追上来了，这俩人由北土城公园走了之后，自服装学院南门向西南改变方向，沿中医药大学东侧向北三环汉庭酒店西北角由北向南。这个方向走过的人就知道，来回地走。这也符合夏新亮对嫌疑人的推测，成年人不可能把路走成这样子。这就不是正常人干的事。

到这个地方的探头又变多了，将近一百三十个。这俩人最后是在 13 点 22 分的时候，在东土城路丁字路口北边的小广场左拐，由东向西行驶，消失在煤炭医院西门由南向北的路上。

沿途探头有多有少，煤炭医院由南向北是香河园地区。这地方四通八达更复杂了。进入这个地区之后，没有探头了，往哪条路上走我们一片茫然了。李昱刚在周围调取的是一百五十多个录像，这光凭他跟王勤肯定得给绊住了，别想追上嫌疑人的脚步了。我们只好求助图侦部门，必须全体总动员了。

李昱刚在图侦也是待了好些日子的，跟同事们关系还行，跟他们领导不怎么对付。他的新点子、新创意，人家理也不理他，这让李昱刚十分瞧不起这个迂腐的老同志。老同志也不待见这个愣头青，觉着他全是脑子一热瞎胡来。那这次他去寻求合作，这位也自然没啥好话，就弯酸他呗。让我没想到的是李昱刚一句没顶嘴，任凭对方说损话，没回嘴，就诚心诚意摆出低姿态求助。人那边也不会说为怄气耽误办案，很快就上马了，安排了二十来个侦查员给我们打辅助。

我说:“昱刚你可以啊，成熟了，知道尊老了。”

李昱刚说:“他们倒是还不爱幼。”

我被他逗乐了，这案子让我高度紧张，他也算给我松了松筋骨。他接着说道:“师父咱群策群力，该拧成一股绳咱就拧成一股绳。至于我跟他的恩怨，他不理我，戴队还挺给力的，人脸比对、大数据，包括弄这个跟踪车，他都特支持我，这我就高兴。咱慢慢来，谁还不是为着老百姓好啊。你哪怕这一刻碌碌无为，甚至食古不化，那有朝一日也会闪光，也会当个大英雄。这就是咱干警察的嘛。咱也是什么性格什么脾气都有，但咱大目标从来都一样。”

豁达，我喜欢。我也该向他学习，别老固化谁的形象。

就这么着，二十来个人再加上李昱刚跟王勤，大家一人看几个，要的就是速度。

速度也带来了转机。监控显示，在 14 点 42 分的时候，北三环西坝河桥辅路探头上看见犯罪嫌疑人骑车由南向北穿行桥下，向三环外方向走。沿途追，一直追到太阳宫地区。到太阳宫地区，里边就是岔路多、探头少了，他们只能采取跳跃式地看，断断续续地看，我跟夏新亮还做分析工作，分析他跑哪边去了，再把我们的分析给到他们，大家一起排查。

最后，在太阳宫一个工地，看到嫌疑人由南向北跑了，监控只看到一点影儿。但跟着这个影儿我们又连续追，一直追到太阳宫公园西门加油站，又捕捉到他了。探头里看见他给小女孩儿紧了紧衣服，小女孩儿看样子像是累得睡着了，他最后给小女孩儿连着衣服系在了自己腰上。之后继续向四环方向行驶。下一个探头是北四环望京桥鹿港小镇小区的探头，他进了望京地区。

我们全都眼前一黑。望京大啊！里头许多大公司不说，还一堆一堆、一片一片的大型小区。探头多如牛毛，又得上来好几百个录像。再者望京地区人员太复杂，外来务工的、外国来务工的都不少，在这片出没的流动人口堪称北京之最。它称第一，没人敢称第二。

这时候天已经擦黑了，5 点多了，从孩子被抱走，八个钟头没了。虽然瞅着监控里小女孩儿还是挺好的，但她面对的是个精神病，不知道他哪时犯病啊？尤其犯病了后果还不堪设想！他受法律保护，他干了啥我们都拿他没招儿不说，他干出的事很可能还异常凶残。

就在图侦部门疯狂查看监控录像的当口，夏新亮他师兄给夏新亮来了电话。这个嫌疑人给摸上来了。

汪斌，男，三十八岁，家住南湖渠 9 排 7 号。

这人还真被家人带着上过医院，但是他就去过一回，没有确诊，也没有再去，更别提后续治疗什么的了。主治大夫一看这人就想起来了，一直挂心着他的病情，因为当时初步判断他很可能患有精神分裂症。

夏新亮的师兄不仅给我们提供了重要情报，人也正在赶来的路上，以防突发情况的发生，他是专业的精神科大夫，真有情况能想办法控制。

一确定嫌疑人身份，我们立马联系了当地派出所请求协助。派出所反映他确实是他们辖区的一个重点人，闹过几回事，跟公园里裸泳、抢孩子玩具枪……他去看病还是派出所强制家属带去的，就是个疑似精神病的。我说这下也别疑似了，肯定有，不仅我们队上的专业人员给他下了判断，专业精神科大夫分析了他的行为都下了判断。

我们也第一时间和家属取得了联络，夏新亮给打的电话，接电话的是嫌疑人的妻子，一听这事当时就慌了，夏新亮说："你先别慌，你说说家附近他最喜欢去哪儿？平时爱上哪儿去？" 妻子马上说："那就是南湖公园了，他喜欢上那儿去，有时候不回家找不见了，上那儿去十次里八次能找见，就爱睡那个公园的长椅。"

派出所的几个同志跟着我们一块就往南湖公园去了，也不敢大张旗鼓，就静悄悄地摸排，有情况步话机互通有无。最后在西北角的亭子里，瞧见嫌疑人带着小女孩儿了。

夏新亮请求先不要进行围捕，因为看起来嫌疑人状态还比较稳定，如果贸然围捕，我们刺激了他，以他跟小女孩儿这个距离，小女孩儿被他搂在怀里呢，他如果行为过激，太危险。那亭子下头就是冻了冰的河，这要给娃娃扔下去，麻烦大了。我们干刑侦，主要工作还是以这份责任为主，这个案子我们图的就是要把孩子解救出来，归还给父母手上！而且夏新亮那意思是对的，小女孩儿是受害者，嫌疑人他是个病人，我们不管治病，不在我们范畴之内且我们也没那个技术，但我们至少应该帮助大夫控制好病人，让他去治病。

紧跟着夏新亮的师兄也赶到了，马上就跟我和夏新亮汇合，他们讨论了起来，那专业术语蹦的，虽然是中国话，但我也听不太懂。最后决定由他们上去，跟嫌疑人接触。一个控制嫌疑人，一个解救小女孩。我们就在周边进行埋伏，做好辅助工作。

这种情况是要请示的。事关儿童，因为重视，繁文缛节格外多。但我现在没这个时间，要抢时间。

嘬了一把牙花子，我掰住俩人的肩膀头子一双眼睛对他们双眼四目：“只许成功！不许失败！”再多也不说了，全在这八个字里。信任，就是这么俩字。

整个过程还挺顺利，夏新亮跟他师兄走过去，他选择坐在俩人身边，师兄蹲下身来跟嫌疑人交流，离着远，我听不见，可看他那个动作连比画带抚肩的，虽然神态瞧不见，天黑，但是整个感觉就特别有耐心又温柔。

拢共有十几二十分钟，夏新亮抱着小女孩儿从亭子里下来了，嫌疑人垂着头跟着师兄一块也出来了。

我给他铐上手铐的那一刻，嫌疑人既没有挣扎也没有说话，就是很顺从地跟我们上了警车。这时候他家属突破派出所民警的阻拦冲到了我车旁边，是个很纤细的女人，看着特别憔悴，她拍打车窗看着自己的丈夫，丈夫瞪着大眼睛回望，像根本不知道这个人是谁似的，最后挤出来一个傻乎乎的笑。

这案子干下来，累得我们所有人都不成人形了。唯一让我们欣慰的就是给小女孩儿解救出来了，要是不付出巨大的精力、没有这个速度，这孩子很有可能饿死或者遭遇不测什么的。

几家欢喜几家愁。

等在队上接回孩子的父母喜极而泣，抱着娃娃左亲右亲，当妈的搂着孩子哇哇哭，当爹的至少说了一万次的“谢谢你们”。我们也嘱咐他们了，以后一定不要放任孩子自己到处走，最好就别带去摊位上，过年人多，真的看不住，而且着多大急啊，这是找回来了，没找回来怎么办？后果根本承担不起。尤其他们这个真的幸运，嫌疑人虽然有精神类疾病，但是他当时的人格就是个六七岁的孩子，对这个小女孩儿真还算不错，等于是带着疯玩儿了一天。夏新亮也跟她父母说了，回去平复一下情绪，孩子问起来，也别说她让人给拐走了，就说是哥哥带着去玩儿了，但是要给孩子树立安全意识。不制造恐怖记忆，但与此同时要灌输安全意识。

他们一走我惨了，我把情况给戴天做了个简短汇报，一听说行动时刻我跟民警都在二线，主场作战的一个是我小徒弟，一个是小徒弟的朋友——专业精神科大夫，登时把脸拉得有驴脸那么长：“你没毛病吧？你是通过官方途径正式取得的协助吗？你能对人家安全负责吗？”

被他骂了一个狗血淋头，我也耐不住性子了，就在他数落我不按规章制度乱行事是极其不负责任的行为时，我也扛起迫击炮回击了：“不是，那你想让我怎么着啊？我人在现场，我知道什么是最优解，我信任我的队友，更信任专业人士。噢，我就应该把这些全放下，然后装大尾狼往你身上甩锅是吧？”

戴天一愣。

我继续咆哮：“咱按照规章制度走流程没问题，那也是上头几经研判制定的，是深思熟虑过的。但是！具体情况具体分析，咱是活人不是机械警察，这个嫌疑人有精神分裂症，他上一秒可能还好，下一秒也许就发狂，这个时间点太重要、太宝贵了！咱把流程走完，没出事还好，出了事，这责任你来我来？再者，我时时向你汇报，你要不嫌恶心，咱俩可以‘时保联’啊！但是我问你，我亦步亦趋向你请示，是你办案还是我办案？且不说你有没有那个心力，单说每个决定都是你下，这出了问题责任你来我来？我不告诉你，你还能置身事外，我这一请示，不直接把你推到了刀尖前头了吗？你说你是批准还是不批准？不批，受害人出了事，你糟心不糟心？批了，我们行动出了事，你糟心不糟心？”

我一口气吼痛快了，才发现戴天瞪着眼睛瞧着我，那视线里没了杀气，倒是惊讶与感动共存。

他的这个眼神太让人不自在了！我逃也似的扔下一句：“你甭管了，这事我会打报告交代清楚。”跟着就朝门口奔去。

“写个鬼啊！你这人嘴不招人待见，笔头子戾气更重，半点不知道包装自己！你去问清楚那个大夫的具体情况，在哪个医院、担任什么职务！问完告诉我！结案报告里别写有的没的，写完直接给我，我来润色！”

在我身后，戴天朝我喊。

“而且，我郑重告诉你，我不是扛不起责任的人！带兵打仗，将㞞㞞一窝！”

我摸了摸鼻子，就心里真挺翻腾的，一时半会儿，我着实没法适应我俩的“新关系”，可能后半辈子也不能适应。我其实不愿意承认，我也有看人看走眼的这一天。经验主义不可取，这话我说了一辈子，但轮到戴天，我恰恰一直在使用“经验主义”，坚决不以发展的目光看问题。

回到同志们中，我挺惊讶的是嫌疑人的妻子还在。先前她情绪很激动，以泪洗面，又是反复跟我们道歉，又是扑通一下给受害人父母跪下，一直重复着对不起。还是王勤过去给她扶起来的。

我发现在面对女性的时候，王勤天生给她们一种亲切感，这大约跟他男生女相有关系。这会儿王勤从这位女士这里了解到，嫌疑人首次发病是在他三十五岁的时候，当时是他被裁员了，很突兀，受了打击，一下儿就不行了。经常在家说胡话、干邪门事，可是好的时候又跟没事人似的，也完全不记得自己干过啥，特别可怜。明明是特别有责任感的一个人，明明是那么顾家的一个人，为这，孩子都给送她父母那儿去了。

她说的那句话特别触动我："你说别人遇上这种事，抑郁症了，这我也理解；可怎么就偏偏是他疯了？家里的顶梁柱，现在我得像照顾孩子似的照顾他！为了照顾他，孩子我不能去照顾，分身乏术。不是我看不住他，他今天出门时好好儿的，还帮我把垃圾带去了楼下，就说下去走走。"

夏新亮这时候问她："你们是有个闺女吧？"

"嗯，闺女，上小学二年级了。"

对精神病我们也没什么工作能做，夏新亮的师兄——小吴帮着我们在问话，就尽可能了解一下案情吧。嫌疑人说不清楚，当下的人格才六七岁。"为什么要带走小女孩？""一块玩。我喜欢妹妹、妹妹喜欢我，我们一起玩儿。"

之后用办法让他恢复正常，再问他所有的过程，不知道，一点想不起来了，断片了。

他媳妇还跟我们反映，他有时候发病，就不睡觉了，也不认人，就盯着他们家的水杯。所有水杯必须是满满的，他晚上起来就倒水，不能看杯子是空的，看到空的就要倒满。小吴跟夏新亮判断这应该又是一个人格。

时好时坏，嫌疑人的妻子说："这个人时好时坏，犯病了我不知道他要干吗，醒了又是好人一个，这种情况我对他特别难放手。"

人解救出来了，嫌疑人又是这么一个情况，只能放人，刑事上我们没法对他进行处罚。但是嫌疑人妻子通过跟夏新亮、小吴交流，下定决心要带丈夫看病，表明这次必须看明白了，不行就关起来，至少不能再放任他危害社会，就去小吴他们医院。

我也是头一次具体了解到精神分裂症，也就是他们说的解离性人格疾患。

小吴给我们说多重人格患者的每一个人格都是稳定、发展完整、拥有各自思考模式和记忆的，分裂出的人格包罗万象，可以有不同的性别、年龄、种族，甚至物种。他们轮流出现控制患者的行为，此时原本的人格对于这段时间是没有意识也没有记忆的。分裂出的人格之间，有的知道彼此的存在，也有一些人格之间察觉不到彼此的存在，这就会导致严重的“遗失时间”现象。譬如我们这位嫌疑人。

通常在分裂现象开始时，原本的人格，也就是还没有产生多重人格前的主人格，并不知道“他们”的存在，所以即使患者发现自己的记忆有截断的现象，也无法知道自己已有多重人格。甚至有一些严重的病例，主人格能“沉睡”十多年。但分裂出的人格中，往往会有一个是知道所有事的，如果这个人格愿意合作，治疗人员就能从中得知许多有益的资料。

至于这个病是怎么发生的，只能说不是通过遗传。小吴介绍说，多重人格的产生与童年创伤有密切关联，尤其是性侵害。患者的男女比例是 1∶9 就可以作为佐证，这或许是女孩比男孩更容易受到性侵害的缘故。当受到难以应付的冲击时，患者会采取“放空”的方式，以达到“这件事不是发生在我身上”的感觉，这对长期受到严重伤害的人来说，或许是必要的。

嫌疑人发病的时间较晚，按理说这类病人发病时间都会较早，但是也不能排除说他从前就发病过，但是没被察觉，甚至可能说我们以为的主人格根本就是被分裂出的一个人格，由这个人格统治身体，他就是好人一个，这还要在治疗过程中再判断。

幸亏小吴来了，他有收治病人的权力，他们院方也来人了，走了程序对病人进行了收治，戴天趁此机会把该做的文书、备案工作全都补齐了。这个结果，我们放心，家属也放心。说到底，他不也是个可怜人吗?

精神分裂症患者可能会突然没有理由地干一件什么事，控制不了。如果有后果，精神分裂期间不负法律责任，法律就是这么规定的，精神病杀人不犯罪。送医院过一阵好了，这人出院了，又杀人说自己犯病了能怎么着？所以必须让他们积极接受治疗，有个明事理的监护人太重要了！

好消息是虽然治疗时间可能要好几年，甚至大好几年，然而还是有可能被治愈的，说是进行人格整合，但是我有一个想法，这个嫌疑人拐走小女孩儿，又对她关爱有加，带着她玩儿、给她保暖，会不会是他潜意识里想自己的女儿了？这我也没跟夏新亮他们交流，就是一个猜测吧，或者说同样作为父亲，我会生出这样的猜测。人再怎么样，一般都是会挂念自己的骨血的，少数个别的除外，那又是另一回事了。

忙到这会儿已经半夜两点多了，谁也没料到过年之前来了这么一出儿，但这就是生活，我们永远不知道明天等着我们的究竟是什么，只能随遇而安。与生活讲和虽然很难，但我们不就是这样迎难而上的吗？它是人生里最困难的事，却是我们最该为之努力的事。

黑苦荞

过完春节，有一个算一个，大家全体懒洋洋的。夏新亮说这叫“长假综合征”，具体症状，譬如犯困、头晕、食欲不振、全身酸疼、注意力不集中，每个人都能对号入座。好在我们队由于负责侦办旧案，没新线索上来倒还是能躲躲懒。这病听说得缓着来，我们就全体缓着。

反倒是文君比较忙，她是负责档案管理的，春节又是一个抓逃犯的好时间——外逃多年的嫌犯放松警惕回家探亲，多少人都是因为这被抓的，数也数不清。人抓着案子就结了，结了就得调档、归档，这都归她负责。一年里，就这时候她最忙。

但我们还没得意几天，案子就来了。不是旧案，是在大洋路批发市场南生活区西南角公厕化粪池内发现了尸块。

先发现的第一块是背部，背部带肝脏，然后是腹部带大腿可见男性生殖器，跟着是左右小腿带双足。

这些尸块都进行了包裹处理。左右小腿上各被一个黑色垃圾袋包裹，躯干部中间段用四层垃圾袋进行包裹。其中，在第三层垃圾袋里，现场勘探人员提取到烟头一枚。另外在左小腿关节处有胶带环绕，上边有一个商标，是一个绿色的小狮子，带有 MADE IN CHINA 字样。而包裹双腿的塑料袋里面有粉末状物质，我搞缉毒工作许多年，可以判断这个白色粉末并非毒品，具体是什么，只能带回实验室化验。

除了尸块，在粪坑内发现的疑似涉案的物品还有三件。

一件是单人褐色床褥，被发现时呈卷筒状，用一个红绳打结，打开之后褥子表面可见喷溅状血迹。

一件是单人黑白格相间的床褥，它被黑色垃圾袋包裹，带有出厂厂家标识，春娥牌，但是表面被剪刀剪过。

一件是女士皮靴，它外边包了一层塑料袋，上边印有绿色字样：北京腾达果品有限公司库尔勒香梨专用袋。鞋筒高五十八厘米，鞋码为三十九码。这双鞋破损得不成样子了，有严重的磨损痕迹，应该是穿过很久的一双鞋。鞋内已被粪便污染，鲁米诺反应无法精准测试。

跟现场勘查人员初步了解完情况，我们又去了在现场工作的法医处，还是小张。

这会儿小张正戴着口罩认真工作，根据他的“拼图”工作可以看出，这名男性死者体瘦，身高应该也不高，头、颈、臂部、腹部缺失。

“足长 24 ~ 25 厘米。足拇指较长，指甲厚、不平整。”

小张说，他的助手在一旁记录。

“死因还不知道吧？”我插嘴问道。

“还死因呢，现在死亡时间都不敢确定，”小张说着站了起来，“您瞧这位，胃容物都做不了。这个腐败程度推断范围可就太广泛了，考虑到这个抛尸环境，考虑到季节因素，还要考虑到尸块被塑料袋包裹……”

我赶紧打断他：“那咱说点儿能确定的。”

“那就是性别男，身高一米七左右，年龄在五十岁上下。分尸工具为砍器或刺刀，你看这里，从尸体表面可以看到一刀刀刺的、砍的，对吧。”

“没了？”

“没了。”

“你拉回去还能再使使劲吗？”

“使劲完我给你打电话。”小张这是送客了。

我跟夏新亮深入现场的同时，“弱鸡”二人组李昱刚和王勤负责走访相关人员。

这俩是能一块角逐“呕吐大王”的主儿，按说更应该多去接触现场，但眼下还是算了，这一吐，让人勘查人员工作还是不工作了，属于二次污染啊。晚点再让他俩去，都得去看看，一人一双眼睛，一人一个感受，这都是破案工作必需的。

他们接触的第一个人就是报警人王繁强，男，五十四岁，黑龙江人。他于今天也就是 2 月 6 日 11 时许，在批发市场南生活区西南角公共厕所抽粪时，在女厕所坑内发现人体组织，后拨打 110 报警。

这个化粪池基本上是一周一次。上次抽的时间是 31 号，王繁强记得特别清楚，因为那天是初七，节后头一天上班。他表示当时抽的时候没发现可疑情况。

然后他俩围绕中心现场展开了走访工作。在生活区内，一名女子反映，1 月 22 日的时候，她在生活区西南角公共厕所的女厕墙外北侧过道内发现有一块血迹，很重一块，跟着是滴滴答答一串，延伸了一米左右，一直消失在女厕所进门的位置。那我们时间可以确定在 22 号左右了。

可是这两个证词就前后矛盾了。如果尸块是 22 号被扔的，那怎么 31 号抽粪的时候完全没发现可疑情况呢？

按照女子的证词，现场勘查人员做了检测，血迹是存在的，这个证词没有问题，至于它是不是人血、能不能跟尸块的 DNA 匹配，还得等具体检测。

但至少我们确定了女子证词的真实性，那抽粪工就不对了。他的嫌疑就上来了。把他叫回来再一问，我们头大了——他这两次抽粪，机器是同一个机器，但是管子不一样，31 号那回，他用的细管。春节期间这个生活区基本没什么人，没什么人就不会产生大量排泄物，他就是来走个过场。再者呢，排泄物少，沉东西还没漂上来呢，也不会阻塞他的细管，他不可能察觉到异样。这是今天换了粗管，这才发现的尸块。

更糟糕的是，抽粪工还给我们提出了一个可能性——特别碎的尸块可能会随着抽粪被抽走，这个他发现不了，谁也发现不了。

我们现在只有尸体的下半截，上半截至今还没着落，虽说下半截都是粗糙的大尸块，可谁也不能保证上半截就没被剁碎。这很有可能，碎尸真是个体力活儿，干一半儿干累了干烦了，剩下的消极处理也是很有可能的。

一个头，两个大。我们四个人窝进车里，个个表情凝重。现在正是一个无从下手的阶段。

首先，死者是谁，不知道。

其次，死者何时被杀的，不知道。

最后，凶案发生的第一现场在哪儿，不知道。

包括这个抛尸地点的地理位置，它是个低端生活区，居住人口复杂不说，流动性还特别强。它还毗邻京沈和京塘高速公路，也就是说，也未见得就是居住在这儿或者曾经居住在这儿的人干的，还可能是走高速公路的人抛尸。

我说："都想想吧，咱们先回队上，开个会，你们路上都琢磨琢磨。"

白板刚写上字，李昱刚举手，他跟我说何杰找他去寻人。

110 接到报警，一个女的说跟她一起做买卖的女性朋友失踪了。俩人失去联系的当晚，这个朋友是去送货的，送货并且收款。结果人没回来，钱、货、人全都不见了。收货人说给了钱，也拿了收据，人走时候好好儿的，跟一个男的一起走的，俩人一起来、一起走的。报警人就觉得不对了，什么男的？她全然不知道这码事。另一方面，两人一起做买卖，一个拿着存折，一个拿着卡，报警人去银行要给上家儿打款的时候，发现账户里钱取不出来了，她要取十二万，但是余额不够了。可明明应该是够的，一调记录，失踪的女的在失踪那天，卡被取了四次，在北京有三次，在河北有一次。

但是眼下立不了案，阻力很大，因为我们接走失人口的电话一年上百上千上万，每个都投入这么多警力是不行的。

然而何杰当下就想接这起案子，职业敏感，他凭直觉就知道这个失踪的女的八成遭遇不测了，人恐怕已经遇害了。但是我们得拿出证据来。何杰一方面联系银行调取款监控；另一方面就联系李昱刚了，希望他能在网安方面提供援助。他手里有个线索，收货人反映来送货的女的跟男的都说陕西话。这女的是陕西人没错儿，但是她合伙人也就是报警人从来不知道这个说陕西话的男的，她们身边就没这么一位。

我也没法儿说他，他向来逮住一个方向就不撒手了。我能说什么，就让李昱刚去了，我说：“你啊，速去速回，咱这儿还热窑儿似的呢。”

李昱刚走了，剩下我们仨研究案件方向。

夏新亮在白板上写——已知：杀人碎尸。

“之所以会碎尸，无外乎三种情况。”他一边用湿纸巾擦手一边说。自打到队上，他都洗了好几遍手了，这也不够，还得擦。“一是与死者是熟人，方便隐匿证据、延长案发时间，防止警方查到死者与凶手之间的矛盾关系。二是心理变态，在杀人和碎尸中寻找快感。三是了解警方的心理分析方法，故意把警方视线往‘熟人作案’上引。”

“咱还是说点儿具有唯一性的吧。手里的东西太少了，回到物证上来。”我走过去，在白板上写：一、褥子的生产厂家、销售渠道。二、库尔勒香梨包装袋。

“虽然不见得能查出来什么，但咱得查。”说完我想起了上回宫立国他们那案子，一帮人从内裤查到行李箱又查家乐福小票，查个底儿朝天，竹篮打水一场空。我不禁垂头丧气。

“那我也发个言。”王勤站起身来，从我手中接过了笔，在白板上写：围绕中心现场继续扩大搜索面积，力争找到尸体的其他部分，头部和臂部。

“还要力争找出第一现场。这是个抛尸地，不是杀人现场。”我补充道。

王勤就着我说的，继续在白板上写。

“关于这个，我有个很迷惑的地方。”夏新亮终于把湿巾扔进了垃圾桶。

我很怕他再扯一张继续擦，看得我都焦虑了：“你别再擦了啊，再擦我都要窒息了，还不如他们呕吐二人组呢。”

“迷惑指的是？”王勤显然是替他偶像站台，让我边儿靠。

“目击证人提到的血迹。这个现场勘查人员做了鲁米诺测试，确实就像她反映的，血迹有一个轨迹，最终延伸进了厕所里。但是它的源头非常突兀，横空出现，没有来时候的轨迹。这说明抛尸的人，在抛尸的时候，使用了交通工具。但是那个地方非常狭窄，车是开不过去的。我起先怀疑会不会有人走高速路下来抛尸，毕竟考虑到那个地理位置，但是越想越不对，车开不到厕所那儿。尤其那地区毕竟还是一个生活区，虽然是春节前后，但停个车还是挺扎眼的。对路过的人来说，哪怕一开始觉得这是个抛尸的好地点，接近之后就会发现不合适，这可是抛尸，不是随手扔垃圾，都会比较慎重。”

王勤小鸡啄米似的点头。

“把这个可能性排除掉，我寻思前来抛尸的人，至少应该对这片区域不陌生，这虽然不会缩小嫌疑人的范围，但是结合没有来路的血迹，它能缩小交通工具的范围，至少他能采用小型、便捷的交通工具接近公厕，这也从侧面说明，他来这个地区还挺方便的，他跟这个地区有某种联系，对吧？相互佐证。再回到最开始那摊血迹，它明显是流下来的，从高处流下来的。顺着什么流下来的。既然知道厕所是抛尸现场，而非杀人现场，尸体又是被某种交通工具运来的，我就琢磨它会是个什么样的交通工具。”

我认真想了想：“那可能性可太多了，从日常的自行车、电动车、摩托车，到推沙子水泥的手推车，高度都相差不大，不好判断。”

“而且还要考虑到抛尸人的停留时间，他停的时间长短，也会影响那摊血迹的大小，不仅仅是高度。”王勤说。

“所以我觉得咱有必要做个实验。如果能大体推算出运送尸块的工具，虽然附近没探头，但是我们可以扩大范围找探头。”夏新亮说。

“是个想法儿，”我点头应允，“那这样，你去技侦那边，请他们配合你做实验，顺便咱送检的烟头、粉末，也得拿结果，这你都负责。然后抽空跟小张联系，了解一下他对死者进一步的检验结果，希望他能给咱提供死者的死亡原因和死亡时间。”

“没问题。”

“王勤，咱俩跑一跑，查一查我刚提出来的物证的两个方面。褥了、库尔勒香梨包装袋。”

眼下有什么工作能做，就做什么工作，这是我干刑警以来就养成的习惯，看上去再渺茫的、再小的线索，也不放过。案件永远不会自己解开，但是它始终都在以自己的方式叙述着答案。心态一定要稳，就当作是排除法，没收获很正常，有收获不就是惊喜了吗？

冷水如期而至。

首先，这个床褥厂家没能有所收获，是个假货。正经春娥牌床褥厂家看了我们提供的照片，表示一看商标就是假货，就是一些地下作坊粗制滥造的。看手法是广东货，这种货都是在批发市场、杂货店里卖的，没正经渠道。这仅能说明一点问题——犯罪嫌疑人的生活层次不高。

其次，对卖梨的老板进行询问。这个老板叫许峰，三十四岁，安徽人，腾达果品有限公司的食品袋是他公司的，去年开始投入使用，至今为止一共做了五批，成批成批每次做很多，它是给果品打包用的，生产线在北京。许峰是库尔勒香梨的一级代理商，他把这些梨、袋子发给北京各大批发市场，譬如新发地市场、大望路市场、海淀明光寺市场、八里桥市场，还有东郊市场，然后这些梨和袋子还会继续往下分，去往全北京的水果摊档，所以出现这个袋子也不是主要证据。

我们这边线索全断，夏新亮倒还算有收获。听说实验室都让他折腾得不善，在大库房里，铺上纸，三个技术人员跟着他一起，找了轮胎直径从 20 ～ 28 英寸的自行车、轻重型摩托车、各类电动自行车、多种小型手推车，挨盘儿测试。一通折腾，连王勤每天通勤的电动车都拿去了，还包括我们好些侦查员的小电瓶车、自行车全被祸害了一溜。最后根据与现场血迹的形状匹配度，包括可能的抛尸所用时间、尸块渗透组织液的情况等，连法医都没跑了，全体搞测试，确定了运输工具为爱玛 RH1 型女士小型电动自行车配车筐。重点就是这个配套车筐，尸块放在塑料袋里，血水渗透出来，一定是要通过网状的车筐才可能造成地面血迹的形状。

这边一出来结果，图侦开始配合我们查监控。

另外烟头检测出了 DNA，但是在现有数据库内没有找到匹配结果。男性，无前科，没有参军等履历且与被害人 DNA 不符。

白色粉末状物质，经过化验是装修完的墙皮粉。非高档品牌，品牌不详。

所有证据罗列下来，案件更加扑朔迷离了。一个男的被分尸了，尸源不明，抛尸现场有一双女士皮靴，运输工具是一辆女士电动车，但是烟头上是个不明男子的 DNA，还有两床单人褥子，褥子上的喷溅状血迹与被害人相符。

所以，凶手到底是个男的，还是个女的，抑或是两人合谋？

我们正在扑朔迷离中试图寻找真相，李昱刚回来了。这天早上我刚被请了家长，我儿子犯事了，帮人作弊，还是有偿作弊。寒假我也没时间看他，他又喜欢机器人编程，就给他报了个班儿，省得在家天天抱着手机玩儿游戏。结果他可倒好，班上搞个小测验，这对他来说玩儿似的简单，他弄完自己那套，又给另外一个小朋友弄，还收了人家二十块钱，被老师当场抓获。我训他吧，这事怪搞笑的，我不训他吧，又确实不像话。父子来了场恳谈，说是恳谈，我说话他不说，就是场独角戏。反正我底线告诉他了："不许帮人作弊，学习班的小测验不行，学校里的测验考试更不行，你挣钱，我鼓励你，不是坏事，但你这个方法不对，你可以给同学辅导啊，你收辅导费，爹挺你。"

"你脸怎么了？"

夏新亮问出了我们仨的疑问，此时是晚上 11 点半，我们仨正就着电磁炉吃火锅面。这个火锅面是王勤的发明，搞个海底捞底料，煮方便面午餐肉以及随便什么蔬菜。

"你……来点儿吗？"王勤战战兢兢地问。李昱刚脸上挂了彩，看着挺吓人的。

"我再也不跟杰哥出外勤了，再也不。"

鼻青脸肿的李昱刚一屁股坐下来，接过了王勤的碗筷，稀里呼噜开吃，跟饿了三天似的。我掐指一算，他 6 号走的，今儿 9 号，不是真的饿了三天吧？

他吃我们也继续吃，吸溜面条的声音此起彼伏。李昱刚打仗似的把面吃完，撂下筷子跟我们说："杰哥又翻车了。"

我没绷住，乐了出来。

李昱刚给我们说了下原委。

何杰给李昱刚借调走，就让他帮着查那个神秘的陕西男人。李昱刚也不负所托，在失踪女人的笔记本电脑里找到了线索。她是陕西人，她在上网的时候加了一个陕西老乡群，跟群里聊天的过程中，她认识了一个陕西老乡，网名"老怪"。

“我们就打闪电战嘛，”李昱刚说，“卡在北京被刷过三次，还有一次跟河北，一开始报案的时候是四笔，等我们再一查，已经取了十二笔了，跟着一个噩梦一样的地名出现了。”

“合肥。”夏新亮看着李昱刚。上次李昱刚跟何杰出任务抓盗车团伙，车就是跟去往合肥的路上翻的。

“你说对了。最后一笔在合肥取的钱。”

夏新亮捂脸。

“我们当时开车就奔合肥方向走。在整个路程当中，我就查当天去合肥应该是几点钟，掐取时间段，有没有陕西人。当时信息检索上来，去合肥的车总共有八十六个人，其中只有一个是陕西人，张明宁，这人一下就出来了。杰哥很兴奋啊，车是狂给油儿，能早一分钟到就早一分钟到。这杰哥原话。我当时就想跟他说，欲速则不达，但是师父您知道啊，他就特别冲嘛。办案冲，开车也冲，这回是跟廊沧高速翻的车，没卡车倒是，是超车时候侧翻的。有个车确实开得不靠谱，杰哥想超过去，结果我们后头一辆保时捷也超车，保时捷就把那车给挤了，杰哥紧急避让，哐嚓，侧翻了。给我摔得那叫一个蒙。车就……”李昱刚跟我们比画，“就像我似的这么顶着护栏，跟着又摔下来，我就觉得自己脑震荡了。那破车还贼结实，还能走，我们就继续赶路，跟济南才换了辆车，一直往合肥去。到合肥之后，我这也是轻伤不下火线，通过网络信息查询，这男的住在亚朵酒店 8602。我们就往过赶啊，赶到时候才惊险，这孙子又准备杀人呢！就那一刻，我立马明白杰哥的那种焦急了，我就认了，翻车我也认了。但是认归认，我下次真的拒绝跟他出任务。”

“什么情况啊？”王勤听得津津有味。

“我当时也蒙，琢磨什么情况啊？但这个琢磨在行动的后面，我们当时火速救人，人已经快被掐死了，一大姑娘，光着。我们把那孙子摁住，杰哥迅雷不及掩耳就给姑娘拿被子裹了一个严实。然后叫的救护车。”李昱刚说着，小眼睛四下踅摸，还是夏新亮懂他，拧开了一瓶可乐给他。

李昱刚咕咚咚往下灌：“水米不打牙，渴死我了，这一路。把人抓了之后，跟合肥那儿，我们就连续问，问了三个钟头审下来的。失踪那女的被他杀了不说，还给碎了。他跟这个女的是网友然后奔现了。这女的做买卖，有钱，失踪那天这男的跟着她去送货收钱，完了一起回这女的家了。之后俩人发生了关系，在这个过程中，女的拿高跟鞋踩他，用床单捆他，就SM里那种女王，这女的有这癖好，这男的不接受啊，给弄急了，就把她给杀了。杀了之后又给碎了装进了皮箱里。这男的就开始逃亡，到合肥又约了一个女网友，做完想着反正也杀了人了，把她也杀了吧，杀了再弄点儿钱继续跑路。我们破门而入，就是他准备抢这个女人的时候。你们说多惊险！晚一步又死一个！”

“这人是不是经常干这事啊？跟网友见面，然后把网友杀了？”王勤问。

“抢过。但这是他头一回杀人，杀完之后想反正杀一个也是杀，杀俩也是杀。用夏新亮那话说，犯罪升级了。”

“尸体呢，还跟失踪女人的暂住地呢，还是给抛了？”夏新亮问。

“还在暂住地。我们踢开门之后发现尸体在里边呢，把这女的给碎了，装垃圾袋再装箱子里，拉好搁床底下了。没抛尸，全给片了，一片一片地全给碎了。”

“你这上医院看过没有？”我也拿了瓶可乐喝。

“不碍事，皮外伤。哪儿有空上医院啊！杰哥他们现在正带这孙子指认凶杀现场呢，还得整理证据链，我说帮忙，他让我回来归队，说你们这儿正胶着。”

“我们这儿再胶着，也不是你回来就能拨云见日的，你现在就上医院，夏新亮你陪着。”

“别啊。那我自己去吧。”

“让夏新亮陪你，尤其你约个CT，看看脑袋。我跟王勤再整理整理线索，有新的突破口我告诉你们。这何杰，下回再找我借人，坚决不借了。”

李昱刚跟我嘿嘿傻乐：“其实跟着杰哥，倒挺刺激的，跟拍电影儿似的。”

“那你可千万别当龙套，死得快。”

“呸。”夏新亮梆梆梆敲了三下木桌子。

10号上午，工作了四天的现场勘查人员在市场的东南角的女性便池里发现了脑袋，还有左胸带前臂。头长二十一厘米，加上尸体的颈部，这人的身高确定在一米六九左右，跟小张推算的没差。他们能有这个发现，还多亏了先前夏新亮带着他们“折腾”。推算过抛尸所用时间，血水渗透的情况导致滴滴答答的痕迹出现，仅有一处，还是找不到来时的印记，这本身就很奇怪，毕竟包裹得还算严实了，但朝着时间拖得久、战线拉得长这一方向想，可不是就漏液了。分了两个地点抛,很合理。就是负责抽粪的报警人真的阴影了,在勘查人员的“坑害”下，又来一遍。

而这脑袋，严格来说叫骷髅。

王勤是头一回出这么刺激的现场，还算勇敢，虽然不适但是他控制着自己。这会儿，他问法医小张:“怎么会是个骷髅呢？是时间长了它肉都烂掉了只剩下骷髅了？”

“不，尸体腐败了能看出来。”小张说。

夏新亮插嘴道:“别的尸块没有出现高度腐败，这个肯定是人为的。”

“是给煮了。”我说。

不仅是夏新亮跟王勤，连小张都瞪大了眼睛看我。

“还记得我跟你们说过不吃红烧鸡肉吗？”我看向夏新亮。

“靠……”

“当时我们找见的人头，跟这个，是同一个状态。”

“什么情况啊？”小张看着我问。

“十来年前了，甭说他们，你还没到法医中心呢。那会儿我们办了一个案子，也是碎尸案。最后找见那头，让人给炖了，搁花椒大料，桂皮酱油全放齐了，红烧着给炖了。炖了一宿，脑袋一拿出来脱皮了，跟煮东西一样皮都脱开了。凶手尝了一勺觉得不好吃，给倒了。凶手把那些肉皮什么的倒垃圾袋里了，垃圾袋散发的那种味儿,我闻一下儿就不吃红烧鸡肉了,到现在也不吃,倍儿像炖鸡肉味儿,红烧口儿。”

“你打住，”小张难得地把我叫停了，“别说了，我可不想阴影。你那是哪个案子？我要调一下资料，比对一下这个人头的状态。”

我正跟小张说，王勤飞也似的跑了，他胖，但是这奔跑真是健步如飞。

“肯定是吐去了，”夏新亮斜眼看我，“不是我说您，您这太……”

“我又不是故意恶心你们，这不是咱找出这人头了吗，我这也是提供方向啊。”

“为什么煮呢？不想让人知道死者是谁？”夏新亮一秒进入专业状态。

我看着夏新亮说：“在那个案子里，凶手不是不想让别人知道死者是谁。是恨，恨到一定程度了，恨到了极致。那个死者是个强奸犯，奸淫幼女，被他强暴的女孩儿当时只有十一岁，后来跳楼自杀了。煮头案的凶手，是死去女孩儿的母亲。”

我一说完，大家都沉默了。

为了打破尴尬的沉默，小张这时问我：“这案子有什么进展了吗？”他说着，瞟向地面上陈列的头颅与臂膀。

“等你给我助力呢。”我打趣他。

挺糟心的这案子，眼下只有夏新亮锁定的运输工具勉强算个突破口，图侦却还没有好消息传来。除了我们队，网安、技侦所有人员都在忙，领导也重视，可以说大家是全力以赴的。我们查找尸源，发协查通报，干这个干那个，现场的物证也查了一遍，却还没有特别好的进展。我也急，但急也不解决问题。

这时我手机响了，一看，是李昱刚打来的。他说他在技术部呢，让我们火速都过去，技术员有发现了。我说他不是去医院拍CT吗，他说他拍完了，拍完去队上，发现我们都出去了，他就晃荡去了技术部，跟搞鉴定工作的小马一聊，俩人聊出想法来了。我说那行，等着我们吧。

这步棋走不明白，我们就找找其他出路。

小马给我们提供了一个消息，就是我们在抛尸现场发现的女士皮靴的鞋跟里面，那鞋跟磨损很严重，它有个裂口，那个裂口处挤进了三粒类似谷物的东西，黑色的谷物，类似黑米。李昱刚就觉得这个谷物很蹊跷，就让小马对三粒谷物进行了还原。经过咨询农业部，知道了这是山西特产黑苦荞。

黑苦荞在中国只有五个地方产，南方有四川、贵州与云南，北方主要产地是陕西和山西。但北方产的和南方产的有明显的区别，南方是两季，北方是一季。这个东西不能施肥，它一旦施肥就不长了。我们还了解到黑苦荞是中国的五谷之王，是非常好的一种东西。而且黑苦荞有一个特性，在它遇到水的时候，比如在化粪池里，它瘪了，一般谷物通常就腐蚀掉了，但是它没有被腐蚀掉，等晾干之后又恢复了原有的弹性。这也是小马注意到它的原因，也才有了后来他跟李昱刚对这一线索的追踪。

我们根据它的种种特征，找到了黑苦荞的产地——山西灵丘。一伙人就分析为什么鞋底里会出现黑苦荞？应该是嫌疑人在地里踩的时候挤压进去的。肯定不是随便那么一踩，不是大量的黑苦荞、不是长时间地踩踏，它没道理镶嵌到鞋跟里头去。

通过这个情况，我们暂时认定嫌疑人或许和山西有关。

山西这个侦查方向一出来，我们开始对市场周围的山西人进行摸排。先前有交通工具跟熟悉范围相佐证，划定了一个圈。尤其是突然走的，筛，入户、分析，可筛的第一遍什么都没有出来，七百多户，罗列了表格，只把几十户山西人筛出来了。

夏新亮这时候提出我们应该把消息放出去——找全尸体了。让嫌疑人紧张起来，紧张不就得采取行动吗？有道理，那就放消息。放了消息之后，等我们第二遍再过筛的时候,突然一个女人就没了。这女人叫郭凤兰,山西人。拿过来一调查，跑不了了，应该就是她，她有一辆爱玛 RH1 型女士小型电动车！

我们正打算对她进行抓捕，万万没想到，这个女人，她来自首了！

她是个身高一米六五左右的女人，皮肤很白，身材微胖，说话嗓子挺细，口音不是很重。她一来就说自己杀了人，要投案自首。杀了谁呢？她的前夫田世岭，杀了之后扔在厕所里头了。这个田世岭也是山西人，俩人离婚了，田世岭有抢劫前科。

有前科好办啊，我们把田世岭的指纹调取了，调取之后跟死者左手的指纹比对上了。信息库里虽然没有田世岭的 DNA 数据，但是有指纹记录。

她非常淡定，所有杀人过程她都承认。

“为什么杀他？”夏新亮问她。

郭凤兰答：“这懒头老不干活，不干活就没钱，没钱就朝我要，不给就打我。

婚都离了，他还跑来找我、打我！”

由这句话开始，郭凤兰原原本本跟我们交代了她怎么杀的人、怎么碎的尸。

死者田世岭确实不着调，这么多年也不着家，不是抢劫判刑就是盗窃拘留，因为孩子很小，郭凤兰一直拉扯孩子长大。这次田世岭又出来了，出来之后她实在是在本地无法生活了，就跑北京来了，弄了个摊位卖肉。没想到，田世岭又追到这儿来了。郭凤兰平常总跟儿子联系、给儿子汇钱，她儿子有一次来北京看她的时候，田世岭尾随来了，就这么着知道了地址。

郭凤兰在北京期间认识了一个男的，叫陈鼎立，东北人。陈鼎立跟郭凤兰年纪差不多，老实巴交的，经常帮她干活，话不多但是憨厚，两人就产生感情了。陈鼎立也是离婚带一孩子，看她也太辛苦了，就说这么着吧，咱俩两个摊位，你这摊位就撤了，使我这一个，我交钱，挣完钱呢，算咱俩的。俩人就打算在一起好好儿过日子了。

就在这么一个节骨眼儿，田世岭找到了郭凤兰，还是要钱那套，郭凤兰不给，他就打，往死了打，郭凤兰忍无可忍抄起菜刀就把他砍死了。为什么扔鞋和褥子？因为有喷溅血迹了，当时砍杀完之后，血全进到鞋里边了，所以她把这些都扔掉了。

整个的叙述过程就是这样的，说清了因果关系，包括她也具备身体素质条件，她是卖肉的，有力气也会分割，分割工具齐备。可是这里面存在一个问题，抛尸过程不对。

郭凤兰交代，她租住的地方就是市场生活区，她从家提溜着尸块去扔的。很近，确实很近。这说法要是我们没发现那条血痕肯定没问题，问题是，我们通过目击证人指证，发现血痕了，尤其还调查了血痕，模拟了血液下落的状态，确定了抛尸过程中使用了电动自行车。

我详细地又问了她一遍抛尸的过程。她一口咬定就是自己提溜着去扔的。我问分几次扔的？她说分了四五次去扔的，扔俩厕所里头了。

夏新亮看向我，我也看向夏新亮。审讯到这里就暂停了。

郭凤兰在说谎，我俩心照不宣。出来到外面，李昱刚跟王勤也表示他们听下来，这个女的有事瞒着。我们分析一定是陈鼎立帮她了。

回去继续审讯，郭凤兰却一口咬定陈鼎立不知道，说案发当晚他不在，这就是个突发事件。我问她那当晚陈鼎立干什么去了，郭凤兰说没问不知道，他也不是老跟她这里住，他自己有家。

乍一听，也没毛病。可是她越镇定，我们越觉得她像是背台词。

我又转回头来问她死者的脑袋，这里她又说对了，而且有真情实感了，说："我给砍下来了，砍下来反过味儿来了，你欺负我这么些年，我好不容易以为脱离苦海了，结果你又来了。不行，不能这么饶了你，我给你骨肉分离，我让你到了下面都喝不了孟婆汤，让你生生世世当孤魂野鬼！"

整个审讯过程中，就这一块郭凤兰最激动。

现在的问题是，这个陈鼎立帮她帮到什么程度？肯定是帮她了。是帮她抛尸了，还是参与杀人了？尤其郭凤兰为什么要提突发事件这四个字。欲盖弥彰的感觉。

实际上，在审讯过程当中，郭凤兰的感情经历确实打动我们了，真不容易。但是为了这个案子顺利地往下走，我们还是把郭凤兰悬在这儿了，决定对陈鼎立进行工作。这案子不能错了。有一丝疑点也不能送检，更别提是这么大的出入了。自打我开始接手旧案，尤其重视案件里的每一个细节，绝对不能出错！

我们对陈鼎立进行调查的时候，李昱刚发现郭凤兰把好多钱全给陈鼎立了，他拿这些钱去了郭凤兰老家，取的现金，都给了孩子。

至此，我们就想到一个问题——是不是郭凤兰把罪全扛下了，一个是自己的事别影响陈鼎立，一个是孩子们，她的孩子、陈鼎立的孩子，得留一个人照顾。

越想越不对了，陈鼎立很可能不仅仅是帮助了抛尸，如果仅仅是帮助抛尸，这个情况下，陈鼎立不会判太重，还是能很快出来的，用不着郭凤兰跑来自首！她为什么来自首呢？就为了事全自己扛！杀人是她主动交代的，跟陈鼎立的关系也是她主动交代的，如果不是抛尸过程出了问题，板上钉钉这事就是她了，我们也不会再往下查。

就此，我们下定决心，要把陈鼎立给抓获。抓他的时候又是一个万万没想到——跟邮局外面，邮筒前面，我上去摁住他，他半点儿要挣脱的意思全没有，一张老实巴交的脸上，写着的全是平和，他张嘴也温吞："同志，我就是想给家里去个信，寄完这个信我就打算奔你们那儿去呢，去了也出不来了，家里父母年纪大了，当儿子的要他们白发人送黑发人了，总得给他们留个交代。要不您检查看看？先让我寄了行吗？"

我们根本就不可能拒绝他的要求。

夏新亮接过了信封，进去邮局，给改发了一个 EMS。

陈鼎立说了好多次谢谢，小心翼翼地跟我们上了警车。一路上他反复跟我们重复：给你们添麻烦了。真给你们添麻烦了。

陈鼎立交代，22 号杀人之后，他跟郭凤兰也抱持过侥幸心理，觉得为这么个人渣摊上俩人的命，不值。但是后来我们放出发现尸体的消息，他们就知道跑不掉了，肯定跑不掉。郭凤兰就提出保一个人。保谁呢？保他。陈鼎立不同意，郭凤兰就说他要不同意她干脆现在就自杀，陈鼎立只好先答应了下来，但是他心里不赞同。郭凤兰做好安排就回了山西老家看母亲，看完就来自首了。陈鼎立按照他们约定的，去看了郭凤兰的孩子，把钱也都给孩子带去了。郭凤兰没敢去看孩子，怕离别，拜托陈鼎立去看。陈鼎立去完，本想回东北看看父母，但是也没敢，也是怕这场生离死别，就回了北京，叮嘱了已成年的女儿一些话，写了一封信给父母，想着寄出去就来自首。

我们算他自首了，当时那个状态，他说他要来自首，没毛病。

这起案件不属于激情犯罪，不是突发情况，陈鼎立交代，他们是有预谋的。实际上田世岭不是才找到郭凤兰，之前就找到了，来要钱、来打人，不是一两次了，这才把俩人逼急了。他不消失，这噩梦就没结束的时候。而且陈鼎立说田世岭威胁他们说："如果不老老实实给钱，弄死你们不说，你们的崽子也甭想活，老子活一天，你们就得供奉老子一天。"

这哪行啊？他们也想过俩人一块跑，大不了再找个别的地方卖肉呗，可是一合计不行，他这回能找见，下回怕还能找见，再找见，真杀人怎么办？

那不如先下手为强。

郭凤兰就给田世岭编了一套，说："现在咱们俩已经离婚了，我也过得挺好的，也找了一个不错的帮手，你也瞧见了，我们俩是想好好过日子的，但是你老来捣乱，我们也合计了，给你准备了一大笔钱，真是掏空现在所有了，就求你开恩，你拿着这笔钱，你也做个买卖什么的，行不行？”她以这套说辞，约了田世岭吃饭。这人渣就去了，有钱拿肯定去呀。

而田世岭来赴的正是一场鸿门宴。此时郭凤兰与陈鼎立早已密谋好怎么把他灌醉、之后怎么给他弄死。他们是这么安排的，先将田世岭灌醉，再用锤头将其砸晕，最后勒毙。

陈鼎立供述，此番杀人都是他动的手，主意是俩人合计的，下手的是他自己。在此过程中，郭凤兰想参与，但是田世岭醉倒之后，真拿锤子砸的时候，郭凤兰下不去手了。这时醉酒的田世岭有了点反应，陈鼎立就慌了，拿过锤子，两锤子给打晕了，打晕之后进行勒杀。之后分尸过程中，郭凤兰是看着的，但人是一种麻木状态，整个是他在分。

这时我问他脑袋是怎么回事？怎么变骷髅了？陈鼎立说："我给煮了，我觉着人跟动物应该一样，一个猪头，你给煮了，它骨头是骨头、肉是肉，人还不也一样吗？还真一样。煮了也脱骨。哎，好，到时候被发现了，也不会知道死的是谁。"

那抛尸呢？

捆好袋子骑郭凤兰的电动自行车去的，扔了两个公厕。

到这儿我们又蒙圈了。

郭凤兰说人是她杀的，她分的，她煮的脑袋，她抛尸。怎么杀的？砍杀的，用菜刀砍的，血都灌进鞋里了。怎么分的？剔骨刀分的，按着骨骼肌肉走。分不开的地方剁开的，用菜刀剁开的。为什么煮脑袋？她恨他。怎么抛尸的？提溜着去厕所扔的，去了四五趟。

陈鼎立却又说人是他杀的、他分的、他煮的脑袋、他抛尸。怎么杀的？锤子砸晕又给勒死了。拿什么勒的？晾衣绳。怎么分的？按分割猪那么分的，用的剔骨尖刀和菜刀。为什么煮脑袋？不想让人知道死者是谁。怎么抛的尸？装好放进车筐里，骑车去扔的，两个公厕都去扔了。

唯一的共通处，除了分割手法，就是两人都坚称对方没参与。

我们一伙人又坐一块分析开了。事情究竟是怎么样的？一是一，二是二，必须弄清楚。

物证科的证据现在都上来了。菜刀，有血。剔骨尖刀，有血。女士皮靴里有没有血无法判断，因为被排泄物污染了。电动自行车车筐，有血。勒死人的绳子在郭凤兰家也找到了，晾衣绳，就在家里。锤子有没有？有，没血。包括在抛尸现场提取的烟头 DNA，跟陈鼎立的 DNA 相符。至于指纹，完全没有参考价值，姑且不论是不是擦拭干净了，主要这些东西俩人日常都接触过，不能说明问题。

也就是说，根据现有物证，他俩谁是凶手，都可以被论证，全说得通。

那我们就从逻辑上分析，可能还是陈鼎立杀人更有说服力，因为郭凤兰是女性，她真正去下手，她到底有多大力量能制服一个成年男性？但这里又有一个前提要素，田世岭醉酒了。但是这个前提是陈鼎立给我们的前提，郭凤兰的版本中是田世岭突然上门俩人爆发矛盾，她抄起菜刀砍杀了他。就第二个版本而言，也不是不能成立，有刀在手跟有枪在手都可以赋予人从前不具备的能力，而且郭凤兰是个卖肉的，她体型也比较壮实，有劲儿。还是条死胡同。

一团乱麻之际，小张打来了电话，还真是来助力的——他在我们捞出的尸块上，左臂带前胸那个尸块，发现靠近腕部处有勒痕。由此他推测，死者的致死原因有可能是机械性窒息，也就是被人勒死的。

那么，凶手就真的是陈鼎立了吗？

郭凤兰阐述喷溅血迹、煮头动机的时候，又极其真实。

不行。实际情况还得通过这俩人的嘴里问出来。但是面对慷慨赴死的俩人，极力想护对方周全的俩人，我们真的特难撬开他们的嘴。

怎么办？

拿着陈鼎立的供述视频找郭凤兰，跟她打心理战！同时也拿着郭凤兰的供述视频找陈鼎立，也是打心理战。既然俩人都想大包大揽，那就让他们彼此知道对方都说了啥。既然都想让对方活，那就把两方全拖下水！

最后，还是跟郭凤兰这里，我们率先挖出了真相。夏新亮也用了很多心理学技巧，包括微表情的解读，在俩人没开口之前，他预判了实情，事实也跟他预判的没什么出入。

合谋，非激情杀人。他们将死者诱骗至家中，郭凤兰准备拿锤子砸，但是犹豫了，在这个当口，死者有要酒醒的意思，陈鼎立当机立断，抢过锤子砸了下去，砸下去之后他拿晾衣绳想要勒死死者，但是死者惊醒开始反抗，陈鼎立跟死者拉扯的当口处于了下风，郭凤兰果断抄起菜刀向死者砍了下去。真相就是如此，俩人都参与到了凶杀案中。事后陈鼎立分尸，郭凤兰煮了脑袋，最后由陈鼎立骑着郭凤兰的电动车进行了抛尸。

没有一个人是无辜的，同时，这两个人又都是死者的受害者。两人都供述了田世岭的暴行，包括上门闹事、讨要钱财、死亡威胁。这俩人，一个是长期家暴的受害者，一个是老实巴交又生性胆小的男人，都是被逼急了。这俩人跟“穷凶极恶”四个字不沾边，在罪行败露的当口，又都拿出了人性中最良善的部分，就是不想让对方陷入绝境，都想自己承担罪责。

这案子让我很不舒服，随着它的水落石出，再去回想最开始发现尸块的时候，直观上觉得“哎哟太恶心了”，这得是什么样的凶手啊，太凶狠了，又是分尸、又是扔厕所、又是煮头，可是末了，拨开迷雾，我很难不去同情这两个杀人者。两个特别老实的人，老实本分，踏踏实实地过日子，在北京这个大城市里头，吃不上喝不上，挣点钱都给家里的孩子花了，却碰到这么一人渣前夫，我真的信这恶徒要不上钱最终会采取极端措施，这就是在比双方的忍耐力啊！今天是郭凤兰跟陈鼎立忍无可忍把田世岭给杀了，明天可能就是田世岭把郭凤兰跟陈鼎立双双砍死。谁先死谁就是受害人。这叫什么事呢？

低气压。案子破了，队上却少有的出现了低气压。这案子接下来就是送检，两个嫌疑人也都移交了看守所，等待他们的命运，很可能就是死刑。这俩人破坏了社会安定团结吗？没有。不杀行不行？不行，有法律管着。

常年与人性中的极恶相对，善在恶的面前渺小得不值一提，所以它才可贵。但是为了良善，舍弃自己的性命，又值当吗？我庆幸我所在的社会不需要面对诸如丧尸围城那种极端环境，因为那会叫人看到更多的善因恶死。太可怕了。没有人生来是坏人，可能有，不多，但是好人在某一个时刻，也会提起尖刀化为厉鬼，更叫人不寒而栗。不是怕尖刀，是怕那个让他提起尖刀的恶。它就像病毒，在不知不觉中传播，谁都可能中招儿。

无精打采的我像被抽了筋骨，还因为换季外加疲劳感冒了，阿嚏阿嚏地打喷嚏，我自己听了都烦，好容易站起身来想着去抽支烟提提神，刚一上楼就遇上迎面走来的高博。他带着俩徒弟步伐急促，我想跟他打个招呼都没来得及。结果我这烟才抽了一根，还没品出半点味儿来，手机响了，是何杰打来的。一接起来，就听见他惊慌失措的声音。要知道，惊慌失措四个字跟这个男人从来不沾边儿，股票大赔也没见他惊慌失措，要不那会儿我们都怕他出事呢，这人太稳了。

“高博把鹏子抓了。”

水蛭

跟许鹏面对面，我不知道说什么，他好像也不知道。当下的气氛既不是尴尬，也非无奈，说疲惫大约更贴切一些。许鹏很疲惫，我也是。无论是我还是他，可能都万万想不到会有这么一天。

见面之前我本来有一肚子的话想说，尤其想兜头给他一巴掌，告诉他：“你只是庄家必赢模式的玩偶。”越是“懂”，输得越惨。越是计算，越是输得血本无归。你以智商在博弈，庄家呢？在跟你玩儿数学。智商是你自己的，数学是全人类的。就像阿尔法狗下围棋，谁都不是它对手，那必须的啊，因为阿尔法狗后面坐着历史上所有的围棋高手，他们的技艺、他们的经验、他们的突围统统被大数据进行着计算！你觉得你是跟一个人工智能下棋，实际上你是在跟一队围棋大师下棋。你再能计算，你能计算得过电脑？它就是被设计用来搞计算的！你不输，谁输？

可真面对面了，我又什么都不想说了。道理谁不懂？要是懂道理就能办好事，那我们刑警队也关门歇业吧，用不着我们了。

糟心。真就是糟心。许鹏因为赌博这事被高博“请”走，那真是声名远扬、尽人皆知，从我们这些平头兄弟到系统内高层，人人瞠目结舌。就像平静的海面之下永远藏着暗流涌动。事发之前风平浪静，事发之后那万丈波澜，啪一下砸下来，就是惊涛骇浪。我几次想找师父，没敢，这嘴就没敢张开，这种关系活动不得。

说来都搞笑，专职整治黑贷款的警察，自己身陷借贷危机，这影响要多坏有多坏，摆明了撞枪口。跟他一块被突突成筛子的，那就是戴天了，真是肉眼可见地往出冒白头发。

今天早上他叫我去办公室，让我跟许鹏交接案件，说话都气若游丝。我都不记得距离上次我拍肩安慰他有多少年了，少说得把时钟拨回到他刚入职后不久吧。同那时一样，他倔强得红了眼。

“我太难了，师兄，”他说，“我这脸叫人打得生疼。”

我除了点头，也说不出别的。

“卷宗你随时都能查阅。我就长话短说吧，”还是许鹏先开了口，“刘俊与龙美玲的案件我遇到了瓶颈。没有新的线索上来，我没能顺利查下去。但是在调查龙美玲背景的过程中，我发现一个很奇怪的事，这个龙美玲像水蛭一样。”

“水蛭？”

“对，吸血的水蛭。她之所以能走到今天这个女富豪的地位，很多人为她出钱出力，且，这些人里头，有两个都失踪了。”

我摸了摸脖颈，春天里，身体打了个寒战。

“你顺着这个方向查查吧，你们组现在专办旧案，看能不能找出什么线索来。本来我也是打算去向你借力呢。”他的笑里透出一股惨淡之色。

“行。”

潦草的几句工作交接之后，我们又相对无言了。

我率先打破了沉默：“你接下来有什么打算？”

案件交接正如许鹏所说，卷宗里什么都有，侦查方向也是随办案人走，大家思维各不相同，别人的意见说到底也是仅供参考，这场交接也就是走个过场，我当初交接给他也是这样，查到什么、什么意见，简单一说就可以。这样的交接每个刑警都有过无数回，我师父也好，光明队长也好，都是一个处事方式——“甭管是不是我徒弟，是不是我器重的手下，搞起案子来，也不管你有没有委屈，一边靠，你立过什么样的功劳跟我这儿没用，你办不下案子来，这案子就换人。对事不对人。”但我跟许鹏的交接，这可能就是最后一回了，听口风，大概率许鹏会被开除。

“休息呗。这些年也没少吃苦受累，天天高压锅里蹲，也是时候该休息休息了。”他说得云淡风轻。

我啧了一声：“你说这叫什么事啊。”

我想起我们这伙人刚入职的时候，个个吊儿郎当，是经历了怎样的千锤百炼才不愧对这身蓝衣。说着无惧战死沙场、轻伤不下火线，吃了多少苦、受了多少罪？面对过人性的黑暗、黑洞洞的枪口。如果最后要这样倒下，该是多么不甘心？

许鹏托腮望向窗外，他那张坚毅的脸被阳光分割成阴阳两界。

“不能再赌了，你个老小子一定答应我。”

“嗯。”

他的声音像黑洞，我真怕他最后会被这黑洞吞噬掉。这就是走投无路，失业、负债，尤其还极不光彩，它就是个天坑，是个黑洞。

高压锅，这个比喻我笑不出来。我们的工作确实高压，前头是破碎尸块、穷凶极恶的暴徒；后头是破案速度、破案率的考核。前后夹击，人的压力一大，又没有有效的排解措施，压在心里久了，不是抑郁就是发泄。这个发泄今天可能是赌球，明天也可能是吸毒。我们提心吊胆前行，生怕行差踏错，却殊不知哪天就一失足跌进了深渊里。这样的工作，绝不是我们想要的，可是社会总需要有人去做。

“大刘儿。”

“嗯？”

“我真觉得挺累的。平时忙忙碌碌没白天没黑夜还不觉得，可这冷不丁一下儿不让干了，每个毛孔都在呐喊着累。”

“懂。我被停职那段日子，也是这感觉。然后我就开快车去了，逮谁跟谁聊天儿，听了一肚子的故事，发现人生就是这样，一口苦一口甜，谁的人生都是。在我这儿天大的事，在别人那儿也许就是个插曲。同样，别人的天塌了，我的这方天还挂着云彩。感同身受是不存在的，心灵相通也只存在于相同的际遇中。”

许鹏的嘴角扯出一个惨淡的笑，我的嘴角亦然。

擤着鼻涕回到档案室，我又用完了一包纸巾。也是奇怪，这回感冒反反复复纠缠了半个多月，好三天坏三天。

“病毒回来了？”文君跟我打招呼。

“赶紧，消灭我。”

“师父，您还是先把药吃了吧，就您这样有一顿没一顿，抵抗力又弱鸡，迟早得躺下大病一场。”夏新亮说着，把感冒药和水杯递给了我。

我仰脖咕咚咚灌下去，看着他说：“你这两天抽空找找心理医生，要靠谱的那种。”

“您不是应该挂呼吸科吗？”

“我这不是事儿，是鹏子状态不好，你给我当事儿办啊，钱我给。”

“案子交接得惆怅了。”王勤蔫不出溜地说。

“还真挺惆怅，有点死局那个意思。昱刚，你把刘俊那案子的卷宗调出来。都看过了吧？咱们讨论讨论。”

“我把夏新亮整理的投影出来吧。”李昱刚说着，白板上投映出了树状结构图。

我看着白板，快速对号入座。现在已知的情况是刘俊与龙美玲相识，是在他为自己公司进行融资的过程中，由龙美玲牵线，刘俊拿到了融资，自此之后两人走动频繁，关系暧昧。而对刘俊的项目进行了投资的公司实际上有龙美玲参股，这就可以理解为是龙美玲全程帮助了刘俊。

想到这儿，我眼前浮现出了刘俊那张脸。这人还真是惯会吃软饭的，倒也有那个资本，长得挺精神。前有赵红霞，后有龙美玲，之间还有他在美利坚找那黑人媳妇。这男的这辈子都在靠女人翻身。要不得上昆仑找人玩儿SM呢，毕竟软饭也不总那么好吃。

至于龙美玲的发家史，她那个“我不嫁豪门，我就是豪门”的奋斗历程也是一位奇女子的传奇。

龙美玲出身于高级知识分子家庭，自己是一个工商管理硕士，非常有才华。白手起家，最后做了业内很大的一家医疗器械公司，同时还在搞风投。她搞医疗器械很早，1996年就开始了，当时给她注资的人有一个叫杨罡，是在中关村搞电脑配件的生意，那时候电脑很火爆，且那时候搞这个的很多都搞走私，很有钱。就这么着，龙美玲就做起来了。但是后来这个杨罡失踪了，妻子报警说失踪了，行踪不明。也投入警力查来着，但没查出什么所以然，最后分析说是挣着大钱带着小三儿跑了，反正销案了。人没了，股份还在，他持有龙美玲公司百分之二十七的股份，那龙美玲当时出了一百万给了杨罡的媳妇儿，把股份买下来了，因为公司还要继续经营。拿回股份龙美玲继续干，过了一年多，她又有了新的合伙人，这个人叫米晓峰，注资了五百万。这个米晓峰家里有点背景，当时从事房地产行业，很有钱，于是龙美玲的公司一下壮大了起来。但是米晓峰后来也失踪了，不明不白，人没了，警方也立案调查过，还是没查出所以然，这人的失踪很突然，头天还跟生意伙伴去拿地呢，突然人就没了。米晓峰失踪之后，他的地产公司被后来的天耀集团收购了，天耀集团前身是天耀贸易公司，公司的法人是夏克明，就是现如今炙手可热的企业家夏克明。天耀收购了米晓峰的公司，自然而然也成了龙美玲的新合伙人，自此之后龙美玲便走上了飞黄腾达之路。

至于龙美玲跟先后这三位投资人的关系，年代久远，许鹏没什么特别发现。

“这个龙美玲颇有点那个蛇蝎美人的意思。”我喃喃道。

“结果自己也被蝎子蜇了，”夏新亮拿起水杯，“多喝水。”

“人肯定是没了，”我乖乖往下灌，“人车走失，至今没有音信，跟她一起失踪的刘俊还叫人碎尸了。”

“现在的问题是他俩遭遇了什么，是突发状况，还是卷入了什么事件里？”

“应该是偶发吧？许队也查过了，这俩人失踪前各自没有什么纠纷，刘俊在他的又一个事业上升期,龙美玲也是生意平顺。在私生活方面,俩人也都没什么问题。交际方面也筛查过，没什么疑点上升。”

还真是个死局，许鹏查不下去很正常，换我上马，我一时半会儿也不知道要往哪儿查。人车走失专业户都没找见的车、找见的人，我上哪儿去找？

“咱……要不要上天耀找夏克明了解了解情况？毕竟他是最后一个跟龙美玲做买卖且还健在的。”李昱刚问。

我摆了摆手，一通咳嗽之后说：“还是先别了。一是夏克明的身份特殊；二来他跟龙美玲也算不上有啥接触，是米晓峰注资了龙美玲的公司，夏克明收购了他的地产公司才间接成了龙美玲的投资人，俩人不见得有深的接触，充其量也就是看好这么能干一女的，跟着挣钱罢了。咱们不如去见见早先失踪的这两位的家属，他们都跟龙美玲做生意，先后又都失踪了，这里面会不会有什么联系？”

“您是说早先有事，现在报复？”李昱刚的眉毛拧成了八字。

“报不报复姑且不谈，也不见得有什么联系。但咱得梳理一下龙美玲的生平嘛，去了解了解。”

既然许鹏提出一个方向，我不妨就顺着去摸摸。毕竟我们有旧案重开的权力。龙美玲是不是好狠一女的，走着瞧呗。至少，她不会是个没故事的女人。一个有故事的女人失踪了，是事故还是故事正等着我们去了解。

找见杨罡的遗孀崔芷桦还挺费了一番工夫，她再婚了，对方还是个法国人。也是老天爷帮忙，她要不是回来探望女儿，那见上这一面就真不可能了。

我跟夏新亮去的，约在她女儿女婿家楼下的咖啡厅。这家也有意思，妈嫁了个法国人定居法国，女儿嫁了个美籍华人然后随同夫婿外派回的北京，房子都是租的。听闻当时在北京的房产早就处理掉了。

这俩人是多不想跟这座城市待着啊？

“你们找我还真挺让我意外的。事到如今，怎么又关心起杨罡的事来了？当时已经销案了呀。”崔芷桦虽然五十来岁了，但瞅着不显老，一是身材没走样，二是皮肤白。

“销案是因为当时警方查到杨罡有一大笔进项跟着他一起失踪了，而且您还发现了您前夫出轨的证据是吧？”

崔芷桦点了点头，从手提包里摸出了烟盒：“你们不介意吧？”

“没事没事，我也抽。”我鼻音浓重地说，怪不得她坚持选择坐户外呢。

“感冒了？”她又放下了手中的打火机。

“不碍事，快好了。感冒拦不住我抽烟。”

“北京这个天儿啊，说变就变，这会儿风和日丽，下午保不齐就起风，春天换季最容易感冒了，”崔芷桦点燃了细长的女士香烟，“就跟男人的脸似的，说变就变。

你也不知道它阴晴变化的规律。20 世纪 90 年代那会儿，杨罡倒腾计算机零配件，好些都是水货，他也常往广东跑，十天半个月不着家那是家常便饭。你要说他出轨我有什么证据，我也没什么证据，就是女人的直觉吧，有时候他回来，身上带着一股味儿，女人味儿，不是说香水什么的，是女人才能闻出来的女人味儿。为这个起先我们也吵过，但是吵来吵去又能怎么样？那年代敢离婚的还真没几个。起先我也不觉得他能跟女人跑了，可是人就是没了啊，不回家了啊，报警我也报了，查也帮我查了，人没了，人还是带着钱没了，广州警方也给帮着找，没见尸体啊，那他能去哪儿？去哪儿我不知道，反正不想要我跟闺女了呗。”

“那就您了解，他是这种不打一声招呼就闪人的主儿吗？”夏新亮问。

“我了解他什么？事他都办出来了，还谈什么了解不了解？”

“我能说您心底里是有点不信的吗？”

“我是不信。可是我不信，结果它还是这个结果。”

“就没考虑过也许他是遇上什么事了吗？”

“首先我就是这么考虑的啊，所以才报警了呀，可是你们查来查去，活不见人死不见尸，你们让我怎么办？我就瞪眼往下等吗？我能等来什么？”

“不不不，我们不是这个意思，”我赶紧加入谈话，“是这样，我们约您见面，不是想重提您内心的伤痛，更不是想扰乱您现在的生活。”为了拉近距离，我也点了支烟，“是我们现在经手一个案件，跟您前夫失踪这个案件，”我想了想说，“不能说有联系吧，但有些微妙的相似之处。”

“哦？”这话显然引起了崔芷桦的兴趣。

“我不知道您是不是记得一个女人，叫龙美玲，早年间您前夫投资过她的公司，后来她还回购了您前夫的股权。”

“这事我记得，但是龙美玲我印象不深了，我就见过她那么几次，就杨罡失踪后一年吧，不是一年也快一年了，她来我家找的我，跟一个男的一块。就是来谈股权的事。她不说我都不清楚这些，她找我就是想回购股权。也劝我来着，说杨罡失踪这事能托警方查就查，有希望总比没希望强，但是生意耽误不得，尤其说我正是用钱的时候，不如就把股权出让给她，给了一百万。律师啊，审计啊什么的，都是她找的，我也不懂这些，但是她全程都跟我一起处理，很耐心地跟我解释、说明。”

“男的？什么男的？”我问。

“是她男朋友吧？挺沉稳的一个人，很痛快。龙美玲说的那些我也不懂，就是他主张找的律师、审计，办事很稳妥。”

“叫什么呢？”

“嗯……那我真不记得了，姓什么来着？哎哟，我居然一点印象都没有了，是不是人家也没跟我说过啊？毕竟我就见过他一次，后来都是龙美玲跟我在一块，他没来。”

“那您怎么知道他是龙美玲的男朋友呢？会不会是她公司的什么人？”

“呀，你这么一问……就……感觉吧。俩人挺亲昵的，不像是公司里头的上下级，我感觉要不是男女朋友，也可能是姐弟？”

“姐弟？”我蒙了，怎么又成姐弟了？

“唉，我也说不上来了，一个真是日子过去太久了，再一个……怎么说呢？你看你们俩，你跟这个小同志，一看就是上下级，就……你问我为什么，我也说不上来。”

“那你还记得这个男人长什么模样吗？”

崔芷桦低头跟那儿想，我就知道没戏了，果不其然，她也就是说了说这个男人的着装、气质，都是感觉上的东西，具体的面貌五官，她不太能说得上来。

我们跟崔芷桦聊了一个多钟头，也详细了解了一下杨罡当年离家时的情形，没什么特别的，公司运营得很平顺，在逐步壮大的一个过程中，夫妻俩也没有起口角，就想不出来这人为什么会失踪。真就为了跟什么女的私奔？我反正不能理解。

“您说……会不会这个杨罡，是遇害了？”夏新亮系上安全带，抿嘴看向我。

“有这个可能，当时也投入力量调查了，可是没找见尸体。”我发动了汽车。

“眼下咱也找不见龙美玲的尸体啊。科技都发达成这样了，全城天眼，龙美玲还是连车带人不见了。就更甭提20世纪90年代那会儿了，DNA都没搞太明白呢。”

“那好歹还有个让人剁了的刘俊算是个线索呢。咱推断龙美玲遇害这也算有依据,”我想了想说,“崔芷桦提到的那个男的咱应该查一查。”

“嗯,我正给您导航呢,咱们去一趟龙美玲父母家。”

见过龙美玲的父母,我们也毫无收获,二老不知道闺女的交友情况,确切来说,是跟龙美玲来往的人太多了,他们对我们描述的这个男的毫无印象,都不一定见过。至于男朋友这个说法,二老摇头叹气,说那可不好说,反正龙美玲这么些年也从来没给家里正式介绍过,她心思就不在这上面,她所有的时间、精力都投在她的事业上了。家里为这个也没少说她,也催,毕竟是婚姻大事,可是越拖年岁越大,年纪大了社会地位又高就更难找对象,到了就是这么一个黑不提白不提的状态了。龙美玲也早就不跟家里住了,我们也没什么可看的,就告辞离开了。

还有谁能问呢?龙美玲上面倒是还有个哥哥,我们把她哥嫂家也去了一趟,也没啥收获,他们也不太了解龙美玲的生活状态。

这么转了一圈下来,等于毫无进展。虽然出现了一个男人,但是他是谁、跟龙美玲什么关系,我们全都不知道,尤其,他跟龙美玲和刘俊遇害案有没有关系我们都不敢说。还要不要往下查、怎么查,都是问题。

把这事儿暂且挂起,接下来我们又找了米晓峰的家人。米晓峰的爱人去世了,去年走的,家里除了女儿,父母倒还都健在。可这边更没啥线索了,他们连龙美玲是谁都不知道。至于米晓峰失踪时的情况,他们也没提出什么新线索,就跟档案记录的一样,失踪前他毫无反常,头一天还跟人去拿地来着。至于他投资龙美玲的医疗器械公司,家里人都不清楚具体情况。

还是一个死局,真就打不开局面。

垂头丧气回到队上,我很意外屋里竟然像死了一样安静,因为确实连个鬼影儿都没有!原本应该在的李昱刚和王勤都不翼而飞了。我让夏新亮打电话找人,心说俩人这不干活儿去哪儿了?真有啥发现也该打声招呼啊,夏新亮却把电话递给了我,我一听,说话的不是李昱刚,是高博。高博跟我说让我等在队上,他们这就到。

他们?

我跟夏新亮面面相觑。

一伙人回来的时候带着一个人——刘俊公司的会计。跟着我们就被清出来了，办公室让高博他们给占了。

我跟夏新亮摸不着头脑，就索性溜达去文君那屋了，文君已经下班走了，我俩开始搜刮她的零食。不一会儿，李昱刚过来了，我们才知道了事情的原委。

原来是高博下午过来找我，但是我跟夏新亮出外勤了，李昱刚说让他给我打个电话，寻思我们也快回来了，高博说那就不打了，等会儿吧。在这期间，李昱刚一直在查刘俊，我跟夏新亮负责龙美玲，他跟王勤负责梳理刘俊。刘俊不是本地人，生活经历又比较复杂，他们就从他本人下手往下查。查着查着李昱刚觉着不对了，据我们所知，由于前女友赵红霞向刘俊讨债，致使刘俊原本就经营不利的公司彻底陷入了财务危机，所以他一方面变卖不动产，一方面去进行融资。但是刘俊眼下的财务状况可瞧不出捉襟见肘来，且，账目极其混乱。拔扯出萝卜带出泥。把刘俊这么几个账户全一清查，他公司什么情况姑且不清楚，但就他个人来说，他这资产拢一块也是千万富翁了。如果说他公司不盈利，他钱哪儿来的？是不是挪用了公司的融资款？

李昱刚就寻思彻查刘俊公司的账目，这时高博正好在，他就把情况原原本本向高博说了一下，毕竟高博是职业搞经侦的，高博一听说：“你先别贸然申请查谁账，咱先看看这个刘俊本身的情况。”经高博指点，李昱刚查出了一家贸易公司，叫作波普贸易公司。这个公司的法人代表不是刘俊，但却是刘俊的父亲。它有零售执照，旗下有一家非实体的网店，专门出售美国的进口商品。

到这儿也没什么奇怪的。但是波普公司的进口渠道很单一，它只从一家叫作桑德勒的公司处进口美国商品。这两家公司之间有多笔业务往来。再往下，这两个公司的盈利金额就分别进行投资了，桑德勒购买了房产，波普买了一家酒庄。到这儿高博就已经闻见洗钱的味道了，更别提桑德勒购买的房产正是刘俊出售的底商了。

现在问题来了，刘俊在帮谁洗钱，会不会跟龙美玲有关？如果跟龙美玲有关，龙美玲为什么要洗钱？

我脑子里一团黑线，智商告急了。

一个多钟头，门终于开了，我听见高博跟会计嘱咐："放轻松，既然情况就是这么个情况，你的问题我们也搞清楚了，我们也还没有正式立案调查，你回去不要跟其他人宣扬。明白不明白？别把情况弄到更被动。"

送走会计，高博看着一脸迷糊的我，扯过凳子在我身边坐下了："刘俊的公司，账目很成问题。他融资了两千万，先期到账一千万，这个钱没有被他用于经营活动，而是被他挪走了。他个人账户里的钱应该就是这么来的。这先摁下不提，咱们捋一下。在这个刘俊被你们前一个受害人叫什么来着，我没记住，就记住事了，这女的问他要钱之前，他公司就不太行了。那这时候这个女的来管他要钱，无疑能逼死他。但实际情况是，他卖了个底商，把钱给到了这个女的。"

"赵红霞，这个女的叫赵红霞。"

"随便吧，红霞彩霞朝霞都没关系，她也不是重点。重点是，桑德勒给了刘俊钱，买了他的底商。"

"嗯嗯。"

"但是咱们已知跟桑德勒做买卖的波普是刘俊的公司，洗钱这事你要先明白一点啊，这里面无论出现几个公司，是一个两个三个都不要紧，实际上他们都是为同一个客户服务的。能懂吧？"

我拨浪鼓状摇头。这属于我知识盲区，我没干过这，更没学过金融。

"那你这么理解，有人雇用了几个代理人，假装做买卖。这些钱进钱出都是做样子的，实际上这些钱始终是这些钱，做买卖是为了让钱的存在合理化。"

"这个能懂。"

"那刘俊都穷得光屁股了，他可能有钱洗吗？"

我摇头。

"那肯定就是有人让他帮忙洗钱对吧？"

我点头。

"所以现在，房产不是他的了，是让他洗钱这人的了。"

"嗯嗯。"

“钱，他真实收取了，并把它给了赵红霞。也就是说，他出售的这处底商，就是洗钱人最后洗白了的钱的去处。没错吧？房看着还是他的，但实际上它已经归洗钱人所有了，你不要去管最后买它这公司是不是刘俊的，他就是个中间人。”

“对对对。”

“那咱说回刘俊融资之后他公司的账目问题。他挪了一千万去自己的账户。”

“嗯。”

“反常吗？”

“此处又怎么讲？”

“师父我大概明白高队的意思了，”李昱刚这时开口道，“很反常。刘俊按说铲了赵红霞的事，又顺利拿到了融资，他没道理要去把融资款弄出来。他应该去经营自己的公司了。你经营好，才可能拿到第二笔融资款。你这得给人拿出证据的，经营妥善的证据，谁的钱也不是大风刮来的。”

“嗯，但是他把钱套出来了，”我说，“他套这钱干吗？”

这时夏新亮也加入了我们：“还是堵窟窿。赵红霞这个事，说到底还是个窟窿，刘俊的钱是切实给了赵红霞，但是这钱是谁给的？买房的人给的。买房人现在已知是刘俊自己的贸易公司，这个贸易公司的钱却不是他的，也就是说，这个钱最终是让他洗钱的人出的。可以理解为是垫付。我想想怎么说啊，就是刘俊应该是两空的，卖房的钱给了赵红霞，房给了洗钱人。刘俊手里的一千万是融资款……”

“还是我来说吧，”高博打断了夏新亮，“一句话概括，就是夏新亮的堵窟窿。赵红霞就是这个窟窿。你可以理解为有人先行借给了刘俊一千万，刘俊的底商是一个质押资产。”

“七百八十万，”我说，“刘俊那个底商卖了七百八十万。”

“但是后来刘俊又给了赵红霞两百万呀，师父你忘了？他先后给了赵红霞两笔钱。总数差不多就是一千万。”李昱刚说。

“对，还真是一千万。”我点头。

“这一千万是刘俊的，没了，给出去了，”高博继续说，“他又从融资款弄出一千万是为了干吗？拿这钱换回自己的底商对吧？”

我这脑瓜子转得要打结了："可能是吧……"

除了他们仨，再加上王勤，四个人像看傻子似的看着我，我很没面子："就是他靠着给人洗钱白挣了一千万呗！就是他账户上那一千万。"

四个人齐刷刷捂脸。

"师父！你是不是还没明白呀！"李昱刚那个眉毛拧的，"那一千万他还没挣到呢，因为二期融资款还没到位！他账户上的钱，本来应该是给龙美玲的，以换回他的质押资产，也就是他的底商！"

"啊？"

"我这么跟您说吧！刘俊没钱，但是不想卖底商，可是不卖底商，就没钱给逼债的赵红霞，所以他帮人洗钱，也别说帮人了，所以他帮龙美玲洗钱！龙美玲给他的承诺，一是购买他的底商，给他一千万；二是帮他进行融资，融资款是两千万。这样他拿到融资款，拿出其中的一千万就可以还给龙美玲，毕竟房产还是他自己的啊，买卖不都是他自己吗？里外里就是，他帮着洗钱，不仅保住了自己的底商，而且还拿到了一千万融资！懂了没有啊！他靠着洗钱，一共挣了两千万！他拿给赵红霞的钱不就是这么赚出来的吗？二次融资一进账，虽然他先期的钱给了龙美玲，但是房还是他的啊，加减乘除算明白了吗？"

我想了想说："那龙美玲图什么呢，就图养个小白脸儿，还是个中年小白脸儿？"

一只手搭在了我肩上："师父啊，她图刘俊能帮他洗钱啊。洗钱，说明这钱来路不正，对吧？"

"哦！"

"累死我了，"高博看向李昱刚，"给我弄点儿水喝，我这吐沫星子浪费的。你们师父可能智商有点问题。"

"是太绕了！"我强行挽尊，"证据呢？这说来说去也都是推论。"

"得查。"高博就给我俩字儿。

"得。"

"非常值得查。属于合理推论。失踪的龙美玲给刘俊做了融资。刘俊做的 PE 融资，一般来说挺难拿到的，但是龙美玲给他了。他要是不帮龙美玲干什么，人凭啥给他这么一大笔融资款？这融资款到了他手里，又被他弄出来了，弄出来之后他其实还是没法弄他那公司，不弄好你就拿不到第二笔融资，除非他弄虚作假。弄虚作假首先需要高人，其次需要对方不识破。”

“嗯……”

“龙美玲是个工商管理硕士。”夏新亮说。

“不是，等一下，”我又积极发言，“这事刘俊很上算，龙美玲能把钱洗了倒也不亏，可是融资款不是她自己的风投公司出的吗？这里外里……好处费贵不贵点儿啊？就为洗一千万，又花了一千万，不对，两千万。哎，我终于知道我脑子跟哪儿打结的了！就这儿！根本不合理行吗？”

高博伸手，示意由他说明：“大刘儿，是这样啊。首先，龙美玲只是参股了风投公司对吧？”

“嗯……嗯对。”

“不是她全资，她到底出资多少这个一会儿我再细看，也就是说她卷钱，卷的可不都是她自己兜儿里的，她也卷了其他股东的，没错吧？”

“哦……”

“其次，就像你说的，花两千万洗一千万那她肯定有病。但是谁洗钱，就洗这么点儿？弄这么一大套，那目的肯定不是一千万这么简单。是吧？”

“我 ×……明白了。”

“所以我说我查啊！这就是个线索啊，咱们往下查！而且这个龙美玲，不仅仅是人车走失，根据现在你们掌握的情况，她八成是遇害了。她为什么遇害？为什么跟刘俊一起遇害？他们到底洗了什么钱，这钱数有多巨大，顺着这个方向往下挖，你这案子就奔明朗里走了啊！哎哟我 ×，我认识你这么些年，头一回发现你脑子也有不够使的时候！”

“这终于算有了一个突破口了。”我感慨道。

再是云山雾罩，我也有点明白过来了，一个个点，连成线了。

“我本来是找你喝酒的，现在得跟你一块加班儿了。”

“咱俩亲兄弟啊。”

“所以得明算账。我跟你这儿白干没关系，但这活儿我一人干不了。”

“我把功劳全给你都行。”

“那你师弟脸色你自己担。一言为定。”

“走起！事不宜迟！他那儿我负责，这案子悬了这么久，能破还管啥这个那个的！”

高博呼唤他们队，我决定去抽支烟醒醒脑，可能真是感冒闹的，这事一想通了，就发觉之前的脑打结极其不可思议，明明白白一条线嘛。

我刚抽完一支，就看见高博朝我走过来了，他又让了我一支，其实感冒抽烟很恶心，但他明显是想聊聊，干聊也没意思不是？

“我刚才又想了想。叫他们过来之后，我又想了下你们这案子。我觉得要暗里查，不能明着查。既然这俩人很可能是因为洗钱遇害的，钱的来路肯定凶险，不能打草惊蛇。”

“嗯。但是我想不出来这个钱的来路儿。我刚也想来着。贩毒吧，肯定不是，我搞缉毒那么些年也不是白搞的，北京这边的情况我敢说没人比我更了解。走私呢，龙美玲做医疗器械，好像也犯不上，哪怕里面真有事，犯得上杀俩人吗？”

“这你就慢慢儿想吧，我这边查着东西及时跟你通气。先不说这个了，我今天找你啊……”

“是为了鹏子的事吧？”我看向他。

“嗯。”

“你别有思想负担。他犯错在先，你抓他没毛病，他不会因为这个记恨你。他你还不知道吗？”

“我就是太了解他了。倒不是记恨与否，是眼下事已经这样了，他接下来怎么办。丢了公职，又欠着外债。好歹没借高利贷，可是管亲朋借的钱，总得还吧？我寻思我手里还有点闲钱，想说拿给他应急，可是他那个人你也知道……”

“开源节流。不是我说，越是这时候，你越不能拿钱给他，因为你不知道他拿着钱是不是去还债，如果又赌博怎么办？滥赌，黄赌毒全一起的，你给钱，很可能是在害他。”

“那你有什么高见？”

“开源呗，”我弹了弹烟灰，“得给他找个事干。”

“他这岁数，再加上除了会破案也没别的本事，又是叫公权力单位给开除的……”

“这不还没开呢嘛！一嘴一个开除，呸呸呸！”

“我说大刘儿你可别整幺蛾子，现在这情况，鹏子人人避之不及，你……”

我打断了他：“你可放心吧。不是你想的那样儿。”

烧蜡

我很爱看新闻，尤其是如厕的时候，一来打发时间，二来了解社会动态。我还尤其爱看评论，一个评论，看见的是众生百态——忧国忧民的、客观冷静的、心怀良善的、冷嘲热讽的、起哄架秧的。一条条评论就能看见一颗颗迥然不同的人心，但也别全信。要按着这个来个社会满意度调查，大多数人给出的回答肯定都是不满意。不满意贫富差距、不满意社会制度、不满意法律体系、不满意保险保障，总之就是啥啥都不满意，戾气很重，就觉着这社会动荡不安、摇摇欲坠。可关上手机，走上街，走进生活里，抱怨的声音一定有，生活里谁还没点儿苦难了？但是能明显感觉到大多数人的心态不是崩坏的，再苦再难，还是往希望里、往好日子里奔的，没人把日子往坏里过，没人把路往窄里走。戾气有没有？有，但远没有互联网上那么极端恶劣。

我还跟夏新亮、李昱刚聊过这个事。李昱刚是觉得我无聊，有那时间用他的话说："您干点儿啥不行？哪怕就给大脑关个机呢？就保养保养脑细胞不行吗？"我问他："那你蹲坑时候干吗？"李昱刚说："我打游戏，生活如此平淡，我还不能跟幻想世界里称王称霸啦？而且您跟那些个评论较什么真儿啊！里头多少水军、多少键盘侠，反正全蹲在屏幕后头谁也不认识谁，又有多少人是在发泄、是在口嗨？没人对自己的言论负责。"

夏新亮跟他的看法还不太相同，他从专业角度，心理学、社会学层面给我认真分析了一番。首先他谈到了话语权。从前传播途径单一，话语权都掌握在少数人手里，这个少数人的定义是——媒体、高知、社会工作从业者等，他说："师父，你这么理解，就是站在金字塔塔尖的人，他们的发言代表着他们的身份符号，代表着他们被赋予的使命。但是随着互联网生态的蓬勃发展，言论被扩大化了，谁都可以畅所欲言，所以你听到的声音多了，但这个声音里噪声也不小，激进的言论、幼稚的言论、不负责任的言论此起彼伏，你看得多了，你就有种错觉——社会变了。其实社会它是一个恒定量，它没有改变，是你看待它的角度变了。什么时候、哪个年代，社会都有阶层分化、都有制度不完善带来的矛盾、都有受益者与受害者，这是一个方面。另一个方面，你想一下，如果一个评论，或者一个社会现象，跟你自身产生了共鸣，你是很容易跟着激动的，继而投入到你认为正确的阵营，并且你的眼里也只有跟你一个阵营的人的发言，是不是？这个时候，无论你是少数派还是多数派，你都觉得自己的阵营最大、最稳，毕竟基数大嘛，然后觉得只有自己这方是正确的、受到拥护的。

"就拿咱最熟悉的警民矛盾来说吧，相互之间不了解，所以误会总是有，从前没有网络的时候，人们是在私底下自由讨论，这个讨论你只能部分接收到，但你身在其中，你知道有。互联网时代来了，这个讨论从私底下放到了明面上，再经过发酵，演变成狂潮，你就会有种矛盾更强烈的错觉。这个矛盾从前没有吗？有。现在就更强烈吗？不是。这个矛盾在这里面就像社会，它其实是一个恒定量，矛盾就是矛盾，矛盾的大与小，按理说不以发言人的人数、发言人的层次发生变化，但事实上，它在关注矛盾人的心里发生变化了，而且是双方的心里。你是警察，你怎么想？哎哟，人家都不理解我们。你是老百姓，你怎么想？哎哟，警察就是有问题，他们都不是好人。

"再说另一个方面，社会舆论与社会事件带来的热点，热点到利益的转变。有一个词叫黑红。说某个艺人黑红黑红的，重点还是那个红，只要红就能产生利益。对自媒体来说也是一样的，人民忧虑什么，他就贩卖给他们什么，让他们产生更大的忧虑，靠着这个忧虑产生共鸣，有了共鸣就有了传播，有了传播就有了热点，有了热点就有了利益。至于贩卖焦虑之后会产生什么社会问题？他们不在乎。对这些人来说，这就是一场资本的游戏，是一场利润的收割。另外的成因包括人们发言时的个体状态，像脑子不清醒、情绪崩坏这些我就不多说了，这谁都懂。”

殊途同归，李昱刚跟夏新亮虽然方向不同，但中心思想是一样的——保持清醒。

保持清醒。默念了一下这四个字，我揣起手机冲了马桶从厕所出来了。见我出来，夏新亮关上计算机屏幕站起身来，我俩一路没话往楼上走。

上了车，我开车他坐副驾，仍旧是谁也不吭声。

“警察自称流氓打人，为湮灭证据与多名记者发生肢体冲突。”

特大丑闻。微博热搜。视频转得铺天盖地。至今警方还未能压制住群体舆论。而且在控制舆论的过程中，蹭热点的不计其数，大数据还跟着捣乱，许多与警察相关的负面新闻玩儿起了连连看，总之今天的言论主题是不会变了——坏警察。

这就是一场灾难。李昱刚把链接甩给我的那一刻，我还真没想到这事会在转瞬间就登上热搜。视频虽然做了遮挡处理，但摇晃的画面里有个身影我立马就认出来了——平头大哥宫立国。紧跟着乱糟糟的嘈杂声中，我听见了刘明春喊：“停停停停！不要再继续破坏现场。”至于那个喊着“你甭说你是记者，我就是流氓！”的，我用屁股猜也知道是宫立国手底下那愣头青。

“完蛋了”，看完视频我心里就这仨字儿。把手机递给夏新亮，他看完也是一脸的生无可恋。彼时我俩正在梳理旧案，龙美玲的合伙人们失踪至今活不见人死不见尸，李昱刚和王勤跟着高博从经侦方面下手去查，我跟夏新亮合计在未能破获的旧案里找找线索，不仅是北京，全国我们都发了协查通报，就想哪怕能捞上来点儿蛛丝马迹呢？一个人总不能够凭空消失，挫了骨也得有灰不是？但事实证明这真就是大海捞针，发回来的东西无穷多，但能产生联系的案件至今一个也没有。本来就够糟心了，咔嚓，飞来这么一视频。

夏新亮说：“完了，这转发量在大V的带动下得呈立方速度增长。”

我说：“这什么情况啊？怎么倒霉还带传染的？刚折了一个许鹏，说话间这宫立国又出事了。那么沉稳一平头大哥，这是咋回事啊？”

再跟着戴天就把电话给我打过来了，让我火速前往机场辅路朝阳跟顺义交界处，无论手上在干什么，放下，现在就去，出现场！

这现场就是宫立国他们小队出事那现场。

我是想站起来就走的，可是刚吃了去火药，我的肚子正“窜天猴儿”，我跟夏新亮打了声招呼就急匆匆奔向厕所，坐下我就又开了手机看新闻，那评论更新的速度哗哗的，铺天盖地都是对我们警方的指摘，什么难听说什么——办案不透明、缉拿嫌疑人手段粗暴、审讯屈打成招造冤案，看得我头一跳一跳地疼。

“师父，咱得稳定好心神，越是这样的关头，咱越得集中精神搞好工作。”

到地方我停好车，就听见夏新亮跟我这么说。这车贼难停，这个荒僻得不能再荒僻的地方，此刻停满了车，我都没法儿下脚！

我是有点慌了神，一切来得太突然。尤其有许鹏的事情在前，就感觉队上招来了衰神。不是我迷信，是这所有的事情在我看来统统不科学，都是老刑警了，也都是好刑警，结果怎么着？没死在敌人枪口下，全躺下得莫名其妙。我们工作压力是大，属实也没什么发泄渠道，但是这接二连三也太扯淡了！赌球的赌球，打人的打人，要按着这路数发展，我是不是得捅死嫌疑人啊！

乌泱乌泱，全是人。扛着长枪短炮的、举着话筒的，我俩一下车，呼啦啦全围了上来，我听见夏新亮一直在说无可奉告，也听见他们七嘴八舌问着问题：“打人的警察是不是已经被控制了？”“刑警队在管理上是不是一团混乱？”“死者确认是富商蒙翔的独生女吗？”“请问是他杀还是自杀？”

幸亏辅警及时组织起人墙将我们送进了现场，我头一次觉得自己弱小无助又可怜。

辅警组成了一个很大的包围圈，离着警戒线八丈远，此时警戒线内沿还有两条已断裂的警戒线，无数踩踏痕迹，地上还有血迹，以及七零八落的各类物品，镜头盖、矿泉水瓶、甚至是不知道谁的外套。周围是走动着的、穿着官衣挂着胸牌的警员，我一眼就能瞧出来，他们是负责内部调查的人。

刘明春喊不要破坏现场那真是一点错都没有，这得给现场勘查人员增加多少工作量啊！具体发生了什么，我跟网民一样一无所知，没人告诉我具体情况，我也不清楚两方是怎么起的冲突。但这也不是我来调查的，我是来查案的。

法医组显然是在等待"突围"时机，几个人都没在工作，而是坐在他们的车外面，有低头看手机的，有整理记录做文书的，也有凑在一块低声交谈的。我走过去，决定先看看尸体，夏新亮的选择跟我不同，他去到了涉事车辆——银灰色捷豹处。

"我看看尸体。"

今天出任务的不是小张，是老秦。

"哟，刘警官。"

"秦老师老没见着您啊。"

"咳，现在我出外勤少，老上学院里给学生们讲课。"

白布一掀开，出现一具高度腐败的女尸。秦老师说尸体损毁是发生在挪移过程中。我凑近打量了一番，闻到了一种类似于酒精的味道。

"这是酒味儿吗？"

"应该是喝酒了，这还要回去再具体检测。"

"死亡时间的大致推断是？"

"恐怕得三到四个月了，我在尸体上提取了寄生虫，要回去做培养，然后从法医昆虫学方面做研究。"

"那恐怕很难判断出死亡原因了吧？"

"会比较困难，期待有蛛丝马迹吧。"

我又借阅了一下他们在现场拍的照片，拍了很多张，各个角度都有，整体的、局部的一应俱全。

这个尸体外边没有任何痕迹，没有明显他杀的痕迹，衣服特别整齐，驾驶席呈放倒状，尸体半躺在椅子上，脚底下有双鞋，摆放很整齐。平底布鞋，鞋头上翘，很好看的一双鞋，也适合开车时穿着。副驾驶放了一个手包，红色鳄鱼皮纹样，看着就挺贵那种。

法医都看不出啥所以然，我看了约等于白看，就是掌握一下现场状况吧，毕竟来得晚，尸体都给搬下来了。

走到夏新亮那边，他应该是管技术员借了个手电筒，天还亮着呢，但他还是开了手电，在车边尽可能仔细地检查。挨他旁边站着一个技术员，俩人不时交谈。地上很多处都摆着号码牌，我很留神地走过去，找现场勘察人员了解情况。他们大致给我讲解了一下在现场的发现——

银灰色捷豹处于开启状态，但是油箱内的油都耗尽了，四周玻璃呈封闭状，车是落锁状态，在车内发现一根尚未燃尽的蜡烛。手包内有死者的证件，蒙佳莹，女，1992 年出生，户籍所在地为北京。手机一部，另外还有信用卡若干，多为金卡，小额现金 78 元。除此之外，手包里还有两张急救单，一张是 307 医院开具的，日期是 2019 年 6 月 27 日，显示她曾经服用大量安眠药自杀，后来给抢救过来了。一张是 306 医院开具的，日期是 2019 年 12 月 13 日，显示她割腕自杀大出血，也被抢救过来了没死。而根据单据细节，她这两次自杀都是酒后。

我想起了尸体上有一种类似于酒精的味道，法医也推断她应该是喝酒了。车内还发现了没烧完的蜡烛，蜡烛燃烧氧气释放二氧化碳，二氧化碳中毒人会呈现粉红色，但她都腐败成那个鬼样子了，也不可能看到她的肤色了。所以法医也只能说当下无法判断死亡原因。但现有的一切都明确指向这个女孩是自杀。太明显了，明显到都不用推论的那种明显。所有证据形成一个闭合的圆，每个证据都在争前恐后告诉我们结论。

夏新亮勘查完车内向我走了过来，他过来我就过去车那儿看看，里面也是很多个号码牌，鞋、蜡烛、都瞧见了，包括整个车内外的状态。我再直起腰望一望四周，眼底登时跃入三座坟包，这地方那是相当荒僻。但如果想来倒也不难来，走机场辅路能开过来，这地方的确是个自杀的好地方。

俩人一碰头，谁都对此没提出异议，就摆明了是自杀。那接下来就按照非正常死亡进行工作就可以。首先要联系家属。结果现场工作人员告诉我们，家属来过了，当妈的一见这现场当时就昏死了过去，当爹的跟着一起上的救护车。紧跟着媒体就来了，一下炸开了锅。那不用想啊，笔录肯定没做成。

大部队这时也开到了，开始疏散现场，要求无关人员火速撤离，虽说是要求，但有警察打人一事在先，现场又那么多媒体工作者，还是以劝说为主，疏散工作就进行得异常不顺利。等了好久终于可以撤离了，法医队伍先走的，接着才是我们和现场勘查人员。

上了车，我长出了一口气，先给戴天去了个电话，好半天那边才接。汇报了我这边的进度，他对案情压根儿不感兴趣，毕竟他是保险起见才让我过来的，宫立国小队被停职，那他们的调查结果也就不能作数了，简而言之我属于临时走过场的，我知道的他全知道。他主要是跟我嘱咐快办，让迅速工作，迅速结案，警力有限，尤其现在这案子跟着成了热点，一定要快办，以便他们能尽快发警情通报。我问他眼下宫立国他们队什么情况，他让我别问了，说老大们全在一块开会，不跟我多说了。

我还喂喂喂呢，他就挂了我电话。他语气中的焦急我也是能理解的，就没再去烦他。可是我心里现下有个疑问，一起自杀案件，怎么就闹成了现如今全网热议的局。我们干警察的，跟媒体向来就是不对付，他们是真耽误我们办事，我们全有过类似的经历，譬如我，要不是那个法治频道非要拍摄审讯场面，我们那个被绑架的孩子也不会被耽误时间最终导致死亡。凶杀案、绑架案，越是恶性案件我们越要隔绝媒体,媒体跟着的那次,白小燕她闺女就遇害了。这事我记得特清楚，跟我们那个绑架案时间很接近，万人空巷全在关注白晓燕；但媒体跟着，暴露案件细节，透露警方动向，出现模仿犯或者导致嫌疑人更加穷凶极恶，哪个最后也是警方吃不了兜着走，我们被推出去砍头，他们蘸人血馒头。

但是另一方面，我们也需要跟媒体合作，重大的社会案件，民众有知情权，我们也要进行普法教育。我们跟他们的矛盾，从来不在民众认为的那些点上，不是影视作品里那些，那都是为了戏剧冲突去编撰的，我们之间的冲突说到底就是他们想抢第一现场，而我们的工作性质又必须对工作现场保密。

这时我忽然想起了刚刚进入案发现场时，我们被一帮人围着，问这个问那个，其中有个人问:“死者确认是富商蒙翔的独生女吗？”

这不对啊，我知道死者身份是戴天告诉我的，宫立国他们队先期抵达现场后才知道的死者身份。怎么会来记者，双方还起了冲突？他们是如何得知消息的，是谁走漏了风声？

“师父。”

夏新亮的声音让我回过神来。我看向他，他正拿着手机，亮着的屏幕上映出的是关于此次事件的报道。

“有个事我越想越不对。富商蒙翔的独生女死亡确实是一个大的新闻点。问题是，这帮吸血鬼怎么能提前知道死者是谁啊？我越看报道越觉得不对。事发后来的媒体也就罢了，第一批来的、跟咱们爆发冲突的，是什么情况？”

“我也正在想这个事。东风传媒也不是咱们的合作媒体，怎么就第一时间跑来了？”

赶到医院，媒体记者围一大堆，也不清净。为了不触发他们的“嗜血”天性，我跟夏新亮没敢贸然进入，而是联系了院方，走人家的绿色通道潜进去的。

蒙太太已被医院收治，目前在VIP病房留院观察，蒙翔陪同在侧，两人不是很想接受我们的询问。这个我们也理解，但又确实有情况需要向他们了解，就合计等吧，给他们点儿时间。这事谁摊上谁糟心，养到那么大的孩子，还是独生女，说没就没了，关键又是自杀。

晚上8点多蒙翔从病房出来了，我以为他想跟我们单独说说，没想到他将我们请了进去。蒙太太的床被摇了起来，她靠在那儿，脸色苍白，头发看得出来是整理过的，虽整齐却透露出一股暗淡。

我们彼此之间打过招呼，夫妻俩精神状态都很不好，但蒙翔还是先开了口：“莹莹是不是自杀的？”

“您怎么会有这个想法？”夏新亮反问。

男人深深叹了口气，躺在床上的蒙太太开口了：“这孩子闹了两回自杀了，抢救过来两回。半年，两回。拿剃刀割腕，当着我的面儿啊，那个血喷的……”

从蒙翔夫妻处，我们初步了解了死者的情况。

蒙佳莹从国外留学回来，今年二十七岁，在国外读到研究生学历，但念研究生的时候课业进行得很不顺利，这期间还休学过一年。回国之后她没有参加工作，家里条件很好，她爸爸也有意让她去自己公司里就职，但是她不干，说什么都不去。不读书了，也不工作，就玩儿。经常夜不归宿，整天整夜就是耍，家里说得多了，她索性搬出去了，非常叛逆。跟她妈打一电话："哎，我出去玩两天去。"一玩就一两个月，手机一关不知道去哪儿了，国内国外哪儿都去。她交友范围也广泛，有她父母知道的、认识的，更多的是她父母不知道不认识的，男的女的，在外边跟好多人来往，不用问，问都是"我朋友"。人际关系可谓十分复杂了。

她为什么发生这两次自杀呢？管她妈要钱。她不工作不挣钱，但成天跟外面野，需要花钱。

第一次要三百万。

"妈，你给我来三百万。"

"干吗使？"

"别问干吗了，就要三百万，你赶紧打给我吧。"

蒙太太给我们学，就这个口气。

家里人很蒙，心想一年给她几百万还不够花吗？干吗突然要三百万，这是有什么急事啊？

她妈妈就焦心，说："你说实话我就给你。"

蒙佳莹就不说要钱干吗。不说家里不给，她爸她妈也跟她急了。爸妈急了她更急，说："不给是吧，我自杀了啊！"

蒙翔夫妻俩都没当真，蒙佳莹是女孩儿，从小就惯着，富养。蒙翔就很生气，说："我在商场浴血厮杀了半辈子，还没人敢威胁我呢！"叫蒙太太不许给，不仅不许给，以后还不能这么惯着了，这是要上天啊！还拿死威胁爹妈了，欠教育！

两人谁也没想到，蒙佳莹真是说到做到，她在暂住地吃了大量的安眠药，真自杀了！一开始她父母没在意，后来又打电话过去觉出不对了，赶紧找人报警，来家里发现她吃了大量安眠药。到医院进行抢救还算及时，给抢救过来了，没死。这是去年 6 月 27 号的事，跟手包里那个抢救单吻合。蒙佳莹给救过来了，她睁眼第一件事还是要钱，她妈一想，得，给她吧，也别问干吗使了，孩子都这样儿了，明显不是闹着玩儿，迟一步救不回来人可就真没了！就这么着，蒙太太当时在医院就给孩子转了三百万，蒙翔给气够呛，开车就走了。

这事过去没几个月，也就是半年的工夫，12 月 13 号，自杀威胁又来了。还是要钱，这回要七百万。她直接回家里来要的，穿了个黑色连衣裙，戴着一顶羊毛礼帽，进门二话不说就是：“妈，给我七百万。现在，马上。”一身酒气。

蒙太太又蒙了，还是问她要钱干吗。这才半年，刚拿走三百万，怎么又要钱？还要七百万？

蒙佳莹不说，反复就是：“你别问了，赶紧把钱给我。这点儿钱对你们来说还是钱吗？钱重要我重要？你们挣钱、挣钱，时间永远都用来挣钱，我呢？谁管我啊？我从记事开始，我跟我爸待一块不仅次数有限，就是在一块，也没超过俩钟头。什么都别说了，给我钱。”

蒙太太不给，蒙佳莹就闹，最后从包里拿出一把剃刀，直接就割腕了，一刀就下去了，没犹豫。登时那血就喷了出来，没错啊，割腕自杀不能横着，得竖着，下去就是喷泉。也就是送医及时，晚几分钟这人就没了。

这回蒙太太又给了七百万。

闹了这么两回，蒙佳莹跟蒙翔夫妻的关系基本降至了冰点，过年双方都没联系，蒙翔不许蒙太太给女儿打电话，说：“这不孝女我就当没生过她，她爱死就死吧，什么事也不跟家里说，就知道跟家里要钱！她拿咱们不当人，咱们也没必要拿她当人！她就是个畜生！畜生都不如！”

蒙翔这话是气话，可蒙太太更生气，她两头受气，这边闺女骂她就知道挣钱，那边老公怨她教出这么个白眼儿狼，她也就没联系闺女。但她盘算着真得找闺女好好谈谈了，哪怕不愿意跟她交流，找个心理医生看看呢？

再联系就是今年 3 月份了，打了电话，但是闺女不接，不接蒙太太也没再打，心想没消息就是好消息，她缺钱就自己联系他们了，等她再回来，她们娘俩好好儿聊聊。万万没想到，再联系的日子再也没来，夫妻俩接了警方电话往现场一去，这回真是阴阳两隔了，蒙太太当时就晕倒了。

我们也问了蒙翔夫妻他们的女儿有没有什么恶习，譬如毒瘾。她曾经长期在国外生活，很有可能染上毒瘾，再加上这么要钱还死活不说原因，肯定有蹊跷。但夫妻俩说没有，绝对没有，女儿只酗酒。

蒙太太其实我能看得出来，她跟丈夫不同，她不接受女儿自杀的事实。她尤其不明白女儿为什么就这么走了，她是爱闹自杀，但闹自杀说到底是为了要钱，但这回女儿完全没跟他们联系。那我问她，蒙佳莹除了他们夫妻俩，还有没有能勒索的对象？蒙太太又说不上来。再换个方向，我问蒙太太，蒙佳莹生活里有没有什么过不去的坎？但这是个死循环，他们不知道钱的去向，也就无从得知蒙佳莹的难处在哪儿。她就是不说，死活不说。

对话进行到这里，蒙太太已经哭得泣不成声，蒙翔的眉头自始至终就没解开过。蒙太太问了我一个问题："我是不是一个不合格的母亲？"

这个问题我真的无法回答。怎么叫合格？都是一把屎一把尿辛辛苦苦带大的孩子，要吃给吃、要喝给喝，供她读书，悉心培养。就连尊重，蒙太太也做到了，愿意去听孩子说话、想尝试了解孩子，孩子不说，她虽然追问但也不逼问。能说她的育儿观有问题吗？孩子养走了样儿就是她的错？

首先我不忍心指责，我自己也养娃，其中艰辛不当父母的人绝不会知道；其次我也不觉得自己比她强，对我儿子来说，我是个隐身侠，他需要我的时候我常常不在，这个距离导致他也有不想跟我分享的心思、也有不想跟我讨论的问题，我又做了什么呢？蒙太太也许不够了解女儿，我也未见得就有多了解我儿子。说到底，自己的孩子不是自己的，他或者她是个独立的个体，有独立的思维、独立的行为模式，父母无法也不能控制他。他们终究会走出父母的怀抱，走进自己的人生，这时候父母能做的，真的少之又少。父母与孩子之间的矛盾真的不少，由此引发的刑事案件我都不知道经手过多少起了。孩子不能选择父母，但同理，父母也无法选择孩子。

问询进行到最后，还是夏新亮体贴，跟夫妻俩说了会儿安慰的话，承诺一定会把案件处理好，不出意外会尽快安排送回尸身好让他们做后事安排。他还留了自己的名片，说再有什么想起来的就联系他，哪怕是心里郁结也可以。

我先出来了，出来回到车上点了根烟，一闭上眼，眼前就是案发现场的情形。一个二十多岁的女孩儿，跟车里点蜡自杀了。家里家财万贯，生活光鲜亮丽，却成天跟狐朋狗友一块嗨，嗜酒，夜夜笙歌。这样的人可能是比较孤独的。越是热爱狂欢、热爱虚假繁荣，内心深处会越空虚。但凡这人很充实，也不会成天呼朋引伴了。

那她是死于孤独吗？

这问题我不知道。虽然一切的一切都在表明这个女孩儿是自杀的，但不知怎么搞的，我心里就很别扭。不是这个现场有哪儿别扭，是这个现场太不别扭了，这个现场的一切都在宣告——我自杀了。这让我特别扭。尤其包里那两张抢救证明。这玩意儿是出于什么目的要随身携带啊，为了方便我们工作？还真有死了也不给人添麻烦的，有，但是蒙佳莹的性格说实话不像。

本来我还没有这么异样的感觉，跟蒙翔夫妇聊过之后，这个念头开始强烈了起来。蒙佳莹是个很任性、很倔强的女孩儿，不达目的誓不罢休，虽然我现在还不知道她勒索父母是为了什么，但一个如此刚性的女孩儿，说死就死？她死两回不是她想死，是以死来胁迫，来达成目的。这个蒙太太看得很清楚，我也一样。

我的脑子转啊转，越转越想把这个案子、把死者蒙佳莹往下挖。以死威胁，蒙太太说蒙佳莹再没问家里要过钱，在此之前她已经从家里拿走了一千万。祸害人不能钉死了一个人祸害，是不是真有可能她还有别的威胁对象？一样的套路，但是对方没有理睬她？

她自杀应该是事实，但究竟是什么导致她自杀的，我现在特别想知道。一想到一个正值妙龄的女孩儿选择了结束自己的生命，还给父母留下不解的谜团，我的心就抽痛。就是一种代入心理吧，父母为了孩子忙忙忙、忙挣钱，而孩子却感受不到家庭温暖，她去怨恨父母。我又何尝不是呢？我连忙挣钱都算不上，就是在岗位上忙，为社会安定繁荣而忙，为此我牺牲了陪伴我儿子成长的时间、跟我儿子交心的时间，以及许许多多父亲应该给予儿子的时间。本来我的家庭就有许许多多的问题，他摊上那么个妈，又摊上我这么个爹，一想到我儿子的未来会不会也像这个女孩儿一样深陷迷雾，我就心绞痛。

车门打开的声音将我拉回了现实，夏新亮上来了。

“他们情绪还行吗？”我问。

“不好。谁遇上这种事也好不了。尤其蒙翔的妻子，挺叫人挂心的。”

“嗯。”

“说实话，我也不愿意相信蒙佳莹是自杀。但是现场就是那么个现场……蒙翔倒是比较理智，但也是强撑着。我临出来，他跟我问遗体交接的事，眼眶都红了。唉。不过话说回来，师父，”夏新亮系上了安全带，“您有没有觉得跟车里烧蜡烛自杀挺……怎么说呢，不是很常见。我还琢磨这事来着，你看她哈，一开始吃安眠药，跟着又割腕，都是挺传统的方式，就说这回真想死，按她这个思维模式……上吊啊，跳楼啊，岂不是更合理？”

“确实。所以我考虑她是不是还是不想死，就还是想拿死威胁谁。”

“哦？”

“这个手法啊，还是鹏子跟我说过，你感觉挺奇特，但是有帮富二代就这么干。他们开着车，喝完酒之后到一个没人的地方儿，把车窗摇上，旁边儿点一个蜡烛往车里一躺，干吗呢？就是要钱。管家里人啊、管谁的，要钱。你什么时候给我钱，我什么时候告诉你我在什么地方，因为蜡烛燃烧氧气嘛，车里全是二氧化碳，威胁效果特别好。但是你其实特别不好控制，鹏子说基本上找到的时候死了好几个，很多。”

“这……”

“搞黑贷款那帮人就爱给人出这种主意。”

“您的意思是？蒙佳莹欠了高利贷？”

“推测。不然干吗啊，哗啦哗啦地要钱，跟无底洞似的。”

“那她为什么不跟家里人说？她爸能没辙？”

“你不知道她贷款干吗啊。不吸毒，那赌不赌博啊？肯定钱没往好处去。”

夏新亮长出了一口气，吹起了他前额的碎发。

“我真挺想往下查查这事的。还记得咱们讨论过意识形态犯罪吧？”

“嗯。”夏新亮点头。我俩聊过这事，他一学长搞集资诈骗，给他气够呛。

“这年头，智商犯罪最难搞。智商犯罪就是主要以诈骗为主，黑贷款其实就是诈骗，但是它打的是擦边球。可它确实是老百姓目前为止无语无奈的犯罪形式。咱们投入这么些警力去打击，却收效甚微。很头疼。”

“真是无奈，逼死了多少人啊！家破人亡。”

许鹏自打专项开始搞这个，跟我约过好几回酒。真给他郁闷坏了，他说:“大刘儿，从前这些事咱也听过、咱也见过，但是真钻进去，太可怕了，这种犯罪太可怕了！杀人不用刀,比精神病还牛呢,好些让你干瞪眼！现在我们还发现向军队、各方面，放小额贷款的。你是公务员吗？是。拿你的证件来我就给你放款，贷多少我都给你，因为你有单位你跑不了。孩子贷款，拿身份证来。你多大啊？今年十六岁，你拿身份证我给你放款。其实就是‘黑贷款’。孩子拿‘黑贷款’干吗去你知道吗？玩儿去、造去，钱好来啊，第二次他还去。但你得把钱给我还上，比如说今天你借五万，我给你四万，你还得还我五万。家长知道了肯定不干啊！可要切断他财路能行吗？他还有办法,教你自杀,你死两回,自杀死不了人,吃安眠药,吓唬他们，肯定给你还上这个钱。这小孩就开始了。”

现行法律管不了吗？管不了。在我们现行的法律当中只有一个,叫“教唆”。但,他们不承认就不叫“教唆”：他欠我钱我让他还钱怎么了？这种打击是很无效的，所以这类案件就屡屡发生。现在自杀率这么高，跟这帮人脱不了干系!

还不仅是自杀，它的危害性是非常广泛的，因为还不起钱去抢劫的、杀人的，太多了。小额贷比杀人、贩毒还可恶，可恶在什么地方？它把一个家庭弄得支离破碎，但我们确实没有打击办法。

小额贷把这些孩子、公务员逼死了，我们也没有办法，就干瞪眼，就保护不了这些老百姓！怎么定性？司法上定不了性。金融犯罪？怎么金融犯罪了？欠债还钱，该给多少给多少，借五万他给三万，以入户费、谈话费或其他费用扣除二万，写一张五万的欠条，能拿他怎么着？就哪怕是确定了，定性是高利贷了，可放高利贷违纪不违法。

至今为止，我们没有一个明确的、打击它的法律规定。目前法律上只有非法集资和诈骗。什么是诈骗？虚构事实，非法贪没财产，可高利贷又不是诈骗，它没有虚构事实，它行走在法律的边缘。还有现在社会上的集资，叫非法集资，现在非法集资只处理这些人中的一个，就是法人，其他全处理不了，老百姓的钱还是追不回来。

我把许鹏跟我吐槽的这些讲给夏新亮听，听得他眉头深锁。

“现实跟理想的差距就这么大。”

“咱往下查查吧，师父我想跟您往下查。”

“嗯。别沮丧。要是连咱们都沮丧了，就真没救了。虽然蒙佳莹应该是自杀无疑，但咱也可以去搞清楚她为什么自杀，背后若真有人在推动，咱想辙也办他！祖国花朵不能毁他们手里！”

“对！”

“我初步是这么想的。”

“您别抽烟，不然靠边停一下吧，咱俩倒个手。开车抽烟不违法但违规。”

“那就不抽了，”徒弟教训得是，“蒙佳莹如果不是主动自杀，那肯定就是让人洗脑了。一种是毒品洗。我让你吸毒听我的，你跟我借钱我给你毒品，然后我诱导你去赌博，赵红霞就是这种。但蒙佳莹不吸毒，她父母说了，她不吸毒，而且就现在这个禁毒力度，她要是吸毒，早就上名单了。咱把这个给排除。那就是赌博洗了，一个人这么六亲不认，这么大笔大笔要钱，还可能借了高利贷最后被诱导自杀要钱，那她就很有可能赌博。现在这么一个互联网时代，网络上是各种赌博齐开花，毁了一代又一代人。”

“年轻化了。”

“年轻化，而且是非常年轻。现在无论是赌博还是毒品，都已经走入高中校园了，高中校园可以查出很多来，大学校园就不说了，大学校园已经很普遍了。这些孩子沾染了恶习，再加上攀比成风的环境，你说能不给黑贷款滋生的温床嘛！”

“小额贷这块儿咱也能入手。这个不难查。”

“都不难。她赌博、她借高利贷，这都太好查了。但在她身上究竟发生了什么，这是难查的，也是咱们想查的。”

“戴队好像是叫咱们尽快结案吧？”

“不敢蹚浑水啊？”

“那倒没什么不敢的。接下来咱去蒙佳莹的租住地吗？”

“去啊，就是奔那儿开呢。尽快尽快，程度副词，我说我尽快，我就是尽快了。就跟我产生了犯罪意识似的，你能撬开我脑袋看啊？”

夏新亮拿胳膊肘顶了我一把。

“哎哎哎，别啊，咱别大街上玩儿漂移。”

进入蒙佳莹的租住地，我还挺意外的。房间收拾得干干净净、整整齐齐，所有东西排列得非常规矩有条理。夏新亮看了一圈之后对我说:“她应该也有点洁癖，湿纸巾、一次性洗脸巾、除螨仪、消毒液、键盘吸尘器，一样都不少，我感觉跟在自己家里走了一圈似的。”

室内没有打斗痕迹，门窗都是闭锁状态。

做现场取证工作的技术人员也表示没有什么特别发现。最后我们带走了蒙佳莹的笔记本电脑。

李昱刚跟王勤等在队上，我们回来时候，他俩已经整理好了蒙佳莹手机里的信息、通话记录。

我把电脑交给李昱刚，拿过了他们整理的资料。不得不说，蒙佳莹朋友真挺多，微信上、通讯录里都人满为患。像所有 90 后一样，蒙佳莹也爱表达自我，朋友圈经常发，点赞的不少，评论却没几个。不出所料，父母都被她屏蔽掉了。这些朋友圈也没啥意义，秀晒炫那一套。但是她秀的名牌包、高跟鞋，在她家里我是没有看见，不知道是不是都已经变卖掉了，就那辆捷豹还在，停在旷野里孤零零支撑着她的尸体。挺让人唏嘘的，明明是个含着金汤匙出生的富家女，却死得那么贫寒那么凄凉。一双布鞋，一只手包，再加上那 78 块钱，就是她的全部身家了。相反地，负债却是山高，王勤整理了她的财务状况，那些金卡无一不是负债累累。

走投无路，这四个字是那具尸体最好的注解。

结合信用卡还款时间、手机通讯录的呼出时间，以及社交软件的更新时间，基本可以判断蒙佳莹死了三个月了，蒙太太春节期间给她打电话，蒙佳莹不是没接，是没法接，那时候她已经不在人世了。

“师父，她果然赌博。”

我抬头看向夏新亮。

“她玩儿百家乐。”

“也做股指期货。”李昱刚说。

通过李昱刚的工作，我们知道了蒙佳莹在赌博期间输了有两千多万。这就完全可以解释她手机上怎么有那么多借贷软件了。正规的、不正规的，能借的蒙佳莹全都借了。可以说，她是深陷套路贷当中，始终活在拆了东墙补西墙的境况里，在这个过程中，雪球越滚越大，我都能想见蒙佳莹的绝望。

“有这些资料就够了吧？”李昱刚揉着眼睛问我，“法医那边也没打电话过来，应该还没啥结果。”

夏新亮看向我，我给了他一个眼神回应，然后跟李昱刚和王勤说：“就工作到这儿吧，组织好材料我让夏新亮写结案报告，都回去休息，龙美玲的案子要抓紧，拖太久了。”

那案子也是属实没什么进展，经侦那边也是一脑门子官司，大家都挺疲惫的。

一伙人作鸟兽散，我上了车给夏新亮发了个微信，告诉他明天一早碰头，走访蒙佳莹的朋友。他回了我一个“OK”的手势。

起步上路前，我又给刘明春打了个电话，还是关机。叹了口气，我掰轮往外开，从倒后镜里看着越来越小的办公大楼，心情格外沉重。宫立国他们队这回是栽了，不想也知道不会简单处理。我不仅担心刘明春，也很关心宫立国，宫立国这个人还是不错的。现在只能寄希望于戴天了，毕竟宫立国是他的心腹，这事摆不平俩人谁也好不着。

到家冲了个澡，我往沙发里一躺，想刷手机关注一下舆论动态，又意识到关注这玩意儿屁用没有，想想还是作罢了。要说宫立国运气背，是背，但是这个背后面，他带了那么一个愣头青，可不就如同背了个炸药包嘛，知人善用这一点，宫立国是真没做好。那这个背，是偶然也是必然了，不遇上这事，也难保会遇上那事。

我也不清楚内部调查进行得怎么样了，我像烙饼似的，来回在沙发上翻，肯定得查查那帮记者是怎么得到消息的吧？

思来想去，我给文君发了条微信：“你睡了吗？”

出乎意料，文君没两分钟就给我回了干巴利落脆的俩字：“干吗？”

“宫立国他们的事你知道吧？”我试探着问。

“说重点。”

我就直奔主题了：“现在上面什么意思啊？”

“你还真拿我当女特务了？”这是她给我回的最后一句话。

第二天扒开眼皮，我就跟夏新亮会合去查蒙佳莹的交际圈了。我们花了四天的时间，找到一些她的朋友，大家普遍反映最近一个月他们都或多或少地收到过催债的电话，不堪其扰。显然，拖欠巨额钱款的蒙佳莹由于长时间不处理债务问题，被人爆了通讯录。但是蒙翔夫妻却没跟我们反映过这个情况，夏新亮推测像他们这些有钱有地位的人，一般来说手机不仅很高端，而且会开启白名单功能。所谓白名单，就是我知道你是谁、我需要跟你联系，我才会对你开启通话权限。我一想也对，人家跟咱平民老百姓不一样，不是谁想打扰就能打扰的。

除了接到催债的电话，这些人还都反映蒙佳莹酗酒，说她只要跟他们一聚会肯定喝酒，喝酒之后必然闹事。后来他们都烦她了，不喜欢跟她在一起了，她性格也比较孤僻。

至于跟她有亲密关系的人，也让我们十分头痛，这里面大叔、小伙儿，什么年龄层的全有，我们就往下筛，可也没什么线索浮现，全是走肾不走心的。

筛到最后我都颓了，夏新亮也是蔫头耷脑，但是后来有一个叫真真的女孩走入了我们的视线。起先我们没注意到她，她在微信上面跟蒙佳莹互动不多，但是在另一个叫热拉的交友软件上，我们发现这俩人互动非常频繁，不仅在情感上的交流够深入，连未来都一起架构了。敢情这个蒙佳莹还有同性恋的倾向。

随着我们对蒙佳莹的深入了解，发现这个女孩不太靠谱，瞎话儿张嘴就来。我们跟她的朋友走动，也算开了眼界。我们都不敢确信他们说的是同一个人。她跟一些人说她是学金融的，又跟另一些人说她是搞艺术的；跟一些人说她生活在纽约，跟另一些人说她在东南亚边流浪边采风。反正这些生活上的事，她都说得一套一套的，听着都没破绽。朋友圈也是细致分组，悉心维持着她编撰的这些生活。她编这些图什么呢？反正我们是没看出来，也没骗钱、也没讹人，就是编。夏新亮说：

“这倒是能解释她酗酒了，谁长期拿自己的生活当表演，还同时手握多个剧本，谁也得靠酒精排解压力。”

我越深入蒙佳莹的世界越蒙，我都怀疑她是不是精神病患者。甚至开始怀疑她自杀的原因了，兴许跟套路贷都完全没关系，是真演不下去了吧？而且她为啥要这么干呢？她自己本身挺好的，年纪轻轻、漂漂亮亮、学历不低，家里的掌上明珠，不敢说呼风唤雨，那也是要啥有啥吧？这现实要是都想逃避，那大多数人都得憎恨生活了。

既然有线索上来，那就查吧。但是这查，还不如不查。我们辗转联系上真真，又听了一个故事。蒙佳莹在她这儿不是金融精英，也不是吉卜赛流浪女郎，更不是生活优渥的富家女，她摇身一变成了技术员，搞航天卫星的。故事的脚本也堪称好莱坞大片，她说她在一个核心技术小组里工作，手里掌握着一组秘密数据，但是她发现她的上级领导一个姓王的有叛国倾向，想把这组数据卖给一个神秘组织，所以她拷贝了数据销毁了资料，准备逃亡。

这个叫真真的姑娘还真信了，不仅信了，在跟蒙佳莹失去联系之后，她一直在为她牵肠挂肚。

还真不能说真真傻，是蒙佳莹的故事编得循序渐进。两人迄今为止已经认识了快两年的时间，一开始蒙佳莹表现得很开朗、很阳光，但是对自己的真实身份绝口不提，交往的意愿却又特别真诚。慢慢地像是真真取得了蒙佳莹的信任，蒙佳莹才开始向她透露自己的点滴信息。这期间蒙佳莹也送过真真很多小礼物，大多不是贵重的东西，但是都很让真真惊喜。譬如真真生日的时候，收到了由无人机带来的戒指。后来她们由网恋奔现，蒙佳莹长得漂亮，个子也高，真真就彻底沦陷了。

至于为啥俩人这么熟了，还总是通过交友软件联系，那是因为蒙佳莹的工作性质，微信等常规通信工具都受到监控，诸如此类，反正不合理全叫蒙佳莹说成了合理。真真一直觉得自己的对象是个高大上的存在，工作体面、谈吐得体、思想有高度，俩人每次见面都是约在高档场所，真真说都是蒙佳莹带她去的，她出手一向阔绰，又开豪车。要不是我们找到她，她还盼着蒙佳莹安定之后跟她联系呢。

而实际上，她就连蒙佳莹叫蒙佳莹都不知道，她一直认为蒙佳莹叫林雪莉，很坚信，她看过她身份证。直到我们拿出蒙佳莹的照片，她才瞬间崩溃。

线索没有，倒是夏新亮花了一个多钟头安慰真真。

为什么我说查还不如不查啊？赔了夫人又折兵！

查到这儿夏新亮哭笑不得，我是给气到原地爆炸。

回去的路上我跟夏新亮说："你把结案报告尽快写了，我是再不想看这个案子一眼了，纯属瞎耽误工夫！那么些案子等着咱们去侦，咱却把时间都浪费在这上面了！"

缺人一直是个大问题，干我们这行的，不是在加班，就是在去往加班的路上，没日没夜，那也干不完。更别提在这个高强度压力下，病倒的、转业的，人才是一直在流失。996 算什么啊？我们干刑警，一年 365 天，一天 24 小时，那真是全年无休。就没听说过有哪个一线干警休过完整年假的。老百姓动辄说我们冷漠、说我们摆架子，那真是对我们的误解。我们也想热心肠，我们恨不得能安慰每一个受害人家属、恨不能安慰每一个相关人员，可我们没时间，堆积如山的案子就这些人在办。所谓冷漠，在我们这里是习以为常。不说对老百姓，对自己兄弟也是这样，有谁生病住院了，我们想去探望都没时间，好容易去个人代表一下大家，领导还得关照一句："问问他恢复得怎样了，什么时候能上班？"这就是现实。

干刑警，不崩溃就是奇迹。可是人就有崩溃的时候，人就有情绪大爆炸的时候，随便叫一个刑警问问，他都会承认他绝对在某一个加班的深夜跟网上搜过这样的条目：刑警转业能干吗？那一刻他就想辞职，就想撂挑子不干了！可是天一亮，线索一上来、嫌疑人一吐口，搜过的条目就被他彻底抛在脑后了，该干什么还干什么。

我们都有一种感觉，不是我们选择了刑警这份工作，而是这份工作选择了我们。谁不想老婆孩子热炕头啊？谁不想银行账户充盈又富足啊？可总得有人牺牲。不是我，也会是他，进来都进来了，那就献祭了吧。我最近心烦意乱也跟这个有关，我们同一批进来刑警队的兄弟，目前看来就剩我跟何杰了，我俩不仅是"疯狗"，现下还成"熊猫"了。许鹏走了，宫立国八成也得走，在我看来，就是损失了两员大将。该承担的责任他们理应承担，但他们去承担了，工作谁来干？

夏新亮见我情绪崩坏，操着平稳的声音出言相劝。

他说："师父，我这些天一直琢磨这个蒙佳莹，咱一开始觉得她是赌博，继而借贷，最终被套路贷逼死。咱满怀热情想去打击这种犯罪，想要尽可能地挽救深陷套路贷的人，端掉一窝是一窝，端掉一窝救一片。但是随着咱们展开调查，发现咱们的假定完全立不住脚，肯定会沮丧、会烦闷。我知道您在生什么气，南辕北辙是吧？事实上，咱们查到这里，已经可以推论出蒙佳莹悲剧的源头了，既不是赌博，也不是套路贷，而是她这个撒谎成性。一个谎言，需要无数个谎言去圆，她给自己立的人设越多，越需要钱来支撑她妄想的生活。家里给的钱再多，也不够她这么编故事的。于是她开始惦记撬动杠杆，以少博多，她赌博、赌博赔钱又借贷，债台高筑又勒索，最后的最后，黄粱一梦总要醒，醒来她选择结束自己的生命，这是个悲剧。咱们花费了这么多时间、精力，顶着巨大的压力看了出人间悲剧，是挺气人。但是换个角度想，这案子咱随便走走过场就结案了，您甘心吗？肯定不甘心是吧？就跟你没买想要的玩意儿，一想想三年似的，咱为了不留遗憾，咱奔着能帮助更多人去，咱查了，结果是什么不重要，重要的是，咱无愧于心了。再者来说，失败是成功之母，没有这样那样的失败，咱也不可能有那些成功，不成功的案件，咱至少积累了经验，这不是您从前教导我的吗？"

我长出了一口气。

夏新亮继续说道："至少我感觉我挺有收获，我还是头一次切身接触到病理性说谎者。"

"哦？"

"您不是说她精神病吗，她还真是有病，病理性说谎者。"

"这是个什么病？就爱撒谎？"

"区别于精神分裂症，不具有分裂人格，没有记忆缺失。咱们之前那个绑架孩子的患者，他是解离性人格障碍对吧？他的记忆是支离破碎的对吧？"

"嗯。"

"蒙佳莹的病态是由于记忆虚构而表现出的一种极端行为。她没有多重人格，也没有记忆缺失，咱们从她整个的生活状态就能判断出来，很连贯、很有条理。她就是病态地说谎。病态两个字是重点。其实现实生活中，我们会在很多时候无意识地说谎。有心理学家指出，人就是爱说谎的动物，而且我们比自己所意识到的说谎更多，我们平均每天最少说谎二十五次。"

"不可能吧？"我看向夏新亮。

"怎么不可能。比如王勤请我单独吃饭，我不想跟他单独吃饭。"

"噗。"我没绷住，乐了出来。偶像、男神。这俩词儿在我脑海中接连浮现，并伴随着王勤的白胖胖憨笑模样。

"我就会跟他说改天。这个改天，就是撒谎。这样的谎言，太多了吧？"

"这倒是。"

"那根据谎言有不同层次之分，说谎的动机大致可归为三大类。这都是有研究的啊。第一类是正性谎言，指的是一些对生活造成有利影响的谎言，你可以理解为，一个人懂得在适当的时候撒谎或扭曲事实，它是一种待人接物的技巧。打个比方，李昱刚那个结案报告，至今都写得跟王八蛋似的，但是我会找能夸他的点去夸他，为了啥？为了鼓励他继续写啊！"

"哈哈哈哈。"

"第二类是中性谎言，这些谎言很多不受意识支配，或者说了也不会对自己或他人造成不利。就好比我那个改天，也好比谁管我借钱，我不想借，就随便找个理由搪塞掉。那第三类呢，就是负性谎言，这类谎言会对自己或他人造成不利。"

"嗯嗯。"

"蒙佳莹，这三类都是又都不是。她说谎就很病态。她不需要通过谎言获得利益，但是她需要通过谎言获得满足。你看，琢磨琢磨这些，也挺有意思。我得空钻研钻研，又可以做做研究、写写论文或者报告。"

"说真的，"变灯了，我顺势停下车，看向夏新亮，"你啊，真的更适合搞研究、搞教学，而且那样的话，肯定会有更多人对你提供的知识感兴趣，继而愿意挑起干刑警的重担。可是私心里，我就想把你拴在队上，能跟我一块肩并肩背靠背作战的队友真快绝迹了。"

“我知道师父您现在心里挺烦的。许队先出了事，春哥那边又火烧眉毛，但是柳暗花明又一村嘛，事情发生了就发生了，路总归要走下去。”

“回去你把结案报告写了，写好点儿，拿过去给戴天也算有个交代。他这几天也急得很，让他先把警情通报出了。”

“没问题。那热搜也下去了，咱稳住，天天都是新热点，哪个明星离婚了，哪个电子产品上市了，什么都能成新热点。再来咱也有公关，咱不是要控制这事的影响，咱是要给老百姓一个交代。”

在我天真地以为今晚可以睡个好觉的时候，手机响了。

信息是夏新亮发来的。这会儿已经快 12 点了。两张图。一张是车辆驾驶席、方向盘，还有脚垫上摆放整齐的布鞋。一张是布鞋的近照，布鞋在检验台上，旁边放着一副鞋垫，用过的鞋垫。

我反复地看这两张照片，不明所以。

于是我发了一个问号给夏新亮。

换来他惊讶的回复：“您还没休息呀？”

我把电话给他打了过去：“什么情况？”

“稍等，师父，”我听见了脚步声，而后是关门声，“我以为您都睡了，我刚到家。”

“难得你回趟家。”

那边传来了尴尬的笑声：“也得回，还是得回，哪能天天住宿舍。是这样，”他说着，我听见了翻动纸张的声音，“我今天在整理材料准备结案的时候，发现了一处问题。”

“我算是听出来了，你是回家了，把工作顺道也带回去了。这不就是换了个地方办公嘛！”

“原本我以为我能胜利大逃亡呢。但是苍天不饶人哪。我注意到现场拍摄的蒙佳莹的布鞋，这个布鞋其实看不太出来左右您发现了吗？”

我想了想：“你这么一说……”

“但是从现场拍摄的照片里，能看见两只鞋的内部，脚会出汗嘛，而且咱们穿鞋大多数人都会有一定程度的重心偏移。蒙佳莹这双鞋，在现场拍摄的时候，鞋里的印记是在中间，靠近两脚中间的位置，也就是说，她的发力点靠内侧，双脚内侧。鞋垫我取出来之后您能看见左右大脚趾的位置对吧，根据这个位置，咱能判断出左右，也能判断出她是往两边侧，发力点是靠近两脚外沿的。这就不对了，一个人不可能着力点在两脚中间，或者说内陷的时候，却把鞋的外侧磨损了。”

“只有一个可能，”我说，“鞋放反了。左脚放右脚、右脚放左脚。”

“对！”夏新亮的声音高了一个度，而后又降了下来，“但鞋是反的说不通。因为它摆放得特别整齐，不是人躺下然后随意踢下来的，是特意摆放过的。要自杀的人，会摆放整齐鞋子不奇怪，但整齐摆放却摆反了那可就完全说不通了。这鞋虽然我们乍一看瞧不出正反，但是穿鞋的人知道正反，这鞋应该穿得还不够久，久了就一眼能看出正反了。”

“除了蒙佳莹，车里还有第二个人，这鞋就不是她摆的！她是被杀的，有人给她布置了一个自杀现场。”

“嗯。这案子还真得继续查了。结不了案了，自杀变他杀了。”

“真他妈……”我不禁骂出了口，这得有多少嫌疑人啊！就蒙佳莹这一贯爱撒谎的主儿，恨她的人少不了！

“这下还真没法儿跟戴队交差了。”

“睡觉。我睡觉，你也早休息，明天咱们队上碰头，查。”

这案子是相当磨人。我把新情况跟戴天一说，我瞧得出来他想骂人又不知从何骂起。要搁别的案子，以他性格，肯定就让我闭嘴了，但是这个案子不一样，它社会关注度高，容不得半点失误，我这就不叫节外生枝了，叫小心谨慎。戴天让我低调去办。我刚要走，他又把我叫住了，说：“这样吧，我让何杰帮你，你们俩能多快就把这案子给我办多快！稳、准、快！”我说：“那可太好了，真缺人手。”

我上楼去找何杰，把事跟他一说，他一个头两个大，现在他手上有俩案子正进行，其实掰不开人手也掰不开时间。但戴天是 boss，他安排了我们就得照办。就这么着，他带着他们队到楼下我们的办公室，一帮人开了个会，讨论案情，寻找突破口。

这突破口真是叫人秃头，死亡时间也过去三个月了，法医对尸体进行了解剖，但已无法确定真正的死亡原因。这对自杀来说也就罢了，现在认定是他杀了，我们也没什么方向能提供给法医部门，继而进行有针对的检查。这条路走不通，物证痕迹学方面也没有特别发现，还是走不通。现代科学似乎拿这个案子没辙了，好在我跟何杰俩是老刑警也不是很依赖这，那就开动脑筋呗。最后我们一伙人把这个案子做了一个关系人的梳理。

在整个关系人的梳理当中，结合蒙佳莹的通讯录里最后的一些呼入呼出记录，我们发现了一个小额贷款公司的电话。转了一圈又回去了。在所有材料当中，最后一个电话联系人是小额贷款公司。

我们把电话打过去，小额贷款公司被我们套出了地址，第二天一帮人就去了，去了把里面的人都控制住，找出了一个姓李的小伙子，最后给蒙佳莹打电话的人就是他。

他交代说，他跟蒙佳莹最后一次通电话的时候，她说她在一个饭馆吃饭，一个叫羊嘟嘟的饭馆。蒙佳莹答应吃完饭之后跟他联系，可最后他也没见着她，让她放鸽子了，再打电话这人就不接了。由于蒙佳莹本身说话就不靠谱儿，这是小李的原话，她这人总是东一榔头西一棒子，说瞎话说得跟真的似的，还款也就算凑合靠谱，有时也拖，一拖好几个月，但逼一逼总归能要上来，小李就没当回事。可是接下来几天，电话打了一个又一个，蒙佳莹不接了。不接他就把这事先放下了，隔了一个月再联系，还是联系不上，一直联系不上，确定蒙佳莹彻底失联了，小李就急了，就有了后来的爆蒙佳莹通讯录，这跟爆通讯录的情况对上了。

我们在这家小额贷款公司做了深入调查，虽然不甘心，但是确定了这家公司着实跟蒙佳莹遇害没关系，蒙佳莹闹自杀管家里要钱他们都不清楚，主要蒙佳莹一共也没欠他们公司多少钱，这我们都核对过了。出来时候老板笑脸相送，那真是一脸的送瘟神的喜悦。我心想："你就笑吧，迟早有让你哭的那一天。"

走这一趟倒也不算没收获，小李是最后跟蒙佳莹产生联系的人，那我们可以推测当晚蒙佳莹兴许就遇害了，而小李在跟蒙佳莹通话的过程中，说自己在一家叫羊嘟嘟的餐馆吃饭。这是真还是假？蒙佳莹是惯性爱撒谎，但她撒谎是很有逻辑的，她编得一套一套的，鉴于她答应了小李当晚见面处理问题，按理来说没有撒谎的必要。我们决定就顺着羊嘟嘟往下查，蒙佳莹是不是当晚在那儿吃饭、是自己吃饭还是跟谁吃饭？

要找这家叫羊嘟嘟的餐馆不难，手机打开大众点评一搜就出来了，做火锅的，在西北旺。一伙人又往那儿扑，到地方说明我们的来意，把蒙佳莹的照片给经理看，他说："那真是没有印象了，不然你们看看我们监控吧。"我问："你们监控存了多久的？"经理说能保存两个月的，但是，春节之前店里搞装修来着，顺带着把计算机也换了，换下来的计算机一直没处理，就在库房扔着呢，那里面还有前面的录像。如果蒙佳莹没撒谎，那监控里肯定能找见她！

抱着这台计算机我们就回了队上，把机器交给图侦，让他们帮助我们查看监控录像。

蒙佳莹没撒谎，这天晚上她就在羊嘟嘟吃饭来着，跟她吃饭的还有一个男的，俩人还喝了酒。再往下一个视频里追，只见这个男的给蒙佳莹扶上车去了，蒙佳莹坐副驾驶，由这男的开车走的。

"你再放一下餐厅内部的视频，"何杰这会儿弯腰低头对图侦的一个小伙子说，"过，过，过，停！这儿，这儿你给我放大。"

我看向大屏幕，这男的有个动作不对了。蒙佳莹起身走开之后，这男的探身往蒙佳莹的杯子里放东西了，很快，就飞快地手动了一下，要不是放大视频，都不容易察觉他探身的动作。

"这是下药了。"何杰叉腰说。

"锁定了。把这个男的找出来。"我紧绷的身体在这一刻稍稍放松了一下。

站在我身边的夏新亮把电话给法医那边打了过去，把我们的新发现及时向那边反映，看看能不能从法医检测上再给我们提供什么线索。

虽然嫌疑人浮现了，但要找这个男的，也是不太容易。即便知道了他的长相，可他是谁我们全无线索。连夜我们就排查蒙佳莹的手机，只要是通信软件，一个都不放过，但是没有谁约她吃饭或者她约谁吃饭的信息。那就得朝通讯录下手了，可是蒙佳莹手机里有无数个联系人，怎么筛呢？

第二天何杰把李昱刚捆来了，李昱刚笑嘻嘻跟我说：“只要不让我跟他驱车上高速，让干吗我干吗。”

何杰问：“你阴影了啊？”

李昱刚答：“岂止是阴影，身体已经有条件反射了，您一露头，没发现我从凳子上蹦起来了嘛，腿已经要开拔了。”

面对复杂的联系人，李昱刚先把女性都给去除了，然后在男性范围内，调取这些手机的活动轨迹，其中有个叫王伦的人被他锁定了。这个人怎么被李昱刚摁住的呢？是因为他的号码只跟蒙佳莹有联系，别人都不联系。除了有广告电话呼入，就只有蒙佳莹打，而呼出也只呼叫蒙佳莹！

那这个王伦的嫌疑就上来了。顺着这个电话号码一查，出乎意料，这个号码属于军队。他的电话显示是某部的军人，一个大校，现年四十七岁。

这我们就不能贸然行动了。

保险起见，我让李昱刚查查他具体在部队从事什么工作，李昱刚问我：“您意思是让我黑进部队系统里吗？”

“噗。”正喝茶的何杰喷了。

夏新亮推了李昱刚的脑袋瓜子一把，掏出手机，给部队打了过去。

“你小子啊，”何杰胡噜李昱刚的脑袋瓜子，“子承你可得把他看好了，我怕回头有部队开进来到咱这儿抓人。”

“杰哥别怕，我办事你放心，来无影去无踪是咱的准则。”

“师父，”夏新亮结束通话后看向我，“他是航天科研人员。”

我俩对视，一秒互懂。何杰问：“你俩这是啥见了鬼的表情？”

我就把蒙佳莹编的那套间谍故事给他们讲了一遍。

何杰听完说：“拍个《伯恩的身份》差点儿意思，搞个《007》问题不大。”

就在我们纠结是现在动手抓人，还是再收集一些信息再动手的时候，夏新亮意外地接到了一个电话。来电话的是真真，她说收到一个快递，发件人是林雪莉。快递里有两个U盘，一个U盘打不开，需要密码。另一个U盘里只有一个视频，视频里是蒙佳莹本人，说着告别的话，表示真真收到这个录影时，自己肯定不在人世了，并嘱咐她一定要把另一个U盘交给部队。

谁也没想到，蒙佳莹还给自己亲笔书写了一个结局。一个只存在于她的意识里、完全脱离现实的故事的结局，悲壮而伟大的结局。

我们兵分两路，一路去找真真拿U盘，一路去往快递公司核查情况。

U盘解密对李昱刚来说不费吹灰之力，里面有一个文档、三个视频，还有一个压缩包，里头都是航天科研数据。文档是一封举报信，举报王伦婚内出轨，并窃取单位绝密资料。视频我们都看了，是蒙佳莹跟王伦的性爱录影。

我们先行逮捕了王伦，押进去审讯，我让夏新亮联系了部队某部。

王伦面对我们所掌握的证据供认不讳。他原以为自己伪造自杀、藏匿尸体，是一个比较技术的杀人，不会被发现。他原话是："没想到这个疯女人还给自己留了这么一手儿。"我说："你不用激动，有没有这个U盘，我们也盯上你了，永远别想有什么完美犯罪，现实不是推理小说。凡走过必有痕迹，更别提犯罪了。"

他承认给蒙佳莹下了药，一种新型迷幻剂，主要成分是安定类药物。它是透明液体，无色无味，倒在饮料、酒、汤甚至是白开水中，都无法通过味觉、嗅觉分辨出来，在网上买的。下了药之后蒙佳莹出现了昏迷状态，随后他搀扶蒙佳莹离开，并将车驶到了事先踩点过的荒僻之地，擦拭干净指纹、检查好毛发残留等问题之后，点燃蜡烛，随后封闭车内空间就离开了。

王伦对蒙佳莹指证他盗取绝密资料不予认可，他说这不是事实，是蒙佳莹盗取了资料用来勒索他，包括性爱视频，都是她勒索他的手法，跟着他向我们讲述了蒙佳莹所编撰的故事的真实版本。

蒙佳莹与王伦通过网络相识，继而发展出了不伦之恋。王伦有家庭，有孩子，但是四十多岁了，感情生活一般，能在外边找个年轻的姑娘挺高兴。两人相处的过程中，王伦觉得蒙佳莹有知识有文化，谈吐举止特别优雅，家庭条件也不错，就交往了，发展得好有可能哪天俩人结婚也行，王伦说他的想法很简单的。但是在交往过程中，蒙佳莹不断地管他要钱，反正总有理由。王伦起先也给，但是次数多了，他就起疑了，结果发现蒙佳莹赌博，那就十分不靠谱了。

他想跟蒙佳莹结束这段婚外情，奈何蒙佳莹拿出了两个人的性爱视频相要挟，王伦没有办法，就又给了蒙佳莹一笔钱，说给了这笔钱咱俩两清。没想到的是，平静了半年也没有，蒙佳莹又出现了，这回勒索他是以单位的绝密资料为筹码。王伦一想坏了，俩人关系亲密的时候，他带蒙佳莹去过他的工作单位，他值班的时候,带着蒙佳莹在那儿住过几次,很可能她那时候已经把一些数据拍照也好、怎么着也好给拿到手了。

蒙佳莹跟他说:“你再不给我钱，我就把这些东西递到部队去，肯定治罪了。第二我还要跟你媳妇说，让你家破人亡。”王伦一下就慌了，给钱真给不起了。一个军人能挣多少钱，有钱也不能这么给啊！根本没有尽头！忍无可忍，王伦开始策划除掉蒙佳莹了。他构思伪造自杀，购买了迷幻剂，钻研犯罪手法，包括研究痕迹学等，然后假意答应了蒙佳莹的要求，双方约见之后他就下手了。

学霸不愧是学霸，犯罪都要预先深入学习。要不是一双摆反了的鞋，兴许还真叫他逍遥法外了。但这个偶然也是必然，他慌了，预习得再好，真到实操，他怎么也得慌，别说杀人了，普通人就连杀个鸡头一回也会慌。这就不是能提前做好心理建设的事!

“谁也不是Natural born killers。”李昱刚说。

通过王伦的供述，我们查询了他的财务情况，诚如他所说，他先后给了蒙佳莹不少钱。

之后部队也来人了，我们双方沟通之后，他们也展开了内部调查，最后跟他们的监控里，发现了蒙佳莹盗取资料的证据。这资料确实不是王伦窃取的，但他对此负有重大责任。经过组织研究，双开，然后交由我们公安机关处理刑事事宜。

一场艰难的战役终于宣告结束。我们挺着没合眼，把结案报告就给出了。戴天看过报告，决定组织公关力量对此次事件发布警情通报，一来通告案情，二来彰显我们火速破案的能力，三来对媒体发起谴责：破坏现场、干扰办案视线、报道不实等。

转天我就发现风向变了，现在双方狗咬狗一嘴毛了。警方破案有功，自称流氓有过，打人情况不属实。媒体影响办案有过、掀起舆论风暴带节奏有过，但是跑在一线做人民的眼睛有功，拍摄警察自称流氓的录像属实。

对宫立国小队的处理结果跟着也出来了，宫立国作为负责人，撤销职务停职检查，自称流氓骂人的愣头青开除公职，其余参与办案的人员也没得着好，都被降了级留职察看，小队也被解散。戴天跟我交了个实底儿，宫立国已经确定会被调往特警队了，他能做的也就是争取保住他的衔儿。说完他拍着我的肩膀说："师兄，以后就靠你了，你要挑起大梁啊！"我俩难得地拳头对拳头，都挺用劲儿。他丧我也丧，这接二连三的变故让我俩空前团结。

这天我没加班，准时离开办公室，刚一上车，副驾驶一侧的车门就被拉开了，文君动作那叫一个快啊，我都没看清楚她就坐稳关上了车门。她给我打了个眼色，我没出声，起步上路。

"去哪儿？"

"大悦城。"

我还真拉着她去了大悦城，她却给我拽进了一家烤肉馆。

我说："你搞啥啊，弄得跟特务行动似的？"

这时她跟我说："跟宫立国起冲突的东风传媒，他们的核心报道记者杨昌业跟业内一个资深记者王凯旋关系匪浅，而这个王凯旋又跟法治频道关系深厚。"

我看着她。

"戴天跟法治频道走动很近。"

"你意思是，他放了消息出去？"

文君看着我。

"图啥？"我挺蒙圈的，"他不都是破了案之后好给自己歌功颂德嘛。"

"是戴天提出把宫立国调去特警队的。老大的意思本来是撸下去让宫立国重新从底层干起。"

我的眉头收紧了，原来这不是上面的意思啊。我再去回想戴天跟我说的话，才发现含混不清、误导性很大，我听完就理解为这是上头的决定，他也尽力了。

那这确实不合理。就算一撸到底，宫立国只要在队里，就还能当戴天的左膀右臂，这也就是舆论压着，过两年谁还记得这事？到时候随便弄个啥立功表现再给提溜上来不就得了吗？宫立国可是他的手下大将！他干吗要把他踢出去？虽说明着看像是保了宫立国，但是从戴天的利己性人格来看，十分不合理！

“你信不信用不了两天，队上就会传起风言风语，说他戴天为了提拔自己师兄，把老部下给踹了？”

“谁信啊？你信吗？就我俩这个德行？不打成热窑儿都是给我师父天大的面子。”我嘴上虽然这么说，心里却倒抽了一口凉气，半个钟头之前我还感觉我跟戴天同仇敌忾呢，真心认为我俩是一个战壕里的好战友，拳对拳，结盟啊。

“我不信，但我劝你信。”

“啥意思？”

“潜伏好。”

我转了转眼珠，有点明白过来了。宫立国跟戴天之间肯定有事，而且还是对戴天不利的事，他这是急着干掉宫立国嘛。这事也是越想越诡异，我们跟媒体再相看两相厌，也不至于兵戎相见，那帮记者这么干也是挺一言难尽的，这不就等于以后再别想跟业内混了吗，得不偿失，除非他们有退路。

死局

但凡是做买卖的，都禁不起一个“查”，它总归是有这样那样的问题，没有完全照章办事的，全规规矩矩的，离挣钱就远了。

在我深陷蒙佳莹案件的同时，高博对龙美玲的经营活动展开了秘密侦查。虽说是暗里来，但动作可不小。他无法带队冲锋在前，就很难碰触到实质——不能展开审计工作。然而账簿才是一家公司经营活动的真实反映。面对这种境况，高博研究之后决定借由信科医疗器械有限公司的债务问题下手，由法院执行局出面，对信科医疗器械有限公司进行搜查。

“搭了老鼻子人情了。”这是高博原话。

我说：“你话也不能这么说，还是互利互惠的。”

这么一通干下来，也算干出点儿眉目——龙美玲的这家医疗器械公司不能说经营不善吧，反正不那么平顺。尤其2018年的时候，先前对海外市场盲目扩张的恶果来了，赶上全球经济不振，多批货款都折了。要说这龙美玲也算是一奇女子，面对困境，她迎难而上杀伐果断，不敢说力挽狂澜，也真是很可以了，等于给一艘破船拾掇拾掇又出海了。

信科医疗器械有限公司的账目确实存在问题，但不是什么大问题，没什么引起怀疑的，更没什么跟我们的案件产生联系。至于她在洗什么钱、为什么要洗钱，那是半点不得而知，阴阳账上反映出来的情况完全与此无关。

但这次搜查绝不是毫无收获，一个重大收获不在账簿上，而在一段视频监控上——龙美玲的办公室里竟然有一个十分隐蔽的针孔探头！在 11 月 12 日晚间，有个男人进入了龙美玲的办公室，开了她的计算机，捣鼓一通之后，钻到了桌子下面又捣鼓了一会儿才离开。李昱刚判断这个神秘男人的一通操作应该是拆除了计算机的硬盘。事实证明也是如此，这台计算机按照连线来看，原先是有两块硬盘的，现下有一块缺失了。

这个人的嫌疑必须上升了，可他是谁、打哪儿来的，我们不知道。他是全副武装的，穿了一身夜行衣戴口罩，且，他进入、离开现场只被这个小型针孔探头拍到了，外面的摄像头全被他避开了，这说明他十分了解龙美玲公司的布局！这样一来，在这家公司工作的全体员工都有了嫌疑。在职的、离职的，都算。

高博，给了我一个大摊子，还是全无头绪或者说有跟没有一样的大摊子。当然他也没好着，龙美玲的医疗器械公司叫他毫无收获，他便掉头去侦查刘俊那俩空壳公司了，用他的话说，也是虚无缥缈得很。

现下弄清黑衣人的身份十分重要，但如何排查他的身份引发了我们的分歧。大力筛查费时费力，另辟蹊径又定不下具体方向。这个案子已经拖了太久，越拖只会越难办。我主张大范围走访调查，夏新亮表示我们人手不足且有可能打草惊蛇，李昱刚说："要不折中一下，我试试看再分析分析龙美玲公寓那边的监控，和这个黑衣男做个比对，原先这个视频监控咱没方向也没意义，现在有了啊，幸亏人那儿保存的时间长。"

我思索了一番，决定就按李昱刚说的，让他再使把劲。我叫上夏新亮，去龙美玲的办公室再看看。

龙美玲很可能已遇害的消息被我们捂得死死的，过去调查也还是顶着人车走失的名头。

此刻，我坐在她宽大的办公椅里，眼睛看着装有针孔探头的方向，寻思龙美玲出于什么动机要在自己的空间里安装这玩意儿。高博发现这个摄像头的时候并未声张，也没有进行拆除，想着黑衣人也许会再回现场，所以此时此刻它如常运转着。她是防着谁呢？目标人物是不是就是那个黑衣人？他跟她又是什么关系？

我摸出手机给李昱刚发了个微信："你能查出针孔探头是何时安装的吗？"

回复还挺快的："您不是在她办公室呢吗？"

我回："我能直接看？"

那边沉默了一会儿说道："算了，我给夏新亮打电话吧。"

这是个明智之举，李昱刚遥控夏新亮比遥控我容易多了，如果说这一代年轻人是云端播放器，我就是那需要唱针的老唱机，中间就隔了这么多代。

夏新亮一番操作，确定了探头安装的时间是去年夏天 6 月的时候，跟我归队的时间前后脚，那会儿我接手的第一起案件就是赵红霞遇害案。不是说这两起案件有啥联系，是这个时间节点让我想到过去了，我眼前立马浮现刘俊跟办公室跨桌子迈椅子仓皇逃亡的那一幕，包括他一开始抵死不说赵红霞出事那晚他的行踪……

"这是个挺重要的时间节点，"夏新亮的声音打断了我的思绪，"肯定是因为有了什么顾虑，龙美玲才突然决定安装它。"

"你还记得咱查赵红霞案的时候吗？刘俊一开始故作镇定，后来语无伦次，跟着又吞吞吐吐。"

"嗯。记得。他还给我来了一出儿极速逃亡。嘡……"夏新亮倒抽了一口气，"这么一想，他应该还有别的事。"

"看看这时间，多接近。"

"他们俩还真是捆绑得结结实实。"

"一块失踪不说，刘俊上演极速逃亡，龙美玲给自己装了个探头。"

有了这么个时间节点，我跟夏新亮合计了一下，找龙美玲的助理聊了聊。在此之前，许鹏他们找过她谈话、高博跟着法院也跟她谈话，她都谈疲了，也没说出什么有用的信息。谈话不仅是一门技巧，它也需要方向。有了方向，引导着她跟着你的思维走，势必事半功倍。在这儿，她给我们提供了一个信息——6 月龙美玲休了一个为期十天的年假，说是去普吉岛了，回来还给大家带了手信。去之前她挺焦虑的，回来之后就像充了电，豁然开朗。

我们查了一下，她确实去了一趟普吉岛，但远没有十天之久，她只去了三天。没人跟她同行，是她自己去的。这并没什么奇怪，真正奇怪之处在于这之外的时间她在哪儿、在干什么，毫无痕迹。对照刘俊的记事本，一贯有记事习惯、很有条理的刘俊在 6 月的这个时间段内，有两天待办事宜里一片空白。

巧合太多那就不能称之为巧合了。

只是眼下虽然有了疑问，但我们还不知道如何去破译。

一忙就是一天，比睁眼闭眼还快，我再次看表的时候，方知完蛋。我去赴约，夏新亮回了队上找李昱刚，我说："你们弄着，我去办个事，忙完时间如果允许，我也回去。"

北京这个车堵的，从来不分时间不分场合，我进门时候刘明春的妻子宋倩已经摆好了一桌饭菜，我空手上门还迟到，自觉不妥紧着找辙，宋倩却说："你行了吧，难得你登门来吃个饭，你就是要个月亮……"

我赶紧接话："那还得再等会儿，等天再黑点儿，你才能叫猴子上水里现给我捞去。"

"你这个贫嘴啊。"刘明春拧开了酒瓶。

"别别别，您那五粮液还珍藏着吧！我今儿其实找你有点事。"我这叫一个不好意思，也赖我没说清楚，还劳烦宋倩做了一桌子菜。

刘明春看向宋倩："你看我说什么来着，他就是无事不登三宝殿。"

"没没没，我虽然有点事，但主要还是为了庆祝你……"

宋倩打断了我："庆祝个鬼啊，这下儿不仅奖金泡汤了，提拔更无望了。子承不是我说你啊，你也不仗义。你去缉毒队不带他，你回来也不知道拉拔拉拔他。春儿你还不知道吗，光长个子不长心眼儿的货。"

"你也得让我去干缉毒啊，干刑警你还不乐意呢，恨不得我调内勤去。再说是大刘儿不要我吗，他'无头'不放人啊。"

"行了吧你，闭嘴吃饭。子承你是不知道，我都不爱说他，先前还吹呢，哎呀媳妇儿，大刘儿虽然调走了，但是我给分到核心队伍里了，这表现机会可就太多了，回头弄个一官半职也不是不可能。”

“来来来媳妇儿，你也吃，鸡腿给你。”

宋倩并不停嘴：“结果怎么着？排挤你、把你边缘化也就算了，这下儿更精彩了，把你们队直接解散了。你们那倒霉队长，戴队的心腹，被直接踢出刑侦队伍了。”

我赶紧救驾：“大妹子莫要慌张，这都是暂时的，再说了，也算因祸得福了，这不去大力那儿了嘛，重回组织怀抱了！又成主力选手了！”

“主力选手干半天也是白干，你看你什么职称，他呢？哎我就特佩服他这个吊儿郎当，你说他几岁了啊？我虽然不养儿子吧，可我也不想养他啊！”

“养养养，我跪求包养好歹也跪了这么些年，没功劳也有苦劳。”刘明春谄媚赔笑。

三个人有说有笑吃了一餐饭，饭后宋倩去厨房收拾了，我跟刘明春在客厅沏茶聊天。说是聊天，我是直奔主题：“宫立国跟戴天有什么矛盾吗？”

刘明春叼着烟看向我：“你指什么矛盾？”

“方方面面。你不觉得奇怪吗？戴天就这么把他放弃了。”

“你都回来了，‘无头’还要他干吗？大师兄再讨厌，也且比河童亲切吧。”

“河童？”

刘明春给我比画：“平头，大宽嘴岔子，私底下都这么叫他。哎，我说你真落伍了。回来也是瞎忙，都不说出来跟我们聚聚。掉队了啊！”

“说正经的呢。”

“我也没说瞎话啊。你这业务小能手，刑警队大野狗，破案咔咔咔，宫立国比得上？”

“人还可以，宫立国业务不错，为人虽然刻板了点儿，但不坏。”

“你快歇了吧。都跟戴天蛇鼠一窝了，还能不坏？”

“都蛇鼠一窝了，戴天不保他？”

“我说你没事吧？”刘明春够过了烟灰缸，“咱说的是你师弟戴天吧？他一壁虎儿，断尾求生不是本能嘛！”

“就是因为我了解戴天，才觉得反常。以他性格，断尾求生他就把宫立国一撸到底了，人我还用着，事我给甩开。有好儿大家不见得一起分，摊上事那他是能甩多干净甩多干净，把红油撇成清汤，还混一个我铁面无私。”

“你要这么说吧……”刘明春咂咂嘴，“是有点儿……”

“所以我问你啊，有没有注意到什么矛盾，或者说有啥反常。”

“这……我平时都叫宫立国支开的主儿……”往沙发里一摊，刘明春仰面望天，“有矛盾人也不跟我眼前演啊，更别提跟我说了。”

“想想。动动脑子。”

“不是……你关心这干吗呀？魔王断了根儿牙你不应该开心吗？”

“我要是跟你说宫立国被设计了，你信吗？”

“啊？”刘明春瞪大了眼睛，“几个意思？”

“你是不是真不长脑子啊？”我也是心塞，“你再回忆回忆你们当时出事的时候。”

“当时……”刘明春捏着眉头，“他闯警戒线了，我们不让他进，他就要闯，没出示工作证，问他干什么的……哎哟，这孙子……丫句句拱火儿。孙淼是一炸药桶，但做工作的时候按理说不至于那么暴……”

“我实话跟你说吧，我这儿有线报，这事就是有问题。别外传。”

“我 ×。”

“想，想想矛盾、想想反常！”

“哎，那你干吗不直接问宫立国？”

“你都说我回来了戴天踢走他，我找他问去？我像不像魔王新爪牙？不仅取代了他，还在设法对他赶尽杀绝？万一再赶上戴天监听他，下一个被灭口的你看像不像我？你怎么比‘无头’还‘无头’呢？”

“啪啪啪……”我这句也是声儿大了点儿，说完就听见宋倩在厨房给我鼓掌了。

刘明春脑容量不够大，但记性好，虽然叽里呱啦说得也没个重点，像报流水账，但贵在凡他知道的全跟我说了一遍，事无巨细。

恰逢这时李昱刚给我来了电话，说他们那儿有进展了——以黑衣人作为参照物，比对在龙美玲公寓的物业处提取的视频监控，通过人脸识别技术，他锁定了黑衣人的身份,因为这人有前科。王鹏,时年五十一岁。犯的什么事呢?打架斗殴,致他人轻伤,详细的还要等我回队上一起研判。

跟刘明春夫妇告别出来,我上了车往队里扎。我想知道宫立国跟戴天有什么矛盾,刘明春绞尽脑汁倒给我描绘了一幅蛇鼠一窝。

他提到了一个叫王语纯的孩子。这小子是个大学生,他在他们突击检查卖淫嫖娼的时候被当场抓获,一同被抓的连小姐带嫖客、"鸡头"一众人等,按规定分别移送拘留所、看守所。刘明春羁押着一车人就奔拘留所去了,去了办交接手续的时候,拘留所那边说系统出了点问题,让等。真等了好半天,后来在等待的过程中,刘明春接到宫立国的电话,叫他把王语纯再带回去,先不移送了。要说没猫腻鬼都不信,他这边应承好,那边拘留所就开始收人了。后来刘明春把人带回去,愣头青把人带走了,说是还有问题要跟他了解。刘明春当时还纳闷儿来着——这是谁托了关系?肯定是使劲了,怕留违法记录呗。后来他去听墙根儿,闹半天是戴天的意思。

王语纯,青年政治学院。

好歹勉强算个"事件",查查吧,兴许里面有啥事呢。

干刑警的就是这个毛病,什么都怀疑,什么都爱查。因为有太多经验告诉我们——有关无关它跟我们的主观意识没关系,不查清楚就没有下结论的权利。凡事靠事实说话。

赶回队上,王勤正给小哥儿俩煮面吃,问我吃吗,我说不用,我刚吃完。

白板上已经出现了王鹏的照片,包括他的基本信息,我看了看,拉了张椅子坐下,在吸溜吸溜吃面的声音中开始琢磨。这人怎么看跟龙美玲也不会产生什么交集,也就是说,或者是有人雇用,或者是龙美玲从事了什么地下活动。

"这个王鹏的关系网梳理出来没有?"我拧着眉毛问。

"没呢,吃完饭我就干。"

"嗯,梳理清楚。单就这么一个人,跟龙美玲怎么挂上的钩咱不知道,感觉不像是有什么直接关系。"

"但是嫌疑很大啊。龙美玲前脚失踪,他后脚去人办公室拆硬盘,还去过龙美玲寓所。”王勤说。

“那也不能贸然弄回来审，你不知道他背后还有什么错综复杂的关系网。还是得查。”夏新亮撂下碗筷说。

显然今晚夜车又得开起来了，那就干呗。且比从前强，从前调查个人我们得跑断腿，现如今这么一个大数据、云时代，很多事动动手指就可以了。

一帮人加班加点，速度推进得还可以，白板上陆续出现了王鹏的前妻、女儿，前女友、现女友、常走动的亲戚朋友等一系列人。但这些人跟龙美玲也没产生任何联系。

趁着李昱刚起来要去买可乐的当口，我也跟着起身说去抽一支。走到吸烟区我也没停下脚步，李昱刚还纳闷儿呢：“师父，你也去便利店啊？”

“对，烟快抽完了。”

李昱刚买了一兜饮料，我要了盒烟。才踏出便利店我就把他小子扯住了：“你给我查个人，别通过咱内部系统。”

李昱刚停下脚步狐疑地看向我：“又鼓励我违法乱纪？”

“不鼓励。但可以在边沿伸伸脚。”

“接私活儿了？”他小子挤眉弄眼弯酸我。

“具体是什么事你就不用知道了。办。守口如瓶地办。”

“还神神秘秘的。”

我心想：“这叫保护你。”

就这么着，我把王语纯交代给了李昱刚。也没别的突破口，刘明春着实一直被宫立国边缘化，他是真不知道什么。就这王语纯，其实我也没抱什么希望，勉强也就算离着宫立国被踢发生不远，虽说不远，其实也是去年年底的事了。

回去又干了会儿，我一看这都两点多了，赶紧叫散。他们仨决定直接睡宿舍，我想了想我不行，明天一早还得送我儿子上学去呢，就驱车往家赶。赶回去一进门，看到走廊处我姐为我留的那一盏灯，一天的疲惫都被治愈了。谁还不恋家了？奈何干的这份工作就是没白天没黑夜。

每每晚归，我总下意识地摸进我儿子的房间。瞧一瞧他的睡脸，就好像陪伴了他的成长。看上这么一眼，好像就能避免他嘣一下就长大的尴尬。

给他掖了掖被角，我轻手轻脚在他身边坐下。这可爱的小脸儿再没多久也该挂上青春期的叛逆了吧？头疼。一想到这事我就头疼。儿子跟老子兵戎相见的戏码，在这个阶段没有不爆发的。无仇不父子，说的就是青春期。遥想我青春期的时候，着实给我爸气得不善，颇有点苍天饶过谁那意思。

那天我跟赵大力、何杰抽烟闲聊时候还说："花心渣男多数生的都是闺女，成天跟老子干仗活得贼幼稚的生的多是儿子。"赵大力说完看了看何杰，又看了看我。准。

凡事交代给李昱刚办，那就是高速高产有保障。隔了两天他就给我发微信说："已抽空办妥。"我一寻思就是王语纯的事。这小子还是相当机灵的，发的语音，就这么简短五个字。彼时我们四个人正分头进行对王鹏周边的暗中走访工作。

我问他："你工作没做吗？怎么给我扯起闲篇儿来了。"

他回我说："我做了啊，我连他女朋友跟他聊啥都了解清楚了，除了发现这无业游民挺有钱的，给她买个一万二的连衣裙不打磕绊，别的没啥有用信息。"

我给他发了个我的定位，让他过来找我。

我负责盯守的是王鹏的朋友杨峰，这俩人曾经是狱友。王鹏是故意伤害罪，进去得晚出去得早，杨峰是抢劫罪，进去得早出来得晚，但是出狱时间间隔不长，两年多吧。这俩现今还都是无业游民，可生活都挺体面的。虽然没有正经工作，但是车、房、票子应有尽有。这就挺可疑的。俩前科犯这么摽在一起，也没干什么行当，钱打哪儿来的？

我盯了杨峰一下午了，他中午才从家里出来，跟几个人吃了个饭，下午又带着个花枝招展的女的逛家具城，这会儿俩人也进了商场，我跟车里都坐成雕塑了。

这么下去不是个事，但如若直接对王鹏出手，就现在掌握的情况来说，为时过早。

李昱刚是四十分钟后拉开我副驾驶的车门上来的，说地铁里已经开始"烙饼"了。我一看表，晚高峰来了。

李昱刚给我梳理了一下王语纯的情况，在校大学生，大三了，学的法律，父亲是看守所副所长，母亲在区政府工作。他身边的几个朋友也都摸出来了。就普普通通一孩子。要说跟公检法部门关系近吧，真不近；要说不沾边，也沾边。这么个孩子，戴天怎么就给保了？跟他肯定不沾亲带故。送别人人情？这八成还真是个八竿子打不着的事。

“师父，这人谁啊？我还瞧了瞧咱内网，这孩子挺搞笑的，圣诞节去给自己租了个女朋友，还没干啥呢，叫扫黄打非给摁了，也不是多大点儿事，还惊动戴队了。最神的是宫队，他也跟您似的，去查这孩子来着。”

我眼珠子差点儿没蹦出来。

“稳住，我就好奇了一下，放心放心，咱有‘隐形斗篷’。”

面对我努出来的眼珠子，李昱刚的嬉皮笑脸收起来了：“我错了，师父，我不应该开后门儿，我下回绝对不敢了……我保证不让组织上带走，我保证不给您惹事……”

我打断了他：“你说宫立国也查了这个王语纯？”

李昱刚小鸡啄米似的点头。

“戴天知道他查了？”

“多新鲜啊，戴队什么权限啊！任何一个人，在内网上干过啥，他想知道全能知道，它是有记录的啊。我说我披着‘隐身斗篷’，就是我把痕迹全清除了。”

“他的违法记录你怎么看见的？据我所知都删了啊。”

“所谓删了不是真删了，真删了你就摊上事了，这哪能随便删除？像他这种情况，在校大学生，又是初犯，尺度还是掌握在咱们手里的。从轻不追究，违法记录就加密呗，戴队加密的，他有这个权限。加密之后一般人就看不到了。”

这倒是戴天的处事方式，不给自己留雷。

“说起来这个孩子的加密记录不止一条，他初中时候跟人打架斗殴也折过。”

我看向李昱刚：“让我猜猜，又是戴天给加密的？”

“那我可看不到，档案封存了，那会儿他未成年。需要我硬突破吗？”

“那算了，你跟我说说宫立国都查什么了。”

“查了跟王语纯相关的、能查询到的一切，跟我给您查的这些差不多，他还查了他父亲，叫王树响，他是看守所副所长。”

我眨了眨眼。

“聪慧如我，把这个王树响也给您查了一遍，背景很干净，先后调动过两回，都是干老本行，业内口碑挺好的，荣获过先进工作者。”

“看守所……”

“您这神神秘秘的，真不打算跟我透露透露？”

“我不是不跟你透露，是我没的可透露。管教……”我转着眼珠琢磨，“哎，我要是想知道这个王树响都接触过哪些关押的犯人，有戏吗？”

“不违法乱纪，没戏。要违法乱纪，风险极高。”

“啧。”

“不过我记得……我有个同学，他毕业之后好像……”

“别了，这事不要再过别人的手。”

“我们上学时候关系还挺好的，我觉得信得过。尤其我都不知道为啥事，他就更不可能知道了。我托他打听打听吧，不然您还有啥更好的办法吗？”

李昱刚这么一问，我倒真想起来个人：“这事你甭管了，也不要再接触。我自有办法。”

“我内心真有点着急啊，一颗好奇的小心心剧烈地跳动了起来。我猜……这事跟宫队被调去特警队有千丝万缕的联系吧？”

“你晃晃脑袋。”

“嗯？”

“八卦之魂散了没有？”

“没有……”

“哎，杨峰出来了。”

“这……我还得跟着您摸排？”

“车你都上来了，不然呢？”

我拉着李昱刚，跟着杨峰的车驶上了四环。他也没去哪儿，从路线上我就知道他这是往家走呢。寻思着这一天可能又白搭了，我停车想在路边给李昱刚放下，他却说："算了吧，我眼下也没别的事，陪您再蹲会儿，兴许他夜里又出动了呢。"他上 7-11 便利店买了两份盒饭，我把车停在杨峰居住的小区外头，找了个路灯下面的位置，俩人开始扒饭。

夏新亮跟王勤陆续跟我通了气，一样，大家都没啥收获。李昱刚盯的是王鹏的女友，王鹏本人由夏新亮盯梢，夏新亮说："他已经送了女友回去，自己又去了洗脚房。"我说："你也是辛苦了，我这边也没啥进展，咱们再坚持坚持，这帮老混子多数都是夜猫子，他们的一天，往往是从夜里开始的。"王勤我就让他撤了，他跟李昱刚一样，都是跟的外围。

11 点多，我正闭目养神，坐在我身边的李昱刚用力拍了我一把："师父，杨峰的车出来了。"

"哦？"我挤了挤眼睛，随后驱车跟了上去。

一路我就跟着这个杨峰，其实也没抱多大希望，寻思他过上夜生活干脆就撤吧。但是跟着他的过程中，他这个道儿越走越偏，车越来越少，我就必须跟他拉开大距离。李昱刚从手扣箱里摸出了望远镜，给我打指挥，带他还真对了。

最终，杨峰的车开进了一座围有高墙的破败区域。我们也不敢贸然跟进，就找了一处树木茂密的地方停车，天也黑、灌木丛也密，掩藏得挺好。我俩摸下来，腿儿着向目的地靠近。

入口处空落落的，要不是细看门柱上留有生锈的连接合页，我都不信这儿曾经安过门。高墙上拉着铁丝挂网，还插着碎玻璃碴子。李昱刚开了手机，定位我们所在的位置，发现这儿是一座废弃工厂。

"他不会是来杀人的吧？"李昱刚压着嗓子问。

黑暗中，我只能大致看清李昱刚的轮廓。

"那你听听看有没有人喊杀人了。"

"留神脚底下，别整出动静儿。"

我俩一路摸索，没想到里面这么大。这会儿早已经没了杨峰的影儿，好在能行车的宽敞道路也就这么一条，我们就顺着走。

走着走着不对了，影影绰绰瞧见人了。不是杨峰，好几个人，走来走去的，像是守卫着什么。我跟李昱刚立马蹲低，开始寻找掩体，再往前走就被人瞧见了。

眼睛已经适应了黑暗，我发现了一处罩着塑料布、不知道堆着什么破烂儿的完美藏身地点。蹲好之后我开始四下踅摸。倒是看不见我们了，可我们也看不见什么了，我俩就开始像螃蟹似的横向移动。移动开再去看那个掩体，它是跟混凝土墙面连接的、接着墙盖的，类似于小库房似的东西，很低矮，所以一开始我没发现。

这个混凝土墙面很破败，以至于让我觉得它随时都有可能坍塌，我示意李昱刚离着那墙远点儿。

绕着绕着，墙体上出现了一个孔洞，隐约透出亮光，接着地，应该是个排水沟。定睛看看，没错，就是个排水沟，里面沉积着落叶、塑料袋、各种垃圾，要多脏有多脏。

我蹑手蹑脚开始刨排水沟，李昱刚也没法置身事外了，就也跟着我刨。离着那几个人已经有相当一段距离了，我们又压着动作，虽然干得慢，但至少不会被发现。不一会儿，有更多的光亮透了出来，竟然是杨峰的车灯！借着这个车灯，我一看，吓一跳，谁能想到这鬼地方停了好些辆车啊？还不是废弃车辆！

我开始意识到危险了，这里面大约是个停车场，废弃厂区里有个停了好些车辆的停车场，这可太恐怖了，按这个停车量计算，里头人不会少。

“师父，我感觉不妙……”

“稳住。我盘算咱俩不行先撤，外头等吧。”

“这里头是干吗的啊？”

“我估摸不是聚众吸毒，就是聚众赌博。”

“还是您老有经验。可能是赌博，还有人把守呢……”

“你等我瞧瞧撤退路线啊，原路返回不如另寻……”

我俩正嘀嘀咕咕，忽然听见一声大喝——“你他妈烦不烦啊！让你来接我，不是让你来管我！你以为你是谁啊！”

有人跟这个声音对话，但由于是正常音量，我们这儿听不清。

紧跟着又是一声大喝："我有的是钱！没他妈我输不起的！"

我跟李昱刚整齐划一地像两条狗似的都去了洞口，往里面一瞧，原来跟这个暴躁男对话的人是杨峰。暴躁男看上去四五十岁的年纪，他还在继续咆哮："我是喝了啊，不用你管，我自己开车走！"

不知杨峰又说了什么，暴躁男继续："吹牛逼呢！再他妈跟我瞪眼我给丫宰了！"

俩人明显是谈崩了，暴躁男快步走向一辆车，杨峰小跑着追了上去，两人撕扯了一番，他挣脱了杨峰，上了车，然后那车像画龙似的倒了出去，跟着我终于听见杨峰的声音了，他大喊："夏克简！"

没多会儿工夫，我看见了像箭一样蹿上路面的轿车，后面跟上来的是杨峰的车。

我跟李昱刚绷了好一会儿才开始挪动，还真让我们寻见了一条小道。起来双双腿都麻了，捋着小道往外走，七扭八拐好歹算是让我们绕出来了。

上了车，我跟李昱刚一人长出一口气。难得李昱刚像夏新亮，到我手扣箱里去找湿巾了。

"太脏了，师父，哎哟喂，我这条裤子也算毁了。"

"给我一张。"

我擦了擦手，打量好四下无人，这才把车开了出来，跟让狗撵着似的，车速难得提了起来。直到驶上国道，扑通猛跳的心才沉静下来。

"他刚才是叫那男的夏克简对吧？"

"对。我还拍了他车牌。"

"啊？怎么拍的？"

"我运动相机有夜视功能，幸亏反应快，还真拍着了，就是回去得把图像处理一下，不处理那是真看不清楚。"

我拉着李昱刚直接奔回了队上，图像处理工作很快，拿到车牌号，李昱刚就查询了起来，显示这车登记在一家公司名下，结果好生吓了我们一跳——天耀集团。天耀集团是谁的呢？夏克明——本市的大企业家、大慈善家。而夏克简，正是夏克明的弟弟。

李昱刚调了好多夏克明的报道出来，我俩一起看，还真在一篇图文报道里看见了跟夏克明站在一块的、他的弟弟夏克简。没错儿，就是杨峰去“接”的那个暴躁男。

案子越查越扑朔迷离，却是干我们这个行当屡见不鲜的。真相，永远躲藏在千头万绪后头，要不老说拨云见日呢？

由针孔探头里，捕捉到一个黑衣男子；又借由这个黑衣男子，在监控的茫茫海洋里固定住他的身份；王鹏浮出水面，带出了曾经的狱友、现在的挚友杨峰；杨峰露头，牵出了天耀集团的大拿夏克明的弟弟夏克简；而夏克明刚好是信科医疗器械，也就是龙美玲的公司合伙人。

夏新亮梳理出关系图的同时，李昱刚给大家介绍起夏克简的情况。他曾经任职于天耀集团的前身天耀贸易公司，也就是说，是兄弟俩一起打的天下。但这兄弟俩的问题不在于可共苦不可同甘，实际上这个夏克简也曾短暂地进入天耀集团。不是利益纠纷，也不是一山不容二虎，而是这个弟弟实在没什么本事。不仅没有经营的本事，搞破坏的能力还一等一惊人。他这么些年惹的事那真是有一箩筐，进出派出所属于家常便饭，在交通队也是常客，甚至对内还出现过职务侵占的行为。但就是这么个窝囊废，哥哥夏克明十分爱护，他虽然离开了天耀集团，但是私下里钱真是不少给，他都不用伸手，照样穿衣吃饭。

初步就是这么个情况。至于夏克简跟杨峰是什么关系，怎么认识的，王鹏又为什么会去龙美玲办公室拆硬盘，龙美玲的失踪或者说遇害、刘俊的身首异处与他们又有着怎样的关联，这都还需要再深入调查。

我们开了个会，把方向定了定，全体人员达成了共识——夏克明，夏克简的哥哥，龙美玲的间接合伙人，既然他跟着浮出水面，就得把他也彻查清楚。但对他的调查，包括对夏克简的调查，都必须要隐蔽、慎重，毕竟他们的身份摆在那里，要暗中进行，切不可蛮干。这也是戴天的意思，我把情况汇报上去，他虽然面露难色，但还是给我开了绿灯，就是特别叮嘱我要注意方式方法，尤其在尚未固定证据的情况下，要懂得进退的分寸，做好保密工作。

就此我们兵分两路，我与夏新亮出外勤，再找一找龙美玲的家人，包括曾经跟她合作又离奇失踪的那些人的家属，看看他们之中有没有人能将这兄弟俩与龙美玲联系起来。李昱刚跟王勤留守，一方面通过信息网梳理夏克简、夏克明，一方面与高博合作争取挖出更多的有用信息。

我跟夏新亮头一站拜访的就是龙美玲的父母，可惜徒劳无功，他们看过夏氏兄弟的照片后表示全无印象，没见过、不曾听闻。

掉过头来我们又找了米晓峰的女儿、包括他父母亲，本也没抱希望，他们本来连龙美玲也不知道，果不其然，毫无收获。

杨罡的遗孀崔芷桦本来是希望最大的，毕竟龙美玲曾带着一个男人去收购杨罡的股权，崔芷桦对他挺有印象，还说了俩人关系很亲密，不是男女朋友就是姐弟。这个神秘男人会不会是几个嫌疑人中的一个？但是我们同她女儿联系的时候就得知了她已回法国的情况，所以只能通过通信软件跟她取得联系，这会儿由于时差，暂且还没收到回复。

我寻思再去一趟龙美玲哥嫂那儿吧，也不差这几步路，有希望没希望的去了也踏实。

由于是周末，来给我们开门的是个女孩儿，应该是龙美玲哥嫂的闺女。我们被让进客厅，女孩儿就回自己屋里了。龙美玲哥嫂看过照片，说真没什么印象。这时已经换好衣服的女孩儿出来了，打了声招呼要出门去，然而她在看到我们放在桌上的照片时停下了脚步，而后凑近仔细地看，接着我听到她说："这是夏叔叔吗？"

"你认得？"夏新亮看向女孩儿。

"这个应该是夏叔叔吧。"她指的不是夏克简，而是夏克明。

龙美玲的哥嫂也很惊讶，细问之下才知道她所言非假。她小时候父母工作忙，经常出差，赶上这种时候，龙美玲就会帮他们带孩子，孩子跟姑姑感情很好。女孩儿跟我们说，夏克明是她姑姑的男朋友，那时候她还小，也不懂这些，就知道姑姑带她出去玩儿的时候身边跟着这么一个男人，姑姑叫她喊夏叔叔。长大后她琢磨过来那应该是姑姑的男朋友，但是这会儿姑姑已经不常跟他走动了。

女孩儿对夏克明印象还挺深的，说他很温柔，待她很好，待姑姑也好。那会儿雪糕还算是挺奢侈的东西，纯奶的那种，尤其跟游乐园那种地方，更是价格翻番儿，但他总是毫不犹豫地给大家一人买一支，三人在一块总是其乐融融。

我们回队上的同时，崔芷桦打了语音电话过来，她指认的脸孔同样也是夏克明，说就是他跟着龙美玲一起来的，他眼下那条疤她一眼就认出来了。

我们出来之前，完全没想到钟表的时针最终指向的会是这个位置。

夏克明。

这不成了 ABCDE，最后竟然是个没出镜的 F。

这打开头做梦也猜不到啊！

想到这儿，我让夏新亮拿我手机给何杰拨了过去，我想起来何杰曾紧盯夏克明了！

记忆的闸门一旦打开就犹如泄洪，我刚回队上的时候，接手了赵红霞遇害案，同一时刻，夏克明的女儿报警说夏克明被人绑架，这案子是许鹏接的，最后以短暂失联误报警告终。可何杰却对此产生了兴趣，紧盯了夏克明好一阵子。现在这么一想，刘俊给我们玩变脸企图极速逃亡，也是这时候。龙美玲休年假，还是这时候。

何杰不接电话，我又叫夏新亮给许鹏打了过去。

许鹏让我给介绍到老陶那儿去了，老陶是我原先办案时候认识的一个老刑警，退休之后还惦记发挥余热，停不下来那么一人。他开了个侦探事务所，挂的牌子叫信息公司，其实就是专门给帮着找人。

在北京这座巨型城市，常住人口两千万，实际上加上外来流动人口，过三千万那是轻而易举，而在庞大的人群中，失踪人口是一个大数字。全靠警方寻找非常不现实，人力、物力、精力全都有限，而且很多案件如果一开始没有及时介入，石沉大海的概率就会大大上升。不是我们不想干，是我们真干不过来。这老陶太清楚不过了，他退休后搞了这么个摊子还真不是为挣钱，为挣钱就跑离婚调查那条路了，这需求量也是杠杠的，他就是想再给人民站一班岗。老陶的原话是："能救一个是一个。"把许鹏介绍过去，老陶很高兴，这绝对是一员大将啊！去之前我也通过夏新亮给他找了个心理医生，让他去咨询咨询、接受辅导。起先许鹏特别抗拒，说他又没病，我说他没病但是他有瘾！他打死不承认，是让我押送去的。去了三回不用我逼了，他自己准点儿报到。看来，专业的事就得交给专业的人办。我是特别希望许鹏有个新起点的，他一方面做着戒心瘾，一方面也离开了压力源，他必须浴火重生！

“大刘儿？吗呀？”

“你吗呢，手底下忙着呢吗？”

“没啊，我今儿休息，刚健身完来更衣室，就听见电话响了。一看是你小子！”

“你给我发个定位，我过去找你一趟。”

跟许鹏见面，我单刀直入切进了夏克明疑似被绑架的案件里。许鹏给我回忆了一下，基本还原出一个全貌。

夏克明的女儿夏静涵报案说自己的父亲夏克明人车走失，那时距离夏克明失踪还未超过 24 小时，但鉴于夏克明身份特殊，许鹏给立案了，跟着介入调查。夏克明最后出现的地点是他公司。

当日下午 3 时许，他驾车离开的公司，自此之后音信全无。隔天早上夏克明的妻子姚思童发现丈夫一夜未归，打电话给夏克明的助理询问情况，助理表示夏克明昨天下午离开公司后也没有同他联系。这种情况以往没有发生过，夏克明有跟太太报备行程的习惯，故此女儿夏静涵报了警。当天中午 11 时许，姚思童接到了一通电话，对方声称是中级法院的工作人员，说她丈夫由于抗拒执行被依法拘留，根据财产申报令，现下要查封他们的账户、房产等，如姚思童对此有异议，可以提出主张，但其主张之财产必须按照规定转移到安全账户。要不是许鹏就在姚思童身边，她还真差点儿就上当了！经许鹏查证，该电话系电信诈骗。紧锣密鼓的调查工作进行得如火如荼，出人意料的是，当天傍晚 5 点 25 分，人车走失的夏克明回家了，他拿着手包风尘仆仆进门，见家里一屋子人甚是吃惊，他表明自己临时去了一趟天津，因为有个并购项目迫在眉睫。

“你看他那车的里程数了吗？”我问。

“你该不会也怀疑他真被绑架了吧？”见我一脸乌云，许鹏问道，“别说里程了，加油票据我都看了。你跟何杰你们俩真是……”

“他真去了趟天津？”

“他真去了趟天津。”

我咂咂嘴，又喝了口咖啡，坐星巴克外面儿不是我想喝咖啡，是我想抽烟。

这也没法查啊！既然夏克明并购了对方公司，那就是他的囊中物了，还不是他想让人说什么人家就说什么吗？但我还挺意外的，他居然真去了趟天津。是我想多了吗？

我这儿正疑云密布，何杰也把电话打过来了，我说：“你要有时间干脆也来一趟吧。”就这么着，一张星巴克的小桌被我们四个人围了一个密不透风。

何杰不愧是何杰，他若盯上谁，定让对方无所遁形。他也不是就盯了夏克明一阵子，至今他还在留意他。何杰非常确定夏克明就是被绑架了。所谓去天津搞并购，他去是去了，但他去是在他归来的那天中午；事办了归办了，但跟他失踪的时间并不完全吻合。也就是说，夏克明 3 点半开车离开公司后，到第二天中午出现洽谈并购事宜，这段时间还是一片空白。另一方面，夏克明的账户虽然没有大笔的不明钱款变动，但是声称在国外度假的夏克简，他的几个账户都有出项，这些钱分别被转去了多个账户。不是一个账户，是多个。这些账户何杰分析过，应该都是一些僵尸账户，总金额是四百万。谁在国外度假还这么费劲倒腾账户啊？非常反常。

遭到了绑架，却拿出“我没事”的态势，这里面肯定有大事。

是什么事？何杰说：“你倒是给我解谜了。”

我们分析，绑了夏克明的，应该就是龙美玲和刘俊，这么解释就很说得通了。要不怎么刘俊跟我们阳奉阴违不愿意去队上还要上演极速逃亡，去了交代问题又含混不清吞吞吐吐，我寻思要没有昆仑街那出儿，我们再审得暴躁点儿，搞不好他得脱口交代他参与了绑架案！要不怎么龙美玲就焦躁不安，出去休了趟年假回来整个人都踏实了许多，尤其她这个年假休得还挺神秘，去了普吉岛三天，其余日子跟隐形了似的。再加上俩人合伙儿洗钱，这才是重点吧？绑人得来的钱不洗也不行啊！到最后俩人双双失踪，一个连人带车人间蒸发，一个变成尸块重回警方视线……

这是个合理的逻辑推论。

包括夏克明老早之前就跟龙美玲认识，还是情侣关系，那龙美玲应该是很了解夏克明的，至于他的行程、状况，花点儿钱总有人透露，提前做好功课伏击他也不是什么难事。更有甚者，龙美玲大可以直接打电话约夏克明单独见面。他在去跟龙美玲约见的路上，或者到达约见地点时，都是对其下手的好时机，龙美玲也跟着扮演自己被绑架不是更有说服力吗？

具体是怎么回事，我们可以随便编排，但事肯定就是这么个事——龙美玲绑架了夏克明，敲诈勒索也好、绑架抢劫也罢，夏克明的失踪应该就是这么一回事。夏克明没敢声张，大事化小小事化了，毕竟他最不缺的就是钱了。前因后果这么一串联，那龙美玲跟刘俊的遭遇恐怕跟夏克明脱不了干系。我们分析或者是夏克明识破了一切生气泄愤，或者是龙美玲掌握着他什么把柄。

但是怎么去证明呢？尤其这张拼图还有好些碎块没能衔接上。王鹏和杨峰是怎么跟夏氏兄弟搭上线的，王鹏去龙美玲办公室拆走的硬盘里有什么？龙美玲与刘俊遇害是他们干的吗？先后跟龙美玲合作的那些失踪人士又遭遇了什么？

半只手，扯出了一张网。

这让人心里挺打鼓的，要都这么缠绕在了一起，恐怕这死的人真的多了点。

千头万绪，得一一捋顺。

何杰的笔记是个好的开始。基于他对夏克明的调查，我们提炼出了两点问题。

一、夏克明做的这个生意，我们不能深挖，越挖越深越扑朔迷离。明面上看他是靠着干实业起的家，可怎么也找不出来他的第一桶金在哪儿，就跟孙猴子从石头里蹦出来似的，他也没啥背景，怎么就把实业搞起来了？励志的创业总有根可寻，但他没有，对外宣传也从来不在这个点上。

二、夏克明曾经有个走动很频繁的女性朋友，叫王媛。王媛在工商局工作，彼时夏克明还没有真正发迹，王媛应该帮了他不少忙，她比他还大两岁，有钱有背景，能力也很强。不清楚他们是怎么认识的，但是有段时间两人接触特别频繁。可这个王媛连同她的丈夫周国强却在千禧年的时候失踪了，也是活不见人死不见尸。

这就非常不对头了。已知夏克明很早就认识了龙美玲，从崔芷桦的证词来看，他俩应该是合伙做生意，生意是越做越大，但跟他们合伙过的人却是一个跟着一个消失。俩人原本是情侣关系，但是最终夏克明娶了别人，且，到米晓峰失踪，夏克明出面收购了米晓峰的地产公司，继而头一次在公开意义上成了龙美玲的合伙人之后，两人之间反倒没了联系。这再一联系到一起，龙美玲也成了失踪人口。

原先是个死局，但这个死局的局面一打开，谁能想到是这么个乱局？

"时间也不早了。我就不陪你们加班了，"许鹏碾灭了手中的烟蒂，"我期待你们的好消息，毕竟这也是我曾经投入了大量心血的案件。"

这话倒叫我心里一酸。许鹏要不说这话，我都忘了他已然不再是我们的队友。就我们仨这么扎在一起，废寝忘食聊案情、小烟儿一根接一根，一会儿全员沉默、一会儿争抢发言……竟已是回不去的过往了？

何杰起身捏了捏许鹏的肩膀，我也站了起来，想说拥抱他一下，又觉得矫情。

"你们知道我最怀念的是什么吗？就是这。把发际线熬高了的头脑风暴大碰撞。咱们连吵带打、连鼓励带忽悠，一起办成过多少案子啊！"

"别说了，都是泪。"何杰低下了头。

"来日方长，"我拿手的嬉皮笑脸被我祭了出来，"你这是先一步脱离苦海，我们这还得点灯熬油把自己往废了整，等回头都退下来，全奔老陶那儿去，争取拄拐也不下火线。"

"你可别算我，我是干得够不够的了，我还得整点儿啥，一走我就走得干干净净，再不受这劳碌罪！"何杰也笑了起来。

"就你？"许鹏也咧开了嘴，"三岁看老！你闲得住才奇怪！"

也不知道我们这仨中年油腻男被夏新亮这小伙子看在眼里是个啥模样，是轴呢，是潦倒呢，是发神经呢？

与我们这边的进展相比，李昱刚那边也没落后。他把夏氏兄弟的背景挖了一个明明白白。

夏克明最早是公务员，公务员属于铁饭碗，自己不辞职，就不会被单位辞退。

但夏克明刚好就是被开除的。为什么呢？因为倒买倒卖。那时候还有投机倒把罪呢，他比这还严重些，涉嫌走私了。而且从笔录可以看出，他当公务员的时候就不老实，乱七八糟什么事都干。

要不说想干成买卖得胆大心细呢，胆大就是得干别人不敢干的，心细就是让别人拿你的胆大没辙，用现在的话说，那就是在违法边缘疯狂试探。

夏克明胆子真挺大的，20 世纪 80 年代末 90 年代初，他捧着铁饭碗却无心给社会主义搞建设，他搞走私去了。走私那会儿也真有需求，他干得也大，手表、汽车什么全有。

那年代震惊中外的“中俄列车大劫案”就非常反映时代背景，一帮倒爷，两头倒卖，钱来得特别容易，思想堕落也随之成正比。

夏克明因为走私被抓了，不仅丢了铁饭碗，当然这饭碗他可能也瞧不上，还下了狱，最后倒是没判，但是给刑拘了很长时间，不然饭碗也不至于丢，就这当时肯定也没少托人活动关系。

跟看守所里，夏克明跟王鹏联系到了一起。夏克明走私，王鹏故意伤害，同号狱友。要不深入调查这些背景，做梦也想不到一个大企业家跟一个社会底层的混子能有什么联系，真是属于不查不知道，一查吓一跳。

由这里，李昱刚还筛出一个事来。又有人失踪，还是合伙人！

夏克明因为走私折了，但是出来之后，他还是坚持干老本行，还是做买卖。这回他往正规里搞了，有营业执照了。干什么呢？做电脑配件。他干那会儿可比大多数人都早，买卖还不错。还走私吗？还走私。这事从明面上是看不出来的，但是，以他这个头脑、这个品性，快速赚取人生第一桶金，必打擦边球无疑。这还真不是我们冤枉他，后面发生了一件事，这事就非常能说明他这个买卖还是不干净。

是个什么事呢？就是有人失踪了。

夏克明在中关村做买卖的时候，跟他合伙的有个叫王立的男人涉嫌走私被警方发现了，警方发现了这个情况就介入调查，但是在调查的过程中，王立人间蒸发了，活不见人死不见尸，当时判定王立应该是畏罪潜逃了。他跑了，夏克明作为他的合伙人非常配合警方的调查，并坚持表明自己绝对没有参与到走私里面去，他说他因为这个被抓过，不会重走老路。至于王立私底下干了什么，他只是王立的合伙人，王立想让他知道的才让他知道，撇了个一干二净。最后调查以王立潜逃结束，夏克明的买卖也黄了，但是买卖黄了归黄了，钱他可是切实揣进兜儿里了。

在这儿我们就分析了，这个王立大约不是潜逃了，很大可能是遇害了。走私这事王立也一定不是主谋，他从前搞钢材的，钢材搞不下去才跟夏克明一起弄的电脑配件，夏克明可是走私专业户。但再狡猾的狐狸斗不过好猎手，警察一盯上他们，夏克明应该就有想法儿了——他肯定怕合伙人把这里面的详细情况告诉警方，那这事还得要折，再折了，就出不来了。王立肯定是遇害了，他不死都不行，死人才能把嘴闭紧了。

顺着这个线索，王勤调阅了冷案子。其中有一起碎尸的，跟王立的失踪时间比较相近。这个尸块是一截左小臂，没有手，有部分肘关节。它是在一个废弃的垃圾桶旁边被发现的，就在朝阳区。这案子没能破了，任何线索都没有。那时候刑侦手段是可以的，但是技术支持不灵，这事就湮没了。我感觉也是时候把这起旧案重开了，但暂且要绷一绷，如果走漏了风声就不妙了。

根据眼下的情况，我们大胆分析——夏克明系从事走私活动起家，跟看守所他认识了这个王鹏，王鹏是个粗人，做买卖他不灵，所以站在前方的应该就是夏克明自己，由他出面进行经营活动。他弟弟夏克简也是肚儿里没什么墨水的货色，说到底他跟王鹏应该更有的聊，属于一个层次。自夏克明出来之后，这三人应该就凑在一起嘀咕事了，还是干走私。碍于资金问题也好，碍于发展前景也罢，他们拉了王立入伙。后来走私出了状况，王立被干掉了。这会儿杨峰肯定还没参与进来，他还在监狱服刑。杨峰进来肯定是后话，且一定是在龙美玲之后。

围绕龙美玲我们已经进行了大量的工作，龙美玲是很清白的，至少肯定没参与到犯罪活动中去。夏克明等于是站在她的身后，弄公司什么的全把龙美玲推到前台，他自己躲在后面。我们考虑一是这个龙美玲很有才华他很放心甚至说很欣赏，二是有了王立那么一档子事后夏克明的警惕性更高了。但是龙美玲对夏克明的事应该隐隐有感觉。一次两次三次，合伙人老不翼而飞，她那么聪明一女的，她能没感觉吗?

龙美玲有感觉，但是龙美玲不说也不问。我们分析有俩原因。一是龙美玲跟夏克明拴在一起，夏克明为她的经营活动带来了源源不断的资金，推着她不断往顶峰走。二是龙美玲倾心于夏克明，她侄女说“那是小姑男朋友”，崔芷桦也说了，他们看着很亲密，不是情侣也是姐弟。

姐弟这事可能真说对了。事实证明，夏克明最终也没娶龙美玲。他娶了姚思童，一个大学老师，非常文静、有内涵的一个女人。但是他跟龙美玲肯定也暧昧过，恐怕不是他不喜欢龙美玲，是他觉得自己到底拿不住一个这样的女人，比他会经营、比他学历高,又强悍有韧性。夏克明自己也是知识分子,他也是高中毕业,还读过大专,不然也当不了公务员。这样的男的娶媳妇,龙美玲之于他就不加分了。现如今也一样，“A 男”找“B 女”，“A 女”就剩着。

但这俩人肯定没翻脸，至少没闹到鱼死网破，应该是和平分手。转折点还刚好就在这儿，龙美玲专心经营自己的医疗器械公司，夏克明从阴影里走了出来，给自己彻彻底底洗白，成立了天耀集团。

按理来说到这儿龙美玲不会遇害。都和平分手了，家也分得明明白白。而且一过去就是这么些年，井水不犯河水。

然而，2019 年夏天夏克明被绑了，绑他的人我们都怀疑是龙美玲了，夏克明那么精明狠辣一人，他能被蒙在鼓里吗？至于龙美玲干啥这时候忽然绑他，我寻思应该跟她这两年受经济危机影响经营不善有关系，也许她去找过夏克明希望寻求支援被拒，也许她一想到自己白白赔上了那么些年的好年华心生不忿，反正男女之间起什么矛盾冲突都不奇怪，就这些杀人案里头，由夫妻、情侣之间矛盾引发的不在少数。

为了把思路搞得更清晰，我让夏新亮整理一个树形结构出来。这一整理，我们再去看白板，都有点被震撼了。

按照时间先后顺序，我们不仅回顾了大企业家、大慈善家夏克明的发迹历史，也回顾了他的帝国如何靠吃人建立起根基。

头一个大事件就是跟王立在中关村做电脑生意。王立失踪。

接下来就是杨罡了。还是做电脑配件，龙美玲已经被推到了前台。杨罡失踪。

跟着是工商局的王媛。她倒不是夏克明的合伙人，但是她应该在背后没少帮衬过夏克明。她跟她丈夫周国强双双失踪。

然后就轮到米晓峰了。还是龙美玲站前台，米晓峰的地产公司给她投了钱。结果前一天还在带人看地的米晓峰第二天就离奇失踪。

最后，也就是将我们引入这团谜局的龙美玲失踪、刘俊被碎尸一案。龙美玲也算是夏克明的合伙人。

“一、二、三四……七个人！”

原本坐着的王勤站了起来。

“这还是咱们梳理出来的，咱不知道的呢？”夏新亮抱臂站在白板旁，这会儿也歪过头去看。

“你们这是个惊天大案啊，”何杰咂巴着嘴，“我当初盯他，你跟鹏子还觉得我发神经。事实证明怎么样？”

“事实证明你鼻子是灵。”

何杰踹了我一脚。

眼下的问题在于，这案子从哪里下手去办、怎么办。这一白板的字都只能算是合理推论。证据呢？怎么把这些案子跟夏克明联系到一块去？这案子邪就邪在没有尸源，全是失踪。只有刘俊的尸块出现了。他的尸块倒是一盏指路明灯——这些人八成全都被碎了。这可太闹心了。

我正想着，听见王勤开口道：“你知道他鬼在什么地方吗？这些人尸源当时都没找到。就只觉得他们是失踪了，活不见人死不见尸。另一方面呢，有人被杀了、被碎尸了，但尸块到底属于谁，你不知道，是张三还是李四，不知道，比对不出来。就同一个事，被掰成了两个，完全就交互过去了，从那个相交点一下儿伸向四面八方了！这才有了横跨这十数年的陆陆续续的案子。人杀得太踏实了！杀人成本太低了！”

“可不是低嘛，”何杰“葛优躺”在扶手椅上，“就养了两条狗，这才花多少钱啊。啧啧。”

“师父啊，我这儿有情况。这可能是个好的下手点！”

一直低头埋首于计算机前的李昱刚这时喊我。他不吭声我都忘了他还在呢，这小子就没吭过气儿。

“杨峰有个前女友，叫耿丽丽，耿丽丽的家人二月份报了她人口走失。”

你看着我，我看着你，一屋子人视线都对了一遍。

“这事不太对。”夏新亮朝王勤伸手，王勤就像夏新亮肚里的蛔虫，立马儿去拧了一瓶纯净水给夏新亮。

“你说。”何杰都起来坐正了，可能也是瘫在那儿久了腰累。

“如果说夏克明对合伙人下手，是为了利益。夏克简跟着他是他亲弟弟。王鹏和杨峰呢，用何队话说就是他们养的狗，显然应该就是为利而来，利尽而散。但是这四个人聚在一起可不是一两年，而是一个相当长的时间。太稳固了吧？”

“大哥带小弟呗，”何杰说，“这也不奇怪。”

“那，假若昱刚刚刚提供的情报属实，杨峰给这个女的干了，他这行为对这个团体有什么利益可言呢？换句话说，小弟这不是捅娄子了吗？”

“嗯……”

“昱刚，这女的什么背景？跟他们生意没联系吧？”

“没有，就是个白领儿。没有违法记录，没有特别财产。”

“男女矛盾呗。”

“她是他前女友。”夏新亮把“前”字咬得很重。

“对，他们交往是四年多以前了。”李昱刚补充道。

“你直奔主题，是说耿丽丽失踪跟杨峰没关系？”

“这不是我说啊，咱还得再调查。但如果以有关系作为前提，我觉得他杀人有瘾。”

我看向了夏新亮：“还不是他一个人有瘾。”

“还是师父懂我。”

李昱刚这时插嘴道：“咱俩那天趴狗洞……”

我赶紧打断他：“排水沟。”

何杰还是迸发出了笑声。

他一笑，李昱刚也咧开嘴跟着笑：“排水沟、排水沟。”

“本来就是排水沟！”

夏新亮补刀：“幸亏那天不是我跟着您出去。”

“就应该你去，治治你这洁癖！”

“说正经的，”李昱刚拿出一副这局面他把控住的姿态，却有种小孩儿偷穿大人衣服的违和感，但话却说到了点子上，“夏克简去赌博，看那架势肯定是输了，然后杨峰去接他，不知道是夏克简叫的杨峰，还是夏克明叫杨峰去的，反正杨峰去到那儿，虽然俩人吵了一架，但还是把夏克简弄走了。这说明啥？说明他还是拿事的。”

“我是这么想的，”夏新亮接着说道，“夏克明是一个朝钱看的人，他办事也好办人也好，他目标是非常明确的，就是从自身利益出发。弄掉合伙人，侵吞对方的资本，他是这么一个路子。但是他这个弟弟呢，头脑不灵光，又好惹是生非，要说夏克明走光明大道，那他就是走羊肠小路，他图的不是名头，不是地位，他能在他哥哥的臂膀下衣食无忧，惹了事有人给铲就很 OK 了。”

“嗯嗯。”王勤谄媚地点头。

“那从咱们发现的第一起案件来看，杨峰还没加入的时候，王立就被干掉了。谁干的、怎么干的，现在咱们还不得而知，但干掉了。王哥也给梳理出了一个相关的可能案件，这个咱们也可以查，隐蔽地查。如果相符，那说明这事办得不漂亮。反观杨峰加入之后，截止到刘俊被碎尸之前，他们干得就很稳了，干了那么多起，没留下踪迹。而且已知杨峰是最晚加入的。对吧？”

我点了点头。

“你说杀人越货，这跟干买卖不一样，不需要那么多股东吧？应该是越少人知道越好，对不？”

股东这词又把李昱刚说乐了。夏新亮白了他一眼：“但他们还是拉了杨峰入伙，为什么？肯定是杨峰能把这事干得更好，更专业。也就是说，这三人对杨峰有需求。杨峰我估计在这个小团体里，就是一个职业铲事儿人的形象，脏活儿累活儿一肩挑那种。从心理学上来说，人，为了利益杀人，已经属于比较极端的情况了。能长期以此为生，只能说明这个人本身就对杀戮有兴趣，或者说着迷。而人一旦对某些事物着迷，产生了心瘾，心瘾这个东西是非常难戒断的。他就要反复去重复，去满足自己。夏克明又不是老有人要杀，咱说过了，他杀人是目的性明确的，而且对他这种人来说,他也不会亲自动手。那么除了他之外,假使杨峰有这个心瘾，那跟他勾肩搭背的王鹏、夏克简，他们应该都有嗜血的癖好。要就他一个杀人魔，他就成了异类了，再好使，这个团体也不会容他。”

“我听明白了。看来杨峰这个前女友突然失踪，恐怕跟这三人真有密不可分的关系。”何杰摸着下巴说。

“而且这三人社会危害性极大。这才是我的重点。可能有点绕，但我的中心思想是，咱们必须及时控制住这伙人。太危险了。夏克明咱们都可以缓办，但是杨峰他们，越快出手越好，咱们的方向一定要明确，制止更多犯罪。这个影响力、危害性都太超纲了。后果不堪设想。你不知道现在、此时此刻，这三人会不会又蹲一块琢磨去弄谁。”

“这不是养了狗啊，这是养了狼。”

“啧，要说这夏克明还老做慈善呢，”王勤这会儿抖着腿说，“瞧着也慈眉善目的啊。”

“那你没看那些捐庙的呢，个个身上恨不能都沾血。你普通人去庙里也就是上上香。”何杰看向王勤。

这一晚也是拉到了深夜里去，最后我们把方向定了，就朝杨峰下手查，失踪的耿丽丽，查。挖地三尺也要把这事给查清楚。就从这里打开突破口！

夏新亮说了一个结语:“咱都动起来吧。这些年他们老杀人了，越杀欲望越大，可能从前偶尔杀个一两个还行，觉得能过过瘾，但随着杀戮行为升级的，是杀戮欲望，你就是想杀，杀红了眼，你这会儿再说找一头猪、找一个羊分解分解试试，不行，那跟杀人完全不是一个感觉。”

王勤接话道:“偶像，你别这样儿……演得太像了！我现在看着你就不寒而栗了，非做噩梦不可。”

李昱刚撅他：“还噩梦呢，你难道还惦记今晚拿一觉？没听你偶像说嘛，必须快办，我保你今晚不噩梦，毕竟你得开夜车到天明呢。”

何杰欠欠地来了一声“耶”，并比画一个“V”的手势：“我都不颠儿了，扎你们这儿了。”

这注定是个不眠夜了。

支着脑袋的我想起了哈维尔那句话——我们坚持一件事，并不是因为这样做了会有效果，而是坚信，这样做是对的。

刑侦工作，就是这样不计酬劳地付出。

引天雷

在接连几天对杨峰的跟踪、摸排中，我还没取得突破性进展，先接到了我师父的调令。戴天的精明之处体现得淋漓尽致——甩得一手好锅！他向来就是不管自己跟谁穿一条裤子，只要挤着他了，他就给对方蹬出去，自己把裤子穿好的主儿。

夏克明这件案子也是纠结。由于是刘俊遇害，我接了这起案件，随着深入调查，牵出了龙美玲人车走失。到这里戴天就把这案子从我手里抽走交给许鹏了。许鹏深入调查良久，又出了他赌博的事情，这案子又被移交了回来。移交回来我也二话不说就上马，投入了大量心力。这眼看柳暗花明又一村了，上面下来了督办，戴天就出面说我办案没成效，他这做法就像“无头”了。

他背后捅刀也就算了，他还当面插刀。明面上是向着我说话，实则给我引天雷：“师父，师兄应该很快就能破案了，毕竟他已经有眉目了。”

他说完之后，当下我就知道自己崴泥了。师父一贯管眉目叫玄学。搞刑侦工作，从他带我那天起就跟我三令五申：“万不可听风就是雨，必须稳扎稳打，必须穷尽所有可能，因为它是瞬息万变的。”

果不其然，我师父就是我师父，说：“鼻子和嘴巴呢？”

这已经给我留了天大的面子。搁我小时候，他就直给了。他又不是没直给过——

“你不管是不是我徒弟，搞起案子来不管有没有委屈，一边靠，你立过什么样的功劳跟我这儿都没用，你这案子换人了。”

就这样，我灰头土脸地滚出了这个案子。我这把年纪，还带着一个小队，没成绩，也挣不来脸面。

接手人是何杰。交接工作倒真是顺利，何杰不仅一早就盯住了夏克明，何杰还参与过我们的案情研讨会。也亏的是何杰，他还安慰我道：“你师父你最了解，他就那么一个一板一眼的人，没情面可讲。全是为了工作需要，宽宽心。再说了，他还不知道你吗？你办事他向来放心，最知道你为案子能投入多少心力。他也不是朝你开炮，换谁都一样，这案子太坑人。”

这我都懂，我也理解，而且我承认这案子我办得不够漂亮，战线拉得太长了。我只是不知道回去之后跟大家伙儿怎么交代。这不是面子不面子的问题，是我亲历这个案件，跟大伙儿一块起早贪黑卖命干，孩子们也好，王勤也罢，哪个不是心力交瘁？哪个不是全神贯注？这可倒好，临门一脚了，我们一队人全给踢了。倒不是说非要拿这个案子出人头地，但这案子确实能给脸上增光。我们虽然不图名不图利，但谁还没有个好胜心了？太打击大家伙儿的积极性。

大数据年代，刑侦技术又有了高科技加持，看上去我们的工作简便了、高效了，甚至跟电视台联动的那些宣传性节目播出去，老百姓都觉得刑侦工作是个人就能干了——看看视频不就能追踪犯罪嫌疑人了吗？这种导向性我真的不赞同。刑侦从来不是简单的工作，刑侦也从来不是靠高科技就能解决的工作。现有的，包括未来会发展出来的一切，它们只能说是给我们带来了良好的、给力的、辅助性的东西。侦查，永远离不开人。其他所有，只能给我们提供参考，树立我们对某个案件的初步看法。

无论哪个年代，我们刑警许多经典的案例，都跟这些没多大关系。其实看录像、看视频就是走访的一种形式，前提条件还得是有这个条件，没监控视频还不破案了？照样得去破案。就拿那起批发市场厕所碎尸案来说，没有有利条件，就得回归质朴，厕所来来回回无数个人里才有一人看到有血迹，这一个线索出来需要我们大量的人力工作。而有的死者哪怕是一个假牙，就能给我们折腾死。假的还好办，假的我们还能查从哪儿做的，得查出来。包的金牙呢？那我们就照死里干吧！走访工作就是如此，只能说现如今我们的走访工作相对来说具体了，有更细致的范围和目标了，但工作本身它是不变的，我们还是得投入大量的人力物力。再比如查小票就是其中一类，其实它也跟走访的道理一样。还有一个我们找尸体、找尸源，一个碎尸出现了，周围就得全面进行搜查，一户不能差，所有户儿全得搜一遍，以防尸体在这楼上被人杀了扔这儿都不知道，出现这种低级错误就别干刑警了，所以周边都得走一遍。警察破案不是小说、电影、电视剧里的名侦探，坐那儿一想就能破案，我们移送审判得拿证据说话，证据不仅仅是口供，不是我们击溃嫌疑人的心理防线就完事了，更何况没有板上钉钉的证据，谁承认自己犯罪啊？有还不承认呢！这才是真实的人性！

刑警的工作，枯燥、琐碎甚至是做了多少无用功，才能捋出一点点线索。我做点儿、他做点儿，群策群力搞工作。说到底，一个整体的案子办下来，不是一个人两个人的厉害，一定是发挥集体的智慧。而有了高科技、大数据，包括各路精英助力的年代，我们的队伍更壮大了。比如我们需要网安，搜火车，网安给我们提供大量数据，火车上有多少人，哪些可能是目标人物，后面有无数人在支持。技术，我们的批发市场碎尸案最后就是技术的细致，技术如果不给我们办，没那个黑苦荞，这案子到死也破不了。还有法医，法医给我们确定尸体的死亡时间、致死原因，让尸体“说话”，告诉我们他生前都经历了什么。一个案子的终结，需要一个团队。而这个团队的核心正是人，聚起来为同一个案子共同奋斗的人。

反观戴天，他注定是个光杆司令。背后捅了刀、当面插了刀，这会儿他还要从侧面施以一击：“师兄，这事是我考虑不周，我把事情想简单了，太依赖你了。唉，你说许鹏给我整了那么一出儿，我寻思就得靠你了，就没考虑这个案件的庞大程度。啧啧，这种案子难搞，还不容易出成绩。这么着，你还是继续督办旧案，这好弄，成绩也漂亮！刚好我手上有个情况，这就移交给你。你要加油啊，我现在也是难，你瞧瞧手底下这些人，何杰还算可以，赵大力不灵。宫立国也是，我明明最器重他，结果怎么着？还是咱们老兄弟几个可靠。”

要不是理智尚在，我非把他打翻在地不可，我心里已经在怼他了："你这是骂谁呢？得，你骂我就骂我，你恶心我往我脸上抹屎我忍了。还跟我提兄弟情？你怕不是来搞笑而是把我们搓堆儿寒碜！"想当初他刚爬上去，也不是多大的官职，说九品芝麻官都是抬举，我们给他打电话，拒接，所有人电话都拒接。我们也真不想搭理他，还不是赵大力龟毛，说怎么也是同期，聚会他来不来在他，咱叫不叫在咱。嘿！这白眼狼，大力兴许是唯一一个曾经拿你当人看的，你现在张嘴就是他不灵。赵大力也许没有什么突出成绩，但他真的是豁得出去往里头钻着干，是真的执着，真的虚心。真的就不是一锅里的馒头！我们这些人都是傻干，而在戴天看来，干活儿是演戏，溜须拍马才是正题。亏我差点儿高看他一眼，狗改不了吃屎！

然而再生气，他是boss我是小兵，军令状下来我必须得领。

这案子我一看就想起来了！21世纪初的事，我出过这个现场，当时是跟着我们先前的徐队长。它发生在将台路，一个杀人案，案情还真不复杂。一个摩托车店女老板，赤身裸体地死在了店里面，店铺被洗劫。两板砖拍在脑袋上打死的，阴道内有精液。我们当时提取了那个精液，但是那会儿既没有DNA数据库，也没有先进的检验方式，联网什么的也不存在。经过走访调查，我们锁定了一个嫌疑人，他是隔壁洗浴中心的一个男孩儿。案发后他跑了，一直没找到。因为当时那个年代，他这种去这打工的，说的都是假名字，谁也不在乎谁是哪儿人，没有人拿出身份证看看到底是什么情况。

为什么杀人？

看一眼那个现场就知道，跑得非常仓促，我们推测他就是没钱了，抢劫杀人、激情犯罪。那男孩儿当时也不大，还不到二十岁。他跟这个死者不仅认识，关系还不错，经常上店里去跟她聊天，包括帮着她干活儿。男孩儿的同事反映，他喜欢上网吧打游戏，网吧那会儿刚流行，消费要说高吧，也不高，但要是玩得久，也是一笔钱。他是外来务工人员，收入很一般，虽然单位包吃包住能省下不少钱，但是那么一个年纪，花钱没数儿。长此以往，男孩儿应该是缺钱花了，突然间这天想出去玩玩游戏，没钱了，上死者的店里去了，是借钱、是偷钱？不知道、不清楚，但最后上升到抢劫了。不仅抢劫，他还把她强奸了，最后给打死了。肯定是临时起意，那块红砖不是他带来的，店里烧炉子，那炉子底座就是拿红砖堆的。当时报案的是洗浴中心的另一个员工，他们两家门挨着门，等于他一开自己的卷帘门，就看见隔壁摩托车修理部敞着门。凶手是什么掩饰全没做，撒丫子就跑的。

新线索是怎么上来的呢？就是赵大力开展旧案执结工作，梳理旧案的过程中，DNA 数据库把一个叫刘戈的男人 DNA 跟我们从前采集到的精液，比对上了！刘戈是在 2016 年 12 月时海淀分局送一拨同性恋群居群宿外加吸毒中的一个。他因为吸毒，被采集了 DNA。

看到这儿我蒙了。要不是参与过这案子，我还不会蒙。抢劫、强奸、杀人，受害者是个女的，可不是男的，这怎么跟同性恋还掺和上了？是我们当初推论错了吗？但 DNA 不会撒谎啊！

这是个吊诡的案件，等于说跟前期侦查完全对不上号儿了。且，虽然 DNA 上来了，但刘戈又消失在人海了。他的 DNA 是 2016 年底采集的，但那会儿 DNA 数据库还没全部录入完毕，梳理旧案的工作也并未被提出、展开，后置了。他当时被治安拘留十五天给放了，现在又人间蒸发了，等于说又让他钻了个时代的大空子。

把王勤跟夏新亮召回，我去档案室找卷宗。李昱刚没撤出来，何杰直接把人扣了。我说："人你可以扣，但你这回要给人孩子一说法儿了，孩子跟着你，出了两趟任务翻了两次车，明明身体倍儿棒，让你给整进去医院两回。"何杰发毒誓保证李昱刚安全，又看着我的眼睛立下誓言——如果记功，肯定有李昱刚的一份。

我徒弟跟着我，就像我跟着我师父，全是傻干，别的一概不问。所以我师父怎么拉拔我，我也怎么拉拔我徒弟，该给打鸡血就得打。原先我还惦记靠这案子至少搏个团队二等功，但现在能保一个是一个。夏新亮我倒是不担心，这小子上头喜欢得很，露脸机会也多。李昱刚不一样，他平时工作干得挺好，但一张嘴就欠抽，我得为他多争取。虽然我老对他一脸嫌弃，说什么他今后若是闯了大祸别说我是他师父，但我对他的工作是相当肯定的。王勤我就不管了，戴天给人弄来的，打了包票说给晋升，谁誓言谁兑现。

想到这儿，我跟何杰补充了一句："还有，你别忘了人高博。"

何杰飞我一个大白眼："空头支票你开的。"

得，里外里我是把高博坑了。他手里现在有个大案，看我们这儿进展也用不上他了，倒是先走一步，可该干的人全干了，还是带着自己的小队。饼是我画的，现在这事咋弄我也是够揪秃头皮了。

把卷宗调出来，文君把我拦住了，问我那事查得怎么样了？

所谓那事，就是宫立国跟戴天之间究竟有啥纠葛。

查得不怎么样，根本没方向。

刘明春提到的那个叫王语纯的孩子，我查也查了，包括跟我们工作略微算沾边儿的孩子他爸，这我都托关系查呢。就这么点儿不是线索的线索，我这属于硬靠。我实在也是想不出戴天跟他心腹宫立国能有啥矛盾。总不能是宫立国有机会蹬了他坐上他位子吧？毫无道理。不然还能是争抢同一个女人不成？都太扯淡了。大海捞针啊。

既不是闲聊的场合，也不是闲聊的时间，我俩简断截说，点到为止。我回到办公室，往单人沙发里一瘫，开始仔细地回顾卷宗。

当年我们接到报案是 2003 年 11 月 4 号，上午 8 点。报案人叫刘三宝，时年二十四岁，安徽人，工作地点是朝阳区东风乡东四环洗浴中心。他报警说，在北京市东风乡四路居市场，一个摩托车修理部，发现老板张宝萍被杀了。张宝萍，女，时年二十七岁，河北人，她的摩托车修理部主要做的是配件与维修生意。

到四路居市场，中心现场在一片平房内，从北往南第三间，房门朝东。勘查现场时屋门完好，门呈开启状，东侧铝合金窗打开约 14 厘米，尸体的状态是头北脚南，呈仰卧状平躺在沙发床上。屋内东墙靠窗由南往北放有铁皮柜和写字台，写字台西侧依次摆放有沙发床、柜台、货架、炉子。这是现场的情况。

尸体情况是，尸体盖着棉被，露出头和脚，头部浸在血泊中。头顶处有半块红砖，长 13.1 厘米、宽 11.5 厘米、厚 5.3 厘米，完全被血液浸泡。写字台上也有半块红砖，经比对，两块可基本重合为一块。掀开被子后，尸体着一套白色湛蓝花秋衣裤，白色内裤、黑色内衣，秋裤和内裤被褪至大腿根部，并从死者阴道内提取出一名可疑男子的精液。经法医检测，张宝萍系被带棱边钝器击打头部致重度颅骨损伤死亡。

我接着往下看，头脑中现在无数个问号。

不一会儿王勤跟夏新亮陆续回来了。王勤先回来的，跟我报告了一下今天的情况，并问："怎么突然把我叫回来了？"

我说："你等会儿，等你偶像回来我一块跟你们俩说，正好，你既然先回来，看看这个卷宗，咱又有案子来了。"

王勤一看就蒙了："咱都忙成这德行了，怎么这时候让办旧案啊？不能等一等吗？"

我说："你就看吧，先看。"他回来之后不到半小时，夏新亮也进门了，进门还是放下东西就去洗手。我等他回来，亲手给他递了消毒湿巾。

"师父……你这是？出啥事了？"

言外之意便是——无事献殷勤，非奸即盗。

王勤也对我投以迷惑的目光。

我本来组织了半天语言，最后还是开门见山——夏克明那案子，咱队被撤了。

把情况前前后后一讲，夏新亮倒是没表现出什么，王勤脸上明显浮现出了失望与不甘的神色。

我还没说话，夏新亮先开口了："王哥，千万别失落。你分到咱们队啊，本身就有点背。"

我瞪眼，他那小嘴也不停："但是你没事啊，你是下沉过来组织上准备提拔的，这对你是好事，你看眼下最重要的就是旧案梳理工作，它也最容易出成绩，对你不会有影响。我们跟着师父背就背了，都背习惯了。你就看我们队被解散过几回你就知道了。"

"哎，我说你小子！"我去拧夏新亮耳朵，"你宽慰你迷弟就宽慰，埋汰你师父合适吗！”

“疼疼疼！师父！我不耽直人设嘛！再说跟王哥有啥见外的。不是事实啊！”

“你俩啥时候关系变这么铁了！王哥，王哥，是觉得你师父不中用了是吧，还得靠你王哥高升好提拔你是吧？”

王勤被我们俩逗乐了，一扫脸上的失落，又提起了干劲：“队长，速速放开我偶像！”

“师父，疼！真疼！”

这软软嫩嫩的耳垂捏着手感真不错，但我还是决定饶过他小子了，气氛缓解得也差不多了。

“昱刚又叫杰哥收走了吧？”夏新亮坐下来，接过了王勤递过去的卷宗。

“谁让他有宝葫芦，”我也坐下，喝了口已凉透的茶，“你也抓紧时间看看卷宗。这案子我像你这么大时候，跟着查过。不对，比你这时候岁数还小呢。”

“只怪当初年纪小。那会儿您把案子破了，现在咱也不用受累了。”王勤也算是给他偶像报了仇，一张憨胖的脸上嘴快咧到后脑勺去了。

看完卷宗，夏新亮开口道：“先前锁定的嫌疑人还能作数吗？年龄倒是能压上。”

“不好说。你自己看。”

当时我们没有嫌疑人的照片，他也没留身份证，只是根据相关人士的描述画了个像。那时候不像现在的智能手机时代，照相还全靠照相机，没自拍，更没随手拍。

夏新亮拿着画像起身，坐到了李昱刚的电脑前。李昱刚就拎走了笔记本，台式机给我们留着使。可我刚去调取拘留记录都费了老鼻子劲，说白了也就是留给夏新亮。这会儿夏新亮看看电脑里面的照片，再看看画像，眉头皱得倍儿紧。真说像不像，说不像也像。一个是十七年过去了，一个是画像到底也不是照片。

“这个说明写的吧……也是够糊弄事的。”

照片看不出所以然，夏新亮阅读起了执法记录。

那记录我刚也看了，就是一拨人“溜冰”，十几个人互相“串冰糖葫芦”玩儿，被举报了。这种事都是靠举报，不举报就不知道，肯定是里面的谁得罪了圈内什么人，直接就给点了。

“姑且不说我们之前的嫌疑人跟这个刘戈是不是同一个人，单说刘戈。我就是好奇，”我把腿踹开了，找了个相对舒服的姿势继续瘫着，“他是一个同性恋吗？这还带后期转的？先奸杀个女的，后又因为同性恋群居群宿被抓？”

“不是这么一个逻辑，”夏新亮抬头看向我说，“性取向这个问题吧，都有一个怀疑、矛盾、自我否定的过程，毕竟它是有悖常规的。案发时他才 19 岁，又是来自农村地区，他未见得开化了。哪怕说他已经有了自我认知，那社会背景不允许、常理惯性不允许，他的心理状态就会处于一个很混乱的阶段，也就是说，他实际上是自我排斥的。他不开化还好，倘若他萌芽了、觉醒了，在这种情形之下，他就像一座活火山，要爆发还没爆发，他迷茫，甚至自我厌恶，同时他又处于青春期，或者说后青春期，他冲动、易怒，他的三观还没有完全树立，他又缺钱……这么一想，我觉得你们当初锁定的嫌疑人，很可能就是刘戈，是说得通的。他没意识到他是同性恋，他奸杀合理。他意识到了，那在这个抢劫的过程中，这俩人还认识，不仅认识，可以算很熟悉了，咱也不知道这个女的说了什么，或者说不知道这个女的是不是清楚他的性取向，她也许出言激怒了他也未见得，还可能就是在抢劫过程中、在跟受害人肢体接触的过程中，他想到了自己的问题，是为了证明自己也好，是为了尝试也罢，他就把这个女的强奸了，树立自己身为男人的威信。男同性恋最为世人诟病的就是 pussy 嘛。”

“啥？”

“娘炮。”王勤给我当了一把翻译。

“噢，要是这么说……还真挺合理的。这个前后矛盾，其实是合理的。”

“嗯，合理。但这个不是问题。眼下这案子的关键在于，现在 DNA 把刘戈比对出来了，可是人找不见了。咱得去茫茫人海里找人。”

我点了点头：“要把这个人揪出来。从哪儿揪、怎么揪。糟心啊。”

“当时没抓着，现在找不到。”王勤嘬牙花子，更像是自言自语。

“说来也是寸，当时我们也做了大量的走访工作，这人始终就没上来。在信息不被重视的年代，他在洗浴中心只随便登记了一个名字，那会儿这种情况很普遍，不见得说这人就有什么鬼，留小名儿的比比皆是，没那个意识。那他突然失踪之后我们走访了，也分析了，有可能一种情况他不愿意在这儿工作了就走了，所以虽然锁定到他，但没有作为一个重大嫌疑人来侦。而且，哪怕作为重大嫌疑人，我们也没掌握关于他的任何线索，等于这条线就放了，放了之后还没别的新情况上浮，就查不下去了。那时候咱队上人更少、案子也多，更没现在这些技术手段。这好容易有了 DNA 数据库，还又晚了一步。没能当时就把他摁住真是……”

夏新亮打断了我：“您解释得太啰唆了，让我不得不怀疑这案子没进行下去还有另外的原因。”

夏新亮这话太直了，我挠头：“就历史原因呗。咱们说说正题吧，现在怎么办。都提提思路。”

我话题转得生硬，是因为我不爱跟他们讲从前工作中不好的、不规范的、包括官僚的那一套。讲也是讲我们曾怎样吃苦、怎样艰辛、怎样不放弃地去工作，这才是我想让他们学习的，也算是去其糟粕取其精华。但是警队它确实是有人手不足、从业人员素质参差不齐、破案压力大，甚至为达目的不择手段的情况。就像我曾经跟夏新亮说过的，单一的杀人案件，它的社会危害性其实相对来说是小的，它这个矛盾是在嫌疑人与受害人之间的。还那么多会撼动社会稳定的案件等着办呢。我不是说徐队长这么决定是对的，我是清楚他也无奈，就那么一个条件下，我们去追凶，往哪儿追？谁能配合去追？功劳算谁的？追到的概率真不大，要考虑时代特征，且，概率不大，动用的人手可不会少，这一通追下来，真追到了，那也行，没追到谁顶雷？

夏新亮直归直，但他情商不低，而且我们师徒俩相与了这么些年，我不说或者我不想说，他也就不会再追问，点到即止。以他的聪慧，他自己也能想得出来。这话还说它干吗。光彩是怎么的？

到提思路这一步，真是捉襟见肘，那基本就是等于没线索。

刘戈，1985 年生人，籍贯黑龙江，暂住地不明。

2003 年 11 月 3 日杀人逃逸。

2016 年 12 月 24 日因同性恋群居群宿并吸毒被海淀分局处以治安拘留，15 天拘留期满后再次下落不明。

茫茫人海，怎么找？也只能固定住两个方向，一个是吸毒，一个是同性恋。但这俩圈子都非常隐蔽，谁都不认识谁是他们的常态，谎话窝子本窝了。

万事开头难，往下更难。

经过我们调查，刘戈自消失后一直没使用过他的身份证。要说身份证在现代社会是一个人赖以生存的本命，无论是出行、住宿、医疗，它都是不可或缺的。但是刘戈没再使用过，这四年没再使用过。这一个是说明2016年被逮捕让他心有余悸了，别人怎么着是别人，他自己背着案子呢，这就像是打刀尖上走了一道。再一个他也有可能盗取了别人的身份。

这条路就走不通了。

走不通往哪儿走？发协查通报呗。可这个手段基本指望不上什么。

也不能干等，更别说等小概率事件了。我们又掉头回来分析刘戈这个人。

跟十几岁的时候相比，2016年折进去的刘戈大不相同了。看他进拘留所时的扣押清单，衬衫是阿玛尼的、手表是万国的，瞅着并不起眼的一双鞋都是古驰的，外加苹果手机一部，LV钱包一只。

能瞧见logo的我认识，剩下的就靠夏新亮火眼金睛分辨了，至于真假，他讲话——就算是假的，也是高仿，并不便宜。

而在笔录中，记录的刘戈当时的暂住地在东三环，那儿不仅是同性恋的聚集地，房租还十分高，说明他的生活品质这时候已经得到了极大的飞跃。

包括他们被抓获的现场，是五星级酒店。

信息工程一旦开始，就是个大工程，鉴于我们手上也没有别的线索，就“刨坟”呗。一同被抓的十几人我们全查了一遍，能找到的、愿意跟我们见面的，就一个。他还离开北京了，人现在青岛。

我们就奔青岛去了。

这个男孩叫蒋铭，2016年被抓的时候还是在校大学生，大二，跟大连上大学。

与记录里写的说明情况相符，这伙人是在网上约的，谁也不认得谁，就是交友、约炮。因为这个事，蒋铭被大学开除了。他倒是没吸毒，但这个群居群宿也要命啊。学没的上了，家里人也跟他决裂了，用他的话说：“那是我人生里最黑暗的一年。”

但人总得活下去，他现如今在一家传媒公司工作，这家公司运营一个公众号，写文章，发文章，组织线下活动，积极参与公益，很正规的一家公司。他也干得不错，是个小领导了。

谈起被抓的那天，蒋铭还真给我们提供了记录之外的东西，毕竟那份记录相当“笼统”。

蒋铭是于事发前头三天抵达的北京，最后一块被抓的这群人是陆续聚集起来的。挑头的是个叫歪姐的男人，彼时三十岁上下，社会关系广泛。跟歪姐走得极近的还有俩男的，一个就是刘戈，绰号六哥；另一个叫朱杰，绰号公子。他不知道他们姓谁名谁，就知道绰号。他跟他们接触也不深，只掌握这么一个外围情况。

抓捕当天，歪姐不在，没来。他类似于一个皮条客，他们叫“趴体举办方”，不参与，蒋铭感觉他应该是拿这事挣钱。就是感觉，没什么切实证据，江湖传言外加他自己察言观色。歪姐是个话事的，所谓“聚会”，他们这些外围是“莺莺燕燕”，刘戈与朱杰，以及另外俩公子哥儿是“狩猎”的。蒋铭后来反复想过这事，他就是被人“装”进去了。彼时他刚刚对自己进行了“身份”认同，又是个青春冲动的年纪，急于找到组织是一方面，对性好奇有期待和冲动是另一方面。所以当警察破门而入，他都蒙了。这些人大部分都“溜冰”，他没有，但由于他这方面还没什么经验，他吸了 Rush。

这个 Rush 是个什么玩意儿呢？它原本是作为心脏复苏剂使用，主要成分是亚硝酸盐，作用是令全身平滑肌放松，由于血管也被平滑肌包裹，所以使用这类药物会令血管扩张。正因如此，它能改善心肌供血，挽救生命，比如心肌梗死或心绞痛。而 Rush 之所以受到男同性恋这个群体欢迎，是因为肛门括约肌也是平滑肌。听闻六成以上的男同性恋群体都尝试过这类药物，它虽然不是毒品，但是成瘾性很强，且，在中国，这个东西并没有得到国家食品药品监管部门的正式许可。它的副作用很大，包括造成永久性的眼睛伤害，引发窒息，心律失常甚至死亡。

蒋铭说："打开瓶盖，我用手扇了扇瓶口，凑过去闻了闻，脸立马就红热的，心跳加速。不过感觉很爽，飘飘欲仙的。"

起先他也拒绝来着，没接触过，害怕，但其他人都说没事，非让他试试。其中一个男的对他说这东西很安全，就是助兴的，歪姐他们拍片经常用。当时气氛也火热，他也不溜冰，寻思再败坏了大家兴致就不好了，就吸了。

我们跟蒋铭聊得差不多了，就礼貌地收尾，告辞前双方真诚地握了手。蒋铭现在是真靠谱了，待人接物成熟稳重，夏新亮还鼓励了他，他笑得腼腆说将坚持公益道路，包括防艾滋病、为年轻人引入心理辅导等。那话说得真挺好："就因为我走错过路，我现在就想尽力帮助有需要的人，让大家正视自己、树立信心，找到自己在社会上的位置，为社会做贡献而不是搞破坏。"王勤紧跟他偶像的步伐，胖乎乎的肉手握着蒋铭修长的手说："你一定要坚持！"

回去的路上，夏新亮皱着眉头若有所思。从南站出来，我们没回队上，而是被夏新亮带去了他家。我说都这个时间了，太打扰他师兄了吧？他说不碍事，他去巡回讲座了，这会儿人在厦门。

说起来这还是我头一次登门。

洁癖的家还真就是洁癖的家，一拉开鞋柜一大包全是一次性拖鞋。且，放眼望去，这家装饰特别简洁，白、大、净，像时尚家居杂志上的照片，除了没生活气息，从审美到布局无可挑剔。

夏新亮先去洗了手，王勤紧接着追随，我也坐不住了去洗了手，洗手液也是医用级别的，而且不用接触它，一伸手自动出。

他家里的冰箱也没生活气息，里面除了椰子水就是牛奶，给我们一人分发了一瓶椰子水，他抱着笔记本电脑回来了。

我喜欢这个开放式厨房，尤其中间这个岛台，特适合办公，又宽又大。但是夏新亮播放的这个内容引起了我的极度不适。或者应该说会引起所有正常男人的不适。它是个黄色影片，主演还清一水儿都是男的。

我的视线从屏幕前挪开，看向夏新亮，他正在皱眉翻着手机。

“师父，你看刘戈这个照片，这儿，这个文身，虽然拍得不全，但是您再看屏幕，这个男的身上这个文身，同一个位置，图案绝对可以重合。”

“你不会平时也看这个吧？”我也佩服自己把这么尴尬的话说出来了。

夏新亮看向我，嘴还没张，王勤先叫喊开了：“队长！你这说的什么话！我偶像是为了搞研究！”

他不说还好，一说我反倒蒙了：“研究啥？研究这？”

夏新亮捂脸。

王勤抢答：“研究套路贷！”

“哈？”

“虽然我给您研究不出来如何在犯罪意识萌芽阶段就将它们发觉，这个太多人搞过研究，但是因为太玄学了，就很难真的让它立住脚。FBI 的行为科学研究部门搞过，也就是搞出了侧写。斯皮尔伯格也在科幻电影里整过，反倒整出了男主人公的逃亡。但是我可以研究套路贷，把这个事整明白。”夏新亮合上笔记本屏幕，拉开吧椅在我身边坐下了。

是有这么回事。犯罪意识。我们当时讨论他另一个师兄“割韭菜”时候说过。

我说王勤怎么跟夏新亮忽然走近了呢，原来他在帮他做这个事。平时工作再忙，夏新亮也没断过搞研究，是接触连环杀手也好，是著书写论文也罢，敢情他现在还聚焦套路贷了。

“蒋铭提到了歪姐‘拍片’，我一下就想起这档子事来了。”

夏新亮把情况给我简单介绍了一下，说震惊也不震惊，与毒品流入校园相比，借贷危机在校园中造成的影响更加恶劣。提倡建立信用体系是极大的好事，但是这帮搞套路贷的也正是因为手握借款人的信息发放黑贷款，去危及这些年轻人的信用体系。孩子们不经世事，特别容易上当受骗。前有裸贷风波，后有跳楼危机，夹在中间的，是铤而走险。为了还钱，铤而走险去弄钱。

夏新亮手里的黄色影片就是来自他接触到的一个大学生。黄赌毒不分家，现在还得加上套路贷。这个网名叫“咚咚锵”的男孩，给夏新亮讲述了自己的经历——

如何因为虚荣进行了过高的提前消费，如何接触到黑贷款，如何拿到了第一笔钱，又是如何一发不可收拾地欠下了十几万。这期间，他干过的最荒唐的事，就是出卖自己，拍摄色情影片。这件事竟然还是有组织有规模的，有人介绍路子、有人带着入伙，钱款一次性两清。拍摄地点为豪华别墅或五星酒店，如果愿意接受特殊要求，费用会更高。

咚咚锵接触到这伙人是2018年初，给他指路的是一个名为“自由自在001”的网友，他也是欠网贷，被“杀猪盘”整进去的。何为“杀猪盘”？顾名思义，任人宰割。最先开始就是在同性恋圈子里做起来的，后来延伸到许多单身女性身上。就是通过交友网站、婚恋网站，有个符合期望的“意中人”进入单身女性寡淡的情感世界，给予安慰，抚慰心灵，他们通过社交软件、语音电话等跟她们“谈恋爱”，如胶似漆，说见面却总是因为这样那样的事没能见成。随着感情的深入发展，这个“意中人”可能会带她们赌博“挣钱”，说是挣钱，其实就是挣她们的钱；或者以家中出事等借口向她们借钱，她们没钱也不要紧，他们会让她们选择网贷。就是个高阶版的“仙人跳”。

咚咚锵去了之后，遭受了非人对待。原本谈好的条件是进行一对一拍摄，但实际上除他之外有三个男的，并且对他进行了性虐待。为了控制他，他们给他吸了某种东西，咚咚锵描述说：“我就感觉整个头瞬间变大了，心跳跟打鼓似的，心跳声和血流声都能听到，像喝多了酒一样，随后有一阵很强烈的眩晕感，眼前一片白。”事后是给了钱，但是咚咚锵由此患上了抑郁症。

跟他有相同遭遇的人还有好几个，其中甚至还有直男。男性被性侵是十分尴尬的，更别提是被骗去的、还被拍摄了。这事一是不好意思报警，二是其本身也构成了犯罪。

令人惊讶的是，这样的信息普通人并不难获取，网络相识的人们之间互相推送是一方面，在夏新亮的调查研究当中，甚至还出现了二手网站，人们以物易物的二手网站，名义上变卖不需要的衣物、生活用品等，且受害人往往是青少年。譬如有人挂个链接——送Lo裙，私聊。只要有人去询问，他就让对方离开网站前往通信软件，语言也露骨直白，就是买春，见面、进行性行为、给衣服或者钱。

但夏新亮分析，这多数都是诱骗，实际上就是欺负未成年人没有社会经验，白嫖。更有甚者，拍下色情交易场面，反过来敲诈勒索对方。

鉴于刘戈出现在视频中，我们就要顺着这条线往下追查，其实哪怕是没有跟我们的案件相粘连，面对这种有组织犯罪，性质实在恶劣，我也是肯定要把它打掉的。

Rush、歪姐、刘戈。

眼下的方向一下明朗了。

第一，寻找曾经跟刘戈在一块的朱杰。

第二，深入接触咚咚锵，了解更多情况。

第三，挖掘色情影片的根源，接近这类有组织犯罪。

朱公子

朱杰，绰号公子。虽然他在拘留所有留档，但找见他还真费了把子力气。他长期不在国内，一年有半年多都待在欧洲，不是在游艇上开party，就是在港口的豪华酒店里逍遥。他家里挺有背景的，他是被他老子踹出去的——搁谁身上，自己宝贝大儿子因为同性恋群居群宿被抓也得疯。

我们辗转联系上他，这小子看着就招我讨厌，腻腻歪歪那么一人，说话尾音会刻意拉长，最关键的是通个视频，他那小眼睛老秋波暗送地撩拨夏新亮。

虽然我讨厌他，但也得硬着头皮跟他接触，他倒是还真给了我们点儿“料”。

首先，刘戈的绰号不是六哥，是英文名Leon。他跟刘戈是网上打游戏时候认识的，见面也很投缘，朱杰说:“没‘撞号’，要不就是姐妹淘了。”彼时的刘戈游戏虽然打得好，但是生活状态还是老样子，四处打零工。朱杰是个富家公子，在他爸爸那儿也就是挂个号，不正经上班，但是他有钱，交际圈子也广，爱玩儿，朋友特别多。据朱杰说，一开始他也没打算跟刘戈有长线发展，刘戈就是一个“土包子”。但是朱杰发现刘戈学习能力特别强，跟他在一起打游戏，层次那是噌噌见长。朱杰就觉得他好玩儿，就带着他，也有面子，刘戈大高个儿、五官也挺深刻，一捯饬起来，真有那么点儿成功人士的意思，还挺拿得出手。我才发现夏新亮那话说得还真对，就这个圈子，虚荣又爱装，女人都比不上他们了。

经过朱杰的包装，刘戈自称是海归，家里也趁俩子儿，他学得还挺有模有样，没人拆穿他。再加上游戏打得棒，唱歌跳舞也不错，又很会跟人打关系，他马上就跟着朱杰在这个小圈子里火了起来。

但是刘戈不老实，朱杰跟他掐过几回，都是因为他劈腿。朱杰就气："你原来什么一个德行，你现在什么德行？你不跟着我，你能有今天？你感恩之心不会痛吗？"朱杰就有点烦了，但是刘戈有手腕，总能把朱杰给哄住。

这时夏新亮的画外音是："你别看他嚣张得跟二五八万似的，其实就是个傻白甜，家里保护特好、谁都惯着那种，要不能让人哄成大孙子吗？"

我斜眼看他："你也挺分裂的，瞧着白白净净一身书卷气，那嘴不仅直，还损。"

这时候介入了一个人，就是歪姐，线索上来了。

朱杰说："歪姐是个婊子。"歪姐，湖南人。北上之后一扎进这个圈子，就以他那超高的情商笼络了不少人，而朱杰跟他不对盘，主要是因为歪姐跟刘戈不清不楚的。不仅关系暧昧，刘戈还跟他掺和到一起弄钱。

所谓弄钱，就是拍色情小电影。

朱杰不让刘戈跟歪姐掺和，刘戈表面上听他的，可私下里该去还去，他还带朱杰去。朱杰跟他们玩儿过几回，歪姐婊里婊气又能"填乎"人，朱杰也就睁一只眼闭一只眼了。他真正跟歪姐翻脸，还就是因为他们一帮人被逮进了局子里，朱杰怀疑举报了他们的正是歪姐。

这是毁灭性的打击，朱杰说："那婊子就是存心害我！"

这事一出，朱杰被他老子骂了个狗血淋头不说，还直接断了他的经济来源，最后他是借着出去读书翻的身，实打实拿了个学位，这才又过起了公子哥的日子。

而在出事之后，他由于被家里管控，很长一段时间都没有跟刘戈联系，等他出来，刘戈已经走了。有说他回美国了的，有说他去了东南亚的，朱杰当然不信但他也没找。他说他从来不找人，分了就分了。但是朱杰推测，刘戈应该是跟歪姐走了，而且，歪姐也离开北京了。

除了这两个人的大致情况，朱杰还给我们说了冰毒的事。刘戈倒腾冰毒。量不大，小不溜儿地倒腾，但他自己不“溜冰”。

日子一天天过去，我们掌握的情况还是比较多的，但是怎么把歪姐、刘戈给找出来，还没摸着门道。

这期间，有件事刺激着了夏新亮。

咚咚锵没了，烧炭自杀了。

因为要摸歪姐，之前夏新亮就联系咚咚锵，也说明了他的意图，但是咚咚锵不回复。他本以为他是不想跟警方接触，他就耐心地做工作，微信都发了好些条，一条一个作文那么长，可全都石沉大海。

我说这么耗下去也不是事啊，他也算是直接证人，我就让李昱刚给我找人，找是找见了，但是人没了。

夏新亮非常自责，觉得自己负有责任，没能及时帮助到他。他知道他抑郁、内心痛苦，但是夏新亮接触他，是为了收集资料，做他的研究调查，他觉得自己不应该没有及时干预。他说："师父，我不是没有这个能力，我也不是没有职业敏感性，但是我置身事外了，太冷漠。他向我敞开心扉，其实就是在向我求救啊！"

我说："话不能这么说，首先你不是心理医生，也不是精神科大夫，你是警察。你的工作不是给人做心理疏导，你的工作是把心理失常的人抓到，控制住他们，不让他们更大范围地去危害社会。"

但我觉着他没听进去，情绪很不好，只能让他投入到工作中去慢慢疏解。可这时候，他越过我擅自找了文君，请文君协助调查。这就非常不合适了。首先，文君不是我们队的人；其次，文君有文君自己的工作岗位，她虽然原来在特情科，但是她现在在档案室，她再去从事这方面的工作，就非常不尊重工作制度。戴天对她已经很有意见了，现在让她参与非常不合适。

为着这个事，我跟夏新亮爆发了有史以来唯一一次冲突。我说话不客气，他怼我也没留情面。我批评他情绪化，他指责我冷漠甚至冷酷。我俩干起来，王勤尴尬坏了，他也调停不了，情急之下我跟夏新亮说："不然你停职一段吧。"他也不服软："那您干脆把我调去研究室吧！"

得，这股劲儿还真就拧上了。

他下不来台，我也一样。

在我们的冷战全面爆发的时刻，何杰收网了。

没有决定性证据的情形下，他把杨峰带回了队上。

我听闻这事下巴差点儿没惊掉："这也太悬了！就这么把人给抓了，他认罪伏法还行，他要是不认呢？你不是一击即中，在杨峰身后的夏克明可就飞了。鸡飞，蛋就打了！"

李昱刚一直跟着何杰，他回来把这消息带给我，手都还在瑟瑟发抖——戴天暴骂了何杰一顿。他跟刘明春没学好儿，也会听墙根儿了。

我还挺意外的，意外戴天暴骂何杰的两个点。

一、他顶着上面巨大的压力督办此案，为此报告拍了一堆犹如山高。由于事涉夏克明，考虑到他在市里的声望，这案子不能有错，甚至有高层施压指手画脚，倒不是说他们彼此间有什么私人关系，那肯定不行，泄露情报那就死定了，还是夏克明这个纳税大户、名声在外的慈善家身份敏感，倘若出了差池，那真是吃不了兜着走，不想蹚这趟浑水不说，还有想绕道走的意思。是戴天据理力争才保障了何杰能不受杂音干扰继续办案。这真不是件容易事，搞不好会断送他的仕途。

二、何杰的职称问题。他原话李昱刚是这么给我学的——"你能不能长点儿心？我把这案子挪给谁不成偏要挪给你？为你这个低学历，我是操碎了心！去年你被拒是第三回了吧？让你去进修，你就给我打哈哈，我为这破事报告都打得不想打了！冷脸好看啊？你把这案子办好，办漂亮，我给你破格申请也算有理有据！冉不用吃人家闭门羹！为这个师兄我都没帮着说话，这案子是我从他手里抢过来的，他不定怎么骂我呢！就差临门一脚，我没保他，送你一尊金佛，你呢？你可倒好，我热脸贴你冷屁股了是吧？你们都什么人啊！职业拆台的是吗？我都哪儿得罪你们了？背后骂我还不成，当面锣对面鼓才舒坦是吧？"

何杰没还嘴。还嘴才是他性格，他疯狗嘛，但是他没还。别说他了，我心里都浪潮涌动了。遥记当初我在戴天桌上看见过他给何杰争取职称的材料，但我想不到他这么记挂。他在我记忆里一直是个缩头乌龟，拜上踩下，兄弟于他就是用来牺牲的。可……我真想不到他能为我们办案扛下巨大的压力。什么情况啊？一回两回三回，每每我蔑视他，就有巴掌来打我脸。任军那回也是，多大的压力，多难的境地，他，扛了。

最最出乎我意料的是，戴天暴骂完何杰，批准了他的抓捕行动。何杰就跟他说了仨字："你信我。"戴天唰唰唰给他签了字。太有魄力了。

我去到审讯室，发现夏新亮竟然在。何杰带人在里头审杨峰，他就在外面观摩。

"你怎么来了？"

我其实不想跟他说话，但是不说吧，好像更别扭。

夏新亮还没回我，倒是背后有个声音钻入了我的耳膜："他跟我打的申请。"

吓我一跳，是戴天。他也来了，等于我前脚刚到，他跟着也进来了。

"好你个小兔崽子！"我跟心里骂夏新亮。

"你小徒弟我蛮看中啊。年纪不大，学术研究做得非常漂亮，我平时就听闻他经常抽业余时间去各个监狱走访服刑人员。主要是杀人累犯，是吧？"

服刑人员。戴天说话就是规范，不说凶手、不说犯人，说服刑人员，响应号召，不歧视。

夏新亮挠了挠头，笑得有点机械。戴天继续说道："又把这些整理、分类，运用到你的教学工作中去，真不错，爱岗敬业。师兄你要珍惜人才啊，不然我可要把他调去当职业讲师了。"

我看向夏新亮，眼神在问：你不会向他打报告吧？

夏新亮回我以眼神：我疯了吗？

我俩一个字没说，单用眼神就交流清楚了，就这么默契。看着这小丫挺的，我火儿倒是消了点儿，他好像也缓和了些。

"戴队，何队对杨峰进行抓捕，是跟您请示的？"夏新亮看向戴天问。

"对。他的决定我支持。包括你们所有人，我是你们坚强的后盾。要多来跟我交流啊，小同志。"

哎哟这牛皮吹的，我也是服气：“夏克明、夏克简兄弟都盯住了？”

“师兄啊，你还是这么好为人师。”

潜台词就是——关你屁事。

得，别“交流”了，人是欢迎小同志交流，我一老同志闭嘴吧。

但我心里捏了一把汗。我虽然信任何杰，可这个审讯进展不容乐观。何杰猛归猛，但仍旧是个很细致的人。干我们这行的，别管多粗，总归是粗中有细，否则这工作干不了。脾气也得好，暴脾气归暴脾气，暴脾气你得压得住。一想到这儿我就想笑，我脾气暴，李昱刚也暴，跟抓捕现场嗓门一个比一个大，跟嫌犯交流的时候，我经常说：“李昱刚，我来问我来问，你声音又上去了。”这时候夏新亮就会说：“还是我来吧，你俩嗓门一声盖过一声。”他是那个脾气好的，除了被十四岁的“恶魔”气得踹椅子，没爆发过。

我揪着一颗心听审讯。通过我们调查，杨峰不仅是前科犯，他还有一定的反侦查能力，而且心理素质极强。今儿能逮住他就不容易。

胶着中，我听见夏新亮透过耳麦对何杰说：“何队，别再跟他纠缠他前女友的事，从集团犯罪入手，否定他在团体里的位置，打压他，充分利用他跟夏克简的矛盾。”

这招儿是管用的。杨峰急了，相当暴躁。一暴躁，他就不稳当了。尤其把他说得像条狗、说得一文不值，他都不是不稳当了，他开始急于证明自己的价值！这刺激给对了。

“我不是夏克明养的狗，夏克简才是！他还不如狗。除了躲在他哥后面汪汪汪，别的啥也不灵。夏克明好歹还会挣钱呢。夏克简会啥？黄赌毒都没一样干得好。哪回出了事，不是我去给他擦屁股？他也就是觍着个脸装，山中尢老虎，猴子称霸王！”

由这儿作为一个切入点，杨峰扬扬得意地吹嘘开了。

他是怎么跟夏氏兄弟混到一起去的呢？就是王鹏发来的邀约。夏克明因为走私折了进去，彼时王鹏也在同一家看守所，这俩人就认识了。待俩人陆续出来之后，他们又伙同夏克简，三人一起嘀咕事了。杨峰是王鹏找来的。据杨峰自己说，也不是王鹏想给他介绍发财的路子，他跟王鹏就那么回事。这话我还真信，他说起王鹏的那个微表情里面就大写着“看不起”仨字儿。是这三人自己搞不定了。搞不定分尸，人能杀，但是杀了之后，处理不好，费劲还干不漂亮。他去就是接这活儿的。

在杨峰嘴里，夏克简就是个傻子，要说王鹏有勇无谋，他就是“暴虎冯河”。这俩人关系倒是处得好，老摽在一起。杨峰说夏克明更器重他，还经常劝他别跟夏克简、王鹏一般见识。

“我头一回去，就把他们仨给镇住了。”他说。

他参与的头一起杀人，杀的是谁呢？杨罡。

夏克明出谋，夏克简和王鹏对他进行杀人分尸，但是他俩干不利落，王鹏才找了杨峰来。

分割主要就是杨峰干的。杨峰看不上这哥儿仨，说：“你们别帮忙，我一个人来，你们这手艺不行，你们哥儿仨睡觉去。”

他自己往浴室里一待，分解尸体分了一天。分得很细致，倍儿利落。干完把血、肉渣也处理得一丝不剩，干干净净。

有了这么一回，杨峰就算正式入伙了。

何杰问杨峰：“你为什么能干得好？你从前干过吗？”

杨峰答：“没有。就是我一听这个这事，我就觉着自己能干。事实证明，我还真特别擅长。”

那个得意劲儿让我就想照着鼻子给他一拳。夏新亮赶忙凑近我说：“忍住。这种人，你就得捧着他，你越捧着，他越自大，越自大，他就越往出倒。这是他炫耀的舞台。”

你听听他说那话吧——我认真地给你碎了，认真地给你抛了，认真地把你的钱弄到我们兜儿里。

杨峰一出现，这三人杀人越货就方便了。从杨罡开始，陆续遇害的就是王媛夫妇、米晓峰他们这些合伙人。严格来说王媛不算他们的合伙人，但是王媛手里有资源，跟夏克明关系又很暧昧。为什么朝她动手？知道太多了。夏克明这个人疑心病很重，他觉得王媛跟他有些不知分寸了。王媛的丈夫周国强被卷进来是点儿背。本来当晚王媛来赴约应该是她自己，但不知道怎么回事，她丈夫竟然也跟着来了。至于龙美玲和刘俊，同样也是二人一同前往赴约，就俩人都给干了。

这事的导火索就是夏克明被绑架。给了两千万把人给赎回来的。没敢报案，他心里就没底，谁都怀疑。本来他闺女报警了，后来也销案了，说是短暂失联。为这个夏克明还演了一场戏，跑了一趟天津。

其实他是被劫持到了房山接近河北那么一地方，路上被劫走的，才从地库出去就跟一辆车发生了剐蹭。他这么一下车，登时就有人拿家伙事顶住了他的腰，对方三个人，他也没敢蛮干，就跟他们上了车，自己的车也被开走了。由于事发地没有监控，而且过程特别快，所以既没有被拍到，也没有引起路人的注意。

事后夏克明就琢磨，跟夏克简和杨峰、王鹏一起琢磨。不对，他不是偶然在那个路段出事，是一开始就被埋伏了才对。说明绑架他的人，很熟悉他，知道他习惯走的路线。另外呢，绑他后要的现金，不连号的现金。特别笃定，就跟知道他有存储现金的习惯似的。再者，这帮人非常大胆，知道他报不了案，话里话外恐吓，让他自己拎清楚。

那他最怀疑的、包括知道这些事、了解他生活习惯、有能力谋划的，最大的可能就是他的前女友龙美玲。

人一旦产生了怀疑，就顺着这个思路走了。夏克明想起来2018年的时候，龙美玲找过他，想要融资，但是夏克明没有接她的话茬。这么一嘀咕，明白不明白的也就是她了，他就怀疑是龙美玲找人给他绑了，他特别生气，那先给她弄死再说吧。

最后，夏克明把龙美玲约了出来。龙美玲还真就去了，去了还是刘俊陪着。结果这四个人给这俩人都干了，干完之后，全碎了尸了。

何杰问杨峰：“那你们最后搞清楚没有，龙美玲绑架了吗？”

杨峰答道：“就没等她张嘴，直接就给干了。王鹏冲上去就把龙美玲捅了。他就这么粗鲁一人。”

“我觉得这里面还有事。”我在夏新亮耳边低语。

夏新亮点头附和我。

接下来再掉头进入杨峰前女友失踪的这件事，杨峰也是说嗨了：“干完这一票，我跟那俩窝囊废说，找着感觉了。这感觉太好了。”

哥儿仨一块待着，杨峰就提议了：“再干他一票吧！ × 他妈的，咱们头些年老杀人了，多过瘾啊！”

王鹏说：“这不是刚杀了俩吗？”

杨峰回：“不杀这俩还好，一杀感觉上来了。今天怎么没杀人呢？明天有没有目标？咱们这个技术现在可有点下降了，你看碎个尸，手都不灵活了。”

夏克简说：“也没目标啊，我哥生意都做这么大了，还用杀谁啊？还不是这个龙美玲作死！不然这样吧，咱们找一头猪，或者拉头羊，咱分解分解试试？”

杨峰果断否决了他：“那不行，那跟杀人就不是一个感觉！”

这通学舌听下来，我不由自主看向了夏新亮，这跟他那侧写也太像了！

杀谁成了问题，仨人就跟那儿翻，找跟所有人的矛盾，翻不出来。最后杨峰想到了他这个前女友。他们俩三四年没联系了，但是通过微信看，这个女的离开他过得还挺好，尤其从前分手时候，闹得比较难看，杨峰就琢磨给她弄出来弄死。

就这么着，杨峰就打着聚聚叙叙旧的名义把这个浑然不知自己已大难临头的女人约了出来。约出来之后动手杀人的不是杨峰，那哥儿俩动手，他看着。他去分的尸，用的绞肉机，拿绞肉机给绞得什么都不剩了。

我们正听着，有人开门进来了，吓我一跳。一回头，我瞧见了戴天的助理，只见他跟戴天耳语了一番，接着我就听见戴天一声：“你说什么？”

可能是因为我看着他，他跟我摆了摆手，出去了。

我跟夏新亮继续观看审讯，这审讯随着深入、随着挖掘出的细节越来越多，越听我越不寒而栗。杨峰也算长得人模狗样，可他说出来的事，就不是一个人能干出来的。

前前后后杨峰供出了七个受害人。七个受害人被杀之后，对尸体的处置，他的手法还真是无所不用其极——碎了之后煮的、焚了之后再碎的，研磨机、绞肉机……只有想不到的，没有他做不到的，处理尸体就跟处理猪肉一样。人性？不存在。

李昱刚的脸色变化着，我看着都心疼。

我看着坐在那里夸夸其谈的杨峰，只觉得他已疯魔。杀人这件事，轻易没人去干，生而为人是有道德底线的——杀人偿命欠债还钱。至于杀人碎尸，若不是仇恨真到了那么深，便是犯罪之后企图湮灭罪证。但是对杨峰来说，二者皆不是。他就是迷恋于碎尸的感觉，甚至比杀人更叫他兴奋，这种绝对的掌控权让他无限膨胀。他干了一个之后就喜欢上了，找着感觉了。不杀人分尸他心里难受。这都不是凶狠了，是泯灭了人性。

“竟然全吐了。”夏新亮抱臂看着里面说。

“这夏克明是养了一个变态杀手啊。”

“还不仅仅是他内心变态，”夏新亮看向我，“这四个人，他们之间其实矛盾重重。就夏克明被绑架，还不定是怎么回事。龙美玲虽然双商都高，但做得这么天衣无缝，对一个犯罪新手来说，还是叫人叹为观止的。”

我咂了咂嘴：“有人的地方就有江湖。”

“江湖。这说法我一直觉得太委婉了。人哪，从来都是具有排他性的，说是群居动物，到底不过是为利而来利尽而散，不互相帮扶着，怎么抗击外来的困境？没有了困境，人最嫌人。”

我看向夏新亮，十分惊讶：“你这么悲观吗？”

“这跟悲观乐观没有关系。你不能说看透事物的本质就是悲观吧？”

“我倒是想起那句话了，地狱空荡荡，恶魔在人间。”

“还不是换个方式说人类善良。”

“还怼。”

“看看，看看，师父你还是对我带有情绪啊，友善讨论怎么就被扣上了怼的帽子。颈椎疼，戴不住。”

“我不跟你打嘴仗，没劲。”

“是分析了一下之后，意识到没有赢面儿了吧？”

我忍不住伸手推了他脑袋一把。行吧，这就算和好了呗。

“我觉得昱刚今天晚上必做噩梦。”

“锻炼着吧，我都锻炼多少年了。”

“我最佩服您的，就是这一点，”夏新亮说得无比真诚，“天天凝望地狱，却还是心向光明。太难了。”

杨峰把事全吐了，何杰带队展开了对夏氏兄弟、王鹏的抓捕工作。由于案情重大，涉案人员敏感且多，我们队跟赵大力他们队都对何杰进行了支援。总指挥竟然不是戴天，我师父亲自上了。我虽然纳闷，但师徒合体让我很激动，好些年了，没有过这样的机会。

彼时，夏克明正准备外逃。

不得不承认，他还是相当敏感的，或者说有预见性。龙美玲一事让他有了相当不好的预感，那时他便已开始谋划出逃。之所以没成功，被我们摁在了别墅内，还是因为他弟弟夏克简。夏克简此时人被扣在交通大队，酒驾，正等着他哥去捞他。

成也萧何，败也萧何。如若他没有这么个胆大妄为的弟弟，他也成就不了他的这番事业，但也正是因为有这么个弟弟，他一步一步走进了深渊。

这是他说的，我不怎么信。别看夏克简身上文了个睁眼关公，但我认为一次次举起屠刀的仍旧是夏克明。没有他那种对金钱执拗的欲望，哪会有这么多人躺在这把屠刀之下？也少提什么公益大使、公益先锋，我就将那看作花钱买平安的肮脏愿望。

审讯工作由我师父亲自主持，但夏克明也不是泛泛之辈，杨峰供的那些他很多不认，而在杨峰加入之前，至少就我们所知的王立失踪一案，他也是咬死了不认。更别提人有钱人请得起大律师了。凡此种种，对我们相当不利。

一轮又一轮的交锋让我们疲惫不堪。这么僵持下去不是事，我就跟我师父着重讲了讲夏克明被绑架一事。这事我跟何杰也碰了，我们判定至少王鹏必牵涉其中，而夏克简也非常可疑，当时他虽在境外，处理起赎金来却是游刃有余。如果能瓦解掉三个人的同盟关系，让王鹏与夏克简认罪伏法，那么夏克明即便零口供，一样定他的罪。在此我请求经侦介入，一个是我寻思这条路走得通，一个是私心里感觉能让高博露个脸，屁股我得给擦了啊。

我师父比较肯定我的观点，可虽然给到了支持，经侦这边来的人却不是高博。

我就纳闷儿呀，高博一开始就参与了夏克明案，他最熟悉情况，怎么他没来？

虽然抱持疑问，但这也不是我能过问的。且，包括我在内，所有人眼下都全情投入到案件当中，必须拿下。

高效率的工作约等于连轴转，一方面审问在继续，一方面补充调查在进行。

压力是非常大的。这个压力大不仅是工作繁重、进程艰难，它还有来自高层的干预。这也在我们的意料之中，以夏克明的地位、他的交际圈，我们不敢说他有保护伞，但势必会有影响。这时还敢冒头，依我看，也该查查个别人了。

但我师父就是我师父，他就是那个敢于挑起担子的人。拿下！正义就是他的盾牌。我跟李昱刚还说："超级英雄，跟你眼前这位就是活的超级英雄。"

魔高一尺，道高一丈。经过我们大量的工作，使用各种审讯技巧，局面终于被打开了。王鹏面对他隐秘账户上的不明进账始终给不出合理解释，这时候我们再施加一个力，他就扛不住了，包括何杰告诉他："你不认，可以，这些调查我们呈现给夏克明，你让他知道了真相，你守口如瓶再帮他洗脱严重指控，干死你还不是易如反掌？"

王鹏一软，把夏克简就给出卖了。

对夏克简，我们也是步步紧逼，说你不要无谓地死扛，你得搞清楚状况啊。这时候再上演兄弟情深是不是晚了点儿？坑你哥的是你，不仅是绑架他，由着这个绑架，龙美玲跟刘俊双双遇害，这也就等于揭开了你哥帝国倒塌的序幕。你想啊，从前你们干了那么些人，之后都高枕无忧，你哥都该退休安享晚年了，你给他整了这么一出？

几番交锋，夏克简，一个敢文睁眼关公、穷凶极恶的主儿，在节节败退中，终于也被我们拿下了。

这时候，连轴转的我们也几乎到达了体力的衰竭点，要是没有这春风吹战鼓擂，八成也得趴下。

乘胜追击，与夏克明的对战正式吹响了号角。然而在这个时刻，我听到了风声——高博出事了。

真是犹如五雷轰顶，要说我们几个年龄相仿，也是到了流年不利这么个年纪，但不带玩儿多米诺骨牌的吧，连环倒？

高博这事出得才真叫背。要说许鹏赌球，他自己负有责任，有过失，处罚重了归处罚重了；要说宫立国的部下跟记者发生口角、肢体冲突，他跟着吃了挂落儿，就是吃了挂落儿；那高博这事出的简直就是倒霉！大写的倒霉二字！

嫌疑人跳楼了，畏罪自杀。

高博不是没做考量，他干刑警这么些年，还不知道风控吗？他还给嫌疑人派了一个年纪不大的辅警，专门负责看守。他一看嫌疑人跳楼了，也急了，扑过去就抱他腿去了，结果直接从五楼跟着折下来了。嫌疑人当场身亡，辅警不仅重伤，心理还造成疾病了。听说还被下发了逮捕令，正面临渎职的指控不说，还给免职了。

这消息一传来，大家伙儿都炸了。高博真挺冤的，辅警罪也没少受，这事情不应该发生，但发生就发生了啊，它本来就存在发生的概率，不能说谁摊上就谁倒霉吧？可现实情况还真就是谁摊上算谁的。

高博跟我们都一个臭毛病——报喜不报忧。出了这么大的事，我跟何杰、赵大力还是听风声才知道。

何杰参与审讯肯定是走不开了，我一看局势也已经明朗了，全局我们也把控住了，我就先闪了。这会儿队上少我一个不算少，但是高博他现在自己一人肯定郁闷得要死，我得去慰问，不仅是慰问，我还肩负着全队的关心。

我说戴天那天怎么突然走了，我说怎么这么露脸的、主持全局的审讯工作他没来换了师父亲自下场呢，敢情是有这么一档子事！

开车在路上，我心里乱脑子也乱。戴天瞒我那是正常，师父也瞒我？调经侦的人高博没出现，我满脸问号儿，他老人家都没给我垫一句，这太不像他了。

嫌疑人跳楼。这得是多小概率的事件啊，硬让高博赶上了。

跳楼。他就是不跳楼也可以上吊，不上吊还可以往车上撞，全不行还能咬舌自尽呢。人畏罪自戕，真拦不住。

红绿灯将我拦下，我迷茫地看着窗外的街景，霓虹闪烁、车辆穿梭、行人匆匆，这一天跟凡俗平常的每一天相比，没有任何区别。但是这一天，对某些人来说一定是特别的，特别好或特别坏。但总之是特别的。譬如夏克明。他一定不会想到就是在这样的一天，他阴沟里翻船了。也譬如高博，就是在那样的一天，他的职业生涯被宣判了死刑。而对别人来说，这就是流水线般平平无奇的一天。

人的命运瞬息万变。

见着高博，他倒是比我想象中乐观，还能咧着嘴跟我打招呼。

我们约在了他家附近的一家小酒馆。人不多，因为早已过了饭点儿，但那个 24 小时营业的标志在夜色中像一盏明灯。

“你说你，案子不搞完就往我这儿扎。”

我坐下，拿过了桌上的啤酒瓶：“到底也不是我案子啊。咱就是协助。多我一个也不解决问题。”

“你这个人就是走运。”高博笑。

“我怎么就走运了？”

“给我画一大饼充饥，自己倒叫人给踢了出来。原本你还惦记该怎么跟我交代呢吧？现在好了。你还不幸运？”

“别自嘲啊，听着丧气。”

“这有什么可丧的，落在我身上了，那就承担呗。”

“你……”

“就是可惜了，年初我还跟我闺女吹牛呢，说爹今年一定高升，到时候让你倍儿有面子。这下崴泥了，我媳妇儿被我气得先是哭再是笑。这还不是事，是我这两天老跟家里出没，宝贝闺女问了：‘爸爸，你不忙了吗？’她这么一问，我还能跟家里坐得住吗，就见天儿上街溜达。感谢你啊，过来陪我喝酒。解闷儿了。”

我能怎么办？人间送温暖呗。但再安慰的话也是空洞，除了安慰我还能拿出什么来？

推杯换盏，人一上了岁数，尤其是喝酒的时候，就特别爱怀旧。说的、想的，都是从前那些事。不吹，就这些年，我们兄弟几个经历过的案子，足可以书写一部人类心灵黑暗史了。

为啥怕怀旧啊？还不是怕对比。出生入死戎马一生，没说一定得上表扬名录，但也万不至于最后花朵离枝吧。我们这帮老哥们儿，拼死拼活没躺敌人枪下，却也没能落得一个好下场。

酒到酣处，高博拍着我手背说："大刘儿啊，听我一句，我这事，别去求你师父。不是他不想帮，他是帮不了。我真挺感动的，我摊上这事，隗队就找我了。从我进来，我们还没说过那么多话呢，让我心里真暖和。隗队，"他说着，伸了个大拇指，"真是个好领导。"

我看着高博，原来师父找过他了。

"真像俄罗斯转盘啊，一圈下来，总有一个人要中弹。不过话说回来，我比杨前辈还走运点儿，这不还'慎重'处理我呢嘛，他是当时工作证就被收了。"

高博不提我都忘了这茬儿了。我师父的好拍档，帮我开发我这榆木疙瘩大脑的杨师伯。杨师伯是栽在同样的事上的，也是嫌疑人跳楼自杀。怨不得师父去找了高博呢。我还能想起来去年清明我陪着师父去给他扫墓呢。师父红了眼眶。杨师伯不是头一个被俄罗斯转盘崩了的，但崩得凶狠，前无古人后无来者，赶上严打了。职业生涯一下就葬送了不说，官司都要把人打废了，局里不管，都得自己扛。杨师伯本是多厉害一人啊，警队双雄之一，最后落得那么一下场。他那个是带着嫌疑人指认现场的时候，一个没看住，嫌疑人跳了，比高博这个抓捕过程中出事点儿更背。

这么喝下去就没有尽头了，趁着还没醉倒，我把酒局叫散了。临走高博把我送上了车，坚持坐在副驾驶陪着我等代驾过来。我问他有什么打算，他说走一步看一步吧，至少现在还有基本工资拿。

到家，两点都过了。我去冲了个凉，清醒清醒。出来回到沙发上，茶几上扔着一个我的快递，刚要拆，我看见了我儿子的作业本也摊开在那儿。小字写得漂亮多了，看来那个钢笔字帖还是有用的。

有这么一道选择题——在完全封闭的玻璃瓶中，蜡烛能够燃烧更长时间的一组实验装置是：

A. 植物、暗处和蜡烛

B. 植物、动物、光照和蜡烛

C. 植物、光照和蜡烛

D. 动物、光照和蜡烛

他选了 B。

不对啊，应该选 C 才对。植物在光下能进行光合作用，吸收二氧化碳放出氧气，比其他选项中供蜡烛燃烧的氧气多，所以蜡烛能更长时间燃烧。

难得我还能给他解一道题。

我把错误答案给划了，改成了 C。又在下面拿铅笔给他写上："虽然有了植物且在光下能进行光合作用释放氧气，但与 C 选项相比，多了动物，而动物要进行呼吸，是消耗氧气的，故蜡烛不能更长时间燃烧。臭小子，给你改了。"

而我会做这道题，还真跟我职业有关系，遇见不少跟车里烧蜡自杀的案件。

我往沙发靠背上一靠，身体是真的疲乏，但精神它是亢奋的。接连不断的审讯不说，高博这里又起了风波，一时半会真消化不下去。我看着手里的快递，是老陶寄的。我想起来了，我托他调查宫立国的背景来着。

拆开，厚厚一叠文书，我就借着阅读灯的光亮在那里看。

有一行字，这时跃入了我的眼帘：侦查讯问学（选修，指导员杨捷）

今天杨师伯出现的频率有点高啊。我感叹道。

我放下资料，关了灯，躺在那儿想。要睡没睡的当口，不知为何心下有几分别扭的感觉。但困意来了，我终究还是合上了眼。

早起送了我儿子去学校，顺道跟他们班主任打了个招呼。老师挺客气的，充分肯定了他学习成绩的同时，委婉地表达了一下他的皮。反正就还老样子，他仗着自己发育快，块头大，一言不合就跟人"比画"。但是老师讲，他自从加入了学校的鼓号队，“寻衅滋事”见少。我还挺惊讶的，没听他跟我提过。

李老师是个好老师，再搭着我也不怎么跟学校里头出没，逮住一回就跟我一通猛说，直到打了上课铃才跟我话别。主要是小升初的事，提醒我也是时候开始准备了。

时间还早，我从学校出来，往前开了开，路过一家星巴克，就找了个地方停车过去了。昨天睡得晚，今天起得又早，需要来一杯美式吊吊精神。

取了咖啡我出来往户外椅上一坐，摊开老陶寄给我的资料开始看。昨儿只是粗浅地翻了翻，没往脑子里去。

宫立国。宫立国与戴天。

想到戴天，以及他的为人，我感觉挺矛盾的。这人是讨厌，但你要说他能作多大的恶，我倒也不相信。他极看重自己的仕途，他万不会去碰违纪的事，说到底是个“官迷”，迷恋权力罢了，对钱这玩意儿不感冒，挺清廉一人，能力可能差点儿意思，又爱钻营，但大方向上他还是把持得住的。

想到这儿，我就想起他才来队上的时候，有点木讷、有点拘谨，虽然特想表现自己，但着实没有托着他野心的才能，就相对来说还比较虚心，什么都想学，老跟在我屁股后头师兄师兄地追着。我呢，就属于护犊子类型的，我说他行，别人说他不行的。那会儿我们关系还挺好的，我也尽力把自己知道的、学到的，毫无保留地教给他。我还记得那年我过生日，他给我买了一条软中华。他才来，没几个工资拿，我还挺感动。我师父也是严厉的人，该关心会关心，但发起飙来也是不管不顾。有时候戴天挨了骂，偷偷跟那儿抹眼泪，他也不出声，就是红着个眼眶往死里憋。而我皮糙肉厚，用我师父的话讲，“子承你就是把左边儿的脸皮拽下来贴在右边儿的主儿，一边不要脸，一边二皮脸。”事，我能扛就替他扛了。

我们到底是从什么时候开始渐行渐远的呢？又是从什么时候起互相看对方不顺眼的？

从前我觉得是因为戴天最终发迹了，当上了官儿，而我知道他最㞞的一面，他肯定会疏远我的，包括队上的兄弟们，他统统不再搭理。但许多年后我再去回想，又觉得可能不是这么回事。我们都是糙人，又因为职业缘故，示人都是刚与狠的一面，温柔、细致、善解人意，这种词跟我们都不搭界。但是人与人相处，或者说与戴天这种生性细腻的人相处，还是应当交流得更友善些，有些话能说，有些玩笑能开，但有些不能。久而久之，他就会觉得我们针对他也好，瞧不起他也好，心里难免不生出怨气，这怨气堆积得久了，可不就是疏远与仇恨了吗？

后来我开始带徒弟，就开始有这方面的意识了，所以李昱刚跟夏新亮都跟我关系很近。有时候我搂不住火儿也散德行，但因为平时还比较讲究，孩子们倒也不太在意，至少没隔夜仇。尤其是夏新亮，他刚来，我一看见他，就想起了戴天，也是白白净净文弱书生那一挂的，我还真挺小心翼翼的，但后来发现第一印象是假象，他表面上看着斯斯文文，内核是非常硬的，又倔，他也不玻璃心，抗压能力很强，脾气还有点臭，他不是说不得，是你说他能把你怼死。

假象。好像我们跟戴天的不对盘也未见得就是真相，虽然深知彼此不是一路人、处不来，互相嘴里头也没好话，但是他走马上任之后，不论承认与否，他还真当起了我们坚强的后盾。以为他是个缩头乌龟，他给我们顶雷；以为他拜上踩下，他为我们争取权益；以为他贪恋权势，他为我们铤而走险不计前途。我们觉得他思维固化，而实际上，我们看待他所采取的眼光也从来没发展过。

一打子资料看完，我点了支烟，头脑非常混沌。

宫立国被踢这事让我有点在意，哪怕是文君没告诉我宫立国是被戴天整了，我还是会在意。很反常，要说戴天想办谁，我们个个儿都能排宫立国前头。宫立国——他心腹，有能力有魄力，出成绩守规矩。

起先我跟宫立国也不熟，没共事过，江湖传闻又是他跟戴天穿一条裤子，老实讲，我对他印象不好。但这次回来，我们接触了几回，我就知道不能人云亦云了，宫立国不错，业务能力没的挑，人品也能竖大拇指。就说抓捕谢大麟那回吧，他真让我佩服，一方面自己身先士卒，一方面保护队友不让更多人进入现场冒风险。为这，他自己躺医院里了，那真是捡回了一条命。我想着都后怕，又是持枪又是舞刀，真是拿命在拼，这得是多高的觉悟啊。他是坏警察？不存在。

这么一员大将，对戴天又无比忠诚，他这是抽哪门子风要给人办了？当时绝不是一个必须丢卒保车的局面。

哗啦哗啦的翻纸声萦绕耳畔，我的视线落在了“侦查讯问学（选修，指导员杨捷）”上面。昨天闭眼前我看到的就是它。

敢情宫立国念书时候还选过杨师伯的课呢，有品位。

瞬间，我感觉脑海中翻涌起了浪花，但同时海上又有一片迷雾。

高博控制住的嫌疑人跳楼了，师父的拍档杨师伯带嫌犯指认现场时嫌疑人也跳楼了，戴天让宫立国放了招嫖的王语纯，王语纯的父亲王树响是看守所的副所长，宫立国被戴天设计离开刑侦工作，宫立国上学期间选修过杨师伯的侦查讯问学……

一场风暴在头脑里爆发。一个一个的点，却难以连成线。

这其中到底缺少了什么关卡？

拿过档案袋把资料胡乱塞进去，我快步走向停车处，头脑就像坐在炉火上的水壶，汩汩冒泡。

赶去队上，我办公室都没进，径直去找了文君拿档案室的钥匙。文君见我急火火的，也没多言，问我需要什么资料。我让她给我看看索引目录，我自己找。

见我没有想透露的意思，她也不再追问，我查了编号就跑去档案室了。

取出卷宗，我席地而坐，快速地翻看起来。

这是一起灭门案，死者分别为丈夫孙铨三十六岁，妻子杨珺三十二岁，女儿孙俪一岁半，丈母娘秦素莲六十一岁。凶手是时年三十三岁的东北籍男子孔军，也就是后来指认现场时跳楼身亡的那个嫌疑人，当时已在看守所拘役中。

案情比较简单，系情感纠纷引发的暴力犯罪。

这个孔军与妻子杨珺曾在东北老家定过亲，当时杨珺的母亲秦素莲收了孔军家里八万八的彩礼。俩人也在老家办了婚礼，但是没有登记。婚后夫妻俩去南方打工，这期间多次发生口角，随后上升到家庭暴力。杨珺不堪其扰，选择了出逃。

据孔军供述，他一直寻找妻子杨珺未果，遂回到老家向杨珺的母亲秦素莲讨要彩礼，秦素莲拒绝退还彩礼，并将孔军逐出了门。这事一下在村里成了茶余饭后的谈资——孔军打跑了老婆，还想悔婚退彩礼。他在村里也待不下去了，就再次返回南方打工。

多年过去，孔军的生活一直不如意，家中双亲又陆续因病去世，耗光了他多年的积蓄。就在这个时候，孔军听说杨珺的母亲秦素莲离开了老家，前往北京给女儿照看刚出世的婴孩。经过多方打探，他掌握了杨珺在北京的居所，辗转找到了杨珺母女，要求她们退回当年的彩礼。再次被拒绝后，生活坠入谷底的孔军为报复泄愤，趁入夜一家人安睡的时刻，撬锁进入房内，犯下了灭门案。

报案人是孙铨一家的邻居付国辉，当天早上他正常离开家里准备去上班，却在楼道里发现了血迹，血迹的源头在邻居孙铨家，在他敲门不应的情况下，选择了报警。

案件负责人正是杨师伯，他仅用三天时间就破获了此案，并在河北沧州将孔军抓获，彼时孔军正准备在当地务工。

所有的笔录我都翻看了一遍，这案子没有任何问题。

通过笔录，我能感受到嫌疑人的精神状态——愤怒、憋屈。他认为社会对他不公正，认为人间没有公平在，他就是处在极度仇恨的那么一个状态，没有悔过的意思，他就是认为“坑”了他的杨珺母女该死，杨珺再婚的丈夫该死，他们的“小孽障”更该死。他原话：“我不怕杀人偿命，他们早就把我给杀了！我爸肺癌晚期，我上他们家去讨回彩礼，我都跪下了，我说就算你们救人一命行吗？”

这么一个人，却在指认现场的时候，由阳台跳楼自杀了。

别说杨师伯料想不到，我都觉得不可思议。他是处在想要慷慨赴死的那么一个状态，想要拿出气盖山河的男子气概，就典型一法盲，典型一个直线思维的主儿。他怎么就跳楼了？他觉得自己手握正义啊，他觉得自己才是受害人啊，怎么会选择自戕这么一个“畏罪自杀”的“出路”？

参与这个案件调查的人里，戴天的名字赫然在目，笔录就是他做的。但是他真是被幸运之神眷顾，指认现场的时候他没去，没有他。

想到这儿，我脑内的海洋又波动了，他其实应该去，他为什么没去？

他没去，杨师伯遭了雷劈，他躲过了，他不仅躲过了雷劈，他后来还成了师父栽培的对象……

王语纯、王树响、看守所……

碎片像拼图一般开始拼凑，想完我竟有些后怕。杨师伯若是还在，就不会有戴天的崛起了。

可戴天再怎么着，不能够欺师灭祖吧？

“师父……师父？您这是干吗呢？怎么不接电话啊！”

猛地回神，我看见夏新亮正站在我身前。胡乱地收起被我摊了一地的卷宗，我瞟见放在手边的手机，指示灯一闪一闪，摁亮屏幕，上头有四个未接电话，都是夏新亮打的。昨儿跟高博喝酒，我把手机静音了。

“我查点东西。怎么了？”

“我帮您吧。”

我都没想到自己反应这么大，就像护着财宝似的，瞬间将卷宗搂在了胸前。夏新亮被我吓一跳，他的双手在空中相当尴尬地画了一个圆弧，最后悻悻地垂到了身侧。

“咳，不碍事。走，咱边走边说。”我拿出要赢取奥斯卡金像奖的架势，佯装轻松地把卷宗拎在手上，思来想去，还是先还回去更佳。

“李昱刚摸着那伙儿人的动态了。”

“你先走，办公室等我，我把卷宗还回去。”

夏新亮迟疑了一下，说了声好。他明显怀疑我了，这小子相当警觉，而我的表演大约也不是奥斯卡而是金酸莓。

我飞速地把卷宗拿手机拍了下来，而后整理归档。这事越少人知道越好，希望他的好奇心能止步于此。

出门的时候，我看了眼入口处的监控，心说幸好就这么一个探头，它只能拍到有谁进出。我负责侦办旧案，常常进出档案室是非常正常的。

出去我没直接回办公室，而是先去了文君那儿。我跟她调了个记录，惊讶地发现，早在 2007 年的时候，宫立国就调过这份卷宗。

文君看着我，我也看着文君，一个眼神交汇，她就抓到了重点。我调档这事，她绝不会留下记录。

“大悦城啊。”她说。

“等我消息。”

大悦城，竟成了我俩的暗号。

我这脑袋跟开了锅似的，但眼下必须要让它平复，还有工作等着我去做呢。

到办公室，人齐刷刷全在。李昱刚跟我打了声招呼说：“师父，宽宽心。高队的事我们也听说了，太背。”

我这才发现自己拧着个眉头，慌忙舒解开。

“从前您教导我们说要切记目标危险性，我那会儿还不以为然，”他说着吐了吐舌头，“现在看来，这危险真就是时时刻刻在身边。一点都不能掉以轻心。”

“猫走不走直线，取决于耗子。同理，会不会摊上事，往往也不取决于我们而取决于犯罪嫌疑人哪，”夏新亮说，“我觉得高队是真的背，该做的防护也做了，还有专人负责看守，可谁能拦住要死的鬼？越尽力还越悲催，这人还跟着摔下去了，简直是雪上加霜。”

我当初给他们讲这个，主要是说抓捕工作要如何部署，又有怎样的风险性，包括面对暴力抗法要如何处理，都是基本知识。在行动前，一定要根据案件性质、犯罪嫌疑人的性格特征、交往关系、作案手段、现实表现等，对他的危险程度作出评估。抓捕目标危险性评估如果不准确，那风控就根本谈不上了。然而在实际工作中，我们又往往因为时间紧、任务重、人手不足等因素，仓促上阵，这就导致行动时会产生很多后顾之忧，而行动时优柔寡断、动作缓慢，一旦遇到极度的暴力反抗，我们会措手不及甚至会对自身构成生命威胁。

这还仅仅是抓捕时的风控。还没完，一个又一个案件都在向我们表明，哪怕是你成功抓捕了嫌疑人，风控还得做，更难做但更得做，他一个畏罪自杀，比你抓捕时候出了事还严重！

“你这样想就太悲观了，”我指正夏新亮，“你把这件事倒带回去，高博还是会严加看守，因为这就是规矩、这就是规定。至于结局……”

“听天由命。”

王勤这个话茬儿接的，我想拍死他。

“是防不胜防！是赶上就要有心胸去承担！不是你的责任，但你赶上，你不能逃避也不能推诿！瞧瞧人家高博！你说你，一个下沉的老同志，能不能给孩子们带个好头儿？”

“队长你什么时候也学会官僚那一套假大空了？”

“最近这是咋的啦，都吃枪药了？一个个轮番怼我，这队伍还能不能带了？”

“我们这是担心您！”李昱刚开了听可乐往我手里塞，“您看您，多憔悴！老哥们儿们连番出事。再说了，我真是发自肺腑吹捧您，您骂人不带捎上我的。”

“你们都给我打起精神来，好好儿干工作、别出岔子，就是对为师最大的恩赐！别让我师门不幸！”

噗，夏新亮乐了，跟着所有人都乐了起来。

我也调整了一下情绪，以便尽快投入到眼下的案情中去。

“说说吧，怎么一个进展？小能手，发言。”

李昱刚接收到信号，立马拿出了工作状态：“这个有组织的色情视频贩卖活动，它主要是在外网上进行。他们有一个工作室，叫红马。您也看过视频，它开头不都有个 logo 吗？就跑过去一匹红马。我查了一下它的发展历程，起先就是很草台班子的那种小打小闹，拍摄手法也根本不专业，但是后来它有了拥趸，成了规模，包括有了切实的利益收入，就开始专业化、规模化了。主打还是‘野生’，但这个‘野生’有了作秀的意味，它背后是有专业的团队去运作的。”

“嗯。得将之一网打尽。好操作吗？”

“不乐观。这些人大多通过互联网集结，好些彼此未曾谋面。你譬如说后期人员，藏得很深。它不是那种一提溜能上来一串的结构。”

“证据好不好固定？”

“看怎么说了，倒也不是太难。”

“那这个歪姐的情况，咱们了解到什么程度了？”

“非常隐蔽，始终处于一个隐身状态，他这个警惕性我相当佩服。”

见我眉头深锁，李昱刚话锋一转：“但还是有好消息的，当然这个好消息还伴随有一个坏消息。您想先听哪个？”

亏他还有心思跟我这儿兜圈子。“你就按着顺序说，别抖包袱了。”

“我应该是接近了刘戈。”

“哦？”

“他还真在从事冰毒的倒买倒卖。您都想不到，他借助多人视频，在网络上组织一帮人开冰毒 party！绝不绝？”

我惊了：“这什么情况？”

“我也惊着了。咱打毒力度这么大，而且对于群居群宿这种问题一经举报就大举进攻，刘戈吃过这个亏啊，他就改用网络视频平台了，多人视频那种，大家一起连线，一起嗨，这不就避免了真实的群体行为吗？但是体感一样好啊。这小子，歪门邪道是真能琢磨！我已经请平台协助，锁定了几个 IP，只要他们再登录，就跟上去咬住。”

“那坏消息是什么？”我机警地问。

“俩方向。一个是他们这个聚会没有固定频率，但这个还好办，我有的是耐心。另一个嘛……”李昱刚沉吟了一下说，“根据我目前掌握的情况来判断，我觉得刘戈跟歪姐混合作案的可能性几乎为零。从类别也好，从什么也好，他俩的犯罪活动没有交集。”

“那就分别端！”

我很少听夏新亮说话这么冲。

在我们研讨案情期间，何杰给我来了个电话，我就被他们叫走了。

对于夏克明的总攻，以我方大获全胜而告终。从他被绑架一事入手，王鹏率先被击溃，紧跟着就是夏克简的孤立无援。

夏克简滥赌、王鹏花钱大手大脚，这些年夏克明又把自己洗白得很好，不太用得上他们了，给的钱也就少了许多，这俩人缺钱花，就凑一块嘀咕。但他俩智商不够，光靠他俩办不成事，还能找谁呢？龙美玲作为最适合的人选被他们锁定了——她曾经找夏克明融资来着，夏克明没帮，她也缺钱，就这么着，三人里应外合，打了夏克明迎头一棒。这就很好地解释了为什么龙美玲敢去赴约，因为在她心里，夏克简跟王鹏同她在一条船上。且，在计划实施之前，夏克简还给龙美玲吃过定心丸——“你放心，哪怕就是我哥想到了，有我扛呢，我们俩关系有多铁，你比谁都清楚。”

龙美玲就这么钻进了套儿里。等于说她一方面急于弄钱，她那艘“破船”再起航需要更多燃料嘛，她就轻信了夏克简；另一方面，龙美玲自信于自己对夏克明的了解，首先这钱对夏克明来说九牛一毛，另外，她与夏克明相识多年，俩人有一定感情基础不说，他能建立起他的商业帝国，这里面她没少出力，她想着：你出点血怎么了？我又不真伤害你，你猜到了也不能拿我怎么着。

至于刘俊有没有参与绑架、怎么参与的，夏克简与王鹏都不知晓，唯一知道的龙美玲也已驾鹤西去，这就是永远的谜题了。在本案中，他的身份只剩下一个单纯的“被害人”。但以我们对刘俊的了解，包括去找他询问赵红霞的情况时他的极速逃亡，我们推断他是参与进了绑架的，但这个我们没找到任何直接证据。还要不要再找，大家的态度也不一致，还要再商榷。

然，螳螂捕蝉黄雀在后。一个聪明至极又自负的女人，大约做梦也想不到她会被夏克简这个愣头青算计。

夏克简有自己的小算盘。他与亲哥哥夏克明的矛盾，还不仅在于钱。用他的话说，早期绝对是他帮着哥哥打下的江山，可是夏克明摇身一变成了“贵胄”，从前那一套就不好使了，又是建立财务制度，又是成立董事会，夏克简哪儿懂这些个啊，他还觉着公司就是兄弟俩的天下，运营是什么？不就为了挣钱嘛，挣不着大不了再去“抢”。抱着这么一个思想，他自然成了集团里面的害群之马，再加上又出了他侵吞公款那档子事，他就被扫地出门了。钱是照样给，但是公司的事不再让他插手了，运营情况、收益，夏克简都不再掌握。

无所事事之中，夏克简染上了赌瘾，包机奔澳门那是一趟又一趟，却输得光屁股。夏克明一开始还管，后来干脆不管了，还叫杨峰看着他，不许他出去赌，钱也不那么大方地给了，总说手上没有现金流，吃喝拉撒管，零花钱也不缺，但是大钱没有。随之而来的就是兄弟之间的关系剑拔弩张——夏克简想要钱，夏克明不给，夏克简的赌瘾又很强，澳门去不了了就混迹于地下赌场，为此两兄弟没少干架。尤其杨峰的介入让夏克简觉得特别挫败，就觉得自己的位置被人取代了：噢，我让我哥踢出门外，你倒是跟在他旁边儿替他办事。你算哪根葱？杨峰瞧不上夏克简与王鹏，夏克简跟王鹏也讨厌这个“红人”——说白了你就是个屠夫，你凭啥上厅堂？这几个人之间的关系，貌合神离都算不上，互相憎恨。

在这个当口，龙美玲去找夏克明也碰了一鼻子灰，同样走投无路的俩人开始“通气”了，这才有了后来的合伙儿绑架。而实际上，在绑架这件事上，夏克简还有另一个目的，那就是重新被哥哥“器重”。他这算盘珠子扒拉得很精明，事发后夏克明确实一直跟他嘀咕这事，兄弟俩又好似回到了从前。

这也就注定了夏克简打一开始就惦记除掉龙美玲，所以才有了他们上去就给龙美玲干了的一幕。夏克明还真没怀疑他，觉得还是弟弟能给自己出火。事后夏克简还给夏克明“支招”，演得可真着了——咱得去龙美玲那儿看看，别回头她手上有什么对咱不利的证据，你看这女的绑架你干得多笃定。于是夏克简又“表现”了一回，指使王鹏去善后，也因此，才有了王鹏出入龙美玲的寓所、办公室。路线他肯定清楚啊，因为信息都是夏氏兄弟提供的。可王鹏虽然奉的是夏克明的旨意，却是夏克简的门徒，龙美玲的硬盘上还真有“东西”，不是危及夏克明的，是就绑架勒索一事她写的计划书！王鹏一看吓坏了，直接就给销毁了。他为啥拆硬盘？删除了都怕不保险，必须物理毁灭！事后俩人还想着，龙美玲那么聪明缜密一人，为什么没有在绑架之后删除这份计划书？这是想在万不得已的时候同归于尽啊！真够阴的，狠人遇上了狠人。这捉对厮杀里，夏克简也就是险胜。到这会儿王鹏还在状况外，还感叹龙美玲阴险，何杰寻思他还真是靠命大活到这会儿的——你就没意识到夏克简下一步要干的就是你了吗？知道秘密的龙美玲被干掉了，那同样掌握这个秘密的你，凭啥活下去？

自此，大厦倾颓。就这么一个破地基，不倒都不可能。这审讯真精彩。

掌握了夏克简跟王鹏的证词，再加上杨峰一开始的交代，夏克明一下被击垮了。他这等于是众叛亲离啊。人就疯狂了，大律师都没能劝住他保持理智。

这期间王鹏还交代了另外两起凶杀案，一个是最早跟夏克明搞走私的那个叫王立的男人，也是给碎了，就是朝阳区发现的那一截左小臂的主人。另一个是早期给夏克明提供过帮助的、税务局的叫张毅的男人，这个碎了半拉，碎不动了，埋在了玉皇山脚下。

等于说前后加起来，历时十六年，九个受害人，全都是金钱纠纷。夏克明真是妥妥的“合伙人”杀手。

我被叫过来也不为别的，证据固定上难度太大。一个是时间跨度长，一个是受害人都被碎尸、抛尸，我们得找见尸体啊！没尸体这案子怎么判？

人手严重不足，我被收编了。

那就干吧。但这个干，说来容易，真办起来难度贼大，风吹日晒守现场不说，不仅要找，还得动用一切手段去挖。更糟糕的是，手里的线索也就是个大概其，太久了，在嫌疑人的记忆中根本就是模糊的。

我负责的是张毅，埋尸地倒是很确定——玉皇山脚下，但山脚下算什么范围啊？

我把王鹏押解到现场，他跟我支支吾吾，倒不是还想隐瞒，是真蒙了，反复念叨：“跟从前完全不一样了！”

看看这儿，像也不像；看看那儿，不像也像。

要说这儿就是个荒郊野岭吧，那也还罢了，就指哪儿打哪儿往死里挖呗！但不是，它地处延庆区大榆树镇，山上有玉皇庙遗址，山下有百亩牡丹园。我们倒是能绕开登山步道，它总归有人上下，真不适合埋人。这点王鹏也非常肯定，说埋的地方没什么行步道，就是人迹罕至才埋的，杂草丛生，连被人踩出来的小野路都没有。但那个百亩牡丹园是后弄的，镇上也想开发旅游，往这方面投入了，但至今也没搞起来。我问王鹏这个地方能不能排除？他含糊着不确定。

这就麻烦了，你总不能把人牡丹园全给铲了吧？这不是找老百姓跟你干仗吗？那牡丹园也是一望无际，你说拿仪器全给走一遍行不行？可以。就是得干半年，根本不现实！

我是实在搞不定了，又不想身为我师父头号大弟子带头去叫苦，就打了个电话把夏新亮给叫来了。他比我有耐心。果不其然，夏新亮就跟王鹏聊，一点一点帮他回忆。术业有专攻，他一个搞心理学研究出身的，办法还挺多，一个不行就换另一个，就真叫王鹏隐约有点方向了！

他记起了三棵树，不是并排的，那三棵树形态诡异，被落山风吹得形态诡异，诡异不说，从某个角度看，像是被它们仨给环抱了。他把这事想起来了，说因为当时是夜里，又是头一回杀人，害怕了一下。

我们干脆就陪着他等入夜，让他能再次找找感觉。

在此期间，我发现夏新亮情商是真的高，或者说业务能力是真强，通过给王鹏递个水、拿个盒饭，唠唠家常的，他是百分之一百取得了这悍匪的信任。

山里的夜来得早也来得深，我们五六个人押解着王鹏就打了一只电筒，夏新亮就让打一只电筒，说这样便于还原当时的情况。

山路不好走，我们尽量团结，深一脚浅一脚，山里温度还低，且这一走还漫无目的，真让人焦躁。

走了两个多钟头，夏新亮忽而停住了脚步："你看这儿，这儿有没有感觉？"

王鹏四下踅摸的同时，我们也踅摸，嘿，你还别说，就我们站的这块儿，还真有点王鹏形容出来的那个意思。

他叫唤上了："像！真像！"

彼时已接近深夜 11 点，安全起见，我决定拉好警戒线，做好沿途路标先行返回，明天天亮再联合大部队发起探索与挖掘工作。

到路上信号强的地方，我给驻扎的大部队打了电话，能跟车上凑合的就跟车上凑合，凑合不下的往下开，去找民宿先休息，明早 6 点全员集合。

考虑到转移王鹏会比较麻烦，我就让他在囚车里直接睡。他提出松开脚镣，我说："你少做梦，能睡睡，不能就眯着！"他向夏新亮投去寻求帮助的目光，夏新亮是这么跟他说的："我建议就别了，你说我们给你松开脚镣，那就得固定你手铐，你说哪个难受？不如你就戴着，好歹能躺一躺。"

王鹏一想，也对，就要了点儿水喝，被拉着去小解了一下，回囚车里躺下了。

他能睡，我不能，我必须要注意做好防范工作，夏新亮提出陪同，我就让其他三个协助的民警去休息了。

我俩之前怎么说也怼了一架，和好是和好了，但其实没为此交流过。守夜，不说话，也难熬，我就想趁这机会聊聊。

不承想这一聊，还聊出焦虑来了。

夏新亮很焦虑，我还从没见他这么怀疑过自己，是我那个切入点的“锅”。

我说：“你帮助王鹏回忆的时候真厉害，就像催眠似的！也像把他的记忆拷贝了出来，直接搁幻灯片播放。”

他说：“这是一种记忆梳理的手法，只要他在思想上不跟你对抗，能接受你的指引，就会特别有效。其实不是什么太高深的学问，是我们的基本课程。这可比您讯问嫌疑人容易多了，您要感兴趣，我回头教您。”

我说：“我也许能学会，但不见得有这个耐心、同理心。”

就是这句把雷给点了。

夏新亮看向我说：“我觉得我丢失了同理心。”

还是咚咚锵自杀那事。夏新亮觉得自己为了搞调查研究，去带着目的接近他，并且唆使他回忆起原本已经给他造成了严重伤害的过往，这就等于是揭开了已经结了痂的伤口，对咚咚锵造成了二次伤害。他告诉夏新亮细枝末节，就是在脑内重演那出悲剧。

我安慰他说：“你不能这么想啊，咱干刑警，搞的就是破案工作，你如果不掌握犯罪细节、犯罪情况，你谈何破案？”

他回：“那就可以肆意伤害受害人了吗？就可以两次、三次地再将他打回噩梦里了吗？”

我竟无言以对。在我的头脑飞速运转，组织语言、排布逻辑，极力想要说服他的同时，他又对我说：“师父，我觉得我变了。不仅急功近利，还特别没有耐性。我长期去面对那些重刑犯，去研究他们的成因、动机，去跟他们做交流，听他们吹嘘经历、诋毁受害人，进入他们的幻想世界……这些交流不仅停留在录音里，它也会侵蚀我的头脑。我这么说您能懂吗？”

不等我做出回答，他继续开口道：“就比如今天，其实不是我让王鹏顺着我的思路走，跟着我的指引去拿出咱们想要的；而是我钻进了他的脑袋里，试着进入他的思维模式，用他的方式去思考、分析。结果也许是一样的，他拿出咱的目标范围。但这却是截然不同的两种方式。我不想在那个时刻变成他。”

我才懂得了他之所以会说出那句“我最佩服您的就是这一点。天天凝望地狱，却还是心向光明”的原因。

作为一个过来人，其实我又何尝不曾迷惘过，何尝不曾崩溃过，何尝不曾质疑过自身？干这个行当，有一个算一个，或多或少都会有心理问题，一方面压力极大，一方面又跟深渊彼此凝望。

我想了想，对夏新亮说：“这就像没有护栏的湖滨，总会有指示牌告诉你，请勿靠近。你走在水边，你看着波光粼粼的水面，它像面镜子，它又不是一面镜子，你看着看着就晕乎了，你晕乎了就很容易一头栽进去。那怎么办？你看都看了，一定要及时止步，不要一直去看它，去看看周围的山、周围的树。你要扭转注意力。同理，干刑警也是一样，别老是带着职业习惯去分析人、去看待事物，你要懂得抽身而出，把自己还原成一个普通人。”

夏新亮苦笑：“但是那湖里，真有一个自己要把你拽下去啊，像是要取代你。”

“对，我承认。所以我告诉你一个办法吧，我屡试不爽。必要时刻，要把良知暂时给典当出去。然后你办完事了吧，你再去给它赎回来。这个意思就是，给自己安个开关。你不要把工作和生活混淆，虽然咱工作起来三不五时没日没夜，虽然咱隔一阵就会被某个案件禁锢，但是你有除此之外的生活，这就是你跟罪犯最大的不同之处。你一定要看到，他们的生活建立在暴力犯罪之上，你的生活，可不是建立在你的工作之上。”

夏新亮认真地看向我，眼睛在月光下闪闪发光。

“你的生活要是建立在工作之上，那我真得给你换个工作了，我得把你还给象牙塔。你不如教书育人，不如把这种直击心灵的工作交给更强大的人。”

他虽然在跟我点头，可我还是不太放心。但这时我也真不便再跟他多说什么，我得让孩子去消化消化。再说了，我也就是有这点儿不值钱的经验，我不是专业人士，本来夏新亮自己算是个专业人士，但医者不自医，他无法自救。我觉得，应该让他师兄跟他好好儿聊聊，一个是他肯定听得进去，一个是那真是专业意见。

“你啊，把手上的研究啊，论文啊什么的先放放，包括你的远大目标。等咱忙完这一阵子，你休个假吧，去走走。不是叫你逃避，离开是为了更好地回来，好些歌儿不都这么唱的嘛。”

“那都是情歌。”

“咱工作就是咱情人啊，还是老惹你心烦那种，你又不打算或者说不舍得换，那就拉开点儿距离呗。”

我终于把他逗笑了。

雌雄双煞

针对尸体的挖掘工作有条不紊地进行了两天，最终取得了成果。

森森白骨破土而出，与供词相符，遭遇过分尸，分得不彻底，非常粗糙。经过拼凑，好歹成了个基本全乎人。

大家都累瘫了，但队上收获捷报非常雀跃。我让夏新亮负责带队将王鹏交回看守所，并嘱咐新亮忙完就回家休息，他说没问题，我想了一下又说："等明后天哪天不忙，抽空一起撮个饭吧，也叫上你师兄，庆祝咱们这次挖掘工作圆满落幕。"

夏新亮回我："算了吧，这里外里也不是咱的案子了，有啥好庆祝的，人嫌咱保守不突击都给咱撸了，等回头咱手上这案子破了再说。"

"话不能这么说，小同志不要带情绪，胜利就是胜利，咱重案还不是个集体啦？再说你也不是那争功劳的主儿，在意这个呢。就得庆祝，你也问问你师兄啥时候有时间，我老说请他吃饭了，光打空头支票。上回儿童绑架案人也没少帮咱。"

"再说吧，真的，他巡讲也没回来呢。"

我是打着让他师兄也劝劝他别钻牛角尖的主意，我寻思我俩配合，夏新亮服用效果更佳。但既然他还在外地，那改天也成。

我离开现场，时间刚好够去接上我儿子，就给我姐打了个电话，说我过去接他，晚上回家吃饭。我姐弯酸我道："哟，太阳打西边儿出来了。"

到了学校，李老师见我来了，这回不急着上课了，就跟我聊了一会儿。孩子在学校表现基本良好，除了皮，小嘴儿爱在上课时候叭叭个不停，那就是爱跟别的小朋友打架了。这情况我知道，老生常谈了，男孩儿嘛，都这个德行，我小时候也这样，我们父子俩跟复制粘贴似的。但是这回李老师跟我特别又讲了这个，也许我表现得不积极，她压低嗓音对我说："这个您还是得在意，也许现在孩子还小不容易显露，但是以后升入初中，如果还是这样的话，很容易被人往不好的方面想。"

我一开始没明白，后来转过弯儿来了："您意思是霸凌？"

李老师没有正面回答我，只是劝我多跟孩子交流，要走进孩子的内心世界。

这就很微妙了。

开车在路上，儿子跟我热烈地聊天，一会儿说美术课上他们动手做了飞机，一会儿说音乐课上谁谁谁的破锣嗓子被大家群嘲，一会儿说最近李昱刚哥哥带他打游戏他们小队一马平川取副本……

这时我问他："你们李老师说你加入了鼓号队？"

他嗯了一声，通过声调判断，这事让他很自豪。

"打鼓啊，吹号啊？"

"打鼓！"

"喜欢？"

"喜欢！以后我还想打架子鼓呢！"

"那敢情好，"我说，"祖坟冒青烟了，咱家几辈子也没有一个搞音乐的。"

他哈哈笑。我顺势说："你倒是有爸爸摔跤的基因，这个爸爸擅长。"

我儿子看着窗外头也不回地说："那还是算了吧，没有技术含量。"

"这你可就错了，它还真是个技术活儿。"

"不感冒。"

"是吗？我还以为你会喜欢。你们李老师说，你跟你们学校打遍天下无敌手。"

"谁想跟他们打啊，还不是你不还手他们就来劲。"

“哦？”

为了把这事聊清楚，我曲线救国先拉他去家附近的麦当劳撮了一顿。我儿子还申请要薯条，我说：“薯条就算了吧，吃完还吃不吃晚饭了，这都是偷偷带你打牙祭。”我姐对他营养方面特别在意，平时不让他吃这些垃圾食品。

儿子跟我基本上还可以做到无话不谈，但是我很清楚，随着即将到来的青春期，这种亲密随时土崩瓦解，所以在此之前，趁着我说话他还能听，要给他把基本三观都树立好。俗话说得好，三岁看老。

跟他这么一深入恳谈，我才发现，我儿子身处学校，也犹如身处社会。

现如今的孩子不仅早熟，思想上也趋于成人，还是成人的陋习，譬如攀比、看人分三六九等，这可让我挺惊讶的。遥想我小时候，我们个顶个都是小屁孩，那时候确实经济条件也都比较趋同，像我爸经商，家里条件也就是稍微好点儿，那我有个啥这那了，都是主动拿出来跟小伙伴们分享。我们那时候也干架，干架的原因却无非是谁谁谁嘴欠了，谁谁谁吃独食，特别孩子气那种。而且干架，不是我打你或者你打我，是我们小分队对抗你们小分队，打完该一块玩儿还一块玩儿。

怪不得李老师会暗示我“霸凌”一事。我儿子跟我说的就是霸凌啊！而且也不是我儿子霸凌别人，是他被霸凌过才对。只不过他小，他单纯，他没这个意识。他就知道我要告诉对方——“我不好欺负！”

你受到了老师表扬，我抽你凳子。

你打游戏成绩好，我藏你课本。

你吃进口零食，你分给别人没分给我，我伸脚绊你跟头。

凡此种种还不算，久而久之，我还要拉帮结伙针对你。

听得我都想打人，亏得我儿子遗传了我的结实、我的心大、我不服输的倔强，否则后果不堪设想。

但是你打我，我就打你，这终究不是解决问题的办法。我在肯定了他捍卫自己尊严的同时，也对他提出了建议——“你这个交际圈不行。你主要就是没学会团结小伙伴。你看啊，你这个嘴虽然快，但是比较笨，你如果有个好朋友能说会道，你就不用再费劲抡拳头了，对不对？同理，这个小伙伴可能战斗力差，那这时如果有人欺负他，咔嚓，你就跳出来了。这是不是互帮互助？哎，回头你们再来个体育好的，来个文艺细胞好的，来个跟老师那儿八面方圆的，好家伙，上天了。这就叫资源优化，达到利益最大化。你没听过那笑话儿吗？二哥要去泰国旅游，让三哥帮忙看家，临走前特别交代：家里的藏獒随便逗，别惹鹦鹉。之后，三哥怎么逗藏獒，藏獒都不咬人，心想：藏獒都这样，这鹦鹉也就一破鸟，能把我怎样？遂逗鹦鹉玩。结果，鹦鹉开口说话了：咬他！三哥，享年三十八岁。”

我儿子咯咯笑。他笑我也笑。我真是鼓励过他好多次多交朋友，但是他真听不进去，或者说不愿意去履行。我其实想过这事，一深思心里就特别不是滋味。孩子的妈妈是那么一个人，别说母爱了，她就是抛弃，孩子在那么小的时候遭遇这，我还能指望他有多信任别人？我虽然知道这个根源，也想要帮助他改变，然而罗马不是一天建成的，这需要时间，也需要环境。与其逼迫他，不如培养他的主观能动性。

到家，我姐饭刚做好，一家人围桌团团圆圆吃了顿晚餐，这确实有点“太阳打西边儿出来”那意思。自打我调动回重案，就跟撒出去的鹰似的。

“对了，爸，你给我批改那道题，洪老师表扬我了。”

“是吗。就你答对了？”我正跟红烧日本豆腐较劲。

“没有，好几个人都答对了。”

“那为什么表扬你？”

“应该说表扬您了。她讲作业时候，让我说说解题思路。我就按照您给我批注的讲了，她就表扬我了。我说是我爸给我讲的！”

我姐这时候看不下去我那糟烂的筷子功了，伸筷子给我夹到了碗里：“我怎么不知道你还会讲题呢。”赤裸裸的鄙视。

“他会，他会！”我儿子争着说，“老师都说他讲得好！爸，你要是一直在就好了。”

我看着他的笑脸，那股子自豪劲儿，心里特别暖和。

“在，我老在。你需要我，我永远在。”

“吹牛。”

“你爹工作忙嘛。其实特别想陪你做功课。”

这时候我姐开腔道：“那你抓紧吧，等他上了初中，你就玩儿完了。”

我瞪眼：“别毁灭我在我儿子心中高大的形象。”

“舅，不碍事，她推倒你再重建。”

我外甥女也加入了我们的嘴仗，一家人其乐融融。

吃了饭我去刷碗，出来一看手机，文君给我发了个定位。这是十分钟前。我赶紧动动手指回：“现在啊？”她回得倒是短平快：“对。”

这叫一个斩钉截铁，就好像她知道我今晚有空似的。但转念一想，她想知道一定能知道，不说她职业属性，我俩办公室还挨着，更别提我们捷报都发回去了。

我知道她是找我碰戴天跟宫立国的事，但出乎我意料，当事人之一竟然也在！

只见宫立国坐在那儿，率先朝我招了招手。

这是个提供户外场所的露天小酒吧，坐落在三楼，所以它不是个院落，而是天台。这会儿除了文君跟宫立国坐了一桌，没别人。

“这排场！包场啦？”我拉开椅子坐下，笑嘻嘻地说。

难得地我看见了宫立国的笑容：“你这张嘴啊。”

“你多跟他接触就习惯了，”文君说道，“贼贫。没开车吧？”

“你酒都给我倒上了，我再说开车晚不晚点儿？”

她飞了我个大白眼儿，“想夸你都没处下嘴。”

“你到特警队怎么样？”我举起酒杯，敬了宫立国一把。

“还能怎么样，跟一群大傻子一起。没任务还好，有任务怀里抱把枪，更二。”

“你这嘴也不咋的，净瞎说大实话。”

“要不给自己说跑了。”

“所以到底怎么回事？你俩怎么接上头了？”我喝了口酒，问。

“你应该问，怎么我俩接头能叫上你？”宫立国斜眼看我。

“我正直呗。”

“比你师弟是正直多了。”

“咋的你还怀疑过我不成？那简直是骂我师父了，不能忍。干了。”

“我从来都敬佩隗队，干。”

文君是个女特务不假，但我竟然是她潜伏的对象，这可惊着了我！戴天那句“你怎么不想想人巴巴儿帮你是为啥”，是真没说错，但对象错了，不是光明队长要针对师父，是宫立国针对他！文君是为了宫立国才接近我的。天下真没有白来的午餐，从一开始帮我们去昆仑一条街找人它就不是偶然而是必然，听说我要重回重案，文君就开始布局了，积极向光明队长表态：“我好闲。”这么一个伏笔打好，我只要需要这方面的帮助，出来帮我的就一定是她。她跟夏新亮虽不是有意接近，但接近了她也没少使劲。要不都说特务数女的狠呢，没毛病！然而，宫立国作为男同志，还不是特务出身，潜伏工作做得也是极好，他这些年在戴天身边并非是他门徒，而是他一早就盯住了戴天。

雌雄双煞啊。

这俩人的渊源颇深，好些年前了，文君还在“组对”干，情报有误任务失败，她跟两个特情科的同志被“诱敌深入”，哪有什么黑枪交易现场，等着他们的是线人肿胀的尸体被吊在钢梁上，活活儿被打死的，脸肿得像气球，眼珠子都掉出来一只。当下就有一个同志被悍匪击毙了。文君与另一个同志火速找掩体，人被困在了局中。瓮中捉鳖，活捉。死了的线人把文君给卖了。对方想要知道卧在他们团体内部的另一个线人是谁。那是文君职业生涯中的一劫。寡不敌众，终被俘获，遭受严刑拷打不说，自己的同志由于她的守口如瓶被砸碎了头颅，那真是对精神的极大冲击与摧残。但是她坚守底线，也正是因为她的坚守，迎来了救援机会，隐藏的线人顶着巨大的压力发出了求救信息。而前来营救的警员之中，就有平头哥宫立国。营救工作为抢时间，部署只能说相对周密，派遣的虽是精兵强将，但情况比预判还要恶劣，人数也显出了不足，毕竟为缩小影响人数安排做了考量。可以说宫立国与救援小队的另三名成员是冒着生命危险完成任务的，这对身陷死神手中的文君来说是雪中送炭。螳臂当车，宫立国身中两枪，身上大小伤数不胜数，与被他拖出来的文君、因此而牺牲的同志们，一起成就了一场血染的风采，那真是血流成河。也由此，二人结下了深厚的情谊。

这都属于绝密档案，都不是我们能知道的案件。

从前我只觉得文君上天入地无所不能，有如神助，原来在这背后，她所取得的每一条情报、每一点进展，都是智慧与体力的双重博弈。她一个弱女子，闪转腾挪之间，搏的说到底也是一条命。我原先以为她作为女同志，虽然在特情科，不会让她从事太过危险的工作，这得算性别歧视了吧？由此我也明白了戴天对她的忌惮，她不是走过场的，在她所亲历的那些大案要案里，她是个狠角色。而纵观我从她那里获得的一次又一次的帮助，那都是她呕心沥血才积累下来的人脉为我提供的。人凭啥替她办事？都是过命的交情。而在说这些的时候，她那种“这都不值一提”的态度，让我肃然起敬。当然拆台来得特别快，宫立国张嘴：“也不是谁半夜关灯不敢睡觉，连着去了大半年的北大医院。”

从前尘往事里走出来，我们着眼当下。事情跟我料想的出入不大。

宫立国说：“我一开始不是故意接近他，算是机缘巧合吧，由认识，再到跟他手底下干。我虽然一直对杨指导的‘事故’心存疑窦，但我没想过有谁会故意害他。毕竟杨指导人真是太好了。除了跟你师父搭档破案，一有空他还给我们这些小屁孩儿上课，那课是真生动。不仅生动，还特别实用。太用心了。可以说，就是通过他，才坚定了我要干刑警这行的信心。他讲课是会发光的。不仅讲课，也讲人性，究竟是这个人极端，还是周遭的人事物促使他极端，特别有意思。真是活得通透的一人。”

由这儿我想到了，有时清明我去陪师父扫墓，墓碑前总会有鲜花，搞不好那里面就有他送的。

他继续说道：“我毕业分配到队上，心里特别激动，特想拜杨指导为师，可这都是队上给安排，咱没这个福分。我人又慢热，不是很会处理人际关系，还记得有回赶上一个案子，让我特别挫败，一人儿偷偷躲在墙根儿那儿抹泪，也是杨指导，他过来开解我。我心想他有那么多学生，肯定不记得我了，但是他竟然记得。而且他说，他教过的每个学生，他都记得，更别提我还挺爱在课后提问的了。是他的鼓励，让我能在这条路上走下去。想着有朝一日，也许我能到他组里呢？我其实特羡慕你们师兄弟，你们跟着你师父，就有机会跟杨指导一起办案。提高多快啊！”

他的回忆，引领着我也回到了那段青葱岁月。还真是，跟着师父、师伯，我们没少学东西，过得特别充实。

“但是这个机会我一直没等来，却等来了杨指导离队。杨指导给我们上课，讲的是侦查讯问学，我敢说，他是非常精通于人类心理活动的。我觉得他不可能没做过风险预判，包括我后来去了解这起案件，我真的也不会判断这个嫌疑人有自戕的可能性，太低了，几乎没有。但事实却是，他跳楼了。我们有句老话——百密一疏。很可能你就是赶上了，点儿背。毕竟人心莫测，此一时彼一时。”

我跟着点头。

“然后我认识了你师弟，再后来我去到他手底下从事刑侦工作。我是看着他从默默无闻到步步高升的。他这个人真的不灵，就是……这个……无头苍蝇一样满世界乱撞，不得要领，也不尽心尽力。打个比方，出现场，他都没认真调查，就——自然死亡，咱不费那个力气。再比如，直接就说搞结案报告吧，至于还剩下一些疑点——你不要思虑过多。是真‘无头’。”

“你错了，”我点了支烟，“其实他不是‘无头’，他是觉得这种东西也不会让他升官加爵，就大事化小小事化了，他的关注点根本不在这上头。”

“对。就这么一个人。要没有隗队给他保驾护航，他真是……”

“我师父也真是没辙。不选他难道选我？我你也知道，闯祸能手，拆台专家。”

这话宫立国没法接，遂回到主题：“他破案不灵，人情世故拿捏得好，可以说是我亲见啊，他的这个仕途之路。这也不说了，主要是他得失心特别重。那会儿，他刚当上支队长，可把他牛掰坏了，约了我喝酒，你们这些老兄弟给他打电话，他看一眼就挂，说的那个话吧……我就不重复了。”

“甭重复，都猜得着。”

“酒过三巡，他更膨胀了，对我说了这么一句话——谁也别想挡我的路，有一个算一个，佛挡杀佛。这话他酒醒也就不记得了，但是我记得。我不仅记住了，我还受到了启发。谁能挡他的路？有个金牌师父，谁能挡他的路？就他那一套溜须拍马神功护体，谁能挡他的路？”

宫立国看着我的眼睛，我也回看他：“杨师伯。”

“对啊，”宫立国拿过了我的烟，“杨指导是你师父的搭档。杨指导业务能力强得没话说，为人更是正派。有杨师伯在，还能轮到‘无头’吗？”

我忍不住乐了，乐完觉得特别不合适，太不分场合了：“对不起啊，你叫他‘无头’，太违和了。”

宫立国皱眉：“我都没法说你，吊儿郎当成这样……简直没心没肺。真的，要不是文处信任你，我真是……”

文君这时接话道：“别啐我，你自己跟他共事几回，不也知道他什么人了嘛。他这个人很善于伪装。”说完她又看向我，“你要不是这德行，早点儿让我们摸透，他也不至于自己单打独斗到丢了工作。”

“赖我喽？你们跟我这儿搞特务工作，卧在我旁边儿一边刺探‘无头’的动向，一边提防着我是他爪牙，我找谁评理去？”我摊手，“再说了，我有什么办法？一山不容二虎，既然他当老虎，我就当猴儿呗，总不能叫师父难办。”

“我刺探什么啦？还不是你追着我说。”文君嫌弃地撇嘴。

“嘿，你个……”我也是哑口无言，还真是我傻乎乎地逮住她有啥说啥，让人卖了还给人数钱，还觉得自己弄了一“外挂”呢。现在想来我真是傻得冒烟儿，就连戴天可能有“鬼”这事，其实也是文君去引导我发现的。他们先是监视我，再是渗透我，跟着试探我，最后拉拢我。

“行了，说重点。我起了疑心，就开始调查。这事你得对机会啊，你权限就那么点儿，不能蛮干。”

“王语纯。”我说。

“其实在此之前，还有一回，”宫立国说着，拿过了桌面上那只绿色的文件夹，“这你可以带回去看。我给你影印的。”

我接过来，他继续说道：“那回是一个叫李岩挺的人，经济类案件，‘无头’也插手了。我就调查李岩挺。他跟王树响是什么关系呢？他是王树响妹妹的丈夫。”

我长出了一口气。

“是不是太无巧不成书了？”

“‘无头’怎么知道你怀疑他的？”我碾灭了手里的烟蒂。

“还是你了解他啊，他这人，极看重自己的仕途，防心也重。你也会看人，你见孙淼一回怼他一回，是嗅见他身上的味儿了吧。”

“原来如此，”我摸了摸鼻子，“你这回出事果然是拜他所赐。他还挺能演的。”

宫立国叹了口气。

“这基本就是实锤了，但是没有证据。你最终也没拿到证据是吧？不然怎么得咱仨凑诸葛亮呢。”

我说着，开始翻看文件夹，宫立国整理得很细，别看平头哥长得粗糙，文书工作真是细腻。我翻看夹子，他也没再说话，我就往下看，一页跟着一页。翻到后面，这里面提到了一点——跳楼自杀的嫌疑人在被带去指认现场的前一晚，看守所内餐厅的监控丢了一段时间的存档，记录是设备故障。

我抬起头来，文君跟宫立国都在喝酒，我背上泛起一阵鸡皮疙瘩。印证跟猜想不同，冲击力不是一般的大。但这如何求证呢？这么想的同时，我又看向他们俩，忽然知道他们为什么来“拉拢”我了。我在这里面要充当什么角色呢？出首是不需要我来的，宫立国可以。我在心里一翻个儿，懂了——我得去跟师父交代。打预防针。

把戴天拉下马，师父他……

倘若师父被撼动，光明队长……

文君是光明队长的人。戴天反复跟我强调不要跟她接近。光明队长多少是有些忌惮师父这一脉人崛起的。文君卧在我身边儿，真就是为还宫立国一个人情吗？双面间谍以她的聪明才智足以胜任。

“大刘儿？”

我回过神来，文君正关切地看着我。

“啊……”

恍然回神，我才发现自己的思想跑得有多偏。太可怕了。什么叫潜移默化？这就是潜移默化。跟戴天接触多了、共事久了，思维竟然要跟着他跑了。他那套权谋几乎都要把我洗脑了。这回他还高明了，打起感情牌了，不知不觉中，好像曾有过的兄弟情谊又回来了。也不是情谊，我俩真说不上有情谊，从前经常打得跟热窑似的，说打也不对，是我单方面攻击他吧，我性子急脾气暴，他相对来说就含蓄内敛或者说忍气吞声。我这人身正不怕影子斜，但我欠他的，那个恶劣玩笑在年轻时代我好像还觉得就那么回事，可人到中年，洗练了人情世故，我是真的内疚与自责。怀着这种心态，我还刚好就进了他的培养皿。那个瞬间我怎么会那么想呢，以他的思维模式去想？我师父是谁、他是怎样的人，我不清楚吗？戴天若真凭实据地被证明犯下了这种欺师灭祖的原罪，头一个“打爆他狗头”的肯定是师父。且不说他跟杨师伯的情谊，就单凭他的刚直不阿，他都能打爆戴天狗头一百回。我到底在怀疑什么？我不怀疑师父，难道要去怀疑光明队长吗？我怀疑文君不就是在怀疑光明队长吗？我对得起他对我的肯定与栽培吗？他跟师父俩人就算有这样那样的矛盾，那矛盾属于个人吗？师父有一天想过争权吗？光明队长虽然有点小心眼，他又可曾害过师父吗？我居然轻易就被戴天蛊惑了？他是一个争权夺利的人，他会把问题复杂化看待，但我却不会。

可与此同时，我又非常纠结。戴天有戴天的问题，他的问题我看得太清楚不过，但其实我看得也有失公正，就因为我深知他那些臭毛病，打心里我就对他否定、否定、再否定，事实却是一再打我的脸。他也会扛起重担，也会为兄弟们争取权益，也会刚起来还事实一个真相，也会拿出他的仕途之路做赌注去为我们撑起一片天。这也都是事实。他没我想的那么浑蛋。我刚开始试着去接纳他，现在就要一巴掌去把他给拍死吗？在一切只建立在推测的基础上，在没有决定性证据的情况下？

“你是不是有什么想法？”文君开诚布公地问我。

我是一口一个“君姐”叫着，我多次得益于文君的帮助，我是亲眼看到她对一线工作的热爱，我也是亲见她随时抛夫弃子加入本与她不相关的战斗，那都不是假的，她热爱刑警这个职业。她也许神秘，但她绝不缺乏真诚，不缺乏正义之心。这才是我认识的她。我以我的人格向她证明了自己的立场，她又何尝不是？她再狡猾，我还火眼金睛呢。如果不是一路人，我们根本不会走近。

我点了点头，我必须以诚相待：“我确实有一些想法，或者说，有一个主张。”

“你说。”宫立国也认真地凝视我。

“一旦咱们掌握到了证据。我想先跟我师父报备一下。”

“当然，这是应该的。”文君肯定道。

“也包括我师弟，我有话想对他说。”

宫立国看着我，我毫无回避地迎向他，约莫有十几秒吧，他点了点头。

“大刘儿，别有任何思想负担，”文君旋转着手中的玻璃杯，“这件事，目前仅限于咱们三个人知道，老大那边我一个字都没提。我向你保证，我参与这件事绝不带有任何政治目的，希望你能信任我，在我揭开了特务的面纱后。”

我笑了，在我琢磨她的时候，她一定也在琢磨我。

长出了一口气，我说:“该提就提。”

“我还在权衡。至少，咱们得拿到切实的证据。咱们不是要扳倒谁，咱们是要追寻真相，属实的话，还杨老师一个公道。我个人不能接受英雄蒙冤。这就是我性格。这也是我帮老宫同志的原因。我欠他人情,不代表我就可以为还人情对组织、对同志乱来。我一向公私分明。”

“我懂她，希望你也懂，”宫立国向我举杯，“女中豪杰。”

“巾帼不让须眉。”

碰杯声中，我看了眼今晚的夜色，黑暗从地里长了起来，吞天覆地。

连续几天我都休息得不好，以至于走路都像踩进了棉花里，文书工作又重，手上的案子还停滞不前，人就好似霜打的茄子，不能说丧，更应说是颓。

这天我实在疲惫至极，夜也深了，就说干脆去宿舍对付一宿。刚要开门，隐约就听见隔壁房间里有男人喘着粗气呻吟的声音，还高潮迭起的，听着倍儿热闹。

我就蒙了，寻思啥情况？试着一推门，门还就开了。

只见王勤上身赤裸，下身就着了一个短裤，还是红色的。手里拿着冰壶，冰壶里冒着烟。更离谱的是，他头上还围了一个丝巾。满屋那烟啊，台灯还变颜色，一会儿红一会儿粉。桌上除了台灯，就是手机支架跟手机了。这会儿我俩一对视，双双蒙圈。

这个状态也就持续了三秒不到，他又一低头，继续在那儿摇头摆尾，满脸喜怒哀乐地“白话”。

我心说这是怎么回事啊？不清楚。不清楚也不敢叨扰，属于“咱也不知道，咱也不敢问”，且，我也不能站这儿“观看”，就轻轻带上门，赶紧回了我那屋儿。一进去又给我吓一跳，屋儿里我俩小徒弟全在！还摊开着一地的家伙事。

“不是……你们俩……那什么王勤……这都什么跟什么啊？”

“来来来，师父你坐你坐。我们把你这屋儿征用了。”李昱刚起身，给我往床上让。

我坐下，先点了支烟压惊，然后听李昱刚给我解释——他们正在追查刘戈发起的多人视频聊天，就网络平台上的聚众“溜冰”。由于对方并没有很明确的规律可言，他们就惦记瞅准机会给谁卧进去。一个是掌握这个“聚会”的频率，一个是固定上证据。今晚通过平台放信儿，机会来了，然后王勤自告奋勇求表现，他们就拉了个摊子。事态紧急，又没第一时间联系上我，他们就干起来了。

我一听这不靠谱：“走火入魔了，他也忒入戏了！”王勤这个模仿太真实了。

夏新亮这时开口道：“他冰壶里的烟是我们拿无害的化学制剂做的。放心吧。”

“对对对，”李昱刚帮腔，“保证安全！”

我思来想去还是觉得不妥。想赶紧叫停，拿过耳麦就呼叫王勤，但他不给我回应！从这边的监视屏幕里，我就瞧着这帮同性恋群魔乱舞，越看越头大。

王勤这奥斯卡级的演技骗没骗着别人我不知道，但给我镇住了，这哪还是平素里的那个白胖胖王勤，他真就演出了老不正经的男同志！老不正经的男同志还吸毒！

不一会儿，还真有人朝他抛出了橄榄枝，说能给他介绍货，一克七百，十克七千。王勤就说那这个价格还可以，对方提出单线联系。在这儿他抖了个机灵：“那我得存一下这个多人群聊先。”那边跟他说：“你甭存，存也没用，这都不是固定的，你加我，加我下回我带你。”

我捂脸，对方也是嗨大发了，王勤都说秃噜了，说的话多门外汉啊！没人带你你能进去这个多人视频吗？你进去了又没人带，你是生怕人不知道你是潜进去的吗？而且你买哪门子毒品啊！给你寄宿舍来？收件人写重案？

胡闹！

我也没别的办法了，这边王勤去加人微信了，我起来直奔楼道的尽头拉电闸。刚要拉一想不对啊，王勤用的手机，李昱刚用的笔记本，拉闸限电不管用的。转身我又回去了，回去我就发飙，我一发飙，他们才赶紧收尾。

不一会儿王勤拿着手机就过来了，进门就跟我说："咱得继续啊，我这又买道具又表演的已经跟对方联系好了，准备要点儿毒品。"

我耐着性子说："一克多少钱？一克七百，十克七千。试毒品最低十克。你打款给他容易，他怎么把毒品给你？这毒品能顺利到你手上吗？且不说这个，钱又得谁出？上回请一帮外围吃饭，那八千多块我批下来容易？而且你要来这毒品干吗用啊？"我啪啪拍着笔记本的边框，"这里头没固定住证据？咱不是要毒品，咱是要抓人！而且咱要抓的是刘戈，我问你，刘戈今晚露面了吗？"

我劈头盖脸一顿数落，王勤就跟那儿僵持着。我又转脸看向夏新亮跟李昱刚："你们俩也是！刚来呀？他说他要卧进去，你们就让他去？他干过吗？卧底谁都能干吗？他申请他就行是吗？你这不是发了律师函就当是法官终审了吗！他才来他不懂，你们俩也不懂？"

李昱刚动动嘴，话没说出来。夏新亮连嘴都没动。

"刚才我叫停，还不停。我为什么叫停？人在魔道，你不成魔你就是神！"我说着，伸手指向王勤，"他进了魔道，要是走火入魔可怎么弄？假的效果不好上真的，你们谁负责？不是我说你们，我干了多少年的缉毒工作？你们可能听我说过一些打它的方式，但你们不知道里面更内涵的东西。十克毒品，这小 IP 哪儿都有，他给你寄来毒品，钱你丢了，线索还断了，图什么？"

王勤这时支支吾吾地说："我就想证明自己，我把钱打给他，把这东西买了，证明自己是他们圈内人……"

我横着就怼过去了："你证明个屁！你现在给了钱，人把你钱挣了，货都不见得给你发，你谁啊？真不是我说你。你知道怎么跟他们斡旋？你知道怎么顺藤摸瓜往里头钻？你脑子是不是被门夹了！就刚才，你还抖机灵，那傻子也是嗨了，还他带你，你哪儿来的啊？谁是你介绍人？而且你加人微信，你提前准备微信号了吗？准备了吗？你拿什么微信加的？你这就是给我整一鸡飞蛋打啊！”

我正骂着，就听见王勤手上那手机噗噜噗噜地响。我再一看对面儿那俩，一人手里攥着一个手机。

我伸手去拿王勤手机，李昱刚那个脸色登时煞白。

好家伙。这仨，还给自己建了个群。

瞅瞅他们说这话——

李昱刚：“大哥，您这精神头儿值得赞扬，您继续，继续干别停！”

夏新亮：“别慌，是可以的，我挺你。”

王勤：“数我娇艳。”

原来王勤没有停下来是因为他们在“拍呼”他，最气人的是最后一条。李昱刚发了一个“我太难了”的表情，下面跟着一句话：“像不像此刻的师父？”

时间显示就在我开训他们没多久。

我之所以没把这手机拽李昱刚脸上，是因为我发现，噗噜噗噜响的群，不是这群，是一个叫“666”的群，666 前面还有一个手的特殊符号。

真叫瞎猫撞上了死耗子！嗨大了那主儿，在王勤加了他之后，见王勤没吭声，连着发了好几个问号，王勤正被我训，没顾上回，他倒好，直接给他拽进了一个群里！就为了证明自己不是骗子。

这会儿这个群里发言的人不少，你一句、我一句，好些黑话。我一看秒懂，这是个交易群！

“都别木着了。全给我过来！”

我负责周旋，夏新亮进行分析，李昱刚过滤梳理，王勤负责记录，我们就在这个群里挖，最后把刘戈掘出来了。还真要相信六度空间理论，这个群虽然跟刘戈没有关系，但是它提供了间接通道。

做了一系列的工作，我们终于固定住了刘戈的所在地。通过基站定位手机位置。但是它其实会有点误差，这个定位再精准，也会有一定的误差。显示他在哪儿呢？

在厦门。这会儿已经是早上 8 点多了，我直接就把电话给戴天轰炸了过去，禀明情况，要求厦门警方协助。戴天就是戴天，他就不是痛快人，最后我急了，我说有任何差池，责任我负！他一边说着我怎么负，跟我打官腔，一边也怕错失了将嫌疑人抓捕归案的机会。我三板斧使劲儿往上拍，待他终于松口，我们都快到机场了。可能我潜意识里还是坚信他最终一定会支持我吧？我们是一边申请一边往机场奔的。这是不是就是默契？也是奇怪，在我跟戴天据理力争的时候，脑袋里完全没有他那欺师灭祖的烂事。我明明那么在意，可投身于案件中，真就忘了一个干净。我前妻那话可能没说错——“你只配跟你的案子过一辈子。”

挂了电话，我给李昱刚拨了过去，让他即刻联系厦门方面，把情况都跟人交代清楚。

登机之前我收到了李昱刚给我发的微信：“师父，我想跟您道个歉，那表情包太过分了。但我绝对没有嘲讽您的意思。您说得对，很多东西我们确实没有经验，也了解得不够深入，但我们执着破案的心跟您是一样的。您老说时代变了，要跟不上了，其实您一直都在时代的浪潮中。就像这回，您虽然把我们骂得跟三孙子似的，但还是用实际行动肯定了我们，又用您宽厚的肩膀为我们扛起责任。我们一定不会辜负您。也在此保证——今后绝不会再打没有充足准备的仗！”

我看完给他回了一条：“以后写结案报告，就按你写检查的这个水平来。”

叹了口气，我心想，大约他们有多让我头疼，我就让戴天有多头疼吧。

由于我们行事匆忙，李昱刚只能尽力给我们订航班，仨人分了两班，是同一时刻起飞的两家航空公司的航班。我跟夏新亮同一班，王勤在另一班，全是屁滚尿流赶上的。但我跟夏新亮就算在同一班，座位也完全不挨着。夏新亮在我前面七排处，三排座中间的位置。我在后面这个靠近过道的位置。他坚持把这个相对舒适的座位留给我，其实他更需要，就他那大长腿，缩在中间儿，想想也知道多难受。但我们出差就这么个待遇，更别提临时抱佛脚了。我推辞来着，他却跟我说：“师父你别客气了，飞机上正好睡一觉，我觉得以您这个精神状态来说，您不是一宿没睡了，或者有睡但睡眠质量绝对不高。”

这我是承认的，可他又何尝不是呢？他眼圈都发青。

然而推辞来推辞去，我还是没说过他。

这会儿，我看着夏新亮所在的那个座位，其实根本看不见他，但他那张写满憔悴的脸庞仿佛就在我眼前。

半梦半醒间，我觉出屁股后面有什么东西硌着我，伸手一摸……干了！王勤的手机我顺手插在屁兜儿里忘了还给他！慌忙开启了飞行模式，微信消息的提示叫人在意，那小红点不消下去特别难受。点进去一看，这交易群里还真是甭管几点都有人说话。

禁毒工作这么难、这么苦，多少干警牺牲在一线，但还是杜绝不了买方市场。除了无奈，还是无奈。虽然我已经把我们这边掌握的情况发给了缉毒队，但这一个打掉了，下一个呢？它既不是起点，也不会是终点。尤其随着吸毒人员的年轻化、贩毒手段的互联网隐蔽化，在这张金钱与欲望编织的网上，究竟还要困住多少人才算？想想都叫人绝望。虎门销烟还写在课本上，但它的警示力量却逐年下滑。

颓丧的我随手点开了朋友圈，点开之后看了两眼，蒙了——这都是谁？然后才反应过来，这是王勤手机。

也许是好奇，也许是无聊，我点击了那个熟悉的卡通头像，跟着又点进了朋友圈一栏。吓我一跳，净是九宫格自拍。他有这么自恋吗？我平时很少看这些，所以真没注意过。我又使劲想了想，少数的看的时候，我好像也没发现他有这癖好……怕不是他给我分组出去了吧？

凝视着屏幕，我也做不出啥感想来。你还别说，虽然王勤拿他自己大号儿加了那不靠谱儿的毒虫，这号儿却真没破绽——gay 不是都爱表现自己吗？再设一个三天可见，没毛病！

想到这儿，我忽然愣住了。我说他们这计划顾头不顾屁股、藏头露尾、漏洞百出……是不是错了？

他们环境也布置了、道具也买了、监控也上了、录像也录了……其实那仨人小群里不也有很多话术吗？再加上这个“符合题意”的朋友圈……

我又看向了夏新亮的位置。至少这小子我知道啊，一向稳得很，再想想他那副比我强不了多少的疲惫样儿，这应该就是他主意。

我让他别钻，他还就照大里使劲儿！

这心结真是够重了，不是好事。并非专注不好，而是掺杂了个人情绪的、带有强烈目的性的专注很不妙。我还真不能放任不管了。

飞机落地，万幸都没晚点，我们会合后，同李昱刚取得了联系，他跟我说厦门警方已经派了人接应我们。至于对刘戈的摸排，有乐观之处也有不乐观之处。乐观之处在于，已锁定刘戈。根据我们的定位，虽然有误差，但通过物业走访，已经确定了刘戈的确切租住地，承租人显示不是刘戈，实际使用人却已被指认就是他。不乐观的是，他的暂住地在一处别墅区内，栋与栋之间相隔较远，社区内居住人员也不多，无法贸然接近，所以到目前为止还没有掌握别墅内部的情况。

我嘬了下牙花子，地广人稀……

李昱刚说先期去踩点的探员是扮作快递小哥骑着电动车进去的，也没敢过于靠近，就摸了摸地形、路线。那幢别墅很多处都拉着窗帘。确定屋内有刘戈还是委托的物业人员，打着发放防火手册的名义。房内除了刘戈，物业的小伙子说还有别人，他瞄见了。至于是什么人、有几个，这都不清楚。但是整体区域都已经被控制住了，怎么动手还在研判，厦门警方也迫切想跟我们探讨。

与前来接应我们的厦门警方的同志顺利会师，我们登上了开往目的地的车，是辆商务别克，除了司机，以及接机的小伙子李萌，车上还有两个探员，年长一些的叫张泉澈，年轻的叫周丹丹。

我接过他们手上的地图看着，是难。刘戈所处的这幢独栋别墅，地处社区内的边沿位置，从它后门往出走，一左拐就是通往海滨的路线。它这个别墅还没有外院墙，等于人在室内对周边情况那是一览无遗。

肯定是要包抄的，最理想就是四方都布置人马。但现在别说四方了，半方都没戏。只要靠近，人家从屋内就能瞧见。这说明刘戈选择在这里盘踞，他是有考量的，毕竟干的是人头点地的勾当。

我琢磨还是得化装，化装侦查换作化装围捕。

这次厦门警方为了支援我们，动用了两队人马共计十人，外围也要求当地派出所协助，再加上一支特警队待命，人员其实比较充足。

我们跟他们的负责人见上面就开始商讨战略。对于外围的卡口，大家想法都很一致，主要是进行抓捕的内包围圈这块，其实谁都不敢打包票。这边的意见是不然就单刀直入，如果发生嫌疑人拒捕逃跑，就让外包围圈往内收，也就是把场地打开。对他们来说，毕竟是协助工作，协助上就行，就是响应了、配合了，越简单越好。我们是主办，我们要求更多的是稳，必须稳准狠。这人法外了十七年，好不容易上来了线索，这要是再没抓着……尤其他现在还从事恶劣的贩毒工作。

缉毒这事我前前后后搞了数年，干过数起，别看刘戈相对来说也就是小打小闹，但是他辐射范围广，少量多次，其实也不容小觑。再加上他还背着人命案，暴力抗法的可能性极高。所以对他进行围捕，要做好全面的风控工作。

目前的情形对我们肯定是不利的——地形开阔、人员数量不明。

我深思熟虑后，提出了我方观点，近距离四面包抄。

“我是这么想的，”我伸手在地图上比画，“南面，也是正门处，是咱们的突击处，就由这里进入。怎么靠近？有一组人，化装成修剪草坪的工人。北面是后门，也是最容易逃跑的路线，出门比跳窗靠谱。后门这里借一辆快递的面包车带他们公司logo的，送大货的那种，车上咱多安排点儿人。东西两面，东面物业说跟它相邻的这一栋没有人住，还没卖出去，咱们扮作中介跟看房人员，随时待命。至于西面，西面可以安排保洁，当然也是咱们化装扮演的。这样东西南北，咱们有了一个小包围圈，这包围圈一收缩，基本就能比较稳妥，咱们收缩的同时，外包围圈跟上来，增员就没有后顾之忧。”

“那这个小型包围圈，需要多少人？怎么保证他们的安全？因为咱们不知道里面的具体情况，有几个人、有没有武器、都什么年龄什么身体素质。有没有前科，是什么样的性格？这个防控怎么来做？”

对方提出质疑很正常，毕竟参与人员跟嫌疑人将要正面对冲。

“所以我建议，每一组人员，至少配备一个特警。在实施抓捕工作的时候，要跟相邻人员紧密配合。与此同时，所有人要随时互通有无，看见了什么、捕捉到了什么信息，都要即刻分享出来。”

“嗯……这个从技术层面确实可控，但……”厦门方面的总指挥明显还是心存顾虑，这个我理解，毕竟会有突发情况，但抓捕行动嘛，风控做得再好，还是有遇到突发状况并失控的可能性，只能说尽力保障，毕竟它就是防不胜防。该着你点儿背，真就躲不过，譬如说高博。

“那行动时间呢？”对方他看向我，眼里有了点坚定意味。

“一经部署完毕，即刻投入战斗。天越黑，对咱们越不利，要充分利用傍晚前后的这个时间段。一个是闲杂人等出现的概率低，一个是这个时间段人的精神状态会比较松懈。”

方案一旦敲定，执行起来就非常迅猛了。经过一个多小时的部署，所有人员各就各位。最先出动的是负责东面的小组，王勤参与其中，扮演看房的客户，周丹丹跟他打配合，扮演他的妻子。另外有两名特警一个刑警，三个人分别扮演中介公司的工作人员。

前方发来战报，已进入东面别墅。透过窗户向目标地址观察，三扇窗帘都处于闭合状态，无法获知屋内确切信息。

第二组随即出发，是保洁人员组。他们这个不能直接就过去，太假，要扫着地推进,时间就稍微有点久。但久归久,有情报传来——西面一楼的窗帘是开启的，里面是饭厅，饭厅的餐桌是长方形的西洋款式，长且宽，椅子有十把，被拉开的只有四把，桌面上堆有饭盒。但由于距离存在，不能趴人窗户上看，就不太能确定究竟曾有几个人用餐。我心想这可算不上有用的情报，太虚无缥缈了——别的不说，就说这个就餐时间，也不能确定是哪时？只能排除不是今天中午，因为我们开始监视了，心中有数。如果是今晨或昨晚，那当时在的人可不见得现在还在，或者说，当时也许有四个人在，可如果饭后又来了俩人呢？没法准确推断。

我正琢磨，耳塞里传来了声音：各组人员注意，各组人员注意，室内人数推测有四人，推测有四人。

我没来得及阻止，消息就这么被放出来了。这样不妥，我内心里觉得不妥，最好不要抱持这种先入为主的观念。根据参与人员性格、阅历的不同，有人会畏惧，有人会自大，不利于行动。但我转念一想，说都说了，再说更加重同志们的心理负担。好在这种围捕我跟夏新亮非常有经验，那经常是以为三人出来七个，心理素质跟得上，到时候尽量控制住局面，再说还有那些特警呢，本来我们这次行动人数上也不吃亏。

我在第四组，也就是前门突击这组；夏新亮在三组，负责后门的进入、围堵。我们两组是同时出发的。他那边快，车过去人就都过去了，他们组也是人员最多的一组，有七人。我是人员最少的一组，就三人，我跟俩特警。我们组推进也是最慢的，摆弄除草机的动静大，一定要从远处开始往目标处推进，真实一些。最慢也是我们安排好的，一旦我们就位，如没有突发情况，那就以我们组行动为信号，全体都有一起上。

就在推进的过程中，王勤这边传来了消息，彼时他们正在东面别墅的庭院里。应该是目标位置听见了除草机的声音，有人掀开窗帘看了看，很快地一看，随后窗帘又严丝合缝了。

目前情况很好，他们确认过，就不会再探头探脑了，那我去敲门，门一开，我们组冲上去直接就进入——不给对方准备，直接就干！越快越好，我们越快，他们反应的机会就越小，反抗的概率就越低。争取一招制敌。

我的心脏是剧烈跳动的。眼下，我与别墅正门正在无限接近中。平复了一下呼吸，我伸手去摁门铃。

我预想了无数种大门打开的情形，也跟着构想了数种暴冲的方式，但是不曾想到，这题超纲了。

还是草率了。没人来应门，反倒是紧邻大门的窗户，窗帘被撩开了。里面站了一个男的，却不是刘戈，很瘦，个儿也不矮，由于瘦，颧骨很突出，他眼窝又深，眼白较多，透出一股阴森森的病态。

在我不远处是另外那两名特警人员，他们正在除草，声音很大。但是通过看口型，我知道阴森男在问："干什么？"

真就是电光石火,头脑激烈运转。我不能回答他这个问题,不是我有没有预设,是我如果大声回答，他有可能会听见，一听见，我不是当地口音啊，典型的京腔，这玩意儿肯定露馅。他没直接来开门，说明他已经生出了疑窦，早上物业去发放过防火手册，下午我又来，可能真是引起对方的警惕性了。

我不能赌他听不见，我必须让他听不见，最好还让他不懂我意思。也是急中生智，我张大嘴巴表现出大声说话的样子，一边说一边比画，一会儿拍我胸口的工牌，一会儿指我停在他们草坪上的除草机。唯有满脸的焦急不是演的——真急。

他应该是让我整蒙圈了，越不明白我越朝他比画。我黑，也壮，大约他看着我真像个干体力活儿的农夫，白了我一眼，消失在了窗帘后。

这会儿我的心跳更剧烈了，门把手这么一动，我已做好了突袭的准备。由于太过于全神贯注，这位开门后跟我说了啥我都没过脑子，上去就是一个锁握下颌过胸摔。

把这人控制住的同时，在我让出的身后，俩特警冲进来了，一个打开后门放同志们进来，另一个去厨房控制刀具。

接下来就是炸裂般的突击行动,我们人数还是很可以的,所以我前脚控制住人，后脚就有人来接应，出示证件、搜身，问身份，一条龙。

楼下触目所及，我们摁了仨，但没有刘戈。

正当我往楼上走的时候，我听见了夏新亮的声音:“上铐！上铐啊！”听声儿就能知道他很紧张。

跟着是陌生的声音:“卡住了，这卡住了！”

我加快了脚步，不等我冲上去，王勤的一声大喝冲入鼓膜:“小夏！”

等我走近一圈人，地上的两坨同时跃入眼帘。一边是叠罗汉的，一边是被王勤宽胖的身躯压着的夏新亮。而在王勤的右臂上，扎着一个针管。

我登时眼前一黑，周遭沸沸扬扬的声音统统被过滤掉了，有人在说话、有人在喊叫，可是我的大脑处理不了这些声音了。

我看着夏新亮跟王勤互相搀扶着起来，跟着夏新亮就往上冲，那一脚踢过去，非把人牙全打掉了。幸亏有人拦住了他，他不停地说着什么，稍后才表现出了冷静，随之转身伸手拔掉了插着的针头，交给了一旁的人，跟着他解开了自己的鞋带，抽出来，一气呵成用力绑住了王勤的右上臂。最后，他的双手搭在了王勤的肩上，嘴一直在动。王勤跟我一样，是完全木了的状态，很久眼睛里才有光彩流过。

惊悸过去，我的大脑恢复了处理语言的功能，我听见张泉澈就地讯问先前被叠罗汉、此刻已经被提溜上来的男人。头脑迅速分析着信息——吸毒人员、有艾滋病、刚刚他投掷的针管才被他抽血来着，抽出来的血是被用于贩卖给想要报复特定目标人物的买主。没想到还有这产业链！

刘戈被从我身边带下去我都顾不上了，只关注拿起手机拨打当地三甲医院电话的同志。不是没人接听，就是被告知阻断药物需要提前预约，此时药物不全。

“师父，师父您跟王勤待一下。”夏新亮打着电话，把王勤交到了我手上。此时他摁着也不知道是谁递给他的纸巾，一脸的茫然。

“妈，是我，我需要您帮忙。”

“还好吗？”我知道我这话问了也是扎心，谁这会儿能好的了？可我还能说什么？不说我就要疯了。

让我没想到的是，王勤咧开嘴，挤出了一个笑：“队长，没事，不疼。可能我皮糙肉厚吧。原先我还不愿意承认自己皮糙肉厚，我觉得我虽然胖，但是我皮肤还是很嫩的，属于白白胖胖……”

王勤这强撑的坚强，真挺让人心痛的。我想拍他的肩膀安慰他，他却下意识地闪躲：“别，队长您别靠近我，咱得保持安全距离。”

在我尝试安抚王勤的过程中，夏新亮走了过来，他一边举着电话跟李昱刚说即刻就订航班，没有就联系空军机场，一边跟我说：“师父这边的后续就得拜托您了，我得马上带王哥回北京，越早阻断效果越好。”他说着，拽过王勤，跟我说要先带他冲洗伤口，并问我谁给他纸巾的！这得冲洗！

我心内翻江倒海，整个就乱了。心想哪怕挨扎的是我呢？算我流年不利，反正我们兄弟几个不都一个路数嘛。我认！计划是我制定的，行动是我安排的，你朝我来啊！

李萌这时凑近我，给我简单说明了一下出意外时的情况——控制住这个人之后，要上手铐，但手铐卡壳了，就这么十几秒的工夫，他挣脱了被警方钳制的臂膀，从床上摸出针管，以迅雷不及掩耳之势就投掷了出去。他瞄准了正控制着刘戈的夏新亮，王勤彼时在一旁，噌一下就窜出去给夏新亮护住了。

手铐卡壳。就像上了膛的子弹，也有可能卡壳。这都是千万分之一的概率。我知道这不能赖谁，但这个千万分之一，它直线连接的是一条生命。虽说，我们干刑警，就像在高空走钢丝，有丝毫闪失必定粉身碎骨。人人都有这个共识，但人人都不想摊上意外。更何况是这种千万分之一的概率。许鹏要是在，肯定得劝王勤去买张彩票。

我们的工作很残酷。面对穷凶极恶的匪徒，残酷；面对人这种高等生物的死亡，残酷；面对受害人家属的被迫阴阳两隔，残酷。但更残酷的是，你心里明明那么挂念一个你在意的人，你却必须得要放下，因为还有工作需要你。甭吹什么强大的心理素质，都是给逼的。

有时候我觉得自己也挺分裂的。就譬如这会儿镇定自若的我、说着“你们不要过分在意”的我。可不然呢？厦门警方关切王勤、检讨己方的工作失误，我难道还要说——“对，就赖你们！出警之前都不检查装备嘛！”根本于事无补。除了把局面搞得更僵，于事无补。其实我黑着一张脸已经算不成熟的表现了，若不是我黑着脸，人家也不能一个劲儿说好话。换作是戴天，他早就侃侃而谈了，或许还会开几个无伤大雅的玩笑，也或者讲一些从前工作中更惊险的经历。我不得不承认，在这方面，他是真比我强。

然，他是他，我是我，面对当下的局面，于我来说，唯有投身到工作里，才可能逃离现实。

我决定在厦门就地对刘戈进行突击审讯。一个是得把他跟其他几个被控制的人分离开，我们追捕的只是刘戈，执法权所限，其他人要交由当地警方处理；一个是夏新亮带王勤飞回北京了，我一个人不能进行押运工作，虽然厦门方面提出可以派人一同押送，但按照规定我还是要等北京方面来人。

但是审讯工作不能马上展开，我没“搭子”。

这边发生的意外状况，我第一时间向戴天进行了汇报，他给气得直拍桌子，连我带厦门方面一起骂，说我是不是觉得我们最近事还不够多，我就给个耳朵听着呗，他骂完我再跟他说后续处理——夏新亮带王勤飞回北京了，由空军支援；我这里缺人手，审讯没有人，押送没有人。戴天问我那你觉得谁能胜任，我说把刘明春派来，我们“老搭子”了，最稳。戴天也无暇跟我抬杠，就说行吧，既然都已经这样了，就谨记一点——“再别给我捅娄子！尤其别逞能！”

我以为他要指责我行动激进才会导致这样的意外发生,不承想他却对我说:“师兄，你真得挺住，你要是再倒下，甭说我这位子还要不要，这队伍也就真垮了。”

挂了电话,我点了支烟。抬头望天,月朗星稀,空气里满载着海洋的咸湿腥气。我给李昱刚打了个电话，夏新亮他们还没到，也问不出个所以然，我就让他把刘戈一案包括同性恋色情视频案等所有相关资料全发给刘明春，让他顺便给我带来。然后又给刘明春打了电话，刘明春说收到，刚接到戴队指示了。

攥着手机我就在想，自打这流年不利开始，我们的日子都太难了。这个“我们”，也包括戴天。他作为负责人，桩桩件件的事出来，他自脱不了干系。别说这回确实是别人工作失职所致，就算真是矛头指向了我，他也得死扛，为我们死扛。他那话没错,他的位子较之于他的队伍,不重要了。但是他能说出这种话，我心里还是挺有触动的。以往我一味地将之视作“舔狗”，完全忽略了他其实也是“我们”中的一员。他也许对我们有意见，但总还是希望队伍好的。除了……宫立国。

宫立国，杨师伯。

脑子越乱，这些事越是层出不穷地往外冒，但此刻真不是想这些的时候。

鉴于刘明春不能马上赶来，而且讯问嫌疑人，越让他等，他越焦虑，这样我们再去跟他接触，效果会更好，那在这个期间，我跟厦门警方配合，先提审了另外被我们抓捕的四个人。其实他们也没想到会上来这样的案情，不仅聚众吸毒，还可能涉嫌贩毒，上面就特别重视，闹得我有种他们恨不能把我这个“外来”的踢出去的感觉——挣功劳，这一下给他们解决多少指标啊。

我一是向来没有抢功的心，二来这确实算人属地发生的案件，三来我现在脑子里转的都是针对刘戈的问讯计划，所以这几场审讯我就是跟着配合，同我们案情相关的才会问一问。

把王勤扎了那人现在脑子清醒点儿了，清醒了就不认袭警了，就往被毒品控制上说。他们突审了一番，那个人嘴里没半句实话。我说就铐着他吧，等他药劲儿过去，解地上打滚儿难受了，实话就来了。

一通工作做下来，我这块全无收获。按说这些人不是刘戈的狐朋狗友，就是他姘头，希望是很大的，但这个刘戈有意思得很，或者说狐狸尾巴藏得深，这些人都不知道他网络贩毒的事，就知道上他这块来，有的嗨，有聚会。除了一个扎的，剩下仨都是“溜冰”，刘戈之于他们，也就是容留他人吸毒。

刘明春赶到已经过了 12 点，又是新的一天了。此时刘戈已经被我晾得心里发毛。我从他容留他人吸毒这事上打开跟他的对话，他一下就放松了，不仅是放松，他还很得意，夸夸其谈的。这时我拿出了他被海淀分局逮捕时的记录，他的从容就有点没底了，但仍旧撑得住场面。

在我观察试探他的时候，他同时也在观察我、试探我。从我的口音开始，旁敲侧击。这人看来不仅心思敏感，头脑也很灵光。他渐渐嗅出了危险的味道。

但局面我控制住了，尤其我跟刘明春搭档，无比默契。

一通审讯下来，也是时候祭出撒手锏了。

张宝萍的遇害现场透过照片呈现于刘戈眼前，我发现他下意识地咬了咬嘴唇。他这是迟疑了。他不是要承认，而是在心里琢磨起该怎么脱身了。这时刘明春挥起了流星锤，他既没有拍桌子也没有踹凳子，他很轻柔地把 DNA 检验结果放到了刘戈面前。但这个轻柔，却是实打实的重拳出击。

我们就此看见了山峰土崩瓦解的全过程。以此为切入点，打开了这起尘封已十七年之久的旧案。

刘戈确实就是当年从我们视线中消失的青年。他的描述是这样的——他本身想要去张宝萍屋里偷点钱，因为他平时经常进入张宝萍的店，了解她的习惯，非常清楚她都会把当日的收款放在写字台抽屉里，第二天一早才去银行存，因为修理部关门晚啊，银行关门又早。本来以他对张宝萍的了解，案发时间她应该是处于深眠状态中，结果没想到明明自己动静很小，张宝萍却被惊醒了。慌张之下，他直接就扑向了她，但他这会儿没想杀人，就想给她嘴捂住之后让她别出声，可没想到在身体与身体接触、扭打的过程中，他起了色心，随后他就给张宝萍强奸了。强奸完之后，他怕别人知道这事，才起了杀心。毕竟先是抢劫，又是强奸，让别人知道他就完了。所以他情急之下就从地上抄起垫着炉子的砖头给张宝萍打死了。

我问刘戈："你不是同性恋吗？为什么跟女的接触你会有这么大的反应？"

他说，刺激他的是这个过程，不是说当时看她漂亮，或者说她有诱惑力，才想强奸她，而是在抢劫的过程中，他的精神是高度集中的，俩人一扭打起来，肢体一接触，那时、那刻、那个情形让他兴奋，不是女人让他兴奋。

所以刘戈的性格是有问题的。正常人被发现了，应当赶紧跑，胆虚，或者打晕人赶紧跑。怪不得他后来会去参与拍摄 SM 类的色情影片，原来他好这口儿。

刘戈把这些都交代了，怎么行凶，使用了什么凶器，怎么逃跑等，事无巨细。在他刚以为这就算到了一站之后，我乘胜追击，从他的逃亡生涯进入了他混迹于色情视频的日子。

虽然我想逼问出歪姐的情况，但跟李昱刚的判断没差，这俩人早就分道扬镳了。据刘戈交代，他不仅跟朱杰不告而别，跟歪姐亦然。那次由于群居群宿被捕，让他格外害怕，又是采集指纹、又是采集血样，他毕竟背着案子，而且这事他左思右想，觉得举报他们的人，正是歪姐。歪姐想让他离开朱杰跟着自己，一个是他能办事，一个是歪姐倾心于他。但是刘戈不愿意，他还是想跟朱杰一块，朱杰有钱有地位，而且承诺说以后能给他办出国去，这个让他特别心动，他认为只要他移民了，那从前的案子也就不是事了，不然心里总挂记着，总隐隐害怕。所以他推测是歪姐釜底抽薪。朱杰倒了台，他刘戈就没棋可下了。这么一个"蛇蝎毒妇"，不仅阴险，能力还大，刘戈极怕。刘戈坦言："我跟他的邪恶，不在一个级别上。"刘戈这一出逃，没了朱杰，他的生存又成了问题。之前跟歪姐在一块的时候，歪姐哄人出来拍视频，除了给钱，也很青睐于刘戈提出用冰毒控制人的点子。就是在那个时候，刘戈做起了冰毒的买卖。他逃亡、他缺钱，但是他手里有这条线，慢慢地，就发展出了网络吸贩毒的生意。

这部分我跟缉毒队打过招呼，会移交他们负责，我们审理清楚，再由他们上，去打他的上家，等等。我还是极力想挖出歪姐的信息，但是徒劳无功。这俩人曾短暂相交，但最终分别有了不同的走向。这个歪姐也的确鬼，他跟刘戈表现得浓情蜜意，但是自己“买卖”的实质从没给刘戈透露过。也许当初刘戈要是跟他走了，兴许能涉足于他的“生意”，但刘戈没有。当然，话分两面说，如果他当初跟他走了，我们也未见得能追捕到他。

审讯告一段落，我出来看到手机上有未接来电，是夏新亮打的，赶紧拨回去，那边又没人接了。我只得挂机给李昱刚打，结果李昱刚也没接。

我寻思这什么一个情况啊？出去抽烟的当口，李昱刚给我打回来了。

不等他说话，我马上询问起王勤的情况。

李昱刚说：“您老可放心吧，药第一时间就送到了！CDC（疾控中心）派了车来，直接等在机场，哎，我跟您说那阵仗啊，给我吓一跳！这事真的，您容我必须跟你八卦一下！”

我真挺想打断他，奈何他那嘴跟小钢炮似的，突突突。别说打断了，我话都插不进去——王勤跟夏新亮怎么被空军很拉风地载了回来、CDC 怎么派了专车在军用机场接应、专业人员怎么问询王勤的身体状况，怎么告知他药物存在的风险，包括好些术语我也听不懂，李昱刚也不求甚解，中心思想就是：放心，能阻断。但是过程很受罪，说是对肝肾损伤会很大，还要复查好几次，什么一三六个月的。

但这些都不是他重点，他重点在八卦上：“师父，你知道吗，夏新亮他妈，是疾控中心的高层！还是个大美人！那说起话来，条理清晰，逻辑清楚，太帅了！就王勤这事，全是她安排的！那利索劲，别提了！俩字，专业！”

我说：“你别扯这些没用的了，说说眼下都什么情况吧。王勤是住院了啊，还是怎么着？夏新亮陪着他呢吗？”

“没有没有，这没有住院一说。王勤是夏新亮给送回去的，但是戴队来电话了，说他要过去看王勤，后续怎么着我还真不知道，我回队上了，咱工作得有人做啊，我得站好这班岗。”

跟他也问不出什么了，我挂了电话又给夏新亮拨了过去，还是没人接。

我想起了傍晚那会儿夏新亮暴怒的状态，要不是给拦住了，他非摊上事不可。这事我也得跟他说道说道，他不是那种会情绪失控的人，但他现在这个状态就完全不对。

他该不是故意不接我电话吧，怕我训他？

我拿起手机，开始翻通讯录，我记得那回有过合作之后，我存了他师兄小吴的电话。

刚要拨出去，我一看时间，这都夜里快3点了，不合适吧？但我寻思夏新亮要是回去了，俩人不见得会休息，摊上这么大事，不得聊聊？免费的心理大夫啊！小吴又有职业敏感性，哪怕夏新亮不说，他萎靡不振人家能看不出来吗？

于是我试探着发了条短信："小吴，我是刘队长，夏新亮回去了吗？"

我没等来短信回复，倒是接着小吴打来的电话。

小吴根本不知道夏新亮回没回家，小吴跟酒店住了俩多月了，他没有去巡回讲座，是夏新亮态度很坚决，想搬走，一个人静静。小吴说自己最近夜班多，还是他出去。

因而他反问我："夏新亮出什么事了？"

不是夏新亮是不是出事了，而是夏新亮出什么事了。我干这行业，很敏感的，也就是说小吴很清楚夏新亮状态不对了。

就是为着咚咚锵，夏新亮从打跟他接触，人就不太好了。而咚咚锵的死，将这种不好推向了顶峰。小吴说："刘队，您想一想，他去跟一个抑郁症患者产生共情，您说他能好得着吗？但这也只能说是个导火索，他长期研究杀人累犯的思维模式、行为动机，他必须要以他们的方式去思考，去以他们对世界的理解去埋解，这本身就非常危险呀。会犯罪的人，他们已经把自己跟普通人区别开了。你长期面对这种不健全的人格，被迫跟他们产生思想的共鸣，这本身就太考验人了。夏新亮不仅敏感，他共情能力还特别超群，这个您也应该知道。"

我长出了一口气，虽然觉得不合适，但我还是问："你不能帮帮他吗？你看你们关系近，你又是专业搞心理学、精神病学的。"

小吴回我说："刘队，其实我反倒是想拜托您开导开导他。夏新亮跟我关系是亲近，但是同时他特别倔强。越是关系近，他越不愿意显露出自己脆弱的一面，久而久之，就不是近了，而是渐行渐远。但是您不一样，他把您视为父亲一般的存在。他情况您也应该知道，他是单亲家庭，母亲又强势，父亲长期缺位，导致他特别渴望有父辈的关怀，也愿意采纳父辈的意见。"

这我还真不知道，夏新亮从来也不说，他从不提及自身的家庭。

待小吴再次问夏新亮遇到了什么事，我叹了口气，说："这事关我们的工作，有保密性，不能讨论细节。这样，我人在外地，能不能替我找找他？他同样也视你为兄长，你们也是这么好的朋友，你能不能先帮我传达一下我对他的关心？"

小吴非常通情达理，说："刘队没问题，我这就去找他。"

我问："这个时间你出门能行吗？你是在值班啊，还是在酒店？"

"在酒店，准备论文，反正也还没睡下，而且我明天连休。你别操心夏新亮了，我先帮你接手。"

我说："行，我争取尽快回去。"

"跟谁聊呢？"

刘明春来了有一会儿了，见我一直打电话，他就默默蹲在一边抽烟。这会儿见我挂了，才走过来。

"想跟夏新亮问问情况，不接我电话，我问问他室友。"

"问王勤啊？"

"嗯，昱刚回队上了，我想问问后续。"

"你也别太紧绷着神经，这不是现在有阻断药了吗？我还查了查呢，阻断概率特别高，不成功的概率只有千分之五。"

"但这也是度劫啊。二十八天一个周期不说，听说服用药物后，副作用还挺大的，什么呕吐之类就不说了，对肝肾功能也会有影响。而且这玩意儿磨人在于，刚才李昱刚跟我讲，它得复查好些次，才能彻底排除。你想想这人的精神压力会有多大！"

"肯定大。不仅王勤压力大，夏新亮也不会小。王勤毕竟是为了保护他才……

你也得找夏新亮谈谈心。那孩子我还不知道嘛，心思敏感。”

“这不是找不着嘛，”我接过了刘明春递过来的烟，“等回去就办。”

这时我听见刘明春深深叹了口气，我问：“你愁什么呢？”

“愁我自己的命运。”

我一时半会儿没能懂得。他跟我比画：“你们哗啦一排全倒了，我怕是跟着要轮到我。”

我赶紧让他呸呸呸。

他笑了笑说：“我刚还跟那儿琢磨呢，回头咱押送刘戈，路上可别出啥事，自杀、咬人……”

我兜头给了他脑袋一下：“闭上你那乌鸦嘴！刘戈血样已经送检了，他有没有艾滋病，两手押运方案，决计不会出问题！”

两散

两天后，在厦门警方的配合下，我跟刘明春将刘戈顺利押返回京。照惯例，怎么也该请三位同志吃顿便饭，但是我心系王勤，就惦记让刘明春给张罗张罗，他跟他们这两天也熟悉了。让我没想到的是，我还没张嘴，他们先提出了要探望王勤，说不仅他们心里头惦记，领导还特别嘱咐了一定要去探望。我说那敢情好，也谢谢咱总队。

我是前天早上给王勤发的信息，慰问了一下他，也问问他情况。那天熬了一个通宵，很疲惫。王勤是中午过后给我回的，打了个电话，说了说他的情况，说话还是可以的，他说别看他胖，身体素质杠杠的，药第一时间就吃了，要吃一段时间，戴队给批了半年的假，还说这两天要去亲自探望他。最让他激动的还不是这，是他偶像一直陪着他，又是谈心、又是关切。我跟心里一翻个儿，那就是小吴也没找见夏新亮，他敢情躲王勤那儿了。

报喜不报忧。

我见到王勤，立马发觉了他现状一点都不好。瞧那脸白的，他平素确实就白，但那是白里透红，现在白得干巴巴的。这个干巴巴也不是视觉差，他大脸盘子都窄了点儿。

除了他在，他母亲也在，是特地过来照顾他的。两室一厅的房子地处宣武，虽然不是老小区，但房型真不算大。

王勤的母亲今年七十多了，一头银发，但是精神头还不错，人就显得比实际年龄要年轻些。这会儿厦门的同志们在跟王勤热络地聊天，我帮着他母亲在餐厅处准备茶水。

老太太说着说着掉眼泪了，说："都赖我，这大儿子啊，你说跟机关里头待了那么些年，是真的工作上勤勤恳恳。但是他胖，从小胖到大，随他爸爸，为这个没少被人嚼舌根。他呢，又好强。走哪儿一说自己是警察，人家全笑他——看着就不像。这事他心里肯定有想法，但是他打哈哈，他不说。我也不好，有时候跟他拌嘴了，也拿这个胖挤对他，别人说他可能一笑了之，我说他真往心里去。也闹着减肥，减不下来。结果这回有了下沉机会，他头一个就去报名了，跟我说：妈，你也瞧瞧，你儿子跟一线一样能做好工作。"

我叹了口气，给老太太递面巾纸。

"自打他去了你们那儿，工作起来没日没夜，有时候给我打电话，说出现场难受、不适应，我跟他说不行就回机关吧，他倔强，他非说他能行。结果你看看……"

"王勤是个好同志，真的是个好同志，来了以后吃苦耐劳，他年岁大，但是跟小同志们很快就打成一片了。"

"我都知道，你们那叫小夏的小伙子，人是真好，托他妈妈第一时间给拿了药不说，还陪了他两天，我感激，我感谢。"

"这都他应该的。"我寻思王勤肯定没跟他妈说实话，就没提他是为保护夏新亮才中招的。

我陪着老太太说了好一会儿话，要进去了，她抹干了眼泪。儿子的身材虽然没随妈，但他的倔强与坚强肯定是随了她。

这期间老太太跟我说了王勤的真实情况——困，但是又睡不着；没有胃口吃饭，只能喝些热水；恶心、头晕、肚子疼，咬牙忍着。白天的时候，只要有人来探望他，他就还是跟大家嘻嘻哈哈，晚上才敢偷偷哭几声。

太让人心痛。

卧室内果然欢声笑语。我也只得加入这场"热闹"，问："你们笑什么呢？"

李萌乐着说："王哥太逗了。"

这位"病人"给同志们讲了一段过往——真"嫖客"专业户。他男生女相，必有大福。这么一个长相，又白白净净，透出一股子慈祥。

当时有一场针对同性恋内部结构的摸排，涉嫌卖淫嫖娼的案子，需要一个人混进去。但是队上没人合适，就去借人了，借的就是王勤。那会儿他才三十出头，但是那个派头一看就特别像。

那在摸案件时，让他去北土城公园了。

他下去之后不到五分钟，就让一帮同性恋给围住了，还动手了。一帮人赶紧过去用各种借口帮着解围。回来问怎么回事，他伪装成嫖客怎么还挨揍了？后来弄明白了，他学人家，人家站那儿他也站那儿，他应该是扮演"一号"的角色，结果他自己冒充了"圈儿"，和那帮人一起抢地盘去了，因为抢地盘让人家给他揍了。

我虽然跟着在笑，但心里真不是滋味。

休整了两天我才去队上报到，这期间叫了夏新亮出来吃饭。

我们师徒俩就去了我楼下那"苍蝇馆"，地不大装修也旧，但是好吃，做广味的，还叫了点儿小酒。笔录什么的他全看了，也知道歪姐那边的线索姑且也挖不上来什么了。他倒是没表现出失落，他还寄希望于李昱刚。我泼他凉水了——这事，暂时肯定是搁浅了。你李昱刚弟弟那么神通广大一人，你的事他也上心，奈何人家在外网运作，手法娴熟又小心谨慎，有时候，该放还是得放。放，不是咱不闻不问了，而是咱精力有限、人手有限，还有太多案子等着咱去办。你比我干旧案时间还久，是你也好，是咱们一起也好，真办了好些起了，大家不是不管，是把它交给时间。

他听进去了吗？我也不知道，可能压根儿没有，但我还是得劝他。我说夏新亮你也别跟我上抵触心理，你自己现在状态不好，你应该比谁都清楚。你看看在厦门，要不是人家把你拦住了，你还想斗殴不行？这饭碗你还要不要了？不要了你想干的事还能干吗？到时候谁糟心？还是你自己。

他跟我来不置可否这一套，我就换张牌再打，我说你现在不仅工作不在状态，生活也没在状态。包括你给人小吴赶出去、封闭自我跟谁也不谈心；听说你妈妈这一次帮了咱们大忙，可是你全程跟人没交流；等等。

这张牌打得肯定是僭越了，孩子叫我一声师父，我也是师，不是父。但是小吴给我扎了强心针，我就蹬鼻子上个脸试试。

这下儿可像打开了泄洪闸门，我还真是认识了一个不一样的夏新亮。跟李昱刚那妈宝、爹宝蜜罐儿里泡大的孩子真就不一样，夏新亮这个童年生活过得实在不怎么样。小小年纪父母离异，父亲远走他乡，母亲跟他相依为命。他妈妈控制欲特别强，导致她遭遇了婚姻挫折，这挫折又成了反作用力，就形成了她对夏新亮的绝对掌控。

夏新亮这辈子干的最反叛的事，就是在小吴的帮助鼓励下，在他十九岁那年，打包行李跟他妈说了再见。因为俩人再这么较劲下去，就只剩一个局面了，或者夏新亮死或者他妈死。那也是他们矛盾冲突最激烈的一年，夏新亮妈妈的意思是让他报考医学院，夏新亮呢，背着他妈，把志愿填去了人大心理学。从收到录取通知书的那一天起，母子俩的战争就愈演愈烈，直到夏新亮离家放弃走读选择住校。

夏新亮说，他也在尝试跟母亲进行情感的修复工作，但是他真的㞞，见着她，他就㞞，目前最好的进展就是每个月通两次电话，不见面，只通电话。方向还是与愿景接近的，从一开始的不知所措，到后来的母亲单方面说他聆听，一直进展到如今能正常彼此交流了。但是面对面，他暂且还做不到。他也打了电话跟母亲道歉，母亲表示理解并尊重他。

我一听这是好事，至少它往乐观与治愈的方向发展。但也恰恰因此，导致了他与师兄小吴的分歧。其实修复同母亲的关系，是小吴引导他进行的，这件事虽然是好事，却让夏新亮隐隐觉得，小吴又换成了那个企图去控制他的人。再加上从开始接触咚咚锵，他状态不好，小吴又积极主动跟他谈心、疏导他，一下儿触碰着他逆鳞了——夏新亮说：“你这样跟我妈有什么区别？你跟我谈心，不是站在平等立场上，你看待我跟你看待病患没两样！”

夏新亮也知道自己这么说不对、不好，但是他没法让自己稳定下来。他说他之所以提出不再生活在同一屋檐下，就是这个原因。他不需要心理医生，更不需要精神科大夫，如果俩人之间的角色定位是这样的，那不如给他时间，让他自愈。

那一晚我们聊到了黎明破晓时，彼此也说了很多掏心窝子的话，我觉得夏新亮说的那个自愈挺好的，我也愿意相信他可以。我只以一个过来人的身份告诉他，咱们的工作，就是面临残酷，你如何消化它？你得慢慢儿摸索出属于自己的门道。我的窍门也没别的，就是坚信光明大于黑暗，我甚至善于在黑暗里发现光明。

这种谈心真挺好的，倾听别人的同时，也会反思自我。

到队上工作如常，只要是不出外勤，就是大量的文书工作，先前压了一份结案报告，这下终于整理明白了。我去戴天那儿提交，他留我坐了坐，说是聊聊工作，最后还是滑向了“日常”。我跟戴天能有啥日常？性格不匹配，三观不一致，心态更是南辕北辙。

但这一年，他日子是真的不好过。要说我们流年不利，他也必然身在其中。倒下去一个又一个，他想拼命拉扯我也不奇怪。跟文君预测得分毫不差，现在队上当真刮起了一阵风——戴队重用他师兄，连宫立国都三振出局了。我就笑笑不说话。

这稍显尴尬的“闲谈”最后转向了一个我们都熟悉的人，王勤。但是画风可没往好处转，戴天跟我透露了一下，他打算等王勤休假完，再把他调动回机关里。我登时就翻脸了，我说：“你这样儿算什么事啊！人跟咱这儿鞠躬尽瘁，也不是没干出成绩来。不能说他这回受伤了，咱就把人退货吧？你当买冰箱呢？大修不如换新！”

戴天皱眉：“你激动什么？哎，我说师兄，你多大年纪了？怎么还这么冲动？你这样组织上能对你放心吗？”

我说：“你甭跟我扯这些有的没的。”

他抢白道：“你听我说完。我绝不是对他有什么看法，我相信队上的兄弟们，咱都是一个战壕里的，而且现如今医学这么发达，肯定不会有人对他另眼相看。别说阻断药物生效了，哪怕他是那千分之五……”

我直接打断他：“我呸！”呸完我去敲他的木头茶几，梆梆梆，敲三下。

戴天皱眉，“我不会说话行吧？也是邪门儿，我明明最善于说话，说话是门艺术，可怎么你就对这门艺术狗屁不通！”

“我大老粗，你也甭跟我打官腔。我跟你说，戴天，王勤也许不是最优秀的警探，但是他热爱咱们这职业的心，是这个。”我说着，伸出了拇指，“而且他不仅仅是尽力了，他是投入了百分之一百二十的心力！”

“噢，又不是当初那个在我办公室，骂我居心叵测往你这儿塞废物的人啦？”

“我没说过这话。”

这老小子，能听见我内心活动啊？

“他，是来下沉的。什么叫下沉？就像我，怎么就平调过来了？人在咱们这儿，也立了功，我年底论功行赏，肯定有他。在咱们这儿立了功，也体验了基层生活，人不是分配过来的，懂不？他多大岁数了？他二十啊？老瞎急！”

“反正话都是你说的。”

“真的，师兄。你真是爱抬杠。”

我刚要张嘴，当当当有人敲门。不等戴天说进来，门直接就被推开了，是何杰。何杰跑得满头汗，气喘吁吁。我寻思夏克明案又出什么岔子了？先前岔子不少，就比如王媛夫妇的尸体找不到，怎么都挖不出来，至今还没停工。

“关世杰出现了！”

这六个字钻进耳朵里，我先于戴天瞪大了眼睛。

“真的假的？”这话是自己从我嘴里溜达出来的！

“还是他妈提供的线索！”

关世杰在我们这群老队友里，是个传奇，他的母亲更是。

这位老太太跟先前与我们过招儿的贾洪洲的母亲，那就是天平两端。贾洪洲的母亲极力护子，关世杰的母亲大义灭亲。

这事还得从头说起。

关世杰先前就犯过事，杀人未遂。两个人做生意当中发生口角引起的，后来这个人救活了，他跑了。我们去他母亲家做工作，他母亲知道了这个事，他一露面，在家里愣给他绑起来了，然后给他带来朝阳分局自首的。

后面他再度犯案，从船上消失了，留给我们一个世纪谜题。

关世杰坐牢出来之后，因为自己家有地，他就在朝阳郊区那边干起了出租房屋的买卖。合租也好，整租也好。他有地，他盖房，典型的一个房东。但是他大刑回来没钱，地是很大的，可都盖上房子得有投入。于是他就找了个投资人，跟个叫徐平哲的男人，俩人一起把这个房子弄完了。

这本来是个好事。尤其关世杰出狱之后比较老实了，性格发生了变化，不那么冲动了。可万万没想到，这个徐平哲瞅着关世杰老实，就开始欺负他了。欺负他、挤对他，合伙干租房的买卖也没少占人便宜。还仗着他有钱，颐指气使的。可关世杰他不是猫啊，他本来就是一虎，这一家伙，急了就把徐平哲给干了。

这个案子侦查的过程很有意思，我们通过几个矿泉水瓶给他摸上来的。我们要抓他，他就跑路，跑路他还挺有心得，上回他也是跑路了，要不是他回家，他母亲大义灭亲，我们不见得能抓着他。

我们就一路追下来了，一直追到三峡。他最后一个心愿就是看完三峡就完事，这是他母亲跟我们说的，他也知道我们在抓他。上船的时候，到三峡工程的大船上，最后一站到重庆那边。我们谁也没想到，他就从这条船上消失了。

关世杰上船的录像是有的，很清晰。下船录像就没拍到他，说明我们上去的时候，他就在船上。而所有经过的各个码头我们全走了一遍，全部的录像我们事后也都看了，没有遗漏，没他。这条船上的每个角落，我们全搜了，就是没有看到这个人。

如果是跳船了，最起码船上有监控，就怕有人掉下去，也没看到这个人。要跳的话，从哪儿跳呢？

自此之后，这人就没信儿了，一点消息都没有。

我们推断他没死的话，这么多年了，最起码得有一个消息吧。虽然中国这么大，他可能隐姓埋名、改头换面了。假使他游上岸了，大山里找户人家活下来了，但他也得联系个谁吧?

说实话，在三峡里，从大轮船上跳下去，能活的概率真不大。

那他死了，给我们看到骨头也行啊。三峡有拦水坝，捞上来骨头让我们DNA鉴定是他也行，也没有。我们整个江都进行分析了，动物吃了、泡发了，但是骨头不会消失，最起码得剩个骨头吧。可活不见人死不见尸。

抓到关世杰，是何杰的终极梦想。

没想到，圆梦的机会，来了。

给何杰提供消息的，还是那位老母亲。她的手机突然接到了一条短信:“我是小杰，请给我打两万块钱。”跟着是一串卡号，发信息的手机号还就是关世杰的手机号。

何杰一来申请，戴天就批了，说:“你跟着子承一块去处理。你们俩当初都参与了这起案件，现在子承又刚好负责旧案梳理，干脆你们俩一起，争取把这案子漂漂亮亮给结了。”他跟我们一样重视，毕竟师父为了关世杰，干了这么多年刑警，没拿过一次奖章。

我跟何杰第一时间就做出了决定——打款。

这事不能拖，拖着不打，关世杰心里肯定会有想法儿。打草惊蛇人跑了，那就全完蛋了。

这个银行卡号的属地在河北，持有人叫崔孟丽，是个女的。我们寻思关世杰会不会换了身份之后又成家了?他也外逃了这么些年，跟贾洪洲似的，又成家了的可能性很大。

老太太在何杰的安排下去到银行汇款，我让李昱刚查这个崔孟丽。

这一查，不太对。崔孟丽是河北人，可今年才十九岁，还在上大学。这岁数对不上，当关世杰闺女都够了，而且以时间来推算，就算他换了身份又组织了家庭，真生个闺女也不会是这岁数。

风马牛不相及。我们考虑可能这就是一个僵尸账户，这卡办了有两年了，这些年里也没交易，更别提捆绑网银什么的了，符合僵尸账户的特征。随着这些年来银行管理的规范化，公安机关对网络诈骗、电信诈骗的重拳出击，银行卡号这个东西也进入交易市场了，有那么一批人，就到处倒腾这些账户，卖给犯罪分子。

关世杰是在逃人员，他使用僵尸账户是非常有必要的。这些账户也基本都是被用于转账交易。钱一进去，他就取走。再多也操作不了，譬如网银、手机银行，想开通这种便捷业务，对身份的核实都特别严格。

我们这边没啥进展，何杰那边倒是热闹了起来——钱被取走了，还就是在河北本地取走的。

何杰带着他们队的小张直接就奔赴河北了，让我们留下等他消息。结果这消息一等，等得我哭笑不得。

何杰把监控一调，发现取钱的这个人，任何遮掩全没做，大脸叫摄像头拍了个清楚。这人是老太太的亲孙子，关世杰的儿子关战。关战跟河北大学城里某个大学上大一，跟这个银行卡号的持有人崔孟丽不同校，但是都在大学城里头，俩人不仅认识，还正在搞对象，搞对象费钱，关战又是跟着奶奶，奶奶这辈人都节俭，生活费就按月给，给也就给个伙食费，额外带点儿零用钱。一谈恋爱，这钱就开始不够使了，关战这小子馊主意就来了。

这会儿，关战跟崔孟丽，连同何杰跟小张，都在大学城的会议室里坐着呢，也不存在什么审讯，关战交代得清清楚楚：怎么使网络电话把他爸电话号码给覆盖了，把这个信息给发出去的；怎么管崔孟丽要的卡；怎么想出来骗奶奶的钱。

何杰说："我还没训他呢，他小女友急了，狠狠抽了他一耳光，抽完把自己气哭了，说你这不是坑人嘛！你奶奶对你这么好，一把屎一把尿把你拉扯大，你缺钱你说呀，我有钱，我又不在乎约会非得吃大餐，你办的这叫什么事！"

何杰真是尴尬，一方面，关世杰这事泡汤了；另一方面，他还得给小情侣调停。这么一闹，关战的爹是逃犯这事都让小女友知道了不说，这事还闹出这么大阵仗，警察也来了、学校也知道了。这眼看俩人就是吹灯拔蜡。何杰说：“我倒是不心疼那臭小子，我是心疼那小姑娘。我自己也有个闺女。你说要是我闺女摊上这么个皮小子，给气成那样，我这当爹的不得心疼死？”何杰好生安慰了姑娘一番，尤其给她科普了一条安全知识：“人、财、物概不外借。再进一步，好心帮忙也要有警惕性。这回还好，亲孙子闹幺蛾子问自己奶奶要钱，可如果要是别的事呢？哪怕还是这事，换他用这手段诈骗了陌生人，你是不是就跟着摊上事了？更严重的，坏人贩毒，不告诉你是毒品，就托你给帮着带行李，你啥啥全不知道，最后给抓了，你父母怎么办？”

小姑娘哭得稀里哗啦，也是给吓着了，哭归哭，怒归怒，跟关战还挺有感情的，她说：“他虽然办出了这种事，可说到底还是为我，尤其他平时对我特别好，每天去食堂给我打饭，去开水间给我打水，没事就骑车带我去这那儿的玩儿。”何杰寻思这俩孩子八成能和好。

何杰受老太太之托，直接给关战捆回了北京，往家里一交，老太太说：“何警官，您拿手铐给他铐走吧，关他个三年五载，省得我这把老骨头还得拿扫炕笤帚抽他。”关战哭了，扑通就给奶奶跪下了，老太太也哭，说：“你缺钱你倒是说啊，我也不知道你交了女朋友，你说我能不给吗？”关战哭号：“我知道您俭省，我也没想骗您，我是实在没钱了，想着您也惦记我爸，我骗您一回您知道他还活着，您就能少叹气了，等假期来了我去打工，我再还给您。我哪儿花得了两万啊，我就怕少了您不信。”

何杰跑了几百公里出了趟警，完美解决了一场家庭矛盾。

然而这回谁也没笑出来，等于关世杰到现在还是一点消息都没有，以后也不见得会有。

这世纪谜题，恐怕要带进棺材里了。

忙忙碌碌，日子就会过得特别快。文君再找我说戴天的事，已经是又一个秋天了。早秋，日头还留有几分毒辣，可一旦入了夜，便就会显露出颓败之势。

“女特务”的人脉不容置疑，我查了那么久都没线索，眼下她却摆了一整套的证据链在我面前，它们形成了一个闭合的圆。

嫌疑人孔军在跳楼前夜，跟戴天见过面。那段消失的监控也不是什么设备故障，是彼时负责看守所监控管理的、名为常宁的人刻意抹去的。至于为什么要抹去这段监控，来找他的王树响给出的理由是：分局来人要再找孔军了解点情况，他工作上有点小失误，对方不希望自己的上司知道，是个新手，照顾照顾。

那这段监控里到底有什么呢？常宁删除之前看过，很平常。两人面对面说话，来看守所的小警察也确实携带了某种文书，孔军还在上面写了什么，完全没有矛盾冲突，所以常宁就帮着给删了。他跟王树响是同期，关系很不错。

让他万万没想到的是，第二天，这个犯人被提走去指认现场，却再也没有回来——他跳楼自杀了。

常宁非常不安，他找到了王树响。但王树响对他说：事已至此，上面已经来人调查了，咱得咬死了，这时候多说一句都是错。

常宁进也不是退也不是，很是惴惴不安了一段时日，哪怕风波过去，一切又恢复如常，他心里始终记挂着这件事。但一年过去了，两年过去了，时光如流水，抚平着所有人的生活。再后来王树响高升，常宁辞职，这件事就慢慢被淡忘了。

文君虽然通过种种线索摸出了常宁这个人，但一开始他并不愿意承认这段往事，怕追责。很是下了一番功夫，文君才把他拿下。

调查进入到这个阶段，也没有再多工作可做了。

我心里像长了草，戴天牵涉其中已是不争的事实，可动因是什么呢？何以得这般欺师灭祖？杨师伯待他还是很不错的，师父严厉、我又嘴臭，唯一能开解开解他、贴心鼓励他的，就是杨师伯。

说我心里没有答案吧，也不是。是这个答案我太难以认同——杨师伯不在了，戴天较之以往跟师父更亲近了一些，也还是无头，也还是工作能力差，但是他溜须拍马的功力见长，为人处世会来事也让他开始露脸。随着师父升迁，戴天也享受到了红利，他踩着师父一步一个脚印走出来的路，一路走到了现如今的位置。杨师伯要是还在，这一切想也知道轮不到他。师父曾几次感叹：“你小子实在是不思进取，阿斗扶不上墙，杨捷要是还在就好了，我也不用成天给戴天操心了。我不培养他，我培养谁？谁让我培养？他肯定不是最合适的人选，但我没的选。子承啊，你就不给我争气，怎么就那么像我，那么拧。”

我还跟着呵呵傻乐：“随了您嘛，离不开一线工作。”

就像当初允诺的，文君同意让我先跟师父打个招呼，也跟戴天谈谈。但是我把这个顺序反过来了，我先去找了戴天，我就想听他怎么说。我心里也有底，他也不用惦记加害于我，证据不是我搜集的，也不在我手里，他就是把我杀了，这事也是纸里包不住火。更何况，我深知他没这个胆量。

胆量，也难说。我了解他吗？我以为我了解，其实不然。他要真没胆量，他能去加害杨师伯？他要真没胆量，能这么些年跟没事人似的欺瞒师父？这人血馒头他吃得挺香的。

可与此同时，我心底又有另一个声音，虽然微弱，却也存在。也许他能给到我一个更合理的说法呢？哪怕这都板上钉钉了，我竟然还在期许一个“也许”。我是嫌弃他，我是瞧不上他那一套处世哲学，我还打心眼儿里觉得他德不配位，可是他身上也不是没有闪光点，尤其是这回我再回来，对他的看法随着我们相互配合工作当真有了些许改变。可就在我觉得从前也许是我错了的时候，他给我来了这么一出！

我没有约戴天出来，而是在这天晚上去了他办公室。他还在加班，这个位子的常态就是加班。戴天虽然不擅长查案破案，但是他干这个职位不能说他不称职，见我不请自来，他还挺迷茫的。

我被让到沙发上，心里很复杂。我们俩时隔这么些年又一起共事，虽然谁也看不上谁，但是随着不可避免的交集，其实还是有些靠近的。我不知道戴天是怎么看待我的，兴许还是个恶霸形象，兴许还是那个“欺负”他的师兄。但我发现我不那么抵触他了之后，他好像还挺爱跟我说些真话的，至少能做到和平相处。我要是再收敛起毒舌收敛起自大，他好像又回到了小时候，有那么点儿依赖我的意思，相互取长补短。

“小天儿啊，”我迎向了戴天的眼眸，“你叫我一声师兄，一叫就是这么些年。

甭管真敬重假敬重，能叫这么些年就不容易。要说咱俩也是有缘分，一块认了同一个师父。”

我这话说得也是唐突，他惊讶地瞪圆了眼睛：“师兄……”

我示意他别打断我：“我这个人你也知道，脾气臭、嘴巴坏，但是心眼儿还行。队上从咱领导、前辈，到咱后辈，谁的玩笑我都开过，特别欠。但唯独我开你的玩笑，开得最过头。这事我至今都挺内疚的。”

“师兄，咱不说这个了。你也说了，我到今天都叫你师兄，就是我真的翻篇儿了。我是气你来着，我也耿耿于怀了好些年，但我知道你，我相信你肯定没有恶意。那会儿咱们都还年轻。”

“我必须得跟你道个歉。这是我欠你的，”我说，“不敢说让你接受，但我表明一下我的态度。我错了，就是我错了。”

“我接受，我接受。师兄你别有心理负担。咱俩太多年都不在一起共事了，你在一线奋斗，我学习管理层面的东西。那现在机缘巧合，咱们又在一起了，我支持你工作，是我作为领导我应该做到的，别说你是我师兄，哪怕不是，我该做到的也会做到。但你今天跟我认错，说实话我挺感动的，师父知道了肯定也特高兴，咱们兄弟俩，就该彼此照应。咱们团结，就是师父最大的欣慰。”

我看向他：“我能认错，那你能吗？”

“嗯？”

“孔军跳楼前一晚，你为什么会去见他？你去见他，又为什么让看守所删除你们会面的监控？事后本该随同一起去指认现场的你，为什么没有去？”

大约是我的问题抛出得太突然，戴天愣住了。

“扪心自问，杨师伯待你不薄吧？你不懂的、你工作中出现的纰漏，我作为师兄我失职，没能帮助到你，可杨师伯没少帮你吧？多少次，你让师父骂出去，是杨师伯开导你，把你领回来跟师父认错。多少次，你这没办好、那没办好，是杨师伯手把手教你吧？”

“师兄你误会了，我不知道你打哪儿听来的……”

“我误会你？”我不由自主地皱紧了眉头，“王树响的妹夫李岩挺涉嫌非法经营，你是不是从中斡旋了？王树响的儿子王语纯招嫖，是不是你封存了档案？宫立国的手下自称是流氓与媒体记者发生冲突，去到现场的记者是不是你走漏的风声？事后又是不是你把宫立国调动去了特警队，调离了你身边？”

我把王炸扔在了牌桌上，戴天傻眼了。他仓皇地向我解释，卖力地给自己辩白。说实话我不是不想相信，是我太难相信。

他声称那一晚他去看守所找孔军，是因为孔军的笔录有两页漏签字了，这是他工作失职，没有当场核查清楚，事后复审工作又没有做到位，他一发现就慌了，这马上就得提交上去了，而孔军早已被移送至看守所。他别无选择，只能硬着头皮去拜托看守所的工作人员，请他通融一下。王树响出于好心帮助了他。他见到了孔军，让他补齐了签字，全程他们交流的就是这些东西，他绝对没有给孔军施加压力迫使孔军跳楼。第二天他没跟着去指认现场，完全是因为组织材料的工作进度太拖后，是杨师伯让他留下处理收尾的。

我说：“这话你自己去跟师父说吧。我不想出首你，你也跟我解释不着，你最该解释清楚的是师父。”

他说：“师兄我冤枉啊！你记不记得那晚我给你打过电话？我给你打了三个电话，你没接。你没接我实在没主意了，才出此下策！”

他这么一说，我的记忆瞬间动了起来，那会儿我正跟着师父摸排一起凶杀案，一直在走访，怕影响工作，手机全程静音。戴天好像是给我打过电话。但是我没接到，没接到事后也没回。

戴天一直在说一直在说，说得我有几分动摇了。

我问：“那你能不能拿出什么证据来？”

没有证据。安排他做材料组织工作的杨师伯已经去世了，能证明他让孔军补签字的视频被删除了。王树响跟他有利益关系，是无法作为客观证人的。而被他称为“救命稻草”的我，却只能算是间接证人，只能证明他当晚给我打过电话，这根本不算什么证据。

我们正说着，戴天的手机响了，来电显示是师父。

宫立国没有遵守约定。他已经向光明队长出首了戴天，等于我还没来得及跟师父通气，师父已经被光明队长请去了。

戴天的清白无法证实，但他陷害杨师伯其实也没有直接证据，都是间接证据。可跟王树响相关的桩桩件件、跟宫立国的恩怨矛盾，这都是板上钉钉的。主要，师父一下受了打击，伤心过度，大病了一场。在师父养病期间，我去探望了多次，他没怨我没有及时跟他打招呼，反而肯定我说："你先跟小天儿谈是对的。"从理性上，师父看过了证据、跟戴天进行了谈话，包括光明队长，还是愿意肯定戴天在杨师伯这件事上是无过失的。他工作上有过失这没错，包括湮灭证据，这都是大错特错。更别提后来动用自己的权力去帮王树响处理问题、去陷害宫立国。可是从情感上，师父不愿意原谅戴天，事涉杨师伯，这就是踩了师父的底线。纵使戴天极力撇清自己同孔军的自杀没有关系，但孔军自杀是事实，他自杀前见的最后一个人就是戴天，也是事实。

疑罪从无。戴天虽然没有因此蒙冤，但鉴于他的种种"不良"行为，被组织上认定不适宜再从事现在的工作。这回师父没有出面，既没有精力也没有意愿，听小道消息说，戴天有可能会被调离北京。事后我跟戴天也没见过面，我不知道还能再跟他说些什么，于他，亦然。

我们的领导一职来了个空降兵，听说挺有履历。不是师父的人，也不是光明队长的人，我觉得挺好。工作中，我们有挺多接触的机会，是个能扛事的人，也特别注重效率，他也官僚，但是就还好吧，有事说事，无事退朝。

年底了，又是立功受奖的时候。休病假的王勤回来了。其实也不是回来了，他调回机关了，这次过来就是领奖的。阻断药物给力，王勤虽然受了一番罪，但是没有感染艾滋病毒，还瘦了！而且听说他就要晋升副处了。

李昱刚还是老样子，怼王勤："我们几个都比你辛苦，你好意思吗？"

夏新亮代替他迷弟怼了回去："怎么不好意思？不是我们卧床休息了大半年啊？"

李昱刚回怼："敢情谁弱谁有理啊？"

"你们都别吵吵了，难得王勤来，晚上我请客，咱们一起吃顿饭，也年底了。"

我说着，放下茶杯，拉开抽屉，把小红本给王勤拿了出来。之前开表彰大会，王勤最后一次复检，没能赶来。我作为他“领导”，帮他收着嘉奖证书。

王勤把小红本接过去，能看出来他绷着喜悦劲儿，谁拿小红本不高兴？但是碍于李昱刚的刻薄，他不好表现出来。

谁能料到，王勤小心翼翼地打开小红本，一下儿炸了：“我干一辈子警察了，我不图名、不图利，我拿这东西，一是证明我自己，二是我拿这东西回家给我妈看！你们就给我个这！拿我打镲玩儿呢！我招你们惹你们了！”

我们不明所以，夏新亮赶忙起身走过去，拿过小红本一看，噗一家伙，嘴里的水全喷了。

什么情况啊？我赶紧从夏新亮手里接了过来，上边写着“年度最佳嫖客奖”。因为沾了水，这会儿这字儿往下流，字儿下面还有字儿，是真字儿了。我赶紧用手一抹，再递给王勤，王勤这会儿已经眼含热泪了，给气哭了。

李昱刚抬腿开拔，我一把给他小子薅住了：“你也忒不着调了！有这么拿老同志打镲的嘛！”

“不是我，真不是我！”

我一个过肩摔就给他撂在沙发上了。

“打人啦！打人啦！”

李昱刚这通哭号，给文君也招来了。她进屋一看，莫名其妙：一个抹泪的，一个哭号的，一个打人的，一个拦着的。

把情况这么一了解，文君笑了一个前仰后合。

“我告诉你小兔崽子，晚饭你请！文君你也来，咱吃垮他！”

李昱刚这时挣扎起来，给了王勤一个熊抱：“王哥！你就是不禁逗！你得感谢我啊！你看我闹你一通，你男神给你站队！兴不兴奋激不激动？”

王勤这才破涕为笑。

李昱刚继续说道：“这一年来，其实破案根本不重要。我们冲锋陷阵，你在后面也做了很多，别的不说，光半夜给我们煮面，就特别温暖。挺舍不得你的，王哥。就是因为舍不得，让我再涮你一回。”

夏新亮也抱了过去：“破案怎么不重要了，重要！王哥也跟着咱们一块，咱们一起破了那么多案子，还有好些旧案，多有成就感！王哥，好样儿的！你在与不在，都是咱们队伍的一员！”

我跟文君笑着看着他们，文君这时候说：“年轻真好。”

“是啊。”我附和道。

“对！我还年轻！”

王勤一声大喊，我们都笑出了声。

我朝王勤竖起了大拇指：“年轻！都还年轻！”

FONGHONG
凤凰联动出品